《清明》中篇小说精品选粹

——纪念安徽省文学艺术界联合会成立60周年

时代出版传媒股份有限公司
安 徽 文 艺 出 版 社

清明

《清明》中篇小说精品选粹
——纪念安徽省文学艺术界联合会成立60周年

QINGMING ZHONGPIAN XIAOSHUO JINGPIN XUANCUI

JINIAN ANHUI SHENG WENXUE YISHU JIE LIANHEHUI CHENGLI 60 ZHOUNIAN

季宇　舟扬帆 ◎ 主编

时代出版传媒股份有限公司
安 徽 文 艺 出 版 社

图书在版编目(CIP)数据

《清明》中篇小说精品选粹:纪念安徽省文学艺术界联合会成立60周年/季宇,舟扬帆主编. —合肥:安徽文艺出版社,2014.10
ISBN 978-7-5396-5105-7

Ⅰ. ①清… Ⅱ. ①季… ②舟… Ⅲ. ①中篇小说-小说集-中国-当代 Ⅳ. ①I247.5

中国版本图书馆CIP数据核字(2014)第206600号

出 版 人:朱寒冬　　策　　划:朱寒冬
责任编辑:宋潇婧　　装帧设计:许含章　褚　琦

出版发行:时代出版传媒股份有限公司 www.press-mart.com
安徽文艺出版社 www.awpub.com
地　　址:合肥市翡翠路1118号 邮政编码:230071
营 销 部:(0551) 63533889
印　　制:安徽新华印刷股份有限公司 (0551)65859551

开本:700×1000 1/16 印张:29 字数:450千字
版次:2014年10月第1版 2014年10月第1次印刷
定价:69.00元

目录

天云山传奇

鲁彦周

引　子

心灵上的琴弦，一旦被拨动了，就难以停止它的颤动。我没有想到，事隔二十年的今天，我这个四十多岁的女人，已经担任了地委组织部副部长的人，生命中的某一根琴弦忽然被拨响了。我更没有想到，这次触发，竟给我的生活，带来了这么大的变化。

一

一九七八年冬天的一个晚上，我吃过晚饭，照例拿出从办公室带回的各种申诉材料，细细翻读。最近一个时期，因为中央有了实事求是地纠正错案、冤案的精神，这类申诉材料多得惊人。这对我这个到组织部还不到半年的人来说，确实是一个巨大的压力。我读着这些沉痛的文字，想到一些同志的悲惨遭遇，心情总是感到异常沉重。我恨不得一下子就能把这些问题全部解决掉。但我这种心情在部里却遭到冷淡、窃笑。同志们把我这种心情看成是“不成熟的表现”，是“不熟悉组织工作的新手的急躁病”。而对我嘲笑得最凶的却是我的丈夫，分管组织工作的地委副书记吴遥。他说我有点像刚到医院实习的学生，看到病人多就大惊小怪，一个有经验的大夫，是不会因为病人多就产生这种情绪的。

对这种嘲笑，我内心是反感的，我反唇相讥。我说，也可能正因为我是新手，我才没有学会你们那种麻木不仁的态度。但是，口头的辩论，并不能解决问题，我批的材料，还是被封锁在各人的写字台里。

这天晚上，我的情绪特别不好。外面正下着大雪，雪花无声地落在窗台上、玻璃上，从楼上望去，整个城市已经被白雪覆盖了。因为丈夫到南方养病，女儿又出去复习功课去了，我也就没给屋子生火，空荡荡的房间里，显得特别冷。我望着纷纷扬扬的雪花，想起办公室里一些人对问题的冷漠态度，又从他们身上，想到我的丈夫。那些人都是我的丈夫一手培养起来的，他们对我的调来，似乎很明白内幕，我不过是我丈夫放在组织部的一个工具，我的意见是无足轻重的，关键还是要看吴遥书记的态度。每当我一想到这里，心里就感到堵得慌。

正当我对着卷宗发愣的时候，有人敲了一下门，我应了一声，门被推开了。只见一个黑影子站在走道上，正在扑打着身上的雪花。

我急忙问了声："谁呀？请进来！"

很快，一个年轻的姑娘走了进来。这姑娘叫周瑜贞，是我们地区规划小组的一个技术干部。她今年还不到三十岁，用她自己常用的口头禅来说，是"受了洗礼的一代人"。她是中央某部门一位负责同志的女儿，是不久前才调到我们这个地区工作的。我丈夫吴遥曾是她父亲的下级，我去世的父亲也认识她的父亲，所以她也就成了我们家的常客，来往像自己家一样。她虽是学技术的，可是却喜欢议论政治。而议论起来又尖锐泼辣、毫无顾忌，有时，把人们都回避的一些问题，也会一下子赤裸裸地端出来，常常弄得对方张口结舌，只好设法岔开她的话题。她对吴遥和我们的工作，也经常挖苦、嘲笑，说我们是"离了本本就是瞎子"，是"冰库里的鱼，又冷又看不见天"。她连我们那空得可怜的书架，也不放过。她非常奇怪：我们的精神食粮那么少，又那么单调，怎么又能自以为高人一等，决定别人的命运？总之，这是一个有点与众不同的姑娘。

我丈夫吴遥，开始对她是非常热情的，后来，渐渐不喜欢她了，说她自由主义气味太浓，有一种危险的倾向，只是因为她父亲的地位关系，他才在表面上照旧热情地接待她。可我倒是对她很有好感,我喜欢她的坦率,我从她身上,有时也能看到我过去的影子。加上,我和吴遥在一起,并没有多少话好谈,我们生活得很单调、很枯燥。我们的家庭气氛就像这所房子一样,很大,很空,有时还很冷。一种寂寞苍凉的感觉,常常向我袭来,这时,我就特别希望有一个像周瑜贞这样的人同我一起,无拘无束地谈谈天。

今天,我也正处在这种情绪之中,所以看到她来了,我很高兴。我帮她脱掉了大衣,让她坐到沙发上。可她呢,跟往常不一样。以前她来了向沙发上一靠,红扑扑的脸上,总有一种嘲讽的笑容,很快她就会找到一个现实生活中的题目,发表起尖刻的议论来。可今天,她很不同,她在沙发上没坐几秒钟,又跳了起来,她嚷了一句:“这屋子好冷!”又把大衣披上,在房里来回走了几步,转过身,睁着两只大眼,好像第一次看到我似的,上下打量起我来。

我被她这种神情,弄得莫名其妙,我说:“你怎么啦,干吗这么看我?”

她异样地一笑,摇了摇头。

我更加奇怪了,我问她:“你碰到了什么事吗?”

“我最近出了一趟差。”她说,这才又恢复了原来的样子。她给自己倒了杯水,捧在手上,又坐回到沙发上来补了句:“我是到天云山去的!”

“啊,你到天云山去了?”我惊讶地问,“那里现在怎样了?”

“一言难尽!”她把我也拉到沙发上,又一次瞅了我一眼,说,“你从前不是去过那里吗?”

我点点头。我是去过天云山,可那是二十多年前的事了,她怎么知道我去过的?她见我用疑问的眼光望着她,便神秘地一笑,说:“你知道吗?我这次去天云山,碰到一个怪人,他还有一个也很怪的妻子。”

“什么怪人?”

“我很难分析他。”她说,“也许是个英雄,也许是个叛逆者,或者像你们常用的那个词:屡教不改的什么分子。这得看各人怎么看。”

“哪能这么说?”我说,“是非总有个标准!一个人也总有他的主要方面。”

“标准?”她冷笑了一声说,“究竟什么是标准?你这个组织部长倒给我说说看?‘四人帮’有‘四人帮’的标准,你们有你们的标准。而我呢,我也有我的标准。”

“啊？这么说你和我还有不同的标准?”我笑起来了,“这倒是头回听你说。”

“当然不同!”她提高了嗓门,两条秀丽的眉毛也扬起来了,“恨‘四人帮’,反对‘四人帮’的标准,我们可能是相同的,但在别的方面就很难讲了。”

“你讲具体一点嘛!”

“我一具体,你可能又要害怕了。比如说,这十年主要危害是‘四人帮’,那么再往前推,是不是就没有问题呢？反对了‘四人帮’,固然是英雄。在‘四人帮’出现以前,反对了不良倾向,算不算是英雄呢？再具体一点吧,他反对的不仅是一般不良倾向,而且涉及当时错误的路线、方针、政策,你敢不敢在政治上肯定他呢?”

她说到这里,目光炯炯地盯着我,我因为她讲的题目相当大,沉吟了片刻,没有回答。她见我这副样子,胜利地笑了:“我说嘛！你不敢回答了吧!”

“这有什么不能回答的!”我不服气地说,“我不过是在考虑,你讲的怪人究竟是个什么人?”

“按我的标准,”她说,忽然站了起来,“他当然是一个值得尊敬的、可爱的人!”

“原来你是碰到了你理想中的英雄了!”我嘲笑地说。

“你别用这种口气说话。”她皱了皱眉,顺手在花盆里摘了朵腊梅,放在鼻子上嗅着,两眼望着窗外的仍旧在大片大片飘落的雪花。我很惊奇,她怎么忽然不讲话了。我站起身来,走到她的身边。我问:

“你怎么啦,小周,为什么不吱声了?”

“我在想那个怪人。”她毫不遮掩地说。

“哦！他是很年轻的人吗？是做什么工作的?”我说,把一只手搭到她的肩上。

“他不年轻了!”她苦笑了一下说,“他也没有什么工作。他和我也不是同时代的人。我是在想,他的同时代的人,为什么会那么冷酷无情地抛弃了他？他为什么会有这样的遭遇？我应该从他的遭遇中得出什么样的结论,又该怎样从他的生活里吸取我应该学习的东西!”

她这么一说,我更感到惊奇了。她究竟碰到了什么样的人,这个人为什么竟值得她如此为之感叹、赞佩? 我着急地问:“你到底碰到了谁呀?”

“是一件很偶然的事。”她说,“你想听听吗?”

我点点头。

“好吧! 我就给你讲讲吧!”她把我拉回到沙发上,我们两人坐在一起。

她开始讲了起来——

二

“我这次不是到天云山区去了吗?”她说,“说起天云山,你也是很熟悉的。”

“你怎么知道我熟悉天云山?”我忍不住问。

“反正我知道呗!”她狡黠地眨眨眼说,“我求你别打断我,等我讲完了,你再提问。”

“好吧,你说。”

“我到天云山的任务,是为我们规划小组,找二十年前的关于天云山的规划书,这是省里急等着要的。这份规划书,为什么二十多年前制定出来,二十年后又去找它? ……”说到这里,她自己也笑了,“你看,我自己倒提问起来,不问这个吧!

“那天我下了火车,没买到公共汽车的票,一个热情的同路人看我着急,自告奋勇要去给我想办法。我在马路上等着他,过了一会,他来了,说是有辆运货的马车要回天云镇,他已和赶马车的讲好了,可以带我去。

“我跟着这位热心人,找到了那辆马车。

“马车的一切已经准备停当了,车前坐着一位正在低头整理什么的车把式,他的旁边坐着一个女学生,她用雪亮的眼睛盯了我一眼,要我爬到那麻袋上,那里已经给我准备了能坐能靠的地方。

“那女学生俯身和赶马车的说了句什么,赶马车的点点头,也许看了我一下,也许没看,我也没注意。我把自己弄得舒服些,靠在上面。等我谢了那位热心人,车把式便扬起鞭子,马车向前滚动了,马铃声和蹄声,有节奏地响了起来。

“这天天气很晴朗,只有几片白云浮在天际,中午的太阳晒得人暖洋洋的。我斜靠在马车的麻袋上,望着路上来来往往的老乡,望着远处高耸入云的天云山,不禁神思飞驰,在有节奏的车轮滚动声里,沉入到所谓幻想境界去了。

“我想象着天云山当年闹革命的情景,想象着当年来开发天云山区的年轻人,我又望着那远处山岭上的古城堡遗址,想象着中国的悠久的历史……”

“你怎么知道那个古城堡?”我被她的讲述,带到我当年生活过、工作过的地方,不自觉地又问起她来。

“我在出发以前,就跟人交谈过,在车上,我也跟人谈过天云山。”周瑜贞瞥了我一眼,说,“我也看过天云山志,我知道那古城堡的历史。啊哟,你看,你又把我的话打断了!”

我没有吱声,只用眼色示意她再讲下去。我心里忽然隐隐感到一阵不安,我莫名其妙地意识到,这个姑娘大雪天跑来跟我讲这些,可能和我的某一段生活有关吧。

“正在我沉思的时候,”她接着说,“车前面两人的谈话,引起了我的注意。我发现那位年轻的女学生和那位赶马车的,好像有一种特殊的关系,我靠在车上有意无意地听着他俩一直非常亲密地低声谈话。这时,我听见赶车的哈哈大笑,他笑得非常爽朗天真。他对那姑娘说:‘小凌云,你也染上了这个时髦的毛病了,讽刺、挖苦、嘲弄我们生活中的某些现象,用一些最尖刻的言语,来表示自己的最新见解,这些都是很容易的,可是这能解决什么实际问题呢!’那个被叫作小凌云的姑娘难为情地一笑说:‘话是这么说,可一看到一些事,心里就憋不住!’赶车的摇着头说:‘憋不住就严肃地斗争嘛!就从自身先做起嘛!就把劲头用到刻苦学习、努力工作上去嘛!’那姑娘咳了一声说:‘叔叔,有几个能像你呀!’赶车的又笑了:‘我算个什么,我只不过不喜欢垂头丧气,相信真理一定能战胜谬误罢了!’那姑娘把头向赶马车的肩上一靠,亲热地说:‘你这个怪叔叔啊!’”

三

“我听着这两人的谈话,越听越感到惊奇,一个赶马车的怎么会说出这些话来?它既不是劳动人民的语言,也不像一个车把式的思想。

“我不由欠起身,歪头打量起这个车把式。这个人,年纪可能在四十到五十中间,他身上披了件破军大衣,那种大衣还是五十年代实行军衔制的产物,已经像是麻包布了。他头上戴了顶天云山区农民常戴的套头帽,一直压到两条漆黑的眉毛边上。他的脸从侧面看过去,轮廓特别分明,眼睛、鼻子和脸型,使我想起我看过的一个希腊雕像。我越看越觉得这个车把式有点怪,我很后悔我上车时没有仔细注意他。

“这时,马车已经走到峡谷中了。这是通向天云山区的有名的大峡谷,我们在前面看到的古城堡,就是从这个峡谷通去的。这个古城堡据说是明朝的一个大官僚地主为了防止农民起义修的,清朝时的地主,为了防太平天国的革命军又重新加固过。它现在还虎视眈眈,高踞于峡谷之上,仿佛还要继续封锁着天云山区。

“我无心思索这古城堡的过去和未来,我很想找个借口和这位车把式攀谈攀谈,可是,他和那个姑娘一进入峡谷,脸色都变得严峻起来,他俩紧紧靠在一起,望着前面什么地方,仿佛不知道还有我这个人存在。我只能暗暗地观察他们,却找不到机会询问他的情况。

“马车快要驶出谷口的时候,这位车把式忽然朝马吆喝了一声,让马车停了下来。他先跳下车,那个年轻姑娘也跟着跳下去了,车把式回头朝我招呼了一声说:‘对不起,请你等一下,我们去去就来。’

“这正是攀谈的好机会,我忙赔笑说:‘你们要去很久吗?’

“‘不!’他说,‘一会就回来。’

“‘我能跟你们一道吗?’

“‘不!’他又是一个‘不’,不过这回口气挺温和的,‘我们是去看一个亲人。’

"'啊!'

"'今天是冬至节。'他解释了一句,'我们是看亲人坟墓去的。'

"原来他们是去看坟墓的。我望着他们走进松林里,望着他那高大的时隐时现的身影,一种神秘的感觉强烈地刺激着我,他到底是什么人,他们现在又是去看什么人的坟呢?

"因为等待,感到很寂寞,山风从峡谷里吹过来,吹得我直打寒噤。我无聊地跺着脚,无目的地朝峡谷里望着,这才发现,峡谷最狭处,还有一个没有修成的水库坝址,乱石、泥沙、水泥块到处都是,一股不小的水流,发出轰然的鸣声。

"一小时以后,他俩从松林里出来了,后面还跟着几位老乡。我不知道这些老乡是哪来的,也许他们就住在松林里吧!那几位老乡和我们的车把式关系好像极为密切。他们在一起做着手势讨论着什么。到了近处,我才听清一位老乡说:

"'你说得对!今年冬天,我们就要这样干了!公社大队不同意,我们也要做,一定要改田还林了。'

"'你们拿着政策条文跟他们说。'我们的车把式继续给他们出点子,'有的人,就迷信小本本,你们就用小本本跟他们辩。他们总是把群众的觉悟估计过低,他们可能以为你们还不知道现在的政策呢!'

"在车把式和他们说话的时候,有一位老乡忽然把一口袋东西交给我,又低低对我说:'同志,请你把这收好,等到了天云镇,你把这个给他!现在你千万别说。'

"'你为什么不当面给他?'我奇怪地问。

"'他不会收的。他爱人有病,生活很难,可他又从不要人的东西。这是我们送给他爱人的。你快放好。'

"他也转身和马车夫谈心去了!

"我们又耽搁了半个小时,这才和老乡们告别走了。走了很远,我回头还看见老乡们站在那里。

"这情形更使我感到迷惑,也使我断定,这位车把式绝不是一般的车把式,他和老乡间那种感情就不是一般的!我又望着坐在车前的他,这时,那小姑娘正靠在他的肩上,他们又在讨论着什么。我听见那姑娘说:‘我……我一看到爸爸的坟墓,我就想哭。我不光是哭爸爸,我是哭你!好叔叔,他们对你太不公平了。’那车把式摇摇头说:‘个人遭遇算不了什么。问题是在我们的国家、我们的人民,再也经不起挫折了。’讲到这,他忽然回头望了我一眼,我装作看山景,他又回过头去和那姑娘讲起来,不过,这回声音小了,我只能断断续续听到什么‘为什么会出现“四人帮”,中国的历史包袱不轻……历史根源,社会根源……青年人的责任……’。

“他显然是在回避我,这使我有点气恼,同时也使我下了决心一定要把他的来历摸清楚。”

周瑜贞讲到这里,喝了口水,我也早已忘掉我手中的毛线了,我非常想问她,这个赶马车的叫什么名字,可有种无形的东西阻止住我。我愣愣地靠在那里,等待着她的下文。

周瑜贞放下杯子,也沉默了一会。外面的风声凄厉地响着。我抬起头,无意中看到墙上挂着我和吴遥的结婚照片,吴遥那微微眯着的眼睛,望着我在笑。我赶紧把目光移开了。

“这大雪天,他们现在怎样了?”周瑜贞忽然轻轻地说。

“谁?”我惊醒过来。

“那个车把式啊!”

“啊!你怎么不往下说了?”

“好!我往下说!”她笑了笑,接着说,“下午五点钟左右,我们到了天云镇,这就是当年设过特区,后来又撤销了的地方。”

“天云镇现在还热闹吗?”我问。

“我不想形容它,因为我不知道它的过去,也许它比当年要好些,但我总感到它还是简陋得可怜。那天,我们先到了镇上的供销社门口,这辆马车是给供销社拉货的,马车停下后,那位车把式才招呼我说:‘同志,已经到了!镇革委会就在那边。’

“我提起旅行包,跳下了车,把老乡给他的口袋给了他,他接过口袋,叹息了一声,又把它放在车上。我望着他,可他头也不抬,和那小姑娘忙着解那些绳子,这时他又变成道地的、普通的赶马车的了。

“我迟疑了片刻,没有走。他抬头看看我,很奇怪我为什么还站在那里。我忙说:‘我还没谢谢你哪! 同志,你贵姓?’

“‘我姓罗,叫罗赶车!’

“‘罗赶车?’我反问他,‘这不是你的真名字。’

“‘这个名字不好吗?’他说,笑了起来。

“我第一次正面看见他笑。他一笑,脸上就出现了一种特别纯真的表情。他那浓眉下的眼睛里,也蕴蓄着我很少见过的深沉而又善良的光彩,使人一见就感到他有一种很动人的魅力。我再次断定,他不是一个普通的赶车人。我想再问,可他已经扛起一个沉重的麻包,迈步向供销社走去。

“我走了两步,又忍不住回头看看。只见他正在吃力地走上台阶,他那压在麻包下面的高大身躯躬了下来,他那破大衣的下摆抖动着,他那套着一双破长筒皮靴的脚和腿,也在颤抖,发出一种吱吱的声音。我赶紧回过头来,一种酸楚的滋味,突然袭上我的心头。我想找那叫小凌云的姑娘问问,可她也扛了件小包,跟在他后面进去了。

“我只得怏怏地离开了,但他的影子始终在我脑海里萦绕。我在想,他是不是被整的干部? 前两年在‘四人帮’横行时期,干部赶马车,那也是很普通的事。可现在已经是一九七八年的冬天了,一般说,受‘四人帮’迫害的人,绝大多数早已恢复工作了,即使没有工作,也不至于还在赶马车、扛麻包。那么,他到底是什么人,居然有这种谈吐,有那种特别的风度呢?

“到了镇革委会,我先把我的来意说明了。镇革委会一个干部,看了我的介绍信,听了我的说明,连连摇起头来。他告诉我,当年天云山特区党委的材料,一部分在一九五九年撤销建制时运走了,还有一部分存在这里,也在‘文化大革命’中给烧光了,现在哪能找到什么当年的规划书? 不过,他也给了我一个安慰,答应找找线索。

“这样,我就在一个小旅社里住下来了。

“天云镇的傍晚,还是比较热闹的。广播喇叭正在播送着关于落实政策的新闻,小厂矿的工人和周围的农民在街上来来往往匆匆走着,马车、拖拉车和人拉板车依旧川流不息，发出嘈杂的声响，这镇上的声响，似乎也反映了粉碎‘四人帮’后的脉搏跳动。

“我洗了脸，孤独地坐在小木楼的走廊上，望着街道上渐渐稀少了的车辆行人，无意中又看见了我乘坐的那辆马车驶了过来。那个车把式裹着破大衣，手里捧着一本书，蜷缩在空了的车上，神情专注地看着书。那个小姑娘可能过于辛苦，趴在车沿上睡着了。没有人管的马，慢慢地朝前走着，它的蹄子敲在石板路上，发出了单调的嘚嘚声。

“我又一次出神地望着他，一股说不清的滋味又重新向我袭来。这时，正好有一位服务员走过，我连忙指着马车问她：‘那个赶马车的是什么人？’

“胖胖的服务员，随便看了一眼，‘啊’了一声说：‘他啊！一个老反革命！’

“‘老反革命？’我吃了一惊，‘他是……’

“‘他叫罗群！’服务员说，‘说来也怪可怜的。’谈到这里，大约是怕人说她同情反革命，丧失立场，急忙补了一句：‘可也是自找的，谁叫他那么顽固呢？’”

周瑜贞讲到这里，我跳了起来，说了句“你等一下”，就跑到房里去了。我自己也不清楚我为什么这样冲动，我只怕我控制不住自己，我需要镇静一下。

我没有想到，她讲的是罗群！……

四

我跑进自己的房里，匆匆打开一个箱子，从箱子里翻出一个本子，一包照片，从许多照片当中我挑出了一张，捧在手上，眼睛也就离不开它了。

这是一张两人合照的照片，一个男青年和一个女青年，两人站在周瑜贞讲的那古城堡上，互相紧紧靠在一起，眺望着远方，两人脸上都是青春焕发，洋溢着幸福的表情。

啊，逝去的青春啊！

五十年代初，当我还是革命队伍里一个十六七岁，梳着两条辫子的小鬼的时候，组织上把我送进一所学校里去了。说是要把这些嘻嘻哈哈的小丫头，培育成搞建设的专家。当时和我一道被送去的大都是解放区来的子弟，有点文化，也有点实际斗争经验。我们都满怀信心地进了学校，一致表示，要做一个红色技术人员。

一九五六年，我们从技术学校毕了业，这时我们已经是懂得一些科学技术的大姑娘了。

也就在这一年的秋天，我和我的学校里的一个好友冯晴岚，一道分到天云山区综合考察队。

天云山绵延数百里，莽莽苍苍，有峻峭的高峰，有湍急的河流，有原始森林，有丰富矿藏，是一个比较理想的建设基地。当时，省里准备在这里大搞一下，所以不仅派了我们这些人来，还专门把天云山划成两个特区。

我们综合考察队，大都是年轻人，用当时流行的语言，叫“开始走向生活”。在学校关了几年的我们，一下到了这美丽的山区，就像自由自在的小鸟，简直快乐得飞起来了。

然而就在这个时候，我认识了一个人。

这是一个星期天，我约了冯晴岚去逛那古城堡。我们两个一清早就出发了，那时的我，可不像现在。我爱笑、爱跳、爱唱，跟冯晴岚完全不一样。她是个沉静的，从容貌到性格都不容易引起人们注意的人。我呢，却是属于所谓“美丽活泼而且骄傲”的那种类型。但是，这并不妨碍我俩成为好友。

我们一出天云镇，就碰上了我们队的政委。这是一个古板的人，一天到晚要训斥知识分子，好像知识分子一天不训，就要走上邪路。当时我们都讨厌他，为了避免被他撞见，我拉着冯晴岚钻到竹林里。虽然是秋天，竹林里仍旧绿森森的。我一面跑，一面暗暗地笑，没想，在转弯处一头撞到一个人的身上！

这人给我撞得哎呀了一声，我猛地一抬头，只见一个高大的年轻人，被我撞倒在地上。他愣愣地望着我们，我也惊愕地望着他，他大约正在弓着腰打猎，冷不防给我撞倒了，一杆猎枪却紧紧抓在手里。

我先是发愣，后来，忽然扑哧一笑，我一笑他也笑了。我见他坐在地上笑，样子有点滑稽，忍不住大笑起来，他见我大笑，他也大笑了。还是冯晴岚不过意，讲了我一句，我才止住了。

“你们这两个疯姑娘，干吗这么跑？藏猫子吗？”

他拍拍身上,站起来笑着问。我把嘴一撅,还了他一句:“你把我们当小孩吗?”

“不敢!”他说,打量着我们,“你们是……”

又是冯晴岚,她老老实实地告诉了他。他一听更乐了:“好家伙,你们是企图摆脱党的领导嘛!”

“别扣帽子!”我说,严肃起来,“我们都是从小就受党的教育的,什么叫党的领导,比你清楚!”

“好厉害!”他说,“我们讲和吧。你们想看看那古寨子,我来做你们的向导,欢迎不欢迎?”

就这样,他把猎枪一背,和我们一道上古城堡去了。

他走在我们前面,步子又稳又快,我和冯晴岚在后面,悄悄地议论他是什么人。冯晴岚说他是搞后勤的,理由是他像个转业军人,最近来了一批军人在搞后勤。我说他像是森林采伐工人,理由是他脚上穿了双长筒靴,而且有猎枪。可我们又觉得没有把握,因为他身上还有我熟悉的某些气质,而这种气质又不是一个普通工人所具有的。

我们就这样在背后叽叽咕咕,不知不觉随着他走到了城堡的大门。

这个所谓古城堡,原来是一座空城墙,而且大部分是用石头垒起来的,有的地方已经完全倒塌,只有我们进去的门和一个箭楼,还完好地保存着,这里有许多石碑、石刻、砖雕。

我和冯晴岚对这些玩意都是十足的外行,看了几眼就兴趣索然。可我们的“义务向导”,倒是看得聚精会神,很仔细。他看着看着,就掏出本子记起来。冯晴岚指指他悄声对我说:“你看,他还在抄呢。”

“这破古城堡上的东西,有什么抄头。”我说,并不放低声音,“都是些封建的玩意儿!”

“首先,这不叫城堡!”“义务向导”忽然回头笑着对我说,“本地人叫寨子。其次,别小看这封建的东西,它对我们也有用处。”

“屁用处!”我因为他纠正我,有点不高兴,便粗鲁地回了他一句,“老顽固们才喜欢它呢!”

“你这个小鬼呀!”他老气横秋,居然叫起我小鬼来了,他说:“第一,这上面告诉我们,顽固守旧的势力非常之大,每一次人民要求变革,它都千方百计把你镇压下去,它封锁着天云山区,阻挠一切新的进步的势力进入,它是中国封建社会的一个缩影,对这点,可不能小看它!了解这个过去,可以分析我们的现在;第二,它又大捧特捧他们的所谓日月光华,汉唐盛世,好像中华民族的文明,早已到了顶点,人们不需要再创造,只要把他们已有的拿来夸耀夸耀就行了。这是很甜蜜的毒剂,你看这上面写的!”

他把我们引到那些石碑面前,给我们讲解着。这时,他不像后勤兵了,更不像森林采伐工,而是像一个很有修养的学者了。

这个发现很使我惊奇,我忍不住重新打量他,揣摩他到底是什么人。而当他用那很吸引人的眼神注视着我的时候,我忽然不敢正视他的目光了。

第二天,我们才发现他原来就是我们的新政委,原来的政委被调走了。

新政委一来,完全改变了老政委的做法。他首先处理了一个骂工程师的政工干部,不但让他向工程师道了歉,而且给各队发了通报。接着又召开了全考察队的党员大会,在党内开展了形势和任务的讨论,要全体党员明确认识:在三大改造基本完成后,搞社会主义建设就是党的中心任务,党员不能甘当外行,更不应以大老粗为光荣。不久,又召开了全体人员大会,给在天云山区考察有功的人挂上了红花,让他们骑上了马,他自己带头为我们的总工程师牵马,在天云镇绕行了一周,引起了天云山区大轰动。

新政委不仅在队里大刀阔斧,他还把特区郊区的一位区委书记也动员起来了。他让区委书记请一些老人给我们讲天云山的历史,讲革命斗争史,又让熟悉情况的群众给我们指路,参加考察。他又派出一些技术人员给农民讲科学种田,甚至还把几个女队员派下去当教师,在农村办起学校来。

这样,在天云山区,从科技人员到工人,从地方干部到农民都动起来了。我们很快就找到了矿藏、森林,那大片的原始森林里蓄积了大批名贵树种和经济价值很高的植物。在大森林边缘的金沙沟,我们找到了煤,和非常有希望的有色金属矿藏。与此同时,水利地质组又找到了一个优良的电站水库坝址。

在发现这些资源的同时,我也进一步发现了我们的新政委。他那大刀阔斧的作风、火一般的热情、生龙活虎的性格，都使我在内心里暗暗倾倒了。我发现我自己的眼睛只要见了他就在他身上转，他一走到我面前我就心跳得厉害，跟他讲话，没开口脸就红了起来。

二十多岁的我，第一次出现了爱的萌动！

但是我们谁也没有说破，我甚至还不知道他心里究竟有没有我呢。

这情形一直继续到一九五七年初春。

我清楚记得，那是四月初的一个傍晚，我们队为了具体制定综合开发计划，又一次被集中起来，那位和我们的新政委成了朋友的区委书记也来了。吃过晚饭后，同志们都聚集在我们帐篷前面的草滩上嬉戏。我呢，虽然也跟同志们在一起有说有笑，但总感到心神不定。绿茸茸的草地、哗哗的流水、芬芳的空气、温暖的春风和不知从哪里传来的悠扬的笛声，都使我心灵颤动。

同志们又在学骑马了。我从来没骑过马，对它也没有兴趣，就悄悄地从人群里溜出来。我很奇怪，一向在工作之余最爱玩耍的新政委，今天怎么不见了？他会到哪里去呢？

我沿着河边信步往前走去。春天的晚霞倒映在河水里，发出颤动的闪光。我望着河水，又望望河边的小树林，摘了朵小黄花，放在鼻子上嗅着，漫无目的地徘徊着。

忽然，在一棵大树后面，传来了说话声。我斜眼望过去，原来是我们的新政委和区委书记，他俩躲在这里谈心呢。

我听见区委书记略带沙哑的嗓子说："你说的对，有的人官大了，架子大了，他话里的真理价值似乎也就大了。这不是正常的现象！"

"现在这还是个苗头。"我们的新政委说，"假使再发展下去，那就严重了，它肯定会影响我们的建设事业！"

"现在已经在影响了！"区委书记说，"前天特区下命令，要我们今年一定要种三万亩双季稻，我顶了他们，说这是瞎胡闹，马上一顶'要搞独立王国'的帽子就飞来了。"

"扣帽子也别理他，这个山高水冷的地方能种那么多双季稻？"

"难啦！"区委书记沉重地叹息了一声。

我听到这里，想抽身走了，两个领导干部谈这类问题，是不应该听的。可我刚要走，忽然听见区委书记又说：

“你知道吗？对你阁下的议论也不少啊！”

“啊！”

我停下来。对他的事，我情不自禁地想听个明白。

“说你在这里，搞的是向资产阶级知识分子投降路线，你压制了政工人员，还有你搞的什么形势和任务教育，据说，这些都是很成问题的！”

“管它呢！有些人就是靠议论别人搞小动作为业的，我们跟他们拍子跳，就得把自己变得和他们一样卑下。”

“你的前任大概也有一份功劳，他已经提为组织部长了。”

我刚听到这里，我们几个队员从那边跑来了，区委书记和他也站起来了。我怕被他们发现，也急忙转身走了。

他们这场谈话，当时并没有引起我的注意。那时的我，以为这些政治上的问题，都是党和上级的事，我们这些普通党员，只要响应号召就行了。所以，我看他们都向营地附近走去，我也从另一条路上赶了回去。

离营地很远，就听见一阵欢笑声，一阵急促的马蹄声清脆地响了起来，我抬头望去，只见有几个人在那边跑马。

原来，在我离开的时候，他们一直在玩骑马。我到了营地的时候，小伙子们已经都骑过了，他们又向姑娘们起哄，要她们也来一下。他们一见我，也把我拉住，把我们几个从来不敢沾马边的姑娘包围起来，硬要我们上马试一试，说这是工作需要。几位姑娘都大着胆子骑上去了，连冯晴岚也骑着马走了一圈，只剩下我一个，怎么也不敢上。小伙子和姑娘们越起哄，我越不敢上，我越表现胆怯，他们就越起哄，搞得我满脸绯红，非常狼狈。

正在我下不来台阶的时候，突然我看见我们的新政委一纵身跳上了一匹马。他勒着马在我身旁转了一圈，我还没明白怎么回事，他猛地一下把我提到了马上，紧接着他又跳了下去，哈哈大笑着把缰绳抛给了我。我呆呆地坐在马上，只听周围响起了一片掌声，我定了定神，觉得骑在马身上也很平稳。马踏着小步在原地走着，我不觉胆子也大起来，望着政委，感谢地向他笑笑。为了表示我现在不怕,我还把身子一挺,把马缰一收紧。谁知我这一个动作,马以为我是下达命令,它昂起头,一声长嘶,尥开蹄子飞奔起来。

这下可真把我吓晕了,我紧紧伏在马鞍上,只觉耳边风呼呼作响,也不晓得被马带到什么地方,眼也不敢睁,头也不敢抬。过了好久,马忽然停住了,只听一个人喊:"宋薇同志,宋薇同志。"我一睁眼,这才看见政委已经站在我的马旁边,他紧紧逮住马头,他和马都已站在悬崖边上了。

这时,我已顾不得什么难为情了。我一下就滚下马,落到他的身上。他小心翼翼地把我放在地上,我还没从惊骇中醒过来,怔怔地望着他,拉着他的手不放,好像一松手,马又会把我驮跑似的。

等我们往回走的时候,天已经黑下来了。

山区的春夜是迷人的,清辉的月亮高高挂在天上,挺秀的山峰都蒙上了一层梦幻般的朦朦胧胧的薄雾。

这夜晚幽静的迷人景色,加上饱含着兰花芬芳的空气,使我深深感动了。我情不自禁地想和他靠得近些。我忽然觉得,正是这匹马,给我创造了一个难得的机会,我一反往常见了他就脸红的态度,一再引他讲话,请他讲他的经历、见闻和对许多问题的见解,我也把自己的经历告诉了他。我们之间原来又相同,又那么不同,相同的是我们都是在革命的怀抱里长大的,不同的是我的经历太平淡了,而他,虽然只比我大几岁,却饱经沧桑。他小时候跟父亲住在北京,父亲牺牲后,他又到了延安,并且还被送到国外,直到解放战争后期才回到国内。

我听他讲着经历,望着他那在月光下显得特别英俊的脸,望着他那浓眉下的闪光的深邃的目光,我的心猛烈地跳起来,我的脚步有些发飘。有时我被什么东西绊了一下,我就紧紧拉着他的膀子,他的健壮的膀臂接触到我的怀抱,使我浑身战栗起来,我不自觉地靠紧了他,我们停止了谈话。

我觉察到我的失态,我满脸发烧。我松开他膀子,再也不敢看他的眼睛了。

但是,我感觉到他正在动情地凝视着我。

大白马不明白我们中间发生了什么事,它把头昂起来,呼噜了一声,站住了。林里的鸟儿都为之惊叫起来。山林里没有一丝风,芬芳的空气浓得像酒。

我低着头慢慢朝前走着，我们两人一时都没有说话。我感到这种沉默是危险的，但是这种沉默，却使我有一种醉酒似的甜蜜。

我们都不想打破这种沉默。

不知什么时候，月亮被一片云儿遮住了，周围的景色格外朦胧起来。大白马已经不管我们，自个儿慢慢朝前走了。它的有节奏的蹄声，朝着一条小溪边响去。我们时而靠得很近，时而离得远些，我们还是不声不响，一直到了一条小溪边，我们才不约而同停下来。

溪水淙淙地响着，泛着微光。马儿停在那里，我知道我们已经离营地不远了。我不知道他此刻究竟在想什么，为什么一句话不说？我忍不住回过身来，抬头望着他，我看见他也正在俯视着我，虽然在暗中，我们的眼光还是像电光一样碰着了。这眼光比千言万语都说明问题。忽然，我自己也不明白是怎么回事，我向他伸开两只胳膊，他一下子把我搂了起来。

我们热烈地吻起来了，我们还是没有说话。过了好久，他忽然把我抱上了马，他自己也骑到马上来，我们就那样让马儿信步走去。我们望着茫茫的夜的山林，我紧紧贴在他的身上，我听见我们的心，都在激烈地跳动……

我们回到草滩营地时，已经很晚了，同志们还没有散去，他们见我平安回来，都非常高兴地围了上来。当我和冯晴岚拥抱时，我忽然在她耳边轻轻说了句：“感谢那匹大白马，它把我带进了幸福的乐园。”老实的冯晴岚也一下明白了，她反过来把我紧抱着，热烈地小声地说：“我祝福你，你找到的是真诚的火热的心！”她为我流下了快乐的眼泪。

永生难忘的那个夜晚啊，这第一次的最纯真、最热烈的爱情，在这以前没有过，在这以后也没有了！

我哪里会想到，在这一年的五月里，我被调到省党校学习，竟成了我们的永远分离。我更没有想到，在这以后，我会嫁给我曾经很讨厌的考察队的原政委，后来成了天云山特区党委组织部长的吴遥。

五

思绪就像这窗外的雪片，绵绵不断。照片，却又像一团火炭，从手上一直燃烧到心里。一股冷汗沾湿了我的内衣,我忘了周瑜贞还在外面,呆呆站在房里,茫然地看着这铺陈华丽而又俗气的卧室。

我还没有来得及思索这以后所发生的事,周瑜贞喊了一声:“宋大姐。”走进房里来了。

我飞快地藏起了照片,赶忙请她坐下来。

“我正讲着,你怎么跑到房里就不出来了?”周瑜贞大声地嚷起来了。

“我想添件衣裳,客厅里太冷。”我只得扯了个谎。

“这房里我看更冷。”周瑜贞不无讽刺地说,“好华丽的房间,对比真是太强烈了!”

“跟什么对比太强烈了?”

“跟那车把式的家!”

“啊? 你到他家里去了?”

“去了! 不仅去了,还做了客呢!”

“那你讲讲吧!”

“我本来就要讲到了嘛!”她说,在吴遥常坐的那把有丝绒靠垫的软椅上坐下来,还挖苦地问了句,“能坐吗?”

我只能苦笑了一下,对这个跟我们有特殊关系,又是这样性格的人,我有什么办法呢!

为了表明我真是要添衣裳,我披上了大衣,坐到她对面,她又开始讲起来。

“当天晚上,我没有打听到什么。第二天早晨,因为想起自己的任务,也就把这事丢在旁边。吃过早点,我又到了镇革委会,找到了昨天接待我的那位同志。他告诉我,他想到一个线索,他给我写了封介绍信,要我去郊区小学,找一个叫冯晴岚的老师,据他告诉我,她是当年在考察队工作的。”

周瑜贞讲到晴岚,又使我震惊了一下,但是我没有动,也没有打断她。我俯下头,托着腮,听她讲下去。

“我拿了介绍信,”周瑜贞继续说,“问了一下路就出发了。

“这天天气倒是晴朗的,但是却很冷,我把围巾紧紧围在脖子上,迎着风低着头朝前走着。刚出镇,一辆马车从我身边驶了过去。我抬头一看,又是那辆马车，罗群和那个小姑娘照旧坐在车上。他们也看见了我，那小姑娘用手朝我指指，罗群也抬头望望我，我不自觉地扬起了手，可他们已经渐渐跑远了。

“这个怪马车夫，怎么老是和我碰面？我心里这样想。

“出镇几里，在一个村子旁边的河边上，我找到了学校。学校已经放了寒假，没有人。我按照人家指定的路线走到学校后面，这才看见有两间用山茅草盖的房子，墙是一些树皮和泥糊起来的，门外有一片小场地，两棵青翠的杉树，对称地长在那里，给这简陋得可怜的茅屋增添了不少生气。

“我没走近房子，便看见两个小学生，惊惊慌慌地从房里跑出来。他们看见我就喊起来：‘我们老师……她……’我不知出了什么事，急忙问：‘你们老师怎么啦？’一个较大的学生说：‘她犯病了，她正在给我们补课，一下子就晕倒了！’我一听三步两步奔进房里，只见还有几个小学生，围着一个俯身倒在地上的女人哭。那女人面色苍白，双目紧闭。我一看也吓坏了，忙向小学生们摆摆手，要他们安静。我俯身下去，抓住她的手试试她的脉搏，又听了听她的呼吸。脉搏和呼吸都比较弱，我判断不了她是什么病。可是我不能让她躺在这冰冷的地上，我小心地把她抱起来，由学生协助，给她扶到床上，盖上了被。

“我考虑是不是要找医生，但我不知道在哪能找到医生，我决定先让病人安静地休息。我把小学生们领到门外，问他们是怎么回事。小学生七嘴八舌告诉我，老师正给他们补课，一下子就从凳子跌到地上。我又问一个较大的学生，她从前是不是也犯过这样的病。这个同学说她从前也犯过，有时很快就好了。我们估计可能是一种老毛病，便又回到房里，进一步观察她的动静。

“我到床边再看看她，她眼睛虽然闭着，但呼吸平稳得多了，脸色也不像刚才那么可怕了，看来危险性不大，我便端了张竹椅子，在她床前坐下来。

“我环顾了一下室内，这才注意到，这是一个简单得可怜的家，房里没有一件像样的家具，除了她现在睡的一张大床，和那个小间里的一张小木床还算是比较完整，其余桌子、凳子都是七拼八凑用什么板子钉起来的。房里连一个堪称窗户的东西也没有，只有几个小方块洞，钉了几根木条，装上拼凑起来的玻璃。现正射进几束使人倍增寂寞的光。但是使我惊讶的是，在这个破旧房里，书却很多，密密层层，一直从地上几乎堆到屋顶；也没有书橱，是用一些木板，一层一层钉上去的架子遮满了整个山墙。

“这又是个怪人！我心里这样想。她物质生活这么贫困，而精神食粮倒是如此丰富！这位冯晴岚为什么一个人蹲在这山沟里？她难道就是孤身一人？

“我转而仔细观察起她来，我这才发现，她是那种所谓猛看一般，细看却非常吸引人的人。她那本来苍白现在已略带红晕的脸，她那秀气的眉，端正的鼻子，加上乌黑的头发，都使她具有一种特别的恬静美。她不像宋薇大姐你鲜艳丰润，但她却像那水仙，亭亭玉立，自有一种淡雅高洁的天然风韵。

“她的实际年龄我很难判断，也可能是三十七八，也可能是四十出头。有一些女同志，正是到了这种年龄，才显出她的风采，使人难以看清她的岁数，她大约就是属于这种人。

“我望了她一会，她动了动，我替她把被子掖好。一抬头，忽然看见靠床的墙上，挂着一张照片，这是一张英气勃勃的年轻人的照片，我不由仔细看起来，越看越觉得这张照片上的人很面熟，我看着看着猛然想起，这正是那个叫罗群的马车夫兼反革命的照片。

“我吃了一惊，难道她是罗群的……

“就在这时，她睁开了眼睛望着我。我轻声问：‘你好些了吗？’她点点头。这时，一直在门口张望的学生们，一下子都跑了进来。这些学生，对这位老师的感情大概是非常深厚的，他们看见老师醒过来，有的高兴得笑，有的激动得哭了。她伸出一只手，在一个小孩子头上抚摸了一下，用微弱但很清晰的声音说：‘哭什么？我……我不要紧的，你们先回去吧，好好在家温习功课。’学生们还是舍不得走。我问她要不要找个医生来，她摇摇头说：‘不用，我知道我自己的病，过一刻就没事了。’她又催学生们回去。等学生们走了，她才又一次打量着我问：‘你是从哪来的？’我说：‘你先别多说话，等会儿再讲吧！你要喝水吗？’她点点头，我在墙脚下找到一个竹壳水瓶，给她倒了杯水。

“她喝过水以后，抱歉地微笑了一下说：‘难为你了！’

“她挣扎了一下，坐了起来，我帮她拿了个枕头垫在后背。她用手拢了一下头发，又问我是谁，从哪里来的。我告诉了她，她多少有点惊讶地望着我。我赶紧把我的来意说明了，并把镇革委会的介绍信递给了她。她看看信，‘啊’了一

声说:‘总算有人又想起天云山区了。’我说:‘是的,天云山白白过去了许多年,这是一个历史的悲剧!’

“‘悲剧?’她几乎觉察不出地颤抖了一下,用她那带有疑问的眼光望着我。

“‘为什么不是呢?’我说,不自觉地像在你家里一样,滔滔不绝发起议论来。我议论的那些观点你是清楚的,她在我讲话的时候,只是静静地听着,可是我发觉她眼里的疑虑神情逐渐消失了,终于对我的某些比喻点了点头,脸上也出现了笑容。并用低低的声音问我:‘你还是第一次见我哪!就敢议论这样一些大事?’

“‘为什么不敢呢?’我又激愤地讲起来,‘人和人之间,为什么要有那么多的戒备?这正是我们政治生活不正常所造成的恶果,这种现象,应当彻底消灭!’

“‘看来你倒是个很爽快的人!’她说,‘你是哪里人?’

“我告诉了她。

“‘你是哪年来这个地区的?’她又问,‘家里还有些什么人?’

“我知道她还是想进一步考查我,处在她这样的环境,心情是可以理解的。为了解除她的疑虑,我索性坐到她的床沿上,把我的底全部亮了出来。当我讲到我的父亲的时候,她的眼睛亮了,她说:‘你的父亲我听老罗说过,他在前几年遭的罪也不小。’

“我知道她说的老罗就是罗群,我故意问:‘老罗是谁?’

“‘他吗,是我的爱人!’她说,眼光里霎时露出一种温情的微笑,她还用手指指那张照片,‘你看,就是他!’

“‘他……’

“‘他去赶马车去了。’她见我想问,便直言不讳地说。

“‘他为什么……’

“‘为什么?’她重复了一下,嘴唇动了动,想讲,但又改口说,‘你不是来要天云山的资料吗?’

“‘是啊!’我说。其实我现在想了解她和罗群的秘密,比要知道她有没有资料的欲望更强。但是我不能硬逼,我们毕竟是第一次见面啊!

“‘原来的资料我这里没有。’她说,又低下头思索了一会,然后才说,‘不过,我这里倒有一些关于天云山区的稿子,愿意看看吗?’

“我一听,当然非常高兴,我问她是什么稿子,属于哪方面的。她抬起手,指指靠东面墙上一块用木板钉起来的地方。她说:‘麻烦你,你把那块板子推开,里面有一个包,你把那包裹拿来。’我按照她的指示,把那块看来像是堵洞的板子推开,里面原来是个夹墙,夹墙中间有个用红布包起来的包裹。我不知里面包的是什么东西,只觉得很重,我把这包裹捧着,送到她的手上。

“她接过包裹,很珍重地把它放到被子上,用手抚摸了一会,这才解开绳子,把红布打开,里面露出几十本整整齐齐装订得很好的本子。她从这许多本子中,抽出四本交给了我,说:‘请你看看,对你们是不是有点用处?’

“我惊疑地接过这些本子,打开第一本封面一看,只见扉页上工整地写着:《论天云山区的改造与建设》。下面还有一行字:‘献给未来的天云山区建设者们’。再看看目录,目录上的题目,几乎把天云山区所有问题都接触到了:历史沿革、地理概况、资源分布、规划设想等等,应有尽有。看来是一部著作的原稿。我急于想看到它的内容,顾不上去问她,便捧着它走到那小窗口的破桌子上,读了起来。

“我是带着疑惑和好奇打开这部稿子的,但是当我接触到它的内容,很快就被一种震惊和喜悦的心情代替了。我一口气读完了前面的导言和几个章节,我已经十分明白,这是一部非常有价值的著作,它的价值,不仅在于它的占有的资料全面性,而且在于它的严格的科学性,这种科学性也不仅是表现在自然方面,更重要的是社会方面。它深刻地剖析了天云山区的历史,总结了它在解放后的曲折道路,通过天云山提出了非常尖锐的问题。我读着读着,感到一股热力直冲脑际。我回头看看冯晴岚,她的一双水莹莹的眼睛正在仔细观察我的反应。

“我们的眼光碰着了,我们都在一刹那间明白了彼此的评价!

“‘读完了?’她颤声地问。

“‘没有! 我只读了几章,它已经把我征服了!’

“‘是吗?’她问,一种掩饰不住的喜悦的笑容在她脸上弥漫开来。我见她怀里还抱着一堆本子,我问她:‘那些本子都是吗?’她点点头说:‘这也是稿本,但

这些是属于另一类的。’

“‘另一类?’我跑到她床前,又翻看了那些本子,原来这确实又是另外一部著作,它的总题目是《过去、现在和未来》,下面又分册写着《读史笔记》《科技与中国》《农村调查》《论“四人帮”产生的背景及其教训》《天云山下随感录》等等。

“老实说,我被惊呆了,不是我亲自碰上,我是怎么也不相信的。难道在今天,真有在这个破旧、贫穷的房里,用全部心血,排除一切干扰,把自己的血汗凝结成为著作的人么?而这个人又是谁呢!我不禁抓住她的手激动地问:‘晴岚同志,这些都是你写的?’

“冯晴岚摇了摇头,眼里又一次出现了那种动人的温柔的光芒。她又抬起头看着罗群的照片。

“‘是他写的?’我惊讶得跳起来。

“‘是的!’冯晴岚说,眼睛还没有离开那照片,大约是多少年的苦辣辛酸涌上她的心头,她的眼帘垂下了,两颗泪水珠儿浮在她长长的睫毛上,终于掉了下来,滴在那包稿子上面。

“我被她的神情深深打动了,我也感到一阵心酸。我情不自禁地半搂着她,低声在她耳边喊了声:‘大姐!能把你们的事跟我说说吗?’

“冯晴岚拭掉眼泪,咬着嘴唇,没有吱声。

“‘跟我讲讲吧!’我仍旧搂着她央求,‘也许我能尽我的一份力量。罗群究竟是怎样被打成反革命的,你们是怎样结合的?你们这些年的生活又是怎样度过来的?他这些著作是怎么写起来的?’

“也许是我一下提的问题太多,使她不知道怎么回答,也许她暂时还不想讲。她叹了口气,反过来抓住我的手,恳切地说:‘我很感谢你,小周同志,粉碎“四人帮”两年了,你还是第一个来的半官方客人。关于我们的事,说来话太长了,而且我不想给你一个先入为主的印象。假使你有兴趣,你可以在这里住下来,把罗群同志的这些著作读一读,在这些作品里,有他的全部思想、境界、情操和对政治的见解。读过以后,你再做出自己的判断!那时,我再把我们的经过,讲给你听,你看这样可好呢?’

“‘那太好了。’我说,‘这也是对我的最大的信任!罗群同志晚上回来吗?

他为什么又在赶马车?’

“‘回来。’冯晴岚说,‘他这个人就是这么个脾气,他说我近来身体太弱了,他要给我买些东西补补,瞒着我请求供销社让他去赶一阵子马车。我知道了,拦也拦不住。不过,下个月我无论如何不能让他再去了。’

“‘你们生活很困难?’我问。

“‘不谈这个吧!’她说,掀开被子下了床,‘我这里有一个小间,是我们的养女小凌云住的,你就在那里看吧,我去做饭。’

“‘我给你做好了。’我说,‘你刚好一些,不能……’

“‘不要紧的,你放心,我一定要活着看到他的问题解决。’

“她把我领到那间小房里,给我拿了杯水,让我在那看起来。

“这样,我整个身心便投到罗群的著作中去了。我忘却了远远近近奔腾而来的松涛声,也听不见小河的哗哗流水的声响,我的思想跟着罗群的思想飞驰起来。

“我读着他火一般的热烈语言,具体而又深刻的思想,独特而又容易理解的见解和豪放的纵横古今的议论,我简直不能想象,这是一个顶着反革命帽子,要用赶马车挣来的钱补贴生活的人写出来的。我忽然感到,我自己平时自以为思想激进,能够大胆地发表议论,以尖刻嘲弄为能事,瞧不起别人,把别人都当作思想僵化的保守分子,其实,我自己是多么浅薄啊!对我们的国家、我们的历史、我们的人民、我们的革命,我进行过什么研究?对当前世界上正在发生的事,我又知道多少呢?而他则是博大、精深、尖锐而又实事求是,只有那些对问题进行过深刻的研究,对生活进行过细致的观察,对党和人民充满着热爱的人,才能做到这一点,这也正是我们所缺乏的。

“这样的人,现在还在蒙着不白之冤,这简直是我们的耻辱!

“我就是这样,一面读一面感慨。

“傍晚时分,我听见门被推开了,一阵急促的很响的脚步走进冯晴岚的房里。我知道这是罗群回来了。

“我从我这个小房间的半开着的门望过去,只见冯晴岚站在那里,充满热爱地望着罗群,罗群大步靠近了她,像怕碰破对方似的轻轻上去扶着她,连声问:

'今天好吗？让我看看。'冯晴岚笑着推开了他说：'我很好，我告诉你，今天……'罗群不听，仍旧把手扶在她的膀子上，让她坐下来，那份温情劲儿，倒是少见的。他说：'我的小圣母，你这双眼睛啊，你坐好，别动！'冯晴岚说：'我要告诉你……'罗群突然把一个纸包亮了出来，把它递给了冯晴岚。冯晴岚疑疑惑惑地望着那纸包。他说：'你打开嘛！'冯晴岚微笑地拆开纸包，原来是一件素花布衣料。冯晴岚站起来，嗔怪地说：'你买这个干吗！你自己还没有棉衣呢！'罗群不管，他把那衣料拿过来抖开，披在冯晴岚身上，一面说：'你看看，颜色还可以吧？'冯晴岚摸摸那衣料，摇着头，罗群以为她不要，带点难为情地央求说：'晴岚，你再推却，我可不高兴了。你我在一起生活快二十年了，这二十年没有你，别说那些著作，就连我本人，恐怕也……我和小云吃的穿的用的看的一切都是你供给的，你把精力、经济，全部……'罗群说到这里，冯晴岚急了：'你今天怎么啦，干吗说这个？'罗群叹了口气：'二十年，我连一根线都不能买给你，现在我连件棉袄也还买不起，只能给你买件面子。你看你那棉衣，我再粗心也能看出来，那不是棉袄，那是披在身上的瓦片。你现在身子弱，哪能……'说到这里，他停住了，我看出他是在强行压制自己的感情，他用玩笑的口吻结束说：'这是个马车夫的礼物，也是我们结婚十九周年纪念。'

"冯晴岚被他说得眼圈红了，她什么也没说，一下伏在他的怀里。他轻轻抚着她的头发，就在这当儿，他看见了我……"

周瑜贞讲到这里，突然停止，因为我桌上的闹钟当当地响了起来。

已经是深夜十一点了！

六

深夜里的钟，像敲在我的心坎上。

周瑜贞的叙述，使我心里像倒翻了五味瓶，我埋着头坐在那里，一动不动。我在等待着她继续说下去，我要知道，他究竟是什么问题，要知道冯晴岚是怎么和他结合的，我还要知道为什么他的问题没有人提起，也不见他的申诉。

现在的天云镇，已划给了这个地区，而我又调到这个地区，他知道不知道我现在的工作呢?

但是周瑜贞不说了!

我不觉抬头望望她,她也正在望着我。我忍不住问:“你为什么不讲了?”

“还讲什么呢!”她像男人那样耸耸肩,做了个手势说,“那天晚上,除了我们,还有许多老乡打着火把来了,我从老乡和他们相处的感情里看出来,正像他自己后来对我讲的:‘有人把我开除了,但是我认为革命没有开除我,人民没有开除我,我自己更没有开除我自己。’对这样的同志,我还讲什么呢? 我真不明白,你们的组织部,为什么对他的申诉就是置之不理!”

我忍不住跳了起来,急促地反问:“他有申诉在我们组织部吗?”

“有!”周瑜贞硬邦邦地说,“有三次!”

“三次?”我更为惊讶地叫道。

“一次是一九七七年元月,一次是一九七七年十月,还有一次是上个月,可你们只字不予回答。”

“有这样的事?”我惊慌地说,“我怎么没看见?”

“是你没看见,还是不愿意看呢?”周瑜贞说,脸色变得越来越严厉了,她的口气简直像在审问我,“我认为你们是有意压制。”

“瑜贞,你误会了! 我……”

“我误会了?”她反问我,忽然跑到我面前,紧紧抓住我的膀子连声问,“我们别再弯弯绕了,我问你,你在人家困难时刻,为什么要抛弃他? 你们相爱时那么热烈,为什么一下子就断绝了来往? 你轻率地就把自己心爱的人扔了,你扔的真是右派? 右倾? 反革命? 我认为你是扔掉了一颗最宝贵的心!”

周瑜贞这突然的连珠炮似的质问,像一根根棍子猛击在我的身上,我满脸通红,好像被人扒了衣服。我的第一个反应是猛地推开了她。在我这个年龄,在我现在的身份,尽管是周瑜贞,我也难堪得受不了啊。

可是周瑜贞还是不放松我,她紧紧拉住我,又把我按到椅子上,还是不容情地问:“你,你当初为什么要那样做啊?”

我被她按住,我重新低下了头,我没有吱声,我也无法回答。我该怎么解释我自己的行为呢!

我想起当时的情况。那时的历史环境和我们那一代人的思想，远不是今天的周瑜贞所能了解的。那个时期，像我这样的人，都是最真诚地把政治当作第一生命，对党组织说的话，是绝对神圣不容怀疑的。那时我们常说，为了党为了政治需要，可以牺牲一切，也绝对不是假话。既然生命都可以牺牲，又何况个人的痛苦！

当时我们毕竟是年轻啊！

我们是既天真又幼稚，那时又哪里有自己的正确的是非观念呢！我们嘴里天天讲政治，其实我们又何尝懂得政治，我们天天讲党，我们又懂得什么是党？我们有的倒是政治上的虚荣心，有时候，这种虚荣，这种害怕犯错误、挨批评，害怕被孤立、被人瞧不起的感觉，非常强烈，这其实是小资产阶级的东西，而自己却认定是应当如此。正因为这样，有那么一些人，就以党的身份在你面前出现，他们说他们代表组织，而我们也就把他们当成组织，尊重他们、服从他们，甚至压制自己的痛苦而坚决照办。

这在当时，我都认为是天然合理的。我们哪里敢想什么“要独立思考”？实际上，那个时候，我们既无办法也无能力去思考问题，因为我们对实际生活的知识那么贫乏，学习又是那么差，不光自己不学，对别人看书，只要不是规定的符合正统的，我们还很反感呢！我自己就是只学习一点上级布置的东西，很少学习和研究其他，在部队是如此，在学校也是如此。在综合考察队的一段生活，因为罗群的批评，有所改进，但我很快又被调进党校了。

那时的我，和现在的周瑜贞是不能比的。

但是，要说我是轻率地就决定离开他，那也不是事实。我记得当吴遥代表特区党委到党校通知我，罗群已成了党的敌人——右派分子，而且在生活作风上也有严重问题，要我和他划清界限的时候，我一下子就晕倒了。我一直睡了三天，一直到第四天，吴遥和党校支部跟我谈话，要我表态时，我才表明了自己的态度，跟罗群一刀两断，表示一定站在党的立场上，和他彻底划清界限。也是在这一天，我给罗群写了封表明自己态度的信。从那以后，我就在心里埋葬了他！我在人前固然不提他，别人也从不在我面前讲他的事，我甚至都没有问过，他为什么成了右派？他的右派行为究竟表现在哪些方面？

我知道的关于他的消息，最后一次是在一九五九年，那时我早已调到另一个市，搞政治工作了。一次，吴遥忽然来告诉我罗群的问题又升级了，反党、反社会主义、反毛主席，问题严重得很，可能要逮捕。同时，他又告诉我，冯晴岚来了，是来劝我和罗群恢复关系的。在这种情况下，冯晴岚竟然来劝我和罗群恢复关系？我认为她简直是疯了，我认为还是不见的好。后来我听说她流着泪走了。我拒绝了冯晴岚，也就是最后一次拒绝了罗群。从那以后，关于他我就什么也不知道了。

消息可以隔绝，决心可以下定，理智也可以战胜情感，甚至可私自庆幸，没把我自己拴在他身上。但是心灵毕竟是不能长久欺骗的，烙印是不能消失的，第一次的纯真的爱是忘却不了的。随着时间的推移，特别是和吴遥结婚后的生活，罗群的影子不时又暗暗在我心灵深处浮起，一种失去最宝贵的东西的隐痛，也时而揪人心肝似的发作。这种情形，有时不是一句"他是右派"就能压制得住的，虽然直到"文化大革命"开始前，我从来没有怀疑过对他的处理的正确性。

这前前后后的经过，我无法向周瑜贞说明。我不能替自己辩白，也不能解释我的思想感情。我红着脸，呆呆地望着周瑜贞，我现在只有一个强烈的愿望，我急想知道他的所谓罪行到底是怎么样的。"文化大革命"教训了我，我不能那样相信一切事物都是合理的了。

然而周瑜贞不愿说下去了，她只说："希望你明天查一查他的申诉，不管他和你的关系怎样，就是我们从来不认识的人，我们也应该关心啊！至于其他情况，冯晴岚同志可能会寄信告诉你。"

周瑜贞走了，可她走到门口，猛然又冒出一句："会不会是你那一口子，我们的吴遥书记，压下了他的申诉呢？"

"吴遥？"我吃了一惊，呆呆望着走出去的周瑜贞的背影，听见她把门啪的一声带上了。

一种可怕的疑虑，在我心头升起了！

我忽然想起多年前，我听到罗群和那位区委书记的谈话，区委书记不是说过什么"你的前任"什么的吗？难道之后的一切和吴遥有着密切的联系？

于是我又想起吴遥在"文化大革命"前飞黄腾达的情景，他是一步步提升，而罗群却一步步加重处理，这两个人的不同命运，正是从反右派斗争之后开始的。一个现在已是所谓高级干部，而另一个却压在最低层，戴着那么多的帽子。

为什么会产生这种现象？难道罗群真是反对了党，而吴遥真的是一个最忠诚的干部？我为什么又抛弃了罗群而同吴遥结合？

我不能禁止自己，把这两人的心灵做着对比，我也不能禁止我把我自己和冯晴岚放在同一个天平上。

于是我又想起我们的婚姻。

我清楚记得，在考察队的时候，我是如何讨厌吴遥的。他的官腔官调我讨厌，他的自命不凡的派头我讨厌，他的动辄训人的作风我讨厌。我记得当我经历了在罗群问题上的心灵上的风暴之后，当吴遥的老领导，原特区第一书记，以后又成了我们市委书记，对我提起和吴遥结婚的时候，我还是吓了一跳。然而，随着时间的推移，随着我工作的变动，我不断听到对吴遥的赞扬声，什么他原则性强，作风严谨；什么他工作有能力，政策水平高，等等等等。我们的市委书记还把我教训了一顿："你对吴遥这样的同志还有什么犹豫的？你要找一个什么样的人呢？难道你不相信我，不相信组织上对他的评价吗？你这个同志呀！"这样，我就渐渐对自己的感觉也怀疑起来了，我是不是在用小资产阶级的眼睛在看人呢？

不久，来劝说的人越来越多，而吴遥在我面前又一直是殷勤而温顺的，我心一横，算了！可是当我们正式举行婚礼的时候，我望着站在身边的吴遥，忽然起了一种莫名其妙的惶惑、恐惧和害怕的感觉，我感到不由自主的浑身战栗。我四处张望，好像失掉了什么东西，以至于吴遥竟低声问我要找什么，我究竟要找什么，我自己又哪里知道？

今天，罗群的形象，又突然这么清晰地站到我面前来了。现在我才清楚地感到，我是永远失去了我应该找回的！

对于这些年来自己的生活，我不愿去回想，那种在家庭生活里也表现着专断的把别人当作上层交往工具的作风，想它做什么呢！

但是，我现在不能不问，当初打罗群第一棒的，难道真会是他吗？

七

第二天早晨，我匆匆洗完脸，吃了点东西，就到办公室来了。

同志们刚来，正在打扫卫生，弄得满屋里都是灰尘。我找到那位管申诉材料的同志，我问他："我们有没有收到过来自天云镇的一位叫罗群的申诉？"

这位同志想了想说："没有，我不记得有这个人的申诉。"

"你查查登记簿！"

"好！"

我走进我自己的小房间。小房间的炉子早生着了，倒是很温暖。窗外，雪也早已停了，但天还是阴沉沉的。

我坐在自己的座位上，看见对面那张办公桌上面已积满了灰，这张办公桌是吴遥来组织部检查工作批文件时用的。这桌子里面也放着文件、材料，会不会在他的抽屉里呢？我走过去，想拉开抽屉，可抽屉是锁着的，我没有钥匙。

这时，那位管登记分发材料的同志进来了，他手里捧着登记簿对我说："宋部长，没有查到你说的罗群的申诉。天云镇来的申诉材料中，倒是有个叫冯晴岚的，她是替她丈夫罗群申诉的，事由摘要上写着。"

我一听果然有申诉材料，忙接过登记本子看了看，并问他："这份材料是谁处理的？"他告诉我是一位科长处理的。我出去找来了那位科长，他不经意地说："三次申诉都给了吴书记了！"

"为什么没给我看？"我有些气愤地问。

"因为……因为……"

"因为什么？"

"因为上面讲到了吴书记，"科长神秘地说，"所以我就先交给他了。"

"他批过了吗？"

"没有。不过他口头有指示，认为基本情节没有出入，不能纠正。"

我把科长打发走了，猛地关上了门。我心里感到一阵火燎燎的难受。果然如周瑜贞所讲的，是他压下去了！

我坐到椅子上，又很快站起来，我越想越不对头，为什么吴遥不跟我说这个呢？为什么申诉中还讲到他呢？我望着吴遥的办公桌，一种强烈的冲动产生了，我要打开他的抽屉，找出晴岚写的申诉材料。我试了试，抽屉锁得很严。我想起家里还有吴遥的一串钥匙，我匆匆跑回家，在他的写字台里找到了它，又匆匆赶回办公室。

吴遥的办公桌被我打开了。我把里面的卷宗本子都找了出来。我正在仔细找寻的时候，那位科长突然推门进来了。

这个科长姓朱，是吴遥的老部下了，我很不喜欢他，因为他不仅好对上献媚，而且好打别人的小报告。虽然，他对吴遥倒是非常忠诚的。

他看到我在找东西，小心地问我找什么。我告诉他，我要找那份申诉。他的小眼珠转动了一下，轻声问我："宋部长，你今天一大早就要找那份申诉，是不是有什么重要人物交代过？"

我说："没有哇！"

"那……"他大为迷惑了，"那你为啥这么着急？"

"没有重要人物交代！"我没好气地说，"可有普通人的反映。你告诉我，你晓得它在哪里吗？"

"不知道！"这位朱科长摇着头，摆着一种不愿介入的样子，又悄悄退出去了。

我没管他，重新打开那些卷宗，终于我在最后一份卷宗里发现了它！

我把东西收拾好，重新坐到椅子上，望着那熟悉的晴岚的笔迹，忍着心跳，迅速看起来。

我读着前面晴岚对罗群的介绍，她的热情洋溢带有文学性的描写，使罗群那种天真、率真、热情和敢于坚持真理的形象，一下子又清晰地浮现在我的面前，好像仍旧在含笑地望着我。

我不禁闭上了眼睛。

原来他的所谓右派罪行，就是在考察队批评了政工干部；他的所谓保护的右派，是指我认识的一位工程师；他反对"反右"斗争，就是他没在考察队抓右派分子；他搞了个反党小集团，反对党，就是指他和区委书记凌曙对天云山的农业生产,发表了和特区党委领导的不同意见;他推行了一套极右的政治路线,就是指他改变了吴遥的一些错误做法,搞了那次形势和任务的教育。

申诉材料上的叙述,使我重新想起了罗群在天云山区的工作,天哪,这就是所谓右派么?

窗外的风声,大办公室里人的谈话声,把我惊醒了,我睁开了眼睛,重新看下去。但是一个事实,又使我忍不住跳了起来,原来所谓罗群的生活腐化堕落事实,就是指的我和罗群在天云山的那段恋爱。

我惊骇得呆住了,天底下难道真有颠倒黑白到如此程度的吗?在冯晴岚写的整个"反右"斗争情况中,还提供了一个事实,当时就有不少人觉得不能把罗群定为右派分子,许多同志考虑到罗群的出身历史情况,认为只能给必要的处分,不能定为右派。可是当时的运动办公室负责人吴遥,硬是压下了这一部分同志的意见,在上报给省委的材料中,变成一致意见:开除党籍,戴上右派分子帽子。

一种愤怒和羞耻的情绪,几乎使我难以再看下去。我强行压制住自己,倒了杯水润润我发干的嗓子,接着看晴岚写的后两次对罗群加码处理的申诉,即一九五九年开除公职和一九六九年定为反革命。

这段历史情况是谁都清楚的,但罗群这一段的具体情况,我却又是毫无所知的。奇怪的是,冯晴岚在这两段的申诉中,一开始就说明,定案材料基本符合事实。她还引用了结论中所指的具体罪名,她说,那些话罗群是讲过的,但是她认为这些话是正确的。实践证明,罗群的言论和行为是符合马列主义、毛泽东思想的,是一个共产党员光明磊落的表现,因此,不仅不能认为是错误,相反这正表现了罗群同志敢于坚持真理的精神!

看完了最后一页,我不像开始那样了,我感到有些踌躇,因为他的言论涉及对一个历史时期的评价,涉及党所领导的几次大的运动,在群众中散布了对反右派运动的不满言论,而且在大炼钢铁时,组织过人拦截炼铁队伍,破坏大跃进。这样既不像是一般的反右派斗争中的案件,更不像因为反"四人帮"被打成反革命的案件。一九六九年定他为反革命也是根据上述材料。

这种情况我们还没有碰到过,上级也没有具体指示,该如何对待这样的问题呢?

我站在房里,望着窗外的雪后景色,许多下课的孩子,在耀眼的白雪上奔跑着,他们穿着五颜六色的衣服,给白雪一衬托,格外显得鲜艳。这情景和两年前大不相同了,他们不再是不起眼的灰蓝色,也不再是以侮辱老师为光荣,而是天真活泼、努力学习、天天向上的了。我自己的唯一的孩子也在他们中间,她那小红帽像一团火,我远远就能瞧见,她此刻正在雪地里无所畏惧地向前奔跑,像是一下子就要跑到他们的新世纪。

我忽然想起,她有一次问我:“妈妈,你们还能够创造一个时代吗?”她不等我回答,又搂着我的脖子说:“我相信你们能,你们经历了那么多,你们懂得什么是对的,什么是不对的,这就是条件,对不对?”

当时,我给问愣住了,我想不到一个中学生会提出这样的问题。

我搞不清,此时此刻,为什么忽然想到这个。

我的目光重又落到晴岚的材料上,现在,即使不看原始材料,问题也很清楚了。我知道,现在着手解决罗群的问题,阻力肯定是不小的,这种阻力首先就来自我的丈夫吴遥。他当然不会承认,当初他在罗群问题上,充当了一个令人憎恶的角色。可是要把问题敞开,他当时的面貌就非暴露不可。因此,他不可能不反对,而他的反对,肯定会在罗群的一九五九年的一些言论上做文章,而他又会是以保卫旗帜的名义出现,这么一来,别人就不敢发言了。

假使我坚持,我们的关系就会有破裂的危险。

破裂,我能有这个勇气和决心吗?

我已经不是年轻的时候了,我还能重建我的生活么?而组织上又给了我现在的这个职务,社会舆论将怎么看?会不会把我和罗群过去的关系再公开出来?再说还有孩子。

我又想到吴遥。

我们的婚姻,我对他的感情,我内心是明白的。尽管如此,我们也还是在一起生活了近二十年了。特别是在近十年中,当我们一道挨“四人帮”整的时候,我们毕竟还互相鼓励过,我们经历了关牛棚、挨斗争、挂牌子、下放。在那困难的时候,他,这个权力欲望极强、乌纱瘾特大的人,毕竟也没有投靠“四人帮”。

虽然自从他重新工作以后,又是故态复萌,重用亲信,对上谄对下骄。一切要看对自己权位的影响,把自己打扮成“一贯正确”。我们的家庭生活,又不知不觉恢复到“文革”前的冷冰冰的状态,但是要说到破裂,我还从来没有想过。

难道,到了中年的我,还要面临一次人生道路上的抉择吗?

别人都下班了,我还坐在那里,我恨自己缺乏决断,我又一次翻着晴岚的材料,又一次仿佛看见病弱的晴岚和赶着马车在天云山里奔走的罗群,而周瑜贞的那种质问的眼光,也在我面前浮现着……

我一直到十二点才慢慢离开办公室。

八

我回到家里,看到了冯晴岚寄来的信。

这封信来得正是时候,我多么想了解她啊!我饭也没顾上吃,就躲进房里读起来。

正像我们久已疏远了的关系一样,她的信开头也用了一般的称呼,她写道:

宋薇同志:我们的现实情况,估计周瑜贞同志已经告诉你了。你的情况,她也约略告诉我们一些。对于我们不同的处境,她有她的看法,她是一个新型的人,她的许多看法,倒是颇有意思的,但是,我们先不管她的看法吧!

关于罗群同志的情况,我在我写的申诉中已经讲了。现在我想谈一些我自己的事情,通过我的一些想法,你对罗群可能会加深一些了解,因为我觉得你对他其实是不了解的。

对我和罗群的关系,你可能觉得很奇怪。的确,在我的亲属朋友当中,为此而大吃一惊的人确实不少。他们经常问:冯晴岚这个人是不是神经上有点毛病?是不是有点浪漫主义?她为什么要主动背起一个沉重的十字架?把自己的一生绑在一个“屡教不改”的被开除公职的右派分子和反革命的身上?她现在肯定后悔了。这些人好像很同情我,怜悯我,其实他们是完全错了。对这些人，我倒有点怜悯他们，他们哪里懂得什么叫真正的幸福，什么才是真正的人生？难道追求一个浅薄的庸俗的生活方式，追随一个你并不爱的权贵，取得某种物质上的虚荣心的满足，就叫作幸福？事实上，我对自己所选择的路，从来没有后悔过，即使我今天离开人世，我也敢骄傲地宣告，我是真正幸福的，是对得起养育我的人民和这个世界的，即使用一个较高的标准来要求，我也不感到惭愧，因为我在我的能力范围内，完成了我应该完成的事。

然而这也可能是我这个傻人说的傻话。

对工作、对事业，我们先不谈吧，因为你很了解我是如何热爱我们的社会主义工作和事业。对党对人民我扪心自问，我的感情是深厚的，我觉得正是在这个基础上，我才认识到罗群的可贵。说句真心话，谈起对党，对毛主席、周总理，对社会主义的感情，你我比之于罗群都差得很远呢！

说来也是件奇怪的事，在天云山当我们共同结识罗群的时候，首先和他相爱的却是你。我记得我是因为太关心你们的爱情发展，而且是受你委托，才认真站在旁边观察罗群的，那时你用热恋的眼光望着他，而我却是以理智的心灵来观察他的。

观察的结果，我记得我是跟你说过的，我从他的言行，从他对工作、对事业、对同志、对党的态度上得出了我自己的结论。记得在那天云山的清辉月光下，在那柔软的草地上，我在你耳边的喃喃细语吗？我说罗群纯真得像水晶，又热烈得像火，忠诚坦白，是他最大的特点，对党的信念坚定不移，又使他具有惊人的毅力。他没有权位观念，没有个人野心，这种人我认为是很难得的，当时你被我说得跳起来，紧紧搂着我。我们都一致认为，我们天云山区的工作干得踏踏实实，轰轰烈烈，人与人之间也正在开始建立一种新型的纯真的关系，正是罗群和当时考察队党委领导的结果。

你那天和罗群互相表白以后，我是如何为你们祝福的，这些，我相信你是不可能忘却的。

老实说，那时我根本没想到我自己会爱上他，我只是由衷地崇敬他，也许我已经爱上了他而我不知道，年轻人的感情，有时候自己也分析不了的。

我明确知道我自己爱上了他,那是两年以后的事。

在这以前,我经历了很大的震动。

你离开天云山到党校学习,是一九五七年五月吧,两个月后,反右派运动就开始了。当以吴遥同志为首的工作组宣布对罗群的右派言行要大胆揭发、无情斗争的时候,你想象我的震动吧!工作组所宣布的所谓罗群罪行,以及他们对你和罗群关系的公然污蔑,我都在申诉材料里写了,正是这些所谓罪行,倒使我比较彻底明白了罗群的价值。当时,为了表明我自己的态度,也是为了抗议,我代表你去探望他去了,然而就在这段时间里,我又一次受到了震动,我在罗群那里看到你的决裂书。

恕我不客气地讲吧!你的信使我感到全身战栗,使我看到了人和人之间赤裸裸的利害关系,使我感到对人的看法发生了巨大的动摇,我就像正在欣赏一幅美丽的图画,一翻过来却原来是一块丑恶的脏布片。

难道所谓爱情、所谓同志就是如此吗?

我捧着你的信望着站在窗口、木然地望着天云山的罗群,我忍不住哭了。这是解放以来我第一次哭泣,不是为我自己,而是为你感到羞耻,为罗群感到悲哀!

我悄悄地走了。

这以后,我有很长一段时间没有见到罗群,我只听说,在争论给不给他戴上右派帽子的同时,把他下放到特区所属的金沙区劳动去了。我听到这个消息,给他写了一封劝慰的信,我怕他想不开,劝他思想上放开朗些。我那封信写得是很幼稚的,我用我的思想感情猜度他,以为他肯定是消沉悲观,甚至会发生意外的。当我接到他的回信时,我脸红了。他在信中不但没有流露出丝毫的悲观情绪,反而给我讲起运动员的锻炼故事来。照他的说法,这正是一次锻炼的机会,这使他现在真正有机会接近了人民,可以从人民的角度,检验党的方针政策,从而为自己的思想打下较为坚实的基础。他在信的末尾,还开玩笑地说:“我不是一个多愁善感的小姑娘,你当我会对花发愁对月长叹吗?”

你看,他就是这么个人!

他在那里一直劳动到第二年，即一九五八年冬天，这个时候，我们特区忽然发了一道命令，要所有干部、职工、技术人员，停止一切工作去砍森林，连郊区农民也发动了。据说要把森林砍下烧炭，用这种炭去炼土高炉的铁，把我们在发现时曾经为之欢呼跳跃过的宝贵森林资源，准备付之一炬。这实在是荒唐透顶的事。

我没有去，我是有意拒绝去的。不久，我又听到一个消息。

你还记得那位叫凌曙的区委书记吗？他是罗群的老战友了，在反右派时，他被认为是和罗群在一起搞小集团的，也正在等待处分。他和罗群听到要毁坏这片大森林时，就发动了一些老农民，组织了一个“劝说小组”，堵在通往森林的路口，劝阻人进山。罗群还站在岩石上，发表了一通演说，把进山的人都讲得一个个低头不语，然后他和凌曙把人引到那些小山，砍伐灌木林去了。

就是这样一件事，罗群的“帽子”就给戴上了，凌曙也被撤了职。反对大跃进，破坏大炼钢铁嘛。

倒是这个消息，使我们进一步接近了。在一个星期天，我到了他所在的一个小村子。这个小村子就在那森林边缘上，有一条瀑布挂在村东，发出轰然的巨响。急促奔腾的河流，环绕着村子，使村子显得异常幽静。

我是正午到达村子的，我在溪边的一棵大树下，找到了罗群，他坐在那拱起的树根上面，两脚伸在水里，旁边放了个还没吃的玉米饼，手里却捧了个本子，在那上面写着什么。

我站在他身边半天，他也没有觉得。我偷偷注视着他，他那刚毅的轮廓分明的脸，除了被晒黑了一些外，没有任何变化。他让他那健壮的腿浸在水里，眼睛一会儿抬头望望那瀑布，一会儿又凝神在本子上写上几笔，渐渐，他的眼睛眯起来，一股我很难形容的笑容，在他脸上荡漾开来。这时正好有一道阳光，从老树的枝叶里射下来，照在他的脸上身上，使他有一种令人震惊的美。这种美只有在那些有着非常高尚情操的人身上才会出现。

老实说，当时我的心悸动起来了，在这一刹那之间，这才明白了，我的心是属于他的！

我望着他，他回头发现了我，我在他眼睛一瞥之下，满脸绯红，我担心他已从我的眼睛里看出我内心的秘密。但是这个粗心的人，却并没留意，他只是笑笑说："你来了，正好，我正有件事想托你办呢！"我在他旁边坐下来，极力使自己平静下来，问他什么事，他说："根据现在的情况，我很难有工作可做了，但是一个共产党员，不为自己的理想而工作，宁可去死。"我一听慌了，我说："你可别……"他不等我说完就笑了起来，他说："我不是那个意思，我是说，我要自己安排我的工作，我必须有一个较长的打算，我订了这样一个计划。"

他把本子递给了我，只见上面写着：学习和研究计划。在这个计划下面，他考虑了许多专题，每一个专题下面，都开了一些参考书籍，一共有十几页。我翻着翻着，眼里不由又有点湿润了，原来他在被戴上帽子开除了党籍之后，考虑的却是这样一些重大问题，他刚才的笑容，大约就是由此而产生的，因为他又确立了他长征的目标。

他见我沉思的神色，以为他计划有什么不周，他轻声问："晴岚同志，你给提提意见，你看这样行吗？"我说："行，太行了，不过这可不是短时间能完成的。"他说："是啊，我这种处境反正短时间也不会改变的，现在的困难是，我要书，要资料，要大量的书和资料，晴岚同志，你能不能给我办这件事？"我说："这件事你就交给我好了。"他见我答应了，高兴得像孩子，一下子跳了起来，几乎把全身都跌到水里。我也忍不住笑了。

这一天，我们就是在研究计划和书目中度过的。我们没有任何一句话，讲到我们之间的感情，他太严肃认真了，把我也变得严肃起来。他把自己的储蓄和本月的工资交给了我，要我充当他的采购员。

假使到这时为止，不再向前发展，罗群的计划是可以顺利进行的，因为这时，他还是一个国家干部；当地的老乡也从来没有把他当作坏蛋看待，因为通过凌曙同志，群众对罗群已有较深的了解。

可是，很快事情又变了。一九五九年春天，罗群又被拉到一个水库工地上，强迫他在那里参加劳动，和他同时被拉到这里的，还有区委书记凌曙同志。

这个水库也是一个头脑发热的产物。水库坝址你是知道的，本来水电组有个意见，要在这里修一个混凝土重力坝，但是设计还没有。大跃进以后，一声令下，立即动工，改为沙石土坝上马，说是一定要当年合龙成坝，当年发电，还说这是开发天云山区关键的一仗，只能打好，不能打坏！

水库经过匆促筹备就上马了，一上马就暴露出问题，不说别的，光是从十几里外运黏土，就要运几年，要在当年成坝是不可能的。而且这里山洪凶猛，地质条件复杂，根本不适宜搞土坝。

这时，他们这两个“屡教不改”的分子，又忍不住了，他俩联名给特区、给省里写了信，建议这个水库暂停上马，先创造条件。这封信发出后，正好反右倾运动开始了，罗群又在汇报思想时对反右倾提出了自己的看法，认为再反下去，要死人的，这样一来，娄子就大了。

特区领导和水库指挥部抓住罗群的思想汇报和他俩联名写的信，大做文章，在工地开展了声势浩大的反右倾的运动，把罗群和凌曙拉到台上，进行了“无情的批判和斗争”。当时为了教育我们，把我们这些本来不在水库上的人也搞去了。

我又一次看到他站在台上。顺带说一下，主持这次会议的又是罗群的前任，你现在的爱人吴遥同志。那天会议的规模是非常大的，我站在人群里，目不转睛地望着罗群和凌曙，这两个人外貌完全不同你是知道的，一个魁梧奇伟，一个文弱矮小，但奇怪的是，这两个人的神情却完全相同。他们镇定自若，有时用一种蔑视的眼光看看会议的主持人，有时又用忧虑的眼睛，望着乌云沉沉的天空，有时却又含笑望着土台下的群众，这两个人啊！

很快，罗群发现了我，他先是向我笑笑，表示要我不要担心。后来又向我眨眨眼，做了一个手势，又向正在讲话的人努努嘴。我一看，完全明白了，他在暗示后面还有好戏看，他要准备讲话。我见他这样，又是担心，又是兴奋，担心的是怕事情闹大了，对他更不利；兴奋的是他可能要发表一次震撼人心的演讲，把大家憋在心里的话都讲出来。我呆呆地望着他，不知道该向他使什么眼色。

但是这天的会进行不久，就让一阵大雷雨给冲散了。

山区的雷雨气势是非常惊人的，雷声震撼着大地，像是从山头滚下万吨炸药，轰轰隆隆，震得人发懵，紧连着一场大暴雨也倾盆地下将起来。

会散了，人们乱嚷着、奔跑着，主持会议的一些人，早已惊惧地躲进指挥部的大工棚去了。就在这时一个压倒雷暴雨的声音在台上响起来了。

又是罗群！

他和凌曙号召大家去保卫坝子，抢救器材，这两个钢铁汉子，带头冲进大坝工地去了。他们的一声命令，比什么都灵。人们先是愣了一下，很快潮水似的都拥向大坝工区去了。

那真是一场惊险的激动人心的战斗。

然而一场悲剧也就于此时发生了。

大坝被山洪彻底冲垮了！

凌曙同志，为了抢救人民的财产，献出了自己的生命！

这个忠心耿耿的共产党员，群众称之为“我们的好书记，我们的贴心人”的人，在这种情况下，永远地离开了我们！今天写到这里，我仍旧止不住我的悲痛。

令人万分难忍的是，居然不准为凌曙同志召开追悼会！

我永远记得这一天。

这天一大早，我怀着悲愤的心情去找罗群，我知道凌曙有一个在病中的妻子，还有一个不满周岁的女儿。我想为她们做一点事，可是我走到罗群住的工棚，没有人，我这才发现所有工棚都是空的。冷飕飕的秋风，吹得那些棚子边上的荒草簌簌作响，那些红红绿绿的反右倾机会主义的标语，被昨天的雷雨撕裂，倒挂在那里，显得可怜而又可怕。

我站在那里，心里很凄凉，也很奇怪，人们都到哪儿去了呢？我信步向那大峡谷的斜坡走去，这才看见那山坡上，站着黑压压的人群，那么多人，却没有什么声音，只有那漫山的松涛声。我不知那里发生了什么事，一口气跑了过去。到了人群边上，我猛然止住步，在庄严肃穆的气氛里，我也低下了头！

原来这里正在哀悼凌曙同志。没有哀乐，没有灵堂，有的只是低低的啜泣的声音！我心里一酸，止不住想哭，我忽然听见我最熟悉的声音在讲话。我抬头看过去，罗群站在凌曙同志的新坟旁边。

他说："他是属于人民的，他是不应该死的。昨天那些自称为共产党员的人，还在批判他，把什么右倾的帽子，戴在一个真正的共产党员身上。他是什么右倾？他不过说了共产党员应该说的真话。同志们，乡亲们，你们想想看，自从去年以来，我们在天云山区干了多少蠢事？我们不是在搞建设，是在败坏我们正在兴旺发达的革命事业。现在正是应该总结经验接受教训的时候，为什么还要反右倾？这样反下去，我们的国家、我们的人民、我们的党将要遭受不可估量、无法弥补的损失。我在这里说，我也要给我们亲爱的党和毛主席说，我们不改正，后果是不堪设想的。"

这就是罗群当时说的话，这就是他的反革命行为的全部。就是这一番话，和他的思想汇报，使罗群的问题层层加码，一直影响到现在。可是，这难道是一个反革命能说出的语言吗？如不是出自对党衷心的热爱，能敢于发表这样的意见吗？当时，罗群是泪流满面说的，这个硬汉子，我从来没见他这样哭过，他哭，群众也哭，我也哭。

就在这哭声里，来了几个人，不由分说把罗群架走了。

群众惊呆了，我也惊呆了，我跌跌撞撞跟了上去，但是几只手抓住了我，厉声问我要干什么，他们毫不留情地把我推倒在地上。几个同志上来扶起我，他们又同情又担忧地望着我，他们第一次发现我和罗群有了非同寻常的感情。

这天晚上，我怀着极度的痛苦，坐在我和你一同睡过的那间房里，就是在这房里，你曾向我倾吐过你对罗群的深深的爱，就是在这房里，我们不断响起欢乐的青春的笑声，也就是在这房里，我们谈到对党对事业对爱情都应无限忠贞。可现在就剩下我一个人了，面对着悠悠明月和那唧唧虫鸣。

我不知自己该怎么办，我怕罗群会被投进大牢，我怕我会永远失去了他。我忽然想起，有人对我说过，吴遥在热烈地追求你，给你做说客的正是我们特区的第一把手，而第一把手又是你的老上级。那时你虽因不愿回天云山而调到别的市工作，但你是可以替罗群说话的，也许你已后悔你发出的信，也许你还在暗地里爱着罗群，假使你愿意来救救罗群，而你们又能重新结合的话，即使我永远失去了他，我也将是欢乐的！

正是怀着这种心情，我才请了假去找你的，当你拒绝见我的时候，我才明白我是多么幼稚啊！

对去找你这一段遭遇，恕我不写了吧，事隔多年，讲它仍旧是痛苦的，但是我仍感谢这段生活对我的启发，它使我有勇气有决心走我认为是正确的道路。从你那回来后，一件重大的变故，倒是促成了我的愿望，天云山特区被宣布撤销了，我们工作将重新分配。也许就是因为撤销了这个特区，也许是有正义感的同志坚持，我获悉罗群只被开除了公职，仍旧放回原地监督劳动。开除公职，这本来是够惨了的，但是对我来说，倒是一件值得庆幸的事，他只要不坐大牢，他的那些重要的研究计划，就有可能实现，而我也应当帮助他来实现。

我向组织上要求，留在天云山区，教书或是搞地方上的科技工作都行，我这个要求很低，通过倒也顺利。这样，我很快就到了一个乡村小学，安顿了一下，就找到公社党委，要求把罗群放到我们学校所在的生产队。当时的公社党委负责人，是凌曙的老部下，他不仅同意，而且给我提供了不少方便。这也证明，绝大多数人，是非观念在心里是非常清楚的。

我知道罗群正在病着，病得很重，我要了一辆板车赶到了他所在的生产队。

这时正是一九五九年的最后几天，天冷得要命，阴沉沉的就要下雪了，那条瀑布也仿佛冻结了似的，没有那种气势雄浑的轰鸣了。我把板车放在村口，找到了罗群的住处。我看见他正躺在他那薄薄的行军被上，发着高烧。房里再没有人，只有老乡送来的面条和水，放在他的床头。

我悄悄坐下来，看着他那明显消瘦了的脸，看着他房里的凄凉景象，看着他紧紧闭着的眼睛和枕边的钢笔、本子，我再也控制不住自己，一种又酸又苦又甜的东西，涌上心头，两行热泪止不住地涌了出来，滴在他的被上、脸上……

他睁开了眼睛。

他怔怔地望着我，我哽咽得不能出声。他抬起头，他的眼睛突然亮起来，我从泪眼模糊中看到他那最真最柔并且充满着惊异的眼光，就像我明白我自己的内心一样，我明白了他的心。

他把手从被里伸出来，轻轻地说："你来了，亲爱的人！"我一下伏到他的身上，我继续哭泣着。他用手轻轻地抚摸着我，我们的心彻底地贴在一起了。

宋薇同志，我们就是这样结合的。我清醒地意识到，我们前面的道路是异常艰难的，但是我同时也坚定地认为，有两颗互相温暖的心，有明确而崇高的目标，一切艰难险阻都是可以战胜的。那天，我自己拉着板车，板车上躺着我的爱人，我们迎着寒冷的风雪，在古城堡下的路上前进着。许多人都用惊异的眼光望着我，我挺起胸骄傲地往前走着，不时回头和他交换一个会心的微笑，我感到真正的幸福是属于我们的！

从这以后，我们的新生活开始了。经济上，我们是穷困的，有时候窘迫到你难以想象的地步。我只有那么点工资，我、罗群还有凌曙的女儿，我们亲爱的小凌云——因为她妈妈也去世了，我们的一切开支，就在这几十元里面，我们不光是吃饭穿衣，而且还要买书、买研究资料，有时候为了买一些我们急需的书，我们要一个月决心不吃菜，只用一点点盐水萝卜下饭。但是我们的精神生活，却是昂扬而极为丰富的。白天我教孩子们念书，他或是写作，或是去做调查，或是找些老乡聊天。一到晚上，我们就热烈地讨论起来了，自然科学、社会科学、文学艺术，特别是社会上的现实情况，都在我们讨论范围之内，有时我们也进行辩论，或是研究他当天所写出的文稿，这时的罗群，毫不夸张地说，他已经是一个道道地地的学者了，而我则成为他的忠实助手，我是他文章的第一个读者，又是第一个批评者。这个时期，罗群的干劲和毅力确是惊人的，他经常通宵达旦，第二天脸一洗又开始工作。他的情绪始终是乐观的，有时，我埋怨、牢骚，他反过来劝我，他说："别这样，晴岚，对党对社会主义的信念，是不能有任何动摇的，要不我们是为什么而工作而生活呢？我们的遭遇，是暂时的现象，总有一天，党会纠正这些问题的。对我们的遭遇，也要看怎么看，这件事当然是件痛心的事，但是从另外一方面看呢，它又给了我们在上面所不能得到的条件，我有时间，我能接近人民，能体会到一些人所体会不到的东西，何况，我还有你，我倒觉得生活待我也不算太薄了。”

他就是这样对待生活的！

但是他对于问题的看法却始终是不动摇、不妥协的。一九六二年，曾经有人劝他对一九五七年、一九五八年和一九五九年的言论和行动，做一些检讨，争取改变处分。但他始终不同意，他坚持认为，那是“左”的危害，而不是什么右。

正是因为他坚持了这些观点，他的问题不但没有解决，在“文化大革命”中又进一步升级了，林彪、“四人帮”把“左”的路线，推到了令人难以置信的高峰，给党和国家造成了不可估量的危害，对罗群的迫害，其手段之毒辣卑鄙，也达到了令人难以置信的程度；而我，也跟着受到了最残酷的折磨，要不是我们对党对人民有着坚强的信念，我们早已不在人世了！

宋薇同志：你读到这里，也许奇怪，我为什么要写得这么长，这么具体，甚至这么噜苏，告诉你一个秘密，这个秘密我是连罗群也一直隐瞒着的。

由于林彪、“四人帮”的进一步迫害，我的身体被彻底摧残垮了，我现在随时有死亡的可能。这件事当然是我极不希望的。曙光已经出现，航向已经拨转，大是大非正在澄清，四个现代化正在开始，罗群的问题最多也不会拖到明年，这是大势所趋，人心所向，前进的历史车轮谁也不能让它逆转。在这个我和罗群盼望了多年的时刻，谈到死，当然是极不愉快的。

但是我们毕竟是信仰唯物论的，客观存在的东西，谁也否认不了它。我的病是在林彪、“四人帮”又给罗群加了顶反革命帽子，又把他关到所谓群众专政指挥部而得的。我为了保护他的书和著作，在老乡的协助下，冒着暴风雨，把他的东西，运到一个山洞里；又为了保存它们，忍受最难忍受的侮辱和鞭打，最后，把我和罗群绑在一起，跪在烂泥里几天几夜。从那时起我就得了病，这种病又因“四人帮”统治的时间太长，使我得不到医治，现在已难以医治了。

因此，我这封信不得不写得长些，你我毕竟曾经是呼吸与共的朋友，尽管我们的命运是如此的不同，有一些心里话，还是想和你说的。同时，我也相信，经过这十年的惨痛历史教训，你这个本质不坏而又聪明的人，一定也能正确总结自己的历史经验，在大是大非问题上，有自己的鲜明态度。为了党，为了人民，为了我们的革命先辈，你也一定会在新的长征路上迈开新的脚步！

关于你个人生活的情况，我知道得太少，不想发表什么意见。至于我，就像一开始我对你说过的那样，即使我今天就离开人世，我也敢骄傲地宣告，我是幸福的。

晴岚

七八年十二月

九

读完了晴岚的信，我坐在房里动弹不得。

她的歌颂，她的谴责，她的倾诉，都使我如同受了雷电似的一击，我两手托着腮，就那么傻子似的坐在那里，一直到我的女儿跑进来。

“妈妈！”女儿一进门就嚷，“你饭也不吃啦？”

我掠了一下头发站起来，勉强装出微笑，可是我的神情，没有逃脱她的尖锐的眼睛，她看了我一会，一把搂着我，问：“妈妈，出了什么事？”

“没有啊！”

“你脸色这么苍白，还说没有哪！”

“真的没有！”

“我不信！”她拉住我往外走，边走边说，“是不是有‘四人帮’的余孽在跟你捣乱？别理他，站在人民的立场上跟他们斗嘛！现在那些人还敢兴妖作怪？”

我用手摸了一下她的头，让她拉到饭桌上。

我勉勉强强吃了一点，我也终于有了自己的决断：

从晴岚的信里，我认真地想到我自己所走的路，我知道把自己的行为，推之于当时的历史环境是不全面的。我这个自傲为红小鬼出身的人，为了捍卫党的原则,我做过些什么呢?我对罗群的态度不应当只当做感情上的不坚定的问题,这里确有一个世界观上的问题。

过去的事过去了,但过去的不加以总结,能对得住将来吗?孩子曾说过,我们懂得了什么是对的,什么是不对的,我们真的懂了吗?懂了,又改正得如何呢?我们这一辈人,应不应该清理和纠正自己的问题呢?不纠正它、清理它,又把它留给谁呢?

我决心亲自处理罗群的问题。

下午上班的时候,我找到了档案室的同志,把有关罗群的材料找到了。我把罗群的结论材料,他当时对结论所做的说明,以及晴岚写的申诉,都交给了打字室,让打字员把它们打印出来。

我把我对这件事的态度,告诉了那位朱科长,要他们先在他们的科里讨论,我参加了他们的会议。我并告诉他,要客观地实事求是地准备一份综合材料,向地委汇报。

这位朱科长听了我的意见,半天没有吱声。末了才嗫嚅地说:"吴书记临走不是有过交代吗,要先处理'文化大革命'中间的,别的往后摆一摆。"

"他就是在'文化大革命'中被加了码,戴上反革命帽子的。"

"可是……"

"可是什么?"我见他故意推阻,心里非常生气。他见我生气,反倒笑嘻嘻地说:

"宋部长,能不能这样,我们先做点准备工作,等吴书记回来,请示一下,再正式讨论给地委汇报,这个材料暂时不在部里分发,你看这样好不好?"

"不!不要等他。"

说着,我转身走了,让他愣在那里。

回到办公室,我开始给冯晴岚写回信。本来我也想给她写一封长信,但是我不知道如何写,最后还是简单地告诉她,我们正在着手研究罗群的问题,并劝她最好来一趟,把病彻底检查一下。

我自己到邮局发了信,并给她寄去三百元。

办完这些事,我在街上慢慢走着。太阳明晃晃地照在雪后的街道上,高大的雪松上的积雪已经融化了，清绿的叶子，在阳光下闪闪发亮。街心花园里的腊梅，像是枝条上落满了小黄蝶，发出沁人肺腑的清香。街上的人群像流水似的流动。清新的空气，晴朗的天空，使人们脸上都有一种愉快的神态。我看着他们，自己心头也感到轻松了。

我长长地呼了一口气。忽然听见一声清脆响亮的喊声："宋薇大姐。"我抬头一看，周瑜贞骑着一辆崭新的脚踏车，飞也似的驰到我的身边，一下刹住车，跳了下来。

这姑娘今天活脱脱的像是一朵春花：她戴了顶天蓝色的滑雪帽，脖子上围了雪白的大围巾，素花紧身短棉袄，把她的身材衬托得窈窕而丰满；她两只乌亮的眼闪着快乐的光辉，红扑扑的脸上堆满了笑。

我很羡慕地望着她，说："什么事这么高兴？"

"我正打算找你！"她喘了一口气，丰满的胸脯起伏着，她说，"我今天碰到两件喜讯，你听说没有，省委已经正式决定，恢复天云山特区，成立天云山建设总指挥部，归省委直接领导！"

"啊，你听谁说的？"

"我刚从省里来。"她说，"是一位省委负责同志告诉我的。"

"你到省里去了？"

"对啊！"她取下帽子扇起来，我这才注意到她脸上正渗出细小的汗珠，"我从你家出来，第二天我就上省里去了。我是为罗群呼吁去的，我还带去了他的一部分著作，请专家们给他看看。一位搞建设的专家，看了他的那本关于天云山的著作以后，你猜怎么着，冲着我张开两条膀子，大声叫好，要不是因为我是个女的，他肯定要把我抱着跳起来。我看到他那激动的样子，我就更加明白了它的价值了。这就是我要告诉你的第二个好消息。"

这两件事确实是好消息。我又问他："你没问问省委负责人，对罗群的问题怎么看？"

"问了！"她瞅了我一眼，又嘲讽地笑了，"你们还想摸气候，告诉你吧，气候温暖，你没有嗅到春的气息吗？严冬过尽绽春蕾，此之谓也！"

她大笑着，戴上帽子，重又跨上了车子，对我说了句："有空我去看你，详细跟你说,我还要告诉你,我准备打报告,上天云山。”

她一挥手,就那么一只手扶着车把蹬跑了。

我目送着她消失在人流里,她那充满青春的活力,毕竟是叫人羡慕的。

我没有料到,第二天我正在部里开会的时候,吴遥回来了。像往常一样,只要他一到家,不管我忙不忙,都要打电话让我回去,每次我接到这样的电话,心里都有一种说不出的感觉:你再努力工作,你在他的面前,总还是一个附属品,他打电话的口气就是让人这样感觉的。但是今天,我想争取他对罗群问题的支持,我很爽快地答应,马上就回去。

那位朱科长一听说吴书记回来了,连忙合上了卷宗,催我回去,说是明天再讨论吧。我心里清楚,他是一定要请示过他的吴书记之后,才能决定办还是不办的。我心里明白,但也不好说出来,我只说了句“也好吧”,就回家来了。

那辆黑色上海牌汽车还停在门口,他的秘书还在搬什么东西,我和他招呼了一下便上了楼,没进客厅的门,便听见吴遥的笑声。他的笑听起来也是很爽朗的,但总使人觉得干,使人觉得那是高人一等的笑。从他的笑,我可以判断屋里还有什么人,不是那些像朱科长之类的人物就是女客人。在重要人物面前,我只看见过他恭顺地微笑,从来没有见过他敢于大笑过,在陌生人或是地位低微的下级面前他也是不大笑的。

果然房里有两位女客人。

吴遥舒服地靠在沙发上,比走之前更显得脸色红润,他仍旧穿着普通的涤卡制服,深蓝色毛料西装裤。他一向不穿讲究的上衣,但是裤子则要考究,因为这样既有朴素感又显得有身份。对这些细枝末节,他是很注意的。

吴遥看见我,动也没动,只是笑了笑,便向客人介绍起来。原来来的是医生、护士,是护送他回来的。这位女医生很年轻,很漂亮,一看就知道是上海人。她过分热情地跟我握了握手。吴遥一迭声催我让阿姨做饭,并要我亲自做菜,他还热情介绍这位女医生,在疗养院对他如何照顾,还要我等会也让她检查检查。

我勉强笑了笑,去招呼阿姨去了。

本来我决心今天无论如何不和他闹别扭,我要争取平心静气和他谈一谈罗群的问题。但是回到家里,很短时间,我便几乎克制不住自己。他的笑,他的靠在沙发上的姿势,他让秘书搬东西,他让我料理饭菜,他自己陪着女客人的那种味道,本来都是我一向见惯了的,但是今天都在一刹那间,使我有一种想发一顿脾气的欲望。这种情绪,过去也曾有过,但从没今天这么强烈。

是不是这两天因为罗群和冯晴岚的影子一直在我心里影响着我的缘故呢?我不知道。

我在厨房里跟阿姨一起忙着,笑声不断从客厅里传来,没多久,那架三用落地收音机响了,一首轻柔的乐曲飘了过来。这架收音机是他的一个在电子局工作的老部下给他装配的,可他从来不听音乐,也丝毫不懂得它。我和女儿有时想听听,他也嫌烦。今天不知它为什么响了,也许是那位女客人开的。我在门口看了看,果然是客人站在收音机面前,而吴遥也装作很有兴趣的样子,在那里凝神静听。

我简直又想笑了。

过了一会,我听见我们那位朱科长也来了,接着又有别的人来了。不到一小时,客厅里便坐满了人。

吃过晚饭后,好不容易客人才慢慢走了。他又把我的女儿叫来,查问她近来的表现。对女儿,他也是架子挺大的,他经常半真半假地埋怨,他没有一个儿子。

一直到十点钟,才剩下我们俩。他这才望了我一眼说:"怎么样,家里还好吧?"

我说:"很好。你这回倒养胖了。"

"是吗?"他说,又重新坐到沙发上,拧开了落地灯,顺手拿起最近的参考资料翻起来,一边翻一边问,"机关里最近怎么样?"

"还不是那样,什么事都要等你回来点头!"

"啊,他们就习惯于这样!"他从参考资料上抬起头,高兴地笑了。

对他这种笑,我很不喜欢,但是我没睬,并且极力使自己的口气变得温柔。

"老吴,我有一些话想跟你说说。"我也坐到他坐的沙发角上,我想把问题引到罗群的问题上,我想劝他在这个问题上端正态度,过去整错了人,现在姿态高些，这不仅有利于党的事业，对个人的威信，也只会提高，不会下降。但是，因为是罗群，一时还不知怎么开口。我了解，他一向是碰不得的，只能慢慢把话题向这边引。

他见我说，有话要跟他讲，他的脸上闪过一阵阴云，但很快反变得含笑地点点头。他一刹那间的表情，没有逃过我的眼睛，也正因为我看到了这一点，我只得绕大弯子说话。我说：

“最近中央组织部负责同志，有一些讲话，你听说了没有？”

“我听说了，我也看啦！”他又翻起参考资料来。

“还有中央领导人的讲话，”我说，“这些精神，我觉得我们有些同志没有认真领会，中央的要求是认真落实党的政策，纠正错案冤案，而我们却在那里糊，能推就推，能拖就拖，特别是对‘文化大革命’前的遗留问题，我们还根本没把它摆到议事日程上来。”

他“唔唔”两声，算作回答。我不知他是在听呢，还是在看，我先不管他，我又说：

“最近报上也正在讨论实践是检验真理的唯一标准问题。据一些同志告诉我，这是非常重要的一次讨论，它涉及对过去的路线、方针、政策，一切都应当通过实践来检验。根据这个精神，我觉得我们工作应该赶上去，应该抓住一些典型案件，开展……”

我说到这里，他忽然打了个哈欠，问我：“几点了？快十一点了吧？”

我浑身一凉，我差点跳了起来，原来我说了半天，他根本没听。他大约也察觉了我的神态不对，放下书自己和自己笑了，他说：

“你急什么，中央不是正在开会吗？我们可以等等中央的文件嘛，没有文件，我们不好办，个人讲话毕竟是个人讲话。而且有许多事，也不是一下就能弄清楚的。”

“中央不是没有文件，”我跳下沙发，干脆直说起来，“比如右派改正问题，我们几乎没动。”

“不是让你们发了文吗？”

“你别用这种口气说话，”我实在憋不住了，“我是跟你谈正经事！”

“啊!”

“我知道,你过去整过不少人,”我急促地说,“可是这几年,你也挨过整,你应当……”

“咳呀!”他的脸顿时拉长了,“你怎么把‘四人帮’时期的东西,跟过去的运动相提并论,我整过人?我整的是什么人?我是捍卫党的原则。你呀!现在就有那么一些人,在揭批‘四人帮’的时候,连十七年中党的历次运动也怀疑起来了,他们这是怀疑谁呀?你别听那些鬼讨论,你现在是负责干部了,看问题怎么能这么幼稚?哼!我整过人?为了捍卫党的原则,捍卫毛主席的革命路线,今后还会整人的,党内斗争,这是经常的事,这有什么值得奇怪的!”

他在屋里大步走着,滔滔不绝地发起议论来,把我当作小学生,根本不容我插嘴。他认为现在有一种危险倾向,甚至有人公然批评什么长官意志了。他感到痛心的是,不仅像周瑜贞这样的人有,连某些高级干部,也在发表一些很不慎重的言论,这些言论,已经在社会上产生了反响,引起了人们思想上的混乱,右的倾向又在抬头了。最后,他声明,从十七年到现在,他都是正确的,狠狠批了我一通说他也整过人的“谬论”!

我望着他专横武断的神态,感到心里一阵阵发冷。我知道,他会坚持自己的看法的,但我没有想到他会这么动感情,对当前的中央一些指示精神这么反感。看来在罗群问题上,还将有一场大风波,他现在还不知道我已经打印了罗群的材料!

他训斥了我一顿之后,不等我有申辩的余地,就动身走到浴室里去了。

我一个人坐在屋里,又像那天和周瑜贞谈话的晚上一样,内心起了很大的波动。我望着长长的低垂着的窗幔和洒在地板上的微黄的落地灯光,听着外面哪里传来的隐隐约约的音乐,我想起了周瑜贞描绘的罗群和晴岚的夫妻生活,他们和我们是多么鲜明的对比啊!

“怎么啦?”他走回来了,站在我的面前说,“就用这个态度来迎接我回来呀?”

他在我身边坐下来了,这回他是用他那所谓温存的口气说话了:

“你操这些心干什么?”他说,“我早就跟你讲过,你别急躁嘛!你知道,提你当副部长，外面可有不少议论哪！来，别愁眉苦脸的了，你的任务是执行指示，一切有我，这还不好吗？”

“一切有他？”我心里一惊。正要反驳，没说出口，他已经把我搂住了。

他对我，需要的就是这个！

十

又是一天过去了！

吴遥回来后，就参加地委常委会去了，我们部里一切又恢复了老样，上班、生炉子、打开水，议论一下将要发表的中央全会公报，可能有什么新的精神，讲讲市面上的供应、物价，然后各人坐到各人的桌子上，各办各的事。

罗群问题的讨论，自然要等吴书记。

但是，我经过反复思考，我不愿也不想依靠我们部解决他的问题了。吴遥的观点我十分清楚，同志们的看法我虽然估摸不透，但我自己的地位，我却比过去更加明白了！

这天，我锁上门，决定亲自起草一个报告，直接去找地委第一书记。现在只有第一书记的态度，能解决罗群的问题了。罗群问题不解决，我无法驱除心灵上的阴影。

我希望第一书记能说服吴遥，这样既能解决问题，又不至影响到我和吴遥的关系。而第一书记的态度，我是了解的，他已经几次批评我们保守僵化了，今天，我又听说，吴遥在常委会上，同样受到了批评。

我写了一个上午。中午，吴遥回来吃饭，情绪很恶劣，看见我几乎就像没看见。他这种目中无人，以自我为中心的表现是经常的，我倒也没有在意，也没有去理他。

我吃罢饭，招呼了女儿一声，又到办公室去了。临走的时候，我听见他在打电话。

我坐在静悄悄的办公室里，写着、思索着，有时我停下笔，看看晴岚的信，想从她的信上得些启发，使我的报告，也尽可能写得动人些。有时，我漫无目的地望着窗外,外面正在化雪,点点滴滴的水,从上面落下来,落在窗前女贞树上,溅到窗台上,连玻璃上也沾上了水珠,水珠又顺着玻璃往下流。

我看着、想着、写着,我写罗群的遭遇,写他的忠诚,写他的研究,写他和晴岚现在的生活状况。不知不觉,忽然发现有水珠滴在稿纸上,我这才意识到,我哭了。

正在这时,我的门咔哒一声开了。

我急忙拭了拭眼,抬起头一看,原来是吴遥站在我的面前,直瞪瞪地望着我,我不自然地站起来,我还没有招呼他,他盯着我,厉声地问:

“你在这里哭?”

“我没有,我是……”

“你是为罗群在哭吧?”

“老吴……”

“哼!好一个副部长!”他猛地关上门,走到我的面前。

“你要干啥?”

“我问你,为什么乘我不在家的时候,把罗群的问题翻出来?造我的舆论,说是我整的他?”

“他的问题本来……”

“他是典型的右派!”他根本不容我还嘴,大声嚷着,“他是反党反毛主席的,对这样一个人,你居然为了你们的那段关系,违背党的原则,盗窃我抽屉里的文件,利用职权,下令打印,逼着下级讨论,你这算是什么性质的问题呢?”

“你别扯那些事好不好,我……”

“是我扯吗?你当我不在家,就可以钻空子吗?我什么都知道。我还提拔你呢!原来二十年来,你还一直没有忘记他,你这个……你睡在我的身边,心里却想着反党分子,你这到底是什么立场,什么感情?他是什么东西,你要为他讲话!我告诉你,满天的右派改完了,也改不到他的头上,这就是我吴遥说的。”

他越说越有劲,越说越来火,不仅说,两手还在我面前指画着,嘴里吐着白沫。对他的反对我是早就估计到的,但我实在想不到他竟会这样发疯,我望着他那变得凶横的脸,心里像刀绞似的难过。我想辩白,想斥责他,想骂他是欠了罗群的债，却一句话也说不出来。我被他这一顿侮辱、责骂弄傻了！

我跌坐到椅子上，他又跟了上来。他还想骂什么，一眼瞥见我桌上正在写的报告，一把抓了过去。他两手颤抖地拿在手上看着，看了一会，一把把纸撕得粉碎，一下砸到我的脸上，同时又大声骂着："好哇，你还准备打秘密报告，你对一个坏人，竟然那么充满着感情，而对我这个……"

我长了四十多岁，除了红卫兵造反派给过我侮辱外，我还从来没有被人这么糟蹋过，他砸得我满头满身都是纸，我脑子一炸，一下子就晕倒了！

我不知他还骂了些什么，我也不知自己是怎么醒过来的，我只见他还站在我的面前，我胃里一翻，一下子吐了出来。他见我这样，忙又掏出手帕，给我拭嘴。我猛地推开了他，我把拳头塞进自己嘴里，才没大声哭出来。

他坐到对面椅子上，怔怔地望着窗外。

过了一会，我用自己的手帕拭了拭脸，我推开椅子站了起来，我准备回去，他又用平时那口气说：

"你哪里去？"

我没有答他，径自去扭门。他站起来拦住我，轻声说："你现在不能走！"

我当他是怕人看见我哭，让我迟走一会，我迟疑了一下，他又说：

"下午还要开会！"

我不知道此时他还要我开什么会，我望着他，他又解释道：

"是我通知的。会议还是请你主持，我要讲话，你再把脸拭拭，那里有热水有毛巾。别让人看见这样子，影响不好。刚才我可能太急躁了一点，但是……"

他的但是下面没说出口，上班的电铃声响了，我重又坐到椅上，那些纸飘得满地都是，我茫然地望着它，我感到自己完全麻木了。他在房里走了几圈，想了想，把那些纸拾起来，揣进口袋里，走出去了。

窗外的水滴，更加大声地啪嗒嗒滴下来。那冰凉的雪水，好似打在我的心上，一直冰透了我的全身。

大办公室开始有人说话了，我听见一片"吴书记""吴书记"的喊声，他又大声和他的部下寒暄着。

我仍旧呆痴地坐在那里，我不知道该怎么办，也不知道他还要开什么会，想走，又走不掉；不走，我现在还能装作什么事也没发生似的，坐在那儿开会？

门又被推开了，吴遥又走了进来；他身后还跟着那位朱科长。吴遥像是第一次进这办公室，他打着哈哈说："宋薇同志，你在这里加班啊？怎么，身体有点不舒服？"那位朱科长也紧跟着非常关心地说："宋部长，你脸色是不大好，别是受了凉吧！"

我简直想推开桌子，跑出门去，但是我却动弹不得，他们摆了这个架势，逼着我也不得不装作没事似的。我恨自己软弱，但是我还是站起来，掠了掠我的头发，说了一声："开会去吧！"

今天部里人到得很全，吴遥习惯地坐到他的主席位子上，端着保温杯，一口一口抿着茶。他谈笑风生，和同志开一些无伤大雅的玩笑，一直到正式开会，他才一本正经地坐在那里，用眼光巡视着小小的会议室。

我推说头痛，让朱科长主持了会议，我还没有摆脱刚才因震惊而变得半麻木的状态。朱科长讲了一些什么，我根本没用心听，我假装俯首看笔记本，极力想把自己的思想理出一个头绪。

吴遥开始讲话了，我也没有注意去听，现在他讲些什么，对我来说，有什么意义呢！他统治了我二十年，我把自己的一切都给了他，我失去作为一个独立的人的性格，我只是他的一个附属品，我不能有自己的意志，甚至都不能有思想。然而始终还是委曲求全，还是向好处去想，我极力避免和他发生冲突；然而最后招来的却是这样的结果，把纸片砸到你的脸上，你还得继续坐在这里听他的训话。

屋里很静，只听到吴遥一个人的声音。我偶尔抬起头，忽然看到许多同志的目光都望着我，那些异样的目光，使我悚然。发生了什么事？他们为什么这样看着我？这时，吴遥的话，才清晰地传进我的耳朵，我听见他讲到我的名字，为什么在这个会上讲到我？难道……

我这才注意听他的讲话：

"宋薇同志，在处理这个申诉材料上是有错误的。"他坐在那里严肃地说，"老朱同志劝阻过她，可她没有很好地采纳老朱同志的意见。"

他竟然把这件事端到全体干部会议上来了！即使我对他已有认识，他这种举动,还是让我吃了一惊,同志们为什么那样看我,原来是因为这个。

“老朱同志也提醒过她,”他望也不望我,继续说,“说到我对这个问题有过交代,可是宋薇同志用庸俗的家庭关系,代替了严肃的组织关系,竟然打印了这个材料,使它得到了扩散,这更是件严重的错误。因为这些材料中,有攻击党的路线特别是对伟大领袖毛主席不满的言论,这种材料怎么能扩散?我们必须记住,要落实党的政策,又要坚持原则,否则我们还是要犯错误的。现在有些部门,一风吹的苗头已经出现了,对此,我们要严格把关。当然啦!宋薇同志是我的爱人,这是谁都知道的嘛!”

他哈哈大笑了!有的人也跟着笑了。他的笑声忽然又戛然而止。他说:

“但是我不能因为她是我的爱人,就不进行批评,我们不能助长这种作风,宋薇同志的毛病就出在感情上,因为……因为那个姓罗的老婆是她的同学,所以她才犯了这样的错误。在我们这个部门,是不允许有这种个人感情存在的,现在宋薇同志已经认识到这一点了。她准备在适当时候,写出她的检查,对这种态度,我们还是应该欢迎的。”

我实在无法忍受了,他竟用这种手段对待自己的妻子,用这种造成既成事实的办法,逼我检查,而他却从中捞到了坚持原则、大公无私的美名,同时,又不露痕迹地压制了对案件本身的讨论。我脸色一变,推开椅子站起来,提上我的包走了。

他对我的举止,好像早已料到,我走到门口,听见他还在说:“女同志嘛,她心情沉重,她要回去歇歇,现在我讲讲今后的工作……”

我一口气跑到家,关上房门,伏到床上大哭起来。

我真是一个可怜的女人,我只有哭!

这天晚上,我搬到客房里睡去了。

十一

第二天,我病了。

头天晚上,他见我睡在客房里,大为恼怒,又关起门教训了我一顿,说我是对抗组织，退出会场，说要不是他打了个圆场，把这事掩盖过去，以后怎么在那里工作？他还说，今天用这种严肃的方式，对这进行了必要批评，是完全必要的，这还是他的一片好意，问我赌的哪门气，这像个领导干部的行为吗？

他讲啊讲啊，不停地讲，一直到我实在忍不住，腾地坐起来嚷："我的头都给你讲得炸开了！我求求你，让我安静一下不行吗？"

我的尖锐的喊声，我脸上的表情，当时一定是可怕的，他这才惊慌地退了出去。

我把被子一蒙，躺到床上，只感到嘴里发干，心脏猛烈地跳动，头像炸裂似的疼，身上阵阵发冷，我摸摸头，知道自己真的病了。

晚上十来点钟，女儿回来了，她一见我一人躺在这间没人睡的屋子里，又奇怪又惊慌，她跑到我的床前，连声问：

"妈妈！你怎么啦？"

我没有吱声，她轻轻掀开我的被头，看着我，又用手摸摸我的头，说："你好像在发烧。"

我怕引起女儿焦急，只好说："感冒了，不要紧的！"

女儿聪明地把脸贴到我的脸上，轻声问：

"你别是跟爸爸吵架了吧？爸爸在家也摆官僚架子，别理他就是了！"

我只得点点头，为了岔开她的话题，我问她为什么这么晚才回来，她说："我到周瑜贞阿姨宿舍去了，在那里听音乐，看书，她有好多好多的书，不像我们家里，少得可怜。"

"她怎么不到我们家来？"

"她原说要跟我一道来的。后来她打电话去了，打完电话回来，哭得什么似的，吓了我一跳。"

"她哭？"我吃了一惊问，"为什么啊？"

"我问她啦，她说是一个好人快死了，她为他难过。"

"你问她是谁了吗？"

"我没问。"女儿摇着头，"我又不认得，问了也不知道，再说，她又急着要到那里去，说是明天要请假上天云山！"

“上天云山?”

“妈! 你怎么啦,你脸色这么难看!”

“给我倒点水!”

我感到全身发软,手也抖起来了。难道我的晴岚,我们刚刚恢复了联系,她真的会离开人间吗? 我喝了口水,想镇定一下自己,可是无限悲怆的感觉,使我倒在枕头上,忽地又坐起来问女儿:

“她说是要上天云山,你不会听错吧?”

“我怎么会听错呢!”女儿说,惊讶地望着我的眼睛,“妈,这件事你怎么这么震惊,你也认得这个快要死的好人吗?”

我点了点头。

“他是什么人? 男的还是女的? 为什么你和周瑜贞阿姨都这么为他悲哀?”

“她是一个女人!”我伸手抚摸着女儿说,“可是这样的女人是不多的,你妈妈远不如她!”

“啊! 妈! 我怎么从来没听你说过她? 她怎么从来没到我们家来过? 她到底是谁啊?”

“往后我会告诉你的。现在我需要睡一会,你也去睡吧,明天你还要上课呢!”

女儿放开我,又问我要不要吃药。我摇摇头,又催她去睡,她这才走了,轻轻带上门。

现在又只剩下我一个人了,白天的经历,刚才的消息,却使我感到胸中像堵了块大石头,堵得我透不过气来。我想安静地想一些问题,可脑子又疼得要死,什么也不能去想,我把衣服解开,把被子也撂开,还是感到热。我闭上眼,晴岚的温柔沉静的面容,又在我面前,那么亲切又那么疏远地望着我。我不禁喃喃地说起话来:“晴岚,你经过了这许多艰难曲折,在春天即将来临的时候,难道你真的会死吗?”她摇摇头,凑到我的耳边轻声说:“亲爱的朋友,不要为我而悲伤,我是一个平凡的女人,但是我完成了我应该完成的事,我是幸福的,你呢?”

“我?”

“是啊,你!”

我猛然睁开眼,幻影消失了,只有台灯的苍白而暗淡的光,把我的影子投在那白得发青的墙上。

我颓然地把头歪到枕头上,身子又像疟疾爆发那样冷得发抖。

我就这样又冷又热,昏昏沉沉过了一夜。

第二天一大早,女儿就跑进来了,我告诉她,我好多了,要她安心去上学。事实上,我感觉比昨天更坏了,全身疲软酸疼,伴有低烧,一夜之间,使我连走路都感到有些困难,头重脚轻,身子发飘,头也是昏昏沉沉的。但我还是挣扎着起来了,我要给周瑜贞打个电话,核对一下有关晴岚的情况。

我刚拿起电话,周瑜贞来了,这姑娘还是像我在街上碰到的那样,健康鲜润,没有留下什么悲伤的痕迹,虽然她的表情比较沉重。

我放下电话,急急忙忙问她:"是不是冯晴岚病重了?"她点点头说:"我昨天给冯晴岚挂了个电话告诉她一些情况,可是接电话的却是罗群,他在电话里泣不成声,说晴岚已处于昏迷状态,恐怕快不行了。"

接着周瑜贞告诉我,她马上去天云山,车子已经有了,问我去不去。她还说:"你恐怕应当去一下吧,无论讲公还是讲私,你都应该去看看她!也许真的是你们最后一次见面了!"

"我去!我去!"我连声说,"你等一下,我马上就来。"

我想到房里拿件衣服,走了两步又转回身问周瑜贞:"要不要找个医生一道去?"周瑜贞摆摆手说:"一切我都安排了,医生就在车子上,你快准备吧!"

我慌乱地走进房里,周瑜贞也跟着我走进来。吴遥不知在房里做什么,看见我和周瑜贞,脸色不悦地问:

"你们忙什么,要到哪里去?"

我没理他,径自开橱门拿衣服,我听周瑜贞对吴遥嘲弄地说:

"我们要去看两个人。"

"谁?"

"两个你不愿意见到的人!两个受折磨的坚强的美好的人,而且和你有直接关系,怎么样,要我讲出他们的名字吗?"

周瑜贞在吴遥面前,一向就用这种口气说话,她可不管他是什么书记不书记。吴遥正因为这点，又讨厌她，又有点怕她。他不敢在她面前摆官架子，因为周瑜贞认得的大首长太多了，而那些首长又都很喜欢她，把她当作自己的女儿一样。

我看不到吴遥尴尬的脸色，只听见他轻笑了一声说："别自由主义了，受折磨的并不就是什么美好的人，不能否定过去的运动，要不……"

"什么？"周瑜贞叫，"你不敢承认过去整错过好人，什么叫否定过去的运动？落实政策，纠正错误，就是否定整个运动？你这不是吓唬人嘛，怪道你不愿意落实党的政策呢！"

"别瞎扯了！"吴遥声音高起来了。

"咳，你是怕落实了政策就否定了你自己！"周瑜贞毫不示弱，反而说得更起劲了，"其实，这有什么呢？你不能改吗？不能从那框框里跳出来吗？你自己不也被'四人帮'整过吗？为什么提到自己整人就咆哮如雷呢？你为什么不想想，像罗群、冯晴岚这样一些你本来很熟悉的同志，他们的命运现在如何呢？"

周瑜贞说到这里，猛地拉开关得严严的窗帘，一道强烈的阳光射了进来。周瑜贞用手向窗外一指："你看看，吴遥同志，阳光灿烂，新的历史已经开始，而你还是一个套中人，你……"

"小周！"吴遥不得不绷下脸来，"你越说越离谱了！"

我已经拿好了衣服，不愿他们再纠缠，便对周瑜贞说："我们走吧！"

"到哪去？"吴遥显然要把火出在我的身上。

"我去看看冯晴岚，她已经病得很危险了！"

"不准去！"他一步跨上前，把门拦住，声色俱厉地断喝了一声。

我猛然一呆，周瑜贞也吃惊地瞪大眼睛，因为她还是第一次看见他用这种态度对待我。

吴遥趁我呆愣的时候，一把把我的大衣夺了下去，我踉跄了一下，几乎跌倒了。

"你看什么冯晴岚？你是去找罗群！"他完全不顾有别人在场了，把我的大衣朝地上一扔，咆哮起来。

周瑜贞看看他又看看我，摇了摇头，叹息了一声说："吴遥同志，你就用这种态度对人吗！是不是你现在不能随便整人，就整你的部门，你的家庭？好！我不来打搅你了，大姐，我先走了。”

周瑜贞一甩头发，匆匆走了。这时，那位朱科长恰又跑了来，他一进来便惊惊慌慌地对吴遥说：

“吴书记，省委来了电话，要罗群的全部档案。咱们的第一书记也在找你，要你立刻去汇报罗群的问题。”

吴遥一听，脸色铁青，但是他还站在门口，挡住我的去路，那位朱科长又掏出个纸条，把它交给吴遥说：

“这是你们给天云山汇去的三百元，被退回来了！”

吴遥接过那张汇款单，展开看了看，回身瞪着我，两眼充血，像要吃人似的，这时，我倒反而镇定起来了。

“钱是我寄的！”我说着拾起被他扔在地上的大衣，想从他身边走过去。他倒没有拦我，只是照旧瞪着我，那位朱科长一看形势不对，赶紧抽身下楼走了。

我在客厅里停了停，因为我的头一直是晕的，两腿也发软。我听见楼下汽车发动的声音，我想到窗口喊她等等我，我万万没有料到，他居然跟了上来，一把把我揪了回来，猛地一巴掌，把我打跌在地上，同时骂了一句最难听的话，又歇斯底里地吼叫着：“原来你一直是和右派心连心的！你别以为党会支持你们，你们始终是右派，右派……”

这一巴掌把我打懵了，同时也彻底把我打醒了。

我慢慢从地上爬起来，抬起身子望着他，我的嘴可能在流血，我的脸色可能特别怕人，因为我看见他突然住了嘴，惊慌而恐惧地往后退着。

我好不容易站起来，努力撑持着身子，走到门口，吃力地打开了门，我还没有走出门外，他又追了上来，我回头望着他，看看他还要拿我怎么样。他嘴唇动了动，没有说出话来，突然他一把抱着我，顺着我的身子滑下去，扑到了地上……

“我怎么打起人来了，我疯了，我……原谅我，薇，我不知道我自己在做什么。你不能走，不能，我现在……我不能失掉……”

他这个突兀的举动，倒是出乎我的意料，我被他抱着两条腿，动弹不得。我呆呆地看着他,我的目光可能是呆滞的,也可能是藐视的,我一动不动,既没说话,也没有推他,我就那样久久地俯视着他,让我嘴角上的血,滴到他的脸上!

他突然松开了我,用手蒙着脸,爬起来,扑倒在沙发上。

我最后望了房子一眼,我在心里和它告别,我知道,这一切都已经是无可挽回的了。

我挪动步子,朝楼下走着,但是因为这两天我受的刺激太大了,昨夜又发了一夜烧,我的腿抖个不停,晴岚的、罗群的、吴遥的脸,又不断在我眼前闪来闪去,我刚下了两三级,一脚踩了个空,整个身子顺着楼梯滚了下去。

我失去了知觉!

十二

我终于在一天早晨完全清醒过来了。

我发觉我睡在一间明亮的阳光充足的病房里,温暖的阳光,洒在我的病床上。睡在床上,能看到蓝湛湛的天,几朵乳白色的云,停在天空,动也不动,很像蓝色的海面浮着洁白的帆。我环视了一下病房,对面床上,坐着一个和我年龄相仿的妇女,她见我看她,向我点头示意。我再看床头柜上,那里摆着两盆花,一盆是迎春,它的绿色的柔软的枝条上,一朵朵小黄花,已经鲜亮地开放了。它的旁边是一盆红梅,也含苞待放了。

这花不知是谁拿来的?我久久凝视着它,一种轻松的新生的感觉使我无缘无故地微笑了一下。我伸出一只手,想摸一摸花,可又有一种模糊的似乎很遥远的往事,慢慢朝我侵袭过来,渐渐,那些不愿回想的画面,清清楚楚浮上心头,我又心里一酸,我缩回手,把眼睛闭上了!

我不知道今天是哪一天,不知道十一届三中全会的公报公布了没有,不知道冯晴岚究竟如何了,不知道我的女儿为什么没来,不知道罗群的复查问题有什么进展,而往后怎么安排我的生活!这些事,又重新萦回在我的脑际。

下午,我女儿来了,她见我醒来,喊了声“妈!”就扑到我的怀里,她用泪盈盈的眼睛望着我。我伸出手,热爱地抚摸着她,女儿哽咽得更厉害了,从她的脸上表情,我猜测出她已经知道了我和吴遥之间发生的事,她也可能明白,我们这次是真的无法挽回地破裂了。

她只提了一句她的父亲,说是到党校学习去了。接着她又告诉我,地委领导都来看过我,机关里许多同志也都来过了。她还说,现在机关、学校、厂矿都热闹得很,都在学习十一届三中全会公报,讨论怎么把重点转移到四个现代化上面去。说着说着,她又轻轻啊呀了一声说:“周瑜贞阿姨昨天还来看过你,这两盆花就是她抱来的。”

“原来是她送的?我正在猜是谁送来的呢!”我望着那花说,“她跟你讲了什么吗?”

“她可好了!”女儿说,“爸爸走了,她有空就到我们家来,她还跟我讲了不少故事。有的故事,讲得真好,硬是把我讲哭了!”

“啊,她都讲了些什么?”

“妈!你现在别问,反正我从她讲的故事里,倒是懂得了不少东西。我们生活中发生了许多不应该发生的事,这不光是‘四人帮’的时候。可我们又有多少经过了考验的值得我们学习的人啊!”

女儿能说出这样的话,使我很惊讶,这个刚刚十六岁的高中生,我一向还把她当作小孩呢!我点点头表示同意她的话,她又说:

“周阿姨还说,对过去的某些错误,不清算一下是不行的,清算它正是为了不让它再有机会重演,是为了更好地前进。我觉得她这话说得真对,妈妈,你说呢?”

“是这样,孩子!”我说,“也是为了让你们这一代,再也不会碰到那样的事!哎,她今天还来吗?”

“我差点忘了告诉你了。”女儿急忙从口袋里掏出一封信,把它递给我,说,“她有一封信给你。”

我接过周瑜贞留下的信,慢慢拆开了它。她在信上告诉我,晴岚终于去世了!但是,她是在听到罗群同志恢复了党籍以后去世的,她不是含恨而是拉着罗群的手含笑而去的。她说,晴岚也记挂着你,感到没能再跟你见一面终是件憾事,她希望你再去看看天云山,愿意的话,可以到她的坟上看一看。瑜贞的信上还告诉我，天云山特区工作已正式开始了，组织上已经同意调她去天云山。最后她说，罗群同志已经被任命为天云山特区党委书记了！

我正仔细读着这封信，窗外隐隐传来了欢腾的锣鼓声，还隐约听见人喊马嘶、汽车轰鸣的声音，我把信折了起来，问女儿是什么事！女儿扒在窗上看了一下，说："是调往天云山特区搞建设的人要出发，他们在马路上集合！"

"啊！你扶我看看行吗？"

"妈，你能起来吗？"

"不要紧，我靠在窗台上望一望，妈妈从前也是这样上天云山的，我想看看今天的场面。"

女儿把我扶起来，好在我的床就靠着窗子，我凑在玻璃上往下望着。只见广场上、马路上，到处是人，是旗子，是汽车、马车，汽车上装有庞大的机器，一直摆到我望不见的地方。这和我们当年不能比了，虽然曲曲折折，但生活毕竟是在前进的。

我望着望着，突然发现就在离我窗口最近的一辆大汽车上，一个穿着旧军大衣的魁梧的人，站在车上，对着队伍在讲话。我隔着玻璃窗，听不清他的声音，只看见他有力地挥动着手臂。金灿灿的阳光，射在他那脸上，使他的脸上充满光辉。看着看着，我的手猛然抖起来，我的心也猛烈地跳了，那正是他，是罗群啊！他那魁伟的身材，雕塑般的面孔，虽然有二十年没见了，但是他还是那个样子啊！困苦只是磨练了他，却并没有能够损伤得了他，相反，他好像比以前更健壮高大了！

我把我的滚热的脸贴在玻璃上，我目不转睛地看着，只见他最后做了个手势，喊了句什么，车轮开始滚动了，人群、旗帜、机器，洪流似地向前方涌去。

我一直望到他们消失在马路的尽头，才慢慢离开窗口，靠在枕头上。我不自觉地又望着那两盆花，而我的心又飞到天云山去了！

天云山，我的青春，我的爱情，我的事业，都是在那儿开始，又是在那里夭折的！它们，难道还能够回来吗？我又忍不住抬起头，想再看看窗外，可是那里已经什么也没有了，我苦笑了一下，摇了摇头。

但是，也是从这一天起，想去天云山看一看的愿望，却特别强烈起来。

过了一段时间,我终于出院了。这也正是清明节的前夕。我暂时还没有上班,我想调换一个更适合于我的比较实际的工作,也想趁机把生活重新安排一下,一切都应当有一个新的开始。在开始之前,我决定去天云山一趟。我要在晴岚的墓前,献上我的花,我还要找罗群谈一谈,哪怕是见一面也很好啊!对罗群,我在动身之前,确实没有什么想法,我想什么呢!我的理智告诉我,和他重新开始,那是不可能的,我在他困难的时候,主动离开了他,现在当他又恢复了工作,我又跑了回来,纵使他欢迎,我的羞愧和自尊,也不允许我这样啊!

因为是这样想的,上了路,心倒也是坦然的,可是,当我一进入天云山区,心却又不由自主地跳起来。

我望着渐渐出现的古城堡,经过那现在是鲜花盛开的大峡谷,穿过峡谷,又看见那金沙沟似的草地,那正是我被马驮跑的地方,也就是在那前面的山林,我和他骑在一匹马上,让马自由地随便走着……

这样一些我不愿想的事,它竟然一件一件那么清楚地闯进我的心,奇怪的是,我想到这些,竟然有一些甜丝丝的感觉,仿佛它们真能再回来,真的又能变成令人心醉的现实。

为什么不能呢?他是自由的,我现在也是自由的。

这个简单的事实,竟使我头晕心跳,像个年轻姑娘似的,自个儿红着脸,偷偷地笑了。

我下了车,就直奔天云镇,去新特区党委,我想马上就见到他。

但是,我跑了一段路,又猛然站住了!

在我前面,出现了一群去扫墓的人,他们有的戴了黑袖章,有的拿着花圈,也有的捧着祭盒,按本地老式办法祭奠。在这个小小的肃穆的队伍前面,我的心不由紧缩了一下。一种歉疚的心情立即代替了刚才的那种与我年龄不相称的近乎轻佻的情绪。

我的主要目的,不是给晴岚扫墓的吗?正是她,我这个年轻时代的密友,代替我完成了最难完成的任务。现在她走了,我竟然忘了她,而在想那不应该属于我的,我……

我羞惭地在街上站了一会,决定先到晴岚的墓上。

我低头走出天云镇,心情还是纷乱得很。

我找到了一个小学生,问他可知道冯老师的墓。小学生说他们刚刚也给冯老师扫墓去了,他自告奋勇给我引路,我谢绝了他。

根据小学生的指点,我知道那正是我和晴岚第一次跟罗群见面的地方。在那密密青青的竹林里,我撞倒了罗群,我们哈哈大笑,我们互相打量着,我们一道上古城堡,罗群纠正说,那不叫城堡,本地人叫寨子……

为什么她竟然葬在这里?为什么又要引起我想那些事?生活真是会捉弄人啊!

路边的树渐渐多起来。微微的春风,吹动着那些新生的翠绿的叶子,它们微微颤抖着,红的、紫的杜鹃,绽开了笑靥,成对的斑鸠叫个不停,还有什么鸟儿在树林深处欢乐地唱着,天上有几只雄鹰徐徐地盘旋。春意非常浓郁,但是我此时倒产生了一点凄凉的感情。

我采了一些杜鹃,又折了几枝海棠和兰草花,加了一些松柏竹枝,用我的黑纱巾,把它们扎成一个花束。我又在包里的活页本上,取下一张纸,在上面写了几句话:"献给您,晴岚,你的应该向你学习的朋友,薇。"

我捧着花束,慢慢向前走着,同时注意找寻她的墓。我忽然发现离我不远的地方,站着两个人,我差点叫了出来,原来这两个人正是罗群和周瑜贞。这意外的发现,使我不觉一震,我下意识地停了脚步,把身子掩到一棵树后面,躲了起来。

他俩在晴岚的坟前肃立着,罗群还是那身装束,周瑜贞今天也是一身素服,只有脖子上一条白纱巾,不断被风吹得微微飘动。

他俩转身往回走了。他们俩的神情都异常严肃庄重。两人的眼光,同样是深邃的沉思般的,他们靠得很近,但是又都在望着前方!

我听见周瑜贞说话了。她说:

"你现在担子重,你已经不是搞个人研究的时候了,你要把你的许多想法,付诸实践。你的那几本书,让我来帮助你整理好了,我应当继承晴岚姐姐的遗志。你呢!指挥你的天云山建设部队,大打一场现代化的战争吧!"

罗群没说话,但是他那种急于奔赴前线的渴望,清清楚楚写在他的脸上,使他的神情显得特别刚毅果敢。

他们的步子加快了！那有分量的脚步，使我倚身的树都摇晃起来。

我目送着他们的身影，消失在这春天的树林里，一刹那间，我完全明白了！刚刚我是多么可笑啊，失去的是永远失去了，我感到心里很空，不能自制地想哭，但是我极力忍住了。我望望手里的花束，鲜艳的红的紫的花朵，含笑看着我，向我不住地点头，我又注意到我自己写的那张纸片，注意到那上面我刚刚写的话："你的应该向你学习的朋友，薇。"

我忽然真心实意感到脸红了！

我应当向晴岚学习什么，直到片刻以前，我还是不明确的，我还是陷在个人的狭小的感情圈子里。人生应当有更高的境界，应当有正确的理想、情操，应当有为人民、为党而斗争的是非观念和献身精神！这不正是晴岚说的，她完成了她应该完成的！

我在我的岗位上，要完成应当完成的不是更多么？

于是，我整理了一下衣服，拢了拢头发，坚定地走到晴岚的坟前，献上我的花。

我默默祈祷她安息，同时我也为罗群和周瑜贞，暗地里献上我的虔诚的祝福！

黑白道

孙志保

小五爱上下围棋这一行儿，说起来属于偶然。那天，小五到书店去买书，选中一本很时髦很招惹人的书，书店老板硬要搭上一本特价书。搭就搭吧，小五随手取了一本，看看书名，是一个日本人写的《黑白世界》，讲围棋的。小五一心不痛快地回到宿舍，好像无缘无故屁股上给人踢了两脚。本想把这特价书随手扔一边，什么时候内急了随手扯巴，可又一想，花钱买的，不看怪可惜的。于是就看，一看就觉得怪有意思，再看就入了迷。一连迷了两天，就跑到街上买了一副围棋。棋子是用泥土烧制的，用漆涂了色，要价三块五。小五就这样开始了他的围棋生涯。

先是自己下。瞅大家不在时，一个人“啪嗒啪嗒”地打子，声音极脆，如珠落玉盘。越打越高兴，竟忘了人来。众人回来一瞧：“嗬，小五，迷上啦?”小五有些不好意思，就转到床上下。小五睡上铺，爬上去把蚊帐门一放，谁也不知道他在干什么。这样辛苦了一个月，算把那本书玩透了，玩烂了，玩得能把上面每一张棋谱都背下来。同宿舍也有会下棋的，这时就对小五说：“怎么样？玩一盘?”小五鼓了鼓劲，下！结果刚交手没几个回合，对手大输特输，这才有所顾忌，口里连呼厉害。于是招来了全班围棋高手，吆三喝五，要与小五见个高低。小五一天一夜屁股愣是没离凳子，把一十八员大将一一斩于马下。从此小五在全班出了名，被公推为全班围棋最高手。喜欢赢而又输不起的，从此不再主动叫阵；想提高棋艺的，纷纷拉住小五不放，一心一意要从他这里学些高招。小五一时忙得不可开交。

小五逐渐把读专业书的精力转到围棋上，一学期三张借书卡，期末一看，上面满满的全是围棋书，有借了一次的，有借了两三次的，有一本竟往复借了五次。小五渐渐觉得棋烂在心中，往棋盘前一坐，三百六十一个棋点尽落眼底，不是一横一竖一竖一横的单调的交叉，而是如山川沟壑般形象地了然于胸。小五渐渐觉得在宿舍下棋不过瘾，开始渴望与高手进行面对面的较量。机会到来是在一个星期天。小五正默默地一人坐在桌边打谱，门一开，同宿舍的一个同学进来，后面还跟了几个科技大学的老乡。科大同学棋力深，功夫硬，这在合肥十几所高校中是人人尽知的。安大的一些班级曾与科大的一些同级班搞过几次擂台赛，结果都输得很惨 。科大的同学出门夸耀的不只是学校本身，还有围棋。几位科大同学一眼瞧见沉沉静静坐在桌旁的小五，一下来了兴致。“下一盘?”一副挑衅的神态。小五抬起头，谦和地一笑，点了点头。“猜先?”“不，”小五摇了摇头，“你们执黑。”“我们?”科大同学笑了，笑得大方，也笑得无所顾忌。于是落子，于是应子。落子如飞，应子如流。七十手一过，科大同学傻了眼，乖乖，几乎被围得全军覆没。这不叫下棋，这叫打围歼战！“佩服!”科大同学说。“哪里，”小五摇摇头，“下棋不过玩玩，迷了多玩几盘，不迷少玩几盘，输赢不是目的。”科大同学连声嗯嗯着走了。这一下可乐坏了全班围棋爱好者和非围棋爱好者。一位好事者当时就写下一篇短讯，拿到校广播站在文艺新闻节目中播放了，题目就叫《异军突起小五逞英雄以一抵四，历尽沧桑安大棋坛后继有人》。

过了三天，几位科大同学又来了，后面还跟了一位，像是高年级的同学，个子高高的，身板方方正正，极强壮的样子，而且胡子拉碴的，一脸老成相，虽是在后面走，却能显出一身的分量。

科大同学笑嘻嘻地向小五点点头，指着那位说：“这是我们物理系的围棋权威，高手，很厉害的，今天请他来和你对一局。”小五说：“何必呢？下棋不过兴味，一心一意决出输赢就没有意思了。”大家都说：“是兴味，是兴味，今天就是奔这个兴味而来。”小五一笑，打开了棋盒，摆好了棋盘。高手一看就一愣，说：“就用这样的棋子?”小五迷惑不解地看着他，没有说话。高手很不高兴，一脸懊悔的样子，给人的感觉是如果路程不远他一定会扭头就走。

小五仍让对方走先手，高手更为不悦地看了他一眼，以不容置疑的口吻说："你执黑！"于是小五执黑先走。他以"星小目"布局，对方应以"中国流"。黑方务实，一面支开棋架一面努力占取实地，在欲有作为还未有作为之际，白方以凶猛的气势逼抢过来。一时战乱纷起，八方闻警。白方显然信心十足，落子随意自如，以挑战者的姿态横冲直撞。黑方则行棋稳重，小心翼翼。一个小时过去，双方弈了八十五手，仍是形势不明，双方都不容乐观。白方便有些急，有些恼火。下至一百二十一手，眼看黑棋两块实地将连成一片，白方便出冷招儿挡，眼看挡不住，又连投数粒废子。这一来黑棋不但形成了雄厚的棋势，而且在白棋连走废招的情况下向中腹大大发展了一块。

局势渐渐清楚，黑方赢棋已成必然。但白方仍以顽强的精神继续力战，一直到最后一刻。在这种情况下是不需要数子的，科大的几位同学却难以相信自己的眼睛，于是一遍遍地数，于是一次次得出令人心酸的结论：白方净输十五目。

高手虽然努力克制着内心的激动，按着桌面的两手仍不免微微颤抖。他看着小五，咬了咬嘴唇说："再下两盘！"小五面露难色，好像对不起人。"算了吧。"小五说。"不，一定要下！"高手斩钉截铁。于是再下，于是再输；三下，三输。

高手几乎不能自持。他脸色铁青，嘴唇如秋风中的两片枯叶一般轻轻颤抖，眼神中既有极力掩饰却无法掩饰住的暴怒，又有虎落平川被犬欺的无可奈何。如果他口中有酒气，谁也不会怀疑他是个悲哀的醉鬼。他摇摇晃晃地站起来，把小五盯视了足有1分钟之久，摇摇晃晃地走了。

事后小五才听说，其实这位傲气十足的高手并非科大物理系的学生，而是省队的一位专业五段棋手。

小五对大家说："实际情况是他的棋艺比我好，好不少。只是他不冷静。下棋讲究的是平常心，他太自大，所以输了。"

小五自此在全校出了名。全校的围棋高手纷纷来室献艺，以期打败小五从而扬名。然而没有人如愿。校内每年都有好几次围棋赛事，参加者甚众，但过五关斩六将辛辛苦苦拔得头筹的，往往觉得心里很虚，总以为自己并不是真正的冠军。因为小五是不参加什么赛事的。小五如一只在森林里唱熟了歌喉的小鸟,不想呼吸森林以外的空气,不想飞翔在没有森林的天空。于是冠军们去找小五。小五欢迎一切光临者,寒暄几句便开战,一战便不分胜负不罢休。每战的结果都是冠军们大败而归,从此藏起获奖证书再不显露。所以小五虽不热心外交,却比热心外交的人更为人所熟识,也熟识更多的人。

然而小五是个学生,学生便不能不学习。小五一心一意地钻研围棋使他的学习时间大大减少。这引起了系领导的注意。先是辅导员找他谈话,他不听,继续旷课。继而系主任、书记找他谈话,他旷课次数稍有减少。其实仍是不听,即使去了,也只是用钢笔在课桌上打谱。3 个月过去,他用过的课桌全给画得如赛棋大厅里的棋桌一样。教师和领导便不再吱声,只想在期末考试时大搞他一次,让他羞耻心发动,从而迷途知返。不料小五自有小五的妙招。临考前 10 天,他忍痛割爱,暂停打谱,借来同学的笔记大抄一通,而后大背一通。考试结果出来,竟门门全优,弄得师生们哭笑不得。

那年 4 月,全国无段位业余围棋选拔赛在合肥举行,明确规定:成绩好的可以入段,可以为一级一级上升打下基础,创造前提。大家劝小五参加,小五不去。他说没意思,大家一起在一间屋子里争,争得你死我活,把别人拼掉,换上自己,踏着别人的尸首前进,何苦呢?你有教授的水平,评不上教授,也不会因此损才。当然,这是个提高的机会,可机会有的是,何必仇人相见分外眼红地这么争?大家便笑他偏激,他自己也拍拍头笑了,可最终还是没去。

随着围棋事业的蓬勃发展,更大的赛事接连举办。然而小五的心仍如磐石一般无法撼动。在大家的心目中,小五是个无冕冠军。小五一心一意迷恋着围棋,一心一意守着自己的棋盘,很少过问外间的事,如一个虔诚的道人,每天苦思苦索,以求在道行上更进一步。

但如果据此就说小五一味闭门造车,那也是不太公允的。小五很会寻找机会,认准的机会决不放过。只不过这机会只与棋艺相关,绝不与其他沾边。

1986 年 5 月,一场重大的围棋赛事在合肥举行。参加这次比赛的全部是中高段棋手,其中有几位是在国际比赛中有过出色表现的著名棋手。小五在赛事的第一天就积极行动起来。为方便围棋爱好者,大赛组委会安排几位不参赛的高段棋手在与赛厅相连的一个大厅里挂起了棋盘,对一些有高段棋手参加的比赛进行同时的演示讲解。小五每天早上6点爬起来,匆忙洗漱完毕便开动“11路”到三里外的车站等车,坐10站,下车再步行半里才到达比赛地点。小五总是第一个到,最后一个走,晚上回到宿舍又取出他那已磨损得不成样子的围棋,自己与自己开战,灯熄后则亮起手电继续干。棋手们赛了10天,小五跑了10天,棋手们累得无心逛大街,小五则累得本来就不足分量的身体,又去掉了五六斤肉。

比赛的结果是一位很年轻的九段棋手夺得了冠军。小五那天很激动,像得到了一本渴望已久的围棋书。在吃晚饭时,小五一改往日沉默少语的性格,滔滔不绝地讲起了那位棋手,讲他沉着的性格和高超的棋艺,讲他潇洒的棋风。吃罢晚饭,小五一人出了门,怀里揣着那副宝贝围棋。天色黑下来了,没有月亮,没有星星,偶尔有几道闪电在天边亮起,映出一片片急剧移动的乌云。晚风并不给人以清爽的轻抚,而是夹杂着时有时无的雨星,令人觉得全身黏黏糊糊。小五来到街上等车。这时9路车已停开,小五只好又走了两公里路去坐3路车。当小五到达那位九段下榻的“东方宾馆”时,时钟的指针已指到了晚上9点。小五仰头看看高耸入云豪华得令人羞惭的大楼,硬着头皮踏上了台阶。咖啡色的玻璃大门关着,小五刚要伸手推门,门自动开了。小五吓了一跳,以为有谁在里面开门,看看,又没人,才想起这可能是最近才投放市场的感应门。门厅极其宽敞华丽,如同一个遥远的梦境,把以往只可能在想象中出现的温馨呈现在眼前。

小五第一次来到这样的环境中,感觉极其不舒服,特别是头顶上那五光十色的华美吊灯,把他照得手足无措。小五一时觉得自己异常渺小单薄,而且土得令人眼涩,活像一只从田野里捡来的大红芋。小五虽是大学生,却从来不修边幅,寒酸得如叫花子,又不戴眼镜,一眼望去无任何内容。服务员一眼抓住了小五,未经思考就知道他不是这里的住客。“干什么?”服务员没问找谁,只问“干什么”,可见已心存疑忌。小五吓了一跳,看见面前立着一个漂亮得令人目眩的小姑娘,以为是在梦中,呆呆地直了眼。“干什么?”小姑娘又问了一句,语气加重了一些。“找人。”小五缓过神来,心想这小妮子真俊,妈的,将来我媳妇能这样就好了。心里这么想，嘴里却不敢多说一个字。“找谁?”小五说了个人名。小姑娘一愣，问:“是你亲戚?”“不，”小五说，“我想和他下盘棋。”小姑娘笑了，纤手一指门口:“出去!”小五没听清，仍呆呆地立在原地，如观看一只珍奇动物一样看着他心目中的媳妇。小姑娘有些生气，小嘴一嘟:“出去!”小五这才明白过来。他心里一跳，好不难受。我堂堂安大历史系学生，受她的气？我就不出去！小五心里想着，却不由自主怯怯地走了出去。

外面已淅淅沥沥下起了小雨，雨丝如弦，弄出满世界沙沙的声音。雨中的马路迷离温情，如一首朦胧的小诗，令人顿生柔情。一对对情侣相偎走过，小花伞下两颗头颅如两只温情的小羊般紧靠。一辆辆闪着红黄尾灯的小车轻轻滑过，甩出潇潇洒洒的细碎水花。路边的商店旅馆竞相争辉，一盏盏彩灯贼亮贼花，把自身的豪华与富足夸张地展示出来，小五站在路边的树下，看着眼前的一切，更觉自身潦倒狼狈。他想，人生真没意思，大家都在尽情尽意地享受这个红黄蓝白绿的世界，你倒什么也不想，只盼望安安静静地坐在那里不招谁不惹谁自自在在无拘无束下盘棋。你自以为君子坦荡荡，然而有人竟把你当作贼当作这个社会的损害者，像赶叫花子一样将你赶出来，毫不考虑你的自尊心。

小五回头看看楼上灯火通明的窗户，心想九段也许正在自斟自饮，沉浸在自我欣赏之中。小五这时唯一的希望就是九段能打开窗户往下看一看，那时九段不会不注意到一个在雨中苦守苦待的人儿。

一辆小汽车在路边停下，车门一开，下来了一个打扮入时的年轻女人。小五看了女人一眼，知道凭衣着自己在女人眼里什么也不是，就想把头扭转，在将扭未扭之际，他看见一顶红红的小伞“嘣”的一声撑开来罩在女人头上，紧跟着，九段从车上下来，两人相视一笑，便拥在一顶伞下走向大门。

小五激动地叫了一声。九段停住了，看看小五，就拥着女人来到小五跟前。“你叫我?”九段问。“是，我等你一会儿了。”小五说。这时他身上已湿透了，头发如屋檐的麦秆一般开始往下滴水，把他搞得面目全非。“签名?”九段很老到地问，显然这类事已司空见惯。“不，我想——”小五犹豫了一下，手指触到了怀中的围棋，立刻鼓足了勇气，“我想和你下盘棋。”九段一愣，继而笑了。九段点点头，点到一半又止住了，扭头看看身边的女人。女人一笑，也点点头。九段说:“请吧!”小五便跟在九段后面跨进了大门。小五便看见那小姑娘向九段招呼,一脸的微笑甜得令人发腻。九段也笑着回了一句。小五看看小姑娘,知道不会再被拦阻,便轻松而友好地笑了笑。

九段住在二楼,打开门就看见豪华的会客室。九段让小五坐。小五看看自己身上的雨水,坐下了。这时女人说了声“对不起”,就转身进里屋去了。九段也跟进里屋,出来时手里拿了几件干净的衣裳。“换换吧!”九段说。“不,这样可以。”小五说。“下棋的人,棋桌上是对手,平时走到哪里都是朋友。”九段说着把衣裳搁在小五面前。小五没有再拒绝。

两分钟后,两人摆开了战场。用的是九段的围棋。九段看看围棋,又看看小五。小五就把黑子放在自己一边,“啪”地打出了第一子。九段点点头,心想自己做对了,如果自己提出让子一定会挫伤他的自尊心。时光悄悄地流走,屋里只有清脆的打子声和九段偶尔的咳嗽声。在橘黄色的吸顶灯光的笼罩下,九段和小五如促膝谈心的朋友,面容沉静,气氛祥和。九段的棋风很潇洒,潇洒而冷静,冷静得出奇。小五渐渐地感到了吃力,每下一招棋都费尽了脑筋。他从九段的每一招每一式都觉出深厚的功夫和沉稳的大将风度。他逐渐感到了从未有过的兴奋,全身有说不出的充沛精力在沸腾,仿佛觉得自己也化作了一颗棋子,在棋盘上沉醉地跳动。

九段也渐渐从小五身上看到了威胁。小五的棋既冷又怪,有时出其不意,有时凭硬手让他感到无所作为,有时看似败招,而突然之间伏兵四起,败招成了龙睛,令他穷于应付。当弈至一百零九手时,双方形成劫争。九段没尽全力去拼,而把精力放在一个“仙鹤大伸腿”上,希望以此撕破黑棋的一道看似薄弱的防线。不料小五轻轻投下一子,既把九段的妙招化为缓招,同时又使劫争以黑方取胜而结束。九段出了身冷汗,看看小五,心想这是围棋界的一个怪杰呵!

两人用了5个小时,弈了二百二十手,结束了这场战斗。九段以一又四分之三子的微弱优势取胜。九段握着小五的手说:“好,我今天晚上没白过。怎么样,想当专业棋手吧?参加过段位赛吗?”小五连连摇头。他从心里佩服九段的棋艺,对九段的为人也极为佩服,但没有流露出来。他想大家心里有数就行了,这样比什么都来得实在。九段和小五又谈了好久,谈刚下过的棋,谈围棋事业,谈小五以后的发展。小五也说了好多话，只是话题一转到自己身上便摇头。小五临走时把衣服换了下来，把自己的围棋又揣入怀中。

九段这时才注意到小五带来了棋。他惊讶地抚摸着这些粗劣的棋子，不禁暗暗叹惜，眼圈渐渐有些红。九段要送副围棋给小五。小五摇摇头说："今天这盘棋我会在心里记一辈子。"

小五出门时，天快亮了。路灯已熄灭，街上冷清成灰白的一团，没有人也没有车。雨已停了，马路上到处是一汪汪的水，一不小心就弄得鞋子和裤脚精湿。小五踢里踏拉地往前走，心里感到从未有过的愉快。他想以后有机会还要找九段下，下棋对手就得像九段。小五走了 20 里路回到了学校，已经是东方大亮学校食堂开饭的时候。小五爬上床，一步步地回想起和九段的对局，取笔记下棋谱，才香甜地睡去。

后来由于一个偶然的机会，小五才听说那天晚上九段身边的女人是他三个月不曾见面的妻子。九段刚刚把她从车站接回来，小别胜似新婚，而九段却让小别的妻子守了一夜空房。

转眼小五已到了毕业的时候。他整日沉迷于围棋，对棋以外的事不闻不问，知之甚少。毕业分配方案一下来，有的同学直接进了省府机关，有的虽是二次分配却也是到地市教委等待分配，只有他和为数极少的几个同学被分到了家乡县的教委等待分配。小五这才感到人事复杂难测。

小五在一个炎热的夏夜带着铺盖和围棋、围棋书离开了学校。走出校门时，小五没感到一丝一毫的留恋，只是想这校门已经破破烂烂也该修修了。当火车停靠在家乡的站台时，小五也没有一丝一毫的惊喜。他觉得家乡的土地与合肥的土地一样，虽然坚实、肥沃，却并没有那种可以令人激动的清香的气息。

小五回到家乡以后面临的第一个问题是找接收单位。参考父母亲戚以及热心朋友的意见，小五迷迷糊糊地认准了 S 局。小五整日以围棋为伴，对其他事不大关心，这等于是把自己交给了自己放心的人。从打听来的消息得知，S 局的局长是一个很老成很苛刻的人，一年到头难得有几次笑容，而且物欲较旺。据说每年想到 S 局的人不下数百，大多是退伍军人和各大中专院校毕业的学生，最后的结果是其中的绝大多数人都倒在局长的五指关前，得以幸免的不过十来个人。小五感到很难，对父亲说："我一定会倒下的，还是让我安生几天吧！"父亲火了，说："一家人为你操心，你从来不知道体谅一下别人的辛苦，上了大学就像退回了幼儿园，整日正事不干，就知道围棋，围棋。我他妈就不信，那能当饭吃，那能养活你一生一世？你要赶得上×××我就支持你；赶不上，就趁早儿把那子儿砸了！"×××就是那位与小五对过阵的九段，小五没向任何人说过这事。父亲说累了，就一把扯住小五，如老鹰捉小鸡那样把他捉到了商店，花四百元买了两箱"双轮池"酒。父亲让小五扛了一箱，自己腋下挟了一箱，两人就出发到局长家去。小五平日从没给人送过礼，加之这第一次送礼搞得太突然，也太露骨，令两旁的路人侧目相视，目光满含不屑，小五就强烈地感到受不了，不过在父亲严密的控制之下，无法逃脱，一路上心里恨死了局长。

局长家住S局家属院最西南角的一个有五间堂屋三间边房的小院里。小五刚进去时以为是几家合住，因为小院十分宽敞，院内鱼池、花圃、凉亭一应俱全，在合肥即便是一个正儿八经的厅局长也会对它艳羡不已。片刻之后小五就明白自己错了：几家人相处彼此间绝不会如此亲热、随便。

局长正在细眯着眼睛看着书，右手食中二指夹着一根烟，神态如睡着了一般。局长胖胖的，面孔方正，鼻隆口阔，个子也高，穿一身浅灰色便服，给人的印象是不怒自威，由不得你不敬畏。听见异样的响动，局长慢慢扭过头来。看见一个体形高大的中年胖子领着一个身材瘦小的年轻人进来，便微露讶异神色，又看见门口放的酒，心里明白了九分。局长微微笑了一笑，把身子向大沙发一端动了一动，右手食中二指轻轻在沙发上虚点了下，算是让坐，然后把正看着的书合上，放在沙发扶手上。父亲殷勤地笑着点了点头说："局长你忙呢？"然后从口袋里摸出一盒"555"，费了好大事，胖胖的手指笨拙地撕开封口，从中抽出一支，递到局长面前："局长你接一个吧。"局长看了看烟盒，接过递到手指边的香烟。父亲趁势把一盒烟都放在局长左首的沙发扶手上，与那书放在一块儿。父亲向小五使了一个眼色，两人便小心翼翼地坐下，尽量使沙发往下陷得少一些。然后父亲暗暗清了清喉咙，开始把事先想好的一套一点一点往外挤，挤得太吃力，还得想方设法加上一些生动的表情，以至脸色有些涨红。小五想父亲真像解大便，而且是在便秘的情况下。局长听着父亲的台词，没插一句话，没变一下表情,像面对一本不知看了多少遍的旧小说。这多少也算是对父亲的鼓舞,令父亲不因自己的笨拙而过于尴尬。

父亲说话的时候,小五并没有去听,把眼睛在院中来回地瞅。局长的几个正在洗衣服晒被子的女儿、儿媳便尽落小五眼中。小五把她们一一做了比较,心想都是稀松平常,只有最小的那个还不错,十八九岁的样子,扎了一根俏皮的小辫,穿了一件粉红色连衣裙,虽不很俊,却也胸部发达,腿子细嫩洁白,小屁股一扭一扭的,由不得你不动心。小五就把她多看了几眼,碰巧那女孩儿也在往屋里看,目光抓住了小五,就不再松开,把小五吓得连忙低下头去,心"扑腾扑腾"直跳,既激动又害怕。小五以往见了女孩子从没有这样的感觉。在学校时,由于一些极偶然的原因,小五与女同学跳过几次舞,偶尔碰到女孩子屁股上方凉丝丝的肥肉,也没感觉过什么异样。小五想自己真大了,到了可以娶妻生子的年龄了。恰好父亲在这时把"城外"的圈子拐够了,已到了自我感觉进"城"已经比较自然的时候,只见他脸比原先更红了,吭吭哧哧地说:"局长,今儿个我们爷俩来,就是看看能不能进咱们局,不知你的意见如何?"局长轻轻咳嗽了一声,看看父亲,又看看小五。局长的眉头有些皱眼神也往下落了一些。局长说:"这个,局里人员,现在已经超编百分之二十,的确很满了,而且,"局长弹了一下烟灰,"而且,这要经过局长办公会讨论,不是一言堂的时候了,对不对?"

父亲的脸一下蜡黄了,嘴唇也有些哆嗦。小五有些幸灾乐祸地看着父亲,心想父亲这下该醒了。局长又说:"你们回去吧,我记住就是了,研究以后,如果有希望,我通知你们。"父亲从这句话听出希望已如天边的一只小鸟般飞走了,沮丧地看了一下小五,却又被小五的表情严重地刺伤了心,心里骂道,这个王八羔子,我为他的事拿热脸去贴人家的凉腚,他倒像个局外人,娘的!父亲想自己的酒不能白白地丢在这里,土坷垃丢河里还听个响呢,四百块钱可是血汗呵,无论如何得使上劲!父亲就赖着不动,从另一个角度开始劝局长。局长依然听,没有一点起身送客的意思。只是局长的一只眼开始上下眼皮打架。

小五越坐越无聊,越坐越腰疼,就站起身来,从局长的左侧取过那本书,一看书名,不禁惊喜地叫了一声。原来这是一本围棋古谱,是小五一直想看而无从得到的书!小五不顾一切地用手轻轻推了一下恹恹欲睡的局长,声音激动地问:“这本书你从哪里买的?”局长睁开眼,并不回答小五的话,只是吃惊地反问道:“你懂?”小五点了点头,笑了笑。局长的精神一下振奋起来,又看着小五,眉眼闪出一丝笑意,拍了拍小五的肩,说:“下一盘?”小五说:“好!”局长便喊小九九拿围棋。九九袅袅娜娜地进来了,双臂一摆一摆的,如风摆荷叶。小五一看,正是刚才那妮子,连忙把目光藏进下三路,只在九九的腿肚子上打转。九九摆好了棋盘,说:“爸你要不要茶水?”局长摇摇头,九九又站了一下,便款款地出去了。小五和局长便开盘,把父亲扔在一边无人问。

局长让小五执黑,小五答应了。小五不知道局长到底有多大的棋力,所以每行一手都万分小心,力求面面俱到,同时又极力揣测局长每一招表面的和潜在的用意。走了三十几手,小五觉出局长虽然棋力较强,有些功夫,但过于自信,过于沉浸于自己的棋路自己的既定风格,对对手的一招一式不做深刻的理解,说重了,简直是置之不顾,所以构成的威胁极其有限。这棋下到这个份儿上,你就是天兵天将来,你就是九段来,也帮不了局长的忙。大局已定,即使小五有较大的失误,也解不了局长的围。下围棋讲究“金角银边草肚皮”,三十五手上小五已基本上把四个角控制了三个,四条边控制了三条,大势已成,你再闹腾也没什么大意思。然而局长看不出来,只看见棋盘上黑棋仍然稀拉拉地,如散兵游勇,而且数次进攻又好像是连连得手,吃了好几粒子。局长就坐直身子,把还剩半截的香烟又接了一根,长长的如一根象牙筷,烟气袅袅地从局长嘴边升起,如一片片淡淡的晨雾,衬出些若有若无的诗意。小五看看局长,暗暗地摇了摇头。小五想,这样的棋下起来没劲,几招打败他算了。于是就连下杀手,杀得局长血人一般,局长的脸色逐渐凝重了起来。局长眼不离棋盘,右手摸索着找到了烟灰缸,把香烟在里面摁了几下,然后便五指罩住缸口,开始长考。

20分钟后,局长才应了一招。小五立刻递了一招,心里却在想,看来局长马上就会起身认输,可那本书怎么办呢?局长输了还会借给我看吗?这么一想,小五便有些忐忑不安。正在这时,小五忽然感到脚上被狠狠地踩了一下,极重,令人想到是故意伤害。小五往桌下一看,是父亲的穿着黑袜子的胖脚。小五看了一眼父亲,心想你干什么呀?小五遇见了父亲神秘而充满暗示的眼神,不由心中一怔,想了一下,没想通,仍旧下棋。刚下了一手,又被重重地踩了一下。

小五想老头子向我讨还肉身呢！小五有些不满，平日严肃的父亲连手也不与小五碰一下的。他又看了父亲一眼，发现父亲脸色不好看，不只有暗示，还有威胁。父亲看看小五，又看看围棋，看看围棋，又看看小五。小五一下明白了，心里一窒，感到烦烦的。原来父亲是叫他让棋，让棋就是找回希望，就是为两箱"双轮池"找回它们应有的价值。小五想这是干什么？棋归棋，事归事，让棋不是侮辱棋吗？小五极不愿意，继续埋头下棋，只是心有些乱，但对付局长还是绰绰有余的。但是，来自脚面的痛苦是接二连三的，小五回避不了。局长只管心无旁骛地下棋，顾不了许多，这更为父亲提供了机会。小五知道不让棋父亲不会放过他，何况还是为自己好，于是就让了一招，接着又让了两招，然后是三招、四招……局长眼看局势一点点转好，失去的地面重新夺回，久攻未下的堡垒瞬间即被攻破，就有些疑惑。抬头看看小五，见小五一脸忧伤，懊丧得如一个丢了心爱的玩具的孩子，局长相信是自己的长考发挥了作用，并不是小五有意让棋。局长这才重新取了一支烟叼在嘴上。父亲看见，便凑过来，为局长点着火。局长吐了一口烟，对父亲点点头，又凝神在棋盘上。小五每让一棋，心里就疼一下，比脚疼还难受。他感到自己的手脏了，不配再拿棋子，脸色一时就变得更难看，像是要哭。局长以为他输不起，就摇了摇头，微微地笑了一下。小五最后终于输了，这使父亲红光满面，眼神中充满了希望。

局长自然也很高兴，不过并不显露出来，仍然面色平稳，一副自信从容的样子。局长抽了一支烟递给父亲，父亲连忙起身接了。局长又向院中喊："九九，泡杯茶来！"然后轻轻地拍了拍小五的肩，说："下得不错，下得不错。可以这么说，如果你不懈努力，一定会青出于蓝的。你关键是信心不足，信心不足就成不了大事，你的棋后劲不足就在于此。"小五撇了撇嘴，转眼不满地看着父亲，想你这下满意了吧？父亲意识到这是个趁热打铁的绝好机会，过了这一村就没有这一店了，于是堆出一脸亲切的笑来，说："局长，要是他能到你局里去，那以后他就有更多的机会向你请教了。"父亲这话说得正合适。局长因为把小五杀了个人仰马翻，心情正自愉快，正是容易说话的时候。局长想了一想，说："好，过两天你再来一趟。成与不成，我给你个准信，我尽力而为就是了。"父亲千恩万谢，同时用眼色让小五也谢。小五想三十六拜都拜了，还差这一哆嗦吗？也就谢了，不过有气无力。局长留小五他们吃午饭。父亲受宠若惊，坚辞不受。

父子俩摇摇晃晃出了堂屋门，来到院中。小五看见九九在浇花。有风吹过，潇潇洒洒掀起九九的裙子，小五看见了两条如玉的美腿。小五心里冲动，对九九说："你忙呵！"九九脸一红，笑了笑，没说话。父子俩出了大门，给强烈的阳光一照，都感到有些头晕。小五在头晕之后忽然一阵心酸，泪水差点下来。小五想今儿个我是怎么啦？又是让棋又是想女孩子，我怎么啦？我快完了吗？他妈的我五毒俱全还是个人吗？小五想着想着就给了自己一巴掌。

小五是一个月以后到S局上班的。上班那天，他被九个姐姐收拾得干干净净，漂漂亮亮。走进办公室，如走进陌生的远方，而且是那种让你感觉到永远不会变作熟悉的陌生。小五感到很别扭，在办公桌旁坐了一会儿，正觉着无聊，忽然听到隔壁有棋子声，便身不由己地走了过去。几个人正在一张围棋盘上混战成一团。小五看了看，觉得下得还可以，就站在旁边观战，一时出了神，就支了一招。一招奏效，满座皆惊。一同事问道："你也会？"小五点点头。那同事就力拉小五为同盟军。小五想了想，摇摇头。小五想起父亲不让他在局里下棋的事，还讲了很多道理，就努力控制住了自己，客气地说："我会下一点，可不感兴趣，还是你们下吧。"小五回到自己的桌前，心里无论如何平静不下去，有东西酸酸乎乎往上冒。小五取出钢笔，找了张白纸，在上面画起了圆圈，点起了点子，画着点着就迷了进去。等到画完点完，一张完整的棋谱就出现在眼前。

局长有闲空就把小五叫到局长室，二话不说就开战。小五此时就用不着去想父亲的话，也绝不让棋。他一时兴起是什么都能干出来的。于是就接二连三地杀得局长大败，杀得局长无计可施，杀得局长疑惑地看着小五，心里暗暗纳闷。小五不理会局长是有他的道理的，这道理令父亲容忍了他的行为：局长可以一句话让他进S局，却不能一句话让他出S局。局长在发觉上当之后既好气又好笑，想自己打了一辈子雁竟然给雁啄了眼睛，自此以后见着小五绝不再提棋，却在工作之余潜下心来钻研，决心在不久的将来一定打败小五。

小五没有考虑自己这么做会有什么后果。局长老练沉稳，自然不会因为一点小事而败坏自己的形象，表面上对小五一如既往，像他刚进局时一样。不过局里的同事却因此而不敢和小五过于接近，怕局长暗存报复之心，弄不好反而牵连了自己。大家和局长处久了,对局长到底是怎样的人心里极清楚。平日大家和局长下棋没有不让招的,谁也不会想到来了个小五竟愣头儿青似的不晓得一点人情世故。局长把大家对小五的冷淡看在眼里,以为是小五人缘不好,就愈发看不起小五。小五因此受了不少苦,可说什么也意识不到根由所在,心想这些人怎么他妈冷血动物一般无论如何也博不得一点真心,与在学校时可差远了。

小五的工作安定下来一段时间后,开始有人来提亲了。小五对女人的了解远远不如对围棋的了解,感到新鲜有趣,也就想了解个究竟。在一位同学的撮合下,小五有了他人生的第一次约会。但小五见了那女的就有些别扭,觉得这人不像可以做媳妇的人。其实什么样的人可以做媳妇他也不知道,只是跟着感觉走。于是就失恋。于是第二个约会开始。

这次见面是在广场南端的排球场,双方手里都拿了一本《家庭》杂志。小五一见那女的就不由得呆了,那女的也呆了。原来是局长的闺女九九。小五就有些脸红,手也没处放。九九的心也"怦怦"跳了一阵,然而挺能自制,大大方方地说:"想不到是你,小兰这妮子真坏,事先也不讲明,只说先找感觉。"小五这时想说"我也是",不过没说出来。小五好激动,没想到原来自己还有这样的好运。接下来的故事是两人一起坐到了石条上,在短暂的羞怯后开始滔滔不绝地说话,说小五的故事,说九九的故事,说两人可能会有的将来共同的故事。

小五平时顶不爱说话,他自己也想不到摆脱拘束以后在九九面前怎么会有那么多废话与不废的话。3 个小时不知不觉地过去,两人觉得仿佛才过了 3 分钟。九九说:"你这人看着老老实实的,想不到这么善谈,这辈子不碰着你真是太可惜了。"小五说:"我也有同感。老实说,如果为了这次见面让我牺牲一切的话,我心甘情愿!"九九问:"那围棋呢?"小五笑了,说:"那是另外一回事。"最后九九不得不走了,说回去晚了爸会训我的。小五说:"以后我们爷俩就有机会在一起下棋了,我一定当个好棋友。"说得九九心花怒放,产生了一种想和小五拉拉手的欲望,并且得到了满足。两人最后约定明天还是这个时间见面,谁迟到 5 分钟罚谁请客。然后两人心情无比愉快地分手了。

小五在之后的 24 小时内一直处在一种兴奋的状态,眼前飞舞的一直是小九九那无比美好的形象。当九九的身影真的又在视线中出现时,小五简直欣喜欲狂。小五说:“你来了! 你知道吗? 我的两个眼都快鼓成蛙眼了,望穿秋水的滋味真不好受呵!”没想到九九不接他的话,转过身去,竟抽抽噎噎哭起来,双肩一抖一抖的,小辫一动一动的,令人可怜得要死。小五吓坏了,连忙绕到九九对面,小心谨慎地问:“九九,我哪儿得罪你了吗?”九九摇摇头,小五心稍安了一些,用劲想,再也想不起第二个原因。九九抽搭了一会儿,情绪渐渐平稳下来。平稳下来的九九抹去一脸泪花,用忧伤无奈的眼神看着小五,说:“小五咱俩只有 90 个小时的缘分。我原以为这只是个开头,以后日子长得很,没想到会这么快就没了。”小五立时如被五雷击了顶,全身的血液“哗”的一声退到了脚面上,通体冰凉冰凉,愣在那里,如冰雪人一样,没有了一切表情,也没有了一切思维。九九害怕了,拼命摇着晃着小五,说:“你别吓我呀,你可别吓我呀!”小五费尽全身力气,才把头摇了几摇。小五说:“你骗我,你知道这样的玩笑是不能开的,你为什么要骗我?”九九说:“我拿什么开玩笑也不敢拿这呀!”然后就把事情说了。

原来一切都很简单,如果不是这简单的情节可以决定小五和九九的一生,小五会把它当作小数点后的一个零而不去看一眼——九九昨天回家晚了,局长便问是怎么回事。九九知道这事早晚得汇报,就兴高采烈地汇报了,想不到父亲会反对。局长很快做出了反应,说这事我不同意。局长的理由有三条:一是小五在局长眼里什么都不是,充其量只算得上一个笨得不能再笨的小雏儿,从里到外通篇没出息的样儿;而且小五的父亲只是一个行将倒闭的工厂里的老工人,连工资都难以发上。局长不能听凭女儿嫁到这样的人家。二是小五在下棋时骗过局长,局长一向认为有过欺骗行为的人都是不可靠的。为了达到某种目的而骗人,也不是不能接受,这样的人你可以和他合作干许多重大或不重大的事,唯独不可以让他当女婿。第三条是最重要的一条,那就是已有人向局长给九九提亲,男方的父母是县里一对极显赫的人物,对局长以后的发展大有裨益。局长对九九说这不是做交易,关键是那男孩子本人也是一个极难得的角色,一表人才,又有才学,单从他个人来说也极为出类拔萃。九九据理力争,爷俩吵到半夜。最后局长一锤定音:“是要父亲还是要小五?”

九九抽泣着对小五说:“我爸把我领了 19 年,我不能让他伤心,我不能失去他。苦让我一个人受,罪让我一个人领！咱们只好分手了！今天下午是咱们最后的半天,咱们好好遛遛,权且做个好朋友吧,也算做个纪念吧!”小五听得心惊肉跳,既感到委琐、自卑,又感到一腔被压抑成块垒的气愤。他的心里充满了无尽的忧伤,总想找个什么地方哭一场,哭它个昏天昏地,然后一死了之。半天下来,小五没说几句话,只是拼命给九九买好吃的零食。九九看着他,眼圈红红的,接过零食就吃,也闹了个七荤八素。临分手时,九九流着泪水对小五说:“这么着吧,这两天比我19年经历的都多,也算爱一回了,也算为爱搏过一回了,你就吻吻我吧。我对不起你,作为补偿,你就好好亲亲我吧。”小五流着泪看了九九好一会儿,摇了摇头,哽咽着对九九说:“何必呢!”说着就低着头急急地走了。

小五过了半年才返过阳来,别的什么也不想,只想随便找个女人对对搭搭过日子算了。这时,后来成为小五妻子的小敏出现了。小敏是一对退休老工人的女儿,人长得一般,一眼看去挺随和的,20出头了,也没对上象。不是小敏没找过,而是她父亲相不中。到了小五这儿,她爸爸妈妈发话了,行,工作单位好,又是大学生,还下围棋,下围棋的人讲理儿,温温悠悠的,将来准不敢欺负你,去吧,放心过去吧。一个月后,小五就和小敏成了亲,婚礼极简单,像吃了一顿平淡的早饭。婚后没房子,两人在城南租了两间小北屋,一月30块钱租金,加上衣钱饭钱零花钱,两人的工资倒勉勉强强撑得下去,而且也是互敬互爱,有热有疼。一时弄得左邻右舍年轻的年老的都羡慕得不得了。

自打毕业以后,小五与人正儿八经下棋的次数,统共不过10盘。有时是偶然,有时是他找人,找的人都是县里的高手,在各种县级赛事中数一数二的人物。小五认为不找高手棋艺不好提高,整日自己瞎琢磨也不是最好的办法。10盘棋下来,人人皆惊。小五的对手不是局长那样的水平,对于孬好的棋是一眼就能看透的。于是小五的名声很快传遍全县围棋界,找他下棋的人也多了,只是轻易不能如愿。小五的时间紧,一天8小时的工作分秒不能耽搁,业余时间又要干家务又要打谱,所以虽然位卑职小,也不能不拒绝许多要求。小五有时也伤心,想想上班了反而没上学时自由,难免有些心灰意冷。于是小五就给九段写信,保持着书信联系,在信中两人无话不谈,已经成了很好的朋友。小五时常给九段寄些涡城的特产,如苔干、焦麻花之类,并邀九段空闲时来涡城小玩。

小五结婚时九段寄来一床定做的被面，大红底子，上面是黑白两色的围棋子，混在一起排成一对鸳鸯的模样。小五极感动，想九段真是细心人，真是重感情的人。九段收到小五的信，很快回了信。九段劝小五看开些，既然一时无力改变现状，不如顺从下去，心安理得地接受它，一旦适应了，也许百忙之中的这几盘棋就是天大的乐趣。小五不是一时心凉就撒手的人，经九段一说，便把盼望下棋的心思化作韧劲放在心底，如坐垫下的弹簧，永远把劲上得足足的，令小五既心安理得，又信心百倍。几个月下来，小五明显感到棋艺比以前有所提高，高到什么程度，没人知道，小五自己也不知道。县内外的大赛年年都有好几次，请柬自然漏不过S局。小五不去，他想不能去，这个念头不能动，于是就在县里默默地做他的无冕王。

一天晚上，小五坐在桌前打谱，小敏坐在旁边织毛衣。突然门被敲响了，是那种小心翼翼有所求的声音，小五打开门，看见门口站着一位中年人和一个七八岁的小男孩，一脸恭敬与不自信，令小五很是感动。小五把他们让进屋，尽管迷惑不解，仍用所有的热情去消除对方的拘束。中年人开口了。中年人一开口就把小五吓了一跳，原来是要拜师的，老师是小五，学生则是父子二人。小五连连摆手，说："这怎么行？这不行。"中年人说："行，老师，全县一百多万人谁不知道你呀，你说行就行。"小五坚决拒绝，来人坚决要求。双方僵持了20分钟，中年人取出一副围棋来，说："老师你看看这个。"小五一看又吓了一跳，原来是一副紫红描金楠木盒盛放的极优质大理石子磨成的围棋。棋子玲珑剔透，圆润细腻；黑的如少女纯情明眸，看一眼令人通体舒泰；白的如南国之雪，抚一下顿觉全身清爽。小五早就听说有这样的围棋，是棋中的极品，无价之宝，今儿可真是开了眼了。小五双目中流露出一种异彩。中年人抓住时机说："老师，你要喜欢就送给你，只求你收下我儿子，我就算了。"小五仍旧摇头，心中虽然犹豫，口里却不答应。小五想这不行，我自己尚是这样，怎么能收徒弟？再说，家里也转不开呀。这时小敏在一旁说话了："你就收了他吧，一星期让他来两次，一个月30块钱学费。"中年人一听便满脸神采飞动，拍手说："好"，说，"40块钱也不多，我出！"小五瞪了小敏一眼，也无可奈何地同意了，只是不答应收学费："如果想学，就别提钱的事。"中年人先是愣了一下，接着就笑了。中年人千恩万谢地要走，小五捧起那副围棋要他带着。中年人急了，说："你要是看不起我就不收，这是好东西，是我一个远房亲戚留下的。他没有儿女，是我给他送的终，他临死要我一定把这副围棋交给识货的人，分文也不能取。我看了，咱县城除了你没人配收。"小五只好无可奈何地收下来。

小五从此有了一副好围棋。小五明白这是棋中之宝，单是棋子的清亮滑腻，就无可比拟，更不用说那一日日把石子磨成棋子的功夫。他暂时把自己从学校带回的3块5一副的棋子丢开，用这副大理石围棋打谱。但他很快就发现自己无福消受，棋是好，可小五一看到它一摸到手里就是味，就意识到这是人送的，送它的人有求于自己，随即恍惚看见那中年人的脸，于是，忍不住要想到自己很俗，很市侩，一盘棋就再也打不下去，乱成一锅粥。小五刚开始以为是不习惯，日子久了会适应的，但几个月过去了，仍然有这种刻骨铭心的感受，而且不亚于当初。他只好把它深深地放入了箱底，仍然玩自己那3块5的。这件事情弄得小敏很不高兴，先是送上门的每月30块钱不要，房租仍要自己交，后是好东西无福消受，从里到外透出没头绪的样儿。小敏觉得自己这辈子完了，嫁了个不争气的男人。嫁汉吃饭，照这样下去，恐怕到头来连饭都吃不上。细一想，小敏心里愈加烦闷，于是接二连三地弄出一些小摩擦。

转眼间，小五毕业两年了。从头到尾想想，两年也无大事。小五过得虽累，倒也平平安安。到了第三年的第一个月，县里举办了一次县直机关围棋大奖赛，参加者都是县直机关的围棋热心者。小五没理会，一如既往地上班、下班。局长也参加了这次比赛，而且异常活跃。局长不缺奖金，只想干一行就成一行，下了这么多年的棋总该出点成果。从政20年当了局长，下棋10年也该当个业余棋手。局长卧薪尝胆，棋艺在两年内有了不小的提高，众望所归，局长成了冠军。

那天上午，局长领完奖后径直来到办公室，从200元奖金中抽出20元，让秘书去买些好糖名烟来，说这不是我个人的事，这是咱们全局的荣誉，咱们就来个普局同庆。众人吃着局长的糖，吸着局长的烟，看着局长满脸春风之色，难免轮流说几句吉祥的话，把一向老练持重的局长捧得舒舒服服晕晕乎乎。局长把自己战胜对手的经过一一讲给众人听，讲到精彩处，便猛吸一口烟，做一个手势。正在兴头上，一眼看见了小五，局长就笑了。局长说：“小五，来，下一盘。”小五摇摇头说：“不行，局长，我不行。”局长又笑，说：“咱们快两年没下过了，交流一下嘛。你要再不肯，我可要命令你了呵！”其实局长有局长的想法，局长在围棋上下苦功的一个重要原因就是要打败小五。不和小五下怎么能印证自己的实力呢？而且现在自己正是精力旺盛的时候，超水平发挥不讲了，发挥出全部水平是有希望的。一旦打败了小五，自己在县里围棋界就坐了第一把交椅，谁不佩服也不行，说不定还会给自己的仕途锦上添花呢！局长想到这里，便又催了几句。

这种异于往常的举止令小五无法再推辞。小五便红了脸，红了一会儿，就坐到了局长的对面。众人也“忽拉”一下围上来，里三层外三层，风雨不透，水泄不通。于是开战，全场数十人均鸦雀无声，只有棋子打在木板上的“啪啪”声响在宽阔的办公室内。小五的棋艺此时已是登峰造极，如入化境，四十手一过，局长脸上的表情与换届选举时一样庄重；六十手一过，局长四面楚歌，八方吴音。终于全军覆没。

局长愣愣地看了小五一眼。小五也看了局长一眼。四下寂然，空气似乎已凝结成一团，在场的每一个人都紧张到极点。沉闷的后面将是一声炸耳的焦雷。绷到极点的神经都在等待，提心吊胆地等待，小五很冷静，如果再这样沉闷半分钟他就要拍屁股走人了。局长没有等到小五走人就开始有所举动，他轻轻地摇了摇头，嘴角微微地抽动了两下，脸上现出几分带有明显抑制痕迹的沮丧与一些不明不白的表情。大家都知道局长脸上的全部其实只是心里的十分之一，便由此明白此时局长已失望颓丧到极点。局长又看了小五一眼，然后缓缓地站起身来，上眼皮耷拉着，几乎盖住了眼仁。局长笨拙地转身要走，转了一半，又转了回来，对小五说：“下得的确好。”然后歪歪扭扭地走了。

局长走了好久，才有人叹出一口气，接着便有人连着叹气。叹气声弥漫全局。这时有人拍了拍小五的肩，有人摸了摸小五的头，每一个人都明白局长虽有高风亮节，但这盘棋却是万万赢不得的。大家都说，小五呀，不就是一盘棋吗？在领导面前还是夹着尾巴做人的好。小五本来还不觉得什么，经大家一摸一说，心里也沉重起来。

小五闷闷不乐地回到家，看见小敏正在读一本关于居室布置的书。他忍不住，就把事情和小敏说了。小敏一听就炸了，气愤地说："这下可好，你连局长都得罪了。他正跨马游街得意洋洋，你硬把他给掀下来。这事你搁谁身上谁都受不了。他没当面抽你是给你留面子了，谁又敢说这不比当面抽你更厉害？小五呀小五，你什么时候能有点脑子？"小五不服气，生气地看了小敏几眼，低下头去说："他喜欢围棋是好，可他那样的人不适宜业余玩这个，在是非场混久了，下不了三十手就露俗。围棋很高雅，玩不好倒会伤人。"小敏更生气了，小两口开始发生摩擦以来，她百战百胜，而且每次开战前总是斗志昂扬如一匹奋发的母马。她把书往桌上一拍，说："小五啊小五，你还配称高雅？你自命不凡，你附庸风雅，你俗里俗气，你狗屁三千，你你你你你！你看看这本书上的家具，再看看咱们家，咱这还叫个家吗？还有法儿看吗？你都快光屁股了，还高个鸡巴雅！"

小五脸蓦地一红，心想这娘们越发没遮拦了，再说下去恐怕连箱子底下那点事都能吼出来。小五就想一走了之，眼不见，心不烦。转念一想，小敏说的也不差，别人家中谁个不是彩电冰箱锃锃亮？自己家里除了一桌两椅一床外，就剩下几口木箱和一些凑一块儿换不了仨糖糕的杂碎。小敏是女人，女人没有不争强好胜的。可是又有什么办法？一个月就 200 来块钱工资，想买东西凭什么？伸脸人家也不打呵！小五想想，心里挺难过，越难过越想，最后午饭也没吃，就到里屋去睡了。

过了半个月，小五接到县围棋协会李会长的电话，说有事要面谈。小五去了，走在路上心里七上八下犯嘀咕。刚进大门，满头银发的李会长便迎上前来，笑呵呵地说："小五呀，咱们地区过几天举行县市围棋'三拖'杯大奖赛，你可要去呀！"小五摇了摇头，他还没从"下棋事件"的阴影中走出，心里很烦，什么也不想干；加上近来小敏肝火日旺，动不动就搞得不愉快，更是感觉受不了。即使没有这些，在情绪正常的时候，小五也绝不愿参加什么比赛的。他实在讨厌由别人监视着的竞争。李会长见小五摇头，哈哈地笑了："早知如此，早知如此，这不，先斩后奏，名单我已报上去了。"小五一听就急了，只是干着急没办法。李会长接着就目的明确地劝导小五，从全国围棋事业的发展形势，讲到全县围棋界的荣誉，讲到县围棋协会以及小五本人可能获得的福利，八面鼓风，面面俱到。

小五最后无可奈何地答应了。他并没有听见李会长讲的是什么,只是想既然报了名——别管谁报的——就得守信用。

小五到地区去了,一去就是7天,一杀就是7盘。盘盘皆胜,盘盘精彩。小五为自己挣得了本次大赛的最高荣誉——"三拖"杯,也为本县围棋协会挣得了主席、理事们渴望已久的荣誉——"伯乐"杯。伴随"三拖"杯发下的,还有两千元奖金。小五怀揣两千元,在行署所在地徐城的大街上走了半天,没想起该怎么去花这笔钱;就此一把交给小敏,又觉得没意思。遇到天黑,小五草草吃了一碗"煮豆干",便回到下榻的旅馆。洗漱已毕,正要关门休息,从门外进来一个很漂亮的女孩,险些与小五撞个满怀。

女孩衣着极鲜极艳,脸儿极白,条子特丰腴,令小五一时难以从惊愕中回过神来。女孩对小五嫣然一笑,说:"冠军,要睡呀?"小五讷讷了半晌,没说出话来。女孩便去拉小五的袖子,口里的香气扑了他一脸。"冠军,请我喝杯酒吧。"女孩说。小五惊慌地摇了摇头。"那,"女孩又说,"我请你——吃饺子。"小五听到这挑逗意味明显的话,不禁大惊失色,连连摆手。见女孩仍一个劲儿地往身上靠,两只洁白的小手如两只小鸟般乱扑腾,他惊慌地用力将女孩往外推。女孩风骚地一侧身,他的双手一下抚到一双鼓鼓囊囊呼之欲出的东西。他骇然地住了手,口里连连呼道:"走,走,再不走我喊人了。"女孩变了脸,狠狠地瞪了小五一眼,骂了一句"老抠",便扭着屁股怏怏地出去了。小五一下瘫坐在床上。小五想这里真不是人待的地方,便出来结账,准备换地方,走到柜台前,却发现那女孩正在与柜内的女服务员说话,很相熟的样子。女孩看见小五,又恶毒地瞪了他一眼,转回头去和服务员说了一句什么,两人便一齐哧哧地笑。小五不由自主地缩回身来。原来他妈乌龟王八一窝子,这么漂亮的女孩都是婊子,真是不可思议。小五一夜没敢睡,孤坐在床上直守到天明。

第二天上午,小五决定一定把钱脱手,免得节外生枝。逛来逛去,小五进了一家电器商店,先把钱掏出来,说:"我买一台彩电。"老板问:"多大的?"小五说:"够大的。"老板说:"黄山,十八吋的。"于是就买了一台十八吋的。老板又问:"试不?"小五说:"没开箱的,不会有毛病,就这吧!"老板竖起了大拇指,说:"兄弟,你行,冲这,过一年半载的,你再来,我把你看旧的,再换台新的,分文不收。”小五想世上真有好人，我可不能被那小婊子蒙住了眼睛。

小五回到家，小心翼翼地敲了敲房门，准备见了小敏先给赔个几日照顾不周的笑脸。不想小敏一见彩电，猛一下把他紧紧地抱住了，左一口，右一口，上一口，下一口，口口啃得是地方，口口啃得感情十足，直到把小五啃得满头大汗还不松口。小五便很愉快地笑，感到有钱就是不一样。小两口小心翼翼地把彩电搬进屋，放桌上一试，效果贼好，图像跟亲眼见的一样。小敏就又要啃小五，小五吓得连连摆手。小敏强使自己镇静了一下，就问起比赛情况。小五把发了两千元的事说了。小敏说：“你真傻，两千元，咱存起来不更好，一年百十块钱利息呢。”看到小五诚惶诚恐的样子，小敏扑哧笑了：“看那样儿，跟你闹着玩儿呢！”小五便也笑了。小敏高兴地说：“唉，我丈夫也能挣钱了，我丈夫比谁都不差。”直把小五听得心惊肉跳，想说什么，又怕搅了小敏的兴儿。最后小五想开了，只要小敏高兴，管它呢，既不偷又不抢，光明正大的。

晚上小敏特意为小五炒了几个好菜，买了一瓶好酒。小两口边吃边看电视，感到人生真是幸福。吃罢饭，小敏早早地把床铺好了，把洗脚水端到小五面前，说：“我给你洗吧。”小五忙说：“不，不。”小敏早一把将小五一双臭脚抱入怀中，用小手轻轻地抚了几下。小五受宠若惊，看看小敏，小敏真漂亮，两腮绯红，眼睛晶亮晶亮的，从未有过的振奋。小五便有些冲动，随之心里便有些害怕，生怕小敏不答应。

不想小敏今天特主动。大灯一灭，小灯一亮，小敏如同换了一个人，蹿上跳下的，直把小五幸福得欲死欲仙。小五癫狂到极处，便把那女孩的事讲出来。小敏便笑，笑得双乳一颠一颠的。小敏笑后就问：“为什么不？”小五也笑，在那颠动的物件上亲了一口，反问：“为什么不？”两人便心领神会，一齐笑个不停。闹了许久，小敏兴犹未尽，两人便又重新开始，直把个初秋之夜过得如火如荼、永生难忘。

小五得奖的消息不胫而走，一夜之间，他成了小城的风流人物。县广播电台、电视台以及在县内有号召力的几家小报都派出了最好的记者，把小五缠了个筋疲力尽，掏出了他们想知道的所有细节。县棋协也给予了小五适当的物质奖励，并且热诚地邀他加入。有一些爱好围棋的中学生还羞羞答答地写来了如火如荼的信,要他当业余教练,要他为更年轻的一代做贡献。在几封女学生所写的信中,还有一些闪烁其词的句子,令小五看了心跳。尤其令小五意外的是,连一向很严肃的局长也数次对他露出了微笑。本来小五去地区参加比赛没有请假,棋协的同志对小五说:“你走吧,我们做善后工作。”小五回来后一直想局长一定会为此大做文章,找他的茬,不料局长压根儿没提那事儿。小五知道棋协的人再有能耐,局长只要想治他,就一定能想出光明正大的理由,而且一般说来局长一定想治他。小五想来想去想不通,和小敏一起想,想不通。小五感到这个世界最令人捉摸不透的大概就是人了。过了几天,又发生了一件事,这件事令小五更加困惑。那天小五闹头疼,又不敢不去上班,便挣扎着去了。小五坐在办公桌前,3 小时没动一下,没干一点工作。这事局长看见了。放在往日,局长才不会管他有病没病,一定会与没看见一样。然而那天局长却走到他跟前,摸了摸他的头,说:“你不舒服呵?快到医院看看吧,快去吧,如果不行,就休息两天吧。”当时小五看着局长,心里竟有些感动,看不出局长倒是个热心肠的人,要是自己有这么个岳父该多好呵!想着想着,小五便红了眼睛。其实小五永远也想不明白的。局长再恼再气,也不会在人前显露,特别是为了一个他看不起的人。他明白,一个微不足道的棋子有可能败坏一盘棋,所以需要等待时机,时机一成熟,所有的怨气自会一下子出掉。小五在没请掉假的情况下私自去了徐城,本来是再好不过的机会。局长已经下定决心要给小五一个重重的处分。这么做冠冕堂皇,谁也看不出有私人恩怨夹在其中,何况还要在局领导班子会议上讨论,形成决议后由副局长宣布,不显山不露水,令你有苦没处说。局长唯一没想到的是小五会拿冠军,而且新闻媒介又张扬得那么厉害。在小五又红又热的时候把手伸过去,那样也许会把皮肤灼伤,于是局长就把计划改了。局长在人前把 S 局出了个围棋冠军当作自己的荣耀,有事没事便附带一句,说自己当初让小五进 S 局就是看中了他的棋艺,小五进局后又对他进行大力的扶持、教育,为他提供了许多机会等等。话不多,可句句带彩。几个月过去,局长慧眼识才的美名与小五的盛名一齐播遍全城。

小五在盛名之下有了很大的触动,对自身的价值有了进一层的认识。小五想这真是不错,人一辈子如果都像这样倒也值得。

但小五毕竟是小五，虽有体会却并不主动去寻找机会。只是妻子小敏比过去忙得多了，她也爱上了围棋，不是喜欢棋趣，而是喜欢与棋赛有关的启事、通知等等。小敏和围棋协会的人渐渐熟悉起来，消息一大半都是来自那里。她绝不放过任何一个机会，凡是以小五的身份可以参加的赛事，一定想方设法为他报名，有时是县级赛，有时是省级赛，有时竟是全国性的。小五刚开始时很是懊恼，心想这算怎么回事？这样下去我成了个什么？他一心要打退堂鼓。无奈小敏的边鼓声太强，手段又无微不至，而且是种种的幸福诱惑，又有县棋协的人作后盾，另外还有些说不清道不明的在心里隐隐约约起作用的缘由，他就不再坚持。他一次次地杀上阵去。一年不到，小五的家中实现了现代化。小敏的头在邻居们面前昂过了垂直线，惹出一连串羡慕或嫉妒的目光。当一套三室一厅的商品房买到手时，小五真正地感到了与小敏一样的幸福。

小五逐渐老练起来，开始主动寻找机会，而不要小敏去为自己穿针引线。小五觉得自己仿佛置身于一片狂热的浪潮之中。在浪潮的裹挟之下，他日渐兴奋，以至无法自抑，既有随波逐流的轻松，又有奋臂击浪的快感。然而好景不长，随着时间的推移，小五逐渐感受到令他无可奈何的力不从心。虽然他的勤奋有增无减，却时常在关键时刻犯糊涂。小五硬撑着，他想能撑一时是一时，兴许能撑到最后也未可知。然而事实却让小五明白了这只是一个愿望。他开始出现败绩，有时败得极惨。冠军头衔命中率越来越低。先是几次赛事可以中一次，接着是勉强保持二、三名的名次，后来每况愈下，一次不如一次。

小五有些生自己的气。他想，我真不行了吗？这不可能，我这么年轻，还没到退隐的时候，青龙正当偃日，我一定拼个明白。于是他拼命地在棋盘上下功夫，竭力要挤下每一个对手。然而实在是不行，他无可奈何地感到了日落西山的迷惘。

小五实在想不通，他的思维狂乱地奔走，最后被自己一一击回。也许是自己太功利主义，从而导致了失败？小五立刻把这种想法否定了。小五想，九段以及好几位高手不也是每有大赛必参加吗？怎么他们好像永远处在巅峰期呢？他们不是比我更功利主义吗？其实积极参加各种赛事并不一定是功利主义，掌握好了，只会对棋艺有所促进。这是个极为浅显的道理，不过小五现在已无法理解。他正置身于云里雾里,正处在一种狂热的追求中,理智的思考几乎已减少为零。他自己急功近利,就把一切人都当作了急功近利的人。这正是小五的性格,他永远是在沉静中永不停歇的小五,永远是走着极端的小五。

一退俱退。小五物质上的丰富没有使小敏满足,相反,小敏对钱的欲望更为炽烈。小五初时的失败得到的是安慰。后来便是不冷不热的沉默。当然,这不是嫌弃,而是缺乏兴奋添加剂。同时,小五还隐隐约约地感觉到局长的嘲讽的目光,虽然这种目光你极可能会把它当作善意的注视,但是与局长有过一番曲折的小五不会误解。不过他已没有心思理会这些。他身心憔悴,面容晦暗,看到每个人,都会由于心理惯性而产生一股强烈的战胜欲,接着便是害怕,怕自己输。这种心绪把他折磨得痛苦不堪。

小五这时又想到了九段。自从忙起来之后,小五逐渐把每月一封写给九段的信停下来了。他的理由是:忙,没心思。也许有朝一日会在赛场上与九段相遇,那时再解释吧。不过有一点是小五没有想到的,他参加了数十次围棋赛事,全国性的也有好几次,竟没有一次遇见九段。九段一年到头忙于几种顶上顶的赛事,如天元、十段赛等等,还要参加一些国际赛事,抽不出工夫参加其他的比赛。在极其失望极度悲观的情况下,小五给九段写了一封信,把自己的情况说了。不过小五写得很委婉,诸如"精力不济""琐事经常缠身"之类的话说了不少。小五只是想找一个愿意听他倾诉的够得上级别的对象,想让自己痛痛快快地说一番。这时他已不相信有人能帮得了自己。每个人都有日丽中天的时候,小五觉得自己的辉煌已永远成为了过去。

小五在郁闷时好满城逛逛、转转。只是一个人转,转到很晚回家,回家后什么也不想干,电视也不想看,就蒙头大睡。小五的学生已不再来,小敏早早把他赶走了。学生临走的时候,小五没提那副大理石围棋的事,怕人家一回心真给要走。一个偶然的机会,小五遇见一个有名的古董商,给他看过这副棋。古董商说,如果你愿出让,我给你 1 万。小五和小敏很想要 1 万块钱,但更想要比 1 万还多的钱。小五想商人一脱手说不定就赚个七万八万的,既然这样,我何不自己多赚些?机会有一天会来的。小五就拒绝了古董商,一门心思等待幸运的来临。小五知道识货的人有的是,不愁脱不了手。

小五在游逛时有机会遇到九九。九九常和一个男的一起到文化馆去。那男的是她丈夫，就是局长为九九介绍的那位，据说写书写得很红，在全国也有了一点影响。九九看到小五，就主动打招呼。别人看不出来，小五却能从九九的目光中看出很多东西。九九知道小五的事，小五的事瞒不住城里每一个人。小五想九九的丈夫是不错，怪不得九九很快接受了他。初时小五对作家有些反感，过了一段时间就能主动与他打招呼了。小五想即使没有他，局长也不会让九九嫁我的，我吃人家的干醋有什么意思！不过小五真盼望九九能找他谈上一次。在他心目中，九九是一朵素白的花，能令他感受到清新与爽悦。他明白九九是个好女孩，正因为好，所以永远不会再找他。小五一想到这里便极伤心，人一辈子没有一个可心的女人该是一件多么窝心的事呵！

小五在汽车站旁边发现有好几处摆擂台摊的。一个中年人或老年人，孤独地坐在小凳上，看着来往的人，面前破旧的围棋盘上写着："输赢为次，棋艺是先；有能胜者，奉送十元。"小五初次走过时感到好笑。小五看不起他们，一是从棋艺上，二是从其他许多方面。当然，有些高手也可能为生活所迫而无奈下海，不过小五认为那是过去，现在不可能。小五往往带着讥诮的神情走过他们面前，连头也不想回一下。逐渐地，小五的想法有些改变。小五想这也挺有意思，有本事就来搏一搏嘛！一个愿打一个愿挨，倒也公平合理。又过了些时日，小五就想试一试。小五不缺钱，不过也很想多有几块钱，而且他还想到打败他们一定是一种乐趣。

小五就在擂主对面的小凳子上坐下来，看看对手，笑笑，手一摆，让对方先下。往往是干净利落，百招之内准定解决问题。对手不服，就再下，小五就再赢，直到赢四五十块钱，对手才一脸晦气地认了。小五便拿这钱下饭馆，两瓶啤酒，两菜一汤，吃得晕晕乎乎迷迷瞪瞪，然后回家，回家后一声不吭，绝口不提下棋的事。今天赢了这个，明天去战那个，七八个擂主被他一个月内赢了个遍。于是大家都很生气，心想自己是来挣钱的，让人干了算怎么回事？这些人以前很少有马失前蹄的时候，汽车站旁边不是没有把握的人摆擂的地方。大家便忘了往日的嫌隙，在一起合计方法对付小五，不求挣他的钱，只想把他杀得永不再来，不然谁也没法安心做生意。到下一次小五再来时，大家就一窝蜂地上，出一人对局,其他人指指点点,从旁支招,一副紧密团结的样子。这样小五就以一敌众。小五不怕,他身经百战,对这样的小事早已不放在眼里。他虽然在走下坡路,与这些江湖棋手相比依然是大家风范,棋艺也高出一截。小五就三下五除二,把众人杀得屁滚尿流,面无人色。小五鄙夷地一笑,接过钱来,心情极其愉快地拍拍屁股走了。从此擂主们多了个心眼,摊照样摆,只是留神小五,一见他来,便立刻收棋,灰溜溜地无声走人。这样小五就数月没做到生意,他想这些人真小气,没意思。

小五便感到越来越寂寞,不只心寂寞,手也寂寞,一心一意要抓住一个擂主,把他杀败。小五把自己打扮得让人以为是个落魄的流浪客,怀里揣着那副大理石围棋出了门。他不走马路,而是从汽车站右边的一条小巷斜插过去。等到那位中年擂主发现他时,已经躲避不及。小五得意地笑了笑,提出要下一盘。擂主摇摇头,一副垂头丧气的样子。小五当然不依,把围棋从怀里掏出,打开来放在阳光下,说:"今天咱们就用这副棋下。你赢,棋归你;我赢,赢你 50 块钱,怎么样?"小五之所以敢这么说,是因为他知道自己绝不会输。擂主想这是卖当的,上了当就退不下来,就坚决不同意。小五有些生气地说:"你摆擂就是要人攻,哪有干摆的道理? 你也不看看我这副棋,跟你那棋比起来,你简直是羊屎一般。你能看到我的棋是你的福分,你就不想用手摸摸,用它下一盘?"擂主艰难地笑了笑说:"五兄弟,你是有头有面的人,何必跟我过不去? 你不怕小了身份? 难道我这薄得连纸都不如的饭碗你也忍心砸吗?"小五沉吟了一下,说:"这样吧,就这一盘,从今以后我再也不找你,行不?"擂主说:"那咱别下了,我给你 50 块钱算了。"小五涨红了脸,神情变得可怕。他下棋不只是为了钱,还要那种打败别人的无与伦比的快感,这一点是擂主想不到的。"你想羞辱我?"小五问。擂主双手乱摆,连说"不是"。无奈,擂主小心翼翼地取过棋子,两人别别扭扭对弈起来。擂主当然敌不过小五,不只棋艺,在心理上也早就输了一筹。小五逐渐兴奋起来,感到了一种帝国元勋的荣光。肆意戮杀臭棋篓子而产生的快活劲儿,使他想不起世界上还有什么事儿更能令人兴奋。他边下边想,他妈围棋真好,围棋比现实生活美好多了。

小五理所当然地赢了,赢得帅,也美气,因为在他们下棋的当口周围已围了不少人在观战。小五得胜之后，就把手伸到擂主跟前。擂主面红耳赤地掏钱，一张一张地数着那些破破烂烂的毛票、绵羊票，数到最后，擂主露出为难的神色。擂主对小五说："还差9块钱。"小五没吭，只把两眼盯住擂主，屁股稳稳地坐着。擂主又说："明儿个给你，好吗？"小五摇了摇头，仍没吭声。擂主急了，捶胸拍背地说："我要是有钱不给你，就不是俺娘养的。"小五笑了笑，猛一下变了脸色，喊："你不会去借？那些摆摊的谁不认识你？"擂主想说同行是冤家，借钱实在不容易，然而他看看小五有些发红的眼睛，生怕小五反悔明天再来，就把话憋嗓子里，踉跄着脚步借钱去了。

小五得意忘形地笑了，他没注意到此时围观的人群中有一双忧伤的眼睛正望着他。那是九段。

九段到合肥参加了一个围棋赛，赛事结束后想起了小五。收到小五的信后，九段一直想去看看小五。他知道失意的人需要安慰，如果能面对面地谈一次，相信会使小五重新振作的。从以往对小五的了解看，小五是个怪杰，以小五的性格、功底，只要能潜下心来一定会有大成。小五已对九段发出过多次邀请，九段觉得不跑上一趟自己无论如何也对不起小五，虽然只有一面之缘，毕竟是一个可心的朋友。九段就来了，而且还准备在小五重新振作之后邀他参加一场有四国围棋选手参加的重大赛事，当然，小五没资格参加这样的赛事，可九段想资格是人挣的，他相信小五会在短期内挣得口碑的，有些时候口碑就是一切。虽然小五写给九段的信语言流利，书法潇洒，通篇已经很通人事的味儿，但在九段的心目中，小五依然还是那个棋艺精湛衣服随便浑身湿漉漉的傻呆呆的大学生。毕竟是第一印象，一生一世也难以忘怀。

一路上，九段脑子里闪动着这个影子。九段下了车，出了车站，准备按小五信上写的地址直接坐三轮车赶去。他不想麻烦当地体育界，更不想麻烦当地政府。走南闯北多少年，九段对于那些繁冗的接待礼节已经非常讨厌。九段其实没看见小五，小五正好背对着他，阻住了他的视线。九段只注意到车站外有人摆野摊下围棋。九段好奇，也是出于对围棋的无微不至的关心，就走过去站在一边看。九段觉得这人蛮眼熟，像小五，可怎么也不肯相信。一是这人比自己心目中的小五胖，胖不少；二是这人双目混沌，动作粗鲁，不似小五那样精光内蕴,动作温温悠悠的。不过九段的心实在是抑制不住地有些狂跳。他把注意力移到棋盘上,就愈发觉得不是。这人下得一手不错的棋,只是利欲心太重,有时为一步小棋而置全盘于不顾,太急太切！而且杀伐心太炽,一旦有机会便乱动刀兵,不杀得血流成河不罢休。特别是对手明显不敌,在这样的情形下仍无饶人之心,一味进逼。虽然下围棋讲究当断必断,当攻必攻,但里面有个分寸,分寸掌握不好,一旦遇到强手,必为所乘。而且一盘游戏之棋,何必让人体无完肤？得饶人处不饶人,实在不是棋士之风。九段想这人是在世俗场中混久了,生了锈,恐怕棋艺不会再有发展,能不一落千丈就是幸事。九段想到这里心里忽然又有些不安。这时一盘棋下完,小五开始伸手要钱,开始逼钱,开始吼,这一吼令九段身心俱焚。九段知道这是小五,这面貌配上这声音,不是小五又是谁？天下不会这么巧有另外一个人声音容貌都这么像小五,而且还是在涡城,还会下围棋。九段看着小五,心里一时充满了悲哀,目光暗淡,脸色阴郁,愣愣地站在当地,失魂落魄一般。九段想,十年河东转河西,河西不如河东地,仅仅三四年,小五就不是小五了。

小五坐在那里得意洋洋地等,并不朝四面看。当擂主把钱递到他手里时,他嘻嘻笑着拍了拍擂主的肩。“明儿个我再来。”小五说。看到擂主愕然的神色,小五笑得更厉害了。小五想,今天合算,50 块,够喝上两顿了,而且还落了一肚子的痛快。小五这么想着,摇摇晃晃如醉如痴地走了。

九段一时拿不定主意。他想喊,张了张嘴,没喊出声;想追上去,两腿却木木地不听使唤。他看着小五的背影,惋惜地摇了摇头。他想,人就是这样,容易走极端,有时清高雅致得不沾人间烟火,一旦失控,反而比常人更容易走火入魔,弄得回一下头都不可能,一下俗到极致。一个棋坛怪杰就这样消失了。谁知道没遇到的又有多少消失了呢？

当小五没入人群的时候,九段重重地叹了一口气,转过身来看看候车室,又看看不远处正在高声招揽生意的三轮车车主,不知自己该怎么办。天空此时阴沉沉的,偶尔有几片树叶与落单的鸟儿一起飞过,浓浓地显出风雨欲来的景象。九段的心里便感到莫名的荒凉,身上也起了一阵寒意。犹豫了一下,九段慢慢地弯下腰去,拎起手提箱,脚步沉沉地向附近一家旅社走去。

女　工

李肇正

一

金妹初中才毕业，就进了精业羊毛衫厂。金妹读书笨，手儿却灵巧，小眼睛眨眨的，一上机就能织出好几种花样。金妹做挡车工，整日价一头毛衣一身油垢，巴巴结结的总是超指标。到了第二年，“文化大革命”开始，主任老郝成了走资派，被关进牛棚。金妹根正苗红，造反队就叫她进了监管组。金妹也搞大批判，只是口舌笨拙，半天说不出个所以然，一迭声地“社会主义好”。老郝想不开，就吊脖子，舌头也拖了出来，却正好被金妹撞见，抱住他腿儿喊道：“大男人吊脖子，死了喂狗！”老郝被她骂得缓过气来，就自己解开绳索跌了下来。两人滚作一团。老郝说：“金妹呀，我这条命硬是让你骂回来的，有我老郝抬头的日子，就是你金妹出头的时候。”老郝果不食言，当了厂长立即把金妹从车间里调到仓库。仓库清闲轻松，一线的工人都想去，当然要有本事才能去得。

老郝当了十几年的厂长。到后来羊毛衫厂的经济效益连年滑坡，老郝说这是大环境造成的，整个国有企业都不景气，纺织厂亏损了，机床厂亏损了，钢铁厂亏损了，为什么羊毛衫厂不能亏损呢？原材料价格大幅度上扬，银行又不肯贷款，不亏损才叫不合理。可是二轻局的领导却以为老郝缺乏改革意识，就来个明升暗降，让他做党支部书记，调老彭来当厂长。厂里现在是厂长当家。比不得地方党委，支部是人权财权一点儿没有，老郝自然是不高兴。老彭也不高兴，本来是局长办公室的副主任，属于亲信心腹之类，现在却下到基层的一个小厂。机关干部下去办企业人家都是求之不得，不仅有实惠，而且做出点成绩，又往往能破格提拔。老彭不高兴是因为羊毛衫厂太穷，休想捞多少实惠，弄不好倒闭了，自己就是倒了树的猢狲。老郝和老彭都有些浮躁，把不高兴挂在脸上。老郝怨老彭大权独揽，老彭怨老郝留下这个烂摊子，两人就较上了劲。这时厂里就以人画线：厂部都是老彭的人，支部都是老郝的人。

照理说金妹是老郝的人，是老郝一手调到仓库的。据说老郝当初是想把金妹调到厂部去当秘书的，只因金妹文化低才作罢。老郝还经常公开说，金妹是个大好人，自己这条命硬是金妹捡回来的。老彭进厂的时候，对厂部和车间都做了大幅度的调整，仓库自然也不例外。老彭把老郝的几个人调出仓库，把自己的几个人调了进去。厂里无甚规矩，经常有人想捞羊毛衫的外快。金妹却是做事板实，提货单上没有供销科长和仓库主任的联合签名就不发货，所以就有人恨着，跑到老彭那儿去扇小扇子说："金妹只听老郝的，厂部去提货特难。"老彭一抬眼骂道："金妹这人我最了解，是个大好人，别在我跟前嚼她的蛆。"

原来老彭也得过金妹的恩惠。"文革"的时候，金妹做工宣队员，到一所中学去领导教改。金妹那时比一般的高中生还小，抄着手儿在教室外闲逛，却会迎来不少敬佩的目光，因为金妹是工人阶级。那时学生毕业"四个面向"，有当工人的，也有当农民的，有留在本市的，也有分到外地的。学生的命把儿都捏在工宣队手里，金妹香着呢！老彭正是那个学校的学生，高中毕业等分配。老彭当过造反派，让学校里的不少领导、教师吃了苦头，一到分配就吃瘪，笃定到边疆当农民。老彭彻底蔫了，像偎灶猫。好在是个独子，他老娘就哭到金妹那儿。金妹动了恻隐之心，就和学校的领导和老师碰了起来。金妹翻来覆去地说："小孩子家，难免做错事，你们却往死里赶，太不仁义了！"到底是臭老九拗不过领导阶级，老彭被分配到本市的一家工厂。老彭去工厂报到那天，特地来找金妹告别，动情地说道："我姓彭的也不是池中之物，终有一朝飞黄腾达，到那时再报你的一饭之恩。"金妹听得不甚了了，默然不应，许久才说："天再大，地再广，也要凭良心做事。"所以老彭把金妹看作是自己的人。

二

金妹是个劳碌命，忙完厂里忙家里，一天到晚不歇手。仓库是二线，照理是清闲的，金妹却忙乎。她总是手里拿着仓库堆放货物的平面图，在砌成高墙一般的纸箱的夹缝里转圈子，顺手将戳出角儿的纸箱推平，扫扫抹抹。仓库很大，光线又暗，阴森森的。每只纸箱上都用黑色的记号笔写出硕大的阿拉伯数字，舞蹈一样，变幻出许多牛头马面的形状。白炽灯焦黄的光焰把人照得像蜡一般。仓库里难免有一种湿漉漉的味道，水泥地下有黄泉，潮气从那儿跑出来，躲进软绒绒的羊毛里，沤出了许多非人间的霉味。金妹一勤力，全身就出了一层细汗。不知怎的，金妹最近特别容易出虚汗，一觉醒来，身上总是湿滋滋的。丈夫试试她额头，说有点热。金妹说这叫盗汗。女人上了年纪，多少会有点毛病。金妹坐下来歇息。纸箱到处是，随你坐。金妹坐在纸箱上心里就踏实，纸箱里的羊毛衫绵软而又充实，坐在上面她就像回到了白绒绒、轰隆隆的车间。只要毛衣头还在飞扬，机器声还在轰鸣，厂子里的几百号人就有活路。仓库里有一间值班室，七八个人整天围在里头热闹，打麻将是他们最热衷的活动，男男女女们闲得无聊还会做一些苟且的事。金妹亲眼看到，男女俩躲在角落里，裤子都脱了半截。金妹闲不住，所以什么都看得见。不过金妹从不多事，看见和没看见一样。人们对她也没个避讳，不尴不尬地笑笑就算了。金妹怕进值班室，进去人们就会笑她："劳动模范终于来了。"人人都喊她"劳动模范"，其实金妹从未沾过模范的边儿。仓库主任倒是区里的劳动模范。主任姓范，麻将桌上无人胜得过他。范主任也喊金妹"劳动模范"，说金妹做事既勤力又细心，仓库里只要一两个金妹就足够了。

金妹坐下来歇息是因为下腹部隐隐地痛。这痛已持续了很长时间，金妹却从未说过。哪个女人没有三痛六病？女人到了四十五岁，医学上叫更年期，金妹却觉得像用烂的抹布、扫脱毛的笤帚。既然是烂抹布坏笤帚，那就不必顾惜了。不过金妹觉得这痛蹊跷，像个肉团在软乎乎地膨胀，不太猛烈，却很充实，柔韧地扩展到四周，把血脉淤塞了，把肌肉压扁了，把其他的器官都挤得挪了位。那疼痛似乎在转悠,好像是卵巢,还像是子宫,唉,反正都是女人的破玩意儿。老太太们说,女人小毛小病逃不了,大病大痛少得很,女人的癌,乳房、卵巢、子宫,割了就是。金妹信这话。而且,这种病痛说得出口吗?女人家最要紧的就这点儿了。再说,市人民医院的妇产科有不少男医生,打死她也不好意思在男人跟前脱裤子。最重要的当然还是钱的问题,厂里的医疗制度改革了,百分之三十要自费,另外的百分之七十也要等一年之后看厂里的经济效益再决定报销多少。而医院的涨价比粮油还要厉害,跑进去就像砧板上的一条鱼,被刮了周身的鳞儿。

金妹没有什么崇高的理想,也没有什么远大的抱负。六十年代读中学时有——像江姐那样去面对徐鹏飞的屠刀。金妹问儿子:“你长大了做什么?”儿子不假思索地说:“做老板,赚大把的钞票。”金妹笑了,觉得儿子邪乎。金妹的钞票太少了,一个月两百元左右。金妹不敢想票子能从自己的口袋里满出来,只是梦想着用钱不要十分算计,买青菜不要为一分两分和小贩争,买米也不要老买最便宜的黄糙米,也能像别人那样去买老蔡酱油、老蔡酱瓜。不过金妹没钱不叫穷不诉苦,有钱也不张狂不夸耀。就像金妹上班那样,有奖金是勤力的、细心的,没奖金也是勤力的、细心的。金妹对好些事情看不惯,地下有脏看不惯,纸箱不平整看不惯,还有许多许多,看不惯就动手,手只会越动越灵,不像机器,又要用电又要耗损。厂里都说金妹是怪人头,不言不语,忙忙碌碌。这年头,大锅饭吃不到就喝大锅粥,不会饿死人。金妹这一忙乎,倒照出许多人心底的一个“懒”字,所以大家都摇头,弄得金妹不合群、不入流。

三

老郝五十出头了,这是个“过了这一村就没有这一店”的年龄。因此老郝有危机感,特别注重这支部书记的职务,开口闭口说:“要站好最后一班岗。”老彭四十几岁,在局里都叫小彭,到了厂里就叫老彭。别人怎么喊都无所谓,他只在意老郝,老郝一定要喊老彭。现在的工人都把厂长喊作老板,老彭笑笑说:“咱是为共产党做事,还不成共产党要做老板?”心里却挺乐意的。老郝不快活了,心里说："你做老板我成什么了？"就在支部会议上大声疾呼要坚持社会主义方向，干部是公仆，领导是服务。老彭说，现在是厂长负责制，要厂长说了算；老郝就说，党管大事，要书记说了算。老彭说，要搞活经营，就要回扣，就要请酒送礼；老郝就说，要廉政建设，就要原则，就要洁身自好。老彭要整顿劳动纪律，老郝就强调工人的主人翁地位。老彭常到局里去汇报，找的是康局长，老彭就成了康局长的人。老郝也经常到局里去汇报，找的是翟副局长，于是就成了翟副局长的人。康局长说，改革开放，靠的是中青年干部的闯劲；翟副局长则说，现在是社会主义建设，少不了老同志的宝贵经验。两个局长互不相让，老彭和老郝也就没个准星。常有厂长兼任副书记的，老彭不愿意，找了康局长，就作罢。也有书记兼任副厂长的，老郝不愿意，找了翟副局长，也作罢。厂部和支部就成了两个衙门。厂部有个会议室，支部也有个会议室；厂部的会议室装了空调，支部的会议室就也装。只是一部"桑塔纳"不好使，总是厂部用得多一点，支部用得少一些。老郝心自不甘，一有事就叫司机小史，小史叹苦经说："厂部的爷们不好侍候，支部的爷们也不好侍候。咱这两腿带这四轱辘，都他妈贼贱。"

这样的倒腾来倒腾去，老彭来了一年多，厂里的境况竟比老郝主政时还坏些。当初人们骂老郝，盼着来个青天大老爷，这时就一起骂老彭，倒念叨起老郝来了。厂里终于发不出工资了，老彭和老郝一起找到局里。康局长和翟副局长都火了，就要让精业羊毛衫厂倒闭。报告送到分管副市长手里，副市长一拍桌子骂道："什么倒闭？想把这烂摊子撂到社会上去？市里十有七八的企业都亏损，一起倒闭了，还不把咱政府给撕了！"康、翟二局长就请示对策，副市长说了两个字："下岗。"

得了市里这尚方宝剑，局里就给精业厂下达了下岗指标，百分之二十。老彭大刀阔斧地干了起来，先摸了个底，接着就草拟了下岗名单。老郝毕竟在厂里待了几十年，那几百号人睡梦里也能想象出形容，心中就老大不忍。老彭说："现在厂子是置之死地而后生，每个人都要有危机感，下岗是必须的。"老郝说："下岗这百十人，一月省个两三万工资，还不及银行的贷款利息，经济上于厂无补，倒夺了这些人的口中食、身上衣，不利于安定团结。"争来争去，因得了局里的支持，老彭就占了上风。老郝无奈，也去摸摸底，拟定一份下岗名单。这两份名单只有一人重叠,那就是金妹。金妹是老郝的人,也是老彭的人。老彭为了表示公正,就把自己的人列一个上去;老郝也清明,就把自己的人斩一个下来。老郝圈到金妹的时候着实犹豫,最终想道:“咱把她调到仓库,也算报答过她一次了,扯平了。总不能让她一辈子躺在咱身上。”于是笔下就滑出了金妹的名字。老彭圈到金妹的时候长吁短叹,最后痛下决心道:“咱一来厂就有人要调走她,幸亏咱保她,也算是帮过她了。就由她去吧,在大问题上一定要公私分明。”这样想着心里就平实了。

面临下岗的威胁,仓库里的人就一起勤力了,细心了,扛箱子码箱子的重活儿也有人抢着干了。产品销路清淡,仓库里是进得多出得少,所以也没多少活儿。七八个人一踊跃,金妹就被晾在一边了,只能做些琐事。实在没事干,就扫地,仓库大,总有扫不完的灰尘。如今是有本事的人退居二线,没本事的人挺上一线,仓库里不是老彭的人就是老郝的人。他们走马灯似的去找老彭和老郝,回来就笑嘻嘻,没几天又照样搓麻将吹牛皮了。金妹没有去找老彭,也没有去找老郝,心里很坦荡,见人又懒了,手脚就分外勤快。人人都知她要下岗了,只把她一个瞒得铁桶儿似的。人们的眼神怪怪的,见了她就转身。金妹也没往坏处想,回去照照镜子对裘老师说:“我这脸色特难看,人家的眼色都怪怪的。”镜子里的金妹,面色白里透黄,眼圈儿像描了黑影。裘老师是她的丈夫,中学里的语文老师。裘老师抬起头看看她说:“是吗?那脸儿是像防冷涂的蜡。”说罢又去改他的作文了。作文把他改得肩高背低。

老彭和老郝都叫范主任找金妹谈话。范主任一见她那羸弱的身影儿钻进钻出地忙,就没了胆气,话说不出口。这样挨了几日,有人对金妹说:“这两天外头热闹着呢,你也甭老在这不见天日的地方瞎忙活,找头头脑脑去说说吧。这年头,害人之心可有可无,防人之心却非有不可。”这话儿有了点影子,金妹的心里就七高八低了,去找老范。范主任躲了两趟,实在躲不脱了,就直通通说:“上头要你下岗!”金妹的脑袋立即晕乎起来,只觉得下身淅淅沥沥,上了趟厕所。果真见红了,就喃喃道:“早不来晚不来,偏生在这个时候,可见是晦气撞了头。”说这话时金妹很怨艾,很伤心。隔着层板壁有人听见了,不由簌簌地落下两行眼泪。

金妹木然了,就有人来嗾她去找领导吵闹。金妹从来不吵架,想想气愤,就先去找了老彭。气壮如牛地进了厂长办公室,一见老彭却像被挖了心肺,胸膛里空落落的。老彭很客气,赶紧招呼她在沙发上坐下,还习惯地掏烟,又缩了手,去泡了杯茶。金妹斜签着身子坐下去,愣愣地看老彭,心里有千言万语要说,只是不想说她在工宣队任上的杰作。老彭沉吟有顷,也不说话。金妹就攒足劲儿说:"厂子里,咱苦了三十年,整整的。厂子是我爹,也是我娘,一脚踹了,咱就成孤儿了。"望见金妹的眼圈红艳艳了,老彭的脸也红洇洇了,推心置腹地说道:"这怎说是踹呢?厂子要是垮了,人人都得吃鱿鱼卷儿,还不如趁早去拣个高枝,另谋职业。"金妹幽然道:"女人上了四十,就破了烂了,咱厂子都看不上眼,只有跳崖的份儿,哪里有高枝可拣?"老彭像是自嘲地说道:"别灭了咱工人阶级的志气!上海在招空嫂地嫂的,不信咱这市里就不要嫂子大娘。再说,先下一部分人,能腾出点资金,还能激励职工的劳动积极性,兴许厂子能起死回生。"金妹说话突然流畅了:"说省钱,下百号人的岗,一月攒那牛毛儿的钱,够干啥?说积极性,下岗只能下掉职工的积极性。不信你到仓库里去瞅瞅,懒人照样懒,勤力人却寒透了心。天天说咱是主人翁,其实咱就连自己的主也做不了。"老彭原本知道金妹心儿灵秀,听了这话,不由暗自钦佩她比老郝说得更透彻。体制上的问题,确实不是下岗所能解决的,金妹那话可是说到眼儿里去了。不是工人耽误了厂子,而是厂子害了工人呀!厂子把勤力人一起养懒了,养不起就一脚踹了,厂子也不分青红皂白地踹了勤力人,让人们一起懒下去。老彭叹口气说道:"金妹呀,我向来把你当自己人。下岗的指标是局里定的,咱也回天无术。再说,人人都知道我对你好,留了你,背后就有人会骂我老彭营私舞弊。厂子是一定能活过来的,到时候我老彭第一个敲锣打鼓把你迎回来。金妹呀,我代表厂子,向你告罪了。"果真老彭做出作揖的样子。

金妹的心眼儿被老彭说得热乎乎的,糊里糊涂地转出来,却又哧溜溜地凉了,见支部办公室的门开着,就拐了进去。老郝正在看文件,赶紧起身让座,也泡了杯茶。金妹叹了口气,知道说了也没用,就没说啥。老郝心里酸着,真感情就一漾一漾的,说道:"金妹呀,人非草木,孰能无情?你有恩于我,我结草衔环还来不及!但是,下岗是指标,是原则,不是下你,就是下他。我是共产党员,也只能铁面无私了。假如厂里有所好转,我第一个亲自去接你。”金妹无言以对,只觉得坐着没趣,就黑着脸跑了出来。外面的太阳很亮丽,光耀耀地兜头一照,她又十分后悔。跑这一趟,倒像是她在哀告别人赏口饭吃,其实到底啥人养活啥人呀!金妹的心里就来气了,真想一拍两散,又十分割舍不下厂子,回到仓库,就躲在角落里死活不作声。人们一起从麻将桌旁跑出来劝她,到最后就齐声说:“金妹真是个大好人。”说这话时有些怜悯。金妹的心里就更苦涩了,跑到盥洗间去整理自己的东西,见四周没人,就偷偷地哭了起来。这时外面有了响声,金妹赶紧擦干眼泪跑出去,原来是另一些下岗的女工找她,说要睡到厂长室去。金妹就劝道:“厂里也难着,有心有眼的,哪能看不见?说不公正是有点儿,但是不下我就下他,都是苦命人,也就不要咬来咬去了。再说,胳膊扭不过大腿,哪回老百姓闹事能闹赢?”大家就说:“金妹真是个大好人!”于是就走了。

金妹四点半下班,裘老师也四点半下班。金妹本想早点走,反正下岗了,但又习惯地扫扫抹抹,一转眼就是下班的工夫。金妹骑自行车,有上班族的风度,在人与车的夹缝里游刃。裘老师安步当车,有老夫子的气态,在人流里构思着古典的诗句,兴来就随口吟两声。金妹本来下班是从这个战场跑到那个战场,放下自行车就忙晚饭,喝口茶的工夫都没有。今天金妹一停车,就觉得下面又淅淅沥沥了,坐了会马桶,疲惫不堪,就恹恹地睡了。儿子回来了,有点兴奋,说:“妈,我和同学说好了,寒假出去摆摊头。”金妹生气了,想骂人,却又很乏力,便闷着头不应。裘老师回家了,见厨房里冰冷,十分诧异,又见金妹和衣而睡,赶紧去摸她的额头,却试不准冷热。用自己的太阳穴贴上去,说道:“金妹,敢情是低热。低热不好,是大毛病。”金妹别转头去说:“我下岗了。”裘老师笑道:“开什么玩笑?谁不知你是劳动模范?再说,老郝和老彭再混账也不能不念旧情。”转而沉下脸,复问,“真的?”金妹的眼里就滚出两串泪珠。裘老师两手粉笔灰未及洗,就赶紧去拭,把金妹抹出个大花脸,心里也伤感,口中说道:“怕什么?社会主义是只床,躺到上面就别愁没饭吃。”接着便噤了声,幽幽地烧晚饭去了。裘老师的厨艺当晚有失水准,青菜炒得老黄,米饭却还夹生。裘老师一月工资三百刚出头,金妹一下岗就只有百十块,可他们的儿子还在读高中呢。往后的日子怎么过?金妹没心没绪,自然是不吃饭了。裘老师也神不守舍,扒拉了两口就推开碗。儿子嫌饭菜不好,就吃方便面,稀里哗啦地吸着,一边不在乎地说道:“你们不行,脑子里传统的东西太多。那个死人的厂子,换上我,还轮得着它来下我的岗？早就甩了它!”裘老师和金妹就一起愣愣地看着他,喃喃说道:“这是工作。工作就是饭碗。”

四

每天早晨六点,金妹总是惊乍,囫囵地翻起身儿,却又怏怏地躺下。几十年了,天天如此,六点起来忙早饭,然后咣咣咣地骑着自行车去上班。金妹下岗后,裘老师善解人意,说她身体不好,就主动承担了烧早饭的任务。马路上人流涌动的声音渗透到被窝里,有好几次金妹都忍不住,想要起身,到厂里去看看。儿子就在嘴角上扯出几个冷笑,裘老师则劝她说:“哀莫大于心死,人家无情无义,你又何必要剃头匠的担子一头热呢?”其实,金妹一直在企盼着,老郝和老彭的脚步声能在这木楼梯上铿锵有力地响起。他们说的,厂里一有起色,就第一个请她回去。于是她躺在被窝里也有了骑在自行车上的感觉,被窝筒成了飞毯,像一只巨大的肥皂泡那样在人与车的洪流里拖曳着袅娜着,“噗”的一声炸了,才知已是人去楼空,孤寂与绝望都是那么的铭心刻骨。金妹深切地感触到了心灵上的一大片空白,这空白既是无法逾越的鸿沟,又是扑朔迷离、虚无缥缈的失落。金妹觉得“失业”这词儿有了实体感,和这片空白一样,在她的人生中投射下一大块销金烁银的白光。失业,就是鸟儿失了巢,孩儿失了娘亲。

几天睡下来,金妹就眼儿饧饧的,心儿木木的,一摸脸儿,就觉颊上的苍白在一块块地洇出来,染得手心手背都刷白。金妹不敢照镜子,就坐在桌前发呆。丈夫和儿子都走了,家里真静哪!冬日的阳光黄灿灿地扩大着12平方米的小屋,静穆的尘土熙熙攘攘,渲染出大海的深幽旷远。金妹恍然想起,早晨依稀听到收音机里说,市里有个劳务市场开张了。播音员的声音仿佛带有磁性,充满着诱惑。

金妹出门了,迎面而来的阳光烈烈燃烧着,眩晕中她酥酥地被融化了。劳务市场在儿童乐园,以前金妹常常带儿子到这里来玩,那时她也穷,但心里感觉甜蜜、满足。儿童乐园里有很多摊位，招聘的工作人员像测字先生那样充满玄机，一副姜太公钓鱼的模样。每个摊位的前面都张贴着布告，金妹一一看去，见大都是宾馆酒楼，大都写着："女性，18 至 25 岁，身高 165 厘米以上，面容姣好。"几个眉细唇红的妙龄女郎正在殷勤探问。金妹有些酸意，且又不屑，心中道："卖脸蛋，吃青春饭，贱！"有一个摊位招聘教师，年龄倒放宽到 45 岁，不过要大专以上学历。金妹自卑了，心里却歪着想，吃那碗开口碗，烦忙得眼睛发直，钱权皆无，只落个清高。金妹就从鼻孔里哼出两声。还有几个摊位围满了人，是外资单位，或招公关小姐，或招外语专业人才。年轻貌美加洋文，二者必居其一。金妹只能望"洋"兴叹。郁郁地回到家里，金妹又上床睡了，中午也懒得起来吃饭。一直到裘老师回家，她才衣衫不整地起来烧晚饭，忍不住，就把劳务市场的见闻说了。裘老师未及发话，儿子却扑哧一声笑了，说道："你那脑子是彻底死亡了，被别人作践了几十年，还想去被人作践。钞票是做出来的？不，是玩出来的。你们不是从牙缝里刮了几千块钱，存在银行里孵小鸡吗？这叫作送上门去让人剥削。拿出来炒股票，现在是七百多点，牛到一千点就能进账三分之一。"裘老师真想一巴掌打过去，但又忍了，骂道："浑小子你在读什么书？考不上大学我裘老师的脸往哪儿搁去？"儿子就一缩颈儿做作业去了。

又过了几天，就到了年关脚下。年头岁尾的，商店里的人儿像是蚂蚁爬蜜糖。自从下了岗，金妹就每天在家里用儿子的铅笔头和纸边儿记流水账。不知她从哪儿学来了许多顺口溜，什么"紧一紧，家中有黄金；松一松，黄金变烂铜"，什么"一分两分都是宝，居家度日不能少；老婆任它流将去，他日老公要上吊"。她一边念叨，一边把纸票花头对花头地撸平叠起，还把一分两分的硬币摞成圆柱的模样。金妹说这话和做这事都十分认真专注。裘老师有些不以为然，才说一句，金妹的泪珠就扑簌簌地落下来，说道："下岗了，你就嫌我了。我这身子骨总觉不自在，谁知能活多久，死了也让你清爽。"裘老师也就心酸了，任她去忙乎。

金妹最喜欢吃炒虾仁了，裘老师和儿子也喜欢，于是她就去小菜场淘剩货买了几斤茅柴虾，回家后细细地剥了虾仁，放在邻居的冰箱里，到大年夜拿了出来。那天晚上，家家的油锅吱啦啦地响。金妹也神清气爽，里里外外地忙，炒虾仁的时候特别用心，倒了料酒，又打了蛋清调匀，开只大油锅，哧啦地一炒就装盆，极鲜极嫩。儿子吵着说，过年了，要图个吉利，买瓶“王朝”。金妹兴冲冲地跑到小店里一问，要二十元一瓶，实在舍不得，就买了瓶别的红葡萄酒。儿子见了心中不快，开瓶后抿了一口，说是咳嗽药水，再也不去碰它了。金妹好不伤心，也不动筷儿。裘老师长吁短叹地说道：“穷伤心穷伤心，穷人过个年也伤心。”金妹忍不住落眼泪了，又赶紧用袖子擦了，低着头不吭声。儿子就大声说道：“穷则思变。像你们这样，只能落一辈子的眼泪！”

因为算计钞票，金妹一家子过年都窝在家里，就连金妹娘家的兄弟姐妹也未走动。新年的气氛全在这走亲访友之中，苦歪歪地闷在家里头，就被外面的世界比照得格外晦暗。好不容易等那年全过了，金妹一算计，还是比原定的计划多用了七八十元钱。常将有时思无时，这是金妹的宗旨。金妹要攒钱供儿子上大学、买房子、娶老婆。她决心把超支的钱抠回来，所以过年后的日子格外清苦。不料雪中送炭，厂里的小姐妹送来五十元补助金，说是老彭老郝亲自交代要送到金妹的手上。其实那钱是市里规定的，要给下岗的职工送温暖。金妹却以为是老彭和老郝的心意，想想厂子还记挂着她，不由心中一阵阵地暖流泛滥。

年前老彭和老郝就想来看望金妹了，拿着那五十元钱走到半路又折了回去。他们实在无法面对走投无路的金妹。金妹握着那钱，全身就像通了电，兴奋地对裘老师说：“我就说厂子是不会抛下我们不管的。共产党最信咱工人，还能眼睁睁瞅着咱没饭吃？老彭和老郝和我说好的，厂子缓过气来，就头一个请我回去。老裘，你给我留心听着，老彭的脚步又急又脆，老郝的脚步又重又闷，他们迟早会从这木楼梯走上来的。”说到老彭和老郝时，金妹的眼睛就像宝石般晶亮了。

五

先前歇着，金妹那下腹部的病痛轻巧了许多。过年一忙乎，下身又开始淅淅沥沥了。裘老师催着金妹去看医生，金妹却总是推三推四。听人说，去一次医院，没有百十块是回不来的。百十块就是金妹一个月的下岗津贴。金妹这时把钱看得尤其重,从手指缝里一分两分地掰出日常开销,还一如既往地每月存一百元,这钱就像勤俭的老太太滴自来水,一滴两滴都是宝。儿子也惨了,说道:“一只南非钻戒二十万,一幢别墅几百万,也是人买的呀。”裘老师却自嘲道:“瞧那农民,比咱更苦呢!我做过知青,现在总比‘文革’时好。”金妹深有感触地说道:“这话也是。咱厂就有几个小姐妹,夫妻都下岗了,咱家还有一条腿撑着呢!”

夫妻俩在被窝筒里也常这样地忆苦,很有些相濡以沫的意趣。金妹像小猫一样偎在丈夫的怀里,现在丈夫的胸膛是很男子汉的。金妹的小鸟依人更使裘老师觉得任重道远,侠骨柔情地去搂去抱,就动了饮食男女的本性。裘老师开不得这口,就用手摸索着,把自己的心思表现得明明白白。夫妻俩虽说天天晚上肌肤相亲,但自金妹下身不清爽,裘老师也总是隔靴抓痒。动不得真的,有时就有些猴急。这个时候,金妹就特别觉得对不起丈夫。那个晚上丈夫抚摸得十分周致,不由金妹也动了性情,身子就扭动出许多鼓励的意思。裘老师上了身,问道:“真的行吗?”金妹肯定地答复了,却又翻下去喘气,如是者三,终于探秘寻幽,渐入佳境。一两个月的盘马弯弓,这时裘老师不由放出了些力气。金妹也淋漓尽致地欢畅着,夫妻双双在峰巅爆炸了,就相偎相拥地进入了梦境。

金妹恍然觉得一夜间下身一阵阵地涌出许多东西,却以为只是丈夫的秽物,黑魆魆换了几趟草纸,也不经意,天亮了见那草纸上尽是血水,而且有一股怪异的味道,却不忍说,怕伤了丈夫的心。日里就更加厉害了,而且还夹杂着不少黄乎乎稠黏黏的东西。就一个人,金妹不免有些喊天天不应,喊地地不灵,十分恐惧;等丈夫回来后,忍了许久,终于说了出来。裘老师一听就抽自己的嘴巴,骂自己是猪狗不如的畜生,抽过骂过,围着金妹不知所措地发呆,最后竟哭出声来。金妹好伤心,就用脸去擦丈夫的泪,说道:“昨晚像个男人,今天怎就蔫了?”说罢还硬挤出几道笑纹。第二天,裘老师就请了假,死活把金妹拖往医院。

春寒将尽,点点滴滴地漏出些许暖气。裘老师用自行车把金妹推到医院里,头上竟有了油汗。自从医疗费制度改革,他们就对看病畏之如虎了,不得已来一趟,就有恍若隔世的感觉,挂个号竟要四元钱,裘老师满脸诧异地重新掏口袋取钱,小方洞里就掼了一句话来:“土爬鳖。”裘老师没有心思去吵架,拿着号牌儿就扶金妹上了二楼的妇科病室。妇科病室的门上写着:“男同志不得入内”,门口有个护士把关。裘老师看着穿白大褂的男人进进出出,心里就不是滋味,来来回回地在走廊里踱着,忧虑得满脑门都是气泡一般的奇思异想。金妹进去一见诊疗室里有男医生,就在喊号的护士跟前磨蹭。小护士板起面孔教训说:“医院里没有男的女的。”金妹硬着头皮坐到一个男医生面前,那医生头也不抬地看看病历,问过了写过了,手就朝身后的病床上一指,说道:“脱掉一只裤脚管。”金妹那手在腰间摸索着,又停住了,脸上妩媚地飞出两朵红云。医生不耐烦地说:“不看走人。”金妹怯怯地如医嘱躺到病床上,医生就戴上橡皮手套,用鸭嘴般的扩宫器伸进去。金妹只觉下身由冰冷而撕裂,“哟”地叫出声来,医生就嗔道:“大惊小呼地干啥?”就一手按在下腹上,一手伸进两根指头。金妹只觉一阵搅动,医生手一抽的时候,就有一团热乎乎的东西滑出来。她闻到了一股腥臊味,于是就见医生横眉竖目。医生洗过手,就说:“做个 CT。”金妹急了,说道:“先做个 B 超好吗?”医生刷刷地开着做 CT 的单子,说道:“听你的还是听我的?”就把病历和单子夹在一起往金妹跟前一推,跑到边上去点着根烟不睬人了。

一动腿儿,下身的痛楚就嘶嘶地蔓延开来。金妹跑出两扇门,裘老师就飞蛾扑火似的跑来,急问:“要紧吗?”金妹不知所云地说道:“要做 CT。”裘老师一时无语。现在做个 CT 总是四位数。先前 CT 属于劳保公费的范围,人们头痛脚痛都要做。后来卫生部门改革了,凡是 CT 结果属正常,一律不予报销。要是 CT 结果为不正常,又多是不治之症,那钱报销得也极心酸。这样一来做 CT 的人就少了许多,医院的经济效益受了影响,医生就一有因头马上开单子。

金妹的意思是,是福不是祸,是祸躲不了,假如是癌,CT 做与不做都一样,这钱就花得冤枉了。裘老师既心疼妻子,又心疼钱,想来想去,最后说道:“我再去想想办法做个 B 超吧!”虾有虾路,鳖有鳖路。裘老师跑到学校去和教导主任一说,教导主任就把学生的花名册拿出来挨一挨二地找,终于找到了一个学生,他的爸爸是卫生局人事处处长。教导主任亲自去找那学生。那学生人小口气却不小,说道:“只要是市里的医院,没有不听我爸爸的。明天我把他的条子带来就行了。”第二天果然带来了他爸爸的条子。那条子上写道:“来者是我儿子的老师,务请关照。"那学生关照裘老师道:"我爸爸说的,先去找院长,要你出钱就告诉我。"裘老师就浑身不自在了,觉得自己好像在赖账找关系,又想这年头不拿白不拿,就涎着脸应了。

裘老师又用自行车驮着金妹上了医院。金妹不好意思去找院长,说是开后门捞外快,自己搁不下那张脸。裘老师就自告奋勇地独个去了。院长办公室里有空调,就早早地春意盎然了。裘老师只觉身上撒了把虱子,全身痒痒得没一丝儿精气,那递条子的手就猥琐地颤抖起来。院长看了条子,嘿嘿一笑,一个电话打到专家门诊部,说道:"局里介绍来一个病人,你给瞧瞧,必要就给她做个CT。"院长那神态说不上客气,也说不上冷落,却像富老儿打发穷亲眷,不乏热情却又无动于衷。一听CT裘老师心里就犯怵,"假如做了却找咱掏钱,我也没这个脸面再去找人事处长了。"这样想着就赶紧说道:"多谢院长的盛情,我妻子只想做个B超。"院长一如既往地挂着淡笑说:"没关系,我会给CT室打电话的。"话虽未明说,意思却很清楚。裘老师有些惊喜,复又恨自己下贱,讪讪地笑了笑,就躬着身,出来了。进了医院,金妹的心绪又极差,连带着焦虑,那病容就更显狼狈。听得裘老师说仍是做CT,金妹态度坚决地反对道:"一个CT四位数,咱付不起,也不能掮处长的牌子揩医院的油。咱就做个B超,几十元,总算是借了院长一点光。"裘老师好像有共鸣,却又十分不满,咕哝道:"我们这些平头百姓,难得捞点油水也心里不自在,活该是草民的命。"

裘老师扶着金妹到院长指定的专家门诊部,却见门口排了不少人。裘老师不忍心让病恹恹的妻子排在后面等,找着门口的护士一说,那护士就极其严肃地走过来,把金妹领了进去。金妹知道专家门诊一个号要15元钱,自己揩了油,心里愧疚着,门口待候的病人又浪出许多怪眼色和怪语言,恰如芒刺在背,便局促地跟进去。那护士旁若无人地把金妹领到一个主任医生跟前,里面的病人就叫了起来。那护士嗔道:"你叫院长打个电话来,我保证把你服侍得舒坦。"病人们就不敢再说什么了。

主任医生是个老太太,那一头的银丝和满面的慈眉善目给人以亲切感和信任感。金妹的心儿就突地定了。照例是问病情,记病史,脱裤、卧床、扩宫、触摸。老太太动作极轻极柔,最后只有插入的感觉,而且是一种亲密的体己的感觉。老太太很仔细,复又叫她侧卧,一手按腹,一手伸指从肛门插入,也是极轻极柔。老太太检查完毕,就要开CT的单子。金妹急说:"我不做CT,做个B超足够。"老太太笑问:"院长不是和那边说好了吗?"金妹说道:"做了我心里会难受。"老太太就说:"其实也不用,就做个B超吧!我是不会看错的,子宫内膜移位,或者说是肿块,8公分左右。"金妹见老太太很安详,心里也就坦荡了,谢辞了出来。老太太极自然地送到门口,趁金妹不备,就悄悄对裘老师说:"要赶紧住院手术。"裘老师知是不好,一刹那脸上扭出了泪飞倾盆的神态。金妹回头见了,就笑他打喷嚏的模样太丑。裘老师佯作打喷嚏状,就把泪儿一起咽了回去,扶着她去做B超。报告出来果真是8公分左右的肿块。裘老师用自行车驮着金妹回去时,默默无语,突然想起老郝、老彭,发恨地骂道:"你为啥不做CT,便宜了那些龟孙!"金妹却没有听出他的真意,以为是指医院,扬眉道:"咱们已揩油一个B超了,人心要平。"复又诧异,问道,"你这是怎么啦?"裘老师赶紧回眸,努力地笑出"扑哧"一声,眼睛晶亮晶亮的。

六

经人介绍,老彭认识了一个温州的私人老板。温州老板什么生意都做,知道精业厂要买一只十二万的锅炉,就缠住老彭不放,请了几顿酒,还送了只两千元的红包。前两年乡下老板是送鱼送肉送油送米,现在流行送钞票。老彭当局办副主任时就经历了几次,当了厂长自然机会更多,所以也就笑纳了。老彭认为,十二万买只锅炉,到哪儿都是这个价,在不损害工厂利益的前提下,为何不能得点实惠?再说,且不和国外的经营者相比,沿海发达地区的厂长经理,帮国家发财的同时自己也发了财。以厂长所负的责任,所花的精力,比一般劳动者报酬高、利益厚,那是理所当然的事情。

裘老师找到老彭时,老彭的口袋里正揣着那两千元钱。裘老师打听过了,住院动大手术,必须交纳一万元保证金。裘老师考虑到金妹为精业厂鞠躬尽瘁三十年,厂家不能置人命于不顾,就理直气壮地找上门去。老彭听说金妹病情不妙,心中也悲戚,"笃笃"地在办公室里来回走着,却拿不出一个主意。一万元厂里随便从哪个角落都能扫出来,关键是厂里有规定,职工的医疗费一年后方可酌情报销。如开了这口子,“精业”这只破船就会撂上来许多大石头,非沉了不可;再说,在岗的职工都不能及时报,金妹又是下岗的,他实在说不出口。见老彭作难,裘老师着实苍凉,闭了闭眼睛,细密的眼纹里就透出了泪花。老彭立即想起了金妹的种种好处,拉着裘老师的手说:“你要理解我!你要理解我!”哽咽有顷,略作沉吟,从口袋里摸出二百元钱,想想不妥,又添了二百元,硬塞到裘老师的手中,说道:“我忘不了金妹的恩情。厂子能对不起金妹,我老彭不能对不起金妹。这是我私人的,你务必要收下。”裘老师想接了那钱,又想撕了那钱,半天不知所措,最后一跺脚撂下那钱,“咚咚”地跑了出去。

那边老郝正竖着耳,一听裘老师跑出来,就赶紧去拉他进了支部办公室。老郝一问情由,就唏嘘着说:“这改革开放总不能改掉了革命的人道主义,一万元又怎样?厂里吃吃喝喝哪年不是几个万?什么厂里的规定,特殊情况也要特殊对待嘛!现在这世道,有能耐赚钱落个生活舒坦,没能耐人凶蛮也落个心里舒坦,哪能像金妹那样,善得像菩萨,软得像绵羊。现在的人脚丫子大着呢,就专门拣金妹一样的踩着。老裘,你可不能像你老婆那样,被人踩惯了还不吭个声儿,找老彭去理论。共产党的天下,总有劳动人民说理的地方。”老郝说得激愤了,正气堂堂地坐在办公桌前,显出一副扭转乾坤的模样,最后说道:“现在厂里是老彭说了算,我也爱莫能助了。只是想想金妹的人情,心里就酸楚。”裘老师一听老郝嗾他找老彭吵,想扭头就走,或者说他一句:“你不也是在踩金妹吗?”却又拉不下情面,忍了老大会儿,才循规蹈矩地辞别,跑到马路上自叹道:“劳动人民就是劳碌命。”

团团地一圈兜下来,裘老师一无所获,只得回到学校,再找处长的儿子。老师的情面往往是一次性的,不能多用,裘老师第二次去找那学生,他却口气不大了,淡淡地说道:“我回去再问问看。”第二天却不来找裘老师。裘老师也只得再保持一点自尊,没有再去找他。裘老师心里很苦。世上的事最令人悲哀的,莫过于眼巴巴地看着最亲爱的人无奈地走向死亡。裘老师深切地感受到了自己的无能,不知东西地竟又到了医院。他明知无望,却又执拗地走进院长室,果真院长婉拒了,说交保证金是医院的规定,乡下人看病经常赖账,医院已吃足苦头。裘老师想苦求却不能，就昏昏沉沉地辞了出来，正巧碰上那个帮金妹看病的老太。老太骂道："你这个男人丈夫是怎么当的？你妻子十有八九是子宫癌，还磨蹭干啥？"一个大男人竟在众目睽睽之下簌簌地落了泪，老太太知道了究竟，叹了声"穷人看病难"，幽幽地去了。

一万元不是个小数目，是夫妻俩两年的工资总和。裘老师心头垒着那一万元，步履滞缓地回到家里。金妹对他迟迟不归有些生气，黑着脸不理不睬。裘老师赶紧去烧饭，见饭已煮好，又赶紧去烧菜，见菜也全都搭在桌子上了，实在没事干，就笑吟吟地面对金妹，却又不免时常敛眉垂目。裘老师已经把家里的存款算计了一千遍一万遍，却总是只有五千元。裘老师下定决心，就是砸锅卖铁，也要凑齐这短下的五千元。金妹总是疲怠，恹恹地早早睡了，却常常惊惊乍乍地喘气和挣扎。裘老师把儿子喊到厨房里，端来两只小板凳。爷儿俩面对面坐着。裘老师前所未有地严肃，儿子就深感一阵心灵的震撼。父亲说："你妈妈生的是癌。"儿子的嘴唇颤动着。儿子的上唇有着细软嫩黄的绒毛。父亲叹息了，又说："你妈妈住院开刀要交一万元保证金，咱家实在难凑齐。从今往后，咱俩能省的都要省下。"儿子十分庄重地点头。裘老师少有嗜好，酒不沾，麻将不碰，只是抽两根烟，烟不是最差，三元一包的"画苑"。在家从不抽，学校里也是人来人往的客气。这烟其实只是用于人际的交流，裘老师身体力行，省了。同事们玩笑道："老裘，气管炎啦？"这话一语双关。裘老师只是牵牵嘴角，沉默不语。儿子先把课间点心省了下来，想想一月只有十五元，心儿就紧了，瞄住了一个月八十元的饭费。原先金妹上班，儿子中午一顿就在学校吃。金妹下岗了，中午一个人在家也只是剩粥剩饭剩菜剩汤地吃一口，怕屈了儿子，所以还叫儿子在学校包饭。儿子吵着说学校的菜不好，中午要回家吃。儿子在区重点中学，回家要跑三里路，中午急匆匆奔回来吃妈妈的冷粥冷饭冷菜冷汤。金妹心痛，要另起炉灶，儿子就差点和妈反目，至多只肯吃一碗光面。儿子常常到了三四点就饥肠辘辘，咬着牙忍了，青春年少就尝到了人生的艰辛。

这样的节省离一万元还是遥遥无期。而金妹的病是等不得的，裘老师不得不四处告贷。穷人多的是穷亲眷，都被钱压得透不出气儿。裘老师读书人的面皮撕不下来，羞答答如求爱的少女开了口，却见亲眷们脸上起了愁云，赶快讪讪地作别出来。马路上见了一棵棵老树萌了细芽,就朦胧萌生许多悠悠扬扬的生的企盼,下定决心咬紧牙关一家家地羞怯下去,一家家地失望下去。裘老师和金妹的父母都是退休工人,可怜的退休金只够一口饭,所在的厂家又不景气,一口饭的钱也常常要拖欠甚至赖账。老人们暮年垂垂,想想子女们的不景气,就从牙缝里刮下一点棺材钱。面对裘老师的满脸悲戚,老人们无言劝慰,颤巍巍地一家拿了一千。裘老师双泪滚落,也颤巍巍地接了,哭声道:“爷娘把我们养成了四十多岁的大男大女,儿女们却没有孝顺的力量,到头来还要榨老人的骨髓。我们这些做子女的狼心狗肺哪!”老人也就哽咽着说:“总是咱的子女,总不成白头人送黑头人。”

七拼八凑了将近八千元,还差两千元。裘老师为那钱烦神,心事重重,却仍然要强颜欢笑。他每天早早地回来,在家里也不再改作文了,甜言蜜语地围着金妹转,手忙脚乱地包揽了所有的家务活。儿子也乖巧得出奇,在娘的眼皮下认认真真地读书做作业,又尽拣好听的说。金妹一颗心全在丈夫和儿子的身上,对家里气氛的变化,十分诧异,就往坏处想,暗暗忖道:“我这病许是不好。”她眉眼含悲,暗暗地放出话来套爷儿俩:“我这病能治就治,不能治就拉倒。”金妹说着,抬眼凝视丈夫和儿子,那神色里就酥酥地飘荡出许多祈求。裘老师笑道:“现代的医学,换心换肝都可以,还用说你那点妇科的疾病?”金妹听了芳心才算落定,偏巧瞥见丈夫背过去挤眼,复又生了疑窦,怕伤了丈夫的心,只得信任地笑笑,自顾云里雾里地瞎想。

这天日里,厂里来了几个小姐妹。金妹喜出望外,赶紧倒茶,一边问道:“厂子怎样了?老彭和老郝和我说定的,一有好转,就让我回去。我等到今天,已经等得心儿焦脆。”小姐妹相对无语,有一个竟掩了面。金妹把前前后后的事连起来一想,不由得心儿抽紧了,平平淡淡地说着,却极想从小姐妹的话里听出个究竟。那个掩面的就说:“自从裘老师到厂里来过之后,老彭和老郝就说要奉献爱心,让职工捐款。老彭捐了四百元,老郝捐了二百元,大家伙儿七拼八凑的,聚了这三千元。厂子让咱给你们送来。”金妹这才知道事情的严重性,刚想谢一声,无数的心事就缠结起来,憋闷得身子骨儿起飘。小姐妹们把这钱搽在桌子上。金妹终于从千头万绪中抽出一缕思索来,款款地软语道:“我生是‘精业’

人，死是‘精业’鬼，厂子掏钱给咱治病，该。叫大家伙掏钱，我就愧受了。”小姐妹们一边推着钱，一边有一句没一句地说着。见金妹动了真情，一个个于心不忍，安慰了几句，就前后脚一串蟹似的溜走了。金妹追到门口，就在那儿站定了，手里还捧着那钱，人却一动不动。裘老师回来见了，大惊诧，赶紧去扶。金妹一头倒在他肩上，呜呜地哭。裘老师心里酸极，却又故作嬉笑：“娘子，小生这厢有礼了。”金妹悲愤地抬头，闪开身子，抄起一只茶杯，连汤带水砸了过来。裘老师未及躲让，头上就乌青出一块，胸前还渍出一片湿黑的颜色。裘老师的眼中滴下水来。金妹赶紧上前呵他那块乌青，半晌热急急地骂道：“冤家，你为啥不和咱明说！”夫妻俩就抱到一起去了。

七

金妹变了，像个极柔顺的乖女孩，对丈夫十分地依恋。眼巴巴地送丈夫上班去，那耳朵就长在楼梯上，急不可耐地等着丈夫“咚咚咚”地上来。金妹吃药时必要喊苦，裘老师伸出舌头舔舔说不苦，她就咕地一口喝了。裘老师像慈父那样，常常十分怜惜地抚摸着金妹那日渐枯黄灰白的头发，动情了，喉结就一上一下地活动，有时还会发出“呃呃”的声音。夫妻俩都有些旁若无人。儿子故意别转头，眼里愣愣怔怔地蓄满清亮亮的水。裘老师说：“该住院手术了。”金妹满眼的惊惧，却小鸟依人地连连点头应允了。

金妹出门了，头巾把脸裹得十分严实，那眼就分外的圆大而且楚楚动人。还未挪步，却只管朝那住了几十年的老房子专注地看，就有了许许多多生离死别的酸楚。裘老师深知金妹的心情，把自行车的坐垫拍得咣咣响，揶揄道：“这房子看它不够，拆迁住了新公房，就看不到了。”三年前就讲拆迁了，此地户口也早已冻结，只是一直不拆不迁。金妹果真笑了，说道：“新公房就是好，不要天天倒马桶了。”复又阴了脸，径自朝外走去。

裘老师还是用自行车把金妹驮到医院。医院的住院部新盖了高层的大楼，所以病床较宽裕。裘老师办好住院手续，就送金妹到病房。妇科病房在五楼。裘老师瓶瓶罐罐地拎了一网兜杂物，自觉有些逃难的味道，默默地乘电梯到五楼，探头探脑地一间间寻过去，寻到了就回过头去欢欢地喊金妹。金妹行走还自如，裘老师却执意要扶，金妹就势撒几分娇，夫妻俩相依相拥地进了病房。

病房里有了四围洁白的墙，阳光就显得格外的明亮而且圣洁。病人们平静地抬起头看着，一张张病恹恹的灰脸在阳光里显得格外苍白。有两个顶上的苍白胜似脸上的苍白，看得金妹那眼皮坠了铅抬不起来。裘老师想着金妹往后的光头，心儿如刀绞似的，努力忍着，额上、眼角就攒出许多蛛网似的皱纹。裘老师扶金妹上床，又对着号码找到了属于金妹的壁橱，放好杂物，就呆呆地看着金妹，在床边上坐下，执着她的手。金妹感觉到四周的眼光渐渐灼热起来，就抽了手，说道："你去上课吧。"裘老师双手空了，就搓着绞着，说了声"你要当心"，转身出去了。

金妹拥着被坐了，不停地看表，算计着丈夫几点下课。这时人们一起丢过眼光来。金妹窘了，赶紧报以微笑。病房里活了过来，就有人喊她"27 床"。原来病友们不以姓名相称，相互用床号叫应，那几个简简单单的阿拉伯数字，这时就泯灭了职业与钱财的畛域，平平淡淡却又真真实实地显示出一段病友间的感情。26 床最年长，细看她眉镊过，睫毛也夹过，脸虽蜡黄，眼睛灼灼发光时依旧可见风采。25 床脸黑，听口音是市郊的农民，头发掉光了，常常闷在角落里出神。24 床也是白亮亮的头皮，和金妹年龄相仿，耳里塞着袖珍录音机的耳塞，一次放大音量，竟是胡松华的《赞歌》，听得她眼泪汪汪。

26 床打开壁橱，里面尽是金光闪闪的吃食。她随意地分派，24 床不肯吃，金妹也不肯吃，25 床却吃得啧啧有声。金妹觉得自己没东西给人吃，就不能吃别人的东西。26 床说："有啥关系，同病相怜嘛！"话说得很得体，却也不勉强。午饭后照例是小憩，金妹哪里睡得着！金妹很怕见那光头，眼就不得斜视，正巧和 26 床对面，就看出了 26 床睡相很雅，也很宁静，略侧着身，有一种雍容肃穆的古典美。三点左右，26 床就神不守舍了，时不时踱到窗前张望，见金妹看她，就说："一到四点，家属就可以探房了。"果然 24 床和 25 床也蠢蠢欲动了。金妹正在度日如年，也就赶紧翻身下床。四个女人一起守着窗口。26 床第一个欢呼起来，像个十七八岁的少女动了真情。楼下正是停车场，一辆车头有几个圈的小汽车稳稳地停了。"这是你爱人的汽车？"金妹不免有些羡慕。26 床纠正道：

"是我先生。"就转到门口候着。果然是先生模样,一副金丝大眼镜盖住了半边脸,一件咖啡色皮风衣油亮亮地垂到膝盖,进门就和妻携了手,仍不忘极和善地朝每个人笑笑。金妹有些怨恨:"人家四轱辘能先到,你那俩轱辘还要拉后。"这样想着,耳朵就朝26床伸去,那眼也瞟了去。胖胖的丈夫坐在床头的一只椅子上,身体前倾,一只手伸进被窝里,被面上就很柔情地起了点波浪。金妹有些急吼吼了,赶紧扭过脸去,将期待的目光投向窗外。等着,等着,却来了25床的丈夫。那丈夫虽是衣冠不整,却也海派,把一网兜吃食往小桌上一放,就"啧巴啧巴"吃起盒饭来,抽空说道:"今天去谈一个工程,饭都没来得及吃。"25床那白生生的头皮就有些微红了,一漾一漾地在丈夫的臂弯里蹭了起来。金妹真的生气了,扭头坐到床上,发誓不再守着窗儿。裘老师却急匆匆来了,说道:"小家伙闯了祸,一处理就弄晚了。"金妹肚子里的气一下子跑了,愣愣地看着他,红红的眼睛里竟放出光来,低低道:"我好像已分别了十年八载。"这时26床丈夫衣袋里的移动电话"嘟嘟"地叫了起来,一屋的人都朝那声音注目。26床丈夫矜持地立起来,朝大家"对不起对不起"说两声,就跑到窗跟前通话,慢条斯理的,彬彬有礼的。这当中25床的丈夫就问26床:"你家先生是干啥的?"26床淡淡道:"是一家进出口公司的总经理。"25床丈夫眼睛一个闪电,待26床丈夫回来,就搭讪道:"看不出,你还是个大老板。"26床丈夫谦逊地说:"公仆公仆,为共产党做事,怎么好叫老板?"这样说着,就有不少人来探望26床,一个个都别着移动电话,粗声大气地客套着,临走时一个个都留个信封下来。26床丈夫十分儒雅地说:"内子患病,有劳你们的贵足,还让你们破费,我心领啦!"说罢很洋气地耸肩摊手。25床丈夫就很有感触地说:"当官就要当这样的官。"

小推车送来了晚饭。只有24床订了饭菜,其他几个都只订了饭。金妹不订菜是为了省钱,25床和26床却是因为吃不惯医院的菜肴。裘老师给金妹带来一块大排骨,一只荷包蛋。25床吃鸭肫方腿等熟食。26床家的用人送来了一烧锅鸽子汤。丈夫随意说道:"我叫张妈炖汤时放了根西洋参。"26床喝了一口就叫苦,张妈"太太太太"地哄着,丈夫连忙一匙一匙地喂了进去。26床蹙额攒眉,左躲右闪地喝了。金妹叫丈夫不要去看,却说排骨烧老了,实在咬不动,生气地叫丈夫吃了。裘老师啃了一口说还好,金妹就一筷子夹了塞进他的嘴,恨恨地说:“你说好就你吃。”方才开了脸色。只有24床最冷清,三口两口地扒了饭,就用被蒙住了头。一会儿金妹的儿子和26床的儿子一起来了。26床的儿子一身名牌,见了妈就喊老娘,有些浮躁。金妹的儿子贴在妈的耳根说:“儿子争气才是妈妈最大的福气。”一句话说得金妹眼圈又红红的了。

夜里护士来熄了灯,病室里格外冷清寂静,四只床上都在翻身。26床意犹未尽,倡言道:“我们本来素不相识,是这要命的病把我们连在一起,也算是投缘吧!我们就说说各自的家庭吧,也不枉了萍水相逢一场。”金妹说:“你的家有得说,我的家没得说。”26床就道:“那也不见得。我们都是半条命了,是死是活还不晓得,把话说出来,也算是历史了。”这话说得惨然,人言一时俱与夜一样铁静。26床复言道:“你们不要看我先生光耀,其实他外面有个情人。我也管不了他了,只要他对我好就可以了。他是个半新半旧的男人,家庭也要,情人也要。”金妹马上想起“轧姘头”三个字,不由暗自心中庆幸。她依稀记得小时候爷娘说的故事:崇祯皇帝上吊前用宝剑砍杀亲生的女儿,一边说道:“你为什么要生在帝王家?”金妹就有了贫贱夫妻百年好的自豪,朗朗地说道:“我男人虽说赚不动钱,对我却一心一意,人也勤力,我也满足了。”25床受了鼓励,也说道:“我男人老粗,回家两腿一伸就打呼,不过会挣钱,当个包工头,十万八万地交给我。”24床突然哭了起来,三个女人惊问,24床说她正在听苏州评弹《宝玉夜探》。26床勾动了心事,就叫24床放出来听听。24床果真放了,那弹词是:

一阵阵朔风透入骨,
乌洞洞的大观园里是冷清清。
他是一个人、一盏灯,
黑影幢幢更愁闷。
孤单单独自到潇湘馆,
去看那林妹妹的病情可减轻。
行走已到病榻前,
只见她气息奄奄不作声。
一个儿叫林妹妹。

一个儿把表兄称。
未曾开言泪沾巾，
为什么这冤家我最操心？

月影移动，医院侧楼里悬晾着的许多白被单，投进来大块的幢幢黑影。那江南的吴侬软语，金妹们虽说听不分明，但幽怨凄切的乐调却一声声紧往心眼眼里钻。宝黛爱情的千古悲剧，渲染出一种旷古的却又贴近的气氛，惹得四个女人潸潸泪下。24床评弹般地说了起来。她原本是上海人，六十年代初随父母支内来到本市，六十年代到内蒙古插队落户，结婚生子，七十年代末返城，夫与子却留在内蒙古。儿子今年面临高考，丈夫只得留在那儿，夫妻俩天各一方，生死不能下问。24床说："《孽债》你们看了吗？电视里问，究竟是为什么，你们说说，究竟是为什么呀！"说罢号啕大哭。护士奔过来骂道："寻死啊？半夜三更鬼哭狼嚎，发神经！"那声音就像被抽干了，一下子病房里凝固得如同荒野古坟一般。

八

这天裘老师一早就去了，不无得意地对金妹说："门口两只黑猫盘查得紧，我只管往里冲，反倒没事。"金妹喜出望外，赶紧夸耀地对几位病友说："我家的老夫子，难得有这份心。"26床附和道："还是老师好，没有课就可以到外面跑跑。"裘老师被她们一夸，就有些晕晕乎乎，脱口道："你说巧吗？我有个同学就住在这幢楼十层的高干病房。都几十年不见了，一照面依稀还能记起点模样。"这是个全班最靓的女生，高个大眼，皮肤白，头发黑，颇有维吾尔女郎的风味。裘老师宛然返回青春年华，有了诗情画意，那眼就管不住地跃起两束光焰。金妹笑道："是个女同学。"裘老师顿时有些尴尬，只得点头，边上就有人窃笑。正在说着，那女同学就款款地来了，化着淡妆，一袭米黄色的质地较薄的风衣，极典雅，极高贵，和金妹握了手，又和其他的病友招呼了，就坐在金妹身边，一见就熟地说道："几十年未见了，今天却意外地碰见小裘，我想这就是缘分。你们信不信？反正我信。""小裘"很局促，两手绞得麻花一样。女同学问了金妹的情况,又介绍了自己的家庭。她是市话剧团演员,丈夫是市府教卫办副主任。最后说道,这里条件太差,没有空调,没有空气清洁器,没有浴室,不像十楼,一应俱全。最后再三关照金妹,有什么不方便就去找她,说罢就高雅地踱了出去。

和那夫人一比,26 床这个太太就相形见绌了,她悻悻然道:“十楼人家都叫作贵族病房,护士都是经过特殊训练的,个个会按摩。”话说开去了,渐渐就说到开刀要给医生塞红包的事。裘老师和金妹都吃惊不小,家里已经洗劫一空了,再到哪儿去掘一只红包出来?金妹问已经开过刀的 24 床和 25 床,她们都说是。24 床说,她是市图书馆的工作人员,清水衙门,为治病已经罄尽家财,为筹集这只红包,白发老父又亲亲眷眷地告贷数日。裘老师问道:“大概是什么尺寸?”她们都说最起码八百元,没有红包,那你就医院里尽管住,没有人给你动刀。裘老师极其隐蔽地叹出一口气来,但还是给金妹发现了。金妹当即站了起来,说是理理东西就回家。裘老师严肃地把她扶回床上,斩钉截铁地说:“只要你还在,不管是坐着还是躺着,看见你眼睛转溜,我才活得下去。”一阵风吹进来,几张病历纸钱般飞了起来,直至落到地下,也没人去拾。金妹说:“死一个该死的,活着的更难,还有儿子呢!”

下午探病的时候,裘老师早早地去了,夫妻俩却无话,愁眉苦脸地枯坐着。护士进来叫道:“27 床家属,到医生值班室去一趟。”裘老师应声而去,只见一医生正在哗哗地翻着金妹的病历。裘老师惴惴地招呼一声,那医生却不抬头,极坦然地说道:“杀只鸡还要磨刀拔毛,开刀是件很麻烦的事。无影灯下全神贯注几个钟头,弄不好就是十几个钟头,小便也要护士帮着解扣子,那是很伤身体的,要有适当的营养补充才能保持生理的平衡。一个手术组有不少人,主刀副刀啦、麻醉师啦、化验师啦、护士啦……现在医院里行这一套,北京上海都一样。”裘老师毫不犹豫道:“只要用心给我妻子开刀,我就是去偷去抢,也不会亏待你们的。”医生抬头笑着说:“到底是城里人,明白事理。碰到那些乡下糊涂蛋,大家都不舒服。”回到病房,金妹急问,裘老师那脸色是纸包不住火,却故作豪语道:“开刀是你的事,筹钱是我的事。你受了皮肉之苦,我就不作兴多费些心思?”到底是坐不住了,就早早地回转去。

金妹只怪自己连累了丈夫,全身抖抖地忐忑着,忽然想起十楼的“女同学”,

不免病急乱投医，一电梯乘了上去。十楼的高干病房非同凡响，茶色玻璃的落地长窗，丝织的拂地帷幕，装点出琼楼玉宇的朦胧美。金妹一踩那绵软的地毯，就觉跟随了她一世的脚步声倏然不辞而别了，蹩手蹩脚地斜签着身子在沙发的一角坐下，顿时浑身燠热，解开外衣的扣子却又扣上了。“女同学”穿一件素色的羊绒衫，十分客气地倒了饮料，削了苹果，笑言道：“小裘以前是很有才气的，老师总是把他的作文当范文读出来，我们都叫他无冕之王。哦，无冕之王就是作家。怎么一当老师人就迂了？照理说教师是太阳底下最光辉的职业。”女同学京韵十足地说着，金妹云里雾里地听着，突然说道：“我也实在无法，就想找你试试。听说你爱人是管医院的。听说医生开刀要收红包。教师你是知道的，我也下岗了……”“女同学”还是微笑着，却透出了些许矜持，说道：“现在廉政建设是全党的工作重点之一，医院也在大力整顿行业不正之风，怎么会收红包呢？你尽管放心，出院的时候，医院会让你填写一份征询意见的表格，假如收红包，你就如实反映，医院一定会严肃处理的。”这样说了，金妹也有几分相信，不知所措地坐着无趣，就辞了出来。回到病房里，方觉五楼和十楼是天上人间。26床问她去了哪儿，金妹老实说了，26床就笑她太老实，是个大好人，说道：“我打听过了，你家先生的那个女同学，只是有点高血压，因和剧团领导闹别扭，就住上了十楼。十楼住一天多少钱你知道吗？三百元，她一住就是一个月。当然啰，哪个医务工作者敢对她搞不正之风？”

金妹以为医德所在，所以心存侥幸。正在胡思乱想着，24床的白发老父颤巍巍地来了。24床不想让老父看见泪眼，就别转头朝着金妹。老父少齿的嘴呢喃不清地说着女儿小时的笑话。24床的眼里就牵出一线线的泪来，装作擤鼻涕偷偷用手绢擦了回头，见老父双耳的冻疮溃疡了，就说要帮老父结一只深筒的绒线帽。老父也掏手绢背过脸去擤鼻涕了。24床最近一直在化疗，手术后化疗就说明所患是癌。24床扶着墙送走了老父，闭目默坐在床上。金妹觉得与24床有更多的共同语言，也想劝劝她，就有话没话地找她说。24床断断续续地说了，丈夫还不知她身患绝症，只知是一般的妇科手术。丈夫在旗文化馆里做创作员，工资经常欠着，为了凑齐她的医药费，就在当地借了高利贷。她对一切都失望了，唯一的希望是儿子能考上本市的大学再回到她所不能割舍的城市，让她们这一辈的缺憾在下一代的身上得以消弭。两人窃窃私语着，病房就熄了灯。夜色凄迷地在她们的心头荡漾起来。24 床突然吟诵道："天苍苍，野茫茫，风吹草低见牛羊。"那诵诗是梦幻的，漠北的长风从芳草萋萋的高原脉脉而来，拂拭去笼罩着城市千楼万宇的月色，鸣奏起胡松华《赞歌》的深远的旋律。金妹听见了一种生命的热切的呼唤，一种不甘死亡的无奈的祈祷。循声看去，只见 24 床两点瞳仁萤火虫般地一飘一漾，倏尔灭绝，便是一片万劫不复的死寂。金妹真正地哭了，为自己，也为她。

一夜没睡好，第二天金妹又觉得下身湿滋滋地难受，一看又是经血，也不十分上紧。这天 26 床手术，护士一早来做准备，脱了她的裤子。26 床不自主地用手去护下身，护士啪地打了一下，把她腹部和下身的毛剃得干干净净。26 床忧心忡忡地说道："一刀下去，我就不是女人了。"医生八点查房，之前门房看得紧，家属是无法进入的。26 床不知自己卵巢的瘤是良性的还是恶性的。医生说要手术后切片化验才能确诊。26 床生死未卜，期期艾艾地等不到丈夫，就对金妹说："一上手术台就不知生死了。我先生来了，你告诉他，就说是我关照他，随便他怎样，只要好生看待儿子。"这话有了遗言的意味，金妹听得惨然，就勉强说了些吉利的话。手术床推来了，26 床爬了上去，竟一把攥着金妹的手不肯放。金妹一路小跑着送她到手术室门口。26 床松手的刹那，竟对她落下两颗泪。九时许，穿皮风衣的丈夫匆匆地来了，问道："人呢？"金妹说了，那丈夫就沉静地坐稳了，拿出一本书看了起来。当了无声息的 26 床被手术床推回来的时候，金妹跑在那丈夫前头去看，见 26 床微微地开合着眼睛，平素那一头千姿百态的浓发，此时竟气息奄奄地黏结着汗水，疲软地倒伏了。那丈夫揭开被单抱起妻子时，26 床未系裤带的宽松裤就滑落下来。金妹赫然看见腹部大片地渍红着消毒药水，中间贴着一大块纱布，也是暗红的下身张扬地精光着。金妹深切地感到女性的悲哀，赶紧过去掩了裤子。那丈夫把妻子放倒在床上，便急匆匆地去找主刀医生询问，回来就伏在 26 床耳边说："主刀医生说的，肿瘤肯定是良性的。"这时 26 床的嘴角就有了极细微的笑靥。金妹在那小小的凹陷处，看出了极光辉灿烂的生的希望，就会心地笑出声来。那丈夫也被感染了，就说："你出院后，我就在大富豪酒家张宴祝你康复，到时候也请 27 床。"金妹由人及己，不由声哑，喃喃道："不知我有没有这个福分。"

约莫过了两三个小时，26床全醒了，痛苦地呻吟起来，肚皮里咕咕响。医生和护士一进来就问："放屁了没有？"放屁就说明通气，说明手术时紊乱的肠子又重新理顺了。26床终于放出长长的响屁，释然道："好轻松。"穿皮风衣的丈夫就口授了她的食谱：黑鱼火腿汤、鸽子洋参汤、乌骨鸡灵芝汤，还有冰糖燕窝、鹿茸白木耳等点心。到了次日，护士坚持要26床自己下来上厕所，说是活动活动，以免肠粘连。金妹出于同情，主动协助护理。26床走得趔趄，金妹扶得吃力。26床不过意，就要送两支西洋参。金妹执意不收。26床感动了，就说："27床，你真是个大好人。"

金妹在这儿做大好人，裘老师又第二番四处告贷，亲亲眷眷又跑了一遍，毫无收获，就回家枯坐。其时市里正掀起献血的热潮，电视里也有了市委书记、市长挽袖插针的镜头。献血的任务是按指标分到各单位的，裘老师的学校分到两个指标。没有人愿意献出自己的血，学校里就让教职工抽签，中签者哭哭啼啼，说抽血要伤元气，高低不肯。学校于是决定重赏，抽血者奖励四百元，公休半个月。这正中了裘老师的下怀：一能筹款填充红包，二能得空暇服侍妻子。裘老师欣然报名。学校的广播里就盛赞裘老师献爱心，讲人道。一进血站，裘老师觉得很悲壮，很崇高，心脏热烈地跃动起来，就想坐定了静静心，不料一扬眉见儿子坐在前面，左臂弯的针头源源不断地把鲜血引入一根细弯的皮管。儿子青春的双目闭合着，显得宁静而又圣洁。裘老师真想一步冲上去拔了针头，终于忍住了。为了母亲，儿子能吝惜自己的鲜血吗？但是儿子太年轻了，似乎血液也格外鲜嫩纯真，静穆地流淌着，像一条涌流而不显波动的小河。裘老师以前也曾听说过，有些极其贫困的高中生，顶替别人去献血，攒钱续学。许多老师只是怜惜这些学生，裘老师却以为是英雄好汉的作为，心中着实钦佩。裘老师现在真正地为儿子而自豪。他躲了出去，一小时后重返血站。第一次献血的那种担忧与恐惧消失殆尽，先前的悲壮与崇高也了无踪迹。裘老师像儿子那样宁静地坐下去，宁静地伸出左臂。针头勇锐地进入血管。裘老师耳边激流飞泻，惊涛拍岸，长江是母亲河，黄河是母亲河，母亲的河流呀，全身都是訇訇然的洪流。流动感消散了，眼前有无声的爆炸，飞散着细小密集的碎片，终于，一阵阵略似轻松的眩晕涟漪般泛泛地浮起,接着是令人销魂的绵软。

裘老师不知东西南北地跟着感觉走,推门进家,见儿子已躺下,噙着热泪走过去。儿子拿出 6 张崭新的“老人头”,沙哑地梦呓般地说道:“我得了一等奖学金,共六百元。”有个香港老板投了一笔钱给他的学校做教育基金,学校就每年三、四月之际评一次奖学金。儿子得的其实是二等,二百元。另加的四百元从何而来,自然不言而喻。望着儿子苍白而又甜美的笑容,裘老师不忍点破这圣洁而又温情的谎言。他用力支撑住晕晕乎乎的脑袋,去炖了一钵鸡汤。儿子死活不肯喝,一定要留给妈妈。裘老师死活要他喝,说他老婆也要儿子也要。父子俩真的吵了。儿子一眼见了父亲眉宇间深浓的悲哀,明白了什么,就和着热泪喝了。裘老师身子软了下来,也不洗漱,和衣倒在床上。这是一个温柔的静谧的甜美的夜晚,为了妻子,为了母亲,父子俩都让自己的思绪在太空中不规则地遨游,追逐着无限,拥抱着永恒。

这晚丈夫和儿子都未去,金妹白白地等得心焦,就生了气。第二天裘老师去了,金妹就给他一个脊背。裘老师苍白着疲软着,却笑嘻嘻地嘴巴贴向她耳边道:“儿子得了特等奖学金,一千元。”金妹喜滋滋地调头,却又更加生气了,骂道:“你这狼心狗肺,为啥不让我早高兴一晚？却叫我好心焦。”说罢那泪就扑簌簌地落下来了,擦擦眼对 26 床说:“千好万好,儿子好才最是真。”轮到 26 床羡慕了,说道:“我儿子太纨绔了,我也无力管他啰。”裘老师心里酸酸的,脸上笑笑的,碎步去送红包。金妹一愣怔,竟发现他背有点驼了,后脑勺的罗旋也扩大了空白,黑灰的头发就陷阱似的齐往中间塌陷。裘老师回转来就说:“医生叫你准备准备,还要做几个化验。”那话音竟失重一般起飘。裘老师又道:“我倦了。”就朝边上的小桌上一趴,鼾出了声儿。金妹用手指深情地在他头顶的那口陷阱里画着圈,一圈又一圈。裘老师仿佛得了神助,睡得越加甜美。

九

万事俱备,只欠东风,金妹就等着上手术台了。她吃不下饭,睡不好觉,觉得自己在热切地期盼着,竭力地追求着,又觉得自己在失望地逃避着,垂死地抵抗着。裘老师安慰道:“我请了两星期假,来和你同甘苦,共生死。”说出个“死”字又极后悔,婉言道,“吉人自有天相。人人说金妹是大好人,难道天不长眼?”金妹凄然道:“好人活不长,坏人能百年。”裘老师一阵辛酸,急忙说要上厕所,跑到无人处,悲怆地喊道:“天哪! 天哪! 放穷人一条生路!”

这时病房里突然发生了意外,24 床发起高烧,一会儿沉沉地昏睡,一会儿响亮地谵语。金妹赶紧打铃喊护士。护士一来就怨怪她铃打得急,给 24 床量了体温,就喊来了医生。医生一看就攒着眉说:“送重病房。”推走的时候 24 床突然半睡半醒地伸出一只手,一把攥着金妹不肯放。金妹跟着一进重病房就压抑得透不出气来。几只导弹一样的氧气瓶虎视眈眈地蛰伏着,男女混杂的几个骷髅似的病人悄然圆睁着眼瞠视,死亡的气息浸淫着金妹的心灵。24 床突然全睁开少女样的眼睛,那样的妩媚,那样的火辣,热烈地说着:“你看见过草原的朝阳、大漠的落日吗? 蒙古包里,马头琴总在深情地歌唱,骏马在草丛里驰骋,只能看见均速的移动,听不见一丝儿声响……”裘老师怕金妹情绪不稳定影响了手术,跑进重病房高低拉走她。金妹斜靠在床上,那思绪却像一坨糨糊黏在 24 床身上。不多时,24 床的白发老父蹒蹒跚跚地来了,找不到重病房就先到病房来问。白发老父说,他女儿怕是挨不过今夜,医院通知他来守候。金妹兔死狐悲地嘤嘤哭了,吵着要去看,却被丈夫守得一步不得动,心儿吊在重病房,就在床上辗转反侧。到了晚上,走廊上杂沓的脚步擂鼓似的响到金妹心头,骤然静了,这静就十分的狰狞,终于那方向传来了老年男性嘶哑的哭声。哭声意味着人类生的无奈。金妹的眼前交替出现了草原、太阳、骏马。她从未去过塞北高原,但她如此深切地感受到那长风、那起伏、那驰骋。白发老父进了病房,抑制住如悲吟一般的哭泣,坐倒在 24 床上,自言自语道:“去了,就这样去了。她也算活过三年自然灾害吃树皮,插队落户面朝黄土背朝天。好不容易回了城,夫妻分居像牛郎织女。改革开放了,那单位又穷得清水里没有一粒油花。去就去吧,赖活不如早死。”三个女人掩面而泣。金妹问道:“她走的时候丢下什么话了?”白发老父梦幻般说道:“她只说不要让爱人和儿子知道她的死讯! 等儿子考上了本市的大学,再把骨灰盒交到他们的手中。”一种不祥之兆笼罩住金妹的心灵,哀叹替代了悲泣,像黑夜的呼吸,柔韧而又悠长地传入邈远深邃的天空。

金妹要动手术了，丈夫和儿子一清早就溜了进来。三人默默地坐着，相对无言，唯有思绪万千。金妹想起“文革”前看的歌剧《江姐》。江姐穿着蔚蓝的旗袍、红色的绒线马甲，含笑走向死亡。死亡是激情的，静穆的，崇高的。死去元知万事空。护士拿来了手术时穿的老白的宽松衣裤。金妹叹口气，默默到卫生间里换上，又特意洗了脸，梳了头，出来就坐在床边呆呆地等。手术车的橡皮轮子沙沙地擦着水泥地来了，却辘辘地滚上了夫妻和母子的心头。金妹含着笑躺了上去。裘老师惊惶了，一把抓着手儿不肯放。儿子就跟在后面声声地喊妈妈。金妹一下子从崇高的境地里跌落下来，突然觉得许许多多该说的话未及说，恨恨地在腿上拧一把，急急道：“你一定要让儿子读大学。你不能续弦，续弦儿子要吃苦。你夜里总是咳嗽，一定要去看……”手术床沙沙地进了手术间。裘老师手一松，两扇弹簧门顿时疯癫地晃荡起来。“去跟老彭、老郝讲，我死了也是‘精业’的鬼。‘精业’要是垮了，我在阴间也不得心安。”那话音如此凄厉，且越传越深杳。裘老师蓦地觉得，那里面深深如海，遥远地飘来阴飕飕的医院特有的药物的气息。回头见儿子在铁色的门前踮足，就自言自语地呢喃道：“造物也欺贫弱……”

父子俩幽灵般在手术室门前徘徊。裘老师忽然想起要买黑鱼，就关照儿子务必在门口死等，自己匆匆去了小菜场。黑鱼补伤口。小菜场分两边，东边是公家冷冻的鱼肉，西边是私人冒着热气的鱼肉。袭老师是从不去西边的，今天不得已去了，却又着实苦恼。黑鱼静静地沉在水底，要十五元一斤。裘老师咬着牙买了，又想想还必须有火腿的配料，跑到腌腊柜跟前，却望着金华火腿心绞痛，折中地买了袋装的本地火腿，回家拆开一看却见大都是肥的。隔壁老太说，动了刀伤，见不得油花。裘老师将黑鱼洗净搁了葱姜料酒，又将火腿肥肉削尽放下去，用小火煨。鱼汤浓稠如乳，且有火腿的异香。裘老师用保温瓶装了，匆匆赶往医院。

儿子还在痴痴地等着，突然掏出香烟，递给父亲一支。裘老师一惊，正想呵责，却见儿子的眼睛痛苦地扭曲了，实在不忍，也不抽那烟。父子手中的小白棍就一起僵硬地戳着。手术床呀呀地响了，父子俩就一起甩了香烟，迎声扑去。金妹僵硬地平卧着，脸庞被汗润得油亮，却黄出了透明的色彩，头发像没有根底的乱线,湿漉漉软塌塌地垂挂着,双眼凝视着翕开一条缝,却不见眸子的转动。丈夫和儿子都无声地哭了,随着手术床回到病房。裘老师掀开被单,只见那宽松裤褪了,从腹部到两腿,到处都弥漫着暗红的消毒药水,下身触目惊心地精光着。裘老师为妻子拉上裤子,就像生还者为战死者盖上国旗。丈夫和儿子小心翼翼地把金妹抱到床上,丈夫就去吹那鱼汤的热气。26 床急道:"没有放屁不能进食。"裘老师赶紧旋紧保暖瓶的盖儿,这时见金妹抽了几下嘴角,就贴下耳朵。金妹从麻醉里挣扎出一线知觉,极明确却又极微弱地说:"去——问——医——生——"裘老师狠狠地拍着脑袋,赛车似的奔了出去,只见主刀的医生正缓缓地步出手术室,急问,医生就道:"看样子不太好。最终还要看切片化验的结果。"裘老师躲到楼梯底下酣畅地哭了一场,然后跑进卫生间去照镜子,拢齐了散乱的头发,平复了粘湿的眼角和潮红的眼球,调整了呼吸,一步慢似一步地回到金妹跟前。金妹醒了大半,正痛得涔涔汗出,眼睛嘴巴睁成三个圆圈,不敢问。儿子的脸上也有三个圆圈。裘老师淡淡道:"还好。"说罢笑道,"十个女人有九个是小肚鸡肠,无端地寻愁觅恨,把自己弄成明日黄花。"古典的词语金妹听不懂,那"还好"却实在费人猜详。金妹满腹狐疑,呆呆地想从丈夫的脸色上看出究竟,这时却满腹地咕噜起来,下面一松动,就有了一个回肠荡气的长屁。26 床和 25 床一起欣喜地叫道:"放屁了! 放屁!"新来的 24 床就愣怔起一双秀目。裘老师赶紧揭盖儿,鱼汤上依旧袅娜着诱人的热气,舀了一匙,用舌尖试过冷热,就喂进妻子的嘴唇。金妹心存着"还好",一喝那鱼汤就觉腥,一问没有开油锅煎,就生了气,嗔道:"你一月的工资能买多少黑鱼? 这么金贵的东西生生给你糟蹋了,我不吃!"裘老师悲极,不言不语,也不缩回手。儿子接了那匙,坚定地悄然地一匙匙喂去,金妹就乖女似的地张嘴。裘老师躲到一边,回头见那母子的眷恋剪影一般凝重地印在雪白的墙上,看得痴迷了,就假装去拢发,用袖遮了脸。25 床和 26 床一起用被蒙住头。只有 24 床,还不解地新鲜地看着这幕人生的悲剧。

十

精业厂的倒闭已是指日可待,仓库里的存物以"大出血""跳楼价"出现在许多商场的货架上,甚至小贩的地摊上。老彭和老郝心照不宣地团结了,经常在外边跑。老郝当过厂里的保卫科长,敌情观念强,于是想调到银行去当保安主任。银行是肥得流油的国有企业,旱涝保收。老彭一心想自己做老板。厂长们碰头时常常相互恭喜发财,又常常自嘲地叹苦经道:“帮共产党做事,人也是国家的,发的不是自己的财。”温州老板的理论是:谋国先谋身,富人先富己。这理论怎能不令老彭喊绝?老彭想起先前有人鼓噪,中国的进步关键在于培育一个中产阶层做领头羊,这样想来,做老板就有了一种历史的社会的责任感。老彭是厂长也要做,老板也要做,就让妻子下岗,以她的名义注册了一家公司,主要经营羊毛织品,自己垂帘听政,让“精业”的产品到他的公司来“跳楼”“出血”。老彭做得得意,只是见厂里民不聊生,不由得心里愧疚,但又想想马克思的资本原始积累的理论,觉得这是中国经济的必由之途,也就心安理得了。老彭和老郝身在曹营心在汉,确实忙得放个屁的工夫都没有。他们实在想去看看金妹,却总是腾不出身。努力挤出点时间,跑到医院门口又折了回来,面对金妹眼巴巴的神色,他们能说些什么呢?

金妹切片化验的结果出来了,确凿是癌,且已扩散。裘老师欲哭无泪,欲悲无声,收起那化验报告单,十分真挚地在金妹跟前赔笑脸。金妹盯得紧,裘老师也瞒得紧。这样过了二三日,裘老师终于挖出报告单。金妹却看不懂,医生写的字向来是天书不让病家看懂。裘老师就作夫子状,解释道:“任何科学都不可能百分之百的精确,化验说有,也不是全有,化验说无,也不是全无。”金妹追究几遍问道:“究竟是有还是无?”裘老师板脸道:“我们是夫妻,夫妻同体连心,你连我也不信了?”金妹惨然道:“哪能不信你呢?只是肚皮难过,皮和肉好像隔着层沸油,煎熬得紧。”是呀,金妹手术后一直发烧,刀伤也不肯收口,有明显的炎症。医生对裘老师说,金妹的炎症一得到控制,就要去化疗。金妹的防疫系统已被癌细胞破坏了,炎症肆虐,这倒给裘老师一个借口:“你瞧,假如是癌,医生会放过你不做化疗?”金妹坚决不信,却又努力去信,心儿就像腹部一样紧着煎熬。金妹形销骨立,脸上最显著的是眼窝和颧骨,手一伸,筋脉和骨节就历历在目,令人不敢注目。

工会主席老李和仓库主任老范终于来看金妹了。老李和老范前后脚,老李受老郝之托,老范受老彭之托。老范才和金妹聊了两句,老李来了,两人就握手。因着老郝和老彭的关系,老李和老范也素不相能,这时就相逢一笑泯恩仇,两人捏着手高高低低地摇。老李触着了老范右手拇指上的厚茧,诧异了就注目去看。老范领会了,就自豪地竖起拇指道:“这茧蹊跷是吧?做活儿做不出老茧,摸麻将却摸出来了。”于是定要老李捏这老茧,又说起了麻将经典。都是领导,又是代表老郝、老彭来的,金妹就像听报告那样认真地听,待他们聊完了,就问道:“老郝和老彭怎么不来看我?”老李和老范异口同声道:“他们忙得团团转,怕是撒尿也要淋着裤子了。”金妹欣喜道:“厂里的头头脑脑忙乎,厂子就有希望了。”老李和老范相视而笑,说道:“对,前途是光明的,道路是曲折的,你就等着吧!”

金妹着实地高兴了几天。一时以为自己命不该绝,竟又得陇望蜀,想自己出院后就能去厂里上班。那刀伤也可人,这时也消了红肿,有了丝线般的光彩,只是针脚怕人,黑魆魆像条蜈蚣。裘老师也高兴了,就乘机要金妹去化疗。裘老师说得很得体:“居家度日要常将有时思无时,这治病也同一道理,一定要以防为主。”金妹一听“化疗”二字就恍然大悟,木呆呆地黯淡了眼神,一转眼又正望着25床的光头。金妹背过脸去,也不垂泪。耳边回响起先前的24床吟咏《敕勒歌》那脉脉的梦幻的韵律。广袤无垠的草原是那么的陌生又是那么的诱人,长风落日战栗着消融躯壳里的灵魂,人生像萋萋芳草般短促。金妹关闭上眼睑,用悟性寻找着天外边的声音,神情是那么的恬静、专注、深远。很久,很久,眸子里复又照耀出女性的光芒:“生死有命,富贵在天。化疗是很痛苦的,很花钱的,就让我少些疼痛少些牵挂地去吧!”裘老师和儿子泪雨倾盆,双双跪下。丈夫说道:“我别无所求,只想下班回来一推门你坐在家里就心满意足了。”儿子说道:“我唯一的心愿就是报答母亲。妈妈呀,你没有权利剥夺我这个唯一。”金妹挣扎着起床跪下,搂着丈夫儿子说道:“我做了一世的女工,到头来还要让你们爷儿俩替死人还债,我还是人吗?”25床和26床一起尖声痛哭起来。新来的24床也感悟到人生的绝境,感慨地说:“假如有来生,上天保佑我不要做女人,更不要做女工。”

金妹的病情一天天地恶化,每天只吃一点汤水。生命已屈指可数,金妹坦然地面对，只想给丈夫和儿子留下点什么。儿子总想赖学，依偎在妈妈的身边。金妹就生气，就发火，像风中的残叶哆嗦。儿子面对着她离开了，金妹就念叨起来："可怜的孤儿呀，以后哪个来知你冷，知你暖，问你饥，问你寒？"丈夫也总是逃课来陪她，金妹也赶，已经欠了丈夫儿子许多，总不能再让丈夫欠下学生的。金妹觉得冷清的时候，就反反复复地算这笔账：她欠下的债务，丈夫几年才能还清？金妹要给丈夫织一副手套。天开暖了，丈夫手上的冻疮却溃烂了。金妹要织一副天底下最美的手套！金妹还要给儿子织一件最漂亮的毛背心，儿子以后总是要穿西装的，那前襟敞着，该有母亲的织物灿烂地炫耀！金妹的手已经颤抖了，眼也总是看花，织一行就要疲惫地喘息。26 床劝道："什么都是假的，只有自己才是真。"金妹不信，就说："好歹也在人世走了一遭，总要给别人留下点想头。"

金妹一生从未吃过好的，裘老师只想让妻子带点滋味儿去。隔壁老太也出主意道："生癌是一定要吃老鳖的。"裘老师胆气如牛地上了集市，一到老鳖摊前却瘪了，老鳖标价是一百六十元一斤，咬咬牙痛下决心，花了一百八十元买一只，回家就柔情万种地精心制作了清蒸甲鱼。父子俩吃惯了青菜，老鳖香飘四溢地诱得他们垂涎三尺。两人装了暖瓶一起去送，路上却十分犯难。金妹知道了价格，就会伤感得沸反盈天。父子俩只想尽其所有，扶持金妹走完这人生的最后几步。一进病房裘老师就笑嘻嘻地说："老婆，你说上算不上算？一个乡下人不领行情，傻乎乎地拎个甲鱼，开价只要六十，我杀价又杀到四十，只怕到 2000 年也碰不到这种便宜事。"金妹不知说啥才好，四十元确实便宜，但毕竟要四十元呀，自己又为丈夫和儿子添上了四十元的债务。金妹的脸色一难看，裘老师就惊恐了，可怜巴巴地去看儿子。儿子笑道："妈，你没有一点市场经济的意识。这只老鳖原本值一百八十元，你吃下了，其实是赚了一百四十元。"金妹照着他思路去算账，果然阴转多云了。裘老师长长地松出一口气，笑道："报纸电台电视台满天响地在叫，工人阶级是领导阶级，就不兴咱工人阶级吃个爬鳖吗？"金妹笑骂道："少油嘴。"转而严肃地说，"下不为例，否则我就摔碗。"接着一揭盖，就大叫腥气，喝了点汁吃了条裙边就摔了筷，一定要叫丈夫和儿子帮忙。金妹说腥的时候明显夸张地皱眉，请求帮忙时又极其恳切。父子俩眼圈一起红了，却不敢落泪，硬忍着，却实在吃不下这一百八十元的老鳖。明知这种时候的金妹总是犟牛，还苦苦地劝，结果又塞了个鳖腿给她。金妹格外开恩地吃了，就立逼着爷儿俩吃得精光。裘老师细声问道："你想吃啥？"金妹就认真思考起来，最后说："我只想吃斜桥榨菜，要正宗的，包装袋上有拱桥，有'上海蔬菜公司监制'的字样，你一定要看准。"父子俩彻心彻骨地酸楚起来，一迭声道："一定买来！一定买来！"

十一

春天的太阳终于席卷了乡野的土壤，城市的千门万户这时就充满了泥土的芬芳和温馨，病房的玻璃也映照出草木的绿意和天空的晴暖。金妹说气闷，裘老师就去开窗。外面的空气毛茸茸地涌了进来。金妹已经高烧数日不退了，全身浮肿，眼竭尽全力才能睁出一线，下身也像充了气似的。金妹大小便失禁了，穿不上裤子。金妹常常燥热地掀开被子，裘老师赶紧掩上，眼泪就滴滴答答地滚了下来。医生说，金妹要进重病房了。裘老师哀求，医生却摇头。裘老师把金妹抱进重病房，一刹那裘老师觉得非常幸福。和他一辈子守穷的妻子像婴儿般依偎在他怀里，夫妻间有一种永恒的默契。医生说金妹时日不多了，该让她留话了。裘老师和儿子静静地守在金妹身边，等着她那眼一线线地开。阳光落在金妹的脸庞，双颊的腠理间透出了一种水的莹白，黑色的睫毛迟缓地蠕动了。裘老师声声呼唤着金妹，问道："你还有什么话要说？"金妹摇头复又点头，衰竭地说："夫妻连心，我的话儿你还不知道吗？我只想见见老彭和老郝，当面问一声，'精业'究竟怎样了？"儿子哭道："妈，这当口你还想那厂子！"金妹的眉毛吃力地耸了起来。裘老师狠狠地挖了儿子一眼，贴在金妹耳边说："你放心，我这就去找！"

裘老师这时已不能从丈夫的角度来理解金妹。他被金妹的情怀深深地感动了，他相信，就是陌路相逢的人，也会为女工留在人世的最后的愿望而奔波。裘老师一头汗地撞进了"精业"，见老彭那一脚已踏上了桑塔纳，赶紧叫道："彭厂长，金妹不行了，要见你最后一面。"老彭正是急如星火，一愣，即道："你先去，我马上就来。”上车坐稳，就叫司机开往医院。这时口袋中的移动电话嘟嘟地叫了起来，老彭扳开一听，温州老板气急败坏地说，一批货被工商局扣了。原来温州老板在乡下织羊毛衫，然后贴“精业”的招牌，拿到老彭开的公司来经销。老彭也急了，这批货值几十万，有他的一半份儿。望望那医院就在眼前了，就叫司机转弯到工商局。老彭在局里做事时，结交了不少朋友，其中也有搞工商的。裘老师见老彭的桑塔纳嘟嘟地跑了，想是必去无疑，就匆匆跑去找老郝。老郝正在接电话，电话里说老郝的调令已到局里了，要他分秒必争地去办调动手续。老郝听裘老师一说，即去调小车，听说小车给老彭用了，就叫裘老师先回去，说自己骑自行车即到。自行车一出厂门龙头就弯了过去。人人都削尖脑袋往银行里钻，所以这调动是瞬息万变。老郝决定先去拿调令再去医院。

四时许。

裘老师奔进重病房，也不觉汗水黏结了许久未换洗的内衣，凑到金妹耳边喃喃道：“他们马上来了，他们马上来了。”金妹的嘴角一阵抽搐。裘老师读出了，这是妻子铭于五内的感激的微笑。裘老师用自己汗湿的脸摩挲着妻子浮肿的脸。裘老师想起了“冰清玉洁”“玉殒香消”等古典词语，想起了许许多多描写女性美的古典诗词，比如元稹的悼亡诗《遣悲怀》，比如陆游的《沈园》。裘老师觉得自己火热的胸怀拥抱着一个美丽的灵魂，一个白色的空气般的精灵。裘老师以为这一生最大的幸事，就是娶了一个天底下最好的妻子。

这时老彭跑进工商局，见朋友们正在闲聊，等着下班。老彭发了一圈“红塔山”，嬉笑怒骂皆成文章：“都是哥们，谁不知谁的斤两？你们玩白道，我玩黑道，咱们连理同枝，今儿个把咱们抽筋剥皮，明日你们就是清水衙门。”朋友们笑道：“这是哪儿到哪儿的话？咱们是上层建筑，你们是经济基础嘛！这是辩证法，是矛盾的对立统一。”当即叫人放了扣押的货物。老彭心里焦急金妹，却深知这不是一拍屁股走路的时候，朋友们都等着回报呢！就热情洋溢地和朋友们聊了起来，等着他们下班。市府狠抓了机关作风，法定的办公时间得到了充分的保证。

老郝赶到局里的人事处，同志们也正在闲聊等着下班。原先都是极熟的，这时就客套。人事处的同志说老郝栖高枝。老郝说自己是屈原南窜。人事处的同志说现在是靠山吃山，靠水吃水。在银行的钱垛上，放个屁都有美金的味道。老郝就诉苦说自己屈了几十年,改革开放时才更新了观念,去参与竞争。人事处的同志半开玩笑地不肯拿出调令,老郝心知他们的意思,也焦急着金妹,只得有一句无一句地神吹。

五时许。

金妹从浮肿的眼皮底下翻出一线眼光,混混沌沌地问:"老彭和老郝来了吗?"插入鼻孔的输氧管也神经似的颤了起来。裘老师悲怆地摇头。金妹无望地关上眼皮,三十年的桩桩件件行云流水般从积淀的心底泛起,轻灵而又紊乱,缥缈而又迅疾。

工商局下班的铃声响了,老彭豪爽地说道:"这也不是说话的地方,咱们去大三元酒家聚一聚。""大三元"是"精业"的协作单位,老彭在那儿不用买单,签个名就行。一拨人就逶逶迤迤地去了。

二轻局下班的铃声也响了,老郝就笑道:"也别客套,上'大三元'说话去。"老郝也有在"大三元"签名的权力。人事处的同志就袋里装着那调令,随着老郝嘻嘻地去了。两队人马碰上了,老郝和老彭都难得好心境,齐声道:"都是朋友,拼一桌,热闹热闹。"果真众人相拥入座,酒浆飘香,欢欢喜喜地吆五喝六起来。

七时许。

金妹的呼吸突然急促了又微弱了,突然微弱了又急促了。如是者三,金妹的大限终于来临了。金妹的嘴唇浮肿如气泡,微微努力地蠕动了。人之将死,其言也善。裘老师和儿子泪眼昏花地低头俯耳,这一刹那铭心刻骨的遗言,丈夫渴望得到爱情最后的闪耀,儿子渴望得到母亲最后的爱抚。在女工生命的尽头,她,金妹,留下了这样的箴言:"精业厂……一定能……好起来。那时候,在我的……骨灰盒前……烧一炷……"两颗泪珠永恒地从金妹的眼角流落,两道闪亮的痕迹划过她美轮美奂的脸颊,停住了,消失了,万劫不复的晶亮在静穆的白墙内缓缓地凝聚。

"大三元"里,老郝老彭们酒足饭饱。所有的个性都在酒精的作用下张扬了,人们就齐说要上"九重天"舞厅去跳舞。亭亭的舞女的裙迎风飘曳,男士们很贵族地举手投足,万紫千红的灯火把老彭和老郝照耀得流光溢彩。

九时许。

在天国的鼓乐中,金妹圣洁地凝视着茫茫大地,白云在襟袖间流转,长风飘拂起她那丝绸般的秀发。金妹闪耀起漫天的泪花,她的脚下正是她梦魂牵萦的可望不可即的故乡!老彭和老郝意兴正浓地从“九重天”溜了出来,直扑医院。医院的铁门已在暗夜里竖立起鬼神的威严。老彭和老郝就不无遗憾地说道:“我们来迟了,赶明儿吧!”

第二天老彭和老郝果真丢了许多要紧事去了医院。保安员门神般矗着,老彭和老郝就偷儿般溜进去。到病房,见那床空着。复赶到重病房,也见床空着。两人去问护士,护士不抬头道:“死了。”两人复去看病床,却见边上的小桌上有一只“斜桥榨菜”的空袋。两人头轻脚重地怅惘着,竟踏空了楼梯。

十二

“精业”的女工们不邀自来,吊唁厅里哭声感天动地。金妹的遗容化了浓妆,一生素面的她此时却美艳如花。儿子执孝子礼,披麻戴孝,跪在母亲的身边。裘老师也一身缟素,唯唯诺诺地招呼着每一个吊唁者。丈夫和儿子不再流泪。老彭和老郝悄悄地来了,远远地望着金妹的巨幅遗像却不能抬步。金妹嫣然地笑着,几多羞怯几多美善。两人低头复抬头,就读到了围绕着金妹遗像的一副对联:

毕生辛苦牛马数十年富贵岂在天
一朝得病鸡狗几个月死生安有命

横批是:

悲我女工

一看就知这是女工们的构思和裘老师的手笔,两人既悲且愧,复又惶恐,赶紧滑脚溜了出去。

农民父亲

李西岳

父亲不是一个地地道道彻头彻尾的农民。他曾有过改变农民命运的经历，但命运又请他回到了农民的序列。

父亲说，命就是命。

在老家我们管父亲叫爹。我平生最引以自豪的就是讲述父亲，因为父亲的故事能使我翻江倒海一发而不可收，能使我长时间地沉浸在酣畅的幸福之中。

一

关于父亲的故事，可以从我当兵的历史说开去。

父亲在家里急需用人的时候，毅然决然送我出去当兵，家里所有的问题都是他一个人扛，不用怀疑，他老人家是盼着我出人头地。

一晃三年过去了，我当兵的历史进入攻坚时期。

有出息的军人曾总结出当兵三部曲：一年立功，二年入党，三年提干。不知道是我主观努力的因素还是客观存在的影响，这三部曲，我一部也没按时唱响。第三年提干本来也有戏，在我去师教导队学习之前，干部部门已经进行了考察并将我定为提拔对象。然而，等我集训三个月回来，一张冻结提干的文件把我挡在提干的门外。我无力回天地在心里骂：早不冻结晚不冻结，偏偏他妈该提我的时候它就冻结。骂完了我又认命，我们家压根儿就不出当官儿的材料。父亲当了三年的大队书记,不就让人家赶下台了吗?我觉得我就像赶某一趟火车的人,背着行囊,举着车票,气喘吁吁地赶到车站,眼睁睁地看着那趟火车开走了。

上级冻结提干的文件下来的时候,正好我服役期满。铁打的营盘流水的兵,我解甲归田是极正常的事。但想想一个车皮拉来的五百多个李县兵,百分之九十以上的都要回家种地,其中有一部分人都代理干部一年多了,不也照样成为冤大头吗?这样一想,心里就不那么堵得慌了。

是走是留拿不定主意。写信征求父亲的意见,父亲很快回信,还是临走时嘱咐我的那句话:只要部队不撵就别提出退伍。那不容置疑的口气,好像我这么空着手退伍,他就要把我轰出家门。

到了第五个年头,我还没探过家。这时候,李县兵已经走得差不多了。这期间因为心态不好,给家写信也不多。父亲的信倒是很有规律的每月一封,内容都大同小异,除了嘱咐我好好干以外,每封信的最后都是这两句话:家中老幼平安,吾儿勿牵肠挂肚。有一段时间父亲两个月没来信,我预感到家里必定发生了什么,刚要发信去问,就接到电报:父遭车祸,速归。

捏着电报,一股又阴又凉的气体从脑门穿过五脏六腑一直蹿到脚跟儿。我想父亲的伤势一定轻不了,不然绝对不会给我拍加急电报。一向对我报喜不报忧的父亲,此时此刻早已失去了发电报的权利和能力,事态的严重性一定比我想象的要惨多少倍。领导很同情我,因为我五年没探过家,领导把我的假期延长到春节以后,加起来一共四十天,即使在团机关,对于一个战士来说,也是超出原则的照顾了。

二

我进了村,认出我的人主动跟我打招呼。从父老乡亲的脸上我猜到了发生在父亲身上的各种不测。其中我听到一位大娘悄悄对别人说,回来得是时候,没入殓,还能看得见。我浑身发毛了,那股奇怪的阴冷气体又奔袭而来,我的小腿开始打哆嗦。

一切都证实了我的预测，家门口挂着用绳子扎起的白纸，老家叫佐钱，是死人的标志。完了，父亲走了！我三步并作两步跨进院内，直奔灵房，喊声："我的亲爹呀！跪到地上大哭不止。"

我正哭得忘了自己，娘过来把我拉起来，埋怨："我那傻儿，你也不睁眼看看，灵床上躺的是你爷爷。"

陪灵的白家族男男女女都止住了哭泣。姐和弟弟们埋怨我一进门也不往灵床上看就瞎号！走近灵床，小心翼翼地揭开爷爷脸上的烧纸，爷爷那张蜡黄的脸带给我从未有过的寒战。爷爷的嘴是张着的，像要说什么话。爷爷这是怎么了？他儿孙双全，寿终正寝，他一辈子与世无争，无怨无恨，为什么在临走前还要发出无声的呐喊呢？

"爹呢？爹呢？"离开爷爷的灵床，我向披麻戴孝的众人问。

娘告诉我，父亲在医院。

我问："爹是怎么伤的？伤得怎么样？"

娘告诉我，是给刘爷家拉砖翻车砸的。摔断了一条大腿和五根肋条，现在没有生命危险了。

我总算松了一口气。我父亲没完，我父亲还活着！

不一会儿，管事的给我送来孝衣孝裤，说你回来得正是时候，替你爹给你爷打幡儿吧。我问娘："我叔没回来呀？"娘说："拍了三封电报，到现在也没见人影儿。你爷爷命苦，养了俩儿，一个送终的也没有。"

哦，我终于找到了爷爷呐喊的真正原因。

爷爷出殡以后，我成了柳条庄上的新闻人物，先是笑话我不管灵床上躺的是谁，趴下就哭亲爹，后又夸奖我在给爷爷出殡的队伍中哭得最像模像样儿。

后来我回忆了一下。当时我感情那么奔放，泪水那么泉涌，与其说是哭爷爷，倒不如说是哭父亲。听娘说，爷爷病的时候，父亲一天二十四小时守候，人熬得跟躺在炕上的爷爷一样瘦。爷爷总把父亲当成叔叔，见了父亲就骂，说你这个混蛋，你还要你爹呀？回来给你爹收尸来啦？不在天津卫享清福儿啦？爷爷还把尿壶里的尿倒给父亲喝，不喝就往墙上撞头。孝顺的父亲就咕咚咕咚喝下去，爷爷就大笑。有一天，爷爷突然特别明白，一声一声地叫父亲的小名儿，此时父亲已经摔伤住院,娘对爷爷说父亲去开会了。爷爷说,他不是早不当干部了吗,还开什么会? 娘再也回答不上什么来了。就这样,爷爷一遍又一遍地叫着父亲的小名儿咽了气,最后嘴怎么也合不上。

我无法不为父亲流泪。

三

父亲去天津打工那年二十二岁,读过几年私塾且英俊倜傥的父亲是因家境贫寒被迫外出求生的。那一年叔叔十八岁,在饥寒交迫贫困潦倒的情况下,把老大撒出去闯世界并期盼以此改变全家的命运,是天经地义的事。父亲在天津举目无亲,他沿街乞讨四处流浪了几个月以后,一家笼屉厂的老板收留了他。开始人家不教手艺,只叫他干杂活儿,管吃管住,并不给分文报酬,这对于父亲来说就已经知足了。父亲很有眼力见,干活儿也十分卖力气,把柜台院落收拾得干干净净井井有条,深得老板的喜欢和宠爱。一天,父亲早晨起来收拾柜台发现地上有一块洋钱,马上捡起来送给了老板,第二天早晨又在地上发现一块洋钱,父亲又捡起来送给了老板。善良而单纯的父亲丝毫没有察觉到老板是在考验他,身无分文的父亲未曾犹豫,未曾产生丁点的私心杂念。熟读《朱子家训》的父亲时刻检查对照自己:“莫贪意外之财,莫饮过量之酒。与肩挑贸易,毋占便宜。”我们懂事以后,父亲也常用《朱子家训》启蒙我们,让我们按着去做。走了样,便家法从事。

父亲很得老板的赏识,老板就让账房先生教父亲算账。父亲没进过学校门,对算盘一窍不通。账房先生先从“小九九”开始教,父亲只会背不会打,账房先生打两遍,就背着手出去喝茶了。父亲开始练,还没打完,账房先生进来朝算盘上一看,不屑地说:“不对,不对,根本就没这个数。”便又出去喝茶了,嘴里还哼着:“小九九,不用打,上边俩,下边俩。”父亲很有悟性,等账房先生再进来的时候,算盘上已经出现了“上边俩下边俩”的格局。账房先生不信,父亲不慌不忙地又打了一遍,一点不差。账房先生后来又教父亲“凤凰单单翅”“凤凰双双翅”“大扒皮”“小扒皮”,只用打一遍,父亲就会了。账房先生对老板说:“我不能再教了,再教我的饭碗就让他顶了。”这话没说多少天,果然老板把店里所有的账目都交给了父亲。父亲管理得井井有条,长年累月,不曾出现丁点差错。就这样,父亲的算盘越打越精,越打越响,很快在天津卫出了名。有一次,不知一家什么单位组织珠算比赛,父亲得了冠军。从此,老板对父亲恩宠有加。我记事的时候,父亲已经是生产队的队长兼会计了。哪个小队会计把账弄乱了,大喇叭里就催父亲去“拨乱反正”。只可惜,父亲一招鲜的珠算绝活,我们谁也没能承袭下来。

老板见父亲聪明过人年轻有为,而且人品极佳,不仅把账交给父亲,还把手艺传给父亲。父亲心灵手巧,再加上勤奋刻苦,一整套编笼屉的手艺很快学到手。当时这家产供销一条龙的笼屉店在天津卫是独一家,买卖兴旺,利润丰厚,生产规模越来越大,门脸越建越阔,生意越做越火。这里边,父亲可以说是功不可没。老板曾经说过,自己年纪大了,这份家业迟早要交给父亲,因为老板膝下无儿女。也就是说,父亲成为天津卫的阔老板,只是时间的问题。

可惜事情并没有朝着利于父亲的方向发展。

在父亲去天津的第十三个年头,叔叔因不大点儿的小事和爷爷拌了几句嘴。爷爷第一次抡起巴掌扇了叔叔的脸,从小没受过委屈的叔叔连夜不辞而别离家出走,一个月以后给家来信说已在东北落户了。叔叔的离家出走,使这个家塌了一根柱子。在让父亲还是叔叔回柳条庄支撑这个家的问题上,爷爷和奶奶意见发生分歧,最后还是奶奶托人给父亲发去了电报。起初父亲不想回来,只要家里来信诉苦,他就赶紧寄钱。后来奶奶急了,又托人给父亲捎口信:“要你爹你娘,就回柳条庄;不要,我们死了也不用你回来收尸!”

父亲是大孝子,他对《朱子家训》中“重资财,薄父母,不成人子”的格言有深刻的理解。他很快做出选择,弃商归田,养活父母妻小。老板劝他慎重考虑,尤其是天津户口别轻易丢掉。父亲说:“爹娘都快活不下去了,我还要天津户口有什么用?”老板见留不住父亲,就问他有什么要求。父亲便向老板提出:“我走了,让我兄弟来接班儿。”老板犹豫了一下同意了。老板觉得这样远不能报答父亲,又说:“这店里的东西,只要你相中的,就可以拿走。”父亲选了一把算盘,那是父亲在那家笼屉店辛苦了十几年,索取的最后的回报。那把算盘至今还在父亲身边，他当公社粮站会计到小队会计，一直就用它。

那年十月，父亲极其悲壮地告别了天津，从此再无缘与这座城市谋面；那一年，远走东北的叔叔奉父亲之命开进天津。

四

在见到父亲之前，我曾想象过遭受车祸的父亲会是一副什么样的尊容。据我记忆，由农民变成工人，再由工人变成农民，由群众变成干部，再由干部变成群众的父亲，一向是注意边幅的，性格是爽快达观的，从外表上谁也看不出他内心遭受的磨难和冤屈。这一切，构成了父亲的人格魅力，也赢得了柳条庄人的拥戴。可如今他毕竟是五十岁开外，遭受重伤，且与我五年没见过面了。

父亲比我想象的还惨。大概是长期卧床的原因，父亲的眼睛红肿，目光呆滞而无神采。见我进来，父亲想直直脖子，动不了，嘴咧了一下，把眼睛闭上了。我看见，一行老泪顺着他的脸颊流在枕头上。我这远离父亲五年的不孝之子走上前抓住父亲的大手，却什么话也说不出来，我撩开被子看父亲的伤势，父亲示意不让动，我还是把被子掀开了。父亲赤裸着身子，腿上、身上都固定着夹板，所有伤口都没有愈合，有的地方还缠着绷带，绷带上渗着血迹。

父亲慢慢把眼睛睁开，问我："部队能脱开身吗？"我点点头。

父亲又问："赶上给你爷爷入殓了吗？"我点点头。

父亲说："你爷爷这辈子不易，大好人……满村没有一个红过脸儿的人，八十八岁了，喜丧啊，喜丧……"

父亲的声音是哽咽的，我从来没见父亲这么伤心过。

父亲出事到现在已经二十多天了，当时爷爷正在弥留之际，守着爷爷的娘顾不上父亲，照顾父亲就全靠村里的父老乡亲了。父亲一再嘱咐娘，只要他不咽气就别给我拍电报。娘是善良女人，她不忍心让老白家欠乡亲们更多的感情债，就让人偷偷给我拍了电报。

我心疼地埋怨父亲："都五十岁开外的人了，还给人家拉什么砖？而且是给那个王八刘爷家。"

父亲自然也想起了自己跟刘爷家的恩恩怨怨，摇摇头说："做人应该记功不记过，忘怨不忘恩。谁家没用人的时候？"

我还是埋怨父亲："在咱们家，你这事出得起吗？你是家里的顶梁柱，这一躺在床上，不等于塌了天吗？"

父亲说："没有过不去的火焰山。"

我说："我还是复员回来吧，家里这日子往后怎么过呀？"

父亲有些急了："不是部队上没撵你吗？你回来做啥？你能替我躺在床上吗？"

我说："我回去就要求复员。"

父亲咳嗽两声："你混蛋！你没出息！"父亲又咳嗽两声，"把尿壶递给我。"

去为父亲倒尿壶，我又偷偷流了泪。我的父亲遭罪了。

五

腊月二十八，这一天是爷爷的"三七"，这一天是父亲摔伤的第四十天。常言说，伤筋动骨一百天，父亲年过半百 ，伤得又重，没有仨月是不能动弹的。

给爷爷烧完"三七"的路上，我和族里人商议，必须接父亲回来过年。父亲躺在医院，这年谁也过不好。其实我是揣测出了父亲的心思。

医生却说什么也不让抬，说过年在哪儿都一样，病人安全要紧。我说，出了问题我们自己负责。父亲在医院躺了四十天了，格外想家，他说抬吧抬吧，在这儿也是光养着。就这样，我们把两个门板并在一起，把父亲往门板上一搁，就上路了。

天公不作美，刚走了不到三里路，就飘起了雪花，小西北风嗖嗖的，直往脖子里灌，雪花让风卷得满天飞舞，打得脸上生疼。抬人的一边走一边出汗，倒不觉得冷。躺在门板上的父亲可受不了，鼻子尖红红的，不时地打喷嚏。我把军用皮帽摘下来，放下帽耳给父亲戴上，又把被子往上拽。这样，父亲就不打喷嚏了。等我们进柳条庄的时候，或许是父亲在村里人缘好，或许是我们白家族刚刚抬走了爷爷，或许是说不清的原因，柳条庄能出动的人都冒雪拥到村口。人们围上来问这问那，父亲抬起手和大家打招呼，就像在前方打仗光荣负伤胜利凯旋。我的视线四下逡巡，然而没有看到那个最该出现的刘爷，我心里不舒坦，就加快了脚步。

等父亲安安全全地躺在炕头上，我这心里也像块石头落了地。好了，我们家能过一个团圆年了。

腊月廿九是春节前的最后一个集，我问娘："过年咱还缺什么？我想赶个集。"

我这话刚落地，娘眼泪就掉下来了，怕父亲看到她掉泪，她拉我到外屋说："缺什么？什么都缺，年货一点儿没买呢。"

以前过年都是父亲考虑操办年货，眼下父亲躺在炕上不能动弹，理所当然由我这个长子来替父亲操办。可办年货需要钱，我手里只剩下不足六十元钱，正好是我回部队的路费。我问娘，家里还有没有钱？娘说，本来家里这几年有些积攒，可你爹这一出事，所有的积蓄都搭进去不算，还欠了二百多元钱的窟窿。听娘这么一说，我不再问什么了。

不管怎么着，这年得过，饺子得吃，鞭炮得放。父亲出院了，我当兵五年第一次回家。这是个团圆年，该好好过，不能让外人笑话。

我想到了借钱，让这个家过一个说得过去的年。但找谁借呢？我想起了一个合情合理的借钱处——刘爷家。

我细心观察过了，父亲回来以后，全村人差不多都来了，只有刘爷家没人露面。我听说，父亲摔伤以后，他们家只派人去过一次医院，既没提医疗费由谁来出，也没说留下来伺候伺候病人，坐了一袋烟的工夫，撂下两包点心一瓶罐头就走人了。过去的恩怨姑且不提，一个五十岁开外的人为你家拉砖差点把命搭进去，你们到现在既不出钱，又不出力，甚至连看一眼都懒得来，这他妈还有人味儿吗？血气方刚的我咽不下这口气，我要找那家人理论理论，让他出点血，掏点良心。让他看看白家族不是没人，也让他家看看，我这些年在外边没白混。

我转身要走，却见刘爷登门了，又是手里提着两包点心和一瓶水果罐头，像到一个跟他家没任何关系的病号家去施舍。

刘爷进了屋，挨着爹坐下，把提来的慰问品在父亲眼前晃来晃去才放在柜上,说:“听说你回来了,因为过年忙,我也没顾上来看看。”

父亲看样子还挺感动,拉着刘爷的手说:“看不看不要紧,没事儿了。往后光剩下养着了。”

刘爷点了一支烟说:“过年了,缺啥不?”

娘接过来说:“啥都缺,肉还没称呢,得钱不?”

父亲对娘说:“你少说两句好不好?”

我该说话了:“刘爷,那次翻车你家损失不小吧,砖是不是都摔碎了?车是不是也坏了?要不要我爹赔呀?那天可是我爹押的车。”

刘爷不爱听了:“老大,你这话是什么意思?”

我当然不甘示弱:“你说什么意思?为你家拉砖我爹快把命搭进去了,你知道不?为我爹治腿,我们家欠了二百多块钱的亏空,你知道不?今儿都腊月廿九了,我们家一点儿年货也没置,你知道不?”

父亲朝我瞪眼发怒:“老大,你长脸呀你?你怎么能这么跟你刘爷说话?出去五年了,你这兵怎么当的?”

娘在一边说:“当然,谁家也不愿意碰上天灾人祸。可既然摊在咱头上了,就认倒霉呗。凭良心讲,打他爹出了事,俺也没打算赖着你家,可你家也不能躲得忒远了啊。那天往医院捎干粮,我说朝你家借一碗白面蒸馒头,你猜你媳妇儿说了一句什么?——那次拉砖压根儿没打算让你家老头去,是他愿意去的。你说说,这是人话吗?”

父亲又咳嗽两声:“老大他娘,你给我住嘴!”刘爷把脑袋耷拉进裤裆里,只顾抽烟,什么话也不说,像根儿从咸菜缸里捞出来的蔫黄瓜,看着让人心里皱巴。

我没可怜刘爷,继续向他进攻:“刘奶说的话,我们可以不计较,因为她毕竟是妇道人家。刘爷,你可是一家之主哇,你也曾当过革命干部。我把丑话说在前头,关于我爹受伤的事,你要拿出点姿态来,不然我可对你们家不客气!我们白家人向来以吃亏为福,以德为邻,不会得理不饶人。但也绝对不是窝囊废。我有两个条件:这一,我爹的医疗费,咱各摊一半儿,以发票为据,截止到出院为止,以后的费用我们自己担负。第二个条件最重要,因为我爹受伤后,你们一家姿态太低,所以必须全家来给我爹赔礼道歉。”

父亲制止住了我:“老大,你混蛋!我还没死呢,你算老几?你的意见不代表我,你赶快给我住嘴,你的话都是放屁!”

刘爷站起来说:“我回去跟家里商量商量。”

父亲说:“老大的话全是放屁,你别往心里去。”

刘爷说:“放屁不放屁我不敢说。只要你好好的,我就踏实了。”

娘说:“将来能不能站起来,还难说哪,要是落个瘫子,俺这日子咋过呀?”

刘爷被娘噎得无言答对,只好往外溜达。

我说:“刘爷,拿着你的慰问品吧,不然将来账不好算。”

没人送刘爷。

父亲大声叫我的名字,说要好好教训教训我。

我知道父亲会冲我发火,会给我上政治课,讲大道理,我故意磨蹭着不进屋。

父亲又大声叫我。

六

父亲离开天津以后,并没有一步沦落为农民,而是在乡粮站担任会计。父亲在这个位置上干到“低指标,瓜菜代”那年,奶奶再也不允许父亲在粮站里端着算盘子享清福儿了,使出浑身的解数拉父亲回柳条庄和全家人同甘共苦。因为那年一斤玉米要五元钱,一斤胡萝卜要二元钱,一斤白菜要三元钱,而叔叔长年不给家寄钱,父亲的工资远远解决不了全家人的温饱。1961 年的农历四月初五,父亲回到了柳条庄。与此同时,他的“商品粮”户口被注销了。

那年,我们的家庭成员有:爷爷、奶奶、父亲、母亲、姐姐、我和婶子、强哥、环姐、山弟(不含在天津的叔叔),总共十一口。这在柳条庄算是大户人家,一般家庭这么多人口早分家各过各了,可我们家还是伙在一起。那时我们家只有三间房,其中上房两间,厢房一间。叔叔不在家,父亲是老大,爷爷奶奶是长辈儿。在这由三个小家组成的大家庭里,父亲率领我们小家五口住厢房几乎是理所当然的事。

父亲从公社粮站回到柳条庄,大队干部知道父亲会打一手好算盘,伯乐识马地把父亲任命为第三生产队队长兼会计。父亲那个级别跟部队里的班长差不多,属于兵头将尾,不能享受脱产待遇。丢了二十年锄杆把的父亲,两只手早没老茧了,农业技术活儿也丢了不少,他得从头捡起来。他既要管好二三百口人的生产队,还要管好十几口人的家,里里外外白天黑夜都忙。

我那年才五岁,但那干旱和饥荒,却给我留下了刻骨铭心的记忆。那年,庄稼都旱得抽回去了,地里干得裂缝,缝里冒烟。老天把庄稼人旱急了,稍有块云彩飘来,老人们就跪在地上祷告:“老天爷,下大雨,蒸了饽饽献给你;老天爷,下大雨,烙了大饼往上举。”要是厚厚的云彩再吹来一阵风,庄稼人坚信“风是雨头,屁是屎头”,撒了丫子往家跑,可没等跑到家,太阳就又出来了,庄稼人嘟嘟囔囔骂大街。有一天,老天爷显灵了,没让庄稼人有任何精神准备就下起雨来。全村的人都拥出家门,让大雨浇着洗澡。男人们骂大街:“狗日的老天爷,你他妈还下呀!”妇女们则跟着老天爷一块儿哭。孩子们拿着铁锹、脸盆在街上叮叮当当乱敲,柳条庄像发生了大事变。可老天爷一点儿也不可怜庄稼人,挤了几滴眼泪就赶紧收住了。雨刚停就在南天上挂起一道彩虹,我觉得像蜡笔画,红黄蓝三种颜色随便一抹,就成了一座彩桥。可大人们却蔫头耷拉脑袋。我纳闷,这么好的彩虹,为什么大人们不喜欢?奶奶给我说了句顺口溜:“东虹云彩西虹雨,南虹出来卖儿女。”完了,看来我要让大人们给卖了。

有一天,全家人正有滋有味儿地喝着红薯粥,父亲突然宣布这是最后一次吃粮食了,以后只有野菜吃。我问:“为什么吃野菜?”父亲说:“因为毛主席都不吃肉了。”我不再问了,连毛主席都不吃肉了,还能问吗?爷爷喝完最后一口粥,在碗边上深深地舔了一口,叹了口气对奶奶说:“让老二儿回来吧,挣那俩钱儿有啥用?”奶奶说:“等等吧,这饥荒说熬就熬过去了。”那时候我还小,不知道奶奶为什么不同意让叔叔回来。后来我大点儿了,才知道奶奶偏心眼儿。当时往家揪父亲的时候,是奶奶下的圣旨,逾期不回,她就要跑到天津卫,亲手牵着耳朵把父亲揪回来,让他在家里顶天立地,让他跟家里人同舟共济。我记得父亲当时还深明大义地说了一句:“让老二儿回来干吗?不就是多一个人跟着挨饿吗?”父亲的话等于挽救了叔叔和他们一家的命运,如果他重蹈父亲的覆辙,就没有了他们一家在天津卫落户的好日子。当然这是后话。

好久没吃上饼子和咸菜了,一天三顿都是野菜粥,有时粥里有点玉米面,焦黄的玉米面漂在菜叶上,就像天上的星星一样稀稀拉拉。再后来玉米面也没有了,清一色的菜粥。时间一长,我的嘴开始干裂,紧接着就拉稀,一天蹿好多次,全身只剩下一副骨头架子。环姐和强哥十四五岁,正是装饭量的时候,他们每天要跑五六里路上学,又饿又累,一到吃饭的时候就哭。后来环姐病了,实际上就是饿的,全家人都急得团团转,奶奶、婶子就知道哭。而真正着急上火的是父亲,他在家是顶梁柱,全家人生死冷暖安危都系在他心上。父亲实在没什么办法了,后来他终于下决心用铤而走险来挽救环姐的生命。前不久,上级赈济下来一批豆饼和甜疙瘩丝,由大队分到小队,可大队书记不让分到单户,说这是有政治影响的。因为前天公社刚派人总结了柳条庄大队“大灾促大干,大干不减产”的经验,经逐级上报,专区的报纸在头条位置上登了柳条庄大队的经验。柳条庄一下子红得发紫,大队书记几次戴着光荣花去外头开会。为了证实柳条庄“大灾不减产”,大队书记作出指示谁也不许擅自动用和分发赈灾物资。父亲亲耳聆听了书记的话,知道这番话的分量。不论是身为一名党员还是身为一名生产队长,他对上级的指示可以说是唯命是从,在公与私、个人与集体的利益上,父亲向来是以大局为重,以集体为重的。但是,在环姐即将被饿死的情况下,父亲心理失衡了。他决定不惜用自己的政治生命去换取侄女的自然生命。

父亲毕竟是父亲,虽说是铤而走险,他还是很讲究策略的。上级给的赈灾物资放在生产队的仓库里,两把锁的钥匙,分别由他和保管员刘爷掌着。他找到刘爷说打开仓库救救我侄女的命。刘爷说:“书记有指示,这你是知道的。”父亲说:“我知道,可我顾不上这么多了,我侄女快死了。”说着,父亲掏出一个金耳坠子递给刘爷说,“等于我提前领了侄女那一份,到时候扣下就行了。我拿这个金耳坠子做抵押还不行吗?”那个金耳坠子是天津卫笼屉店老板在我父亲成亲时送给他的,父亲一直压在箱子底下,今天万不得已把看家的宝贝拿了出来。刘爷大概被父亲的精神所打动,毅然打开仓库。父亲还和刘爷拉钩,天知地知,你知我知。

环姐的病一天天好起来,她又背起书包上学了。她哪里知道,父亲为救她的性命几乎遭了灭顶之灾。

刘爷很快把父亲私自往家拿赈灾物资的事报告给了支书。支书大怒,让父亲挂着用绳子穿起的甜疙瘩丝和豆饼游街。父亲筛着锣,走一步,敲一下,喊一声:“我偷拿生产队的赈灾物资,我不是人,大伙儿别跟我学!”村里的人都拥出家门,少气无力地哄看往日风风光光如今却凄凄惨惨的父亲。有人呼口号,有人骂大街,有人往父亲脸上吐痰,有人则声泪俱下愤怒声讨:“当队长的这么自私,我们快饿死了没人管,他们家偷着吃独食!”有人则为父亲惋惜:“挺好的一个人,这是何苦呢?”

游完街,斗争完,大队党支部作出决定:撤销父亲第三生产队队长职务,鉴于父亲算盘打得好,念其过去有功,又是初犯,仍保留生产队会计职务。

七

在我的软硬兼施下,刘爷在大年三十的前夜送来了一百元钱,还说这不算结账的钱,先把年过去再说。

我有一种初战告捷的成就感。

父亲执意不接,又骂我狼心狗肺黑了心肝。

父亲光骂大街不能动弹,钱让我给收了。我又问刘爷:“那么,第二个条件呢?”

刘爷犹豫半天才说:“第二个条件……噢,赔礼道歉。好,那我代表全家赔礼吧。我们做得不够,对不住了。”

我说:“对,这些话提前说了好,再见面,就光剩下拜年了。”

父亲继续骂我三七赶集四六不懂,一瓶子不满半瓶子晃荡,当兵出去两天半,脚丫子就不想在鞋里了。

为这事儿,父亲一直骂到我大年三十。

五年没在家过春节了,我很怀念老家过年的风俗习惯。在部队过年的时候最想家,也曾端着饺子落过泪,不是想家乡过年的好吃好喝,而是想老家过年时的热闹气氛。

今年我们这个家无论如何也热闹不起来。

街坊邻居鞭炮响了。全村的鞭炮都响了。弟弟们爬起来穿新衣服,我却懒得动。娘看看窗户外边的灯火,说:“老大,起吧,一会儿人家该来拜年了。”

按老家的风俗,大年初一早晨,女人不做饭,这是对女人一年三百六十五天围着锅台转的犒赏。往年,父亲老早起床点火煮饺子烧纸上供了,今年娘只好继续重操旧业。我想起了这个规矩,拦住娘,让娘照常享受妇女的合法权益,我要顶替父亲完成男人的使命。娘却说:“你不行。”我说:“娘,你就瞧好了。”娘说:“大年初一,说话要讲规矩。”我吐了一下舌头。娘说完就去梳妆打扮了,这是她一年中最有权利讲究的一天。

水烧开了,我把饺子下在了锅里。毕竟是多年没拉风箱了,使劲“呱嗒”半天,饺子怎么也漂不上来。我拿烧火棍在灶火坑里乱捅,结果越捅火越小,眼看着就灭了,我赶紧向娘求援。娘一看,急眼了,看在大年初一的面子上,才没拿烧火棍抽我,她重新把火烧旺,可饺子早烂成了一锅粥。我十分歉疚地把饺子盛在碗里,弟弟们见饺子煮成这样,可能因为大年初一不让随便说不吉利的话,他们对着满碗名为饺子实为面片的年饭发愣。

父亲在关键时刻表现出了父亲的大度,说了声:“碎碎平安,碎碎平安。”端起饺子带头吃起来。

我说:“慢着,爹,我们还没给你磕头呢。”

父亲说:“算啦。我又起不来。”

我说:“爹,先把碗放下。娘,你上炕把我爹的脑袋往上抬着点,让他对着我们,就算接受我们磕头了。”

我和弟弟们按大小顺序排开,从我开始,叫声:“爹,我给你拜年啦。”跪下就磕,磕完又给娘磕。等我们弟兄四个依次磕完,父亲和娘都背过脸去擦泪。因为这毕竟是个不寻常的年。

八

大旱灾持续了三年,后来被人们称为三年自然灾害。

父亲被撤职以后,刘爷荣升为第三生产队队长。作为会计,父亲在队长领导之下开展工作,彼此之间的恩恩怨怨也就随之拉开了序幕。刘爷阴坏,不断给父亲出难题。父亲处处谨小慎微,几乎是夹着尾巴做人,想方设法不让刘爷抓住什么把柄。另外父亲在柳条庄毕竟还有一定的威望,人们很快原谅了他,重新记起父亲的种种好处。后来刘爷因为半夜三更敲寡妇家的门,倒是被赶下台了。想起与刘爷搭档的日子,父亲深有感触地说:“因为有刘爷的明察暗访,我一点儿错误也不敢犯,几乎成完人了。从这一点儿上,我应该感谢刘爷才是。”

天荒的第三年,挺不住饿的人就撒手归天了。一千多口人的柳条庄饿死了四十多口。就是这样,老天爷还舍不得发慈悲,死活不下雨,把庄稼人往绝路上逼。

环姐经过那场病,落下个心慌气短的病根儿。每天上桌子,全家人都紧着她吃头一口,不然她就发昏。一天晚上,环姐又昏过去了,怎么也摇不醒。奶奶和婶子都吓傻了,父亲背起环姐就往公社卫生院跑。爷爷、奶奶、婶子、强哥在后边紧跟着。六里路,父亲跑了十几分钟就到了。医生说,再晚上半小时,病人可能就没命了。

全家人喘了一口大气。这事儿没过几天,叔叔从天津回来了。

叔叔的到来令我毕生难忘。叔叔带来了天津卫的糖果、面包和挂面。在那么饥荒的年代,吃上这么好的东西,全柳条庄没第二家。叔叔这次回来显得特别大方,不光有吃的,还有穿的。他给我们分衣服,说是女儿和侄女、儿子和侄子一样的标准。我分到的是一件上面印着小花狗儿的背心,强哥和我的一模一样,就是号大了一点儿。姐和环姐分的是花衬衣。姐高兴极了,我也欢喜惨了,穿在身上不顾娘连扯带骂撒了丫子往街上跑。没别的意思,我要让柳条庄人看看,我有一个带小狗儿的花背心,有一个把侄子和儿子一样待遇的好叔叔。但没几天我发现强哥穿上了新凉鞋,姐也发现环姐穿了新袜子;还有,每人分了十颗糖块儿,我们早吃完了,可环姐、强哥嘴里老是含着,有时还“咯嘣咯嘣”地嚼,见了我们就赶紧停下。我不明白,不是一样的待遇吗?大人难道说话不算话?我长大成人以后才明白一尺与一寸的关系,我真傻!儿子就是儿子,侄子就是侄子,怎么能一样呢?受了卖糖公公骗,至今不信口甜人。天长日久,我也交了一些朋友,酒桌上朋友拍着胸脯喷着唾沫星子说:“咱俩谁跟谁呀,你的事儿就是我的事儿。”我都付之一笑,很少拿着当真。

叔叔在家住了一个礼拜,就交代婶子收拾他们一家所有的东西。我不明白是怎么回事儿。娘告诉我,叔叔一家马上就要搬到天津去了。难怪环姐、强哥老抿着嘴乐,原来他们要去住高楼大厦。我跟娘说,我也要去住高楼大厦。娘拍拍我的脑袋说:“等你长了能耐吧。”我说:“环姐、强哥他们有什么能耐?”娘又摸摸我的头,没回答我的话。

叔叔一家离开柳条庄的日子一天天逼近了,我突然间感到有一种莫名的委屈和失落,一下子感到这个家从今以后再也没什么好光景了,叔叔再也不背着小包每年回来一趟,我们家再也没有工人阶级的荣耀了。环姐、强哥再也不回柳条庄了。从此天各一方,他们在城里过着楼上楼下电灯电话的阔日子,我们还得在柳条庄这鬼地方挨饿受饥。

叔叔走的头天晚上,我们全家人像开会一样地集中在爷爷奶奶屋里。一盏小油灯闪着豆粒一样大的亮光,把每个人的影子投在墙上晃来晃去,像演电影一样。叔叔靠在炕上,正和父亲对面,哥儿俩对了好几次眼神,叔叔才开腔:“哥,我这一走,家里老人就全靠你了。”叔叔停顿了一下,又说,“家里正闹饥荒,等我回去寄点儿钱来。”父亲说:“你们在外头安家也需要钱。别人家能过,咱也能过。”叔叔犹豫了一会儿说:“哥,有句话我说在前头,等我退休以后,我和环她娘打算搬回来住……”叔叔没把话说完就停住了,聪明的父亲马上把话接过来:“你放心吧,老二儿。你什么时候回来,保证什么时候有你的房子住。”这工夫,爷爷说话了:“咱又没分家,等我们死了,你们愿怎么住就怎么住。”奶奶一听不高兴了,狠挖了爷爷一眼说:“树高千丈,落叶归根。老二儿一家将来回来怎么也得有个落脚的地方吧?我做主了,这老宅归老二儿。等条件好了,老大出去另盖房。”父亲赶紧接过来说:“我也是这么盘算的。”娘这时插了一句:“老宅宽绰结实,给他叔留着可以。可俺要出去盖房的话,他叔叔添钱不?”父亲瞪了娘一眼:“这儿没你的话说,一边待着去!”爷爷说:“老大家里说得也在理。”奶奶一下子把脸耷拉下来了:“拿钱不拿钱也是我说了算!我不是还没断气儿吗?”

娘把头扭过去小嘟哝道:“那还商量什么?”一见奶奶要生气,父亲抬起腿来给了娘一脚:“滚!滚出去!”我冲着父亲吐了口痰,跟着娘出去了。

我一觉醒来,叔叔一家早走了。我哭着要强哥,因为他答应要把小人书送给我。那本小人书是打仗的,强哥总一个人偷着看。昨天他收拾东西的时候,我央求他把小人书借我看。他说,等明天那本打仗的小人书就是我的了,我可以天天看小人书了。

娘告诉我,强哥把那本小人书送别人了。

我一听傻了:强哥怎么这么不守信用?

我上三年级的时候,以买作业本为名跟奶奶要了一毛钱,买了那本叫作《平原枪声》的小人书,和强哥的一模一样。那本小人书,我谁也没借给看过,一直到当兵带到部队。

九

正月初二,部队拍来电报:见电速归。那一天离我的假到期还差十九天。什么急事,大年初二电报就来了!打仗?救灾?还是什么突发事件需要部队紧急出动?

我捏着电报迟迟不敢回家,我不知道到家该怎么对父亲说,不知道该怎么拔出腿去离开这个家。不用怀疑,深明大义的父亲一定支持我立即归队。但我心里无论如何也平静不下来:离家五年没进过家门,这五年父亲带领这个家是怎么熬过来的?这五年有多少风风雨雨磕磕绊绊的事儿?虽然父亲只字未提,我却意识得到,想象得出。我暗自下决心,回到部队干到年底一定走人。

等我到家一看,傻了。娘早把我的行囊准备好,包括我的毛巾牙刷什么的都装在饭包里,就等着我左肩右斜背着它们上路了。我突然眼睛一阵涨潮。

父亲催促说:“趁早走吧,还有一趟班车进城。”

我说:“你们怎么知道部队催我回去?”

娘说:“大喇叭里广播说有你的电报,你爹和我就猜着了。”

我说:“可我……我怎么走得开呢?”

父亲急了:“怎么? 还想守我一辈子啊?”

娘说:“老大,你爹这伤一天半天的好不了,你再多守上十天八天也是那么回事儿。现在你爹回到家了,我能在跟前伺候,省得麻烦人家外人了。咳,就这么慢慢养呗。”娘说得很平静,却背过脸去擦泪。在娘背脸的那一瞬间,我揣摩到她日后的艰难。

我是一个男子汉,我是一名中国人民解放军战士,我不能给这个家庭留下太多的悲伤,我应该给这个家庭以力量和希望。

我出了屋,大声招呼三个弟弟:“你们过来,大哥给你们开会!”

大弟十五岁,二弟十三岁,小弟六岁。三个小家伙儿一听说我要给他们开会,像初一早晨给爹娘拜年一样,齐刷刷地按序列站在我面前,听候我的发落。

我站得笔直,拿着连长给全连官兵点名的架势,严肃认真地说:“大哥就要回部队了,临走前我要给你们上上课。都给我好好听着! 现在咱们这个家是什么光景,你们也都看见了。我不在家,你们应该多替爹娘分忧,在学校好好读书,回到家好好干活儿。能不能做到?”

“能。”弟弟们回答。

“不够响亮,再来一次。能不能做到?”我大声说。“能!”弟弟们这回把嗓门儿放开了。

“好,如果你们谁惹爹娘生了气,我回来收拾你们,听见了没有?”我又敲打他们。

“听见了!”

我回到屋里,准备临走前跟父亲说几句离别的话,可我在父亲跟前待了半天,怎么也找不出一句合适的话。

父亲说:“走吧,到了部队就给家写信。”

我没说话。

父亲说:“只要部队没撵就别要求回来。要是为了我耽误了前程,说明你小子没出息。”

我无言,正正帽檐,给父亲敬了一个军礼。

我出了屋,想回去再看一眼父亲,把心里要说的话说了,可我没了勇气,也不知道说什么好。

弟弟们给我提着东西送我。走到窗台底下,我又停下了。犹豫了一会儿,我禁不住隔着玻璃向屋里看去。我看见,父亲抬着头,瞪着眼睛向窗外看着。我们俩的目光通过玻璃碰在一起,父亲向我招了招手,就躺下了。我没看清父亲的表情,他扯过被子,把脸盖上了。

十

到了1963年,旱灾总算过去了。这年上半年基本上是风调雨顺,庄稼人收了一季三年没收过的小麦,狠吃了一阵子多年没吃过的白面馒头。麦收以后又下了一场透雨,秋收作物没费多大劲就种上了,老天爷终于不跟庄稼人作对了。

这一年,父亲的政治命运也有了转机。上级经过调查核实,认为对父亲偷拿赈灾物资的事件处理得过重了。三月,大队支书过世,公社党委根据父亲的德才表现,决定任命父亲为柳条庄大队党支部书记。和共产党同年同月同日诞生的父亲居然说自己干不了。但公社书记的意见是:干得了得干,干不了也得干。就这样,一不小心,父亲成了柳条庄的一号人物。

这年八月,突然大风暴雨几天几夜连续不断。电闪雷鸣中,大沟小河满了,庄稼地里满了,大街小巷满了,家家房子漏雨。半个多月了,柳条庄人没见过太阳是什么模样儿。庄稼人开始害怕了:莫非老天漏了?

父亲从公社开会回来说:“上边分洪了,大水就要到了,赶快转移。”我问:“什么叫分洪?”父亲说:“滹沱河的水和北大堤平了,再不泄出来一部分就要淹天津淹北京了。”我问:“淹了我们就可以保住强哥家的高楼大厦吗?”父亲不耐烦了:“小祖宗,别问了,就是那么个理儿。”父亲对娘说:“别傻了,快收拾东西准备转移吧。”娘慌了手脚:“往哪转移?”父亲说:“百草山呗。”父亲扔下这句话就走了,直到我们上山,也没见着他的人影。

父亲穿着雨衣提着灯笼,到大队部召集各小队队长开会,要求各生产队在天亮之前必须把所有的人都转移上山。这是关系到柳条庄一千二百口人性命的大问题。有的队长问,有人不走怎么办? 父亲说:“两个办法。一个是磕头作揖,一个是拳打脚踢。拖也把人拖上山。”

村里有三户五保户,两个老头儿一个老太太,都快八十岁了。无论父亲怎么动员,他们死活不上山。他们有的说,哪来的那么大水,说得邪乎。有的说,我都这么大岁数了,活了今儿个没明儿个,折腾什么?死在外边还不如死在家里呢。父亲一激动给他们跪下了:“快上山吧,不上山咱就一块儿死在这啦!”两个老头被父亲感化了,收拾收拾上了山。可老太太不管那一套,就是坐在炕头儿上不动弹。没办法,父亲抱起她就出门,然后命令两个壮劳力把老太太背走。

父亲光在外边忙了,指挥我们家转移的是爷爷。爷爷那时身子骨儿还挺硬朗。他说他年轻的时候遇到过这事儿,甭惊慌,有百草山在,就能保住性命。爷爷让我们把衣服带齐,把粮食装走,其他东西就等着让大水泡了。娘有些惊慌,在柜里乱翻,说有些东西是父亲放的,可父亲这会儿不知道在谁家。爷爷说,一千多口子人都等着他转移,别指望他了。

爷爷带着我们开始转移了,我死死地扯着娘的衣角一点也不敢松。村子里乱了,大雨在下,人们在嚷,牲口在叫,村里村外黑压压、乱哄哄,我平生第一次尝到了逃荒落难的滋味儿。

我们随着人流走,后边不住地有人赶:“快走,快走!”洪水已经到东韦庄了。东韦庄离柳条庄不到十里路,还有人说已经看见水头儿了。人们经不住吓唬,战战兢兢地加快了步子。这时我多么想看见父亲,这个时候我多么需要父亲,只要他在我身边,心里就踏实多了。他在哪儿呢?

村里人陆陆续续上了山,三五家挤在一个窝棚里过夜。第一次和这么多人在一起睡觉,我怎么也睡不着,娘紧紧地挨着我,但我还是害怕,我问娘:“爹为什么不回家?”娘说:“你爹有你爹的事儿,办完了就回来。”我又说:“人家的爹可都在家呢。”娘说:“你爹是官儿,当官儿就得为别人操心。”我不再问娘了,我觉得父亲能为那么多人操心真了不起,父亲是伟大的操心父亲。

天亮了,洪水没有来,柳条庄遥遥在望。

山上的人又乱起来,有人开始骂大街:“村干部净他妈吓唬人,哪来的他妈的大水?”有人说:“我家门没锁。”有人说:“我家的猪还没弄上山呢。”人们嚷嚷着,又开始下山。父亲急了,喊:“洪水一会儿就到,下山就没命了,都给我回来!”但是有好多人不听话,愣往山下跑。父亲破口大骂:“我操你祖宗!你们他妈不要命啦!”骂完追着社员下山。我大声嚷:“爹!爹!”父亲头也不回,追着人下了山。

下山的人终于被村干部逮回来了。这工夫,远处传来轰轰隆隆的声音,就像过火车一样,在山上已经看见水头了。大水来了!

大水肆虐地扑过来,浊浪滔天,激流凶险,像万人擂鼓,猛虎下山。柳条庄眨眼间被水包围,一片片房屋在浪涛中扑通倒下,溅起一个个混浊的浪柱,没来得及牵走的牲畜家禽在嚎叫中丧生。一顿饭的工夫,柳条庄的房子都倒光了,分不清哪是村庄哪是田地,分不清哪是洪水哪是苍天。天地浑然,汪洋一片。

柳条庄人站在百草山上,眼看着家园被洪水毁于一旦,高叫着,完啦,完啦!全完啦!

十一

我几乎是丧魂落魄地回到部队。那天是正月初四,部队还放年假,机关没人上班,营院是静悄悄的,根本没有执行紧急任务的迹象。我心里不由得骂道:谁他妈这么惊惊乍乍的,害得我大年初二扔下重伤卧床的老爹往回颠?团政治处刘副主任看见我说:“你真是傻蛋,没好事儿我能催你吗?”他告诉我,四月份有一批直接提干的指标,这是最后的一批了。但要通过文化考核,像考状元一样。因为你表现突出,我们已经给你报名填表了。

我感激地握住了刘副主任的手。在这一点我极像父亲,是个“滴水之恩,涌泉相报”的人。刘副主任笑着说:“别再涌泉了,那不他妈把我淹死啊。好好复习吧,还有俩多月的时间。”

第二天我就去了师教导队,发现教导队春节根本就没放假,为考状元,这些野心勃勃的家伙都成了拼命三郎。我曾下决心不在部队干了,回家为父亲分忧,让父亲安度晚年。现在一看这阵势,再加上离家时父亲有嘱咐:“只要部队不撵,就别回来。”我心又热了,血又涌动起来,人生难得一搏。沙锅子捣蒜——最后一锤子买卖,拼了!不为别的,就为父亲!父亲这辈子太委屈太不易太窝囊也太悲哀了。父亲在家里用人的时候打发我出来当兵,又在他身负重伤的情况下支持我继续服役,就是指望我长出息,指望我为他争脸。

决心下了,可操作起来并不容易。我在学校里除了语文成绩拔尖以外,其他各科都松松垮垮。本身就没学到什么东西,又扔了这么多年,再加上为爷爷奔丧为父亲治伤耽误了这么长时间,我要比别人多付出几倍的努力。这几年因为搞军民共建,我和县城二中的老师们关系比较好,便让他们给我开小灶儿,走捷径。

二中的高老师每年都给学校出高考模拟题,每次都押中一大部分题。临考试的前一天,高老师帮我出好了模拟题。说,答案在上边,你拿去背吧。我接过来溜了一眼,极其颤抖地捏住高老师的手。

考试那天是四月二十一号,我一辈子甚至下一辈子也忘不了这个刻骨铭心的日子。在入考场之前,我在台历上胡乱诌了一首诗:今日上考场,心情莫乱慌。舍得命来考,急得状元郎。一共考五门,两天半考完。语文、政治是我的强项,答得轻松自如。数理化是我的弱项,幸运的是这几门分数多的大题都让高老师给押住了。最后一门考完,我走出考场,长长地呼出一口气。不知为什么,我突然在胸中喊了一声:“爹!”

我想急着给父亲写封信,让躺在炕上不能动弹的父亲分享我的成功。可冷静一想,还是再忍一忍吧。现在才哪儿到哪儿啊?不光没给父亲写信,我还假装特冷静,每天坚持提前半小时上班,跟新兵争着打水、拖地板、擦桌子、夹报纸,再就是天天往连队跑,回来就加班写稿子,军区小报隔三差五就有我的大名。有人问我考得怎么样,我不以为然地说,一般化吧。我跟刘副主任说了实话。刘副主任点了我脑袋一指头,说:“你小子,行。像你爹!”我在刘副主任面前,经常提起父亲。

录取分数线在我们忐忑不安的期待中终于下来了。我报考的司务长专业分数线是 370 分,我超过了 28.5 分,硬邦邦,响当当,这下我把心放在肚子里了。

得知分数线的当天晚上,我请刘副主任和高老师在我常去的小饭馆里喝了个酩酊大醉。我说遇到他们是我命好,我代表我爹向他们敬酒。最后是刘副主任和高老师把我搀回宿舍的。

那张步兵第28团干令字第23号的文件终于发下来了，在第2页的最后一行我找到了自己的名字。白纸黑字，油印的，清清楚楚地写着，我任步兵第28团一营二连司务长。这张命令就是命运的判决书。有了这张命令，我的职务可以由战士变成干部；我的津贴可以变成工资，金额可以由十五元变成五十二元……我除了可以让父亲认为他的大儿子“长出息”了以外，还能够在经济上更多的帮父亲一把了。

这回我可以踏踏实实地给父亲写信了，我把我考试前后的酸甜苦辣起承转合在信里宣泄得痛快淋漓。我完全可以想象，躺在炕上不能动弹的父亲，读着我这封长达十六页的信，该是怎样的老泪纵横？

十二

洪水围困着柳条庄，死赖着不退。实际上能判断柳条庄方位的只有那座据说是隋朝年间留下的六合木塔了，而塔也只露着一个尖顶。那个尖顶像海洋里的航标，极其庄严地证明着柳条庄的存在。

百草山上，呜咽一片，男女老少对着那个塔尖发出撕肝裂胆的哭号。

百草山救了柳条庄人的命，也救了所有性命的命。

我记得，百草山的每一个树枝上都挂满了蛇，红红绿绿，晃晃悠悠，怪吓人。以往我们在百草山上见了蛇，人少的时候，就吓得跑。人多的时候，就众志成城把它打死，因为那东西长得太难看，太让人毛骨悚然了。可现在这么多蛇挂在树上，一不小心，就会掉在人身上，但却没人搭理它们。还有，山上的一些动物都跑出来了，有兔子、老鼠、刺猬、獾儿等等。它们一个个都很老实，跟人一样，聚集在一起，谁也不敢动弹，目光呆滞地望着山下的大水。我看见，有的动物眼角上还有泪水。它们也会哭，它们也哭了。

一天晚上，我正睡着觉，忽然觉得身子底下软乎乎冰冰凉，我用手一摸，吓死了，是条蛇。我哇的一声哭了，娘惊醒，打开手电一看，一条又粗又长的大蛇偎在我身子底下，睡得正香。娘很快镇静下来，把我搂在怀里。我哭着说：“快，快把它打死。”娘却说:“它也是一条性命,大水来啦,它也得求活路呀。”娘把我放下,拿起身边的一根木棍子,把蛇轻轻地挑走了。我没想到娘有这么大胆儿,也不知道娘善良到这种程度。我突然发现娘也很伟大。

大水迟迟不退,柳条庄人开始了在百草山上大家庭野人般的生活。上山前各家的粮食都抢救出来了一部分,可山上因为雨水连绵生不着火,做不成饭,人们只好吃麦粒豆粒儿。再因为喝不上开水,跑肚的跑肚,窜稀的窜稀,不少人都趴下了。

父亲作为柳条庄的最高统帅,他也是跑肚拉稀的带头人。但父亲不愧是父亲,他拄着拐杖穿着雨衣到各帐篷里转,反复宣传:“坚持住,上级会派人来支援我们的,毛主席不会看着柳条庄人死在百草山上。”

有人骂父亲:“别他妈硬撑着叫好,淹了这么多村子,上级哪顾得过来!”

还有人埋怨:“我们是为保北京、保天津挨的淹,可谁来保我们?”

人们正乱嚷嚷着,忽然远处传来飞机的声音。因为雨天雾大,看不见飞机在什么地方,却听着声音很响。

父亲大声喊:“有手电的举起来,有红衣裳的举起来!快!毛主席派飞机来啦!”

跑肚拉稀的柳条庄人都兴奋地爬起来,一起晃着衣服朝天上喊:“俺们在这儿,俺们快淹死啦!”

飞机向下俯冲,几乎是在柳条庄人头顶上掠过,又飞走了。

柳条庄人对着飞机大骂起来:“操你娘,飞机!飞机!狗日的!”

父亲说:“大伙儿别嚷。飞机肯定是来侦察的,回去给我们搬吃的喝的去了。”

父亲的判断果然准确。两架直升飞机又出现在百草山顶上,柳条庄人又嗷嗷叫了起来。这回飞机没让柳条庄人失望,投下了一个个大麻袋。紧接着直升机的门打开了。一个解放军拿着喇叭喊话:“乡亲们,我们是毛主席派来给你们送慰问品的。给你们投下的大饼,还有周总理亲自烙的呢。”

“毛主席万岁!周总理万岁!”柳条庄人对着飞机扯着嗓子狂呼乱喊。

柳条庄人义无反顾地扑向一个又一个的大麻袋,饥饿的人们不分男女老少,不分壮劳力还是弱寡妇,都像猎手碰到猎物一样奋不顾身地扑上去。人们七手八脚牙咬手撕地把麻袋弄开,掏出大饼往嘴里塞,往怀里揣,往帐篷里拿。

父亲到制高点上大喊:“大伙儿别乱。一会儿飞机还来,大饼有的是。”但人们不听父亲那一套,还是前仆后继地扑向大饼。

飞机把好多东西投在了水里。父亲组织一些吃饱大饼的人去抢救,大家把被水泡湿的东西捞上来。父亲让人把它们搬进帐篷,摊开晾着,派专人看管。

飞机每天都来一次,投下衣服、救生圈、粮食、药品。吃饱喝足的柳条庄人躺在山坡上,让雨水淋着,拍着肚皮伸着大拇指对天号叫:“狗日的老天爷!你下吧。有毛主席给我们撑腰,老子不怕你!”

雨下腻了,太阳磨磨蹭蹭地出来了,洪水不情愿地退了,柳条庄露出来了。然而让人看到的只是一片淤泥和砖头瓦块,没有一间房子是戳着的,没有一棵树是站着的。只有那座六合木塔经过洪水洗礼后,仍然顽强地屹立着。

人们踩着泥水回来了。一个个柳条庄人傻瞪着眼,谁也找不到自己的家。在父亲的召集下,人们集合在六合木塔下,以此为参照物来判断自己家的方位。

八月的太阳很火爆,没几天就把地上的雨水吸干了。这一天,柳条庄开来了有史以来的第一辆轿车,后边跟着一溜大卡车,上边载着满满的物资。

轿车上下来一个大官儿,下车就问:“支书在哪里?”

父亲跑到大官儿跟前,激动地说:“我是。”

大官儿上前握住父亲的手说:“柳条庄死了多少人?”

父亲说:“一个没死。”

大官儿感动地说:“闹这么大的水,你们村儿一个人没死,你这书记有功。”

父亲赶紧说:“不!是社会主义好,要是在旧社会,柳条庄早就家破人亡了。”

大官儿握住父亲的手不放,说:“这次水灾,让乡亲们受苦了。”

父亲说:“这是天灾人祸,谁赶上也没治。这要是淹了天津、北京,国家损失就更大了。”

大官儿拍了拍父亲的肩膀感慨地说:“你是个好党员、好干部!”

大官儿在父亲的陪同下围着村子里转了一圈。柳条庄人正含着眼泪清理自己家的破瓦烂罐儿,寻找还能够用的东西。能捡的捡起来,能竖的竖起来,能撑的撑起来,为自己建构一个能遮风挡雨的家园。

大官儿走到一个正在扒柴火的老太太面前,蹲下来问:“大娘,大水把你家冲了,你不向国家要慰问物资吗?”

大娘看了大官儿一眼,慢声慢气地说:“大饼也给了,衣裳也给了,还让国家怎么救济?这么大的灾,光指望国家不行,自个儿得干。”

大官儿双手握住老太太的手,眼泪扑噜噜往下掉。

大官儿回过头来对父亲说:“柳条庄人真好,中国老百姓真好!”

父亲说:“庄稼人没文化,不会说舍小家顾大家的话。”

大官儿说:“这话更实在,更有分量!”

父亲开始带着全村的人卸车。车上有粮食、衣服、竹竿儿、檩条儿、帐篷、苇箔、绳子、铁丝、塑料布等东西。上级为柳条庄人想得很周到,盖房建屋,居家过日子的东西,差不多都有了。面对大灾后国家的支援,柳条庄人奇异地变得冷静而有秩序。东西卸下来以后,谁也不往家拿一件,老老实实地等着分配。

一场大水,把柳条庄人从里到外冲洗了一遍,房子倒了,人却站得更直了。

父亲召集支委们在六合木塔下开会。父亲郑重地提出:各家的简易房子尽快搭起来,早点儿下地生产。洪水给柳条庄的沟沟坑坑里留下了不少鱼,各小队首先组织人力抓鱼。秋庄稼毁了,各队赶紧种白菜,种小麦,明年争取大丰收。

父亲最后向大家说:“这次咱柳条庄虽然损失惨重,但谁也不能光伸手等国家救济。庄稼人就是种地吃饭,有人在,有地种,庄稼人就饿不死。咱柳条庄当年讨饭出了名儿,这次绝对不能出一个讨饭的,不能给国家丢脸!都给我老实实地干活儿!”

父亲又说:“要讨的话,我替你们去!”

父亲的话掷地有声,支委们都表示不给国家增加负担。父亲纠正说:“要为国家分忧,就像你为你爹分忧一样。”

十三

我承认我有点儿小心眼儿,不如父亲宽宏大量。父亲常用朱柏庐的治家格言教训我:轻听发言,安知非人之谮诉,当忍耐三思。因事相争,焉知非我之不是,须平心而想。无论父亲如何从理论上批判我和在行动中影响我,我还是树立不起那么崇高的境界。在别人提干我却面临冻结时,我曾满怀怨言,以后,我又过多地考虑过在职务上的进步。凭着我的为人、肯干和才气,很得领导赏识。从机关到连队,又从连队到机关,平均不到两年调一职。当兵的第八个年头儿,也就是我二十六岁那年,已经是不大不小的副教导员了。可比我早提干两年的老乡,大部分还是正连或者副连,这使我沾沾自喜,以至招来父亲总是批评我成不了大气候。让我心花怒放的是,这几年几乎是一帆风顺好戏连台,当上副教导员没多久,师长的女儿、女军医燕看上了我。燕向我表露心迹的当天晚上,我就迫不及待地给父亲写信。写了燕多么多么高贵,多么多么貌美,多么多么有才。父亲很快就回信了,开头就引用了《朱子家训》的警句:"婢女妾娇,非闺房之福。童仆勿用俊美,妻妾且忌艳妆……娶妻求书女淑,勿计厚奁。"还说了"女子无才便是德""门不当户不对""家有贤妻,男人出息""娶妻取德,纳妾取色"之类的中国传统话。我认为父亲走入误区了。如果不是言语和志趣相投,仅因为燕的出身背景,我绝对不会相中她。因为,我压根儿就不是那种攀龙附凤拉靠山往上爬的人。

我决定把燕带回老家去,让父亲看看燕是不是他理想中的儿媳。

燕的灵秀漂亮与朴实大方,很快赢得了父母的欣赏和宠爱。父亲不再念叨"婢美妾娇,非闺房之福"的古训,倒是接二连三地说:"不是一家人,不进一家门。缘分,缘分啊!"父亲年轻的时候走过南闯过北,定也见过比娘美得多的女人,所以见了燕并没有像别人表现出的惊讶,也没有因门第差别而表现出来自卑与矜持。这些都出乎燕的意料,她偷偷对我说,你父亲了不起。父亲大概还是有点骄傲,天黑之前让我领着燕到白家族的各家转转。按说这是常识性的礼节,但由于燕的身份和相貌,在柳条庄却成了兴师动众的壮举。所到之处都招来夸说不休。

这次回家意外的是竟撞上了叔叔。我六岁那年叔叔一家搬到天津,从此以后他再也没回过老家。包括爷爷去世三封电报也没催回来,以后甚至连信也不通了。怎么说回来就回来呢？我隐约感到叔叔这次柳条庄之行大有文章,一定是不虚此行的家乡之旅。

果然不出我之所料,叔叔这次回老家是来卖房的。我纳闷儿,叔叔一家在天津生活得不错,还等着花这两间土坯房的钱？原先叔叔不是说,等退休以后回来住吗,怎么又卖房？

按道理说,柳条庄应该没有叔叔的房了。奶奶曾许诺老宅归叔叔,可那年闹大水,房子早冲倒了。恢复家园时在老宅基上盖了三间土坯房,等后来条件好一些了,我们出去另盖了砖房,老宅让爷爷奶奶住。等爷爷奶奶去世以后,那房子空了,父亲只是在里面放一些柴草。柳条庄人都知道那是爷爷奶奶的故居,是专门供人凭吊的。这么多年,父亲不间断地修修补补,使房子基本上保持了原貌。

叔叔也被燕征服了。他连连说我们白家族可从来没娶过这么有地位有品貌的媳妇儿,我听了很得意。这证明燕比我那没见过面的强嫂要强得多。叔叔在口袋里抠了半天抠出来 100 块钱给燕,说是见面礼儿。燕又落落大方地塞回了叔叔的口袋。叔叔就没再掏出来。

晚上,燕去了姐姐家,我和叔叔睡在一条炕上。由于兴奋,我们爷儿俩几乎说了一夜话。叔叔说,强哥在耐火材料厂工作,是科长;强嫂是普通工人,和强哥在一个厂;环姐是纺织厂工人,姐夫在天津市政府机关工作。这么听来,他们一家确实混得还不错。但叔叔说强哥不孝顺,环姐是出了门的闺女泼出去的水指不上。山弟还是个学徒工,连自己都养活不了。他们老两口儿光靠他那点退休金,在天津的日子不好过,还说婶子得脑血栓住院借了好几千块钱,等等。这么一听,叔叔回来卖房似乎顺理成章了。我又问:“这么多年为什么不回老家,甚至连信也不写?”叔叔叹了口气说:“我斗大字不认一升,你强哥环姐又懒得写。”我没资格驳斥我那做长辈的叔叔,这也叫理由？

叔叔因为卖房和父亲伤了和气。

叔叔很伤脑筋,卖给父亲吧,兄弟之间不好砍价。要多了,心里亏;要少了呢,手里亏。卖给别人吧,这房子名义上是自己的,可盖房子的时候自己没掏一分钱,这些年又一点儿也没经管,再说,明摆着父亲这边儿四个儿子都没成家,都等着用房。这些情况,柳条庄人谁心里没数?

富有工人阶级智商的叔叔去找了刘爷。他找刘爷的理由是:一、刘爷和他的房子是邻居,他买了可以把两个院子打通连在一起;二、刘爷的大儿子做买卖发了财,买房子的钱会一次交清;三、刘爷的小儿子已经订了婚,等着盖房娶媳妇儿。

刘爷爽快地打酒炒菜款待叔叔,一开口就说:“老二儿啊,其实,我早打过这个算盘,不过我有顾虑。”刘爷担心地说,“常言说,水大漫不过桥去。你卖房,首先应该征得你哥的同意呀。”叔叔说:“我跟我哥商量了。他说房是你的,愿卖给谁就卖给谁。”刘爷说:“这房应该他是第一买主。他想要,别人争不过,也不好争。”刘爷看了看叔叔的表情,又说,“我和你哥有过节这你知道。所以,这事儿我不能主动往外伸头儿。”叔叔为难的就是这一点儿。刘爷见火候到了,给叔叔出了一个主意后连着说:“来!来!喝酒,喝酒。”

叔叔醉醺醺地回来就和父亲摊牌了:“哥,咱俩拉拉这房的事吧。我知道这房是你操持着盖的。二十多年了,也是你起早贪黑经管着。花了不少钱,操了不少心,也受了不少累。我要是不缺钱呢,就不提这事儿,可强他娘住院一下子欠下三千五百块钱的亏空……”

父亲打断了叔叔的话:“老二儿,咱兄弟之间没外人儿,有话就直说吧。你回来十几天了,一直没为房子的事说句痛快话。”

叔叔往上撩了一下眼皮,先瞅瞅房梁,然后把目光移向父亲,看样子窝在心里的话脱口而出着实不易。叔叔用手抠着脚丫子,把头低下,声音很细很慢地说:“这房卖给别人不合适;卖给你,又怕你嫌贵。我让人估算了一下,值三千五百块钱。你要的话,我让出一百来……”

一听这话。父亲噌一下子火被点起来了,那火好像一蹿就一房多高,其火势竟先把自己掀了起来。他一个踉跄栽倒在地,很快又爬起来。父亲伸出颤巍巍的手指着叔叔说:“好哇,老二儿,我想再怎么着,咱也是一个爹娘生,一个爹娘养的,两家人在一个锅里拉了那么多年马勺。没承想,你这么无情无义。三千五百块钱,我连老命卖了也不值!你跑到别处发财去吧。滚!滚!"

叔叔被父亲的暴躁吓酥了,他的小腿不由自主地打哆嗦。叔叔上前拉了一把父亲说:"哥,你别发这么大火儿,有话好说……"

父亲一屁股坐在地上,眯上眼睛,什么话也不说。

娘在一边看不下去了,她强忍着没扯开嗓门嚷:"他叔,按说你们兄弟俩说话,我这个外姓人不该跟着瞎掺和。可卖房买房这么大事儿,怎么着跟我也有关系。盖这房你一没掏钱二没出力,你这是回来了,要不你连这房的模样儿也认不上来。老人活着的时候说这房归你,合不合理,咱今儿就不说了。你现在摸摸心口窝儿想想,这三间破房值不值三千五百块钱?咱拉到大街上当着柳条庄的男男女女白话白话。你拿着这三千五百块钱硬气不硬气,手上哆嗦不哆嗦,良心上踏实不踏实?"

娘的语气虽然不那么慷慨陈词,但分量并不比父亲的轻,这是硬给叔叔逼出来的。我差点给娘鼓掌。

叔叔把脑袋耷拉下来,但脸上并不见愧色。

我以人民解放军某部副教导员而不是以侄子的身份给叔叔点一支烟,他把打火机接过去自己点着了。我说:"叔,我来点文明词儿,那房子在法律上属于你,你有权利出售和转让,为了更丰厚的利润,你有权利选择买主。"

叔叔听了我的话把头抬起来:"那我总得先问问你爹,咋说他都该是第一买主。"

我说:"感情不能代替政策,更不能代替法律。只要你心安理得。"

叔叔说:"那我以后还怎么进柳条庄?"

我说:"咳!只要房子能卖出高价还管那些!"

叔肯定没有掂出我话外的含意,居然精神振作起来:"哥,既然你手头儿上紧巴,我就问问别人要不要。"

父亲半眯着眼,默然无言。

叔叔走了,当晚没回来。父亲让我出去找找,我说丢不了。娘对父亲不满了:"到底是亲兄弟,惦记上了,心疼上了?你亲兄弟对你可真亲!"

第二天后晌，我们正在老宅里闲聊，忽然刘爷叼着烟进来了，没进屋，却在院子里乱转悠，像进自己家一样。我说："刘爷，进来坐呀。"刘爷冲我龇龇牙："不咧不咧。"转身走了，不大工夫，折身又回来了，屁股后头跟着几个壮小伙子，都是刘家族的后生，其中一个小伙子肩上还扛着一把大锯，几个人连招呼也不打，坐在地上就锯树。

父亲什么都明白了，这是他能想到却最不愿看到的情景。他踉踉跄跄地扑过去，两只胳膊紧紧地搂住那棵大杨树，责问："你们为什么锯我们家的树？"

锯树的人停下来。刘爷说："锯呀，我等着做檩条儿呢。"

父亲说："不能锯，这树是我栽的。"

刘爷把嘴里的半支烟吐在地上，不紧不慢地从怀里掏出一张纸递给父亲："你在柳条庄是有学问的人，这上面的字儿我还真认不清。老大，你是军官，当着众人的面，你受累给念念吧。哎，你可看详细了。这上面可有你叔叔的签名儿和手印。"

一向聪明应变的父亲霎时变得十分木讷。我接过了那张纸，让我震惊的是，合同上竟是三千元成交。我那工人阶级的叔叔是那么黑，跟他的同胞兄弟也玩猫腻。这实在让我始料不及。

刘爷把合同收起来，不无得意地说："我本来不想买，这几间破房哪值三千？还不是为了帮你们家兄弟一把。再说，他这几天，在我那儿吃住，也是钱呀。"

刘爷逮住便宜卖乖，这话抑或还有其他的含义。见我们爷儿俩谁也没有说话，刘爷更是得意忘形："小子们，锯呀。锯完了刘爷请你们喝酒。"

刘家后生又开锯了，父亲一把抓住锯条，大声吼道："不能锯！"那些后生措手不及，父亲的手跟着锯条嵌进了树缝，顿时，血流如注，白杨树、锯条，都被父亲的鲜血染红，一滴一滴地涌动……

"混蛋！你们给我滚开！"我猛扑过去，推开众人，抱住父亲。父亲的手死死地抓住锯条，我怎么也掰不动。父亲的鲜血把我的手也染红了，我和父亲的手紧紧地抓在一起，父亲的鲜血在我们俩的两只手中间润滑、流淌，父亲跪在地上号啕大哭……

我感到一种撕肝裂胆的难受。

十四

细算起来，父亲在柳条庄当大队党支部书记的时间是三年零八个月，这是他政治生命的巅峰时期，可惜这种巅峰只是昙花一现。

这三年零八个月的是非功过，任他人评说。1963 年发大水，据说是百年不遇，李县位于滹沱河与滏阳河的交汇处，而下游河道窄小，形如咽喉，一遇大水便宣泄不及。清光绪七年(1881 年)，有个叫李鸿章的总督把李县定为泛区，从此，逢洪水淹李县就成了天经地义的事。那次发大水，李县泛区内的四十八个自然村没有不死人的，而柳条庄一千二百口人一个没死。作为党支部书记，父亲功不可没，以后在恢复家园的建设中，父亲也是立下汗马功劳的。为此，父亲被评为省抗洪模范，还光荣地出席了省抗洪救灾表彰大会。时势造英雄，这给刚刚走马上任的父亲创造了一个良好的开端。接着，他开始勾画柳条庄长远建设的宏伟蓝图，他组织劳力在百草山上栽满了果树，在盐碱地里栽上了枣树，在枣树地里套种庄稼，打破了柳条庄历史上靠农业单打一的生产格局。父亲又托人在县银行贷款，在浇不上水的南洼和北洼，各打了一眼机井，实现了大面积连洼灌溉，从根本上解决了柳条庄靠天吃饭的问题。

这些年，只要长眼睛有良心的柳条庄人，都会记着父亲不可磨灭的历史功绩。然而，导致父亲下台，恰恰是因为他的功绩不可磨灭。

到了 1966 年，父亲任支书满三年以后的第四个年头，上边闹“文化大革命”运动。据说是史无前例的。时间不长，运动波及了农村，柳条庄人都对这运动犯蒙。父亲不管那一套，他只认一条死理，地里产不出粮食就要死人。他在社员会上说：“别管它怎么运动，咱种咱的地，庄稼人不能靠运动吃饭。”

父亲说这话的时候，运动还没那么轰轰烈烈，后来，报纸上的字体越来越大，广播里的口号越喊越凶，柳条庄再也平静不下来了。公社里一次又一次开会，让各大队摊几个走资派。没办法，父亲只好召开社员大会，让大家站出来揭发柳条庄谁是走资派。柳条庄人大部分不知道走资派是什么概念，刘爷这时大摇大摆地走上台，拿烟袋点着父亲的脑袋说：“咱村儿的走资派还用揪哇，就是你呗!”

刘爷语惊四座,会场一片哗然。

刘爷继续说:“我查了一下报纸,走资派就是走资本主义道路的当权派。从中央到省里、县里揪出来的都是大官儿,你在柳条庄最有权,也带着柳条庄人走过资本主义道路。远的咱不说,你让大伙在百草山上栽果木树,卖了钱给社员分。还有自留地,上级早就让收了,你就是拖着不办。结果是分了地,社员也分了心?这不是资本主义是什么?你还在社员会上说,庄稼人不能靠运动吃饭。这是什么态度?难道毛主席他老人家发动这场运动是错误的?再有,三年自然灾害闹饥荒的时候,你偷拿上级的赈灾物资,你以为社员群众都忘啦?我今天就不一一细说了。随便哪一条都能给你定一个走资派,大伙说是不是呀?”

会场上没什么反应。

刘爷突然举起手来高呼打倒父亲的口号,但只有刘家族的人跟着喊,声音也不大。

第二天,大队部的墙上贴满了大字报,都批判父亲的,在父亲的名字上打了大红叉子。没几天上边派来了工作队,没进大队部先看大字报,刘爷上赶着向工作队的人控诉父亲的罪行。工作队的人很满意,说:“柳条庄的人民群众终于发动起来了。”

是年十一月三日,父亲革职为民了。接他班的是刘爷。

十五

叔叔把房低价卖给刘爷,等于做了一件亲者痛而仇者快的事儿。同时,也等于宣布了对父亲和白姓家族的背叛。我敢断定,叔叔这一辈子再也没脸回老家了。

十年过去了,叔叔一家音讯皆无。

这十年,我们家发生了翻天覆地的变化。我不到三十五周岁那年,被破格提拔为步兵第28团政治委员,成为在全师全集团军乃至更大范围内的最年轻的正团职干部。另外二弟和小弟都当了兵,并分别考入了石家庄陆军学院和长沙炮兵学院。毕业后他们一个分到了师通信营，一个分到军机关。按军衔区分，现在的军衔等级是：我上校，二弟上尉，小弟少尉，再加上二弟、小弟的对象都是军人。这样，我们家加起来就是六位军人，快有一个班的兵力了。父亲说我积了大德，我为他排了忧解了难。不然，这像羊羔子一样的一堆儿子，能不能娶妻生子立下门户还难说呢，现在却个顶个地找了女军官。父亲在高兴之余又后怕，假如当初他不让我出去当兵；假如当初他受伤那年也像奶奶一样把我往回揪；假如我提干考不上回家种地，现在这个家还不知道是什么光景呢。

当政委后更忙，很少有闲空能为家里做些什么，但稍有空我就想想家里的事儿。想想父亲在忙什么，娘在干什么，身子骨儿是不是结实，有没有什么闪失的事儿？有时我也和燕叨叨起叔叔一家的事，讲我们小时候的故事。叨叨得多了，燕就烦了，说你可别为你们老白家累个好歹，累坏了别指望我伺候你。我就不叨叨了。可闭上眼睛，还是那些陈芝麻烂谷子的事。

这些年，父亲总是把我高看一眼，但我也惹他老人家生过气。

有一年，我探家时绕道去了一趟军分区。军分区齐司令是我原来的老首长，执意要送我回柳条庄。我说家很寒酸就免了吧。齐司令说，都是农村出来，谁不知道谁家的底儿？你轻易不回来一趟，带我们去认个门儿吧。齐司令亲自开着“蓝鸟”送我，到了李县武装部，张部长和王政委坐不住了，也坐专车一道前往柳条庄。两辆高级轿车鱼贯进村，这在柳条庄是极为壮观的场面。车到村中央，再往右拐两百米就到我家门口了。在拐弯处的老槐树底下站着一堆贴墙根儿晒太阳的老头儿，我打老远就看见了父亲站在人堆里，就下来父亲打招呼，并把父亲介绍给大家。齐司令让父亲坐他的车在前面带路，父亲摆摆手，像个小伙子一样往家跑。

一溜儿小车开进我家，我认为父亲一定觉得风光。但等齐司令等人一走，父亲就把脸拉下来了：“老大，你以为这是给你爹长脸啊，你这是给你爹添堵！庄稼人要脸要的是真脸，不是面具。以后再这样，你就别进家门儿！”

我让父亲鼻子不是鼻子，脸不是脸地损了一顿，以后再也不敢耀武扬威了。即便是县里派车送我回家，车到柳条庄村边，我就打发人家回去，我再背着大包小包进家。

可我后来听村里人说,父亲在晒太阳的时候,只要有小车往我们家的方向拐,就不由自主地追过去,见不是上自己家的,叹口气又回来了。

父亲一辈子不容易,到了晚年也算是享福了。父亲口口声声说是沾了我的光,他说因为我的出息而改变了全家的命运。

对父亲的评价我不能完全接受。实事求是地讲,父亲这些年是沾了大弟的光。大弟这几年做买卖发了财,盖了洋楼,买了车,腰里挎着传呼机,手里拿着大哥大,一副款爷的派头儿。父亲虽然对大弟的做派有些看不上,但喝酒吃肉还是心安理得地让大弟供着。发财发福的大弟也爱琢磨事儿,有一次,他在电话里跟我说:“哥,咱白家族人都出息了,条件也好了,咱续续家谱吧?”我问:“爹是什么态度?”他说父亲不表态。我担心地问:“这样在村儿里是不是影响不好?”他说人家都在搞。

大弟还告诉我一个意外的消息:叔叔一家也要回来。

十六

我经过反复考虑,又和燕商量,最后下决心率全家并召唤二弟、二弟媳、小弟、小弟媳回老家续家谱。

为不挨父亲埋怨,我们到了县城没跟任何部门打招呼,一行六人提着、背着步行十多里路进了柳条庄。

大弟告诉我,给叔叔写信是父亲的主意。我不以为然。父亲看出我的心态,叹口气说:“既然续家谱,怎么能少了你叔呢?”我认为,父亲血统观念太强了,面对一个从不回应亲情的兄弟,如此不遗余力地施加爱心,是不是太用心良苦,忍辱负重了?细算起账来,叔叔这些年欠父亲欠白家族太多太多了。奶奶去世,他是用三封电报催回来的。回来的时候,人早入了殓,没烧头七就走人了。而爷爷死的时候,三封电报愣没把叔叔催回来。这以后,除了那次卖房再也没回来过,看样子要和柳条庄的白家族老死不相往来了。可现在,一听说续家谱,他竟好意思回来?

父亲解释说:“这是最后通牒,如果他们不回来,白氏家谱上,他这一枝就没了。”

白家族的人大部分都不大欢迎叔叔回来。但父亲是族长，叔叔是他的亲兄弟，谁也奈何不得。

关于欢迎叔叔一家的地点和方式问题，父亲提出就在家里办。大弟却持不同意见：“不，咱应该给叔叔家一个下马威！在李县唯一上星级的枣城宾馆包一个大厅，搞得风风光光排排场场，让他们对咱一家刮目相看。”

大弟是土财主，自从兜里有了钱总愿意讲排场，这是父亲极力反对的。父亲马上出来反对：“咱白家一向遵循朱柏庐的治家格言，一粥一饭当思来之不易；半丝半缕恒念物力维艰。还是在家里办吧。”

没等我表态，燕说话了：“大弟的意见我看值得考虑，这不是有意讲排场摆阔气，这说明我们一家对叔叔回来的一种真诚态度。”

父亲对燕的意见一向偏袒，他看着燕的神态点了点头，然后问大弟：“得多少钱？”

大弟说：“按四桌准备，加起来五千块钱吧。”

燕抢过来说：“咱实行 AA 制。”

大弟手一扬把燕挡了回去：“大嫂，你见外了。这点儿花销小菜一碟儿，兄弟我一人儿包了。”

燕说：“兄弟，你误会了。钱多是你自己的，但这事儿我们都有责任。”

大弟说：“好，好，嫂子厉害，大大的厉害。这样吧，我先垫上还不行吗？”

十七

腊月二十八上午，我们全家人列队在火车站门口，等候从天津开来的那趟火车。这是一支庞大的迎宾队伍，每个人都经过了精心的梳妆打扮，个个腰杆挺直精神焕发。尤其由我、燕、二弟、二弟媳、小弟、小弟媳组成的六人军官队伍格外引人注目。李县是小站，上下车的客人不多，接人的更不多。我们一家在站口一站，立刻成为一道亮丽的风景线。

列车准时到达，叔叔全家扬着手走出来。我带头迎上去和叔握手，除了婶子、强哥、环姐、山弟以外，我都不认识，但也能对上号，猜得出谁跟谁是什么关系。我把我统帅的队伍一一向叔叔介绍。军人在燕的指挥下向叔叔一家敬礼。叔叔从口袋里掏出手帕背过脸去擦了擦。这一场面，被我提前安排的摄像师拍了下来。

在大弟的疏导下，前来迎接的轿车一字排开，叔叔一家享受了专人开车门的特殊礼遇。

车队到达宾馆门口，噼噼啪啪鞭炮的声响和弥漫的烟尘把迎宾气氛推向高潮。父亲和娘早就等候在宾馆门口，还没进门，父亲就抱住叔叔抽噎不止，娘和婶子也相互擦泪。屈指算来，叔叔和父亲十多年，娘和婶子三十多年没见了。他们几乎没说出一句完整的话就泣不成声了。然后，他们相互搀扶走进宽敞的餐厅依次坐下。

这是一间约一百平方米的大厅，服务小姐穿着旗袍站在门口，礼貌地向客人点头问候。室内富丽堂皇，四台彩电屏幕上显示着卡拉 OK 的字幕和播放着《真的好想你》的乐曲，为客人营造出和谐舒展而热烈的气氛。

宴会由我主持，我拿起话筒走上舞台。首先，我提议让父亲上台讲话。

父亲走上舞台，拿过话筒像支部书记在大喇叭里喊抓猪抓羊搞好计划生育一样地吹了几下，接着又吹了两声，才开始讲："怎么说呢，我今天像是做梦一样……我早就盼着这一天，这一天让我盼了三十多年啊我……"父亲说不下去了。我接过话筒放下，搀父亲下台入座，父亲不住地擦眼泪。父亲从当生产队长到大队支书，发表讲话每次都出口成章，今天他却语无伦次。

接下来我让叔叔上台讲话，叔叔却如何也不上台。我下去拽叔叔，叔叔用手扒着桌子死活不离开座位，我就说，强哥你代表叔叔讲两句吧。

穿一身皮夹克的强哥风度翩翩地走上舞台，操起话筒极其娴熟地打开开关，然后理了一下头发，说："三十多年没回老家了，这趟回来我觉得很惭愧，很不是个滋味儿。在天津经常有人问我老家是哪儿的，家里有什么人？我都红着脸不作回答。今天，我们终于回到老家了。大伯大娘还有弟弟妹妹们，我代表我父母向你们问好，同时道一声，你们辛苦啦！"

强哥的话极为煽情，包括我在内的人都眼睛酸酸的，姐姐、环姐都哭出了声。燕悄悄对我说:“看不出哪像忤逆之子,这不很像白家的后代吗?”

我也被强哥的真诚表露所感动,一时间,三十多年的恩恩怨怨云消雾散,包括他离开柳条庄前违背送我小人书的承诺,在心里记了多半辈子今天也该画上句号了。人怕见面,见了面肺窝子的话一掏,还有什么过不去的?何况是曾在一个锅里拉过马勺的兄弟姐妹,还有什么不能够原谅呢!

我激动地说:“强哥,不说了,咱喝酒,来!为我们的团圆干杯!”

“干杯!干杯!”四桌的人都起立,端起酒杯互相碰撞,干得痛快淋漓。

各桌上开始自由活动,父亲和叔叔一连干了五杯,父亲的脸开始变红,说:“我高兴。”叔叔也说:“让我们哥俩喝个痛快。”我说:“多说点儿话,少喝点儿酒。你们毕竟都七八十岁的人了,保重身体要紧。”父亲说:“你甭管了。”

喝酒我显然不是强哥的对手,当他提议干第十六杯的时候,我说我不能喝了。强哥抓住我的手说:“不行?咱俩可是光屁股在一块长大的,他们……他们不行。你忘了?我去赶集,你非要跟着,我不让,你就向奶奶告状。”奶奶说:“驮着他去,不就三十多斤吗?你蹿不上自行车,我也不下来,你就抓着车后架子,一直跑到集上。”强哥说起我们在一起度过的峥嵘岁月,脸上充满自豪。我也趁机以怀旧的方式控诉他:“强哥,还记得吗?有一回,奶奶让咱俩去红薯窖里拿红薯,我还没下到窖底呢,你‘咚’地一下把桶丢下去了,我一抬头,‘当’的一声桶沿正好磕在我脑门儿上,到现在还有个疤,你看……你看,这就是你的罪证。”强哥果然扒开我的头发找他当年的得意之作,随后非常友好地给我一拳。

大伙儿喝得迷迷瞪瞪,话筒却让人吹了两下,我眯着眼睛一看是环姐。环姐很瘦很憔悴,穿戴也极朴实,跟其他人形成强烈反差。不知是环姐的家境所致还是天生不爱打扮,按说这个年龄又在大城市生活,应该注意自己的形象,尤其是回到阔别三十多年的老家。

环姐开始讲话了,声音委婉而柔和,充满了老大姐的气息:“本来,我不想说什么,但坐在这儿,我心里很不踏实。我是白家的长女,离开柳条庄的时候就十五六岁了。这些年虽然没回过老家,但我常给自己的孩子讲老家的故事,讲老家的人怎么做人,怎么吃苦,怎么团结。我忘不了,大伯当年为我拿了生产队的甜疙瘩丝,要没有大伯,我根本活不到今天……大伯,侄女儿给你鞠躬了……”

环姐这番话,让父亲泪如泉涌。他哽咽着说:“孩子啊,那时咱家穷,让你们也吃了不少苦,遭了不少罪啊……”

我一看,父亲又要痛说革命家史,这场宴会的气氛又要沉浸在泪水之中,赶紧打断父亲的话,大声喊:“喝酒,喝酒! 吃菜,吃菜!”

不知什么时候,大弟把卡拉 OK 打开了。大弟这几年富了,歌舞厅酒吧夜总会他常出常进,一见话筒嗓子就痒痒。他在唱歌之前,还来了句开唱白:“我觉得咱今天这场宴会就像香港回归一样,百年不遇,盛况空前。我就来首《东方之珠》吧,献丑了,谢谢!”

小河弯弯向南流
流到香江去看一看
东方之珠拥抱着我
……

大弟的嗓子像破锣一样,是款爷们在歌厅里搂着小姐发出来的那种音调,但节奏唱得很准确。

我的表演欲望一点儿也不比大弟弱。我翻了翻歌单,很快就逮住了革命现代京剧《浑身是胆雄赳赳》。音乐一起,我就浑身是胆热血沸腾了。

临行喝妈一碗酒
浑身是胆雄赳赳
鸠山设宴和我交朋友
千杯万盏会应酬
……

我正唱得有板有眼,声情并茂,却见强哥走上舞台。我以为他要跟我合唱,就把话筒递给了他,然而他没接话筒,却猛地把电视机关了。强哥这一出人意料的举动,使宴会的气氛骤然凝固起来。

强哥插着腰,喘着酒气,瞪着红眼泡子,吐字不清地指着我说:“你唱的什么歌儿?”又指着大弟问:“你刚才唱的什么……什么歌儿?”强哥说着说着就火了:“你们哥儿俩选唱这两首歌儿,是什么意思?我们一家回老家续家谱是清算家史清洗家耻吗?开始我一看这阵势,就猜到你们要摆鸿门宴,果不其然……”

叔叔站起来夺过强哥的话筒:“滚下去!灌两口猫尿你就犯混!”

强哥挣脱了一下,趔趔趄趄地入了座,但他的高论还未发完:“大伙儿都听着啊。白家能有今天,我爹也是功不可没的。那时候,柳条庄有几个在外边当工人的?外姓人高看咱一眼,还不是因为我爹在外边儿,给咱老白家长着门脸吗?看来这些年,你们是混好了,底气足了。可你们上天津卫打听打听去,我们哥几个也不比你们逊色到哪儿去!别忘了,以后老白家的门面,还得靠我们撑着,知道不?”

叔叔过去抡起巴掌狠狠地扇在强哥的脸上。那响亮的声音,扇得所有的人都一激灵。叔叔破口大骂:“你混蛋,你他妈混蛋透了!”

强哥摸了摸被叔叔扇过的那半拉脸,嘴里哆嗦了几下,举起一杯啤酒仰脖灌下去了。

大弟不是省油的灯,这几年让钱给拱的,更是天不怕地不怕。他跟强哥压根儿就没见过面,但对叔叔家的成见比我还大得多。强哥这堆话把大弟惹急了:“怎么着,强哥?要来理论的,我大哥在这呢,让他给你讲;论别的,冲我来吧!在李县街上白道儿黑道儿,你兄弟没不通的!”

父亲把手一挥,说:“老二儿,你也犯混哪!”

大弟大概也是因为酒劲上头了,居然不听父亲的,也像父亲一样地把手挥了一下:“强哥,你有多少钱,掏出来亮亮!”

强哥经不住大弟这么激他,蹭地一下又站起来,从口袋里掏出一叠百元的钞票往桌上一摔:“拿去吧,今儿我买单!”

大弟最不吃的就是这一套,把牡丹取款卡掏出来拍在桌上,指着强哥说:“你买单,你有资格吗?说实话,你那点儿玩意连我的零头儿也没有。跟你说,这几年,你兄弟我穷得就剩下钱了。但有钱归有钱,舍不舍得为别人花可是另外一回事。强哥,我问你,咱爷爷去世买不起棺材的时候,你的钱干什么去了?

咱为老祖宗立碑修祖坟的时候,你的钱干什么去了?这些年,老白家这么多生老病死的事儿,你的钱又干什么去了?”

父亲站起来也像叔叔扇强哥一样扇了大弟一巴掌:“有俩糟钱儿烧的你,胡说什么?”

大弟也像强哥一样地捂了一下被父亲扇疼的半拉脸,嘴里嘟哝道:“凭什么你们一家都在天津卫,那是你们闯的天下吗?”

父亲再也忍不住了,一巴掌拍得整个转桌都颤起来。他指着强哥说:“小强,你们哥儿几个,你是头大的,你这么说话我听不下去!什么你们我们的,什么你撑门面我撑门面的?你们都给我听着,别忘了你们都是白家的血脉,走到天涯海角,也改变不了,到了阴曹地府,也改变不了!你们在外边闯了这么多年,比我们这些老不死的出息了。可只要有我们在着,就不许你们口出狂言,败坏家风!”

叔叔接过话茬说:“听见你大伯的话了没有?记住,没有你大伯,就没有咱白家的今天,你大伯这些年是怎么熬过来的……”

没等叔叔说完,娘放声哭起来。这些年,她肚子里积攒了多少冤屈,从没向人诉说过。她把泪水往肚子里咽,把一个良家妇女难以说出口的委屈,一口一口地嚼碎,又慢慢地消化掉。但是今天,当大伙儿把话说到这份儿上,她控制不住了,她声泪俱下地诉说起来:

“你们这是干什么?你们折磨着俺们,心里好受还是怎么的?他叔,孩子们都小,他们说什么咱不计较。可这三十多年你做得怎么样,你心里不明白吗?你们一家没离开柳条庄那段儿,咱就不提。就说那两间破坯房吧,连你亲哥你都耍心眼儿啊。不就为那几千块钱吗?到最后你离开柳条庄连你哥的面儿都不见。他叔,你够做得出来的!你知道吗?你走了以后,你哥一病就是两三月,给水不喝,煎药不吃,瘦得成了纸人儿,差一点儿就找他爷爷奶奶去了……他叔,你在柳条庄的大街上走走,看看谁不戳你脊梁骨儿?俺一家子都跟着你脸红啊……”

父亲拽了娘一把:“你别抖搂这些老掉牙的穷事儿了,他叔回来咱该高兴……”

娘捂住脸点着头:“俺高兴,俺高兴啊。”

燕过来给娘擦泪。

大伙儿都劝娘。叔叔扑通一声跪在爹面前:“哥,原谅我吧。”

叔叔在父亲面前长跪不起。父亲急了:“你给我站起来!都七十多岁的人了,在儿女们面前也不怕他们笑话,站起来!”

叔叔战战兢兢地站起来了。

父亲长叹一口气:“咳。兄弟之间用得着这样吗?说实话,我既然给你写信让你回来续家谱,就说明白家族的人这么些年心底都惦念着你。你们回来了,说明就已经回心转意了。这话说远了,咱们的老祖宗蔺相如能‘退而让颇,名重太山’,廉颇能‘负荆知惧,屈节推心’,咱自家兄弟还有什么解不开的疙瘩呢?”

父亲看着叔叔,缓和了一下口气,接着说:“老二啊,咱都七八十岁的人了。往后活一天,少一天,见一面儿,少一面儿了,没事儿常回家看看,给孩子们带个头儿。啊?”

叔叔冲父亲点了点头。

这会儿,我认为这场别开生面的“斗争”宴会高潮过去了,该收场了。我把酒拿过来,挨个倒满,端起杯来说:“爹、叔、环姐、强哥,谁也不说了。咱们团结一心向前看吧!一壶浊酒喜相逢,古今多少事,都付笑谈中吧。来!为咱白家族的团结凝聚、兴旺发达干杯!”

大家正要干杯,父亲又说:“慢。”他颤巍巍地走上舞台。我一见父亲非同寻常的神色和举动,心中像被重锤撞了一下。不知父亲要说什么。大家也都凝神静息起来,望着父亲。

父亲喘息一会儿,终于开口了:“有句话,我得说出来心里才好受。从给天津写信让他叔回来的那天起,我就时刻盼望着这一天。爹娘都过世以后,我这个长兄就是家长了。不管他叔有什么不对之处,我都不该到今天才跟他们联系。不然,也许大家伙儿早就团聚了。他叔、他婶子,我这个当哥的,也没完全尽到责任……”

父亲还没说完,叔叔就踉踉跄跄地扑上舞台抱住他哭声雷动,一发不可收拾。惹得服务小姐们都跟着掉泪。父亲把叔叔扶住,帮他擦眼泪,可叔叔的眼泪怎么也擦不干,而且越擦越奔流不息,滔滔不止。父亲摇着叔叔,叔叔抱着父亲,老哥儿俩在舞台上扭成一团……

我蓦然双膝发软,父亲的话使我想跪下来。我知道强哥和大弟此刻受到的震动一定比我更强烈。与父亲宽阔仁慈的胸襟和淳厚质朴的人格相比,我们显得如此渺小猥琐。一股滚烫的冲动要自肺腑喷射而出,我想长跪不起地大喊一声:“父亲!”

最后期限

李　宇

一

黄敬走出会议室时,表面上若无其事,心里早已乱成一片。走廊上迎面有人走来,向他打招呼,他也只是下意识地做出反应,点点头,竟连是什么人都没看清楚。上楼的时候,他感到腿有点儿发软,精神恍恍惚惚的,身上阵阵发冷。

“黄书记。”有人在背后叫起他来。黄敬停下脚步,侧转身子,看见宣传部李科长快步从会议室那边的走廊上小跑过来。“黄书记,”李科长说,“明天的研讨会,你去出席吧?”

黄敬“哦”了一下:“现在还说不好,最近你也知道,省纪委的人来了,事比较多……我看吧,明天没安排就去。”

李科长笑着说:“黄书记,你刚来市里,大家都希望你能出席啊。”

“再说吧,”黄敬含糊其词地应付道,“我看看明天的安排,再让小周告诉你。”

说完这话,他就上了楼,走进自己的办公室。秘书小周正坐在外间的办公桌后边看报纸,看到黄敬便放下报纸站起来。

“黄书记,会议结束了?”小周问道。

黄敬“嗯”了一声,便向里间走去,关门时他转身交代小周说,如果有人来找，就说我不在。小周说知道了。黄敬便将门关上，一塌身软在那张宽大的靠椅上，浑身阵阵发虚。省纪委专案组进驻市里已经快两个月了，华江市的案子也越闹越大，市长、市委书记先后被抓了起来，牵连的人也越来越多。就在黄敬到任不久，市委常委、办公厅秘书长刘大中又突然跳楼自杀，更是闹得人心惶惶，流言四起。

刘大中这个人，黄敬还是比较熟悉的。他们是大学校友，黄敬是中文系的，刘大中是经济系的，比黄敬高两届。在学校时彼此并不认识，后来在工作中经常联系，才慢慢熟悉起来。刘大中是个很有魄力的人，他原先在华钢工作，领导着好几千号人，拿得起放得下，行事果断，说一不二。后来，原来的市委书记谭成伟看中了他，把他调到市委。人们都说他是谭成伟的铁哥们。那段时间，刘大中炙手可热，红得发紫，一人之下，万人之上，真有些不可一世。可他对黄敬这个校友、学弟还是比较关照的。因此，尽管外边有人大骂刘大中，但黄敬还是认为刘大中这人讲情义，还是挺不错的。

刘大中死的那天早上，黄敬还见到过他。当时，他去医院做理疗，因为医院离他临时住的华江宾馆不远，所以他打电话给司机小张，让他 9 点钟直接到医院来接他，自己则步行去了医院。快到医院时，一辆黑色的奥迪轿车从后边驶了过来，到他身边时忽然减缓了速度，接着嘟嘟地鸣了两声喇叭。黄敬一看，这车是刘大中的，便在街边站了下来。

“老黄，你的车呢?”刘大中放下窗玻璃，问道。市委常委每人都有专车，但刘大中的车比别人都要好，与市里的两位主官同等待遇，而且，他还不要司机，自己开车，这一点很特殊，机关的人背后嘀嘀咕咕，早就有意见了，但刘大中却我行我素。

黄敬说:“我去医院，就几步路，走走行了。”

刘大中说:“又怎么啦?”

黄敬说:“没什么，老毛病了，这腰一到季节变换就不好受。”

刘大中笑了起来。黄敬记得很清楚，当时他还开了一句玩笑，说是不是弟妹又来了，黄敬说瞎扯瞎扯。刘大中就说，老弟啊，悠着点，身体可是革命本钱哟!

两人不咸不淡，就这么闲扯了几句之后，刘大中便开着车走了。看上去，一切都很正常，没有丝毫不祥的征兆。然而，两个小时后，当黄敬从医院来到市委大院时，刘大中已经死了。

他是从四楼上跳下去的。黄敬后来才听说，这天上午，省纪委专案组来找刘大中。当时刘大中正在会议室里开会，会议由代书记马玉龙主持。开始没一会儿，市纪委的管书记就匆匆从外边走进来，走到刘大中身边低声耳语了几句，说是专案组的同志要找他谈话。据管书记事后回忆说，刘大中当时很镇静，没有任何慌乱的举动。他说："人呢？"管书记说："在会议室哩。""我知道了。"刘大中站了起来，他收拾好桌上的材料和笔记本，一只手拿起茶杯，临走时甚至没忘了俯身向主持会议的马玉龙招呼一声，之后便从容不迫地向外走去。

专案组的两个同志这时已经候在会议室门口了，刘大中显然有些意外，他愣了一下，随后很快恢复了正常。他说，我去一下办公室，把东西放一放。这要求很正常，专案组的同志没有反对。他们跟着刘大中一起来到他的办公室，看着他走了进去。

刘大中的办公室是个套间，外边是秘书办公的地方。刘大中径直走进里间，然后仿佛很随意地带上门。"不要关门。"专案组的同志稍微迟疑了一下，刚要制止，可是已经晚了，门锁"咔嗒"一声从里边扣上了。接下去，惊天动地的事便发生了——刘大中从窗户跳了下去。整个事情的发生，几乎就在瞬间。人们私下里议论说，这事也只有刘大中能够做得出，到底是大企业家出身，有这个魄力。

黄敬从医院来到市委大院时，刘大中的尸体已被运走了，警方封锁了案发现场。由于正门禁止通行，黄敬费了一点劲，兜上一大圈子，才从后门绕进了机关大楼。刘大中的办公室这时也被封锁了，警察们表情严肃，进进出出。大楼里表面上还算平静，但气氛已不同以往，人们交头接耳，小声议论着，紧张、不安和惶惑之中还透着一股隐蔽的兴奋，在四处流动。黄敬来到代书记马玉龙的办公室，常委们都在这里。马玉龙铁青着脸，不停地抽烟。屋里的空气像灌了铅似的，沉甸甸的。有人轻声咕哝说：

"越怕出事越出事，这下好了，又要掀起轩然大波了。"

黄敬本想询问一下事情的经过,但在这种气氛下显然不合时宜,于是便也沉默着。他走到窗前向下看去,院子里的情景有些混乱,就像影视剧中常有的镜头:几部警车散乱地停放着,公安人员忙忙碌碌。有人在拍照。刘大中跳下去的地方,用粉笔勾画了一个奇怪的图形,图形中的血迹湿乎乎的一摊,在秋日阴郁的光线下泛着暗淡的黑色。黄敬耳边"噗"的一声,仿佛听到了刘大中落地时发出的沉闷的声响,头皮一阵发紧。

二

华江前市委书记谭成伟,是个大名鼎鼎的人物。他有两个绰号,一个叫"谭霸天",一个叫"谭三亿"。这两个绰号非常形象地概括了他的作风和为人。谭成伟是华江土生土长的干部,他从基层干起,一步一个脚印地爬上来。在整个华江地区,可谓经营多年,盘根错节。在工作上,不得不承认,谭成伟是有一些魄力的。华江这几年经济上得很快,市容也有了很大的变化,街道拓宽了,高楼一座座拔地而起,可存在的问题也不少。这么多年来,一直有人在告谭成伟,据说上级纪检部门收到的检举信就有好几大麻袋,可就是扳不倒谭成伟。谭成伟有一次在县处级干部会上口出狂言,说:"现在有人到处告我,想把我搞下去,这是痴心妄想!我当区委书记、县委书记时就有人告我;当副专员、市长时,还有人告我,可结果怎样呢?越告我越升,告得多我升得快。我就不信,几个小蚍蜉还能撼倒参天大树?"说到这里,他还即兴来了一句毛泽东诗词,说是小小寰球,有几只苍蝇碰壁,不怕死的,你就去碰吧,碰一个死一个。"这就是下场,"谭成伟拍着胸脯说,"不信就试试!"

可谁也没想到的是,谭成伟这棵牛哄哄的"参天大树",顷刻之间哗啦一声说倒就倒了。有消息灵通人士说,谭成伟栽就栽在华钢的破产和转让上,这件事激怒了该厂上千名钢铁工人,他们集体上访,最终引起了省委的重视,深入下去才发现问题已相当严重,于是下决心要解决华江的问题。8 月中旬,省委扩大会议结束的那天夜里,华江市市长徐浩首先在房间里被专案组"请"走了,接下去专案组人员去找谭成伟时,却在房间里扑了空。至于他的去向,无人知晓,就连他的秘书、司机也不清楚。专案组的同志一遍遍地拨打谭成伟的手机,回答却是用户已关机。这一来,大家吃惊不小,以为走漏了风声,让谭成伟逃跑了。不过,后来才发现,这只是虚惊一场。谭成伟当天夜里去了省城某个情妇家,直到第二天早上才回到宾馆。办案人员不敢迟疑,当机立断,在宾馆的大厅里就将他堵住了。据参加专案组行动的一位处长说,当时谭成伟吓得脸色煞白,大汗淋漓,他语无伦次一个劲地说:

“我还没吃哩……没吃早饭哩……”

后来他又说要小便,可进了洗手间,足有半小时没滴出一滴尿来。

华江的一、二把手被抓后,省纪委紧接着又派出了庞大的专案组,浩浩荡荡开进华江。专案组人员据说多达数百人,华江郊区的一个空军招待所整个被包租了,而且警卫森严(清一色武警,且从别处调来),就连市委和市纪委也不让插手。不久,市里又有一个副书记和几个部、局长先后被双规了;再后来,市委常委、办公厅秘书长刘大中又跳了楼。如同一场大地震,整个华江官场满目疮痍,一片狼藉。

人们私下里议论纷纷,都说这是典型的窝案,华江的班子差不多全烂了。事实上,问题的确相当严重。尽管专案组对外一直守口如瓶,但各种传闻还是不胫而走,网上消息更是五花八门,令人惊心动魄。有人言之凿凿,说是从香港看到报纸,前市长徐浩被查出的巨额存款已达两千多万,而谭成伟的更吓人,仅自己已供认的金额就高达八千多万。有报纸还戏称谭成伟为“八千岁”。虽说“八千岁”与“谭三亿”还有差距,但八千万也够惊人的,足以让人灵魂出窍。

问题的严重性还在于,谭成伟的问题不仅仅是他个人的问题,实际上华江三区六县的不少干部都曾自觉或不自觉地在谭成伟的这个大泥“谭”里滚过、蹚过或踩过。随着调查的深入,涉案范围越来越大,涉案人员也越来越多。

有人忧心忡忡,担心这样搞下去,华江会整个儿垮掉,但专案组的决心毫不动摇。据说省委丁书记曾公开表态,此案不论牵涉什么人,不管他职位多高、来头多大,都要一查到底。不获全胜,绝不收兵。老百姓都很高兴,普遍拥护,说是这回动真格的了,看来上边反腐败下了决心。但考虑到华江的实际情况,为了挽救一批干部,专案组在深挖严查的同时,又专门召开了一次全市包括三区六县在内的县处级干部大会。会上省纪委书记专门到会做了讲话，他着重谈了反腐败的重要性和必要性，以及华江问题的严重性。与此同时，他还进一步谈到，华江问题有复杂的方面，一些干部受到谭成伟和徐浩的影响而犯了错误，对此应做区别对待。最后他代表省委宣布了一项宽大政策：在指定的时间内，凡能够主动交代问题并上缴赃款者，或配合专案组检举揭发问题、有立功表现的，视其情节，均可减轻处理，或免于处理。交代或检举时间，截至 11 月底。

"也就是说，11 月 30 日为最后期限。"省纪委书记强调说。结束讲话时，他还语重心长地告诫同志们："希望那些犯错误的人，能够理解组织上的良苦用心，珍惜这次机会，用实际行动向组织交代问题、挽救自己，争取宽大处理。"

会议结束后，黄敬到厕所小解，恰好《华江日报》的副总编杜文光也跟了进来。杜文光见旁边无人，便一边尿着，一边有些幸灾乐祸地说，"这下子贪官们要紧张了，你瞧瞧一个个都灰着脸。不是有句顺口溜吗？说当官的什么来着？先枪毙后审判，没有一个是冤案。"

黄敬也听说过这个顺口溜，但觉得太极端，很不以为然，说："你不要一打一大片好不好？你不也是个当官的吗？把你也枪毙好不好？"

杜文光笑了："全枪毙可能不对，不是早有人总结过吗？隔一个毙一个，肯定还有漏网的。"

黄敬没好气地说："你是唯恐天下不乱，最好先把你毙了。"

杜文光说："那绝对是冤案！我谈不上是模范干部，但自以为还算干净的。"说到这里，他又开玩笑地说，"我估计你的问题也不大，我了解你，有贼心没贼胆。"

说到这里，哈哈大笑。

黄敬很不喜欢这样的玩笑，于是说："你这张嘴啊，能不能少贫点？"

三

黄敬原是松县县委书记，在这个位置上他一干就干了八年。"不怕慢，就怕站"，当官的也是这个理儿，就怕在一个位置上搁住了，年龄熬不起啊！想当初，黄敬出任县委书记时，只有 34 岁，是全省最年轻的县级主官。人们都认为他前途无量，在县委书记这个位置上也只是个过渡，不会太久。一般人这么看，他自己也是这么想的。然而，出乎意料的是，就像一个锈死的老螺钉，他在县委书记这个位置上再也动不了了——八年啊！连抗战都结束了。眼看着别人一茬茬地提上去，超过自己，加上年龄一天天大起来，黄敬真有些急了。

杜文光不止一次提醒过他，说是天上不会掉馅饼，好事光等是等不来的，要采取措施啊。杜文光是黄敬的好友、大学同窗。读大学时，他与黄敬一个宿舍住了四年，关系密切，无话不谈。他的所谓措施，其实也没什么新玩意，概括起来六个字：一要跑，二要送。“除非你有背景。”杜文光强调说。可黄敬缺的就是背景。他父母都是普通的中学教师，可以说一点能耐都没有，他之所以能混到今天这个地步，很大一部分靠的是运气。大学毕业后，他被分到华江行署（当时华江还未改市）当秘书，一直跟着当时的老专员陆明。陆明是个红军干部，很喜欢黄敬。凭着他的提携，黄敬进步飞快，直至做了县委书记。可后来陆明离休了；再后来，又因病去世，黄敬就失去了靠山。原本他以为已经到了正县这个位置，只要靠自己努力总会慢慢发展，可这种想法显然太幼稚了。县处和地厅是一个关键的坎儿，很多人就是迈不过去，仕途也就画上了休止符。意识到这一点，黄敬便不再傻干，开始在密切联系领导上下起功夫，利用开会、工作和迎来送往的机会，与方方面面的领导套近乎、拉关系，一些领导渐渐加深了对他的印象，甚至对他颇有好感，可不知为什么，在他的使用问题上却迟迟没有进展。

有一年春节前，他去省里给组织部吴部长拜年。吴部长是个 50 多岁的女同志，因为有同乡这层关系，黄敬与她之间搞得还算比较熟悉。他给吴部长带去了各种年货，都是松县的土特产，吴部长很高兴，非要留他吃饭。饭间，他就吞吞吐吐地谈了自己的想法。他说，自己在松县干了这么多年了，如果有机会希望能够动一动，请组织上考虑。

吴部长当然明白他的意思，她说：“黄敬同志啊，你的想法我很理解，组织上也会考虑的。不过，工作永远是第一位。啊，啊，是谁说过呀？要为革命做大事，不为革命做大官嘛。”

黄敬说：“是孙中山说的。”他还想纠正吴部长，孙中山原话的后半句是“不为个人做大官”,但却没有说出来。

吴部长说:“对嘛,孙中山说的。孙中山是民主革命者,他都懂得这个道理,我们共产党人还能不如他?”

“说的是,说的是。”黄敬赶紧附和道。

“好了,”吴部长最后笑着说,“黄敬同志,你要好好干。你的事我会放在心上,有机会我给你们谭书记说说。”

黄敬说:“那就太谢谢吴部长了。”

这次谈话之后,黄敬满怀期望地等待着,可一等二等仍是没有下文。有一次喝酒,杜文光对他说:

“你知道你的问题出在哪里吗?”

黄敬了解杜文光,知道他要卖关子了,便故意不接话茬儿。

果然,杜文光等了一下,就耐不住了,他接着说:“一把钥匙开一把锁。毛主席他老人家早就说过,纲举目张,凡事要抓牛鼻子。你光抓牛角有什么用?”

杜文光一脸的高深莫测,黄敬没好气地说:“你有屁能不能一下放完?”

杜文光哈哈笑起来。“你呀,你呀,”他用手指点着黄敬说,“不要太没脾气了,当了这么多年的官还这样?就冲这一点,你还没修炼好啊。”

黄敬“扑哧”一下笑了,说:“四两鸭子三两嘴。你是成也嘴,败也嘴,混到现在也不过如此嘛。”

“哎,你可别这么说,”杜文光正起脸色,有些认真地说,“我不像你,是不想在官场混,如果真要混,再怎么也不至于像现在这样。”

杜文光说的倒也部分是实情。这家伙在大学里就迷写东西,这些年先后出过两本书,虽然都是自费的,却一直把自己当作家待。有一年,市委看中他这个笔杆子,要调他当秘书,这是一个走仕途的好机会,可他搞死不同意,老婆和他吵翻了天,甚至拿离婚相要挟,他也不肯妥协。黄敬很为他惋惜,但杜文光却无怨无悔。人就是这么怪,要是好上这一口,真是九头牛也拉不转。

杜文光自己无所谓当不当官,但他知道黄敬和他不同。他就是吃当官饭的,官当不好就什么都不是了。他对黄敬说:“你呀,依我看,基本还算是好同志,要说有什么缺点,最大缺点就在于太正派了。如今官风不正,就像旧社会女人裹小脚，三寸金莲，这就是时尚啊，可你偏要放脚，放脚好不好呢？好，当然好，但这是现在的眼光。当时你要这么做，就是和大家作对，和整个社会过不去。所以你吃不开是必然的，吃得开才怪哩！”黄敬对他这番话并不以为然，但心里还是受到了触动。

杜文光看黄敬不吭声，便继续向他灌输说：“同志啊，不学习不行啊！要学习首先要端正态度，连米卢带足球队都知道态度决定一切。”

“什么叫态度？”杜文光更加得意了，他挥着手像做报告似的说，“态度就是要敢于同流合污。”

黄敬说：“你他妈这叫什么逻辑？”

“哎，你这就不懂了吧？”杜文光撇起嘴巴，用筷子“笃笃”地敲了两下桌子，带着几分卖弄的神情说，“谭成伟是什么人？我想你也不会不知道。这人贪、色、狠，出了名的。如果说华江是伊拉克，谭成伟就是萨达姆。此人一手遮天，你不和他同流合污能行吗？”

黄敬不能不承认杜文光说的是实情。谭成伟这人文化不高，但在华江搞了几十年，根基很深，上边的路子也很野。华江的事，他是一言九鼎，说一不二。在这块地盘上，他随心所欲，凡是想干的事，没有干不成的，而他要反对的，则天王老子也难翻盘。省委组织部吴部长也算是个女强人了，可只要谈到华江的干部问题，就会变得格外谨慎，总是爱说我会和谭书记通气，或者，我给谭书记说说吧之类。好像谭成伟的意见比什么都重要。

实际上，杜文光的那套“同流合污论”，黄敬心里很清楚，那就是要送钱。关于向谭成伟买官，华江流传着各种各样的故事。有一年，公安局长的位置空缺出来，许多人都看上了这个缺，跑的跑，送的送，忙得不亦乐乎，最后却被一个区长捷足先登了。这个区长能力并不是最强，而且从未干过政法，但据说他在谭成伟儿子结婚时送了一个信封，信封里只有一把钥匙——那可是最新款的奔驰车钥匙！这事真实性如何，谁也说不清楚，但却传得有鼻子有眼。

黄敬不是没有动过送钱的念头，可一想到花钱买官就觉得太脏，心理上那道坎儿怎么也过不去。杜文光敲打他说：“道德算个屁啊，重要的是目的。手段无所谓脏不脏，如果目的达不到，手段再干净又有何用？”这类谈话多了，久而久之,黄敬心里也活动开了。

就在谭成伟出事前不久,黄敬下决心出手一次。可毕竟从未干过这事,送多少,怎么送,都让他颇为踌躇。他和妻子反复商量,钱少了不行,多了也不划算。问题的难度在于,这事不可能明码标价,也没法去咨询别人,只能在黑暗中上下求索。商量来商量去,先是决定拿五万,可后来想想,谭成伟搞了这么多年,胃口恐怕早叫别人给撑大了,五万恐怕打不住。于是,夫妻俩狠下心来,又加了五万,宁可多一点不能少一点,舍不得孩子打不着狼嘛。

钱准备好后,怎么送,同样颇有讲究。黄敬原想送到谭成伟家里,可又一想,他家里人来人往,人多嘴杂,诸多不便。考虑来考虑去,最后拿定主意,还是去办公室可能更好一些。

黄敬去的时候,谭成伟正在办公室打电话。对方不知是谁,也不知什么事惹恼了他,谭成伟看上去很生气,拿着话筒破口大骂:

“他妈的,你长几个脑袋?活得不耐烦了是不是?……对,就是我说的……对,对,屁话!全是屁话!……你还想不想干了?不干就他妈的趁早给我滚蛋!……”

谭成伟这样骂人几乎是家常便饭。他的作风向来如此,十分霸道,对手下干部常常就像训小孩似的,张口就骂。这一点,华江的干部早已见怪不怪,习以为常。但对黄敬,谭成伟一直还算比较客气的。黄敬跟老专员陆明当秘书那会儿,谭成伟还只是个乡干部,见到黄敬总是十分巴结,虽说谭成伟后来上去了,但过去的那层关系似乎影响还在。谭成伟尽管喜欢骂人,这么多年来,还从没骂过黄敬一次。不过,这也是一种生分的表现,未见得是好事。在华江,谭成伟能开口骂你,也是一种待遇,说明你是他的人了;骂得越多,说明亲密程度越高。因此有人把挨骂当成一种幸福。据说有位局长一直想巴结谭成伟,有一次不知为了什么事,谭成伟一拍桌子,说:“给我滚!”那位局长高兴坏了,逢人便说:“谭书记骂我了,谭书记骂我滚了!”

黄敬进了办公室,谭成伟一边示意他坐下,一边对着电话继续骂骂咧咧。黄敬是有备而来,昨天他就提前预约好了,说是有事要向谭书记汇报,内容是关于开发区建设问题。来之前,他把十万元现金装在一个不起眼的黑包里。坐下后,便不动声色地把包悄悄放到谭成伟的桌角边。

谭成伟打完电话,余怒未消,恨恨地说:“他妈的,这帮人全是吃干饭的,简直都昏了头!”黄敬不知事情原委,不便插嘴,也不便打听,只好含糊地连连点头,附和地笑了笑。

“谭书记。”等谭成伟点上烟,端起桌上的紫砂壶“咕咕”地吸了两口之后,黄敬就打开笔记本准备汇报工作了,可他的话刚起头,谭成伟忽然想起了什么,把紫砂壶往桌上一蹾,不由分说便将他的话打断了。

“噢,对了,赵斌怎么回事呀,搞起别人老婆来了?”他从桌边翻出一沓人民来信,丢到桌子上。

谭成伟说的这个赵斌是松县的一个副县长,能力一般,是个老好人。他原本是县农业局的一个副局长,不知怎么被谭成伟看上了,提拔成了副县长。去年,赵斌的老婆去世,他便与档案局的一位女同志来往较多,于是这位女同志的丈夫就到处告状,竟告到谭成伟这里来了。黄敬一直闹不清赵斌与谭成伟是什么关系,也猜不透谭成伟问话的意图,于是谨慎地解释说,赵斌的事外边是有一些风言风语,组织上也找他和有关同志谈过了。

“那他到底搞没搞人家老婆?”谭成伟有些不耐烦地说。

“目前,就我们掌握的情况,还没有什么实据。”

“他妈的这个赵斌太没出息!”谭成伟说,“这叫什么事嘛?你给我警告他,再不注意影响,当心老子撤了他。”

黄敬听了这话,直想皱眉头,心里想这哪像市委书记说的话,但嘴巴上却连声应承,说是一定要妥善处理这事……

汇报结束后,黄敬告辞出来,但却故意留下了黑包。这些都是他事前设计好的。接着他快步下了楼,来到市委大院的草坪上,见四周无人,便拿出手机,拨通了谭成伟的电话。

“谭书记啊,我是黄敬……”

“噢,还有事吗?”谭成伟在电话里说。

黄敬说:“谭书记,我有一个包,在你的办公桌旁……”

“噢,噢……我看到了……”谭成伟说,“你们这帮年轻人啊,就是这样,嘴上无毛，办事不牢。丢三落四的，可别把老婆也弄丢了。”说完哈哈大笑。

黄敬说：“谭书记，你听我说，是这么回事……”他本想说，听说谭书记的母亲年事已高，近来贵体欠佳，他想略表一点心意，给老人家买点营养品，请谭书记千万别见外——这番话也是他事先掂量好的——可没等他把话说完，谭成伟已经不耐烦了。他打断他的话说：“好了，好了，我知道了，我让人给你送下来。”

“不，不，谭书记，你听我说……”黄敬刚想解释，谭成伟却“啪叽”一下挂断了电话。黄敬急了，再拨电话，电话却占线了。事不宜迟，他立马向楼上急走，想做一些补救，可远远地就见谭成伟的秘书小韩从楼梯上下来了。小韩手里提着他的那只黑包，老远就冲黄敬喊：

“黄书记，真是贵人多忘事，害得我们像小二似的，跟在后边屁颠屁颠的。”

黄敬连忙道歉，说是得罪得罪。“什么东西？还挺沉的。”小韩把黑包交给黄敬说。

“还能有什么？”黄敬支吾着，强打哈哈说，“都是些材料呗。”

小韩走后，黄敬抱着那只黑包，一下子泄气了。他本来就有些做贼心虚，这一来心里更没了着落。他在市委大院里磨蹭了一会儿，思量来思量去，本想再上楼找一下谭成伟，可心里已有障碍，怎么也鼓不起勇气了。

庆幸的是，就在这之后不久，谭成伟突然出事了。更让黄敬没想到的是，谭成伟一出事，他的机会却来了。

四

华江一案发生后，为了稳定局面，早在谭成伟和徐浩被双规后，省委就决定增派干部，充实华江的领导班子。原省监察厅厅长马玉龙临危受命，被派往华江出任市委代书记；省内另一个大市——茂源市的市委副书记刘昌盛被调来担任代市长。黄敬也在这次调整中意外地受到了启用，被任命为市委常委、市委副书记。去省委组织部谈话时，吴部长推心置腹地对黄敬说：

“小黄啊，你的问题我一直放在心上，过去谭成伟在华江，许多事情比较复杂，不大好办，现在这个事总算解决了。你到华江一定要好好干，特别要吸取谭成伟、徐浩等人的教训,保持清正廉洁,干出点成绩来。”

黄敬简直感激涕零了,他压抑着心底的兴奋,连连表示一定不辜负省委和吴部长的信任和培养。从省城回来的那天晚上,黄敬兴奋得睡不着觉,在客厅里不停地抽烟,来回地踱步。他太高兴了,这是一个意外的惊喜。自从那次送钱遇挫后,他就有些消沉了。认为出师不利,不是一个好兆头,加上心里本来就不情愿,因而后来妻子孙梅提议再送一次,他便推三阻四,磨磨蹭蹭,一直没有再去。心理障碍一旦形成,要想消除并不那么容易。他不止一次地想,还是听天由命吧,命里八尺不求一丈。没想到的是,他认为不可能再有机会了,机会却不期而至了。

“机缘啊,不服不行啊!”他半对孙梅半是自语地说,“我现在算是彻底明白了,人大不过命,一切都是机缘,佛家说得真是太有道理了。”

孙梅见他唠唠叨叨个不歇,便说:“不就是个常委副书记吗?又不是国务院总理,至于吗?祥林嫂似的!”

黄敬听了这话,就很不高兴,他放下脸来,说:“我就这点出息!你丈夫没能耐,你有本事,你去找个总理做丈夫啊!”

黄敬真有些生气了,他觉得妻子太不理解自己,自己憋屈了这么多年,好不容易出了头,孙梅竟说这样的话,他能不恼火吗?

“好了,好了,”孙梅大约也觉得自己的话说得不好,连忙打着圆场说,“我这不也是为你高兴吗?我知道你在松县憋了这么多年,心里窝囊,乍一高兴,怕你乐极生悲,高兴出病来。”

“我是这样的人吗?”黄敬听孙梅这样说,心里多少熨帖了一些,他给孙梅分析说,“你知道吗?这次机会是非常重要的。马玉龙现在来代书记,我们出国时一起去的,他对我印象很好;刘昌盛——我们是党校同学,关系更不用说;而且,从现在的班子看,我的年纪也是最轻的。这都是极有利的条件。”

“是噢,是噢,你说得对。”孙梅说着说着,扑哧笑起来。黄敬说:“你笑什么?”孙梅说:“我在想你要是那次把钱送了,可真冤了!谭成伟倒了,那钱还不等于白扔水里了。现在再好不过了,官当了,还省了十万元钱——十万元,这可不是小数目啊!”

黄敬听她这样一说,好心情又变坏了。他想哪壶不开提哪壶,不爱听的事你偏要提,真他妈的——“俗!”他皱起眉头,没好气地说。

“我就俗,就俗!”孙梅平时在家里任性惯了,听他这样说,也不高兴了,头一撇,脖子一硬,嘴巴上也毫不留情了。她说:“你雅?你雅你别送啊,送又送不掉,你雅在哪里?我没看出来,你倒雅给我看看啊!”

黄敬气得说不出话来,也懒得再说,便一转身进了书房。这时他非常想念白雪,如果白雪在的话,绝对会顺着他的心思说话。这是个乖巧的女孩,说话做事总是那么贴切,让人心里舒坦,黄敬喜欢她的就是这一点。在从省城回来的路上,他就给白雪打过电话,想晚上到她那里去,与她一起分享快乐,可白雪因为一个美展去了上海,这让黄敬颇感失落。

书房里夜色如水,一片宁静。黄敬没有开灯,独自一人静静地坐着,静静地抽着烟。他这时非常希望找人交流一下,压抑得太久了,如今总算熬出头了,他真想找个人好好地说一说,把内心隐蔽的真实和盘托出,但要找到这样的人却很不容易。人在本质上是孤独的。身处此境,黄敬才体会到这话说得多么准确。

黄敬又想到了白雪,他犹豫一下,拿出手机拨了白雪的号码。“是你吗?”白雪的声音从遥远的上海柔柔地飘了过来。

“是我。”黄敬说。

“有什么事吗?”

“哦,没什么,”黄敬回头看了看书房的门,压低声音说,“我只想听听你的声音。”

“瞧你,又多愁善感了。”白雪的声音很甜,有一种优美的乐感,她说,“我知道你有话要说,我把房门关上了,这里只有你和我,有什么话你就尽管说吧。我保证,这是我们两人的秘密。”

黄敬笑了起来,他的心像被软软地抚摸了一下。白雪就是这么善解人意,但黄敬却突然觉得要说的话已不重要了,重要的是他在与白雪说话,并感受到了她的存在和体贴,这就足够了。

“小雪,我也不知道怎么了,突然之间非常想见你,恨不得马上见到你。”

“那我明天就飞回来。”

“不，不，你忙你的事，事业是第一位。”

“不嘛，”白雪撒娇地说，“爱才是第一位，你答应过我。我明天就回来，一定回来。”

“别，别，”黄敬说，“我现在已经好多了，真的好多了。小雪，你说得对，我是有点多愁善感了，我也不知道怎么变成了这样，也许我老了……”

“不许说老，我不许你老！”白雪生气地说，黄敬仿佛看到了她翘起嘴巴，满脸红晕的模样，心里腾起一股难以抑制的爱意。“你是我的真爱”，他的脑中突然滑过了这样一句歌词。

屋外响起了脚步声。当孙梅推门从外边进来时，黄敬已经匆忙地结束了谈话，收了线。“灯也不开？”孙梅说着，“啪”的一声，按下电灯开关，书房里倏地亮堂起来。

“谁的电话？”孙梅又说。

黄敬不吭声，他心里还有气，便没有搭理她。孙梅走过来，一把夺过他手中的香烟，“叫你少抽点，少抽点，瞧这屋里的烟，你不想活啦？”说着把一只烫金的小瓷碗放到桌上，用不容置疑的口气说，“喝了！”

瓷碗里是熬得浓浓的银耳莲子汤。孙梅揭开碗盖，用小勺在里边搅了搅，一股清淡的香气便随着蒸腾的热气飘浮起来。

黄敬说：“我不想喝。”

“喝了。”孙梅端起碗，硬塞到他手里。这是她的方式，没有缠绵，但是实实在在。黄敬只好接过来，他用小勺舀了一口放进嘴里，味道很纯很正，银耳也煮化了，含在嘴里绵软而滑腻。他喝着莲子汤，心里的温暖也在悄悄地涌动。孙梅是爱他的。当初他们相识时，孙梅还在一家工厂当工人，她文化不高，但热情、活泼。黄敬考上大学时，孙梅怀孕了，后来她又生下孩子——这就是他们的宝贝女儿菲菲。当时黄敬远在外地，她独自一人拉扯着孩子，备尝艰辛。除此而外，她还把自己微薄的工资省下一部分，寄给黄敬供他买书零用。这么多年来，为了黄敬，为了他们的孩子和家庭，她付出了很多。可以说是孙梅撑起了这个家庭的半边天。她爱黄敬，爱这个家庭。她的爱是无私的，全心全意的，同时又是具体的、琐碎的,缺少浪漫,但却任劳任怨,充满了奉献。想到这一点,黄敬就觉得有些愧疚,对不起孙梅。他承认,作为妻子,作为孩子母亲,孙梅在他心中的地位是无人能够取代的。然而,光有这些似乎还不够,随着岁月的流逝,这种感觉也越来越强烈。他总觉得还缺少了一点什么,在自己的精神空间中,还有一大片空白需要别人来填补。白雪就在这时候出现了。或许这就是必然的结果,无法逃避。黄敬想起了一部外国小说中的话——这句话他一直忘不掉——一个人需要两个妻子,一个用来爱,一个用来钉扣子。

五

黄敬的任职文件是9月底下发的,10月初他就赴华江上任了。省委丁书记和省委组织部吴部长专程赶到华江,召集县处级以上干部开会,在宣布华江新班子之后,丁书记做了讲话。讲话的主要内容是打气和鼓劲。他说,这些年华江的工作是有成效的,成绩也是有目共睹的,这是主流,不能因为出了谭成伟和徐浩这样的人就全盘否定。在讲话中他还谈到了反腐败的重要性,代表省委坚决支持纪委的行动,对谭成伟、徐浩等人的腐败行径表示了极大的愤慨。“败类!”他生气地以拳击桌,“同志们啊,这样的腐败不反怎么得了哟!”但他同时也指出,华江的干部总体上是好的,省委是信任你们的,人民是信任你们的。“希望同志们能够从阴影中走出来,”他最后鼓励说,“大家要尽快放下包袱,振作精神,在新班子的领导下,为华江的明天共同努力。”

大会结束后,丁书记又召集新班子开了一个会。丁书记过去没见过黄敬,松县他来过两次,不凑巧的是黄敬都不在家,一次出国访问,一次去党校学习,错过了机会。开会前,吴部长特地向丁书记介绍说:“这就是黄敬同志,原来的松县县委书记。”

“噢,你就是黄敬同志,”丁书记满脸笑容地握着黄敬的手说,“我知道你呀,听说你很能干,思想上很有活力啊。”

“哪里,哪里,丁书记过奖了。”黄敬像小学生一样红起脸,连声谦让。

“多大了?”丁书记又问。

“42。”

“好好，年轻嘛，跨世纪的干部哟。”说到这里，丁书记把手朝在场的新班子划了一下，“在座的各位，可以说是兵强马壮啊！这次华江的班子，省委是经过认真地反复挑选，都是组织上多年培养的优秀同志。好钢用在刀刃上，养兵千日，用兵一时，现在华江的局面就要靠你们了。省委对你们寄予厚望。

“特别是像黄敬这样的年轻干部，”丁书记转向黄敬，满怀期望地说，“这是一次很好的锻炼机会，要禁得住考验，要学会在逆境中扭转局面。未来最终还要靠你们这些年轻的同志啊。”

黄敬心里热乎乎的。丁书记在讲话中好几次提到他的名字，不敢说这就是某种暗示，起码是对他留下了印象。这一点至关重要。黄敬感到非常庆幸，谭成伟的出事不仅改变了他的处境，而且使他看到了更大的“官机”。黄敬兴奋异常，蠢蠢欲动，可高兴了没几天就高兴不起来了。他压根儿就没想到，自己竟会卷入谭成伟的腐败案中……

谭成伟的问题暴露后，虽然闹得沸沸扬扬，牵涉的人也越来越多，但黄敬并不担心什么，他与谭成伟之间并无瓜瓜葛葛。当然，那次钱如果送出去了则另当别论，问题是想送却没有送出去——真是老天开眼！除此之外，黄敬真的没什么好担心的，因此他心里很坦然。专案组宣布了宽大政策，11 月底为最后期限，黄敬也没有感到太大的压力。不过，要说他一点不放心的地方也没有，那也不对。

朱学良就是一个隐患。

朱学良是海风集团的董事长兼总经理，在华江地区也算是一个颇有名气的企业家。华松公路上马后，朱学良为了竞标成功，多次托人想联络黄敬。黄敬当时兼任华松公路建设指挥部的总指挥，一言九鼎，举足轻重。可黄敬对这类事一向谨慎，投标工作开始后，他就多次强调公平竞争，提高透明度，拒绝与任何投标单位私下接触，以免瓜田李下。现在的人都明白，举凡涉及工程，总免不了一些猫猫腻腻的事情，风气使然，习以为常，许多干部就因此一失足而毁了前程，尤其值得警惕。黄敬对钱看得较淡，他的人生理想就是做官，而做官的人一旦失去官位就一钱不值。黄敬还年轻，他的仕途之路还有广阔的前景，他不想为了一点钱身败名裂。除了这些世俗的实际想法之外，传统的道德文章，为官清廉之类，也在他的潜意识里或多或少地起着作用。黄敬不认为自己是多么高尚的人，但自觉还有些良心和操守。因此，朱学良几次托人提出想见他，他都没有答应。

有一次，秘书小胡又向他提起这事，他便烦躁起来，很生气地训斥了他一顿。

“朱学良，又是朱学良！”黄敬很恼火地说，“你和朱学良什么关系？是不是拿了他的好处？”

小胡没想到黄敬会发这么大的脾气，连忙解释说，朱学良是通过一个同学找到他的，他并不认识朱学良。在这件事上，他绝对清白，不信组织上可以派人去查。小胡说着说着，眼泪差点流下来了。

黄敬也觉得有些过了，便和缓了口气说：“小胡啊，我的话重了。我不是生你的气，而是对朱学良这种人，他们无孔不入，到处乱钻，我就是看不惯他们。他们暴富凭什么？”说到这里，他又拍了拍小胡的肩膀，“对这些人，要多长个心眼。他们找我，可能都是有目的的，过去为什么不找？现在却来了，还不是冲着招标来的？也许我们不该把人都想得那么坏，但俗话说得好啊，害人之心不可有，防人之心不可无。”

小胡连连点头，承认错误，表示要接受教训。之后，朱学良打电话来问情况，小胡便把一肚子的冤枉气全都冲他发了出来。朱学良还不死心，劝他再想想办法。

“算了吧，”小胡说，“你害人害得还不够啊！我看你还是趁早死心吧！”

但朱学良却不肯就此罢休。有一次市人大开会，黄敬是市人大常委，出席了会议。会议是讨论环境污染问题的，黄敬匆匆做了发言，因为下午县里还有一个重要的会议，他必须赶回去出席，因此发完言，他就请了假，提前退席了。

“黄书记。”就在他走出会场，准备上车时，一个高个子、西装革履的男子从后边赶了上来。

“黄书记，您好。”他很有礼貌地说。

黄敬感到此人有些面熟，一时却想不起来在哪里见过了。

“我是朱学良。”他掏出一张名片递上来。

又是这家伙！黄敬有些不高兴了，他绷住脸，勉强接过名片，说是要赶回县里，还有一个会在等他参加，说着就要上车。朱学良笑容可掬地说：“黄书记，我知道你很忙，我想……”

“以后再说吧，”黄敬打断他的话，用手指指表说，“时间来不及了。”

朱学良有些失望，但这种失望只是风中轻烟，一掠而过，很快他又恢复了满脸的笑容。“黄书记，”他说，“我不耽误你的时间，我写了一封信，请你过目一下。”

黄敬这时已经坐进车里，他冷淡地接过信，看都没看朱学良一眼，就随手一带，将车门关了起来。

“开车！”他吩咐说。

小车发动起来，绕过人大院内的花坛，轻捷地滑出大门，驶上了大街。黄敬这时随手拆开了信，不经意地溜了一眼，顿时脸色陡变。“这个王八蛋！”他恼火地咕哝了一句，然后用手一攥，把信攥成了一团，仿佛要把它彻底毁灭似的。坐在前座上的小胡透过反光镜偷偷向后瞄了一眼，只见黄敬满脸阴云，一副风雨来临的样子，吓得屏住气，一声不吭。

“停车！”黄敬突然叫了一声。

“黄书记，怎么了？”司机刹住车，回过头来看着黄敬。黄敬坐在后座上一言不发，就这样默默地停了几秒钟，然后他说：“你们先去宾馆，我去办点事情。”说着，一拉车门下了车。

“黄书记，什么事？我来送你吧？”小胡摇下车窗玻璃说。

“不用了，你们先回去。”黄敬不耐烦地摆着手。

“那会议……”小胡提醒他说。

“就说我去不了了。”黄敬气呼呼地说着，向人行道上走去。看着小车开走后，他便招手叫了一辆出租车。

“先生，去哪里？”

“往前开！”

司机发动了车子。黄敬掏出手机，气急败坏地拨着。由于心情激愤，他好几次拨错了号码,最后终于拨通了。

“白雪吗?”黄敬怒火万丈地说,“我马上要见你,就现在!”

六

白雪是那种很有品味的,让人一看就容易产生好感的女人。黄敬第一次见到她是在潘老家里。记不清当时去省里开什么会了,晚上无事,黄敬便去潘老家里看望潘老。潘老是省里一位很有名望的画家,黄敬下放时跟他学过画。潘老那时落难,和黄敬下放在一个村里,他们经常厮守在一起,谈天说地,海阔天空。从潘老那里黄敬学到了很多东西,他对美术的喜爱也是从那时养成的。后来恢复高考,黄敬报考美术专业虽未如愿,画画的事也荒疏了,但与潘老的友谊从未中断。每次来省城,只要有空总忘不了去看望潘老。

潘老刚吃过晚饭,见到黄敬很高兴,他拿出近期的作品让黄敬欣赏,黄敬连声夸奖,潘老更高兴了,兴之所至,还主动提出要送给黄敬一幅,让黄敬自己挑选。两人正聊得高兴,这时又有人来看望潘老了。

来者一男一女,都是年轻人。男的长发,大胡子,穿着也放荡不羁,一副艺术家的做派;女的则很文静,很朴素,T 恤,直裙,淡淡的妆,淡淡的模样。潘老向黄敬介绍说,这两位都是我省很有前途的青年画家,男的叫董什么(黄敬现在已经记不起来了),女的就是白雪。潘老在介绍时,黄敬注意到她微微地笑了一下,脸上涌起淡淡的红晕,这是一种略带羞涩的很动人的笑。许多年后,黄敬仍然忘不了初见白雪时的那第一次微笑。黄敬认为,正是白雪的微笑打动了他,使他不能自已。

实际上那天的谈话并不十分愉快,问题就在于那个董什么画家一开始就让黄敬很不喜欢。他太爱卖弄了,故作高深,夸夸其谈,显然没把黄敬这个来自小县城的七品官放在眼里。在整个谈话过程中,他喋喋不休,满嘴新词,从这个主义谈到那个流派,从美术谈到文学,仿佛天上地下,无所不知。在谈话中,他还不断地挖苦、贬低中国的艺术,说这些东西简直一钱不值,全是垃圾;他还用极其轻蔑的口气评论说,某某根本不行,某某某是个性无能者,他们的作品狗屎不如。中国艺术的骄傲不在过去,而在未来。这种目空一切的张狂和胡说八道,使黄敬很不舒服。潘老是个一向宽容的老人,他微笑地听着董什么的奇谈怪论,只是偶尔提醒他不要太偏激了,但董某并不收敛,谈锋更健,后来他又谈起尼采、卡夫卡,黄敬再也忍不住了,他想你究竟读过多少尼采、卡夫卡,可谈话深入下去,才发现只要谈到具体作品,董什么就张口结舌了。黄敬的直觉得到了证实,这个董什么实际上什么都不懂,根本就是个“假牙”,他甚至怀疑他压根儿就没有看过这些人的作品。然而,董什么却不肯示弱,东拉西扯,信口开河,谈话到最后几乎变成了抬杠。

黄敬突然觉得很无聊,与这种人谈话无疑是对牛弹琴,毫无益处。于是,他说:

“你读过鲁迅吗?”

董某不知他用意何在,没有马上回答。黄敬说:“鲁迅在文章中提到过一个叫思孟的人。此君写过一本书,把当时新文化运动的倡导者通通臭了一遍,说他们这也不行,那也不通,陈独秀不懂外语,刘复、钱玄同是‘斗筲之才,不足比数’,还说胡适的英文太差,识不了几个字,可他自己却在书中把马克思的名字拼错了。”说到这里,黄敬突然打住,不再往下说了。

“什么意思?”董某警惕地斜起眼睛,望着黄敬。

“没什么意思,”黄敬说,“我只是忽然想起了这件事。”

潘老哈哈笑了起来,白雪也笑了。在整个谈话中,她始终很乖地坐着,不大说话,只是默默地看着,听着,但从她的表情看得出,她是倾向于黄敬的,包括潘老在内。现在他们的笑,实际上就是一种表态。

黄敬注意到白雪这一次笑得很开心,露出了牙齿。

牙齿很白。

第二天,黄敬回松县时,白雪是搭乘他的车一起走的。白雪在华江文化馆工作,听说她明天也要回去,黄敬便主动提出要带她一起走。也说不上为什么,从一开始他就对白雪有一种天然的好感。实际上,那晚在潘老家里,他们之间的交流并不多,甚至没谈几句话。可事情常常就是这样,好感的产生就在一瞬之间,无需过多的理由和原因。

从省城到华江将近6个小时，由于白雪的出现，枯燥的旅程变得短暂而愉快起来。谈起昨晚在潘老家的情况，白雪又笑了起来。

“我发现你这人很坏哎。”她说。

“哦，何从谈起？”

“你自己知道。骂人就骂人，偏要拐一个弯儿，还鲁迅什么的。”

黄敬开心地笑起来，他说这不是骂人，而是一种谈话的艺术。“年轻人嘛，”他说，“我不能同他一般见识。”

“嘿，你多大啊？”白雪马上提出抗议了，“别卖老了，你才大几岁啊！”

“几岁也是大，”黄敬笑着说，“十年一代，我们毕竟不是同代人，你不能不承认。”

白雪的嘴角不经意地撇了一下（这动作使她变得很青春很可爱）：“你们男人就喜欢倚老卖老。其实年龄说明不了什么，最重要的不是这个。”

那是什么呢？黄敬没有把这个话题深入下去，其实没有必要。男人说老不过是为了从女人（特别是自己有好感的女人）那里得到自己并不老的看法。白雪的话实际上已经满足了黄敬的潜在动机，但她并没有睁眼说瞎话，完全否定年龄差距这个事实，而是说还有比年龄更重要的东西，这是一个聪明的回答。

后来他们的谈话又回到了那个董某人身上。白雪似乎明白黄敬的意思，主动解释了一番。她说她与董某只是同学，并暗示说他们之间并无特殊关系。那晚去看潘老也只是偶然碰到一起。

“我想也是这样，”黄敬说，“如果不是的话，那肯定是一个错误。”

“你这话什么意思？”白雪故意问道。

“我原以为你们是朋友，那种男女之间的朋友。”黄敬说到这里，话锋一转，用不容置疑的口吻说，“这就对了，他不配你，一点都不配你。”

“别，别，”白雪调皮地笑起来，“你又要骂人了，我这人可禁不起夸奖。”

黄敬也笑了，一句话几乎就要脱口而出了——打是亲，骂是爱嘛——可话到嘴边又被他咽了下去。这话有些暧昧，容易引起误解。

这时，白雪突然叹了一口气，她说：“你妻子一定是个很幸福的人。”

“你认识她？”黄敬话一出口就后悔了。他感到自己真是太傻了，简直傻透了。

七

黄敬第二次见到白雪,已是一个月后了。那天车到华江后,黄敬给了白雪一张名片,还特地在名片上写下了自己的手机号码。他希望白雪能够给自己打电话,如果她对自己确有好感的话,她会主动这样做的。然而,白雪却没有。一转眼,一个月过去了,黄敬整天忙忙碌碌的,但只要空闲下来,脑海里就时常闪现出白雪的身影以及她的音容笑貌。这是一种很奇怪的感觉,在黄敬的经历中还从来没有过。

有一次黄敬去华江开会。会议结束后,吃过午饭,黄敬想在宾馆里稍事休息就返回松县,躺在床上他随手拿起当天的日报看起来——突然一个熟悉的名字跃入眼帘——白雪,是白雪！那是文化版上的一则消息:《青年女画家白雪画集出版》。消息很短,只有几百字,豆腐干一块,黄敬反复看了几遍。就在这一刻,他忽然决定给白雪打个电话,因为他已经有了一个很好的借口。

电话一下子就接通了。

"是你,"白雪声音显得很兴奋,说,"你在哪里?"

"我就在华江,"黄敬说,"祝贺你画集出版。"

"不值一提。"

"你难道不想送我一本吗?"

"就怕你看不上啊。"白雪仿佛有些激动,停顿了一下,才说,"你终于给我打电话了,我以为你早把我忘了呢?"

"怎么会呢?"黄敬说,"我今晚请你吃饭,你肯赏光吗?"

"不,"白雪说,"还是我请你,就在我家里。"

那是一个很有情调的晚餐。菜很丰盛,葡萄酒,美丽的烛光,房间到处弥漫着温馨,如水流淌。他们愉快地谈着话,敞开心扉。黄敬谈起了自己的童年,自己的人生经历,他还从未对一个外人讲起过这些。黄敬不禁有些感慨,连他自己都感到惊讶,生命是如此短暂,转眼已虚度大半。回首自己的过去,平淡无奇的人生几乎毫无光彩,即便34岁就当上县委书记这件曾让他自豪不已的事,也仿佛变得微不足道了。白雪也谈了自己的过去,她告诉黄敬,她曾有过一个没有幸福的恋爱。那个男人是她大学里的老师,他是一个表面上很不出众但内心却十分丰富的男人。“我不喜欢表面的东西,”白雪说,“但他死了,是一场车祸……”说到这里,她默然了。黄敬看到她的眼睛里闪动着幽暗的微光,在烛光下楚楚动人。他情不自禁地伸出手,抚着白雪的脸庞。

滑润的肌肤,冰凉如水。他的心像一匹脱缰的野马,蹄声如鼓,激情飞扬。

“你知道,”白雪侧过脸,握着他的手,让它更紧地贴住自己的面颊,“在你打电话前,”她的声音幽幽的,充满了一种哀怨,“我在想什么吗?”

“想什么?”

“我在恨你。”白雪说。

“为什么?”

“因为你是一个没有勇气的懦弱的男人。”

“为什么要这么想?”

“你心里明白。”

黄敬不说话了,他伸出另一只手,把白雪的头搂进怀里。一股橄榄般的发香飘入了他的鼻腔,他使劲地吸吮着,仿佛要把它们永远地吸入自己的胸腔。他亲吻着她的秀发,就像一个情窦初开的少年。这么多年来,他一直在渴望着什么,但渴望什么?并不清楚。直到这一刻,他才有所省悟,他渴望的是一种激情,一种沉睡许久的颠覆和爆发。

这是人类最本性的东西。激情是一种美丽,是生命的邂逅,可遇而不可求。

黄敬被深深地陶醉了,竟像初夜一样,充满了不可遏止的威猛。他们做了三次,一次比一次做得更好,淋漓酣畅,美不胜收。这是一个充满活力的春天,无边的绿色尽收眼底,天空湛蓝,大地如春,一派勃勃生机。

白雪幸福地呢喃:“真好,真好。”

八

“莱茵河畔”是个幽静的茶座,离文化馆不远。黄敬赶到时,白雪已要好包厢,并点了茶水——是黄敬最爱喝的龙井。

昨晚一到华江,黄敬就去了白雪那里,共度良宵,说好了今天上午赶回松江,不再与她告别。可突然间又打来电话,说是要见她,而且刻不容缓,白雪就知道一定出了什么事情。

果然,黄敬一坐下,劈头盖脸就是一句:

“你认识朱学良?”

“是啊。”白雪一边替他斟茶,一边说。

“这是怎么回事?你知道吗?”他把朱学良的信扔到茶桌上,一脸的愠怒。

“瞧你,”白雪端起茶盏递过去,笑盈盈地说,“怎么气成这样?要吃人的样子。”

“这是讹诈!”黄敬推开茶盏,忽地站起来,按捺不住地使劲敲了一下桌子。

白雪感到事情严重了,她收住笑,赶紧看信,这一看也生起气来。“卑鄙,”她说,“真卑鄙!他怎么这样?我要找他!”说着就掏出手机要拨号码。

黄敬却一伸手把她按住了。

“先别打。”他说,“你说说,这究竟是怎么回事?我们的事他怎么会知道?”

其实,白雪也感到奇怪,当朱学良不久前来找她向她提起黄敬时,她同样大感意外。她与黄敬之间的关系,一直小心翼翼,谨慎有加,很少有人知道。朱学良怎么会知道的呢?

朱学良是白雪的远房表哥,由于白雪的父亲死得早,她和母亲曾得到过朱家的照顾。朱学良的父母都是部队干部,工资高,心地也很善良,他们经常接济白雪母女。白雪上大学的费用也是他们慷慨资助的。朱学良从小与白雪一起长大,白雪对他当然是太了解了。此人脑子活,聪明到了极点,且善钻营,爱结交朋友,只要他想做的事千方百计也要做到,哪怕削尖脑袋,不择手段。部队转业后,朱学良只身去了海南,很快成了气候。后来一看海南不景气了,马上一掉头又杀向内地,在华江依然如鱼得水,红红火火。尽管白雪一直对朱家心存感激,朱学良对白雪也不错,但白雪还是从心里瞧不起他,他们之间的来往也不多。有一天,朱学良突然来找白雪,要请她吃饭。是在华江最豪华的饭店,朱学良点了很多价格昂贵的菜。白雪劝他别浪费了。他说,我有的是钱,这辈子根本花不了,完全是小意思啦。白雪便讥讽他说,开口就是钱,俗不俗啊?这是不自信的表现。

"你错了,"朱学良说,"只有没钱的人才会不自信。要知道,我们是先进生产力的代表。"

"得了吧,"白雪说,"别糟蹋了这个名词,先进生产力可不是光指钱。"

"但没钱绝不是先进生产力,"朱学良强调说,他伶牙俐齿,振振有词,"事实上,我每天都在为国家创造价值,我每年交的税就有好几百万,这就是贡献啊。"

白雪说:"可你能保证你赚的钱都是干净的吗?"

朱学良哈哈大笑。

"你们这些人啊,"他用手指点着白雪说,"让我怎么说呢?读书都读呆了。如今都二十世纪了,观念居然还这样陈腐?"

白雪不服气地说:"我并没说钱不好,只是这世界上还有比钱更重要的东西。"

"又错了,"朱学良说,"一听这话,就知道你是个没钱的人。你不可能体会到有钱的感觉。我说的钱不是几千元、几万元,而是上百万、上千万,甚至更多。如果你真正拥有这么多钱,你就会觉得这世界是你的。你可以为所欲为,所向披靡,战无不胜。"

朱学良微笑地看着白雪,充满自信地挥了一下手,完全是一副问苍茫大地谁主沉浮的架势。

"我的大艺术家,"他接着说,"你那套理论压根儿就是安慰穷人的,早就不时兴了。在这个世界上,的的确确,钱就是最重要的东西。有了钱,就有了一切。没有什么比钱更重要的了。"

"当然,我和你说这些,都是白说,"朱学良很夸张地叹了一口气,然后居高临下地看着白雪,"你不懂,你不可能真正懂。"

白雪被他说得一愣一愣的,但心里却不肯就此认输,她说:

"难道就没有比钱更重要的吗?比如说生命,在你病入膏肓,即将离开这个世界时,钱又有什么意义?"

"还是错,"朱学良说,"即使到了那一天,有钱与没钱还是不同。有钱会得到尊重，而没钱就是另一回事了，只能凄凄惨惨戚戚。”

白雪差不多已被抵到墙角上，没话说了。看着她张口结舌的样子，朱学良得意地笑起来，准备鸣金收兵了。

“好了，”他用手做了个休止的动作，说，“吃饭吧，我们不要一见面就顶嘴了好不好啊？”

可白雪显然不愿就此罢休，她说你的话完全是狡辩，歪理邪说，可光扣大帽子说明不了问题，就在拮据之时，突然急中生智，脑子里冒出一句很精彩的话，她说：“如果你因为钱而犯了罪，当你被抓起来时，钱还会让你赢得尊重吗？”

朱学良这一下子被她问住了。于是，这一回轮到白雪微笑了，她毫不留情，宜将剩勇追穷寇。

“到了那时，”她总结说，“恐怕钱越多罪越重，死缓、无期、斩立决，钱越多越烫手，你想不要都办不到了。到时你会恨钱，最恨的就是钱了。”

朱学良无言以对了，他笑着摇头，挂起了免战牌。“好了，好了，”他说，“我的大小姐，我算彻底明白了，我们根本就不是一股道上跑的车，永远不可能谈到一起。”

白雪终于占了上风，心里很高兴。她说知道就好。“快说吧，你今天找我吃饭，又想算计什么了？”

“别说这么难听好不好？”

“实事求是嘛，你老兄我还不知道，总不会无缘无故出血吧？”

朱学良笑了起来，他说你这丫头太厉害，又开了几句玩笑，等气氛轻松下来之后，他开始说明来意。他告诉白雪，他想认识一下黄敬。

“为什么找我？”

“你也不要瞒我了，你们的关系我很清楚。”

“你怎么知道？”白雪十分惊讶。

“这你就别问了，反正我知道。”朱学良一副神秘莫测的神情。白雪脸上顿时风起云涌，她愤怒地看着朱学良。

“你，你……做了什么！”

朱学良本想开个玩笑，一看白雪误解了，赶紧说：“嗨嗨，小姐息怒，你可别想歪了。”他解释说，这事他是无意中得知的，他不会也不可能去做任何对不起白雪的事。他还保证，绝不会说出去，请她一千个放心。

听他这样一说，白雪的情绪逐渐稳定下来。她相信朱学良不可能跟踪她，或采取其他出格的举动来打探她的情况。他还不至于如此。朱学良虽然身在江湖，混迹商场，但本质上还是讲义气的，尤其是对自己的亲朋好友，断不会下做到那种地步。他或许是从她母亲，或者她妹妹那儿得知了消息。这是很有可能的。但对他的请求，白雪还是为难了。

与黄敬相识，是她人生的转折。尽管她一直未婚，但与男人的接触，黄敬并不是第一个。女人总喜欢做比较，而第一个爱上的男人常常就是标尺。白雪的初恋毁灭后，又有许多男人试图赢得她的芳心，结果都一无所获。那位初恋的大学老师就像一座不可逾越的高山，横亘在她的心里。白雪曾对妹妹说过，哀莫大于心死，她这一辈子不可能再去爱别人或被别人爱了。然而，黄敬的出现粉碎了她的想法。如同夏日的闪电，猝不及防，划破阴郁的天空，她的生命就在那一刻突然被照亮了。爱情常常就是这样不可理喻。沐浴在爱河的博大与温暖之中，白雪有了一种从未有过的体验。她感到自己获得了再生。凤凰涅槃，夜莺歌唱。“我为我心爱的人儿，燃烧到这般模样！”

白雪真的从心底里珍惜这次情感的邂逅。倒是黄敬时常流露出歉意，一副恨不相逢未“娶”时的愧疚，虽然他没有明确说出，但他的眼神和举动却表露无遗。白雪不想给黄敬哪怕一点点压力，有爱就足够了。她不再奢求什么。她爱黄敬，不需要他做出承诺，也不因为他前程远大，另有所图。这是一个男人和一个女人的纯粹之爱。白雪认为爱情的理想境界就应该如此。她给自己画了一条线，那就是不让他们之间的情感掺杂任何杂质。

然而，朱学良的请求给她出了一道难题。如果她与黄敬没有这层关系，她或许会答应他。她还从来没有给朱家一点帮助，相反倒是从朱家受益匪浅。如果有机会，她愿意做出报答，可她不愿将自己的感情牵扯进去。倘若如此，那就是亵渎！这是绝对不可以的。

看着白雪沉默不语，朱学良明白她在犹豫，便进一步说服她道：“凭海风的实力，要在竞标中获胜也不是难事。可如今的社会就是如此，你不活动，别人活动，那结果就是另外一个样子。而且目前经济很不景气，海风也遇到了一些困难，急需得到这项工程。这对我很重要。”朱学良强调说，他不到万不得已不会来找白雪，况且他也从未麻烦过她，但此事必请她帮忙，请看在两家世交的分上，“拉兄弟一把”。

朱学良的这番话说得很有技巧，他了解女人的性格，尤其是白雪，更是个服软不服硬的人，因此他把自己放得很低，话也说得很诚恳，试图用情感来打动她。

可白雪还是不说话。

“其实这事很简单，”朱学良有些着急了，他说，“你只要把黄敬约出来吃一次饭，剩下的事就不用你管了。这点事，你总不会不答应吧？”

“学良，”白雪终于说话了，“不是我不帮你，我不能这样做，真的不能这样做。”

“为什么？”

“有些事你不会明白，”白雪说，“我只能请你原谅了。”

朱学良气坏了，但还不能发作，以免在白雪面前有失风度，只好强压恼怒，自我解嘲地说：“都说秀才遇到兵，有理说不清，现在倒好，整个翻过来了，当兵的遇秀才，根本没理说。我算看透了，你们这些人呀，根本就是社会前进的绊脚石！”

……

那次吃饭之后，朱学良再也没来找过她，原以为这件事已经过去了，没想到朱学良却“毛遂自荐”，自己跑去找黄敬了。他给黄敬的信内容并不多，只是简单地说到他对华松公路有一些设想，希望得到赐教，但在信的结尾——仿佛不经意似的——提及了白雪，称她是自己的表妹云云。黄敬的愤怒就是因为这句话，而这句话也确实容易让人产生联想。朱学良用意何在，黄敬当然很清楚。朱学良就是朱学良，白雪其实应该想到这一点。如果他不这样做，就不是朱学良了。

但白雪还是感到气愤和委屈。这气愤更多的是为了黄敬，而委屈则是为了自己。为了消除误解，她把朱学良来找她的前前后后，从头到尾，仔仔细细地讲了一遍。她讲了她当时的想法，说着说着，竟动了感情，第一次向黄敬坦陈胸襟，说出了埋藏在心底的话，那是她的爱和她对爱的理解。她说，从我认识你那天起，我就没想过要利用你。我不想我们之间有任何交易，也不想把你拉进任何交易中。

"我就是这样想的，"白雪说，"人生能有一次爱，谈何容易？爱就应该是纯洁的，除了爱不应再有任何依附。我一直对自己说，让我们的爱纤尘不染，进行到底。"

"我会永远爱你的，"白雪接着说，"但我不强求你如此，如果有一天你不再爱我了，我就离你而去。爱是幸福的，不应该让一方感到累赘和痛苦。"

"不要睬他！"白雪最后态度坚决地说，"朱学良不是玩意，我见到他，要狠狠骂他。"

黄敬久久地不说一句话。他说不出来。他被白雪打动了。想到自己刚才当着白雪的面发火，他就感到歉疚，太不应该。他不知道自己能不能做到像白雪那样，无私地去爱，但他明白他遇到的是一个真爱他同时也值得他真爱的女人。他把白雪的手轻轻握住，心中热浪鼓涌，充满感动。

"走，"他说，"去你家。"

白雪的脸红了。她明白他的意思。

"你疯了？"她说，"现在是白天，就不怕别人看见。"

"管他呢！"黄敬一把抱住了白雪。"走，马上走！"他几乎是在命令，口气急切，不容半点拒绝。

九

黄敬与朱学良见面是在这之后的第二天，是黄敬主动打电话约见朱学良的。黄敬这样做，其实完全是为了白雪，尽管白雪不要他这样做，可她越是如此，他就越想为她做点什么。朱学良又惊又喜。见面的地点就在华江郊外的一家饭店。这里是开发区，虽然离城二十多里，但却高楼林立，花园绿地，到处充满现代气息，到了夜晚，更是灯红酒绿，歌舞美食，一片奢华景象。事前朱学良在电话里请示黄敬，要不要白雪一起参加，却又勾起了黄敬的不快，他说："你是要见她，还是要见我？"朱学良知道自己讲错话了，赶紧打住。

晚上的饭局是在生疏和拘谨中开始的，但朱学良久经沙场，知道如何应付这种局面。谈话开始不久，他就对黄敬提起了十几年前在华江饭店举行的全省首届大专生辩论会。在那次辩论会上，黄敬作为辩方的第一辩手出尽风头，最后为所在大学捧走金杯。

"黄书记，"朱学良说，"那次辩论会我就坐在台下，那是我第一次见到你，不是当面吹捧，你的辩才当时征服了全场。"

"哪里，哪里。"黄敬表面上淡如止水，心里却蛮受用的。那次辩论会的确是他青年时代的一个亮点。

"我记得，"朱学良又说，"最后一场决赛最精彩，辩题是关于改革问题，你是正方，旁征博引，从古到今，从中国到外国，什么屈原、孟子，还有但丁、哥白尼，最后引用雪莱的《致云雀》：冬天已经来了，春天还会远吗？台下的人都拼命鼓掌。"

"你怎么记得这样清楚？"黄敬听他这样一说，禁不住高兴起来。

"不瞒你说，黄书记，你的辩文后来发在报纸上，上边好多句子我都摘抄了下来，心里佩服极了，那张报纸我现在还完好地保留着。"

"哦？"黄敬摆了摆手，哈哈笑起来，"都是过去的事了，不值一提，不值一提了。"

"来，干杯！"他主动举起了酒杯。

朱学良一看谈话有了效果，马上趁热打铁，深入下去："黄书记，你知道我最崇拜什么人？"

"什么人？"

"文化人。"朱学良说，"我青年时的梦想是做一名作家，可后来误入歧途，下海经商，但对文化人打心眼里敬重。黄书记——"说到这里，他又随即谄媚一句，"我觉得你现在虽然当了官，但本质上还是个文化人。"

朱学良知道许多有文化的官员都爱听这句话。文化人，代表着知识和清高，这是官场附庸风雅和中国士大夫阶层沽名钓誉的遗风。果然，黄敬欣然接受了，他说：

“我要不当官的话，说不定真会成为一个作家。”

“那是，肯定是，黄书记的文章写得好哎！”朱学良说，他这人没什么嗜好，就是喜欢读个报看个杂志什么的，特别是黄书记的文章，他最爱看了，只要碰到就必买不可。在谈话中，他不时提及黄敬发表的一些文章，发在哪里，什么日期，题目叫什么，皆头头是道。

朱学良显然是有备而来。黄敬平时喜欢舞文弄墨，写点文章，这都是大学里养下的毛病，后来做秘书，写写画画更成了常事。敝帚自珍，瘌痢头儿子自己好，一听别人夸他的文章，黄敬便有些晕晕乎乎了。

“黄书记，你的笔名叫草文，对吧？”朱学良说。

“你怎么知道的？”黄敬说。

“黄敬，草文，各取半边嘛。这名字起得好哎——草文，很大气的，又透着谦虚。”

黄敬心里美滋滋的。他说：“没那么多讲究，瞎起的。”

“不是瞎起的，”朱学良认真地纠正他说，“成竹在胸，随手拈来，你可能自己都不觉得，但起得好哎。”

黄敬笑了起来，他用筷子点点朱学良说：“叫你这么一说，倒玄了。”

朱学良明白自己已经搔到了黄敬的痒痒处了，便进一步加码道：“黄书记最近在《华江日报》又有一篇文章，是写如何看待洋务运动的，对吧？”

“你看了？”黄敬说。

“看了，”朱学良说，“写得好哎，相当深刻！我赞同你的观点，对洋务运动应该历史地看，不能一概否定。实际上，这是中国晚清最早的改革开放嘛。”

黄敬本来对朱学良印象并不好，没想到他还真读了一点东西，说起来居然一套一套的，心里一高兴，话也多了，酒也多了。气氛很快融洽起来，饭后仍有些意犹未尽。朱学良提议时间还早，去唱歌吧。黄敬虽已喝得微醺，但头脑依然清醒。

“你想拉我下水啊，”他笑着说，“别以为我不知道唱歌是干什么。”

朱学良知道他想歪了，连忙说：“岂敢，岂敢！唱歌有很多含义，有的指嫖，有的指尿,但我说的唱歌是真唱歌,就是卡拉OK的意思。”

“哦,那‘尿’是什么意思?”黄敬饶有兴致地问。嫖倒是听说过的,尿还闻所未闻。

“这也是一个段子。”朱学良说,“某男,在长途车上尿急了,便喊要唱歌,就是撒尿的意思,让司机停车,可司机就是不停,后来一个女的也喊要唱歌,司机就停了下来。某男生气了,责问司机,我要唱你不停,她唱你为什么停?司机说,那就一样了吗?人家张嘴就来,你还要摆弄半天话筒,哪有那么多时间等你啊?”

黄敬一开始没听懂,愣了一下,及至转过弯来,便憋不住大笑,前仰后合,连气都喘不过来了。笑过之后,说:“反正都和生殖系统有关,简直是糟蹋唱歌!不唱了,不唱了,想唱也不能唱了。”旋即发现失口,又笑个不止。

朱学良也跟着一起笑,他拍拍黄敬的肩膀,又轻轻搂住他,两个人就像多年的老朋友,一下子近乎起来。以后隔三岔五,朱学良就把黄敬请出来聚上一聚,时而桑拿,时而保龄球,有时还去高尔夫一下,相互之间越来越熟,后来黄敬也不再避讳,让白雪一起参加。

朱学良的老婆小钱很惊讶,她对丈夫说:“你使的什么鬼,这么快就把黄敬搞定了,花了多少钱?”朱学良说:“你懂个屁啊?盐卤点豆腐,见缝插针。黄敬这种正人君子,开始就给钱他敢要吗?非坏事不可。”小钱问他奥妙何在,朱学良得意地说:“你读过《狐媚》吗?贪淫者,媚以色;贪财者,媚以金。书中那个倒霉蛋子‘两无所好’,最后还是被狐狸精骗上床,吸去了精气。人都有弱点,找准了就好办。”小钱说:“你这人真行哎!人家看书都学好,你看书尽学坏。”朱学良说:“这叫谋略,你懂个屁!”

事实上,朱学良也给黄敬送过钱,但并不灵验。随着开标日子日益临近,为了确保拿到工程,朱学良知道出血的时候到了。有一天黄敬身体不适,在家休息,朱学良拿着鲜花,提着一大包水果来看他,等他走后,孙梅打开来一看,不禁目瞪口呆,水果包底下塞满了一扎扎的钱,共二十万元。黄敬非常生气,马上要通了朱学良的电话。朱学良当时正在返回的路上。他用玩笑的口气说:“黄书记好大事啊,不就是一点零花钱嘛,请黄书记务必笑纳。”黄敬当时就恼火了,很严肃地警告他说:“朱学良,别来这一套,你给我回来,马上把钱拿走。”

“算了,算了,”朱学良含糊其词地说,“以后再说吧。”

“看来你是不想做这工程了?”黄敬说,“好吧,既然这样,你就看着办吧。”说完啪地扣了电话。黄敬的声音很严厉,看来是真生气了。

朱学良只好乖乖地回来把钱取走。

但朱学良并不死心,此后他又另辟蹊径。有一天,白雪突然打电话给黄敬,说是朱学良替她买了一套房子,就在巴黎花园。这是华江著名的高档住宅区,由香港人开发的,设施高档,价格昂贵。白雪问黄敬怎么办。黄敬这一次却犹豫了。事后他打电话给朱学良,说这样做恐怕不好吧,他的语气显然有些暧昧,于是朱学良马上变得坚决起来,敢于顶撞了。

“黄书记,你也管得太宽了吧?白雪是我的表妹,这和你有何相关?”

“可是,”黄敬说,“你明白……”

“我不明白,一点都不明白,”朱学良说,“白雪是画家,可她那破房子,巴掌大小,身子都磨不开,怎么作画啊?黄书记,你不为自己想,也得为我表妹想想吧?你就这么忍心吗?实话说,我早有此愿。现在房子买了,也装好了,你就别管了。”

“黄书记,”他说着说着,声调越发强硬起来,“我什么都听你的,但这次就是刀架脖子,我也不能接受。没有道理嘛!”

朱学良很会来事,他懂得这时候越顶撞,对方越不会生气,不仅不生气,反而会对你产生好感。只有自己人才会这么说话嘛,言语间已有了撒娇取宠的味道。

果然,黄敬笑笑不再坚持了。是的,他这样为了什么?不就是为了白雪吗?朱学良说得对,白雪的房子是太差了,况且就在文化馆内,他进进出出,人多眼杂,诸多不便,是该换一换了。但白雪却不无担心,她不止一次地提醒黄敬,商人都唯利是图,尽管是朱学良也得处处小心,不要弄出事来才好。黄敬心里有数,在这之前他已派人对海风的信誉做过周密调查,发现他们在工程上还是颇讲信誉,从未有过偷工减料、以次充好等劣迹,是靠得住的;与此同时,黄敬还指定了省里一家最有名的监理公司负责工程监理,做到万无一失。反正工程都要给人做的，只要质量能保证，给谁不是做呢？

这之后，海风集团顺利中标。再之后，松华公路又顺利建成。本来，事情到此已画上句号，偏偏朱学良还念着这份人情，剪彩后的当晚又一次登门，把当初黄敬退回的二十万再次送了回来。他选择了黄敬不在家的时候，直接把钱给了孙梅。他对孙梅说："嫂子，过去黄书记不收我理解，现在工程都结束了，还评上了优质工程，皆大欢喜，你们也用不着担心什么了，再不收倒显得我无情无义了。"孙梅心里很复杂，推让了几下没推掉，便半推半就地收了下来。晚上黄敬回来，听说这事后，不仅没有生气，反而感叹了一句，说没想到这朱学良还真有点良心。

"看来他是真心的啊。"孙梅说。

黄敬点点头。

"那这钱……"

"你看着吧。"

"那就收下了？"孙梅问。

黄敬不置可否，心里想，这工程朱学良捞得不会少，二十万不算多，不收白不收。但他没想到，就是这笔钱，此后给他带来了无穷的烦恼。

十

华江腐败案发生后，黄敬也曾有过担心。让他担心的，就是这个朱学良。虽说自己与谭案、徐案没有牵连，但谭、徐落马后，华江长期被捂住的矛盾统统爆发出来，许多过去不敢说话的人也站出来检举揭发，夹杂着人事上的宿怨和争斗，问题变得更加复杂。华江就巴掌大一块地方，七姑八姨，左牵右扯，拔起萝卜带起泥，不少意想不到的问题就这样牵扯出来。特别是最后期限宣布后，如同一把无形的宝剑悬在空中，形成了一种强大的压力，让那些有猫腻的人成天提心吊胆，如同惊弓之鸟。有的终于撑不住，开始主动向专案组交代问题，上缴赃款。黄敬最害怕的就是这把火烧到自己身上。

一天晚上，他把朱学良悄悄找来，在巴黎花园白雪处见了面。他掩饰着自己的不安，故作镇静地向他讲了华江案的查办情况以及自己的担心。朱学良还是那副满不在乎的样子。

“好大事啊，”他说，“谭成伟、徐浩和你都没关系，你怕什么呀？我们之间的事，天知地知你知我知，只要我不说，就没人知道。”

“黄哥，”自从黄敬收了钱后，朱学良对他的称呼不知不觉地也变了，不再叫他黄书记而叫他黄哥了，“黄哥，你也是场面上的人，这点事还拿不起放不下吗？我要像你这样，那还没法活了。身上的事随便抖搂一点，就够判个十年八年的。”

黄敬听了这话不仅没有得到安慰，反而更不安了。他想如果朱学良身上真有那么多事，迟早要暴露出来，这样就难免牵涉自己。

“别担心，”朱学良似乎看出了他的心思，“我朱学良三教九流，混了这么多年，也是滚刀肉出身，别的不敢说，但有一点，绝不会出卖朋友。”

黄敬勉强地笑了笑，说：“学良啊，你对我说实话，你和谭成伟、徐浩他们，究竟有没有事？”

“你叫我怎么说呢？”朱学良点着烟，喷了一口，“黄哥，你就别问那么多了。不管有事没事，我说过了，你尽可放心，天塌下来长子顶，绝不会连累到你。”

黄敬点点头，他其实早就应该想到朱学良和谭成伟、徐浩之间不可能没有事。海风集团在华江地面上混得这么红火，没有谭、徐撑腰那是不行的，而像朱学良这种无孔不入的家伙，当然也不会不拉上谭、徐的关系。黄敬最担心的其实就是这一点。他抽着烟，沉默了一会儿。

“学良啊，你我相交这么多年，我对你怎样？”黄敬从烟雾中抬起头，用一种心事重重的语调说。

“没得说！”

“朋友相交图什么？”黄敬停了一下，又说，“图一个义字。当初我帮你不为别的，就图个朋友交情。你要给钱，我开始也坚决不要，对不对？”

“说得对，”朱学良说，“黄哥，我特别敬重你的就是这一点，人正啊，不像有些人，事还没做便狮子大张口。说真的，我从没把你当作官员看，不论你是县委书记，还是现在做了市委副书记，对我都一样。哪怕你将来什么都不做了，成了平头老百姓，这也无所谓，我就认你这个人。”

“好，好。”黄敬拍拍他的肩膀，说，“学良啊，我知道你这人讲义气，够朋友，可现在问题比较复杂。”说到这里，他欲言又止，不再往下说了。看着他忧心忡忡的模样，朱学良懂得他的心思，他说：“黄哥，有个故事不知你听说过没有。”

“什么故事？”

朱学良说：“当年海南有一家公司的总经理，因为涉嫌金融诈骗被检察院弄了进去，在牢里整整关了半年。要知道此人一松口，不少人就会成为阶下囚，甚至人头落地，这里边牵涉银行方面，还牵涉一些级别相当高的官员。可这个总经理硬是一声不吭，死活不说，等到时机成熟，那些当官的和有活动能力的都出来帮他说话了。后来，这案子当然也搞不下去了，因证据不足，不了了之。那些被他保护过的人都感恩戴德，把他视为座上宾，现在只要他开口，就会全力帮他。因为这人信得过啊。”

“你知道这人是谁吗？”

“谁？”

“就是我！”朱学良说，“其实，我也不是江姐、刘胡兰，我这也是为了自己，我要说了不光保不住别人，也保不住自己。现在你可以放心了吧？黄哥，我说过，凡对我有恩的，我都会记着，更不会出卖他。”

“至于坦白从宽，”朱学良说，“全他妈的扯淡，千万别信！你看那些红岩烈士就全明白了。甫志高不能学，当了叛徒不得好死——人家巴不得你死，好封口啊！只要那些有头脸的人物歪歪嘴，弄死你还不跟捏死个臭虫似的；江姐不能学，宁死不屈到头来还是死；最好的办法就是学习华子良，装疯卖傻，一问三不知，最终活到革命胜利。”

黄敬听他这样一说，便笑了起来。他说，有你这句话我就放心了。但为了慎重起见，他和朱学良约定这段时间两人不要来往，电话也不打(因为黄敬看过一些报道，许多腐败大案都是从电话这条线索突破的)，如果有事则通过白雪取得联系。

“黄哥，你太谨小慎微了。”朱学良说。

“小心无大错嘛，”黄敬嘱咐他说，“你一定要按我说的做！只要熬过这关，我以后不会亏待你的。"

"行啊黄哥,我听你的。"

这次会见之后,黄敬心里的确放宽了一些。他想朱学良这人或许还是靠得住的,他在海南的那一段,过去也好像模模糊糊听人说起过,虽不知真假,但他宁可相信是真的。再说,朱学良这人绝顶聪明,不一定会出事。更重要的是,松华公路做得很漂亮,直到目前为止没有发生任何问题,也无什么大的反映。专案组凭什么要怀疑他呢?现在案子这么多,样样都查,查得过来吗?朱学良说得对,没有确凿的线索,上边根本就不会理这茬。这么一想,黄敬就彻底轻松下来,天下本无事,庸人自扰之,何必自己吓唬自己呢?

然而,就在今天下午的常委会上,一个突如其来的消息又把他打蒙了。

下午的常委会本来是学习会,可在会议中途时,市纪委管书记通报了一个情况,说是专案组近来在调查谭、徐案件时,发现了海风集团的一些重大问题,昨天夜里他们突击查封了海风的账目,可集团董事长朱学良却不知去向,直到今天上午仍然不知他的踪迹。专案组要求市委帮助查找朱的下落。听到这个消息,黄敬的脑袋"嗡"的一下就炸了。只听马书记在问:

"消息是怎么走漏的?"

"不清楚。"管书记回答。

马书记说:

"立即通知有关方面,马上派人去查。"

"好的。"

黄敬这时从慌乱中稍稍镇定下来,他问:

"究竟是些什么问题?"

"这个还不清楚,"管书记说,"可能与巴黎花园的开发有关吧?"

"巴黎花园?"黄敬又是一惊。接下去的会,他心绪不宁,神不守舍,就连马书记有一次问他话,他也没听见,弄得马书记很不满意。会议一散,他就心事重重地回到办公室,关上门开始紧张思考起来。可是由于事发突然,他脑子很乱,一忽儿东,一忽儿西,怎么也集中不起来。看来问题严重了,既然专案组盯上朱学良,他的事肯定不会小。而朱学良一旦出事,后果不堪设想。

黄敬胡思乱想了一会儿，没有想出任何头绪。最后想到还是给白雪打个电话，说不定朱学良会和她取得联系。他拿起话机，刚按了开头两个号码，猛然意识到什么，忙不迭地把话机扣上了。这个电话不能打了，黄敬心里想，从现在开始他不能再用自己的电话与白雪联系，因为朱学良一旦给白雪打电话，她的电话就会受到注意，顺藤摸瓜就会暴露自己。这是很危险的！想到这里，黄敬一惊，差点惊出一身冷汗来。

放下电话，他走出办公室，交代秘书小周说，他去办点私事，小周可以下班了。小周问他要不要叫车来，他说不用了，接着便匆匆忙忙地走了出去。

黄敬来到邮局，买了两张电话卡，在路边的电话亭里给白雪打了一个电话。

“小雪吗？”

“是我。”

“我是黄敬，朱学良给你来过电话了吗？”

“没有啊。”

“那好，你在家等着，我马上就过来。”

十一

黄敬来到巴黎花园时，天已经暗下来。立过秋，天就短了，刚到下班时间，周围就黑透了，路灯也亮了起来。黄敬来到白雪住处，按了几下门铃，竟无人应答。他掏出钥匙开了门，客厅里的灯开着，但白雪却不在家里。

“小雪，小雪。”黄敬轻轻叫着，几个房间都看了看，连厨房、卫生间也伸进头去，但都空无人影。

黄敬有些诧异，刚打了电话，人怎么就不见了？他突然有些不安，就在这时，电话“铃”的一声，尖厉地叫起来。黄敬吓了一跳，他看着电话机就像看着一个怪物，想接却不敢接。这一来，电话好像被激怒了，如同一个泼皮无赖，死活纠缠，闹个不休。

黄敬心慌意乱，不知所措，围着电话机，烦躁地打了一个转，一种不祥的预感像水一般漫了上来，仿佛要把他淹没了。

是不是出事了？他紧张地想着。

终于，那个“无赖”闹累了，停歇下来。黄敬刚松一口气，在沙发上坐下来——“叮咚”一声，又一个声音从静默中蹦出来，把黄敬吓了一跳。

“叮咚”“叮咚”……

原来是门铃！黄敬略松一口气，稳住神，走到门边从猫眼里向外看去，只见白雪正站在门外冲他做着鬼脸。要在平时，他准会开心起来，可今天却一点心思也没有。

“你去哪里了？”他开了门，声音中充满了责怪的意思。

“我去买点吃的，”白雪喜滋滋地说，扬了扬手中的食物袋，“有你爱吃的南京板鸭，还有清蒸小黄牛肉，我再炒两个菜，你先去洗个澡，我马上就好。”

“别忙了，”黄敬说，“都什么时候了，哪还有心思吃啊！”

“怎么了？出了什么事？”白雪这时才发现黄敬满脸忧色。

“你知道吗？朱学良出事了！”黄敬紧锁眉头，他点上烟，坐到沙发上深深地吸了一口。白雪没说话，但脸上的喜色早已荡然无存。她默默地沏好茶端过来，递给黄敬，然后依偎着他坐下来，好像要给他一些安慰似的。

“巴黎花园的事，你知道吗？”黄敬问她。

白雪说，她也不大清楚，依稀听朱学良讲过，这块地皮是他从谭成伟那里弄来的，后来转手卖给了现在的这个香港老板。

“原来是这样。”黄敬说，问题可能就出在这里，现在专案组已经开始调查海风集团，朱学良也跑了。他向白雪分析了这件事的严重性，并说此事很可能要把他牵扯出来。“我太后悔了，”说到这里，黄敬不住地咂嘴，懊恼之情溢于言表，“早知如此，真不该和朱学良来往！”

白雪静静地听着，一声不吭。她知道黄敬的内心此刻非常焦虑，她默默地听着，承受着他的宣泄，与此同时，心里也很焦急很自责。她知道黄敬这样做都是为了自己，自己有着推卸不了的责任。

“我能帮你吗？”过了许久，她轻声地说，“只要我能做的，我都愿意做。”

白雪的声调不高，但很坚定很真诚。黄敬心里涌起了一股热浪，他看着白雪美丽而忧伤的眼睛，不禁百感交集，悲从中来。

“你什么也帮不了我,谁也帮不了。”黄敬说。

“那我能做什么呢?”

黄敬想了想,说:“朱学良也许会来电话,你让他跑得越远越好,只要抓不住他,我们就是安全的。至于我们的关系,如果专案组或检察院找你,你无论如何不能承认。就说我们是普通的关系,认识而已。”黄敬停了停,“房子是以你名义买的,只要你不承认我们的关系,他们就抓不住把柄。”

白雪点点头:“我懂。”

黄敬接着交代,他说最近一段时间两人不要见面,等风头过去再说。他还要白雪千万别在家给他打电话,因为她的电话也许会受到监听。“如果有事,就用这个——”他递给白雪一个电话卡。这是他来之前特地从邮局买的。

白雪接过电话卡,已是泪水盈盈。

黄敬叹了一口气,他没想到自己竟落到了这步田地,仕途上刚有点希望,厄运就接踵而至了。或许是命太浅,压不住,这一回真要栽到朱学良手里,落个身败名裂了。他看着白雪,突然有了一种四面楚歌诀别在即的感觉,顿时心如刀绞。“力拔山兮气盖世,时不利兮骓不逝。骓不逝兮可奈何,虞兮虞兮奈若何?”

黄敬的眼睛不知何时也湿润了,他用手轻轻摩挲着白雪的脸。

“你知道我最怕什么吗?”

不等白雪回答,他接着又说:

“我怕失去你,小雪,我最怕的就是这个!”

白雪的脸上这时早已泪水滂沱,“都怪我……都怪我……”她哽咽着,语不成声。

“快别这样说,”黄敬吻了吻她冰凉的脸颊,让带着盐味的泪水湿润着自己的舌头,“谁也不怪,要怪只能怪自己,这就是命运啊!”

说着,两人抱头大哭,泪水潸然而下。

十二

这是一个悲凉的夜晚,也是一个惊恐不眠之夜。黄敬从白雪家出来后,已是10点多钟了,他在马路边掏出手机把司机小张招来,要小张立即送他去松县。黄敬到华江上任后,家还没搬,仍在松县。

不一会儿,小张的车就到了。从华江到松县四十多里,黄敬赶到家时已是深夜,孙梅早已睡下了,忽见丈夫不期而至,吓了一跳。

“这么晚了,出了什么事?”她惊乍乍地问道。

黄敬也顾不上多说,只是问:“朱学良上次送的那笔钱,你放哪了?”

“存了。”

“存哪了? 用谁的名字?”

“分开存的,好几个银行……”

“没用真名吧?”

“没有。”孙梅说,这钱数目较大,怎敢用真名? 好在银行那时还未实行实名制。她存了八年,尚未到期。

“这就好。”黄敬稍稍松了一口气,他说朱学良出事了,而且是和谭成伟的案子有关。孙梅一听慌了,她说那怎么办,不会说出你吧。“这谁知道哩!”黄敬说,“朱学良现在跑了,万一被抓住……我怕的就是这个,所以要做最坏的打算。”

“你不是说朱学良这人挺够种吗?”孙梅说,“上次在海南被抓过,谁也没咬。”

“唉,你懂什么? 此一时彼一时,谭成伟的案子非同一般,涉案金额高,牵涉的人又多,朱学良上次能顶住,这一次就不一定了。”黄敬有些心烦意乱地说,“现在别扯这些了,赶紧把家里的存款、债券什么都清点一下,事先好有个准备,该转移的马上转移。”

孙梅说:“现在几点了? 还是明天吧。”

黄敬顿时火了:“蠢货! 都死到临头了,还昏头昏脑的!”

孙梅挨了骂,心里挺不高兴,要在平时她早就光火了,非以牙还牙不可,但此时此刻却忍住了,委屈地绷起脸,翻找起来。家里的存款、债券都是分散藏的,因为害怕小偷,报上曾说过某某贪官就因家中遇盗而暴露出来,这样的事不在少数,所以孙梅吸取教训,化整为零,东藏一点,西藏一点,有的塞在柜底下,有的缝在垫被里，还有的藏在沙发中，这样找起来就着实需费一番手脚。等到全部找齐，一算竟把黄敬吓了一大跳。总计近两百万！

“哪来这么多钱？”黄敬简直目瞪口呆了。他平时不管钱，家里的财产都由孙梅负责管理。黄敬自认为还算是比较注意的，出格的事从来不做，卖官鬻爵更是一概拒绝，至于数目大的钱，他也不要（朱学良是唯一的例外）。家里怎么可能有这么多钱呢？“你是不是背着我收钱了？”他生气地瞪起眼睛，看着孙梅。

孙梅说怎么会呢，这种事她也不敢。

“可这钱哪来的？这么多！”黄敬又气又怕，他用手敲着桌子，脸色铁青，嘴角哆嗦个不停。

孙梅说这都是别人平时一点点送的人情，比如三年五节，红白喜事，老人做寿，孩子上学，这家娶亲，那家生子……反正由头多得很，今天三百，明天五百。“华江就这风气，”孙梅说，“大家都特重礼节，有点事就要送，不收还不行。”

“那也不可能这么多。”

“可不就是这么多，”孙梅说，“这还算少的，你在松县这么多年，从副书记干到书记，而且书记一干就是八年。县、乡这么多干部，这么多人，三百、五百虽不起眼，时间一长，积起来可不就多了？其实不单你，哪个县、乡干部没个好几百万的？”

黄敬突然哀叹了。不算不知道，一算吓一跳，他真没想到不知不觉一不留神就已经步入了贪官的行列。两百多万，这可不是一个小数字！而他自己竟然毫无觉察，简直太可怕了！他想起不久前才从报上读到的一篇文章，文章从“贪黩文化”入手对贪官现象做了分析。文章说，中国有着丰厚的腐败土壤，而权力腐败正是从这块土壤中生长起来，并大行其道的。黄敬觉得它的观点很新颖，当时还把文章剪下来，夹在笔记本中，准备日后做报告时引用其中的论点。现在想起来，真是莫大的讽刺！他拿起桌上的烟盒，掏出一支，双手抖抖地点着了，像是和谁赌气似的猛吸起来。

“你还记得都有谁送的吗？”过了一会儿，他稳下神来问道。

“那谁还记得？时间这么长了，三百、五百的也没想到要记。”孙梅顿了顿，又补充说，“要说送，县、乡干部大多都送过的，没送的真还少。这次你提到华江去,大家也都送了。礼多人不怪,就这风气嘛。”她又强调说。

黄敬不说话了,无话可说。他狠吸了两口烟,然后把剩余的烟屁股摁到烟缸里,用力地摁灭了。事已至此,抱怨后悔都没有用了,当务之急是要赶紧采取措施。他交代孙梅说:“这几天你不要上班了,什么事都别干,尽快把存款和债券转移出去。”至于转移到哪里,两人讨论了好久,认为还是分散开来好,一部分放到孙梅父母那里,一部分放到孙梅的兄弟姐妹家里。孙梅有五个兄弟姐妹,这样一分散就不起眼了。最要命的是,存款中有一部分是用真名存的,约有几十万。应该说,这是孙梅忽略所致。孙梅还算是一个聪明谨慎的女人,大部分存款都用的是假名,可有些小数额她觉得无所谓,便用了真名,心想不会引起注意,可没想到的是,时间一长,次数一多,这些小数额累计起来竟也相当可观。黄敬很恼火,连连责怪她太不小心。

“你知道吗?要坏事就坏在这里,”黄敬说,“只要检察院到银行一查,你跑都跑不了。巨额财产来历不明,你说得清吗?”

孙梅又悔又怕,说:“那该怎么办?”

“先把名字换掉,”黄敬想了一想说,“你哥哥不是在省城做生意吗?你和他说好,就说这笔钱是他存放在你这里的,然后把钱取出来,换上他的名字。”

“那检察院能信吗?”

“肯定要怀疑,”黄敬说,“但他们没证据,只要我们咬死了,能抵赖就抵赖吧。”

“可……”孙梅犹豫了一下,又说,“可我哥那人花钱没数的,生意也不好,万一这钱以后要不回来怎么办?”

“都什么时候了,还想那么多!”黄敬又恼火起来,心想真是个蠢女人,连个轻重都不分。

十三

从松县回来,表面上看,黄敬倒还一切如常,上班下班,开会做报告,他的名字和镜头也常常出现在报纸、电视上。但只有他自己清楚,平静的生活已经结束了。尽管他事先做了种种预防性的安排,但巨大的恐惧和不安还是时时笼罩着他,使他变得脆弱、敏感,惶惶不可终日。他的心整天悬着,七上八下,风声鹤唳。有一次,杜文光拉他去吃烧烤。这是一家新开张的烤食店,当小姐把一条活蹦乱跳的泥鳅夹到烤架上时,看着它痛苦扑腾的惨状,黄敬就感到自己的命运也像这条泥鳅,浑身油汁,冒着焦煳味儿任人煎烤。

"太残忍了!"他坐不住了,连忙找个理由离席而逃。

还有一次,黄敬下班回到宾馆,车刚进院子就看见两部警车停在大楼跟前,几个穿制服的人正站在车旁指指画画,说着什么,黄敬的腿一下子就软了,动弹不得。直到确信他们不是冲他来的,这才稳住神下了车。

提心吊胆的日子度日如年。朱学良一直没有消息,这是最让黄敬揪心的事。有一次市委开会,他遇见公安局的苏局长,便故作随意的样子,问起这件事。苏局长说,他们正在抓紧追捕,已发了通缉令。"不过这家伙也许出境了。"苏局长推测说,据他们掌握的情况,朱学良持有香港身份证,还有洪都拉斯和菲律宾的护照。"但他只要在国内,就别想跑掉,"苏局长说,"天网恢恢,逃得了初一逃不了十五,抓住他只是早晚的事。"

黄敬真希望朱学良此时已经出国了,或者死了更好。白雪给他来过电话,当然是用磁卡打的。她说她去朱学良家打听过,朱的老婆小钱说,她也不知朱学良去了哪里,也许是小钱有顾虑,不肯说。黄敬让她继续打听,一有消息马上通知他,但平时没事千万别再打电话,联系越少越好。

新班子执政后,华江的形势逐步趋于好转,全市三区六县的局面也开始稳定下来,但专案组的工作一点儿没有松懈,他们内紧外松,内查外调,除了朱学良,又有好几个赫赫有名的大款先后被有关部门"请"了进去。随着最后期限的临近,主动去专案组交代问题的逐渐增多。据马玉龙书记说,人数已有六七个了。可外边传得沸沸扬扬,早已走了样。

一天晚上,外地有同学来华江,杜文光做东把黄敬也拖了去。黄敬满腹心事,本想推辞,他现在最怕的就是这种场面,能躲则躲,可杜文光几句话就把他顶到旮旯里去了。杜文光说,别当官就不认人了,在同学面前不要太搭架子。这么一说,黄敬便不好推辞了。

来的是个女同学，名叫吴彩宁，是班上的文体委员，当年学习好，人也漂亮，黄敬曾暗恋过她好一段时间，可她后来却和班上的学习委员结婚了，毕业后双双分到一个县里当教师，已有十多年不见了。如今再见早已今非昔比，人胖了，心性也没了，言语间更是矮了许多，不自觉有了巴结的成分。她一个劲地说，黄敬是班上最有出息的了，官当得早，也当得大，“厅局级，可不多哟！”

杜文光说：“你就别瞎捧他了，这家伙眼睛已经长到头顶上了，再捧就怕连姓什么也要忘了。”

黄敬叹着气说：“你们呀，不在其位，不知其中甘苦。不当官都觉得当官好，可我觉得——说句真心话——还是当个老百姓自在。”他对吴彩宁说，“像你们当老师的，平时教教课，看看书，没什么忧虑，没什么烦恼，那多自在啊，我真是羡慕你们。”

黄敬说的是真实感受，千真万确，自从朱学良出事后，他担惊受怕，恨不得自己什么官都不是，他真是这么想的。他想自己如果不当官的话，别人也不会送礼，朱学良也不会纠缠他，那么，哪还有这么多难心事啊？平安是福，要那么多钱又有何用？可在场的同学们都起哄说：“算了吧，快别说洋话了，得巧就卖乖，你是不是想气我们啊！”

黄敬只好苦笑，心里想自己真要出事了，你们还会这样说吗？

同学相聚，无拘无束，说说笑笑的，不知怎么话题就转到华江腐败案上。杜文光一说到这件事，立即浑身来了劲。“肃静！肃静！”他摆出一副权威的架势宣布说，“最新消息，关于谭成伟的案子——”他两个拳头顶在一起，比画了一下，然后故作神秘，压低了嗓门说，“知道吗？上边斗得很激烈，你们听说了没有？有人想保谭，据说来头还挺大。”

“哦？”人们都惊奇地转过脸来，一齐看着他。

杜文光咳嗽了一声，接着说：“可别小看了谭成伟，这家伙道法大着哩！平时出手也大方，十万二十万，小菜一碟，上边很有一些根底，但是——”说到这里，他突然加重了语气，声音陡高起来，“但是——中央高层已经发话了，此案要坚决查到底，所以谭是死定了。八千万啊！这还得了？超过胡长清、成克杰了。”

一同学持怀疑态度,说:“谭成伟才多大官,这也得中央管,管得过来吗?”

“这你就不懂了,”杜文光用筷子敲敲桌子,他对这种怀疑态度很不满意,立即驳斥道,“官大官小是一回事,可老谭钱多啊,这也是一个纪录,懂不懂?”

吴彩宁悄声问边上的一个同学:“我们那边都在传,说是不久前华江开了干部大会,公布了宽大政策,11 月底前主动交代的,可从轻发落,可真有这事啊?”

“一点不错,”没等那同学开口,杜文光就抢过话头说,“这事千真万确。”

“哇,还真有这事?”吴彩宁说,“我还以为是乱传传的哩。”

坐在她边上的同学说:“这也是为了挽救一批干部。”吴彩宁好奇地问:“那有没有自首的呢?”

“有啊,”杜文光又抢过话去,这正是他表现自己的时候,当然不肯放过,“据我所知,投案自首的现在已有好几十号了,”他抹了抹嘴巴说,“还没到时候哩,现在离最后期限还有半个月,我估计到最后一两天,可能要把全市的点钞机都集中起来。”

“为什么啊?”吴彩宁一时没懂他的意思。

“这都不明白?”杜文光满面红光,神采飞扬,他说,“交赃的多了,点钱点不过来啊!”

“哗”的一声,在场的人全都笑了。

黄敬没有笑,他笑不出来,想到自己,身上阵阵发寒,心里不禁恨起杜文光。他不明白这些人为什么这般幸灾乐祸,好像唯恐天下不乱。这帮文人就是讨厌,他皱起眉头想,你们拿着共产党的钱,却处处要与共产党作对。真不是玩意儿!

黄敬的心情坏透了,酒菜也变得无滋无味,晚饭后同学们要去跳舞唱卡拉OK,他也推辞了。独自一人,沿着人行道慢慢地走回宾馆。天气渐渐地冷了,到了夜晚行人稀少。黄敬感到自己就像一个孤鬼似的,在夜色中游荡。

“黄书记。”进了宾馆大院后,突然路边的树丛中闪出一个人来,把黄敬吓了一跳。定睛看去,原来是赵斌。

“怎么是你啊,老赵?”他有些意外,一边与他握手,一边寒暄着。

赵斌就是那个被谭成伟骂过的松县副县长。此人文化不高,水平有限,后来出人意料地被提拔成副县长，让人大跌眼镜，有过不少议论，不过他人倒本分，工作也还勤恳，所以黄敬当县委书记时对他一直不错。赵斌是专程来找黄敬的，他来了很久，去房间敲了好几次门，黄敬都未回来，于是便在院子里等起来。

"这么冷的天，你怎么待在院子里？"黄敬把他让进房间。

"没事，没事。"赵斌一副窝窝囊囊，萎靡不振的样子。他原本很胖，脸上厚厚的脂肪层，此时冻得红一块紫一块，就像一块没腌好的冻肉似的。

"怎么了，有事啊？"黄敬给他倒了茶，递了烟。

"没事，没事。"赵斌嘴巴里咕咕哝哝，含糊不清地支吾着。他不安地扭动着身体，一会儿欲言又止，一会儿又两眼发直，一脑门子心思的样子。

"有事就说吧，老赵，咱们老同事了，还见外吗？"黄敬抽着烟，看着赵斌，心里想是不是档案局那女人的事又闹上了。

谁料赵斌扑通一声，突然跪下了。

"黄书记，你要救救我啊！"

黄敬吓了一跳，忙不迭地把他扶起来："老赵，你这是怎么了？"赵斌这时早已失控，一把眼泪一把鼻涕地说："我完了，全完了！我该怎么办呢？黄书记，我一时糊涂，后悔不已啊！你是我的老领导，我只有来找你了，你可不能见死不救，你要救救我，一定要救救我啊！"

黄敬让他说得一头雾水，说："老赵，有话慢慢说，究竟出了什么事？"赵斌语无伦次，颠颠倒倒地说了半天，总算把事情说清楚了。原来他当初为了提拔副县长，曾给谭成伟送过钱。

"送了多少？"黄敬问道。

"前后送过三次……"

"是多少？"

"第一次十二万，后来又送过两次，一次是五万，一次是三万。"

总共二十万！黄敬心里扑通一下，他没想到赵斌这么老实巴交的一个人竟也干出这种事来。想当初，自己下狠心拿出十万，原以为不得了了，现在看来不过是小儿科，连个副县级也不够，显然自己太不了解行情了。

黄敬沉默着,心里很不是滋味。赵斌腿一软又要下跪了。黄敬一把拉住他,“老赵,你这是干什么嘛!”他一肚子恼火,不知是对赵斌,还是对自己。

赵斌害怕起来,一个劲地哀求着说:“黄书记,我知道这是行贿,我有罪!听说谭成伟在里边什么都交代了,这事他早晚也会说出来,你说我该怎么办呢?”黄敬心想,怎么办?我要知道就好了!我自己还不知道怎么办哩。

“黄书记,如果我主动交代呢?”他用征询的企盼的目光看着黄敬,“在规定的期限里,组织上会不会放了我?”

“我是说,”停了一下,他又补充道,“免予刑事责任,不让我去坐牢。”

“说真的,这官我也不想做了,”赵斌擤了一把鼻涕,用肥厚的手背不停地抹着眼泪,“黄书记,只要不坐牢就行啊,我家里还有妻儿老小。”

说完这话,他就泪水涟涟可怜巴巴地抬起眼睛,仿佛等待救世主似的等待着黄敬的回答。可黄敬能说什么呢?他一点也帮不了赵斌。事实上,他的日子不比赵斌好过,而且他的问题也比赵斌严重得多。一想到这里,他的心就绷紧了。看着行将崩溃的赵斌,他更是同病相怜,兔死狐悲。

“那我去不去交代呢?”赵斌仍在固执地问道。

“老赵啊,”黄敬叹着气说,“我也不知道,你还是自己拿主意吧。”

十四

赵斌第二天就去专案组交代问题了,得知消息,黄敬心里麻乱乱的,很不是滋味。就像两个落水的人,眼睁睁地看到别人爬上了岸,而自己仍在水中挣扎,命运未卜。但是,如果要他像赵斌那样去做,他不愿意,也不甘心。毕竟还未到最后时刻,他不想就此轻易断送自己。宽大处理与从重处理只是轻重程度不同而已,但对一个人的仕途和政治生命来说,结果毫无二致。

在市委的一次扩大会上,马玉龙书记讲到反腐败问题时,不点名地列举了赵斌的事情,他说:“最近我们有个副县长在党的政策感召下,主动向专案组交代、揭发问题,争取宽大处理,这是好的。组织上希望挽救那些犯错误的干部,但更重要的要靠我们自己挽救自己。现在离最后限期已经越来越近了,那些抱着侥幸的顽抗的心理都是不可取的，到头来不仅逃避不了惩罚，反而会害了自己。”

黄敬坐在主席台上，心惊肉跳，感到马玉龙的话好像根根带刺，扎着自己，而台下无数双眼睛也都仿佛在看着他，显得很暧昧，别有深意。这种疑神疑鬼的幻觉，是一种来自内心深处的恐惧，每时每刻，都弥漫在空气中，渗透在呼吸和血液里。

随着时间一天天过去，黄敬的恐惧不安也一天天加重。他开始做噩梦了，梦见自己在荒野里被人追赶，他拼命地跑，可手脚却不听使唤，怎么也用不上劲；他还梦见了刘大中，刘大中满身血污，头朝地颠倒着朝他走来，笑呵呵地看着他，拉着他手，问他怎么也来了；更可怕的是，有天夜里他梦见自己被关在一间冰冷的黑屋内，白雪被扒光了衣服，在一边哭泣，一个面目模糊的人举刀割起他的肉，一块，又一块……他痛得大叫起来，醒来后发现汗如雨下，浑身精湿，如同从水里捞出来一般。

一连数日都是如此，黄敬被折磨得精神恍惚，生不如死。他开始服用安眠药，剂量逐渐加大，最后增加到六粒，仍不管用，稀奇古怪的梦境还是幽灵般飘来荡去，拂之还来。医生嘱咐他药量不能再加大了，否则会有意外发生。后来，情况越发严重了。每到夜晚，他就口渴难耐，浑身发烧，不停地喝水，可喝完水，一到床上马上就要小便，小便过后又渴得难受，又要喝水，一夜到亮就这么没完没了地折腾。这是一种罕见的奇怪的症状，医生们束手无策。很快请来了各种专家，他们对黄敬做了全面检查，令人大惑不解的是，黄敬身体并无明显的器质性病变。问题究竟出在哪里？谁也讲不清楚，大家七嘴八舌，一无所获。最后，市院的院长很无奈地对黄敬说，他的病可能是神经性的，建议他去省里或上海做进一步检查。

马玉龙书记对黄敬也很关心，看着他消瘦的面颊，深陷下去的无神的眼睛，以为是工作过于劳累，不顾他的反对，立即派人把他送去了省立第一医院。他让办公厅的一个副主任亲自前往安排此事，可检查结果仍然没有明确的结论。后来黄敬又转入了中医学院，据说有个老中医答应试试，他的治疗方案是针灸和中草药双管齐下。

黄敬不抱太大的希望，他知道世上还没有一种药可以治疗恐惧。有一天，孙梅从松县赶来看他，给他带来了换洗衣服，还做了他平时最爱吃的菜，可黄敬一点胃口也没有。他对孙梅说："你陪我上一趟云谷观吧，我要算一卦。"

"这么冷的天，"孙梅劝他，"还是改日再去吧？"

可黄敬执意不肯。孙梅只好拿出大衣、围巾将他包裹得严严实实，然后叫小张开车出发了。天气阴沉，眼看就要变天了。黄敬面色苍白、身体虚弱，他用无神的目光看着窗外掠过的土灰色的田野，心情也像这片田野一样，灰灰的，毫无生气。

云谷观是一座久负盛名的道观，位于云谷山，离省城约三十里。相传其历史可追溯到北魏时期，香火旺盛，数百年绵延不绝。观内现有一位道长，道号清一，外界盛传其通晓易经，算卦十分灵验。黄敬早就听说此事，他的一个同学在统战部当处长，多次邀他去云谷观，他都没去，但昨晚不知怎么突发此念，便按捺不住，恨不得马上就去。

云谷观的建筑很一般，低矮、陈旧，没有一点儿气势雄伟的模样。清一道长的相貌更是平常，他身材矮小、清瘦，脸上几缕稀稀拉拉的胡须，走路时腿还有点跛，如果不是穿了一身洗得发白的道袍的话，就像一个普通的山民，谁也不会想到他就是闻名遐迩的道教大师。黄敬隐隐有些失望。

大师年事已高，平时一般不再接待访客。可由于黄敬在统战部的同学事先打过电话，因而清一道长破例接待了黄敬，把他带进了后院的小客厅。屋内香火缭绕，大师盘腿而坐，温文尔雅，神态安详。略微寒暄了几句之后，黄敬说明了来意。大师微微一笑，撩起眼皮瞅了一下黄敬。黄敬感到他的目光很锐利，像一道白光，在他的脸上弹起了一阵噼啪的声响。他感到脸上隐约地有了一丝火辣辣的灼热的感觉。

"好吧。"大师抬了一下手，一个小道士便取过签筒，黄敬哗哗摇了几下，然后先抽出一卦。"坎下兑上，"大师看着卦符，微微一笑，"此乃'困'卦。"

"此话怎讲？"

大师说："困，乃穷困之意，指进退不得，左右为难。此卦下为'坎'，阴多阳少，是阳卦；可上为'兑'，阳多阴少，是阴卦。这象征着被困，所以称作困卦。"

黄敬听得似懂非懂,但“穷困”“被困”的意思倒是听明白了一点,于是说:“这卦不好,是凶卦对吗?”

大师微笑着:“凡事不可一概而论。《易经》乃群经之首,天人合一,博大精深。伏羲制八卦,文王演周易,宇宙森罗万象,无所不包,人生机缘变化,神秘莫测,但无不尽在八八六十四卦之中,岂可简单而论?”

“大师能否说得再明白一些?”黄敬说。

“别急。”清一道长又让黄敬摇了摇竹签,然后再抽了一次。这次抽出的是“姤卦”。卦形为巽下乾上。

“嗯,”大师沉吟了一下,又抬头撩了黄敬一眼,接着慢条斯理地说,“此卦与前卦相合,卦书上叫‘困之姤’。”

“什么意思呢?”

清一道长说:“卦书云,姤,女壮,勿用取女。此卦一阴五阳,遇女不吉。”黄敬听得糊里糊涂,一点也没听懂。清一在纸上写下“姤”与“逅”两个字,继续解释说:“姤同逅,同音同意,即邂逅,指意外相遇,但姤与逅又不同,姤乃男女相遇之意。”

这一解释,黄敬好像听懂了,他说:“大师的意思是说,我的事与男女相遇有关?”

“天机不可泄露,先生可自己去悟。”清一含笑轻语,停了一下,又说,“《系辞传》上说,不应当穷困而穷困,名声必然受到羞辱;不应当占据却占据,自身必然危险。既羞且险,大限将至。”

黄敬脸色惨白,一股凉气从脚底升起,弥漫了全身。他既害怕又心慌,卦书上的话简直就是对他度身定做,难以置信。男女邂逅,这难道是指他与白雪吗?……不应当穷困而穷困,名声必然受到羞辱——可不是吗?自己本来前程似锦,一片辉煌,如今却陷入了不该有的困境之中,一旦事情败露,必然身败名裂。不应当占据却占据——自己要那些身外之物干什么呢?这是咎由自取啊!大限将至——难道是指牢狱之灾?黄敬不敢再想下去了。

“黄先生,不必慌张,”清一看出了他的心理变化,安慰他说,“凡事对立统一,升中有困,困中有升;升极而困,困极而升。”

黄敬急切地说:“大师能否具体指点,我究竟该怎么去做?”

清一笑了,摇摇头说:“黄先生错了,《易经》乃大规律之书,上至宇宙,下至个人,世上万物皆有规律,但具体到每个人,每件事,又各不相同,只有靠自己内省、参悟才能得出正确的结论。有些事,外人是帮不了你的。”清一结束了谈话。

从清一道长的房内出来,候在前殿里的孙梅和小张都围过来,问他算卦的情况,都算了些什么,怎么算的。可黄敬阴沉着脸,一句话也不想说。返回的路上,尽管小张打足了暖气,黄敬还是紧裹大衣,缩着脖颈,身子微微抖动。“你冷吗?”孙梅关心地问他。黄敬不吭声,只是摇了摇头,他的脸像张白纸,毫无血色,泛着暗淡的光,显得更加虚弱。

天开始变了,阴云低垂,飘起了蒙蒙的雨丝。小张说:“看样子要下雪了。”孙梅说:“是的,节令到了嘛。”这时一直看着窗外的黄敬突然说话了:

“今天几号了?”

孙梅说:“28 号。”

黄敬轻声咕哝了一句:

“还有两天。”

孙梅没听清,她问你说什么,黄敬却不再吭声了,脸色显得更加凝重。

十五

回到医院,吃过午饭,黄敬便让孙梅回去了。她本想多待两天,以便照顾黄敬,可黄敬执意不肯,他说这里已雇了专人照料,尽可放心,家里菲菲在上学,更需要她的照顾。他还担心会下雪,万一封了道,就走不掉了。

孙梅忧心忡忡地看着黄敬,从云谷观回来,黄敬心情一直不好,这使她难以放心。她心里很害怕,也很难过。“怎么办呢?这样下去,什么时候是个头啊!”她心里想着,目光中便流露出了凄楚。她很想和黄敬谈谈这件事,可自她来后,黄敬就一直在回避。他实在不想再提这事,好像不说心里就会好受些,烦恼和恐惧也会减轻似的。

“时候不早了,快走吧。”黄敬催促道。

“你要注意身体。”

“我会的。”

孙梅将整理好的衣物和食品一一放进衣柜。“那我走了。”她看着黄敬，突然声音有些异样，眼圈也红了。

黄敬的心被刺痛了。他看着孙梅，心里涌起了复杂的感情。本来好端端的家，也许就要破裂了。这都怪我啊！他感到深深的自责，觉得对不起妻子，对不起这个家庭。他恨自己，痛恨到了极点。如果能够改变这一切的话，他愿意从头开始。可一切似乎都太晚了。

“孙梅，”他叫了一声，双手按住她的肩膀，看得出是动了感情，“你要答应我，不论发生什么，你都要带好菲菲，把她抚养成人。”

孙梅嘤嘤地哭起来，不住地点头。

“还有，”黄敬说，“如果真出了事，你什么也不要承认，都推到我的身上，让我一个人承担，要毁就毁我一个。你要答应我，一定要答应我。”

“可……”孙梅说，“许多事都怪我，你并不知道……”

“快别说了，”黄敬用手按住她的嘴，一字一句地说，“你这不是为了我，是为了这个家，为了我们的女儿。”

分手时，黄敬坚持要送到楼下。他把孙梅送上车，看着她乘车而去，竟有了一种永诀的不祥之感，心中悲凉如水，如万箭穿心。失去了才知道珍惜。直到此刻，他才倍感孙梅和家庭在自己的生命中竟如此重要，不可替代。

当天晚上，他的病再次加重了。他心里像着了火似的，整个腹腔仿佛都在燃烧，大火熊熊，嘴巴干裂，嗓子眼火辣辣地灼痛。他不停地喝水，不停地上厕所。负责照料他的护工也被他折腾得一刻也无法消停。他跑去喊来值班医生，医生给他打了镇静剂，可他只安睡了半小时，折腾又重新开始了。

“难过，我难过死了。”黄敬气喘吁吁，浑身湿透，好像已经精疲力竭，仍在做拼命的挣扎。看着他痛苦不堪的模样，医生一筹莫展，毫无办法。

半夜时分，黄敬的手机突然响了。他开始没有接，但呼叫却一遍又一遍，固执地重复着。从来电显示看，这是来自华江的一个陌生的号码。是谁？这么晚了还来电话？黄敬按下接听键，里边立即传出白雪火烧火燎的声音。

出事了！黄敬的心往下一沉。

“喂，喂，是黄敬吗？”白雪在电话里心急地叫着。

“是我。”

“朱学良被抓了！”白雪说，她刚刚得知消息，就急忙给他打电话，“你怎么不接电话？”她有些责怪地说。

黄敬未作解释，只是问在什么地方被抓的。

“罗湖。”白雪说，他是从罗湖出关时被抓的，这是小钱刚告诉她的，千真万确。黄敬沉默着，仿佛在思考着什么。

“喂，喂，”白雪在电话那头叫着，“你在听吗？”

“是的。”黄敬回答。

“你看怎么办？”

“我知道了。”黄敬说完这话，就平静地收了线。最可怕的事终于发生了！可让他意外的是，听到这消息之后，他居然没有一点儿慌乱。这些日子，他的内心一直在进行激烈的战争。一方顽抗着，逐步退却，如同被包围的阿富汗塔利班，先是失去了马扎里沙里夫，后又失去了喀布尔、昆都士，现在最后的坎大哈也守不住了。朱学良被抓，就意味着最后时刻的到来。这是最后一道防线，也是最后的底线。它的土崩瓦解，使继续抵抗变得毫无意义。他才不相信临死不屈的神话哩！战争结束了，当你放下武器时，事情反倒变得简单、轻松起来。

黄敬的情况也是如此。接过电话后，他坐在床边，抽了两支烟，随后便做出了决定。其实他已没有选择。离天亮还有几个小时，黄敬居然睡着了，睡得很香，很甜，还打起了呼噜。这让护工和医生们都大感意外。他们认为药物终于发挥作用了。

吃过早饭后，黄敬没和任何人打招呼就上路了。他原想打电话让小张从华江那边赶来接他的，可后来又打消了念头。他不想再麻烦任何人了。他从出租车公司叫了出租车。今天是 11 月的最后一天，也是最后期限的最后一天。一切都还来得及。黄敬考虑好了，他要先去一趟松县，看一看孙梅和女儿，做最后的诀别，之后再去专案组交代问题，听凭组织的处理。没什么好说的，他是罪有应得。只希望组织上能再给他一次悔改的机会。

一路上，黄敬心如死灰，平静如水。他微闭双目，靠在车座上，脑子里一片虚无，就像天地未开的混沌状态。不知何时，天上飘起了雪花，越飘越大，路边的田野里慢慢地蒙上了一层薄薄的积雪。这是今年第一场初雪。瑞雪兆丰年，这是一个吉祥的预兆。但黄敬却在走向黑暗的末日。他又想起道长的话，凡事不可一概而论，升中有困，困中有升。“难道……”侥幸的念头一刹那间陡然冒了上来，使他措手不及，压都压不住：或许朱学良真的什么也不会说……也许，应该再慎重一些，好好地想一想……

红色桑塔纳飞速地行驶着，离华江越来越近了。快进城时，黄敬内心的斗争终于平静下来。他在离家不远的一家电话亭附近下了车，然后给白雪打了一个电话。他想把自己的决定告诉她，可电话接通后，却什么也没有说。再说什么都是多余的了，他只想再听一听白雪的声音，最后地听一听。白雪的哭声从电话的另一头嘤嘤地传过来，黄敬默默地承受着，心如刀绞。“一切都结束了。”他在心里想，如果能重新开始，他会做出另外的选择吗？

尾　声

春天到来的时候，轰动一时的华江大案进行了公开审理。这是新中国成立以来华江最大的腐败案，引来各家媒体竞相报道。华江前市委书记谭成伟和前市长徐浩分别被判处死刑与无期徒刑，其他涉案人员也都分别受到了法律的严惩。细心的读者注意到，许多报道都提到了黄敬，但大都内容简略，一笔带过。《华江日报》的报道说：

> 华江前市委副书记黄敬由于主动自首，交还赃款，并积极配合检察机关检举、揭发问题，有重大立功表现，予以宽大处理。

据小道消息传，黄敬的检举揭发，使谭成伟、徐浩的案子有了新的突破。但也有消息说，朱学良被抓后，表现得非常够种，他沉默不语，谁也不咬。“黄敬真有些亏了。”人们私下议论说，如果他不自首，他的问题兴许谁也发现不了。

事后有记者在看守所采访了黄敬，谈及这一问题时，问他是否后悔。黄敬没有直接回答，只是说内心煎熬，饱受折磨，那滋味真是生不如死。“一个人不能永远生活在恐惧之中。”据采访他的记者回忆说，在说这段话时，黄敬的表情十分沉痛，同时又有一丝如释重负的欣慰和苦涩。

响马传

叶广芩

京剧《响马传》改编自传统剧目《贾家楼》，说的是隋末绿林的故事。

——作者笔记

一

公共汽车一路颠簸，沿着山道大喘气爬行，沉重缓慢，随时有停顿的可能。头顶是阴霾的天，灰暗厚重；脚下是翻卷的云，同样的灰暗厚重。偶尔的，灰暗厚重里冒出一棵树的枝丫，一丛墨绿的叶子，带着阴湿的水气，老到而狰狞，是青杠木，一种秦岭山中太常见的树木。

车厢里弥漫着浓烈的柴油、旱烟、臭脚、柴火和鸡屎的气味，前端的司机叼着烟卷，粘着一眼眵目糊，一只手搭在车窗上，一只手拢着方向盘，将车上几十个人的生命不在乎地抡着。有孩子在哭，吱吱呀呀，没完没了，母亲便训，孩子哭得更甚，后来索性号啕。一车人大半在睡觉，身体随着车的摇晃而摇晃，有的头碰在玻璃上，嘭的一声，也并不醒来，似乎缺觉缺得厉害。

我和日本历史学者山口健一隔过道而坐，我们之间夹了个鹅笼，一只白胖的鹅，不知怎的从竹笼里钻出了脖子，一双阴鸷的小眼，恶狠狠地盯着旁边留小胡子的日本人。山口窥出鹅并不友善的态度，将身子使劲往里缩，一双手紧紧地护住怀里的数码摄像机。那鹅盯了一会儿，终于瞅准机会，头一低，脖子一拧，在日本人的大腿上狠狠呷了一口。山口嘶着声儿大喊“いたい(疼)!”，后边鹅的主人伸手给了鹅脑袋一巴掌，鹅缩回了笼子里去。山口的“いたい”如一剂提神灵药，使得周围人立刻清醒，纷纷向他注目，那目光带着惊异与不屑。山口赶紧把头埋下去，这样一来，脸便和鹅笼贴得近了。鹅立刻钻出来，摆出了继续进攻的架势。山口吓得用衣服挡住了脸，嘴里不住地咕噜。他手里那件黄绿的衣服，是临上车前，我花二十块钱从地摊上买的，很常见的那种部队淘汰下来的民工服，我用这件很“普罗”的衣裳换下了山口那件白色的“圣保罗”隐条外套。工欲善其事，必先利其器，以我的经验，山口穿着“圣保罗”进山，会累赘得我们什么也干不成。山口不喜欢这件衣裳，不穿，道具一样，老在手里攥着。现用它来挡鹅，倒也物尽其用。

我的邻座是个小青年，头发染成棕红的颜色，发的根部露出深深的黑，泛出了片片油光。他不停地抖动着一条腿，没有一刻停止，车椅子是连着的，就带着我跟他一块儿哆嗦。这种被动的哆嗦并不舒服，只好忍着。青年嘴里呜呜啦啦地唱着，听不清歌词，像是病中的呻吟，现今的音乐都是这股劲头，无外是爱谁爱得要死，爱得咬牙切齿之类。我想，他要是我的儿子，我会照着那张扁脸狠狠地扇一巴掌，扇他个鼻子蹿血，看他还敢这般穷哆嗦不！脚下有东西，我朝邻座踢了踢，硬扎咸的，不甚清爽。一会儿，那东西随着山路的转动又滚了过来。低头看，是个尼龙口袋，我问邻座口袋里头装的是什么，他说，东西。等于是没说，明显的是不愿说，我也不再理他。他看了看窗外说，快到梁顶了，翻过秦岭大梁就是这趟车的终点青龙驿了。山口问青龙驿离紫木川还有多远，青年说不远，二十里砂石路，要是赶上班车，半个小时就到。前排一个头上缠黑帕子的老汉，回头看了我和山口一眼，问我们到紫木川找谁？没等我回答，山口抢着说找杨贵妃。老汉嘟哝了句什么，回过头去再不言语。我想，这个山口话忒多，得提醒他，没事少张嘴。

海拔越发地高了，车外头，白茫茫一片，云气一团又一团，在车周围滚过来滚过去，连路也看不见了。我从包里掏出电话簿，给紫木川镇长李天河打手机，一周前我用电话跟他联系过，说要陪“国际蜀道研究会”的山口健一来考察傥骆道,希望给予关照。我和李镇长原先在地区一个文化会上见过一面,彼此印象都不深,他大概在电话里也没想起我是谁,但是很热情地说欢迎山外人来紫木川,特别欢迎国外的友人来这里考察。他说深山小镇,必须借助外来力量才能搞开发,才能改善环境闭塞的状态,发展经济。他特别提出了湘西猛河一条不出名的小街,因为拍了电影《芙蓉镇》真成了芙蓉镇,成了当地旅游热点,年收入的票子论斤称。他们的紫木川比芙蓉镇强多了,而且是货真价实,不用更名改姓的原汁原味儿!我感觉李镇长可能把我们的动机搞错了,便大声说我们不是投资的,我们是研究历史的。李镇长更热情地喊,研究历史也欢迎!

在汽车的颠簸中,手机拨了一遍又一遍,信号一片茫然。邻座停止了哆嗦,饶有兴致地看着我拨电话,我拨不通似乎早已在他的预料之中,他嘴角不动声色地咧了咧,继续开始他的哆嗦。我无可奈何地将手机收回去。

我们要去的紫木川,处于横穿秦岭的傥骆道中心。史书记载,这条路上,一千多年前曾经惶恐地先后奔走过唐朝的两个皇帝——唐德宗和唐僖宗。德宗的大女儿,唐安公主便是死在逃难之中,死在傥骆道上,埋在离紫木川不远的城谷,当地谓之“安冢”。据有些学者的观点,这条古道还替唐朝皇家隐瞒了一个不能言说的秘密,成为历史没有破解的千古之谜,那就是杨贵妃的南行东渡。有人说,天宝十四载十一月,安史之乱,马嵬事变,杨贵妃死里逃生,沿着这条道路直奔汉江,再入长江,至扬州,顺海流漂泊到日本山口久津,成就了久津出美人的佳话。马嵬事件发生后50年,白居易在周至县当县尉,在朋友的鼓动下,他住在仙游寺,写下了《长恨歌》。仙游寺位于傥骆道起点,据说白居易在写作的时候,昔日当事者有些还在,不少细节还详细鲜活,有些事情不能直说,所以白居易在诗歌里埋下了一个又一个伏笔:“马嵬坡下泥土中,不见玉颜空死处”“忽闻海上有仙山,山在虚无缥缈间”“山中绰约多仙子,其中一人字太真”“钿合金钗寄将去,钗留一股合一扇”……让人遐想联翩。山口在日本中学时代就学过《长恨歌》,并为之而着迷,他认为,白居易在诗里诉说得再清楚不过了,马嵬坡的土丘是个空坟,海上的仙山是日本,太真仙子是杨贵妃,钿合金钗是证据……山口是日本山口县人,他对杨贵妃客死在他的家乡坚定地深信不疑,他在中国在日本,不辞辛苦,千方百计搜集证据,“升天入地求之遍,上穷碧落下黄泉”,以证实杨贵妃东逃日本的不虚,其执着坚韧的求索,绝不亚于“能以精诚致魂魄”的临邛道士。我觉得他对这一段历史的情感色彩过重,将学术研究中添加了许多浪漫和想当然,添加了对家乡的热爱,失了一名历史工作者应具备的严格考证和缜密思考,落入了戏剧完美结局的俗套。他不以为然,说历史的本身就是一首长诗,没有诗人的气质就不能研究历史。这次到紫木川来,是他听说紫木川镇东南八里有个叫太真坪的所在,便认定此太真坪定与杨贵妃有关,约了我,一道走进这深山老林。

我有我的目的。

二

汽车停在青龙驿再不前进。

青龙驿是古傥骆道的一个驿站,如今已变作一个荒凉的小居民点。房子大多是土坯茅草房,低矮潮湿,偶有两三间新房,也是红砖水泥,粗俗难耐。两个脏得分不出眉眼的孩子,三条瘦骨嶙峋的狗,挤在车门底下,莫名其妙地兴奋着,汽车腾起的灰土将他们深深地盖过,好像也不在乎,仍旧欢快跳跃。

邻座背起口袋,急匆匆地往门口挤,口袋里发出稀里哗啦的声响。山口抄起了他的大背包,拎着工作服,精心设计路线,如何安全地绕过过道里的肥鹅。老汉坐在前排没有动弹,他耐心地等着乘客一个个走下去,对站在门口的我说,没车,慌啥哩!

下车一问,发往紫木川的班车今天就没有开出,说是跑运输的司机,老丈人胸口让羚牛戳了个血窟窿,他拉着老丈人上县城了。一车人众,大部分到青龙驿就不走了,真正去紫木川的只有我和山口、那位爱啰嗦的邻座以及紫木川的土著老汉。山口好像也不急,拿了摄像机在土街上东照西照,引得一帮孩子争着抢着对着他的镜头做鬼脸。紫木川的老汉守着从车顶上卸下的一捆树苗,坐在小卖部的台阶上不紧不慢地抽着烟。他是那种陕南山中太普通的老汉,瘦小枯干的身材,粗壮的手,脚上蹬着一双烂解放鞋。我问老汉走不走,老汉说再等等。我说怕是等不来车,老丈人胸口的窟窿不是一时半会能堵上的。老汉说他不是等车，是等太阳，太阳一出来满山的雾气就散了，没有雾的山才好走路。我问太阳什么时候出来，老汉说快下山时候就出来了。我说沿着砂石路慢慢往前走，比坐这儿等太阳强。老汉说，雾大，前途莫测，遭遇了大家伙可是不得了的事。老汉说的大家伙，指的是老虎、狗熊、豹子什么的，当然也包括羚牛。这一带曾经有过华南虎亚种，只这些年才不见了踪迹，但老百姓还是说有。我倒不是怕和老虎遭遇，主要是怕羚牛，单个的羚牛脾气孤傲暴戾，常常主动攻击人，遇上者，十有八九不能逃脱。我就和老汉一块儿坐在台阶上等太阳，想着老汉刚才用的词汇“前途莫测”，十分的文雅，十分的学问，不是农民的词汇。秦岭山中常有些很古旧的言辞，至今流传，汉唐时代，傥骆道是长安到四川最简捷的一条要道，官员赴任、述职，使臣出使多走此路，山中百姓的祖先都是见过天子，见过世面的人……

红头发小伙子独自顺着砂石路往前走了二三百米，见我们不动弹，又折回来，径直蹲在老汉对面，很谦恭地递过烟来。老汉却是有点儿爱答不理，烟也没接。红头发问老汉买的是什么树。老汉说是山外杨陵农科所新培育出的山萸苗子。我想，山萸肉鲜艳甜润，是名贵中药，却没料到山萸苗子竟这般丑陋，便问老汉树苗何时才能挂果。老汉说三年，就想那三年是很遥远的事情。红头发指着在远处忙碌的山口对我说，跟你一块儿的那个人是个日本人？

我说是。

于是大家就都不说话，在台阶上冷冷地坐着，等着雾散。

青龙驿北面是高山，是秦岭主峰，南面是河谷，河水湍急凶猛，声如擂鼓，咆哮翻滚着向南流去。河床满是巨石，岸边长满了细碎灌木，灌木上粘了红、白塑料袋子和各样垃圾，花花绿绿，污人眼目。小卖部旁边有个卖凉皮的摊子，我跟卖凉皮的胖女人搭讪，女人见我没有买她货物的意思，便不愿搭理，问三句不回一句。掏钱买了她一碗黑米稀饭，才有了点笑脸，说改年要在停车的小广场建一组纪念红军的雕像。我说，1935 年红 25 军在程子华和徐海东带领下，穿越秦岭北上，是从青龙驿西北走的，经没过这里。卖凉皮的说当地老乡们都知道在这儿打了一仗，是跟红军，说红军在这儿被土匪打得落花流水，她爷爷是亲自参加了那场战斗的。我问她爷爷是哪边的，她说是土匪这边的。我特别注意到了她用的是“这”，而不是“那”，就是说她至今对土匪保持着一种认同，在情感上保持着一种很微妙的关系，就像山口对杨贵妃，有种摆脱不开的情结。

山口端着机子过来了，先瞄凉皮后瞄女人，最后定格在那张银盘似的大脸上。山口隔着摄像机问卖凉皮的知不知道杨玉环的事，胖女人的眼睛翻了半天，问杨玉环是哪个村的？红头发插嘴说杨玉环就是杨贵妃，唐朝宣统年的美女。老汉叱了一声，将烟袋锅子在鞋底上使劲磕。山口问女人姓什么，女人眯起眼睛很警惕地看着这个说话大舌头的小胡子，顺手掂起了铡凉皮的大铁刀。我将山口拉过来，山口说他看那个卖凉皮的长得像杨贵妃，好像是唐朝一脉单传下来的。

老汉扛起树苗准备上路，我抬头看，一山的雾气像被谁揪走了一样，翻着滚着，急速向东北的山口撤退，将一抹青山推到众人面前，金灿灿的太阳，果然已经西斜。老汉不走大路走小路，我们也跟着老汉走小路。大家依次从凉皮摊子旁边拐进竹林，一条小径幽幽荡开，窄而陡，一走一滑。老汉回过头说，上头的路还陡，谁跟不上现在回去走大路还来得及。没有谁愿意回去，又跟上他走。路上我问老汉姓什么，老汉说姓何。我说过去紫木川有个土匪也姓何，何老汉说紫木川的住户百分之九十都姓何。

老汉扛着他的树在前头噌噌地走，速度很快，没有十分钟，就将我们远远地甩下一大截子。我们个个气喘吁吁，汗流浃背，往上看，何老汉已经没了影子。红头发索性坐在路边的树桩上不走，山口掏出放大镜对着草丛里的一块石头使劲看，他说那块石头是个路碑，上边刻着“傥骆道紫木川界”几个字，我却怎么也看不出来。山口就一个字一个字地给我描，我看很多笔画他是在那儿想当然。山口煞有介事地说，杨贵妃一定在这里歇息过，因为他在石头旁边听到了杨贵妃路过此地时的疲惫脚步和沉重叹息，嗅到了杨贵妃残留在周围的唐朝气息……何老汉在上头招呼，说再不加紧天就黑了。山口说谁要走谁走，他要沿着山道细细地搜索历史遗留，说不定能找到与杨贵妃相关的蛛丝马迹。红头发不愿意跟着我们在后头磨蹭，跳起来追何老汉去了。

我和山口走进紫木川镇时天已经黑尽，过河的时候山口掉进溪水里，浑身弄得精湿，所幸他那些昂贵器材没有损坏。镇长李天河和干事张宾打着灯笼站在路口等着，见了我们，远远地喊，是作家同志么？我说是，他们就匆匆地赶过来，那灯一晃一晃的，照出了路上两团柔柔的橘红。山口倏地停住脚步，呆呆看着渐渐走近的灯笼，嘴里喃喃地说，天宝、天宝……

李天河过来，山口的眼睛还是直的，还没有从唐朝天宝年间回来。

李天河说，今天县上电业局检修线路，镇上停电，黑灯晤火的，没摸着手电，把孩于正月十五玩的灯笼挑出来了，站在这儿给个亮儿，怕你们过了河摸不着进镇的道儿。说着，噗地吹熄了灯。山口缓过神来，给李天河鞠九十度大躬，说着请多多关照的话。

我说，他在北京读的博士，在日本专门研究中国的蜀道，普通话比你说得棒。

李天河对旁边的干事说，他什么都能听懂，可不敢在日本友人跟前胡说啊，国际影响着呢。又说，镇上百姓听说来了日本人，都憋着看“鬼子”呢，打昨天就问，日本鬼子什么时候进山，他们只在电影里看过日本人，举着刀喊“巴嘎牙鲁”的，这回能看到真的，过瘾！说着，拍了拍山口的肩膀说，你的小胡子好，好，很像日本，你要是没有胡子，我们的老乡会失望的。

山口说，你们的老乡见了我会不会喊打倒日本帝国主义？

李天河说，不会，中国人民一向将日本人民和日本帝国主义分得很清楚；再说，日本人当年没打进秦岭，这里连日本飞机也没来过。

干事张宾补充说，日本鬼子炸重庆，是从武汉沿着长江上去的，走的是宜昌那条线。

大家说着往前走，没进镇招待所，直接进了小饭铺。煤油灯下，一桌饭热腾腾地摆着了。桌边围着几个老汉，看见我们进来，惶惶地站起身，把主座让出来。李天河介绍了山口和我，又说他请来的这些都是紫木川镇上的大贤，有关这一地区的历史，上下千年，没有他们不知道的。山口给大贤们鞠躬。大贤们有的点头，有的拱手，一个个都很矜持。

我看到，何老汉也在其中，已经换了身干净衣裳，黑头帕换成了新蓝干部帽，很知识地端坐着。

没说什么客气话就开席，桌上内容多是我没见过的土特产，菜是山野菜，肉是土腊肉，鱼是河里网的麦穗鱼，酒是自酿的包谷烧。先是敬酒，后是传杯，每位大贤嘴里都有一套劝酒的套话，角度新颖，绝不重样。山口初还拘谨，一圈轮过开始大口喝酒，大块吃肉，嘴里揣着肥肉片子不停地说，在油灯下、美酒中，他仿佛来到了唐朝，幽怨哀婉的杨贵妃就徘徊于门外的月光下。把一桌人听得后脊梁冒凉气。大家便赞美他的胡子漂亮，他说他的胡子是仿照永泰公主墓壁画胡人的胡子留的，他曾经是天宝年间日本派来的遣唐使……大贤们夸“遣唐使”的中国话说得顺溜，“遣唐使”就越发的顺溜，卖弄地吟起了“莫笑农家腊酒浑”，后边却怎的也记不起来了。不想，何老汉却一口气将诗接了下去：

莫笑农家腊酒浑，丰年留客足鸡豚。
山重水复疑无路，柳暗花明又一村。
箫鼓追随春社近，衣冠简朴古风存。
从今若许闲乘月，拄杖无时夜叩门。

我知道，乡间常有这样的大学问，上知天文，下知地理，赵匡胤哪年哪月黄袍加身，萨达姆几月几号被逮捕都记得一清二楚，眼前的何老汉大概属于这类人。

我向李天河了解紫木川土匪何玉琨的事，李天河说何玉琨 1952 年作为土匪恶霸被人民政府镇压了，公审大会就是在紫木川开的。又指着席间的几个老汉说，他们都是见过何玉琨的人。张宾补充说，何玉琨的第四个老婆成苗子还在何家的宅子里住着，让何老汉带我去。何老汉说他明天有事，从山外背来的山萸苗子得赶雨前栽上。

李天河说，你甭拿苗子说事，你是咱镇上的活历史，作家来了，你不接待谁接待？你那几棵树，我明天让四兔帮你儿子栽。

何老汉说，兔崽子们靠不住。

李天河说，你也不要推，镇上给你发十块钱导游费，绝不会白白耽误你的工夫，要紧的是你得带着作家把各个点儿走到了，不许偷工减料。

何老汉说看历史可以，看成苗子不去，成苗子是个人，不是个景点，回回来了人，都让他领着去，别扭得很！李天河说，成苗子已经成为了紫木川历史的一部分，谁能把她跟紫木川、跟土匪何玉琨分开？趁她还在，让作家多了解一下情况，弄出个电影什么的，那时候咱们的紫木川也成了芙蓉镇，让全国人民都知道咱们，都上咱们这儿来旅游，到那时候乡亲们还用得着结伴出去打工？他城里人会上赶着来咱这儿开商呢。

何老汉说，别以为那是好事！

我问成苗子有多大年纪了，李天河说八十七了，属鸡的，思维已经不太清晰，并且说他跟县上建议了几回，让上边尽快派人来挖掘历史资料，再过些日子怕就赶不上趟了，可是上边一直没派人来。张宾说成苗子是大家闺秀，有学问，大美人。

何老汉说，美啥呀，牙都没的了。

张宾说，周围十里八乡你去找，哪个八十的婆婆比得上她漂亮？

正说着，何老汉的儿子进来了，原来见父亲这晚不归，给父亲送来了棉大衣和手电。山口为何家儿子的孝顺感动，说现在的日本，大概再不会有任何一个儿子深夜为外出的父亲送衣裳、送灯了，这样的“おやここ(孝子)”他竟然在杨贵妃走过的道路上碰到了，太让人感动了。他给何家儿子敬酒。那儿子文绉绉地说，无父命，不敢饮。

山口就看何老汉。

何老汉说，犬子无能。又对儿子说，喝一杯，回家去吧！

儿子双手接过山口的酒杯，恭恭敬敬满饮一杯，退着身子走出门去。

斜着眼睛，我偷偷观察何老汉，这才发现，饭桌上，何老汉滴酒不沾，对满桌丰盛菜肴也是点点而已，斯文得可以，而且那谈吐言语，举止做派透出了一种见识过世面的自信。我问何老汉是从什么时候搬到山里来的，何老汉说他打小就是生长在紫木川的，祖辈起世代种地，地道的农民。那边，大贤们又向山口发动了一轮新的劝酒运动，理由是为了杨贵妃的新生。我悄悄问何老汉，要是何玉琨在紫木川主事的时候我来此地，何玉琨会不会把我杀了？何老汉说，何玉琨会办一桌酒席给你接风！说着，点了点坐对面的李天河说，比他弄的这个好！

山乡的酒让人不知深浅，散席时，我和山口都喝得有些头重脚轻。大家在饭铺门口告别。何老汉和我相约明日一早在紫木川桥头会面。山口独自行动,他的目的很直接,就是太真坪。李镇长让张宾做山口的向导,张宾说明天他领着鬼子进村,搁过去百分之百是汉奸,现在却成了向导,这事怎么想也有点儿想不透彻。李天河说,想不透彻回家接着想,任务是交给你了,必须完成。

山口的特点是一喝过量便将中国话全部忘光,他跟大贤们告别,说“おやすみなさい(晚安)”。大贤们懵懵懂懂反应不过来,倒是何老汉回了他一句“Good night(晚安)”!

山里的老农民说“Good night”,大概是我喝晕了。

三

晚上,我躺在小镇的招待所里,不能入睡。喝多了酒,头疼。

下了雨,淅淅沥沥,叮叮咚咚,将窗外的一丛竹敲打出无数乐章。山里的夜甚凉,加之那如泣如诉的雨声和溪流,使人的心也变得清冷。街上有人唱山歌,“……学一个扭转乾坤,倒挽银河洗太阳……”直嗓高腔,没板没眼,多半是夜行壮胆。歌词很熟悉,思谋半天才想起是京剧《响马传》里头的一句,很漂亮的流水板,竟唱成了这般模样,也是一绝。山里人不敢小瞧,有 Good night,也有京剧《响马传》,十分的丰富多彩,想这“倒挽银河洗太阳”就是在京师,会唱者也寥若晨星,难得至极。成苗子,那个从未见过面的老妇人,依张宾的话是“大家闺秀”,竟让我内心升腾起一种企盼,一种印证的冲动,但愿这次到紫木川没有白来。

寻找她的原因是我注意到了她,她通过 60 年前的报纸,闯进了我的视野,进入了我的生活,不能不说这是冥冥中的一种缘分。无意间的邂逅,使我生出一种沿历史进程逆流而上的寻找冲动。总是在笑话日本人山口,其实我何尝比他清醒。或许是徒劳,或许是女文人的自作多情,或许是搜寻一段没甚意思、没甚结果的往事……

但是她吸引着我,使我久久地想着。

用老七的话说是吃饱了撑的,是文人创作题材枯竭的表现。

老七是我的七兄，是我仅存于世的哥哥，已经八十有二。

去年，北京迎接奥运，旧房改造，东城区小街以东大片民房划入改造范畴，我们家居住多年的老宅亦在被拆之列。年底，留守在旧家的老七打电话给我，让我回去帮着收拾东西准备搬家，他实在是没精力搬动那些蛛网尘封了。历史的重担落在了我的肩上，只好请假回家，承担苦力的角色。到家的第二天就进入了“清仓战斗”，老七搬了把破藤椅，在房门口坐着，听着老唱机吱吱呀呀地唱，看着我在旧物堆、在呛人的尘埃中艰苦劳作，不时地对我翻腾的东西加以诠释，讲明来龙去脉之后，做出决断，是留是扔。屋内这个娘娘驾般，一碰就要散的唱机，一直沉睡在墙角，近50年没有发出过声响了。那些塑胶的黑色唱片，纹路大部已经磨平。我顺手抽了一张搁在机子上，摇了摇手柄，竟然还能唱，声音缓慢苍老，像含着一大口痰：

……大丈夫要把那惊天动地的事业创，
学一个扭转乾坤倒挽银河洗太阳。
英雄好汉聚堂上满天星斗换文章，
大泽龙蛇起四方兴高采烈行路上……

我说词很好，可惜唱得有气无力，像个棺材瓤子。老七说是京戏《响马传》里的秦琼在唱。老七有肺病，一边说话一边用手巾捂着嘴不停地咳嗽，身子一半坐在门里，一半坐在门外，那脸便一半在阴影中，一半在阳光下，好像处在阴阳界一般。我将旧报刊抱到院子中，年深日久的纸张潮乎乎黏唧唧彼此压挤，我建议一把火点了，事实是费了四根火柴也没有点着。在“大泽龙蛇起四方”的唱腔中，在半燃半灭的火柴下，我发现了这样一则消息：

……汽车翻过秦岭大梁，在青龙驿遭遇土匪袭击，司机、秘书当场毙命，督察本人趁乱钻入树丛，顺坡而下，逃得性命。督察夫人程立雪及行李财物具被敌酋掳去，下落不明。当地官方透露，此次肇事，系紫木川惯匪何玉琨所为。何玉琨是川陕甘交界处人称“夜叉”的土匪，在秦巴山地杀人如麻，百姓畏之如虎，闻之色变……

展开报纸细读，原来是1945年12月6日的《华报》，末版左下角，刊登的一则报道，说受害者叫程立雪，系陕南教育督察主任霍大成的夫人，报道说霍夫人随夫赴勉宁县做教育考察，被土匪掠去。文中还谈到夜叉何玉琨一共有三个老婆，大老婆当年也是一个著名匪酋，人称“朱美人”，说她“跟着丈夫一起从事土匪活动，她的枪法和骑术使她获得了《水浒传》中母大虫的称号。1940年被官方抓获，在执行死刑的途中，她吟唱民谣辱骂当局，汉中市围观人众喝彩不绝”。报纸说这位被掳去的程立雪是女师大西语系毕业生，容貌出众，此番落入虎口，怕是凶多吉少。

我问老七看过这张报纸没有，老七说没有，说解放前土匪杀人越货，打家劫舍的消息报上随时可见，不是新闻。有些编辑为了填补报纸空白，索性编撰一些离奇“事件”夺人眼目，张村李店，无从查找，不可真信。

老七去午睡了，我仔细翻检那一捆报纸，想的是从中还能获取进一步消息。

太阳暖暖地照耀着，陈腐黄旧的报纸在二十一世纪的阳光下，有种招架不住的惊愕和难堪，好像一个尘封的美人，数十年后被拉在大庭广众之下，强光下的眩晕让她难以自持。60年前的气息使我接二连三地打着喷嚏，一直到太阳偏西，也再未发现有关程立雪的后续报道。也许是家中所藏报纸不全，被漏了；也许是发生在西部山区的区区小事，引不起京师人士的关注；也许真如老七所说，是编辑的哗众取宠之作。总之，信息完全断了。程立雪事件的发现，影响了我的收拾进度。搬家在即，老七又叫了在西单商场工作的堂侄来帮忙。那家伙比我有魄力，大刀阔斧，从废品站找来三个收废品的，不管不顾，有用的没用的，包括那个唱机，全都装进大麻袋，不到半天工夫，将房间内的书籍字画出卖得一张字纸也没剩。

程立雪在我们家的堆房里沉睡了60年，我想象着有如此谦和名字的女子，必定有一副姣好的面容，有一种超然脱俗的清丽气质，这样的女子落入匪酋之手，悲剧的结局是注定的，一个不用讲述，结果便已存在的故事让我浮想联翩，我料定这个程立雪即使以后有机会脱离虎口，对那个“大难来时各自飞”的丈夫也再难热爱得起来。我爱刨根问底的性情注定了我不能释怀这件事情,60 年前的人物,大多已不存在,但是紫木川的名字是没有改变的,如果一切是真的,那里应该有着 60 年前的印迹,60 年前的话语……在我欲罢不能的时候,山口来了,他是我在日本千叶大学的同学,他说要到傥骆道调查杨贵妃,紫木川是他的重点考察地,于是我们便结伴而行了……

到紫木川之前,我在陕南档案馆查阅了有关何玉琨的历史资料,因为是大土匪,所以从地区到各县,关于他的活动资料都非常丰富,似乎没费太大力气,一个混混儿出身的残暴形象便凸现出来。何玉琨,早年人称何鱼客,紫木川人,在河里打鱼为生。何匪生性顽劣,喜好争勇斗狠,很快在小镇成为一霸,无人敢惹。因皮肤青黑,目光犀利,悍戾古怪,被人称为夜叉。有一天何玉琨卖鱼回来,在山道上碰见几个背着步枪的国民党逃兵向他问路,何玉琨见枪便动了心思,将逃兵们引到看瓜的窝棚里安顿了,又找来酒饭,将逃兵们灌得酩酊大醉,不费吹灰之力将那些兵一个一个杀死,平白得了六杆枪。有了枪,他纠集了几个胆大的山民,埋伏在川陕交界处,倚仗地理熟悉,干起了剪径勾当。盘踞汉中的军队往西安偷偷运送大烟,行至紫木川附近的太真坪,遭到了袭击,枪一响,那些押送烟土的兵丁弃烟而逃,何玉琨轻轻松松将 40 担大烟拿到手里,从此,腰包充盈,势力大增,盖了房,娶了媳妇。媳妇是周至县秦腔班子的刀马旦,人称朱美人,是个泼辣有主见的角色。40 担大烟武装了一个大土匪,足见烟土的利润和价值。何玉琨是个脑子灵活的人,他跟弟兄们说,要站住脚跟不受外头欺负就得种大烟。在他的号召下,很快,紫木川山上山下,到处是罂粟,一片灿烂。据说,这一地区,一年收获的大烟浆是 3000 大石缸。紫木川地处三省交界,天高皇帝远,没有谁注意到这个僻远山乡已经成为了西北大烟首屈一指的集散地,秦岭大烟质量与云南烟土相比,不算上乘,但是价格低廉,产量巨大,交通较云南便捷。正是如此,更增加了秦岭大烟的生产活力,促进了当地的经济发展。一时间,紫木川的街镇上开了数家大烟馆,生意十分红火。五六月,正是大烟收获季节,国内山南海北的烟贩子都云集到了紫木川街上,人头攒动,比肩接踵,茶馆酒铺,通宵达旦,声势之浩大,颇似今日的商品交易会。奇怪的是,何玉琨本人绝不抽大烟,不但自己不抽,也不许他的家人和部下抽,谁抽枪毙谁!

何玉琨的特点是喜欢枪,有了钱就买枪。这样精良的武器装备,在中国,任何一支土匪势力都无法与之相比。有了枪就有了势,有了烟就有了钱,何玉琨用钱打开了不少门路,什么胡宗南、祝绍周等国民党要员他都去打点过,用他的话说,汉中那边放个屁,他在山里也知道是谁放的。

“兔子不吃窝边草”,何玉琨护佑着紫木川周边三十里,三十里内不动一草一木,三十里以外却是杀戒大开。他的祸害是放射性的,秦巴地区,几乎没有哪个地方他没有骚扰过。民国二十年,何玉琨沿傥骆道蹿到西流,杀死妇孺三百,烧毁民房七百间;民国二十二年,在赤阳,杀人无数,血流成河,绵延染红河道里。文献记载,在镇槐县,何玉琨养的一只八哥被猫吃了,他就派了一个连,在全城房顶上逮猫,逮着全部剖腹,为他的八哥报仇,并扬言,查出谁家猫腹内有鸟,必将此家杀个鸡犬不留,害得县城所有有猫的人家集体给他下跪,为猫请命,为人请命。何玉琨寨子的旗杆被风刮折了,为了立杆祭旗就得杀人。何玉琨从风雨口劫来五个过路官员,在旗下绑了,将胸口划开,从背后猛踹一脚,几个人的心脏就掉出来了,人头被祭了旗,人心被用来下了酒,瘦肉的切片生吃,肥的上火煎炒。整个一个生藩夜叉!

何玉琨在政治立场上是不定的,在他提出“活捉蒋介石”的口号没有一个月,便在青龙岭伏击过路红军,活埋数十北上抗日红军伤员……1939 年日本人占领了黄河北岸的风陵渡,炮轰陇海线,西安随时有丢弃的可能。西安不保,整个西南、西北也将沦于敌手。抗日战争最吃紧的时候,也是何玉琨在山里闹腾得最欢实的时候,杀人放火,几无一刻消停。何玉琨在抗战后方的混打混闹,成为蒋介石大后方的心腹之患,为此他下令:“川陕甘军事饧,边境驻军切实严防,以免窜扰!”在严加防范的同时,派代表来收编何玉琨,何玉琨在紫木川镇路口摆了张木头桌子接待蒋介石的代表,连椅子也没有。他对代表说,他老蒋哪有资格管我,我是他娘舅,哪有外甥管娘舅的道理! 他那个青天白日底下有个鬼,我要捉他的鬼!

整个一个胡搅蛮缠。

一个混沌的人,却向往着山外的文明。何玉琨谨慎小心,用警惕又羡慕的眼光看着山外的一切。他没事从不走出紫木川,他的部队可以到处骚扰,他则稳稳地坐守根据地。他喜欢听别人讲山外的事情,对山外的情景问得很细,听得如醉如痴。一生唯进过一次的大城市就是西安,也是他到过的最热闹最文明的地方。民国三十年,他用300根金条迎娶了西安莲花池巷赵家的一对姊妹花。赵家是西安世家,祖爷辈做过内阁学士,门楣上“进士及第”的匾额照耀得半条胡同都很辉煌。何玉琨是冲着那块大匾来攀亲的,他相信,山里的土包子缺的就是挂匾的门楣,缺的就是金光闪耀的亲族,钱他有的是,可是光有钱,他什么也不是。何玉琨求婚时,西安的赵家实则已经没落,门口虽然挂匾,后院的房却卖得所剩无几,他们万万没想到,这块空洞的“进士及第”竟然引来了深山的土匪……何玉琨到赵家去,军师已然将条件谈好,说男方是山里做土产生意的财主,正经人家,绝不会让姑娘受委屈,过门就当家,就当夫人供着。300根金条是赵家从没见过的,赵家看女婿虽然黑,虽然莽,但也还本分老实,人家说得好,跟赵家结亲是为了改换门庭,让何家的后人也能读书识礼,出些个状元榜眼探花,一下娶姐俩,是怕一个到山里孤寂想家,反正在家就是姐俩,嫁过去还是姐俩……

何玉琨去了一趟西安,带回了两个会写诗填词的媳妇,还带回了手摇电话机、留声机以及一部汽车。媳妇是用轿子走傥骆道抬回来的,汽车是让人拆成零件,让喽啰们背回来的。赵家姐俩进门的时候朱美人已经在汉中遇难,空虚的大宅院由两个穿旗袍的西京名媛来填充,一下轰动了整个紫木川,将赵家姐妹称大赵和小赵,说就跟三国的大乔和小乔似的,美丽淑雅为山中罕见。大赵小赵分住在东西院,各有各的丫鬟,各有各的小灶。大赵爱吹箫,能吹得一条川水凝滞不动;小赵爱书法,写得一手好章草,绝非是简单认字的水平。何玉琨在赵家姐俩身上下了不少功夫,一门心思要让两个女人生产出“文明后代”来,可惜数年过去,两个世家女子并未产出个一男半女,倒让何玉琨没了主意。从西安带回的手摇电话在房内成了摆设,原因是还要架线,深山老林架电话线别说土匪,就是政府也有些吃力。留声机倒是能转,唱片却只有一张,翻来覆去就是“学一个扭转乾坤,倒挽银河洗太阳”。这句戏词,不光是何玉琨,连老百姓也听得耳朵起了膙子,紫木川大人小孩张嘴都能唱。至于汽车,机械师照图纸原样装好,也能开,所限的道路也只有从何玉琨家到办公楼不到300米的石头路,离开这300米就是小桥流水、盘旋山道了，马能上，轿能过，汽车只有趴窝。所以，紫木川300米的小街上，经常跑着一辆美国“道奇”，司机就是何玉琨本人，成为山区一道风景……

窗外的雨一直在下。

什么时候睡着的不知道，一宿尽是梦。我梦见在一个大庭院里一帮人在谈论事情，靠东坐了个胖子，穿着纺绸裤褂，光着脑袋摇着大蒲扇，很惹人注目；老旧的留声机转着，发出了喉咙塞满痰的声音“……倒挽银河洗太阳……”

四

早晨起来，在招待所食堂吃饭只有我一人，一问才知道山口天没亮就到太真坪去了。

我转出政府大门，迎面看见了一座漂亮的廊桥。昨天天黑，从河边路过，忽略了这座建筑。晨光中，木石结构的桥横跨两岸，川溪清澈见底，鱼儿淙淙，水汽蒸蒸，托出桥梁的斗拱飞檐，青瓦雕栏，好一座廊桥！就想美国那《廊桥遗梦》，一个单调的木筒子桥，也小题大做，大惊小怪地美啊美，要是把紫木川的廊桥给他们，那个爱情故事不知会怎样翻哩！桥下，两个女子蹲在溪水边洗菜，那个红头发的小子正倚在桥栏杆上往下丢石头，下边的骂，上边的嘻嘻笑……看来都是熟人了。

何老汉从桥那边走过来，我问这座桥是什么时候修的，他说60年前，那时他是个少年，也是参加了修桥活动的。我称赞桥的结实漂亮，何老汉说60年了，经过了无数次洪水，桥的基座至今纹丝不动，毫无改变，成为了紫木川人的骄傲。我变换着角度欣赏廊桥，何老汉极尽向导责任，跟着我上上下下，叙说建桥过程。他说，桥基深入河床三米，有一人多深的石头缝隙是灌了铅的，桥上的木头是整块三寸厚的柏木……

我说，我来之前看过紫木川“文革”时期编写的“阶级斗争教育资料”，资料上说何玉琨为了掠夺汉中地区财物特地修了这座桥。修桥的时候他亲自监工，搬了把太师椅打着阳伞坐在河边，不错眼珠地盯着修桥百姓，谁不卖力气，谁偷工减料，拉过来就是一通皮鞭，稍不满意就推倒重来，老百姓为此怨声载道，恨透了这个土匪头子。

何老汉说，事情看怎么说，没有何玉琨的“不错眼珠”，便没有60年的“纹丝不动”。现在的工程监督员要是有当年何玉琨一半的心劲儿，全国也不会出现那么多“豆腐渣”。

倒让我没了话。

何老汉把我领到桥墩，看上边的刻字，一块大青石上清晰地刻着：“子孙后代永享通畅”几个字，字迹七扭八歪，没有章法，大概是何玉琨本人亲笔，一看后头的落款果然被凿掉了，无疑是革命群众所为。

紫木川，以桥头有一棵巨大广玉兰而得名，玉兰的花朵是紫的，树荫占地两亩，树干几个人也抱不拢，足有千余年的历史了。镇是一条古老的小街，是群山中的一块狭小平地。南边的龙驰山，属四川，一直往前走，走两天就可以到达九寨沟；西边山是凤凰山，连接甘肃；东边是银锭寨，北边是黄猴岭，均属陕南。小街南北横陈，一条石板细路蜿蜒延伸，两侧是铺面房，卖杂货，卖吃食，卖当地的土特产。男人们不知都到哪里去了，不见一个，女人们打着毛线守着摊子，做着有一搭没一搭的买卖。女人们跟何老汉打着招呼，开着玩笑，说何老汉发导游财了。何老汉装出一副无可奈何的模样，跟女人们说他绝不是为了那十块钱……

何老汉将我领到一座三层的石头洋楼前，说这是当年何玉琨办公的地方。进了大门，院内有回廊和宽大舒展的天井，想起了昨夜的梦，问何老汉何玉琨的长相，老汉说跟样板戏里的胡传魁差不多，光头圆脸，矮而胖。问平日喜好穿什么，说是纺绸裤褂。我不知是土匪何玉琨落入了样板戏的俗套还是我落入了历史的俗套，突然的，好像接续上了一种感应，仿佛陪着我参观的不是何老汉而是何玉琨本人。再看何老汉，沉着脸，不苟言笑，完全是公事公办的模样。说起样板戏就想起座山雕的威虎厅，想起了“天王盖地虎，宝塔镇河妖”的土匪黑话，我问何玉琨是不是也说黑话，何老汉说，黑话是有的，规矩也是有的。我问有什么规矩，何老汉说，开始谁都杀，后来对部下有了明确规定，攻击单身行人、妇女、老人和孩子要受到处罚，但是攻击官员，不论是清官还是赃官，只要他们踏入何玉琨的地界,都是合理的目标,是贪官,财物一律没收,人杀死;是清官,财物发还一半,留下一只耳朵。每次得来的收入分为九份,两份是公积金,一份给提供情报的人,四份在成员中分配,一份作为奖金奖给直接参战人员,剩下一份给过去死伤人员的家属……

我说,这个何玉琨有高度的社会意识和组织才能,在60年前可是了不得的人物。

何老汉说,何玉琨要是活在今天,应该是个好企业家。

天井台阶下有两口大石头缸,上面刻着文字:“洋洋乎津,乃漱乃濯,邈邈遐景,载欣载瞩。人亦有言,称心意足,挥兹一觞,陶然自乐。”字迹娟秀规整,一笔一画都极到位。见我赞许那字,何老汉告诉我,这是玉琨中学的校长写的,校长叫谢静仪,是个女才子。我问谢静仪是个怎样的校长,何老汉说性情纯净,有学问,看事情很有见地,说话平缓舒展,从不高声,何玉琨很佩服她。问女校长怎的来了紫木川,何老汉说也不知怎的就来了,跟着何玉琨骑马进了紫木川,就留下来了,办了学校。我问是哪一年,何老汉说,他记得很清楚,女校长进山的那年他十四,是玉琨学校的第一批学生。我说,那到底是哪一年呢?

何老汉掰着手指头算,说应该是1945年。

何老汉说的玉琨中学在镇北的高坡上,很雄伟的一片建筑。现改名叫紫木川中学,校门口有大槐树,有宽广的门,迎着门是大礼堂,白石头立柱,巴洛克式的浮雕,这样的建筑别说在60年前,就是在今天也是很少见了,更何况是在这交通闭塞的深山老林。

何老汉说,大礼堂和教师办公楼,是从上海请来的工匠,专门修建的,从1945年开始,建了三年,1948年才竣工。

我说何玉琨怎的有这么大的魄力盖学校?何老汉说是山外来的女校长的主意。女校长用一句圣贤的话打动了何玉琨。我问是哪位圣贤的哪句话。何老汉说,孟子说的,率性为之道,修道为之教。这句话至今仍刻在学校操场旁边。

我品味着何老汉的语言,思考着那个能让土匪在山里盖学校的谢静仪,1945,一个很敏感的数字在脑海中萦绕……

操场旁边有仓库，里面堆积着许多巨大的匾额，有“培育英才”，有“厦庇群英”，有“提高文化”等等，大多是附近士绅们送给女校长的，以何玉琨本人送的居多。仓库外面，伫立着红漆的现代标语，上面写着“普及教育、振兴中华”。仓库内外的标语相隔了60年，内容却是一脉相承的近似，土匪的理想与今日的教育方针有着不谋而合的沿袭，共同的内涵大概就是那个“率性为之道，修道为之教”中华文化的大背景了。这个文化容纳了土匪的也容纳了今天的教育界，它无所不包。

何老汉指着我站立的地方说，那年开公审会，何玉琨被捆绑着，就是跪在你站的地方。

我听了，赶紧挪开，审视那个地点，一片细细青草，两朵黄色小花在微风里摇曳，并无甚特殊。我多了个心眼，问何老汉，你当时在哪里？

何老汉说，我就在我现在的位置。

我与何老汉相距不过两米，也就是说，当时的何老汉与被公审的何玉琨相距仅两米，那是一个什么样的位置呢？

老汉说，开罢斗争会当场就毙了，没挪地方，后头拿枪的军人一抬手，脑袋就碎了，连吭也没吭就扑倒在地上，红白的浆子溅得到处都是……人都散尽了，是校长用棉纸将他揩净，把个烂脑袋包了，埋在学校坡后头。

我问女校长后来去了哪里，何老汉说何玉琨一死，校长便不知所终，再没有人见过她。我说一个大活人，怎能说没就没了？何老汉说，就是怪呢，就跟她来的时候似的，说来就来了，谁也说不清楚。我问女校长有没有照片留下来，何老汉说没有。问当地知道不知道程立雪这样一个女子，何老汉摇摇头说，从来没听说过有叫这个名字的人。

看何老汉的模样，他说的都是真的。

在磨坊后头，一堆荒草中，我见到了何玉琨的“汽车”，那是一堆再也连缀不起来的废铁，从那堆生满黄锈的烂铁上，根本无法寻觅出“车”的痕迹，只有一条方形的弯曲，可以依稀看出是窗的一部分，我想象不来这堆废铁怎样载着一个呼唤风雨的匪首在小镇300米的街上跑动的。何老汉说何玉琨的车子讲究得很，座子是丝绒的，转盘是化学的，车灯是黄铜的，喇叭是镀金的……又说，人生天地间，若白驹过隙，忽然而已，钢铁尚且如此，何况是人！

何老汉的语言时时的跟他的身份不协调。直觉告诉我，这绝非是个一般的“农民”。

在镇上转了一天，老汉终究没有带我去看成苗子。我提出这个要求，何老汉说，不看也罢，那女人病得厉害，怕是熬不过这个秋天喽。我又跟何老汉提了几次程立雪，问是不是成苗子的另一个名字。何老汉茫然地看着我，他说他闹不清我为什么硬要把两个不相干的人往一块儿拉，成苗子就是成苗子，她姓成，说着蹲在地上，画了一个大大的“成”字，用指头点着说，是成功的“成”，不是程咬金的“程”。

见我仍不能释怀，老汉说，山外头任谁来了都要看土匪的压寨夫人，有什么好看的呢，不过是好奇，就是好人也架不住这样看，更何况她还有病！镇上的干部们硬是要把她当一张牌来打，能打出什么结果？她又不是大王。

何老汉说得有道理。

老汉操心他的树苗，早早走了，走时问下晚怎么安排，我说自由活动。他建议我去镇西看看崖上的石刻，说那上边记着傥骆道的事情。我说我对傥骆道没兴趣，那是山口干的事儿。

五

山口进门就嚷嚷，说找到了杨贵妃由此路过的证据。他神神秘秘地从包里摸出一个铜镜，说是从太真坪一个农民手里买来的，那个农民锄地，从地里挖出来个铜片片，只当是何玉琨破汽车上的零件，并未在意，听说他是搞历史的，就让他鉴定。他说他一眼看出这是个唐朝铜镜，花两千块，买了来。我说他当了冤大头，这样的玩意儿北京潘家园、西安朱雀路古玩市场有的是，都是造假造出来的。山口说，紫木川的农民怎会有大城市的假货，凭它出土的地点，就是货真价实的正经玩意儿。我说再不要把紫木川认作闭塞的山地，这里连老农民也会说 Good night 了，那个李天河精明得比咱们俩加在一块儿还绰绰有余。

山口仔细地擦拭他那个铜镜，推测是杨贵妃在太真坪的遗物。在千叶读大学的时候,我们俩是同班,他就爱钻牛角尖,动辄便和老师抬杠,在全班挑起辩论,所以,一般情况下,我从不引发他的论题为的是让自己省点儿精神。有一年暑假,我去过山口的家乡,是冲着对日本杨贵妃的好奇去的。

我去的那天小渔村正好过节,村委会的小广场上支了很多摊子,都是村民们的自产自销,有杨贵妃酒、杨贵妃寿司、杨贵妃醋、杨贵妃窑烧出来的杨贵妃碗……山口领着我在人群里找到了他的妈,老太太蒙着头巾在推销她做的杨贵妃酱。山口说我是从中国长安来的,老太太惊呼一声将我抱住,仿佛一下抱住了千年之前的杨贵妃。老太太拉着扯着,把我拽到几个正围着桌子喝酒的老头跟前。老头们喝得好像都醉了,摇摇晃晃大概把我当成了真的杨贵妃,非要我说一说唐朝的话,我就说西安话,告诉他们,这是长安的语言。围了一圈人,有醉的有没醉的,大家听得都很认真,说原来当年杨贵妃在他们这里说的就是这样的话,头一回听到啊!

有人推出一个十三四岁的女孩,叫八木薰,是杨贵妃的直系后代,油谷町顶尖的美人。八木薰很腼腆地看着我,脸涨得通红,有种面对祖先、接受审查的紧张。我的脑袋转不过弯来,想那个杨贵妃到日本来难道又再婚了,还弄出了后代,源远流长地繁衍到今天?看美人后代,除了胖,皮肤白皙,那单眼皮的小眼,翻厚的嘴唇,实在不算出色。

山口领我去埋葬杨贵妃的二尊院,八木薰很主动地在后头跟着,我拜谒的是她的先祖,她得陪着,这是礼貌。

二尊院在安葬杨贵妃之前是个没有名气的乡村小庙。杨贵妃死在这里后,就葬在庙后,面向大海,面向中国大陆,以慰贵妃乡思传说。杨贵妃死后,日日给长安的玄宗托梦,唐玄宗知道杨贵妃已经不在人世了,为了悼念亡灵,派手下一个叫陈安的人,带了释迦牟尼和阿弥陀佛两尊佛像到日本,要求将佛像安奉在杨贵妃所葬之地。小庙因了两尊佛像,从此改名"二尊院"。如今,两尊佛像是日本国宝级文物。

在庙东侧,我看到了一座石头的五重塔,就是杨贵妃的坟墓了。塔周围被许多尺高的小塔环绕,八木薰说是随同杨贵妃东渡侍女的坟墓,说着拿出在路边顺手采来的野花摆在塔前头,很虔诚地将双手合十在胸前,嘴里念叨着长安

家乡亲戚终于来看望了的话。墓前立着一块木头的碑,是中国驻日使馆的一个文化官员题写的,那个官员还写了一首诗:

长生殿内情意长,天长地久两难忘。
长安一别何处去,油谷町里望家乡。

我说,应该搞考古挖掘,以证实真伪。

八木薰说,怎么可以,这是我们八木家的祖坟啊!

山口说,你们马嵬坡的杨贵妃为什么不挖掘,是你们不敢挖,因为那里头是空的,牵扯到了你们历史的真实性!真的哪儿去了?真的在我们这儿,在日本!

拜访了当寺住持,住持拿出这个寺院55世长老的记录给我看。那记录是蓝布面,黄草纸,黑笔直行书写,文中说了唐朝安禄山造反的事,讲述了唐玄宗被迫西逃,行至马嵬六军不发的大致经过,谈到处死杨贵妃是这样说的:

清晨,高力士将贵妃引至佛堂前,缢杀,将其尸横陈车上,置于驿站院中,令六军总领陈玄礼等人见之。大军即发,唐玄宗随军赴蜀地而去。陈玄礼则观贵妃气息有所和缓,念及皇帝悲切,着人救之,后命下吏造空舻舟,置数月粮食于舟内,放逐海中,任其漂流……天宝十五载七月,唐土玄宗皇帝的爱妃杨玉环乘船漂泊到本地唐渡口,上岸后不久死去,里人相寄,葬于庙后,凭吊者不绝。

杨贵妃在油谷町改姓"八木",马嵬惊魂,幡然醒悟,从此远离政治,倒是给这里留下了油谷町出美人的佳话。

八木薰领着我来到了唐渡口——杨贵妃的登陆地。

一条长满青苔的石板小路直下到海滩,风很硬,浪很高。这里的确是海流的回旋之地,唐渡口的海滩上布满了从中国大陆方向漂来的垃圾,"海飞丝"洗发膏瓶子、一次性饭盒、空罐头盒、方便面的碗……花花绿绿堆满了海滩。这些东西不用打船票,不用办护照,不用花力气,顺顺当当就从中国漂到了日本,停留在异国的海滩上。用山口的话说，杨贵妃乘的空舻舟实际就是没有橹的船，陈玄礼把杨贵妃弄到这样的船上，“任其漂流”就是给这个妃子一个“死缓”罢了，绝没想到她会漂泊到日本！是啊，千万年来，借助这股不变的水流，不知都过来了些什么？我站在礁石上，海风撕扯着我的衣襟，掀起了我的头发，我想象着没有橹的木船靠岸的情景，船上有心灰意冷的杨玉环，她 38 岁，38 岁的女人踏上这片土地的时候已经成熟，不再年轻……这股海流，使杨贵妃为后人留下了一道抓不住的彩虹。

这次山口考察的目的，是要弄清楚杨贵妃怎么从马嵬坡到达扬州的。日本老和尚的记录“着人救之”之后，接下来就“造空舻舟”“放逐海中，任其漂流”了，其中很大一段是空白，山口的调查就是要填上这段空白。在马嵬坡是不可能“放逐海中”的，那么通路究竟在哪里？

晚饭后，山口又铺开他的大地图，举着那个铜镜在地图上细细寻找，他把那个铜镜当成了历史隧道，企图通过它寻到仓皇东逃的杨玉环。我对山口说，找来找去全是白搭，我们的《后唐书》记得很清楚，马嵬事件第二年，上皇密命将贵妃遗体改葬他所，最初埋时以紫薄包裹，再葬时肌肤已坏，唯胸前香囊犹存，内侍献上，上皇悲哀。就是说，马嵬坡坟冢下的尸体已经腐烂，无可查询了。

山口说，紫褥包裹的女人是假的！是替代！真的早顺着傥骆道跑了！你们的史书还记着，唐明皇从马嵬坡折向西南，奔四川走的是褒斜道，苏醒过来的杨贵妃绝不敢直追其后，退回长安更不可能，唯一的出路就是直插与马嵬坡最近的骆口驿，走傥骆道，逃生于江南。太真坪，听听这名字吧，不是杨玉环又是谁？

两个人争来争去莫衷一是。我说，放下你的杨贵妃，跟我去看看紫木川的老美人成苗子吧，那是个比杨贵妃更能抓得住的女人。

山口不去，他说你那个土匪老婆不会比我的杨贵妃更清晰！

六

宅院太深了，我提着奶粉和二斤点心，去拜访成苗子。几次走错了路，转到死巷里只好又顺原路退回。何玉琨住宅的房屋很多，解放以后分给了劳苦大众，就有了许多改变。门口雕着精美荷花的大石头鱼池，两口肥猪在里面拱来拱去，幸福而快乐，那些雕刻的荷花在粪泥中开放，真正的出污泥而不染了。磨砖对缝的影壁上挂着粪叉、锄头，钉着几只长尾松鼠的皮；墙根是一堆沾满黄泥的烂鞋；砖墁的庭院地上晾晒着干豆角；本该是花栏的地方生长着一片茂盛的菠菜和红辣椒……旧时王谢堂前燕，飞入寻常百姓家，在这里变得异常具体，异常生动。那个开着汽车，使着快枪的土匪头子，风筝一样地抖起来了，又落下去了……好在历史已经反复地教会了我们能很平常地看待这一切，也说不定什么时候这些又会恢复原样，成为光鲜亮丽的旅游景点，任着山外来的闲散游人指指点点。

西墙根有个娘们儿，正转动着小铁片，以极快的速度削刮着手里长了芽的洋芋。我问成苗子的住处，她翻了我两眼问，你找她做啥子？

我说，不做啥子……就是看望一下。

她说，看她的人多得很，往后门口得收门票。烦人得很！说着用铁片点了点身后说，后头，东屋。又补充一句，留神传染！

往后走，是一个小院，不像是住人的地方，数丛荒草，几片断墙，一棵巨大的皂角树遮护得院落一片阴森，一口水井，许久不用了，井上生满青苔。“兔从狗窦入，雉从梁上飞。中庭生旅谷，井上生旅葵”，小风掠过，荒草唰啦啦地响，萤飞鼠窜，狐影蛰鸣，我想，在这里拍“聊斋”倒是现成的绝好场地。东边两间老屋，挂着白门帘，门帘上用机器绣着拙劣的鸳鸯戏水图案，想必那就是成苗子的住处了。

我问，有人吗？

里面没人应声，传出一声紧似一声的咳嗽。

门是敞着的，我探身向里面张望，屋内光线很暗，一抹落日的光透出窗棂照进屋内，变作暗红的光柱，射在北墙的一片水渍上，使那个水渍变得像个丑陋的夜叉。飞尘在光线中浮动，升腾沉落，飘飘忽忽，变化莫测。房内的气味浑浊，使我想起不久前翻动的那些旧报纸……

好一会儿，我的眼睛才适应了房内的暗，看见一个老人歪在太师椅上，正幽幽地看着我。老人脸上有病态的潮红，戴着一顶黑色的绒帽，嘴唇苍白没有血色，从面相上看，辨不出年轻时美还是不美。她的背后是古老的雕花隔扇，隔扇上雕着二十四孝，木头的浮雕是粘上去的，卧冰的王祥半个身子已经脱落，丁蓝的半条胳膊也残缺不全……桌上，矿泉水塑料瓶里插着几棵垂着头的狗尾草，这草无疑就近取自庭院，使人感到主人是个热爱生活，懂得审美，品位不俗的人。

初看到成苗子的瞬间我还是很激动的，毋庸置疑，我已经将她和报纸上的程立雪联系起来，我坚信，从那张没有牙的瘪嘴里说出来的一定是标准的官话。

我说了我的来处，说了我要询查的人，希望能从她这儿得到帮助。说话的时候，我注意观察着她的表情，企图能从中捕捉到一些感觉。

成苗子静静地坐着，没有言语，一味地低头专心烤火。她的近旁安置了个火盆，几块木炭在盆里半死不活地燃烧，使得屋内空气更加污浊，使得她一声接一声地咳嗽。

我问她能不能听懂我的话。

她说，我老了，有病。

我问她记不记得有个叫程立雪的女子。

她说，我快要死了。身体一天不如一天。

对方地道的当地土话让我失望，真正的程立雪，不应该是这副腔调。

我问她什么时候嫁到紫木川的。

她说，六月还这样的冷，气候不对头沙。这里的鹭鸶待不住，往南飞去了。

我让她说说女校长谢静仪的事情。

她说，卫生所的大夫来过了，说我是结核病，肺全烂完了，肚子里也积满了水，没得救了。

我说，跟解放以前不一样，结核病现在是普通病，治愈的人很多。

她说，在山里治好是不可能的沙，我的肝都硬成石头了……反正我也活够了……

老太太的这句话说明她耳朵不聋，我继续追问程立雪的事，老太太茫然地看着火盆，又开始沉默。我拿出笔，在本子上大大地写了程立雪三个字，推到老太太跟前。老太太躲闪着那个本子，如同躲闪着一块燃烧的木炭，嘴里不住地说，我不识字，不识字沙！

问她知不知道赵家姐俩。

她说，得了忧郁症，回西安去了。

问什么时候回去的。

她说，今天早晨，太阳还没出来就走了，十几匹马驮着东西，三十几个人跟着，还有快枪。

我想让老太太接着说下去，谁知她很快又闭了嘴。我说，您见过赵家姐俩吗？

她说，没的，我来时她们已经走了，留下些唱戏的行头。

我说，那行头不是赵家姐俩的，是朱美人的。您看我说得对不对啊，何玉琨先娶了朱美人，朱美人死了以后娶了赵家姐俩，姐俩回西安以后娶了您，您是何玉琨的第四位夫人。

她说，啥子夫人，我是个苦命的人。

我问她的娘家在哪儿。她说，南边，太真坪。

我直截了当地问老太太，她是不是还有另一个名字，叫谢静仪。

她说，去年雷殛南面山坡，点着了一大片松树林子，百十号人进去救火，没有出来，谢静仪也在里头。

我问她会不会说英语。

她说，老四给马钉掌去了，到现在还没有回来。

我问她老四是谁。她说是她娘家兄弟。

一会儿明白，一会儿糊涂，谈话无法继续下去。成苗子说她口渴，要喝水。我拿起桌上的暖瓶，发现里面的水已经冰凉。问哪里可以找到开水，成苗子说用小铁罐在炭火上烧就可以。找了半天，我才知道，她说的小铁罐原来是个装了铁丝的罐头盒。等着水烧开的时候，我看见桌上摆放着一本英文版的《圣经》，书的边角已经磨烂，篇页也有明显翻阅的痕迹，我好奇地拿起它来……

成苗子说，你不能动那个，那是非常神圣的。

成苗子用了“神圣”这个词，我想起了何老汉在青龙驿用过的“前途莫测”和“Good night’，用见过皇家世面的山民已不能解释，这些文明语言的积累，应该在近当代。

削土豆的娘们儿端着一碗烂面进来了,来给老太太送晚饭。成苗子见娘们儿进来,眼神里流露出感激和巴结,赔出笑脸站起身,颤颤巍巍接过碗来。成苗子属于无儿无女的孤寡户,镇上规定,由这娘们儿负责老人的日常起居,当然,也由她领取政府给老太太的基本生活费。成苗子在送面人跟前现出领受施舍的感恩之情显得夸张而不自然,让人心里不愉快。

娘们儿说,这几日忙,没有弄菜,凑合吧!

成苗子说,挺好,挺好。

我听得出,娘们儿的话是说给我听的,她也知道这顿敷衍了事的晚饭让外人看见了脸上有些挂不住。看我正在翻《圣经》,那娘们儿没话找话地说,一本破书,整天翻,装得跟真的似的,其实她连自己的名字也识不得。

整天翻的"破书"却是英文的。

我问成苗子是怎么嫁到何家的。娘们儿说,你让她快吃吧,要凉了呢!

我也觉出自己的讨厌和多事,望着衰弱无力的成苗子,望着那碗粗劣简单的烂面,心里陡地冒出许多酸涩。何老汉说得对,还是尽量不要打搅她为好,甭管她是成苗子还是程立雪还是谢静仪,弄清楚了又有什么意思?的确,她是谁真的就那么重要?

成苗子吃了几口就把碗推开了,娘们儿把碗朝成苗子跟前推了推说,再吃些,不要天还没黑又喊饿,我那儿还有一大家子人,没有那多时间伺候你!

成苗子摇摇头,表示实在不想吃了。娘们儿也不再坚持,端上碗就走,回身对我说,老天爷对谁都是公平的,人就那么大点儿福分,早享了晚没有,晚享了早没有,谁也别指望着一辈子的荣华富贵,您说是吧?说罢,没等我反应,一摆屁股走出去了。

看着这个敷衍了事的娘们儿背影,我心里有点儿讨厌,一顿饭,连来带去没有五分钟,简单得如同饲养猪狗,也亏得她还有脸说这样的话。我将带来的奶粉用罐子烧的开水冲了,趁热递在成苗子手里,又将点心打开,放在她的旁边。成苗子没有推辞,咬了口点心,小心地品着,出神地凝视着碗里乳白的液体,那神思分明已经走得很远。

许久,她说,这个是西安德懋公的水晶饼。

我说,难为您还记得,到今天,它还是西安点心的主打产品。

成苗子说,我爱吃。

我说,您尽管吃,这里多得是,要是喜欢,改天我从西安再给您寄来。

一块点心,使成苗子的脑海温热起来,眼神也变得活泛。她说,我以前吃过。

我说,在西安吃的吗?

她说不是,是当家的托人从西安买来的。问及"当家的",成苗子说,都叫他响马,其实他是民团司令……民团……

民团是国民党在农村的自治武装,十个土匪九个出身于民团,这其中的界限实在是难以划得清。成苗子说,他不听家长的话。

不知成苗子指的家长是谁。这时院子里有人在争执,从窗户往外看,是何老汉与一个中年汉子在论说,何老汉管那汉子叫三娃子。三娃子正要把一嘟噜东西用绳子拴着往井里放,何老汉让三娃子把网兜拉上来,三娃子不干,何老汉朝三娃子的屁股踹了一脚,三娃子很不情愿地嘟囔着,嫌何老汉管得太宽,三娃子说豹子钻山,猴子上树,各有各的手段各有各的路数,谁也不要学谁,谁也不要干涉谁。何老汉说,少干些坑蒙拐骗的勾当,多积点儿阴德,近四十了还养不出个一男半女来,老天爷报应呢!三娃子不听,照样将绳子往下放。何老汉气得将绳子抢过来,全扔进井里。

三娃子说,你这是干什么,这是干什么!

何老汉说,让你长记性。

三娃子说,也不是我的。

何老汉不说话,青着脸,拍着手上的土,朝成苗子住处走来。我觉着,这个何老汉,在某种程度比镇长李天河还厉害。

何老汉进来,成苗子已经歪在椅子上睡着了,嘴里还含着一口水晶饼。何老汉说,我猜你就在这里。说着将那些点心包了,要放到匣子里去。

这时,成苗子突然睁开眼睛说,我还要吃沙!

何老汉让成苗子明天再吃,说好吃的一天吃一点儿,细水长流。又对我说,糊涂了，不知饥饱，见了好吃的管不住嘴，有回过年，吃了两碗饺子，差点儿没撑死。

成苗子接口道，那是有人下了毒！

何老汉说，哪个给你下毒？害你个老太婆有啥子用嘛。

水晶饼实在不是什么名贵吃食，现代年轻人谁也不肯光顾它了。所谓的“水晶”，其实是荤油加白糖，虽有青红丝和桂花做点缀，那高脂高糖高淀粉还是让以健康为第一的城里人不敢问津。在这里，在大山深处的紫木川，在成苗子、何老汉们的生活中，水晶饼仍保留着它的鲜活，保留着它的魅力，这是让我没有想到的。

水晶饼到底被何老汉收到了匣子里，放到了柜子高处。但是成苗子不答应，非要搁在她的床头，用被子严严地捂了，说是怕老鼠偷窃。何老汉抱歉地对我一笑说，老了，小孩子一样……

最终还是把点心匣子搁到了柜顶上。

我问英文《圣经》的事，何老汉说大概是校长当年留下的，校长走时给紫木川留下了一大批书，都是开了单子让何玉琨从外头买来的，“文革”时候都烧了，可惜死了。

我说成苗子说她是太真坪人……何老汉说成苗子的家在山外，谁也不知道她的娘家在哪儿，也未听她说起过。我说她说的一口当地话。何老汉说那是因为她在此地待的时间长，又不跟山外人来往，把自己全忘了。我说成苗子是个挺可怜的老太太。何老汉说她是一个善良的人。

从成苗子屋出来，我看见三娃子打着手电朝井里照，问他照什么，他说没照什么。何老汉不屑地哼了一声，三娃子不再言语了，收了手电退到了暗处。

七

山口没日没夜地调查傥骆道，他在紫木川，的确是搜集到了不少文物，有汉代的箭镞、陶罐，唐代的铜镜、三彩，还有一尊明代的瓷佛像，在招待所摆弄来摆弄去，看看哪个都珍贵，弄得他的房间老是一股生土腥气。山口是性情中人，在任何时候都不会掩饰自己的得意，他说他这回下来收获大大的有，傥骆道的脉络在他的心里逐渐地清晰了，杨贵妃东渡路线也大有进展，这是他在日本国永远无法搞清楚的。我却没有他乐观。我常到桥头去，在玉兰树底下呆坐，河水哗啦哗啦地从脚底下流过去，不舍昼夜，一副没心没肺的模样，河当间几块石头冒出水面，溅起一片浪花。我想程立雪，可总是想不明白。我到紫木川来找她，这个谜一样的女人，反而离我越来越远，烟一样地抓不住了。下落不明的女校长谢静仪，糊涂老迈的土匪夫人成苗子，模糊不清的世代农民何老汉……人物并不复杂，却是这样的费人思量。才几十年啊，何玉琨时代的当事人大部分还活着，竟然理不出一点儿头绪；山口调查的一千三百年前的事儿，却是“大有进展”。

不可思议！

李天河在下头检查农业税，几天没有照面，打电话来说有困难就找干事张宾。那个张宾已经成了日本鬼子的忠实“汉奸”，不但对杨贵妃来过紫木川深信不疑，还跑前跑后帮着“鬼子”找证据，召开座谈会，过早进入了走火入魔的状态。何老汉的心全操在他的山萸苗子上，整天围着那些小树转悠，好像明天就能结出果来似的。红头发的小青年走了又来了，这回他是坐公共汽车进来的，依旧背了那个蛇皮口袋。他在桥头停下来问我，你们还要住多久啊？

我说不知道。

何玉琨的资料几乎让我翻烂了，那些资料基本上是何玉琨杀人越货的恶行，都是他亲自按了手印画了押的，这成为他被人民政府镇压的依据。资料对何玉琨的四位太太，用的词汇是“霸占”“强娶”，或许是土匪本人对内眷的一种开脱。至于镇上有巴洛克浮雕的中学，带风雨廊的柏木桥，却只字未提，它们大概不属于“罪证”。

回到招待所，见山口还坐在廊子上擦抹他的唐朝铜镜，锃光瓦亮的镜子跟山口的眼神很是相得益彰。我招呼他去吃饭，他说在等人，说有个农民家里存了一个青铜的衣带钩，马上就送过来，说不定会和杨贵妃有什么联系，他不能放过任何一个细节，搞科学研究的放过任何一个微小的线索，都会铸成大错，要知道，历史的变化全在偶然之中。

我说,那你就等着杨贵妃的衣带钩吧,要是能在你们山口油谷町再偶然找出一个,配上对,您就大功告成啦!

山口说,这样的事情也不是没有可能。

我说,什么衣带钩,全是扯淡!这个破铜镜,让你擦得贼光四射,假的!

山口说,我知道你这几天心情不好,其实也没什么,社会调查么,花出代价,没有结果是太正常的啦,要是连这点心理承受能力都没有,趁早鸣金收兵,打道回长安。

我说,山口你不要得便宜卖乖,再说,你得的不一定就是便宜。把你美的……

山口说,我是很美,要不是照顾你的情绪,我就更美啦!

我说,这些东西哪样你也带不走。

山口说,我压根没想带走,这是信息,是历史通过它在对我说话,我要的是历史,不是东西……我不是国际文物贩子,我是学者。

有衣带钩的农民来了,鬼鬼祟祟地把山口拉到一边,从怀里摸出一个报纸包的小包。打开报纸,里面是一层棉花,剥开棉花,是层油纸,农民小心翼翼地展开油纸,亮出一个生满绿锈,琵琶形状的铜钩,两手捧着,递到山口跟前。山口眼睛立刻亮了,用手摩挲那锈,农民死盯着山口的手,连连说,你小心些,不要把它搞坏!

衣带钩的确很精致,造型流畅而漂亮,锈的间隙中露出鎏金线刻花纹。山口告诉我,花纹的图案是唐草,典型的盛唐风格,他说这样精美的衣带钩民间不可能制造,老百姓更不可能佩戴,它出自宫廷是必然的。

我觉得来人有些眼熟,后来终于想起来了,他就是让何老汉踹了一脚的三娃子。一个衣带钩,三娃子张口要一万,这让山口也傻了眼,两人正在讨价还价,何老汉挑着水筲急匆匆从门口过。我喊住何老汉,老汉朝院里探探身子,把水筲放下了。三娃子一见老汉,赶紧抓过他的宝贝,揣进兜里就要溜。何老汉堵住门口训斥道,你再不要丢紫木川的人哩,弄那些假玩意,哄谁嘛!

三娃子说,怎的是假的?我祖上传下来的。

何老汉说,你祖上传个鬼哟,从你爹那会儿就偷鸡摸狗拔蒜苗,吃喝嫖赌,没有正形，是紫木川有名的闲打浪。你们家房无一间，地无一垄，会有这遗传？你往井里放东西，都是红头发从外头背来的，哄的就是外头来淘宝的人，在深山老林比文物市场更能骗人，社会打假，打的就是你们这伙人。

三娃子说，打人不打脸，揭人不揭短，何老头，你连我先人的短处也揭，真个是揭老底战斗队的！

何老汉说，你跟外头勾结一块儿，倒腾假文物，比你爹手段又高了一畴。

三娃子说，文物没打假这一说，他买假货是他认不得真东西，不是我骗他！

山口决定不再买三娃子的东西了，看得出，他对手里的"唐代铜镜"也感到失望，隔着窗户扔到了屋内床上。一笔大买卖硬是让何老汉搅黄了，三娃子很气恼，翻了脸，骂何老汉是该挨枪子儿的。三娃子说，52 年不是政府发了善心能有今天的你？你个大土匪，你以为你是谁啊！

我让三娃子把话说清楚。

三娃子说，这个人，他是何玉琨的少校参谋主任！

我将目光转向何老汉，老汉瞪了三娃子一眼，挑起水走了。

八

成苗子吃撑了，肚子硬得鼓一样，大口地吐，怕是不好。

我预感到老太太的病和那两斤水晶饼有关系。

与山口和张宾来到成苗子住处，成苗子已经被送到镇卫生院抢救去了。狼藉不堪的地上，到处是病人的遗留……装点心的匣子敞着盖扔在炕上，果然是空的，连点儿渣子也没剩下。炭火燃尽，水罐冰冷，狗尾草干成了标本，那本《圣经》，孤零零摆放在桌面上。成苗子刚刚离开，屋内便没了人的气息，仿佛许久没人居住过的一样。送面的娘们儿正在屋里翻腾，见我们进来，搭讪着说"婆子说病就病得不行了，我帮着收拾收拾"，说着卷了包东西往外退，在门口被张宾喊住，张宾要开包检查。娘们儿极不情愿，吭吭唧唧地磨蹭。张宾说成苗子是国家包了的，她的一切遗留只有政府有权处理，谁动谁犯法，她趁人不在拿东西是趁火打劫，凭这个把她送派出所，关几个晚上一点儿也不过分。娘们儿拗不过，这才打开烂包袱皮，竟是几双参差不齐的筷子和两个尚算完整的糙碗。张宾说，你这算怎么档子事？

娘们儿说，婆子的房子土地都给大伙分了，现在还在乎几双筷子？

张宾说现如今不是打土豪分田地时代了，私人财产一律受到法律保护。娘们儿说婆子没有后人，她敢保证，那边一咽气，这边立马就会把桌椅板凳抢了，她还是很自觉的，就拿两个碗。张宾说，两个糙碗你也稀罕？

娘们儿说，你以为她还能再回来吃饭？

张宾说，不管怎的，人还没有死！

我看到摊在桌上的包袱皮，退色发黄的夹层内里，角上用墨笔清清楚楚地写了“程记”两个字。我一把抓过包袱皮，对张宾说，这个东西给我。

张宾不解地看着我和偷碗的娘们儿，心里一准在想，莫非女人都爱贪便宜？

包袱皮有股浓重的樟木箱子味儿，它来源于箱子底，肯定是成苗子不愿触动的库存，当年的程立雪就是带着它和丈夫一起到陕南考察，又带着它来到了紫木川，包袱皮上的标志，再清楚不过地说明了程立雪确实到紫木川来过，1945年《华报》刊登的消息不是空穴来风！可是紫木川的人似乎都否认程立雪的存在，能叫出程立雪这个名字的只有我一人，这是因为我阅读过当年的报纸……可以这么说，程立雪在青龙驿被掳，在进入紫木川之前就改变了自己的姓名！

院里，山口将井里的物件提上来，塑料网兜里满是青铜的物件，光“唐代”的衣带钩就有七八个，还有不少铜镜，有葡萄兽纹的，有菱花芙蓉草的，器物上刷满了绿彩，一看就是“批量生产”的仿制品，由山外带进，沉到干枯的井里，是借着井底的潮气让浮彩慢慢渗入，慢慢生锈，然后再埋入黄土之中，数月后掘出，就是完整的“出土文物”了。山口捧着一把衣带钩，如同捧着一把尚未长熟的青枣，满脸是哭笑不得的尴尬。

我把何老汉叫到镇长办公室，我要借助办公室的严肃气氛跟老汉进行一次认真的谈话。镇长李天河不在，我让张宾将柜子上的国旗、党旗拿下来，摆在桌子上，将一切我认为不必要的东西统统撤掉，以示谈话的郑重。在这间已经变得十分标准化、简单化的办公室里，我不信这个狡猾的老头还能闪烁其词，还能王顾左右而言他。本分山民也罢，少校参谋也罢，今天我就是要单刀直入，开门见山，让他没有退路！

何老汉坐在椅子上，将张宾送过来的一杯滚烫的白开水转移到旁边桌上，不慌不忙，感觉漠然，那双露出大脚趾的解放鞋，并没有因为擦得一尘不染的瓷砖地而有任何不安，几个黄泥脚印围绕在椅子四周，跟它们的主人一样，毫不遮掩地陈列于室内。张宾又递了烟，老汉接了，不抽，夹在耳朵上，地道的农民举止，没有少校的派头。我想笑，因为无论电影电视还是文学作品里，从没有将香烟夹在耳朵上的参谋主任这样的形象。张宾问老汉的树苗栽得怎样，老汉说只要下了雨，百分之九十能活，就怕老天爷老这么艳阳高照地挺着。又说到挖猪苓的事，说到鱼腥草的价钱，说到地膜玉米的缺点，小鸡白痢的治法……我咳嗽了一声，我知道我要是不咳嗽，张宾会一直跟他聊下去。

我拿出成苗子的包袱皮，将有字的一面亮给何老汉，我说是成苗子的东西，上面的"程"是明明白白的"程"，不是"成功"的"成"。何老汉盯着那个字，张着嘴，脸上泛出一片呆傻，他演戏的分寸把握得很好。张宾插嘴说这两个字大约是可以通假的，大学语文里有这一说辞。我让张宾不要随便插嘴，说这两个字从姓来说，会被人搞混，但直觉告诉我，程立雪、成苗子、谢静仪是一个人，这点成苗子本人和何老汉应该是最清楚。

张宾听我一下说出三个女人的名字，立刻来了兴趣，把凳子使劲往前拉，要听个明白。何老汉看着张宾却对我说，我不知道你说的都是什么，跟你说过，我从没见过叫程立雪的人，我知道的早跟政府交代完了，没有隐瞒。

我说，你怎会没见过，你清楚极了。谢静仪来到紫木川的时候你已经十四，这是你亲口告诉我的。那年是 1945 年，就是报纸上登载陕南教育督察霍大成夫人被何玉琨抢掠的年份，那个被掠来的程立雪到了紫木川，潜心教育，隐姓埋名，后来改名成苗子……

何老汉说，都是你想的，我看你每天在桥高头坐着，愁眉苦脸，就是在穿缀这些事情哩。

我说，程立雪是西语系毕业生，所以你会说 Good night，所以成苗子能读英文的《圣经》。

何老汉说，你不要以为玉琨中学是土包子中学，玉琨中学在那个时候是很正规的中学,不但有外语,还有物理、化学,那些试验我们也是一丝不苟地做了不少的,学校西洋化的大礼堂里,山里的学生们也上演过文明戏,我们还演过屈原。

张宾补充说,老汉的话没有妄说,现今镇上不少老头老太太还知道(a+b)的平方。我说,何玉琨是陕南惯匪,杀人放火,无恶不作,1945年以后,却一改性情,放下屠刀,立地成佛,修桥、补路、办学校,跟以前判若两人,这个改变是程立雪还是谢静仪的感召,她以她本人对世界的理解,利用何玉琨对山外文明的向往,对传统文化的推崇,感化、教育他,自愿地留在了深山……

何老汉眨着眼睛,没有任何表情。

我说,我说得不对吗?

何老汉说,你和那个日本人在紫木川找杨贵妃一样,都是捕风捉影,都是把假的使劲往真里整。你来我们这儿,是想挖出个电影故事,就把事实愣往你编的故事里套,其实这些事,你完全可以在你家里编。

我说,在家里我编得出"少校参谋主任"这样精彩的内容吗?

何老汉就笑。

张宾赶紧说,编不出来,编不出来!

我让何老汉说说他是怎么给土匪当参谋主任的。何老汉说,这有什么好说的,我不干,总得有人干,我干了,他会少犯些错误,多做些好事。

我说何玉琨在给自己脸上贴金。老汉说这话不是他说的,是谢静仪校长的观点。

有人跑来告诉张宾,成苗子死了。

没容我们反应过来,何老汉已经咚咚地跑了出去。

九

很长时间我在自责,自责那天不该给成苗子送去水晶饼,那真是惹祸的根苗,没有那饼,成苗子不会吃撑,不会引发内脏门静脉的大出血,以致走得那样匆忙。为此,何老汉安慰我说这也是定数,成苗子的命就该着合在水晶饼上,反正是早晚要走的，肚里装着喜爱的水晶饼离开，总比装着烂糟糟的面要惬意，让我不要过意不去。

话是这样说，但在以后很长的时光里，我仍旧拒绝食用水晶饼和近似水晶饼的一切点心，看见它们我就想起成苗子，想起程立雪，想起那个自甘于深山，陪伴土匪的文化女性。假若解放时何玉琨的投诚顺利，紫木川的历史便会重新阐述，成苗子也将会以另一种面貌出现。

那天，成苗子的葬礼是简单的，简单得近乎寒碜。她和何玉琨没有后代，所以没有人摔盆打幡，没有人哭泣，没有花圈挽幛，没有吹吹打打。张宾主事，叫了几个年轻后生，每人给 20 块钱，将个棺材抬到学校后面的坡上，与她碎了脑袋的丈夫合葬。下葬时，天下着小雨，坡上满是泥泞，两三个看热闹的闲人走到坡前就止住了脚步，他们犯不着为个破老太太踩一脚泥，糟蹋一双干净鞋，倒是何老汉一直跟上来，攥着一把线香，一步一滑，走得很艰难。

墓穴已提前打好，紧挨着何玉琨，从墓坑的侧面可以看到何玉琨的棺木，50 多年过去了，木板已经朽烂，难寻女校长的手迹，想来这一切的实实在在都是她的打理。人们站在坑沿上，都不说话，雨水打在棺盖上发出咚咚的声响，空洞而忧伤。张宾低声地指挥众人，将湿漉漉的棺材沉到湿漉漉的坑底，大家不动手，似在等待着什么。何老汉朝棺材上扔了第一把土，按当地习俗，本应该是儿女所为，何老汉主动地做了，这似乎早在人们的预料之中。何老汉之后，大伙才填土，只三两下，坟土便堆了起来，高高地耸着了。墓碑用的是何玉琨的原碑，在字迹斑驳的“何玉琨”旁边加刻了“成苗子”三个字，刻得潦草而匆忙，刚刚安葬，便已和“何玉琨”一样模糊不清了。李天河顾虑得有道理，有些材料，不及时抢救挖掘，到最后一切都来不及，成了遗憾。一个人就这样去了，紫木川几十年的时光，最终也没说明她是谁。

人散了，何老汉留在最后，他在为那堆新土挖排水的沟。我要等他，张宾说，让老汉在那里多待会儿吧，他刚才见到了他的“老首长”，心里不是滋味呢。我让张宾细说说。张宾说何老汉叫何义仁，是成苗子与何玉琨当年赞助读书的学生，何义仁的家过去穷得叮当响，甭说上学，连饭也吃不饱。我问何老汉是不是玉琨中学的毕业生。张宾说是四川大学历史系毕业。

我惊异地停住脚步，回望那个在雨水中劳作的单薄身影，那个会说 Good night 的农民……张宾说成苗子和何玉琨在 1945 年以后资助了紫木川一批穷孩子到山外读书，何义仁便是其中之一。这些孩子，不少人读到了大学毕业，后来成了专家、教授……但是没有一个人回来，何玉琨被镇压以后，他们更从根本上否定了自己是土匪资助。我问何老汉为什么回来了。张宾说知恩图报，何老汉是个很重义气的人。那时陕南已经解放，何玉琨却倚仗着秦岭大山和共产党打游击，玩捉迷藏的游戏，大学毕业，学历史的何义仁完全清楚何玉琨的归宿，感念培育之恩，回到紫木川……历史的巧合在于，取得何玉琨信任的何义仁，在秘密与政府接触的途中，政府官员遭到了何玉琨手下喽啰的袭击，壮烈牺牲。对何玉琨来说，这使得局势立刻向反面急转，解放军正规部队直扑紫木川。尽管后来何义仁一再向政府解释，何玉琨的部队属于散兵游勇，属于没有组织纪律的乌合之众，袭击政府官员，纯属个别人所为，与何玉琨本人无干，但仍显得苍白无力。

解放军解放了紫木川，由山大王转为阶下囚的何玉琨效仿他的原配朱美人，在斗争会上高声叫骂，绝不服输，除了骂逮他的共产党，他骂得最多的是何义仁，他说何义仁不仁不义，吃里爬外，猪狗不如。

由何玉琨培养出来的大学毕业生何义仁心情是复杂的，他再没有走出紫木川，他以一个普通农民自居，在家乡娶妻生子，淡泊存活。

十

离开紫木川的时候仍然有雾。

何老汉没有来送，红头发的青年和我们搭伴，走在四周长满青杠木的山路上。红头发轻松地甩着头，哼着歌，走在前面，让人推测一定是又一批货被三娃子沉到了枯井里。这个“唐朝宣统年”的文物贩子此刻活得比谁都轻松，比谁都快乐。

山口在紫木川有关杨贵妃的调查一筹莫展，倒是学了不少乖，话也少了许多。我安慰他说其实我关于程立雪的追寻也没有任何结果，他大可不必为这样的结局懊恼。山口说,你怎能说程立雪没结果,她昨天刚被埋在学校后头,坟土还没有干。又说,这些素材足可以让你写个电视连续剧,好看得很呢。

我说,李天河们盼的就是这个,可是我不想写了,没劲。

红头发回过头说,要是拍紫木川的电视剧,希望能给他安排个角色,他是没机会演戏,要演戏他一准能一炮走红,成为大红大紫的星星,比什么周星驰出色。

我说,呸!

雾气中有人在喊,我们停住脚步,原来是李天河从后面追上来,说早晨回到紫木川知道我们已经走了,就追,到底赶上了。李天河说张宾忽略了一件事,他赶过来做个补充:何义仁老汉是县里的政协委员。

追了三四公里就是为了一句话。

蓝筹股

杨少衡

一

贺亚江这人有毛病，我们说他是“毛”有病。贺亚江的毛病在哪呢？他是个卷毛，一头黑发卷得异乎寻常。卷毛在欧美非洲可能不算稀罕，在我们这里却基本可称异相，本地民谚有所谓“一斑二矮三卷毛”之谈，说的是凡男子有此三相者，应当予以特别注意，因为与常人有异。三相中所谓“斑”指面有胎记，类似前苏联末任总统戈尔巴乔夫脸上那东西。所谓“矮”者可类比武大郎，按照民间传闻，古时候此郎曾卖炊饼于东瀛，据说还往日文里塞进若干错别字。所谓“卷毛”指贺亚江这种天生自来卷，不是现今美容店里用火钳或者化学药水在时髦男女头上手工制造的那种。一般认为天生卷毛者往往掺杂异族血缘，与生物学上的杂种优势牵涉。

有异相的人总是吸引眼球，便于脱颖而出。我们喜欢表扬贺亚江的头发，说他就亏了爹娘生就的这一头卷毛，弄得万人迷，特别让妙龄女子动心，否则哪有今天这么了得的一位县长？我们如此公然表扬贺亚江有些缘故，贺亚江当然心知肚明。这人很狡猾，他从不上当去辩解自己的领导职务与某个妙龄女子无关，因为这类洗刷总是欲盖弥彰。贺亚江取以攻为守状态跟我们打嘴仗，要我们抓住机会买他的股票，他指着一头卷毛让我们看准了，说这是蓝筹股，不一般的，千万别错过了。

我们对贺亚江有一种挺特别的感情。彼此同僚，都是一定级别的干部，有点身份和来历，公务私务往来，自然会产生这样那样的感情。说我们对贺亚江情感比较特别，是因为这人“毛”有病，有意无意总要显得高人一筹，牛气，似乎他长有卷毛，便是一只混进山羊群里的绵羊。不过，我们不说贺亚江算不算“蓝筹股”，如果不计较他的毛病，这人确有其能干之处。一般而言能干到我们这个份儿上，特别是能在一个县的政府里当主官，没有一点小本事肯定玩不转，但是彼此智商胆识毕竟也还有高下之分。

贺亚江初任县长时，他那县海边南江乡的两个村子百姓因海界纠纷发生大规模械斗，有一人被打死于海滩上。这两村分称上村和下村，不同姓，老冤家，历史上纠纷不断，战事频起。最严重的一次械斗发生于上世纪六十年代的“文革”武斗时期，其时动乱失管，武器流落，双方动用机枪、步枪、手榴弹对打，共造成二十五人死亡，伤者无数，当地民间记载用了“尸横遍野，血流成河”一词。贺亚江碰上的这一次械斗规模未及当年，激烈程度却也让人胆寒：农民兄弟们的各种火器早让公安部门依法收缴，包括打鸟用的土铳气枪全都一网打尽，不容他们如当年父辈那样伏在土墙后边砰砰砰开打，他们便拾起两个世纪前的冷兵器，挥舞扁担、锄头和镰刀一类农具上阵对峙。其中上村人使用了一种超现代新式武器：建筑工地上常见的镀锌管。他们拿切割机把镀锌管的一端削尖，让平常用作自来水管线的镀锌管变成一支长矛。拿这种简易长矛往对方身上捅，立刻就占尽便宜：人家的扁担锄头差得老远，够不着他们，他们的长矛就捅进了人家的胸脯。于是对方仓促撤退，丢下一具尸体血淋淋陈尸海滩。

贺亚江听到械斗消息紧急赶往现场时，双方的新一轮大战已经充分酝酿，迫在眉睫。吃了亏死了人的下村全民动员，要为死者报仇雪恨，黑压压所有人员眼睛全是红的。上村知道来者不善，也已经全村上阵，准备与来犯之敌血战一场，誓死保卫家园。械斗双方各自守着村口的一道土坡，面对平缓的海滩，死者和他的一摊血泊孤零零横陈在那里。有数十位乡村干部，还有十数荷枪实弹的防暴警察先行赶到，他们守在战场附近公路旁的一个小山头上，一位乡干部用半导体扩音器喊话，要械斗双方保持克制，依法办事，听候政府处置。乡村干部和警察都不敢贸然行动,因为群众正在火头上,这种时候救火难,找死容易。防暴警察的十几支枪在这里只具展览效果,纯属摆设,此时此刻,谁敢向百姓开火?

贺亚江非常不高兴。他训斥乡干部,说你们躲在这里干什么?你们这不是救场,是看热闹!你们喜欢再打死几个?你们那个喇叭谁听得到?没一个屁响!贺亚江吩咐警察和他们的枪支全部靠边,谁也不许露脸,免得火上浇油。然后他亲自带人走下山包,奔赴主战场。他也不让太多人跟着,说人一多反而不行,弄不好械斗双方误以为对方来袭,或者趁乱进攻,倒会酿成大战。他只带两个人上,一个是该乡书记,一个是自己从县里带来的一名年轻干事。该干事奉命脱下T恤,光膀子,用双手挥舞那件衣服跟在他们后边。其T恤接近白色,挥舞起来类似于一面白旗。这面白旗事后屡屡被我们用于表扬贺亚江,说这个场面比得上电影,当年日本鬼子打输了就这样,从碉堡里挑出一件白背心宣布投降。贺亚江不服,说你们怎么啦,光知道投降?

应当说贺亚江敢那么走进战场颇具胆识,不是太容易。那种情况下,也许没等你走到,两边发一声喊就冲上去扭成一团了,急红眼的人可不管你什么县长村长,不用镀锌管,挤都能把你挤死,那真是死了白死。这种场面挺吓人的,碰上胆小的躲都躲不及,贺亚江不躲,他上。客观地说,他也没法躲,他是县长,他要躲了,这场仗接着打下去,死几个算几个,都是县长的责任。贺亚江显然清楚这个,他还知道光有胆子不够,还得有办法。这人果然也有办法:他看准当前最可能发动进攻的是死人的下村,便直奔其阵地,一边跑一边让人挥舞白T恤迷惑群众,让人家一时不知如何是好,从而赢得宝贵时间,得以深入前线。贺亚江一官二兵除一面白旗外手无寸铁,唯靠口水对付农民武装。他让所有村民放下武器,说他姓贺,是县长,他保证依法处理本次事件,给死者一个公道,给村民一个说法。他还一眼看住村民中几个领头者,他对他们说,你们还想死几个人?别让村民无谓牺牲,谁鼓动械斗害死人,谁得抵命。贺亚江拖着村民讲话时,守在公路旁小山包的县乡村干部分几拨陆陆续续跟了过来,分散在两边做工作,劝阻村民不要打架,就这样把局势控制下来。闹哄哄好一阵子,村民忽然发现海滩上的尸体不见了,众人大惊,情绪冲动。贺亚江不慌不忙,说谁也别急,尸体还在，完好无损，是他布置人搬走的，现正前往县殡仪馆。贺亚江说：“人死就够惨了，暴尸荒滩，鬼都不愿意，你们忍心？早点入土为安吧。”

后来他颇自鸣得意。他说，海滩上的尸体此刻可不是百十斤死肉，那是一大堆炸药，看上去触目惊心，炸起来不可收拾，赶紧弄走为上策。贺亚江不动声色让人趁乱搬走尸体，他还安排公安局人员在现场拍照留据，到火葬场验尸并在办完一应程序后立刻火化该尸体，从而防止了事后的一系列麻烦，使类似挟死者漫天要价，抬尸弃尸逼迫让步之类极端事件失去载体，无从发生。

我们得说贺亚江确实是老手，应急处置得当，这人还是有水平的。据说贺亚江冒死闯阵，进入红眼村民的扁担锄头冷兵器丛林中时，有村民对他的身份提出质询，说你什么人？县长？哪个县长会到这里？哪冒出来唬人的？贺亚江指着自己头上的卷毛说：“你来。你看这什么？这里谁有这毛？”该农民凑上前一看，居然就被贺亚江一头卷毛给镇住了。贺亚江是县长当然不错，他这种身份求证方式却挺毛病的，起码是缺乏逻辑，强词夺理。卷毛与官衔何干？狮子从头到尾浑身卷毛，固然可为百兽之王，混迹人间那只能关进动物园的笼子里，能当县长吗？

贺亚江比较谦虚，对我们的类似表扬笑而不答，不做正面回应。他说：“人和人的水准是不一样的。”其臭毛病又跃然有形。

贺亚江还在其他许多方面体现出他的水准，例如他对行政用车也有自己的见地。我们这些小小领导干部因为工作需要，多配有公务用车，上级为发扬勤政廉政精神，为我们用车做出若干规定，包括我们所乘车辆的排气量大小。贺亚江当县长之初，乘坐的是一部普桑，这辆车已经跑了三十余万公里，接近报废年限，可以考虑换车，但是人家不换，到市里开会，到省里学习，来来去去，都一辆破车招摇，在省城宾馆停车场上一摆，欢迎欣赏，颇有碍观瞻。忽然有一天他把一部崭新的别克轿车开到我们的车队里，让大家眼皮震撼。这辆别克比我们所有人的车都好，排气量大，属超标一类，但是一应批准手续完备。人家卷毛就有这本事。

有一天晚上，贺亚江在他的县宾馆设宴接待客人，一不留神把自己喝醉了。这种情况挺稀罕。贺亚江酒量不小，旁人多不是他的对手，加上在他当县长实施有效管辖的地盘上,有谁胆敢灌他? 因此该县干部群众容易欣赏县长的卷毛,不易亲睹贺亚江的醉态。这天例外,他一使劲就把自己放倒了,原因是这天的来客比较特殊。贺亚江宴请的这位客人级别并不高,不过是市里交通局属下公路运管处的一位副主任,叫叶秉南,男性,四十上下,与贺亚江年龄相仿,膀阔腰圆,相貌堂堂,人很爽快,平头短发,眼光锐利有大气,但是不斑不矮也不卷毛,没有贺亚江那种异相。类似级别的干部光临公干,一般情况下不必有劳县长出马陪宴,但是这个叶秉南厉害,他就点名要贺亚江出场,还对随身携带的本单位几位下属说,今天咱们不光让县长亲自陪喝,咱们还要把他亲自放倒。

结果贺亚江真的来了,他管叶秉南叫"叶公子",彼此亲切之至。叶秉南没等上菜就实施其放倒战略,让小姐用大杯,换烈性白酒,问县长感觉如何? 贺亚江一如既往地"牛",他不含糊,手一摆批示同意,但是多了句话。

"只喝酒,不开口。"他说,"怎么样叶公子?"

叶公子笑:"贺县长真那么金口难开?"

当晚贺亚江在客人轮番进攻中大醉。所谓"醉态百出,原形毕露",县长贺亚江在醉中哪有不开口的。他特别毛病:发表"重要讲话",把那张酒桌搞得有如县长办公会议现场。贺亚江在其"重要讲话"中论述说,什么叫蓝筹股? 蓝筹股就是绩优股。绩优股刚上市时可能表现平平,不见得会闪闪发光特别耀眼,你要是只看见它灰头土脸,以为它什么都不是,你就错了。

二

当年,有个夏日黄昏,贺亚江从县宾馆的餐厅出来,一眼看见宾馆大堂外站着个女子,孤零零一个立在电灯光下。女子短发,中等个儿,模样庄重,衣着朴素。贺亚江那天是到宾馆陪上边来客吃饭,席中喝了不少酒,有几分酒意。仗着一点酒胆,贺亚江朝那女子走了过去。

那是八九年前的事情了。当时贺亚江刚三十出头,在县文明办当副主任,离县长的位子尚有千万里之遥,毛却已经有些病了。

"葛副在这里等谁?"贺亚江问那女子。

女子笑了笑,说她不等谁,等行政科派的车。她在这里已经等了一个钟头。贺亚江一听这话就火了,也不跟女子多说,打开手机就找人,找的是县政府办公室的行政科长,那人姓庄,人长得精瘦,绰号庄猴子。

“我刚才还见他了。”贺亚江说,“这猴子在里边喝酒呢。”

庄猴子接电话了,贺亚江叫他出来,到宾馆大门这里,有事。庄猴子说,贺亚江你有什么屁事?不就是哪个厕所不干净吗?没准那是你自己不行了上吐下泻弄脏的。你自己打扫去,要不叫你们文明办那几个小子文明去,我不管。贺亚江说庄猴子你紧张什么,没好事我会叫你?谁不知道你大科长一个跟头十万八千里,县长放的屁都接得住,敢叫你扫厕所?快来,给你一个精神文明大奖你还不干?

庄猴子还真叫贺亚江给骗了出来。一看贺亚江身旁的女子,这家伙心里有数了。“葛副要的车怎么回事?”贺亚江问他。

庄猴子不理贺亚江,直接跟那女子说话。他说不好意思,让葛副县长久等了,他正在拼命调车,县里车辆紧张,今天周末,几位县长都回家,车一时排不过来。

“瞎说!”贺亚江立刻揭穿,“我看到十号车停在那边,谁用啦?”

庄猴子说十号车不能动,待命。县长有客人,可能要用。

“二十五号车。在政府大楼那边,也有事?”

庄猴子叫了起来:“贺亚江你谁的孙子?县长还是书记?你管这些?”

贺亚江也不说话,一把揪住庄猴子的衣襟,一用劲拎到眼前。没等对方反应,顺手往人家肩膀就是一拳。庄猴子太瘦,分量轻,不经打,只一拳就给打翻在地。

“你不是猴,是狗。”贺亚江骂,“你不就仗势欺人吗?欺负人也得看准一点,葛副不是领导?欺负人家女的,还是欺负人家年轻?真他妈欠揍!”

一旁女子当即喝止:“贺亚江!住手!”

庄猴子在地上一翻,大叫:“贺亚江打人!”

女子转过头一瞪眼睛:“别叫!”

“贺亚江打……”

女子喝道:“再喊!”

庄猴子竟给镇住了。

这女子叫葛珊,时任本县副县长,到任才两个月。女县长比贺亚江年轻,当时不上三十,长得挺有样子,圆脸弯眉,看起来挺温和,空中小姐似的阳光灿烂。这天事到临头,竟然并不慌乱。她一边压制贺亚江庄猴子,不让打也不让喊,防止扩大影响,一边招手让站在宾馆大门边的几个保安赶紧过来,把两人分开,分别架走。

“让他们喝点水。”她说,“醒醒酒。”

然后她掉头走开。

事情当然不可能到此为止。贺亚江一拳打倒的要真是只猴子也就罢了,偏偏那不是类人猿,是个类猿人,且非普通角色。该县县城里外没几人喜欢这只猴子,但是都知道他不好惹。这人特别会拍县长的马屁,因此颇得赏识,于是就有些忘乎所以,只认一个县长,别的人都不当回事。葛珊副县长是刚上任的女干部,从市里来,那天要车回市里办事。当时县里用车紧张,只主要领导有专车,其他领导用车由行政科分派,庄猴子分明是有车不派,另有安排,没把葛珊放在眼里。但是所谓打狗欺主,谁都说贺亚江一拳打的不是庄科长,是县长,贺亚江自己什么玩意儿?不就一头卷毛,他还真敢啊!要我们评判,不管有什么天大的理由,这件事就事论事应当是贺亚江不对,确实不容我们加以表扬。管了不归他管的事是一重错误,违背职业道德则更是严重。他自己是干什么的?文明办副主任,再怎么大的事情都应当文明处置,这么又是打又是骂哪有半点文明?公务人员大庭广众如此吵闹扭打成何体统?因此贺亚江除了涉嫌非法打人,还加上知法犯法一重重罪。罪上加罪哪容轻饶?出事第二天贺亚江就被宣布停职,检查反省,听候处置。庄猴子则上医院验伤,找法医鉴定,做出大闹一场,彻底搞死贺亚江之态。

这时葛珊说了句话。

“不光贺亚江,”她说,“两个都不冷静,都一样。”

葛副县长是当事者兼目击证人,她各打五十大板,实际上就是为贺亚江说话。庄猴子人缘差,事情一出,机关里人在私下里都说贺亚江打得好,葛副县长再这么一作证，只把贺亚江一个抓出来严惩更不合适了。末了，贺亚江做了一个书面检查，承认自己因陪市里检查工作的客人喝酒过量，头脑不清醒，处事不冷静，动手打人，谨表示深刻认识和检讨，愿意道歉并赔偿医药费云云。然后他的文明办副主任被免去，调到本县最边远的一个乡当副乡长，如此了结。

贺亚江发配边塞两个月后，葛珊到该乡检查工作，两人在乡政府会议室见了一面。葛副县长跟贺亚江握手，问："怎么样？还好吧？"贺亚江说挺好的，热烈欢迎葛副县长光临。葛珊笑了笑，问："还喝酒吗？"贺亚江说喝。葛珊说："少喝点。"

当晚，乡里领导在食堂里请葛副县长吃饭。该饭局一开始就充满廉洁从政的精神。葛珊不愿劳师动众，只让书记、乡长两人陪餐，说好不喝酒，只吃便饭。于是乡亲们一上桌便吃得没滋没味。饭吃了一半，乡书记跑出食堂雅座找贺亚江，那时贺亚江早已在餐厅用过晚饭，回自己房间看电视。书记说："贺副你试试，快上。"

此前，县政府办通知乡里，说葛副县长要来调研，当时乡里几个头在一起研究接待，有知情者说葛副县长好侍候，女的，年轻，她不喜欢吃请，一般不喝酒，给一碗面条就行。乡里头头都说这怎么可以，人家是县领导，怎么能冷落了。贺亚江在那时多了句嘴，说让葛副县长喝点酒有什么难的？你们劝不动就找我好了。这天晚上乡书记屡劝无果，忽然想起贺亚江的大话，便溜出门搬兵来了。

贺亚江真就一提裤子上场。他抱着一个酒坛子进了乡食堂，对葛珊说自己是专程来敬她酒的，因为他心里清楚，葛副县长到本乡调研，一方面要了解情况，一方面就是来看望他，表示领导对犯过错误的下级干部的关心。他要用本乡自产土酒表示感激之情。如果葛副县长没替他说话，可能他头上已经没有这顶"副乡长"的乌纱帽，甚至回家放牛去了，因此葛副县长应当同意他敬这一杯酒。贺亚江讲得很艺术，只讲葛珊于己有恩，不讲自己其实不为别个，就为了给她打抱不平而倒的霉。但是葛珊比他还要艺术，她只是笑了笑，也不说自己此来是不是如贺亚江所言那般多情，是有意兼程看望贺亚江，只讲已经跟书记乡长说过了，今晚不喝酒的。贺亚江说，他知道葛副县长为什么不喝酒，一方面怕给乡里增加负担，一方面是要给下级干部特别是他贺亚江做个示范。增加负担不怕,这酒坛里装的是土酒,本乡农人家酿的米烧,很便宜的。本乡是贫困乡,乡财政紧张,确实喝不起茅台五粮液什么的,这种家酿米烧却是例外,酒劲不低白酒,价钱不比啤酒,因此喝这种酒只表现为密切联系群众,不会造成浪费和腐败。另一方面,贺亚江也不用葛副县长多担心。葛副县长今天一到,不问别的,问还喝酒吗,交代要少喝点。其实葛副不清楚,本县没几个人喝得过贺亚江。那天在县宾馆门口犯的打人错误,酒只是借口,发泄不满才是真的。武松在《水浒》里醉打蒋门神,那是真有些醉,贺亚江在宾馆门口醉打庄猴子,那其实纯粹装醉。所以葛副县长不要担心,贺亚江愿意以五对一敬葛副县长,保证喝不倒,不会因酒误事。

葛珊摆摆手不让贺亚江多发牢骚,说行了,就喝点吧。

于是就喝,这一喝才发现不得了,葛珊对酒精简直一点反应都没有。几轮下来,贺亚江就头重脚轻。葛珊问他是不是真喝不倒?他充硬,说没事的。于是再喝,一直把自己喝到桌子下边去了。

那天喝得有些感觉的时候,贺亚江开始走形。他对葛珊说,他是个农家子弟,一直到读高中时,都还得帮家里放牛。他命运的转变是考上大学,但是那一张文凭也就让他能够谋一个职业而已。他这人空有一头卷毛,毫无靠山背景,能够走到今天当个副科级干部已经很不容易了。贺亚江说,尽管犯过错误并发配边地,他自认为水平还是不错的,能力还是有的,特别是有眼光,比如一看到葛珊,他就认准了。

"他,他们说买股票。"他说,"我说就买这个。"

葛珊没听明白,问贺亚江怎么回事,买股票?

"一种比喻。"贺亚江说,"蓝筹股,值,值得投资的。"

"你看中的什么股票啊?"葛珊问。

"他,他们也说这什么股啊。"贺亚江说,"这还不知道?无知少女股。"

"什么?"

"开,开玩笑的。"

原来贺亚江所谓的"蓝筹股"除了他这个卷毛,也还可以包含他人。但是他的毛有病,他是不能喝多的,他不喝多还行,一喝多就坏了,这种话都拿出来说。

所谓“无知少女”，让行外人听来发蒙，我们行内人却都清楚，说的就是葛珊这种人，略带贬义。“无知少女”即所谓“无党派或非党，知识分子，少数民族，女干部”，四种人各取首字，连起来即为“无知少女”。时下各级班子需要注意配备这四种干部，有时根据结构和培养需要，相关干部的任职条件和要求可适当放宽，于是就有人眼红、不服，讥之为照顾“无知少女”。这种见解当然挺错误的，葛珊等一类“无知少女”因此有时不免会遇到一些特殊对待，例如任由庄猴子之流不当回事，弃于县宾馆门口不管，同时又让贺亚江之流出面打抱不平，企图实施购买。

事实上贺亚江不是孙悟空，他哪能看出谁是妖精谁是神仙。为葛珊打抱不平之初，也许更多的动因是对庄猴子的不满和自我表现，所谓“买股票”之说多为开玩笑，略带自嘲。他醉后吐真言，公然称葛领导为“无知少女”，这才是心里话。

但是后来不一样了，也许就从葛珊到乡村探望那一天，从她不声不响把贺亚江放倒于桌下，让他知道以后不要太狂妄，少喝为好，也许就是从那时起，贺亚江才真正意识到她的厉害。

三

贺亚江碰上了大麻烦。这年春天，省里开经济工作会，县长们被全数召到省城。贺亚江于会间接到县里急报，县政府办公室副主任庄万里给他打手机，报称该县南江大桥工地发生了意外爆炸。

贺亚江急了：“大桥！大桥怎么啦？”

“桥没事。”庄万里说，“工地炸了。四死五伤。”

贺亚江这头松一口气，那边又提起心来。

给贺亚江急报情况的庄万里就是当年的庄猴子。正应了一句话：风水轮流转。当年庄猴子挟县长令局长何等气派，贺亚江试着打他一拳，只差一点就把自己打没了。谁想接下来时来运转，三十年河东三十年河西，贺亚江步步上升，忽然间轮着他当县长了，这时庄猴子还在原地踏步，因种种缘故不得其用，于是大家又欢聚一堂。庄猴子这种人也有一好,对蓝筹股从不研究,唯看住现管,谁当县长为谁服务,敬业精神不错。贺亚江来当领导,人家庄猴子不计一拳之前嫌,认真做好工作,贺亚江自然也要大度一些,毕竟打人的理亏。贺亚江这人还是有远见的,他神来一笔,把庄猴子提起来当办公室副主任,令我们这些知根知底者大感惊奇,也让该庄猴子感激涕零。后来这位庄万里便有些死心塌地,格外努力,县里大小事情,几乎总是他在第一时间报告,哪怕贺亚江远在天涯。

贺亚江中途请假离会,坐着他那辆崭新的别克轿车匆匆忙忙赶回本县。他没进县城,没去办公室,直接上了南江大桥工地,其时工地一片狼藉,异常惨烈,有如被巡航导弹准确击中。贺亚江心情几近沉痛。

这个南江大桥位于南江乡,就是贺亚江当县长之初发生村民械斗并有一人丧生的地方。当初贺亚江命人在他身后挥舞一件白T恤以糊弄双方战斗人员,得以进入主战场并于乱中搬走尸体,平息了一场械斗,事后案件处置又整整耗时半年。双方共有五人因酿成事端致大规模械斗造成一人死亡而被捕,受到法律制裁。贺亚江却未止于办案抓人,他说,这件事没完,弄不好还打,还死人,得想个办法。

他的办法就是建一座南江大桥。南江械斗双方除海界纠纷、历史积怨外,还有一个现实问题经常成为矛盾激化的导火索,就是交通问题。上村下村一南一北坐落于面海背江的一个小半岛上,下村在半岛南端,交通困难,靠一条简易公路与外界相通,出入必经上村,上村扼下村交通之咽喉,双方百姓因这条通道争吵不断。有时一个简单的车祸,一次堵塞,或者下村小孩骑自行车到乡中学上学时在上村摔的一跤都会酿成生事的理由。贺亚江认为在流经小半岛背部的南江上修一座桥,让下村有另一个出入通道,既有效减少原有公路的通行压力,减少双方因交通不畅产生的争执,又促成半岛的开发。但是这件事不容易,一来建桥选址牵扯到两村的矛盾,二来耗资巨大,不是一个村子一个乡镇能够承受,县财政捉襟见肘,也难以支撑。这件事要是容易的话,不必等贺亚江县长来发表重要讲话,早几任领导已经剪彩掉了。

贺亚江说:“这就看咱们的本事了。”

这人果然能干,他带一群人上市里,跑省城,到处递报告,使尽浑身解数做工作，用他那一头卷毛迷惑各级领导，弄得小小一座南江大桥颇具知名度，不比南京长江大桥逊色多少。经过多方努力，南江大桥得以投建，成为该县一大重点工程，投资近千万，主要资金来自省、市两级。项目投建后进展顺利，施工近一年，主体接近完成。大桥在建期间，贺亚江三天两头往工地跑，盯得很紧，因为这项目是他亲自抓的，不能出问题。却不料大桥看住了，通道没留神，一出就是大事。

根据当地地形情况，南江大桥选址在一座小山包后边，联结村庄和大桥的通道穿过小山包。这座小山包看起来不大，却很难对付，上下浑然一体，全是石头，火成岩，岩质坚硬如铁，只能用炸药炸。负责修建通道的施工单位严重违规，将部分施工炸药偷偷囤积于工地附近租用的民房里。出事那天出太阳，施工人员在搬运炸药时不慎引爆炸药，民房被炸得粉碎，施工队死伤各两人，附近无辜村民二死三伤，另有一辆卡车被炸毁。事件发生后，施工告停，工程队大小包工头跑得不知去向。

贺亚江下令抓人，说："公安负责，务必捉拿归案。"

贺亚江到医院看望伤员，到死者家中慰问遗属，马不停蹄。时南江下村村民情绪激愤，贺亚江表态一定严办肇事者和责任人，村民生命财产损失一定能得到补偿。

这时外界已经沸沸扬扬。省电视台播发了事件消息，同时配发短评，称其为重大安全事故。同日，省内几家报纸刊发报道，密切关注此案。省里几位领导批示严查，全县内外到处议论纷纷。工地炸药爆炸是施工问题，还是管理问题？施工单位怎么搞的？监理部门上哪去了？各自有何责任？谁决定这家施工单位？工程是否招标？招标程序是否完整？有否暗箱作业？是否存在腐败？人们需要一个说法。

贺亚江焦头烂额，两鬓卷毛尽湿。南江大桥是贺亚江亲自跑下来的项目，建设经费也是他从上边争取来的，大桥工地出现了问题，首先当然问责县长。尽管不是大桥给炸毁，发生这种死伤多人的恶性事件，影响之大之恶劣，与大桥倒塌之爆炸性影响不相上下。这种事摊上谁都是吃不了兜着走。我们为贺亚江捏了把汗。

半个月后，逃跑在外的施工队包工头被警察缉捕归案。省安全部门派来的调查组也拿出一个初步意见。南江大桥工地炸药爆炸案被归为安全责任事故，施工人员违规操作，监理部门失管，都跑不掉。更具爆炸性的还有一条：南江大桥通道工程经转手承包，实际施工队根本不具备规定资质，没有实施爆破施工的应有人员，包括合格的技术和管理人员。这是一支胡乱拼凑起来的杂牌施工队，拿来给农民修猪圈尚可充数，拿到县城居民小区充当装修游击队尚且可疑，用来为贺亚江县长炸石开路搞工程，说轻点是无视质量，说重点简直就是草菅人命了。

于是问题来了。为什么这样的队伍和人员会出现在工地上？

人民群众认起真来了。有关部门也认起真来了。与该工程有牵连的县交通局人员相继落马，先是部门一级小干部被县纪委和监察局执行“双规”，继而两位局长“进去”。小小县城因此到处声音，都说南江大桥工地炸药爆炸案牵连了一批官员，有望成为本县近年破获的最大一起腐败案。

贺亚江无疑处在焦点中。人们盯住了他的一头卷毛。

有一天傍晚，贺亚江把县监察局一位副局长请到自己的办公室。这位副局长姓陈，是调查南江大桥案的负责官员之一。贺亚江对他说，该案的有关进展，按规定在班子小范围内进行过通报，通报过的情况他都知道。他也知道办案中另有一些情况暂时还不宜通报，有的是尚未核实，有的是比较敏感，有些线索直到搞清楚了才能拿出来说。他找陈副局长来，就是想私下里了解这方面的情况。

“你觉得可以说的就说，不便说的就不说，不勉强。”贺亚江说，“我理解。”

贺亚江如此申明，依然事涉犯规。以他的身份，哪里能如此打听这种情况。但是我们对他表示理解，他与发生问题的在建工程关系莫大，该工程及有关人员、下属责任官员受到调查，不管有鬼无鬼，他心里难免忐忑不安，不知会在多深程度上牵连、卷入，这是人之常情。这种事我们也有人经历过，那的确不是太容易保持平静。贺亚江虽长有与众不同的毛发，事到临头，看来亦不能免俗。

但是贺亚江奇怪，那天他找陈副局长并未打听个人事项，他舍己为人，只问一件事，就是目前涉案几位嫌犯交代的问题里，是否牵连到本县之外的人员。

陈副局长支支吾吾。这位副局长是贺亚江的老部下,当年贺亚江在县文明办任职时,他是贺亚江手下的干事,彼此关系很好,后来他的提拔任用也跟贺亚江力荐有关,因此贺亚江才会找他问事。但是贺亚江问的事情比较敏感,让他颇觉为难。他只能对贺亚江含糊其词,说案子的一些情况目前确实还不宜通报,哪怕在县领导小范围里。

“我就问一个人:叶公子叶秉南。”贺亚江问,“涉及没有?”

副局长苦笑道:“县长,你让我怎么办呢?”

贺亚江笑了:“看来挺严重?”

副局长回答得非常有水平:“没有核实,不好说。”

贺亚江说行了,不问了。他告诉副局长,他从一开始就明确表态,这个案子影响恶劣,上下关注,一定要彻底清查,该什么是什么,是谁抓谁,一个也别放过。好不容易拿下来的项目,争取到的资金,百姓还没得到好处,先给炸死了,影响太他妈的坏。如果还有人于其间利用职权牟取私利,尤其可恶。不痛加收拾,如何向上级向群众交代?有牵连的人一个也跑不掉,决不允许任何人做手脚。

副局长说,县长重要指示,一定认真学习,认真执行。

贺亚江还有话。他说,办案过程中也还是要注意把握分寸。本县人员该怎么查就怎么查,牵涉到省里、市里的人员则要格外小心,不要扩散,不要急于求成,也不要越权。这些人不属本县管理,他们的问题应当由他们的主管部门查处。本县办案,主查本县涉案人员,县外人员问题,待合适时候将有关情况提供给他们的主管部门就可以了。

副局长说是的,他明白。

“特别是叶秉南。”贺亚江说,“这人的情况你知道。”

四

这就还得说一下早年的事情。

通常而言,如贺亚江这样毛有病的人很难成气候。自视高人一筹,缺乏谦虚精神，本就不利于进步，拳打庄猴子被贬，大小也算一个历史污点。拥有如此毛病加上前科，贺亚江没有一直待在被葛领导放倒过的山旮旯里喝他的农家米烧，还能对我们发表重要讲话，阐述蓝筹股具有的巨大投资空间，这倒有些奇怪了。

贺亚江到乡里任职的第二年，县里主要领导调整，原书记调外县任职，市里派来了一位新书记。葛珊有些变化，从副县长调为副书记。葛副还是葛副，行内人却知道此副不是彼副，两个职位差别不小。以我们观察，所谓的“无知少女”其实差别很大，有的很一般，配在班子里有凑数之嫌；有的不得了，本就有能力，又以“无知少女”面目备受关注，饱受培养，这种人特别有发展空间，是贺亚江所谓的“蓝筹股”，例如葛珊。葛珊初到县里任职时不为庄猴子之流买账，没过多久，那县里就没有谁敢不刮目相看了。这葛珊平时不多说，什么都看在眼里，心里特别有数，分寸感掌握得特别好。碰上贺亚江总没忘记零敲碎打，提醒卷毛工作要认真，处事要冷静，特别是不要胡乱饮酒。时候一到一点也不含糊，该帮就帮，却又不动声色，让人不服不行。

新书记上任，总是要先搞搞调研，让几位副手轮流陪同。葛珊建议说，除了看看好的，也应当了解一些落后单位，以便对全县情况有个全面认识。新书记欣然同意。葛珊便把该领导领到贺亚江他们乡。书记在该乡整整看了一天，看得心情无比沉重，恨不得把眼前晃来晃去那几个“乡亲们”一个不剩全部就地解职。葛珊便说话了，她说这个地方也不是完全没有亮点，书记可以看一看他们的村道建设，这个乡穷在交通不便，修路是关键，在这一方面，全县上下算他们力度最大。于是便把书记领到一条山沟里，那里热火朝天正在开公路，别有一番景象。书记问：“这谁管的？”葛珊手一摆把贺亚江招来。贺亚江副乡长管的就是修路一摊，成天戴顶草帽守在工地，让太阳晒得黑不溜秋，加上头上乱糟糟那团卷毛，看起来就像非洲肯尼亚跑出来的黑人。书记见了也不多说，举手在贺亚江肩膀上拍了两下，掉头走开。

几个月后，该乡乡长调离，由贺亚江接任，消息颇具爆炸性。

我们得说贺亚江确实有两下子，这人敢想敢为，能吃苦，敢碰硬，基本上属于可用之人。但是他有前科，要没有葛领导慧眼相识，他哪有出头这一天。但是贺亚江很糟糕，乡长要当，教训却不接受，没多久再度犯事。这人确有毛病。

贺亚江当乡长那年，乡里有两部吉普车，都是北京吉普，一辆半新，一辆老旧，根据乡里惯例，好一点那部让乡书记用，旧吉普则主要归贺亚江乡长支配。吉普车配有司机，贺亚江从司机那里要了一把钥匙，时不时让司机带薪睡觉，自己开车来去。我们表扬说，贺乡长有司机的水平。贺亚江乘势而上自我表扬，说他一心为公，千方百计为乡财政节省开支，减少相关的住勤补贴费用。其实我们都知道他，这卷毛不是吝啬，是多个心眼，叫胆大心细。民谣称：“一只蛤蟆四条腿，两个眼睛一张嘴。”有眼睛有嘴的可不光蛤蟆，司机就没有了？像贺亚江这样，学个车，考本驾照，必要的时候自己找把钥匙开车，有利于防止不喜欢让别人知道的事情过多地为人所知所传。例如买卖股票。

有一个星期天，贺亚江开车到市里办事，住在市宾馆，当晚假该宾馆一雅座请客，请的是市林业局的几位科长。其时贺亚江那个乡正在争取一笔林业苗圃补助款，有赖于几位科长帮忙。贺亚江在劝酒陪饮之际，没忘记跑到外边打一个电话，找葛珊。

“我是贺亚江，葛副。”他说，“我在市里，宾馆。”

贺亚江打这电话并无特别事情，只是向葛珊报告自己的行踪，这人如此行事当然还别有用意。

果然葛珊问了一句：“事办完了？”

“完了。”

“什么时候回去？”

“明天一早。”

“谁跟你一起来？”

“没有，就我一个。”

葛珊让贺亚江明天早一点动身，六点半走，先拐到她那里一下。贺亚江说好的。

葛珊家住市区，市区离贺亚江那个县有五十公里距离。葛珊工作非常投入，节假日经常待在县里做事，双休日最多只有一休，通常用星期日。这人毕竟是女人，官当得再大，也得回家拖拖地板。葛珊很注意影响，回家来去，经常搭别人的车走,找不到顺道的车才让司机跑专程。贺亚江知道她这习惯,凡星期天到市区办事,都要给她一个电话,有几次恰葛珊没有找到便车,贺亚江便荣幸地承担了接葛副书记返县的任务。葛珊说这样最好,省得叫车让司机来回跑费力费时费油,还可以顺便听贺亚江谈谈情况。她并不在乎贺亚江用的是一部破吉普,这人大气,好车能坐,破车也行,要求只一条:准时到达。她准时的概念是七点半,提前半小时进办公室。

第二天一早,贺亚江如约到达。他提前十五分钟,在六点一刻把车开到葛珊家所住的宿舍楼下,停在葛珊可以从自家窗台上看到的地方。几分钟后葛珊拎着她的包匆匆下了楼,拉开吉普车右后门坐上车。贺亚江随口问了一句:"葛副吃过饭了?"

"嗯。"

贺亚江不禁扭头看了一眼:他发觉葛珊应话的声音不大对头。只一眯他就发现果然有问题:葛珊两眼红肿像是刚哭过,不光眼睛红肿,她的右脸颊上有一记掌印,几个指头的痕迹还隐约可见。

贺亚江说:"葛副稍微等会,我去要点开水。"

他不等葛珊发话,抓起驾驶座边的一只大保温杯,开了车门就跳下去。葛珊这座楼在市机关宿舍大院内,住的都是市里干部,贺亚江认识几个,他却不是去找那些熟人,三步两步直奔六楼,打葛珊的家门。

开门的是葛珊的丈夫,就是叶公子叶秉南。

那时候还早,远不到叶秉南豪迈地跟几个下属夸口"咱们不光让贺县长亲自来,咱们还要把他亲自放倒"的日子,这两个人彼此间尚未那般亲密,仅仅认识而已,不甚熟悉。叶秉南开门一看打门的不速之客是贺亚江,好一阵没想起人来:"你谁?贺,贺什么?这么早干吗?找葛珊?她刚走。"

贺亚江笑了笑,没解释葛珊现在就在他的车上,也没要开水。事实上他抓在手上的保温杯纯属道具,是做给葛珊看的,他根本就没打算往里边装开水。贺亚江对叶秉南说有件重要事情要跟他讲,很简单,就两分钟。一边说着他一边挤进房门,顺手把那扇门"砰"地关上。

贺亚江对叶秉南说,最近时间里县里有人在讲葛珊的笑话。据说某个星期一上午县里开干部大会,葛珊在主席台上讲话,一边讲一边总拿右手去捂脸,她的右脸颊肿得厉害,下了发酵面似的。有人问葛副您的脸怎么啦? 葛珊说没什么,昨天不小心摔一跤碰肿的。后来有一对男女机关干部在床上吵架,女的发蛮,不让男的上,男的大怒,说:“老子打你左边,让你鼻青脸肿到主席台讲话去!”

“你叶公子有本事,”贺亚江笑,“打老婆就跟吃豆腐一样。可你也不对,你还得给她留点面子,你老婆大小是个领导,别往脸上打嘛,最多打屁股对不对?”

叶秉南不禁发愣,几乎不相信自己的耳朵。这什么旮旯里跑出来的野鬼?管人家家里这种事来了?

“你说啥?”他问,“谁让你来的? 她?”

贺亚江还是笑,说葛副那水平你当老公的不知道? 她哪会讲这些事。但是有时候旁观者也会看不过去的。整个县都在说叶公子是左撇子,左撇子打老婆右脸肿。

“想打也得隔长些对不对?”他说,“初一来了十五还要,你以为这是脱裤子上床啊? 刚才又打了是不是? 跟你说,今天上午葛副他们开常委会的。”

叶秉南恼了,也不多话,指着大门喝道:“你小子什么东西? 滚!”

“行了我滚,不打搅。”贺亚江笑笑,“别忘记我,我叫贺亚江。”

贺亚江拉开胳膊,突然往叶秉南肩膀上猛击一拳。叶秉南毫无提防,身子一晃,没倒,却蒙了。贺亚江拉开门走出去,直到楼梯拐角处,叶秉南才追到门边朝贺亚江大叫:“站住! 回来!”

贺亚江头也不回道:“咱们以后算账。”

贺亚江回到车上,葛珊沉着脸想自己的事,下意识地捂着右颊,什么都没问。贺亚江也一声不吭,发动车子上路,一路无话。

一星期后,贺亚江在乡里接到县委办电话,通知他立刻到县城,葛副书记有事找。贺亚江让驾驶员开车,坐那辆破吉普,用最快的速度赶到县城,去了葛珊的办公室。那时葛珊办公室里有人,一见贺亚江,她一摆手让屋里人全部出去,厉声道:“关上门!”然后也不说话,只是紧绷脸看着贺亚江。

贺亚江知道葛珊是生气了。葛珊大约是昨天回家,才从老公那里听到了上星期的事情。人们毕竟是夫妻，夫妻吵得再凶，隔几天，小别赛新婚，一上床万事皆休。贺亚江算什么？第三者？哪有那个资格！如叶公子所骂：“你小子什么东西！”所谓风马牛不相及，这种事哪里轮得上贺亚江如此插足。

但是卷毛就是卷毛，他没有慌。

“我知道葛副什么事找我。”他说，“我检讨。”

葛珊问贺亚江检讨什么？贺亚江说他不该打人。贺亚江说自己打人是有前科的，不接受教训，重蹈覆辙太不应该。为此他愿意接受领导的一切批评，承担责任，听任处理。葛珊忽然情绪低落，摆摆手说：“你走。”

这事后来广为流传。谁说出去的？叶公子。这人爽快，有一次与朋友饮酒，在酒桌上提及他跟贺亚江有一笔老账没算清楚，人们这才明白其间瓜葛。我们就此表扬了贺亚江，我们说最能体现该同志水平的是做检讨。如今我们比较擅长表扬与自我表扬，批评和自我批评的水平略有欠缺，哪像贺亚江能够检讨得这么深刻。我们当然还是以表扬为名行讥讽之实。以我们看来贺亚江这次毁了，这人毛病过头了，他还在买“无知少女”股吗？天底下哪种股票是这么买的？

我们知道葛珊的个人情况比较特别。该领导出自普通家庭，父母都是中学教员，她丈夫叶秉南却出自名门，双亲都是本市的老领导，离休干部。据说葛珊被选中启用，除本人条件好外，跟她公公婆婆两位老领导的人缘和影响不无关系，至少有所促成。葛珊的丈夫叶秉南在本市有“叶公子”之称，性情豪爽，喜欢交朋友，参过军，在部队里当过炮兵连长，上尉军衔，转业后去了市交通局。葛珊大学毕业后在市计划委员会工作，当时小夫妻地位相当，夫唱妇随，没太多麻烦。后来情况忽然变化，葛珊被派到县里任职，当上领导，夫妻间有了落差，叶秉南渐渐有些不平衡了。人的精力总是有限的，葛珊工作越是投入，对小家庭的照料就越发力不从心，当丈夫的自然就更不平衡。他们的家中开始充满各种声响。叶公子个性挺强，颇有大男子精神，他有一句名言，叫男上女下天经地义，女人无论如何总被压在下边。不服压怎么办？左撇子干吗？于是便有了贺亚江耳闻目睹的那些事。女领导当然比我们这些男领导难当，这不错，但是再怎么难上天去，这类事也不归贺亚江来打抱不平，卷毛显然有些发晕。

隔年是换届年。葛珊被提任县委书记。眼下县委书记的空缺多由县长递补，副书记直接提任书记的情况不多见，但是葛珊任职却也不让人太意外。她是什么人？“无知少女”，这种说法挺错误，重视培养女干部却是需要的，平心而论，这个人的能力至少不在我们之下，所以她上也挺正常。葛珊当上书记之后，贺亚江忽然冒出头来，在政府换届时脱颖而出，由乡长而成副县长的一个人选，这无疑具有破格任用的意味，没有该县主要领导也就是葛珊的力荐是不可能的。这位女领导真是大度，不计前嫌，不受贺亚江和她丈夫叶秉南间一拳恩怨的影响，或许不光如此，反是贺亚江这一拳让她印象格外深刻？贺亚江的任用在当时曾引发争议，有人挖他的老底，重提该同志殴打庄猴子的旧事，说这种素质这么毛病哪还能用！葛珊力排众议，就用这个卷毛。她说，贺亚江有他的毛病，但是也有长处，这人有头脑，有拼劲，敢冲锋陷阵，一个县班子里需要有几个这种类型的干部。

我们表扬贺亚江不同凡响。事实证明他的确有两下子。我们说，股市上的股民拿钱投资，贺亚江有创意有气魄，他用拳头投资，他那两下子全都打在关键部位上。

五

贺亚江亲自督战，坐镇南江大桥工地现场。因为意外爆炸事故和相关人员的涉案，施工受到影响，曾一度陷入停顿。贺亚江说炸药炸了，桥不能炸。死的死了，逮的逮了，没死没逮的还得干活。他下死命令，要求大桥如期完工，不能因为爆炸和案件而拖延，拖延将进一步提高工程成本，弄不好还可能导致意外下马，中途夭折，造出一个半拉子工程，一座烂尾桥。但是贺亚江也没急着赶工程人员施工，他先搞停工整顿，组织数个组，检查工程质量和安全隐患，从大桥到通道，工地上每一寸地面都被寻查数遍。废铁钉破模板概莫能免，无不被翻个底朝天。贺亚江自己亲自参与，务必确保无误。毕竟已经当了县长，事情很多，贺亚江不能再像当年贬在山旮旯里率领民工修路时那般死钉于工地。那些日子里他的别克车气喘吁吁在县城、南江工地间不断穿梭往来，有时上半夜还见他在县城宾馆里陪客，下半夜却现身在南江大桥边。没再晒得黑不溜秋如肯尼亚跑出来的黑人，倒是格外浪费汽油。为什么欧佩克即石油输出国组织屡次提高产量，国际原油价格依然吓人飞涨？看看贺亚江你就明白了。

有一天下午，贺亚江在县里参加完一个会议，匆匆离开，声称赶赴工地有事。其实那时南江工地一切正常，隐患检查和整改已经告一段落，施工单位已调兵遣将，恢复施工。造成炸药爆炸事件的道路施工队早被逐出工地，一支新队伍进驻小山包通道施工现场，南江一带轰隆轰隆又是一片炸石之声。有关事项亦处于有效监管之下。贺亚江是虚晃一枪。他没上工地，半道上折转进入国道，直奔省城。

他在车上打电话找到葛珊。

“葛副什么时候有空？”他问，“我有事汇报。”

葛珊问贺亚江急不急？另外安排个时间怎么样？她说，她下午刚从北京回到省城，手头事情比较多。贺亚江说他明白，不会占用她太多时间。

“我在路上，最迟下午五点赶到省里。”他说。

“这么急？什么事呢？”她问，“又是那个炸药爆炸案？”

“是的。”他说，“还有些情况。”

葛珊不问了。停了会儿，可能是在看她的日程安排备忘录。

“这样吧，我排一排。”她交代，“别关手机。”

此刻葛珊在省政府当副秘书长。一如当初，不显眼，却备受关注。

葛珊在县里当书记的时间不长，满打满算两年半就调到市里，先当助理，半年后成为副市长。她在那位置上也没干多久，两年不到就上了省城。当时本省来了一位常务副省长，姓华，是女性，按照通常做法，省长们都对应一位政府副秘书长协助工作，华副省长想找一位女助手，看中了葛珊，把她调去。这位女省长工作作风泼辣硬朗，普遍看好，被认为是日后省长、书记的热门人选。葛珊有基层经历，工作经验丰富，特别敬业，能力又强，备受该领导器重，确所谓来日方长，前程不可限量，早已不是什么“无知少女”概念。这一点，别说通晓股市名词，知道什么蓝筹绩优的贺亚江，我们这些头毛粗短不带卷的平常之辈也都目光如炬。所以你不能不表扬贺亚江。

当天黄昏贺亚江赶到省城，五点十分，葛珊打来电话。

“到了吧？”她说，“你现在来。”

葛副秘书长请她的老部下共进晚餐，在她的办公室。吃什么？快餐盒饭，由省政府食堂外卖部提供，营养合适，卫生合格，收费合理。类似招待不新鲜，当年葛珊在县里当书记时，贺亚江等一干人吃过她无数盒饭。当年她也是这样，想找她就到办公室去，要不是下乡开会出差，她就在那。找她还有诀窍，就是在法定工作时间之外，通常的休息时段里比较容易找到人，例如双休日、晚间和许多的用餐时间。

“边吃边谈。”她说，“不浪费你的时间。”

贺亚江说他的时间不要紧，主要是不能浪费领导的时间。

葛珊笑，说贺亚江有什么事你就讲吧。

贺亚江三下五除二吃掉那份盒饭，他吃得很快。他一边还汇报了工作，如葛珊询问过的那个炸药爆炸案。贺亚江十分正式地找葛珊汇报此案事出有因：工地炸药爆炸致民工和村民死伤后，几位省领导在专报件上做过批示，要求严查，其中就有华副省长。当时葛珊在第一时间给贺亚江打过电话，把省长的批示告诉他，跟他说这事领导非常关注，无论如何要特别重视，要处理好。

贺亚江给了葛珊一份材料，题目直白：《南江大桥工地尚有质量安全隐患》。

葛珊很吃惊，抬眼看贺亚江：“你这什么意思？”

贺亚江说，炸药爆炸之后，他痛感当初只强调工程进度，对质量和安全隐患没有足够重视，事件一出追悔莫及。他知道这个工程经不起再出问题，因此亡羊补牢，亲自带相关部门人员下工地，组织技术力量做了一次彻底检查。检查中果然发现不少隐患，他们已经千方百计做了整改。

“基本处理清楚了。”他说，“但是材料里没写这个，只反映问题。”

“为什么？”

贺亚江说他知道省领导非常重视此案，他想请葛珊副秘书长带有关部门人员到现场亲自看一看，可以给省长提供第一手情况，也确定地方上处置是否合适。

葛珊摇了摇头，说就这件事而言，目前好像还不必这样做。她说她还真想回县里看看，不管为什么事。但是哪有时间呢？

“不必这样，也不是说不能这样。”贺亚江坚持道，“葛副你考虑一下。”

他说，这件事比较特殊，爆炸，还有隐患，省领导很关注。当然他只是建议，他考虑的也不一定对。他给葛珊送的材料里点出了工地安全质量方面的几大隐患，是想引起上级重视，也让葛珊需要的话可以就此安排下来一趟。

葛珊没有马上表态，她问起案子。

“是不是查出了一些问题？”

贺亚江把县里查案的情况说了一下。末了终于点题。

“老叶有点情况。”他说。

贺亚江把叶秉南的事情告诉了她。事实上，这才是贺亚江本次拜访的主要目的。牵涉到葛珊丈夫的事情十分敏感，不宜在电话里谈，只宜当面告知，用一种特地密告的方式会让人生疑，只能用这种汇报工作之余“顺便”提及的方式。

他说，根据有关人员的交代，叶秉南似乎卷进案子里了。南江大桥项目报批过程中曾遇到一些困难，主要是南江乡上村下村双方历史上积怨较深，在大桥的选址上有不同意见，市里交通部门因此有些顾虑，迟迟不批。当时县交通局找到叶秉南头上。叶秉南所在的公路运管处从业务上讲与南江大桥关联不大，但是这人在局里有些影响，帮得上忙。叶秉南很爽快，没有推辞，帮了忙，还留了一句话，说办成了要你们县长陪我喝酒。等到项目得到批准，进入招投标阶段时，他果然带着本单位几个人来了，点名要贺亚江县长上。其实这一次上门要酒只是表象，他前来的真正目的是让一个朋友承包部分工程，叶秉南朋友多，总有这些事。贺亚江没有就此表态，他留了一手，叫作“不开口，只喝酒”。那天贺亚江奉陪到底，喝到桌子下边，却没有松口。但是事后了解，叶秉南还是设法从县交通局那里要来了一些工程项目，并据以从工程承包者手里索得金钱。因失管酿成炸药爆炸案的那支施工队的包工头为其中之一。

葛珊很冷静。事情很突然，但是她没有任何失态。

“你们掌握了多少数额？”她问。

“二十万。”贺亚江说。

“有证据？”

"有。"

"你的信息渠道可靠吗?"

贺亚江说,他有几个信息渠道,在这个问题上说法一致。

"目前案子还局限在我们县里。"他说,"县里还得查一段时间。接下来会越出县里的范围,因为案子涉及市里一些人,省里也有。这个案子上下关注,媒体曝过光,省领导批过示,不存在暗箱操作。"

贺亚江讲得比较隐晦。谁说他暗箱操作了? 哪有。不是不存在,是不可能。贺亚江的意思是,案件尽管发生在他县里,其状况已经非他所能控制。这就是说,叶秉南涉案问题很快就将暴露,没有另行处置的余地。

葛珊点头,表示她清楚有关情况。

"你怎么样?"她直截了当问,"有什么影响?"

贺亚江说,他是县长,这个项目是他从省、市两级力争来的,不说别的,关键性的省发改委这边的批准立项,还是靠葛副秘书长帮助才取得的。大桥工地出了事,他有领导责任,他会承担起责任。他让葛珊放心,除了这个,他没有个人的问题。

"葛副你曾经再三交代过。"他说,"我一直比较注意,不会辜负领导。"

贺亚江已经不是当年需要交代"少喝点"的毛头小子,葛珊当然也不必再交代他不要挥舞拳头,毕竟不再是年轻小科长,如我们所表扬,贺亚江已经"比较成熟",跟我们一样,一般不再犯过于低级的错误,但是可能会犯级别高一些的,例如一不小心以权谋私收礼受贿。人各有毛病,特别是他,毛有病,所以葛珊有时还要再三交代。

葛珊问:"情况就这些?"

贺亚江说是的。

葛珊摆摆手:"你回去吧。"

贺亚江没再多说。告辞。临走时,他从随身携带的大公文包里取出一个牛皮纸袋,把它放在葛珊的办公桌上。这是一个档案袋,上边有两个手写字:"绝密"。

"我想你可能用得着。"他说。

几天后，贺亚江接到葛珊一个电话，那时他在县里。葛珊对贺亚江说，华副省长出访，下周回省。这两天她把工作处理一下，腾出一点时间，打算带几个人到县里走一下，实地了解南江大桥工地的情况，已发现的质量和安全隐患是否的确已经排除？还有没有其他隐患？待省长归来后，要给她一个有确实把握的说法。

葛副秘书长终于应贺亚江所请，下决心了。贺亚江在电话里连说好的好的："欢迎葛副回来检查指导工作。"

"时间不多。"葛珊说，"我周五下午还有会，会后出发，晚上到。星期六上午听汇报，下午看现场，然后找时间一起研究，定几条。星期天专家留下来跟你们继续研究商量，我得先回省里，有事。"

她问贺亚江这样安排是否合适？贺亚江说日程太紧，不过也只能这样，他知道葛副秘书长事多。

"我算了一下，只星期六晚间有些空当。"葛珊说，"顺便处理那事。行吗？"

贺亚江说："我来安排。"

他们说得含含糊糊，旁人听来只会一头雾水，只有他们自己心明如镜，清楚彼此说的是个什么。

葛珊在电话那头叹了口气："只能拜托你了。"

"你放心。"贺亚江说。

事后，贺亚江把县监察局的陈副局长再次请到自己的办公室。他没再询问让该局长太感为难的问题，只是一般性了解情况。局长说他们计划在本周末或下周初到市里，就案件进展向上级部门做一次汇报。贺亚江说："这样吧，你推几天，就说发现新线索需要核实，把汇报安排在下周之后。怎么样？"

局长说："行。"

这就是说，叶公子叶秉南这颗定时炸弹，将不会在葛珊下周到来前起爆。

六

这也还得再说到以前。

那一年,葛珊还在副市长任上,贺亚江在县里当常务副县长。有一天葛珊打电话让贺亚江马上到市里找她,在电话里特别交代:“到办公室来。”那时已经是晚上九点,贺亚江嫌临时叫司机出车太麻烦,自己开车走。那天天气不好,下小雨,他不敢开快车,用了五十分钟才到市政府机关大院,比平常多开了七八分钟,时近十点。

葛珊在办公室,神情严肃。

“你告诉我。”她说,“你那个 12 号楼 503 室怎么回事?”

贺亚江蒙了。

“葛副怎么问这个?”他说,“这我哪知道?”

“真不知道?”

“机关宿舍楼的事不归我管的。”

“你是不是给过叶秉南一间什么房子?”

贺亚江啊了一声:“是这个啊。”

他告诉葛珊确有其事。有一次叶秉南和市交通局几个人到县里办事,贺亚江请他们吃饭。饭局间,叶秉南把他拉到一旁说事。叶秉南有个朋友在县里做生意,想在县机关院里租间房子住,图那里治安好,安静。叶公子好为朋友出头,找贺亚江要。贺亚江说机关里有没有空房他不清楚,这事他交代行政科帮助解决。贺亚江当即打电话叫人,叫的不是别个,就是庄猴子庄万里。庄万里在县政府办管行政后勤事务,这种事归他。贺亚江跟叶秉南关系有些特殊,一来叶秉南是葛珊的丈夫,二来这人在公路运管处当头,县里有些事还得请他帮忙。叶秉南跟贺亚江之间有一笔老账,账老了有时就算不清,加上这笔账比较特别,不太好算,因此他们得求同存异向前看,碰上了握握手,哈哈哈哈,其他事情彼此心照不宣。叶秉南以往很少找贺亚江,这次忽然开口让贺亚江帮忙,贺亚江自然得认真对待。那天他把庄万里找来,特别交代说:“老叶这件事你要想办法办好,有什么问题解决不了,你跟我说。”几天后庄万里就向贺亚江反馈,说交代的那件事情办妥了。贺亚江点点头,没细问,如此了事。

贺亚江把情况告诉葛珊,问:“有什么问题吗?”

葛珊没多话,从抽屉里取出一封信给了贺亚江。

"你看吧。"她说。

这是一封匿名信，直接寄给葛珊，信是打印的，有个十分古怪的题目《小心禽流感》，内容相当恶毒。匿名者建议葛珊到医院检查身体，看看是否染上禽流感，不妨也查一下尖锐湿疣、淋病、梅毒或艾滋病的感染情况。匿名者称如此建议是出于对葛珊的同情和尊敬，因为葛副市长作风无可挑剔，她的丈夫叶秉南却是人所共知的花花公子，此人嫖娼养"鸡"，可能患有并四处传播禽流感及各类性病。匿名者说，叶秉南通常不在市里寻花问柳，主要到县里搞，因为风声小，葛珊不易听见。叶秉南常以"下乡出差"为名，利用"市长丈夫"当招牌，也利用交通路政的一点小特权，跑到哪里，都有人给他安排桑拿、洗头、泡脚和陪夜小姐。他自己说，他当过连长，管过一连炮兵，眼下除了老婆，让他打过炮的女人加起来也足有一个连。这人在本市许多县都养"鸡"，在葛珊任职过的县也包有一个小姐，该县一领导贺亚江跟此人狼狈为奸，秘密为其安排一个套房，供他无偿长期使用，用于包养情妇，与小姐暗娼寻欢作乐。该房被知情者称为"叶秉南的鸡窝"，地点是县机关宿舍12号楼503室。

贺亚江不禁骂道："这他妈的。"

他说，他马上回去调查，发现什么情况会及时向葛珊报告。

"你注意，"葛珊说，"不要到处声张。"

"我知道。"

贺亚江回到县里，把县公安局一位副局长请到办公室来，这是位年轻的副局长，姓王，当过刑警，搞过侦察，挺能干，也靠得住，贺亚江比较了解。葛珊的这件事非常敏感，要搞清楚，处理好，还得悄悄来，不能造成任何影响，让谁来办叫贺亚江费了不少心思。贺亚江把这位姓王的副局长找来，要他用一个合适名目，亲自了解一下12号楼503室的有关情况。

"不要声张。"贺亚江交代，"情况直接跟我说。"

贺亚江没有多说，没有提及葛珊，也没有提及匿名信，因为事涉上层，多说不好。这位副局长果然沉稳，他什么都没多问，只说好的。几天后他给贺亚江打来一个电话，问贺亚江什么时候有时间？能不能听汇报？贺亚江让他马上来，不到一分钟他就推门进屋，他说，刚才他是在楼下县政府大楼值班室打的电话。

他给贺亚江带来了几张照片，照的都是一个颇有姿色的长发青年女子，有正面有侧面，有走进某一楼道的背影，还有趴在窗台上拉窗帘的瞬间留影，一些照片的画面上还照有一只小狗。副局长说，照片上的青年女子就是县机关宿舍大院12号楼503室的住客，自称姓李，四川口音，无固定职业，住进该处已半年多，平日无所事事，花钱很大方，衣着都是名牌，养有一只宠物狗。根据了解，大多数时间里这间套房仅住有这位青年女子，但有一位中年男人隔一些时日会来一次，有时三五天，有时一两周，通常夜间到来，行动比较诡秘。昨天晚上这男子来了，进屋的时间是晚十二点左右，到今天上午十点来钟离开。

这男子也给拍下来了。中等个，壮实，颇神气，尽管一副大大的墨镜遮了半张脸，贺亚江还是一眼就认出来：正是叶秉南。

贺亚江点头，说："好。"

第二天贺亚江到市里开会，在会场外碰到葛珊，贺亚江跟她谈了本县一座新水库的蓄水问题，讲了十来分钟，有关叶秉南的事情一个字都不提。葛珊很沉得住气，她也只讲水库蓄水，其他的什么都没问。

那个周末，半夜时分，贺亚江刚睡下来，电话响了。公安局王副局长报告说，照片上的中年男子又来了，两分钟前进了503室。副局长请示："动不动？"贺亚江没有二话，立刻下令："动。"

为了控制影响，同时把事情做得像是意外查获，不让叶秉南察觉是专捉其奸，两个警察换上保安制服，以大院内突发窃案，有人看到陌生人深夜窜入本楼道为由，要503室内的一对男女提供身份和关系证明。两人拒绝合作，保安便找来负责本地段治安的一位警官，两男女无可奈何被带到机关治安值班室。

贺亚江在当天上午得到了具体报告：两人的准确身份已经掌握。男子叫叶秉南，为市交通局干部，涉嫌与503室的青年女子通奸。该女子为四川人，两年前到本市，流动在市区及附近各县，以歌厅坐台小姐为业，有前科，曾因卖淫被邻县公安部门劳教半年。叶秉南跟该小姐在歌厅相识后，将其包养于503室，已有半年多时间。有关情况均出自女子之口。叶秉南拒绝回答问题，只声称要打电话叫人来处理，口气很大，说谁跟他过不去让谁吃不了兜着走。警察同意他打电话，他又不打，说要等着看你们敢干什么。凌晨时分警察让他走，警告说，有关情况已经全部掌握，记录在案，别想抵赖，回去听候处理。叶秉南当即离开。

贺亚江表示满意，再一次问："参加的都可靠吗？"

"就三人，都是我亲自定的，没有问题。"副局长说。

事情未列为案件查处，负责警员的查问和记录只作为帮助县机关大院保安"了解情况"，不属正式办案和笔录。所有材料封存在一个档案袋里交贺亚江，贺亚江在档案袋封面注了两字"绝密"，锁进抽屉里。

当晚就有县相关部门人员拐弯抹角找公安部门打听情况，说明涉案的市里干部情况比较特殊，千万不要闹大。王副局长答复："告诉那个人，老老实实没他的事。谁也别找了，小心自己把事情搞砸。"

叶秉南包养的小姐仓皇离开，不知去向。唯其所养一宠物狗流落街头，沦为野狗。

贺亚江这才去见葛珊。他告诉葛珊，县机关宿舍 12 号楼 503 室已经收归行政科，准备安排给本县科技局一位新引进的农业科技人员使用。匿名信所谓的"鸡窝"已经不存在了。这件事没有失控，不致产生大的不良影响。

"但是有些情况属实。"

他把叶秉南的事略加报告。

"葛副恐怕得考虑一个办法。"他说。

葛珊摆摆手，没让他再讲下去。

后来一切平静。503 室悄然易主，人们很快淡忘某个长发披肩略有姿色的青年女子和她的中年男客，好像世界上从来就没有这两张嘴脸。葛珊与叶秉南似乎一切如常，看不出有什么异样，夫妻间的事情外人通常总是搞不明白的。细心的人只是感觉到两人都更努力地投身事业，葛珊更长久地沉浸在办公室，而叶秉南更认真地出差下乡，一对儿堪称劳动模范。不多久，葛珊奉调省政府办公厅，省有关部门在省府机关大院里给她安排了住房，她却没有搬家，只是以"省城学校教学质量比较好"为名，让读小学的女儿转学省城，把自己的母亲接到省里帮助照料孩子，其夫叶秉南则只身留在市里，没有随调，就任为快乐的单身汉。

那时贺亚江已经当了县长。贺县长为葛副市长送行时说了一句话:“葛副,也不能总这么两地分居。”

葛珊摇摇头苦笑了一下:“你知道的。”

我们颇感同情。葛珊这样的女领导的确挺难的。刚起步是“无知少女”,得吃一点庄猴子之流的冷落。刚表现出一点“以县为家”的优秀品质,后院就起火了,得向同志们展示一下脸上的五爪印,通报本人丈夫左胳膊的强烈不满。等到官当大了,丈夫也有些怕了,不敢再强施家庭暴力,夫妻却已形同虚设,女的废寝忘食于工作,男的就四处打野食,养“鸡”以聊补性生活之不足。有朝一日事情曝出来了,旁人闹离婚可以闹个天翻地覆,她不行,除了考虑孩子,还得顾及影响。前途远大的女领导们不像时尚女星,女星们绯闻越多越亮,婚越离越热,葛珊这样的人可不行,私生活最好平静如水,再怎么貌合神离,能维持还得维持,不要有太多动静,不要为任何人所注意,否则可能会有些意想不到的后果,招致诸如“利用婆家的背景当上官,一当大官就嫌弃丈夫”“女陈世美”之类议论。

但是有些事终究会从天上掉下来,躲是躲不开的。

七

葛珊副秘书长带着省里几位专家和处长来到贺亚江那个县,工作日程非常紧张。听说葛珊前来,市长把自己主持的一个会停了,连夜从市里赶到贺亚江那里跟她会面,第二天上午亲自陪同,听了一上午汇报,才告辞回市里。如此看重,可见葛珊的分量。

那天下午葛珊一行到工地现场,仔细了解情况,再赶回县城吃晚饭。她吩咐各位专家和处长们各自先整理,给三小时准备时间,夜里十点与县里领导们开碰头会,反馈情况,研究讨论。安排得如此紧张,是因为葛珊第二天一早就得往省城赶,必须在当晚把调查组的意见基本定下来,第二天留下的人好跟县里干部一起确定如何落实。

留给贺亚江安排的就这三个小时。

贺亚江让司机把别克车停到县宾馆门边，让他走，回家。晚七点半，中央电视台《新闻联播》结束时，葛珊走出宾馆，贺亚江已经坐在驾驶座上，安全带斜挎胸前。

他们很默契，彼此一言不发，轿车缓缓驶出县城。我们早就表扬过，贺亚江有司机的水平，他担任葛副的驾驶员早有先例，干这种活已不是新手。其时夜幕四合，不利于有关无关的好事者热烈窥视。

他们直奔市区。从贺亚江那里到市区近五十公里，路况不错，通常行车时间四十五分钟，贺亚江用了四十分钟赶到。他们去了市机关宿舍大院，当年贺亚江曾驾车到这里接葛珊回县，并猛击叶秉南一拳。这次他又来了，却没再上楼进门。葛珊打了手机，几分钟后有人匆匆下楼，拉开轿车门坐上车来，正是叶秉南。

葛珊对贺亚江说："开。"

别克车马达应声而起。车内寂静无声。

他们到了位于城东的区民政大楼，时约晚上八点半。这种时候办公楼内通常无人，最多留有个把保安，周末晚间更是少有动静，除了耗子奔走。这一天例外，办公楼内有一间办公室灯火通明，有一老者静候于办公桌边。除老者外再无他人。

贺亚江称老者为"老刘"。他说："老刘，你抓紧。"

老刘是民政局工作人员，他没有多话，即按规定程序，审阅了葛珊和叶秉南提供的相关证件和文书，并询问了一些问题。葛叶两位当事者因性格不合，感情破裂，协议离婚，根据《中华人民共和国婚姻法》有关规定，依法批准。

这位老刘该晚守在办公室，不是吃饱了没事逮耗子来的。他要做的就是依法行使职权，加班工作，给葛珊夫妻发放离婚证书，这当然是贺亚江一手安排的。根据规定，离婚手续要在一方当事人户籍地办理，葛珊夫妇必须到市区民政局履行该法律手续。贺亚江在下边当县长，管不了市区民政部门，但是他知道通过什么人可以安排，做到影响最小，又于法周全。葛珊地位比较特别，她的事不宜让其他人介入，贺县长很清楚，他亲自办理，就像当年亲自动手办理庄猴子,后来再办理叶秉南。毕竟是卷毛,事情处理得当,几乎天衣无缝。

但是叶秉南不太省油,没事找事弄出个麻烦。叶公子依然豪气,正式就任省政府葛副秘书长的前夫后,不好也不便再对葛珊表演他著名的左胳膊。他看住了贺亚江。

他说,他有几句话要跟贺亚江讲。

那时他们已经出了民政大楼,走到轿车旁。贺亚江对叶秉南说,葛副今晚还有事,他得送她立刻返回县里,因此恕不再相送,请叶秉南自己叫出租回去吧。叶秉南说不客气,没问题,几句话跟贺亚江讲完,他自己走。贺亚江抬头看葛珊,葛珊把手一摆让他看着办,她自己先上了车。贺亚江便把叶秉南拉到一边,让他讲。

叶秉南问了一个敏感问题,就是贺亚江县里正在查的案子。所谓做贼心虚,谁碰上了都差不多,不管他是否贵为公子。什么事让叶秉南起了疑心呢?就是这次离婚。他说,他和葛珊感情破裂多少年了,一直将就着过,这一次她突然提出离婚,而且追得这么急,他知道有缘故,可能跟贺亚江县里的案子有关。

"你们是不是想搞我?"他问。

贺亚江说他不管办案,也不想搞谁。他不清楚葛珊和叶秉南怎么回事,他们夫妻俩的事情轮不上他管。今晚他只是驾驶员,顺便为葛珊开一次车而已。毕竟是老部下,葛领导知道他嘴巴紧,不会乱说话,比较可信,这种忙他得帮。

"你要是跟案子有些牵扯,别跟我说,找纪检监察部门。"

叶秉南那副"公子"劲上来了。他骂。他说要是没有他,贺亚江那个破大桥哪里修得起来?贺亚江这是什么?过河拆桥?案子跟他叶秉南牵扯什么?行内事自有行内规矩,帮助拿工程,朋友给点回报,这有行情的,谁不知道?他才不怕贺亚江搞鬼,他有老头子老婆子,有许多朋友,别以为他就靠一个早就不算数的老婆。

"贺亚江你装什么傻?你什么东西我知道。"他说,"就他妈一个投机商。"

贺亚江县长已经特别成熟了,他不回骂,更不握拳头,他笑:"我不吹牛,这一点你叶公子不如我。我会买股票。"

"你就这么买?帮我老婆看管鸡巴?"叶秉南讥讽,"这他妈什么事啊!"

叶秉南提起旧账。他说，当年葛珊在外边装得什么事都没有，却在家里跟他大闹一个月，骂他在贺亚江县里12号楼503室“养鸡”，逼他发誓痛改前非，否则分手。那时他就明白事情可能跟贺亚江有关，没准那几个假保安真警察还都是贺亚江派的。前些时候葛珊叫他到省里，重翻老底，给他看了几张当时的笔录，问他怎么办。他没有二话，说还怎么办？想离就离呗。那时他心里更有数了。

“就你姓贺的，你小子在里边鼓捣。”

贺亚江点头：“不错，你说的这两件事跟我有关。”

“你想干什么？想插一腿？你就靠这个往上爬？”

贺亚江当即把脸拉了下来。他说，他贺亚江毛病多，欢迎广大干部群众认真批评。不过他认为自己有一条还行，就是知道好歹。别的不敢说，这一点肯定比叶公子强。叶公子要是知道好歹，哪会有这些话，还有这些事？以他观察，葛珊不仅是个挺难得的好领导，其实也是个好老婆好母亲。不到迫不得已，葛珊哪会想要离婚分手？这对她是很不好的。为什么叶公子不懂得珍惜她呢？叶公子这样给她找事，迟早会把她毁了。葛领导这样的人给毁了实在太可惜，他不明白叶公子怎么会那么愚蠢？

“现在这样对你们可能都好点。”贺亚江说，“我还想另外奉劝一句，你要是真拿人钱，赶紧吐出来，别把自己撑死。”

叶秉南忽地举手，朝贺亚江右脸颊猛扫，迅雷不及掩耳，一记左勾拳。贺亚江却有防备，脑袋一侧，身子一闪，手一挡，躲开了。

“我知道你左撇子。”他低声一喝，“别闹，葛副在车上呢。”

然后他们分手。

贺亚江上车后，葛珊没问他们都说些啥，贺亚江也一句不讲。轿车悄然驶离。

贺县长以为自己成功闪避了叶公子的左勾拳，没事了，谁知浑然不觉间，祸根已经埋下：叶秉南耗费了贺亚江十几分钟时间，贺亚江有些急了。当晚十点，葛珊在县里安排了碰头会，他们得准时赶到。迟到不好，迟到可能引发一些不必要的注意和猜测，造成不利影响。贺亚江如此精心安排，不就是要避免这个？

所以得赶紧。贺亚江精于筹划，知道时间在自己掌握中，却不料叶秉南多事，非要纠缠一阵，这一项没有列入贺亚江的预定行程，结果他怕时间不够，便用力加油门，一加就加坏了。

他是在接近城郊的马路上出事的。那个地方有一条岔道，偏又路灯不明，晚间行车得特别小心。贺亚江驶过该地段时，一辆自行车突然从岔道冲了出来，贺亚江赶紧打方向盘闪避，由于车速过快，加上这一打幅度大了，车冲向路旁，这时贺亚江才看到道旁一高一低有两个黑影，没等他反应过来就是“砰”的一声。完了。

问题不在出事，更在出事之后。贺亚江下意识地踩了刹车，车滑出十来米，他又把刹车放开，油门一加，迅速逃逸。

那时葛珊问了一句：“怎么回事？”

葛珊坐后排，她没看到惊险一幕。这位女领导刚刚经历个人生活的一场变故，这种事无疑非常耗费精神，让她不像通常那样精神饱满。她靠在后座上闭目养神，心力交瘁。别克车的突然闪避和那“砰”的一撞让她猛然惊醒，她立刻追问。

贺亚江没有马上回答。好一阵，他说没事，刚才路边有东西，小动物。

他用最快的速度把葛珊送到县城。时间掌握得恰到好处，十点整。贺亚江领着葛珊进了会议室，与会者正陆续坐到位子上。

后来，葛珊于会间忽然发现贺亚江不见了。她问：“贺县长呢？”县委书记在一旁说：“他有件急事去处理，让我跟你说一声。”葛珊点点头，没有在意。

那时贺亚江已经陷没了。

他开着车奔回市区。赶到刚才那岔道口时，现场一片平静，路灯不亮，车辆穿行，没有什么特别动人的场面。贺亚江把车停在路旁，下了车。岔道边有一溜简易搭盖的棚户，都是些做小生意的。贺亚江走过去买了一瓶矿泉水，问摊主这里刚才是不是出了一起车祸？摊主说可不是，有一辆车撞了两个人，车跑了，警察来了，还来了救护车。人送走了，现场也处理完了。

贺亚江呆了片刻，问被撞到的人怎么样了？是受伤，还是死了？

“压扁了。浑身血，吓人。谁知道呢？”

没等贺亚江问个明白,警车呼啸而至,贺亚江被警察团团围住。

原来附近另有个小摊摊主挂电话报了警,这人曾目击车祸过程,他向警察报告说,有一辆别克轿车停在发生车祸的地方,好像是刚才撞人后逃跑的那辆。

八

贺亚江从我们中间消失了。

贺亚江制造了一起两人三命的重大交通事故。死者为一对母女,母亲肚里还怀着一个。这一对母女为一外来打工者之妻女,一家人租住于附近乡间农舍。这天晚间母女俩去老乡家串门,遭逢意外横祸。其中五岁长女当场毙命,二十九岁的母亲在送医院后于急救室里死亡,另一条人命不必说了,它还未出世,刚刚有了人形,就被贺亚江一撞了之。该交通事故的全部责任都在贺亚江。

贺亚江此案的处置曾一波三折。

这个案子有一个要点,就是肇事逃逸。我们知道肇事逃逸依法要受重处。贺亚江在接受调查时强调自己并未有意逃逸。他说,他在闪避岔道飞出的自行车时,确实听到"砰"的一声,似乎有什么东西撞到车头。当时他不在意,以为碰上什么晚间游荡路旁的小动物。因为有急事要赶回县里,他没有停车查看。他为什么在事后又返回肇事地点呢?因为他回县后发现一边车头的碰撞痕迹比较明显,他想起"砰"的那声便犯起疑来,担心自己是不是肇事了。为了以示负责,他赶紧亲自返回现场询问,这一问才知道果然坏了。他正准备主动到交警部门说明问题,警察就来了。

应当说贺亚江这个解释说得还比较圆。这事也有其可辩性,说他没有逃逸他确实是跑了,说他跑了他又是自己回来的,因此怎么说都有道理。该同志毕竟是位领导,经努力,有关方面已经倾向于排除他的逃逸指控,只办其肇事。情况向着有利的方向发展,却不料风云骤变,贺亚江陷入了灭顶之灾。

有人举报,贺亚江肇事并逃逸并不是全部错误,此人还有两大问题。按规定领导干部不能自驾公车出行,上级屡屡强调,这人顶风作案,违规私开公车,这是一大问题。第二大问题是,贺亚江所开肇事别克轿车属超标车,该县在购车时违反规定,以接待用车的假名目申报,骗取批准。举报信附有详细复印资料,证据确凿。该举报信广为散发,市里、省里直至中央各有关部门均有收获,属真名实姓,为庄万里。

原来庄猴子并没有睡着,他一直醒着。他在非常适当的时候以非常适当的方式对贺亚江早年之一拳加以回报,一如叶秉南那记看似打空,实则有效的左勾拳。使用真名实姓举报,能引起上级有关部门格外重视,也表明他认准贺亚江这回肯定完了。

贺亚江在劫难逃。举报信说的私驾公车、超标购车等违规现象不是单贺亚江一人有份,类似情节并不少见,但是重重违规之外还负两人三命之案,具有这种水准的县长可能不会太多。因此便有上级领导重要批示一层层下达,语气愤怒坚决,分量极重,贺亚江谋求轻处包括争取缓刑的种种努力全部化为泡影。他最终被判三年徒刑,即被收监,从县长办公室直落牢房,数十年仕途发展一笔勾销,从此了结。

叶秉南叶公子亦因受贿罪被判刑,恰与贺亚江去了同一座监狱。跟他们隆重会合在一起的还有前贺县长治下的县交通局长诸公,以及贺亚江当年处置南江村民械斗案中依法抓捕的用削尖的镀锌管戳人致死的一应案犯。

我们不免感觉到一种凉意,一种同僚之伤。我们还为贺亚江车祸肇事案的蹊跷之处疑窦丛生:这卷毛到市里干什么去?当晚葛珊副秘书长一行正在他县里公干,他怎么会如此自行其是,弃上级领导于不顾,开辆超标别克连夜到市里去找人撞?我们虽然不像他"毛有病",智商也绝对一流,有关问题对我们来说尽管蹊跷却肯定不是天书,我们对付得了。于是我们便断断续续获得了一些信息,它支离破碎,却可供分析、推理和判断,最终让我们把事情搞明白了。这时我们特别地为贺亚江扼腕。

我们理解贺亚江为什么决定逃逸。该同志显然清楚自己已经肇事,他应当立刻停车,报警、救护,这将让他得以从轻发落。但是不行,他在肇事现场一停,就会把车上乘客直接拖进车祸中,并使之暴露于众,卷入更复杂的困境里。这个人为什么会在这辆车上?他们如此悄然行事,偷偷摸摸去干什么?他们当然能够如实回答。但是问题会接着延伸:为什么某人和某人要在这个时候,用这种方式离婚？匆忙如此，隐秘如此，试图摆脱与正在查处的炸药爆炸案以及相关腐败案的关联吗？贺亚江在其间扮演什么角色？学雷锋做好事？红颜知己，或者还是插足他人家庭的第三者？

贺亚江决定单独牺牲，一人做事一人担。他跑，也不把车祸真相告诉车上乘客。后来他在自己的供词里从不谈及当晚车中另有他人，刻意回避。这个问题与车祸没有直接关系，警察未加追究。撞死人的是贺亚江，不是哪个乘客，哪怕贺亚江车上坐的是联合国秘书长，哪怕该秘书长亲自出马，为其百般开脱，也改变不了他行车肇事并逃逸的性质，照样得依法处置，其刑期一天都少不了，这我们清楚。贺亚江在关键时刻牺牲自我，坚持不殃及他人，有卷毛一贯之风，仅此而言值得表扬和自我表扬。我们记得早年有一位著名的美国参议员曾于夜间驾车穿过一座大桥，不幸坠海，参议员先生于仓皇中爬出车泅水逃生，他的女秘书则溺死于车里。贺亚江与参议员先生的遭遇异曲同工，不同之处在于溺死的是他自己，而非车上的乘客。

听说葛副秘书长回到省城才得知贺亚江出事，她掉了眼泪，如遭重拳。

我们想起前贺县长著名的两拳头，还有他的“买股”论，我们发现了其中更多的自嘲意味。热爱蓝筹股的人很多，热爱到如此程度的好像不多见。

但是有一件事令人无法过于感动：贺亚江肇事案中被撞青年怀孕女子送医院时已经无救，医生连呼可惜，说只要早几分钟送达，她死不了。如果贺亚江没有即刻逃逸，而选择救助，该女子和她腹中胎儿可能至今犹存，与我们一样幸福地呼吸于人间。

母亲和我们

韩天航

一

我母亲和父亲的婚姻是包办的。结婚时,我母亲刘月季已经24岁了,而父亲钟匡民还只是个18岁的学生娃。我那长期患着痨病的祖父选择这门亲事是有他充分的理由的。他认为我母亲的家庭虽然正在败落,但家教的严正是远近闻名的。母亲18岁时我姥姥就死了,那时开始就由母亲来主管家政,虽然识字不多,但家政却管理得非常好。因此祖父认为,虽然母亲只比父亲大6岁,但在心理上和生理上都成熟了。只要把母亲娶过来,马上就可以顶替刚去世不久的祖母来主内当家,又可以很快生娃为钟家续上香火。祖父有了这种想法后就执着地要把这事变成现实,那时他已被痨病折磨得骨瘦如柴了,但他一次次地迈着发颤的双腿,拄着比腿还要颤得更厉害的拐杖,走上十几里地去我母亲家求亲。我外祖父被我祖父的这份真诚与执着感动了。

当母亲与父亲拜完天地后,我祖父以为自己可以松口气了。但他没有想到,父亲对这门亲事是明里不抗暗里顶,他硬是不同母亲圆房。两人进洞房那夜,父亲一把掀开母亲的红盖头就压低声音恶狠狠地说:“没人要的老姑娘,跑到我家里来干什么!”母亲也毫不示弱,反唇相讥说:“不是我要来的,是你爹一次次跑我家把我求来的!”母亲长得不漂亮,鼻梁有些塌,嘴唇有点厚,只是一双眼睛却是水灵灵的。母亲毕竟是有教养的，她说完这话后，委屈地哭了两声，但立即抹去泪，脸上强露出笑容说："我给你铺床，你睡吧。"但父亲一扭身就走了，连着几天没有回家。母亲已感到她与父亲的婚姻将是不幸的，但更不幸的是，她见了我父亲一眼后，就深深地爱上了我父亲，她感到父亲不但长得英俊，而且身上还透出一股很诱人的阳刚气。

母亲进家后，祖父的第一个愿望实现了。从一开始，母亲就把这个家当的很好，但他的第二个愿望却落空了，半年后，母亲还是个处女。祖父也感觉到了，他暗地里求我父亲求了几次，父亲说："圆过房了，她不生有什么办法。"祖父知道父亲在敷衍他。于是祖父只好去求母亲，祖父说："月季，你给匡民下跪，让他给你怀个娃，生下娃后，我就给你下跪磕头。"母亲知道祖父的心在滴血。那天晚上，外面正在淅淅沥沥地下着雨，幽幽的灯光映着窗外那斜斜的雨丝。母亲给父亲下跪了，母亲流着泪说："看在爹的分上，你就让我给你怀个娃吧。要不，镇上的人，还有我们娘家的人，都会让我抬不起头来，不会生娃的女人谁都看不起！"不知道是由于祖父的痨病到了晚期，使父亲有了恻隐之心；还是我母亲真诚的哀求打动了他，因为我母亲哭后，抹去眼泪又朝他凄凉地微笑着；那晚，父亲与母亲圆了房。

祖父的感觉是准确的。母亲不但是个好当家，而且也能生娃。就那一晚，母亲就怀上我哥了。祖父高兴的身体也突然好转了几天，但父亲对我母亲却变得格外地冷漠了。祖父没有给我母亲跪下磕头，是因为还没生下我哥，祖父就带着一种希冀离开了人间。祖父离世前对我母亲说："月季，我往你们家跑那十数次没白跑，你是个好女人！"当母亲生下我哥后，她上祖父的坟前烧了香磕了头，告知祖父她为钟家续上了香火，让祖父在九泉之下能得到永远的安宁。

三年后，父亲参加了八路军，一是为了抗日，二是想永远地离开我母亲。没有感情的婚姻使父亲感到既厌倦又压抑。父亲临走前，把他的这种想法坦诚地告诉了我母亲。母亲也清醒地感到，祖父去世后，维系她与父亲的东西已不再存在了。母亲哭了，说："你就这么撇下我和儿子走了？"父亲沉默了很长时间，突然拉住了母亲的手，母亲这时又微笑了一下，但笑里却含着无限的凄凉和伤感。

那晚就有了我。

父亲还是参军走了，走了整整 12 年，他没有给母亲寄过一纸一字。1952 年，父亲终于让人给母亲捎来了一封信，说他已经在新疆，在某军某师任作战科科长。算是给母亲报了个平安，但在信的结尾，父亲说："路途遥远，不用来见我。等我有空，会回家来看望你和钟槐的。"他不知道，这时已有了我——钟杨。这次母亲没有听父亲的。她收到信后，毫不犹豫地收拾行李，对我和我哥说："走，去新疆，找你爹去！"那年，我哥 15 岁，我也 12 岁了。

那时火车只通到西安，从西安到新疆，我们有时搭车，有时还步行，整整走了两个多月，终于来到了新疆，一路的辛苦自不必说。在吐鲁番我们休整了两天，母亲把我们兄弟俩收拾了一番，换上了半新的干净衣服，母亲也想用这两天休整的时间，来消除一下铺在她脸上那浓浓的倦态和疲惫。我们都很高兴，因为艰辛的旅程即将结束，而且与父亲相见的日子也指日可待了。更让人高兴的是旅馆住着几个客商，他们的商队也要动身去乌鲁木齐，到时要路过我父亲所在部队的驻地，并且答应让我们搭他们的马车走。

天不亮，我们就被叫起来，坐在装满货的马车上。出发前，有两个年轻人挺着胸直着腰朝车队走来，领队的中年客商笑着迎接他们，车队共有 6 辆车，两个年轻人也不说话，一个坐在头一辆车上，另一个坐在后一辆车上，哥在我耳边说，那两个人肯定是保镖。一阵鞭响后，马车便叮叮当当地上路了。

太阳把戈壁晒得像一块烧红的铁板，从地上掀上来的热浪似乎可以烤焦你的皮肤，而龙卷风从远处卷起沙石，直直地在戈壁滩上旋转着，那真叫"大漠孤烟直"。血红的太阳渐渐地往巨齿般的群山间沉下去，荒芜的戈壁依然看不到一点儿绿色与人气。马铃在不知疲倦地叮叮当当地响着，四下里顿时给人一种不安与沉闷的感觉。车头的那位年轻人突然站了起来，朝车尾的那一个挥了挥手，似乎在传递着一种只有他俩之间才知道的讯息。

天色开始昏暗了下来，风也变凉了下来。而我们看到从远处的山谷里，不住地冒出一个个黑点朝我们的车队直奔而来。"吁——"六辆马车全都停在了路上，车头的那个年轻人喊："全都下车隐蔽。"中年客商和我们都蹲在车后，他说遇到土匪了，不过不要紧，那两个年轻人就是解放军剿匪队的。

土匪马队眼看就要冲到我们车队跟前了。我看到坐在车头的那个年轻人朝天开了一枪，一颗信号弹直冲天空，划出一道刺眼的亮光。土匪惊慌地拨转队往回逃。这时，又一支马队从不远处的山谷里冲了出来。

一位非常英俊的军官骑马朝我们奔来，对在头一辆马车上的年轻人喊："小林，这儿没事吧？"

"没事了！"小林回答。

"你们保护好客商！"那军官一夹马肚，又快速地赶上马队去追土匪了。

"匡民——"母亲突然大声地喊，"钟匡民——"

父亲已经奔远了，那嘈杂的马蹄声也使父亲听不到母亲的叫声，但母亲却激动地哭了……

戈壁滩上尘土飞扬，我远远地看到父亲骑在马上，举起长枪，一枪一个一枪一个，连续撂倒了好几个土匪。看到父亲是这样一个英勇善战又那么英俊的解放军军官时，我心中有说不出的高兴与自豪。我问母亲："娘，那人真是我爹？"母亲毫不迟疑地说："是！"

几天之后，我们见到了父亲，但父亲对我们的态度却让我们失望极了。父亲当然不会想到母亲会领着我们来找他。他来见我们时，铁着脸，劈头盖脑地冲着母亲吼了一句："你们来干什么！"母亲也毫不示弱地回他说："我是要让这两个孩子来见见他们的爹！钟槐3岁时你就走了，钟杨从一生下来就没见过你这个爹，让他们来见见他们的爹是个啥模样，不行？"

对母亲来说，母亲领我们来是带着某种希望来的。她希望在这段十几年的分离以后，父亲对她的想法会有所改变，她还想能争取到自己的幸福与美满。但父亲一见面时的表现却让她明白了。母亲的眼神是绝望而痛苦的，但她突然微笑了一下，缓和了口气说："这两个孩子你总不能不认吧？"父亲叹了口气也缓和了语气说："那就先住下吧，有些事以后再说。"

一连三天，父亲没来见我们，部队的驻地在离乌鲁木齐不远的一个小县城边上。一走出院子，看到的就是荒凉的戈壁与连绵的群山。第四天的傍晚，夕阳浸红了积雪的山顶。父亲让一位炊事员送来了几样菜，最耀眼的是一只黄灿灿的炖鸡和一盘油汪汪的羊肉。炊事员对母亲说："这是给孩子们吃的。大嫂，钟科长让你单独过去吃。”

我总感到母亲是位非常现实的人。就在那天与父亲单独吃饭时,是母亲主动而坚定地提出了要与父亲解除婚姻关系。当母亲走进父亲的办公室兼卧室时,看到桌子上摆了几样菜,父亲坐下后说:“月季,我们喝口酒吧,我知道你能喝。”母亲说:“在家时,我爹不让女人沾酒,只有在年三十、正月十五两个晚上爹才让我们放开喝。我把我爹都喝翻过。”母亲苦笑了一下,“今天我也想放开喝。”父亲说:“那你就放开喝吧。”母亲说:“你有啥话就直说吧。”父亲说:“我为啥要参军,你不清楚吗?一是为了抗日,二就是想离开你。你干吗又非要领着孩子找我来呢?”母亲凄苦地微笑了一下说:“我找你来也有两个目的。一是让两个孩子来认认爹,二呢,咱俩的事总要有个了结。包办婚姻害了你也害了我,但名义上咱俩还是夫妻吧?已经不是夫妻了,干吗还要扯着这个夫妻的名分呢?这种想法我早就有了。这次我来,就是想看看你的态度。现在你不用说,你的态度我已经清楚了。这样吧,你要同意,咱俩就把这包办婚姻解除掉!”父亲吃惊了,眼睛睁得很大,嘴巴也张成一个大黑洞,他似乎不相信自己的耳朵,说:“月季,你真的是这么个态度?”母亲说:“不假!我不想让咱俩再这么痛苦下去!”母亲抓起酒瓶,一仰脖子一口气灌下了半瓶酒,抹一下嘴,微微苦笑了一下说:“这酒好!”父亲说:“如果当真是这样的话,那咱俩办了手续后,你就领着孩子回去。生活费我按时给你们寄。”母亲说:“不!婚我跟你离,但孩子们不能再离开他们的爹!我也不离开孩子。你到哪儿,我们也跟到哪儿,我们不会碍你事的!我把孩子养的这么大,你总不能让我跟孩子们永远分离吧?”父亲想了好一阵子,最后说:“好吧。”

母亲把剩下的半瓶酒全倒在茶缸里说:“结婚时你不愿跟我碰杯喝口酒,但这离婚的酒总该碰一下了吧?”父亲眼睛突然变的有些湿润,跟母亲碰了碰杯。母亲强撑着微笑,把那茶缸里的酒全喝了下去说:“匡民,这儿的酒咋会这么好喝啊?”父亲说:“这儿的酒是真正的高粱酒!”母亲别过脸,偷偷地用衣袖醮去眼角上的泪。当她转过脸,面对父亲时,脸上依然含着微笑。

二

师机关秘书科一位叫孟苇婷的女人一直在追我的父亲。当时孟苇婷只有24岁,是个大学生,长得又漂亮又洋气,父亲对她当然也有意思。当父亲与母亲办完离婚手续的三个月后,父亲与孟苇婷结婚了。当我哥和我得知这个消息时,气得肺都要炸了。哥说:"钟杨,你知道陈世美和秦香莲的故事吗?"我说:"知道。"哥说:"爹就是陈世美!"

父亲的新房就在一座小院子里。我和我哥走进院子时,新房里正爆出一片喊声和笑声。一位军官在一根筷子上吊着块哈密瓜干,让父亲和孟苇婷同时咬,父亲一口咬住后正往孟苇婷的嘴边送,有一位军官就喊:"哈,还是钟科长有手段!"他的话音刚落,我就将一块土坷垃从窗口扔了进去,只听咣啷一声,碎玻璃散了一地。窗口与门前顿时挤满了一张张惊讶的脸。父亲与孟苇婷从门里走出来,我就冲着父亲喊:"我爹钟匡民,就是个陈世美!"父亲正恼怒地要朝我走来时,孟苇婷一把拉住了他,在他耳边说了句什么。我的话音刚落,母亲不知什么时候突然出现在我们的眼前,母亲在我头上拍了一下说:"钟杨,他是你亲爹!儿子哪有这么说自己爹的!要说,这话也得娘来说!"我哥就在一边喊:"娘,你说呀,你现在就说!"院子里霎时变的鸦雀无声,好大一阵子的沉默。母亲叹了口气说:"钟槐、钟杨,你们硬要娘说,娘就告诉你们,在这件事上,你爹没有错!你爹也根本不是陈世美,要说错,那都是娘的错……"母亲含着泪,突然微笑了一下说:"钟槐、钟杨,咱们回。让你爹和这位孟阿姨安安定定地把这婚结了……"

我们回到家,母亲就闷着头做饭,眼里的泪就没干过。吃晚饭时,母亲平静地对我们说:"没有感情的婚姻是个啥滋味你们不知道,其实你爹也很可怜。娘同情你爹,心疼你爹,是娘主动提出跟你们的爹离婚的。目的就是想让你爹再找一个他喜欢的女人。你们要恨就恨你娘吧,但你们不能这么恨你们的爹,他毕竟是你们的亲爹么,人活在世上,要懂规矩!"

那天晚上,父亲领着孟苇婷来到我们住的地方。后来孟苇婷告诉我说,当时母亲在院子里说的那几句话，让她和我父亲都很受感动，是孟苇婷拉着父亲来看我们的。因为我和我哥给父亲的婚礼添了乱，父亲的脸上没有一丝新婚的喜悦，有的只是沮丧与沉重。父亲一口一口地深吸着烟对我们说："钟槐、钟杨，你们咋看你爹，咋骂你爹，爹都认了。但爹要告诉你们，就是爹绝不是什么陈世美！陈世美不认老婆，不认孩子，但爹认！至于我和你娘的关系，我没法跟你们说清楚，感情上的事，只有你们长大了才会懂！"孟苇婷也在一边说："月季大姐，还有钟槐、钟杨，我跟匡民上你们这儿来，我只想说一句，是我伤害了你们，对不起，真的对不起。"说着，她站起来朝母亲和我们深深地鞠了一个躬。母亲微笑了一下说："苇婷妹子，你用不着这样。我是愿意看到匡民幸福的！"孟苇婷的眼里渗出了泪说："月季大姐，我从心里感谢你！"

夜深了，我们睡着了，但母亲的嚎哭声把我们惊醒了。母亲坐在床上捂着脸哭个不停，吓得我和我哥跪在母亲跟前，求母亲别再哭了。母亲说："你们睡吧，娘哭哭心里就痛快了。"那时我才感到，其实在这件事上，受到伤害最重最痛苦的还是我母亲！

第二年，母亲和我哥都被批准参加了工作。我父亲也因为工作的需要，从剿匪队出来，改任所驻部队的一个团的团长。那年的开春，部队要到离驻地四百多公里的戈壁荒原上去开荒造田。有一天父亲来找母亲，说开荒造田的任务很紧迫，团党委决定，老弱病残人员不跟大部队走，暂时留在县城里，意思是让母亲也留下。母亲很不高兴地说："老弱病残中我属于哪一种？"父亲说："我们要急行军，你的脚不是有点那个么。"母亲说："几千公里的路我都来了，几百公里算个啥？我不会拖部队后腿的！"后来孟苇婷也来劝说，那时孟苇婷的肚子已经鼓起来了，孟苇婷甚至劝母亲带着我们回老家去，说今后的生活会很艰难。但母亲很严肃地对她说："苇婷妹子，我知道你是出于好心。但以后你再也不要给我提这件事，我决不会让我的两个孩子离开她爹的！"

也就在那天上午，我哥拉着我去了集贸市场。他说娘的脚小，几百公里的急行军怕会跟不上，买头小毛驴，拖上个小车，再长的路也不怕了。我哥对我娘孝顺得很，世上很少有像我哥那样孝顺娘的。赶集在新疆叫赶巴扎，牲口巴扎上的小毛驴多的拥成黑压压的一片，而且很便宜，我五万元（旧币）就可以买一头。我哥参加工作后每月都能领上十万元的津贴，一般他把钱都上交给母亲，但这次他对母亲说这个月的津贴他想买样东西。母亲就笑着说你的钱你想咋用就咋用，不够娘再给你。我哥在挑选小毛驴时，我就在他耳边说："哥，买头怀娃的母毛驴吧。"哥说："为啥？"我说："现在买一头，几个月后就可以变两头了。"哥就笑了。

我们赶着一头怀孕的毛驴走出集市，来到县城一条偏僻的小巷子时，就听到一个女孩的哭喊声。一个中年男人夹着一个七八岁的女孩在往一条空巷子里跑，而后面有个人在喊："解放军小同志，那是个人贩子！"我哥一听，就把牵毛驴的缰绳塞给我，一蹬腿就不见人影了。没几分钟，我哥从巷子的拐角处走了出来，手中拉着那个小女孩。小女孩的衣服有些破烂，但衣料的质地却很好，而且长得很漂亮很可爱。我们问她情况，小女孩只知道她是跟母亲从老家到新疆来找她爸爸的。但在来的路上，母亲被土匪打死了，她就跟着一些人流落到了这个县城。她不知道她爸爸叫啥，在新疆是做什么的，住在什么地方。

我们牵着毛驴把小女孩带到家里。母亲听了小女孩的遭遇后，紧紧地搂着她眼泪就哗哗地流个不停。母亲在给她洗澡时，发觉她还戴着金项链，项链上还挂着一颗长生果样的金坠子。母亲立马想到了什么，就对小女孩说："孩子，这项链我给你保管着，等你长大了，我再给你戴上。"

母亲决定收留这小女孩，给孩子改名叫钟柳。在我们把小女孩带回家的路上，我和我哥也都有这个想法。但父亲知道这事后很气恼地来找母亲说："把孩子送到收容所去，说不定她亲人会到那儿去找她。收容所的条件很不错，你这样带着孩子去荒原，那儿条件那么艰苦，你不是在害这孩子吗？"母亲说："要是孩子找不到亲人呢？就让她一直在孤儿院待着？你好好当你的团长吧，这事用不着你操心！"我哥在一边挑衅地冲着我父亲说："爹，你可以不要我娘，重新找女人，我娘领养个女儿又咋啦？"气得父亲狠狠地瞪了我哥一眼，然后对着我母亲说："刘月季，你是存心领着孩子来给我找麻烦的！"

自从父亲与母亲离婚与孟苇婷结婚后，哥对父亲的怨恨一直很深。他对我说："他就不像个爹！"

队伍浩浩荡荡地向荒原挺进。母亲搂着钟柳坐在毛驴车上，哥在前面牵着驴,我跟在驴车后面照看着车上的行李,我父亲和团政委郭文云并肩骑着马跟在队伍的边上。郭文云政委比我父亲大几个月,也是属小龙的。人长的很壮实,长脸,尖下巴上留着几根硬硬的胡楂子。有一次我问他:"郭伯伯,你那几根胡楂为啥不刮干净?"他一笑说:"不留几根胡子哪像个男人?"他还是个单身汉。在行军路上他打趣地问我父亲有几个孩子时,父亲往后一指说:"你没看见吗?两个儿子,在我同刘月季离婚时,她又领养了一个女孩,是个孤儿。不过她领养的也算我的,那女孩叫钟柳,是我给她起的名,再算上孟苇婷肚子里的,我有四个孩子。"郭文云羡慕地说:"老钟,你比我有福啊! 我比你大几个月,但还是光棍一条,你却有四个孩子,两个老婆了。"父亲急了说:"嗨,老郭,你眉毛胡子咋一把抓啊。什么两个老婆,我现在只有一个老婆。"郭文云说:"你是读过书的人,怎么不识数啊,刘月季一个,孟苇婷一下,不是两个吗?"我父亲说:"我是同刘月季离了,才同孟苇婷结的婚,所以只有一个!"郭文云说:"但结过两次婚,有过两个老婆,这没错吧?"气的父亲喊:"你这是在抬杠!"郭文云用手心搓着下巴上的胡楂,爽朗地哈哈大笑起来。

部队在荒原上扎了营,营地的一边是一片平坦的戈壁,上面长着稀疏的红柳、梭梭、枇杷柴、芨芨草,而荒地的另一边,是一片绿波荡漾的苇湖,几公里远的地方有一条清澈见底的小河,湍急的河水由南面的高坡往北倾泻下来,不时地溅起晶莹的浪花。河的两岸开满了鲜艳的花朵。

母亲的工作是由郭文云政委安排的,让她为投入开荒造田的部队烧水。我呢? 当上了母亲的助手,每天拉着小毛驴车,往返于小河与伙房之间。清晨天刚睁开眼,母亲就把我推醒,到晚上天合上眼时,我才把最后一趟水拉回伙房,上午两趟,下午两趟。只有中午吃饭时我才能歇口气。母亲很心疼我,但我却干得很欢。母亲鼓励我说:"这样好,从小吃苦耐劳,长大才会有出息。"母亲比我更艰辛,每天要烧开八大锅水,整天只能蹲在炉灶前不断地添柴火,时间一长,脸上两边的颧骨和鼻尖都被火烤得焦红焦红的。新疆夏天的白天特别长,黑夜又很短很短。而开荒造田的战士们是天刚亮上工,太阳下了山才收工。我们这儿收工时,在沿海地区早已是深夜了。每当这个时候,母亲就赶我回去睡觉。

有一天,孟苇婷突然腆着个下垂的大肚子出现在母亲跟前。本来,父亲是不让已怀有身孕的孟苇婷跟着来荒原的,说:“你这情况特殊么。”可孟苇婷坚持要跟着来,说:“怀孩子算什么特殊情况,红军二万五千里长征时,妇女不是怀着孩子照样行军。去荒原有固定的驻地,总比在行军路上的条件好吧?你是团长,我这个团长老婆总不能表现的太落后了。我出身资产阶级家庭,在师机关当秘书时,已经有不少人说我是娇小姐了。”父亲无奈地叹口气说:“那好吧,到时你可不要后悔。”孟苇婷说:“既然跟着你了,就是有后悔药我也不吃!”为了不给父亲丢脸,孟苇婷每天也跟着去开荒工地。腆着个大肚,拾着挖出来的枇杷柴、芨芨草根,为开出来的荒地清地。郭文云政委见了就对她说:“孟苇婷,我不是跟你说了,你用不着再到荒地来干活了,你要有个啥,我可没法向老钟交代。”孟苇婷说:“政委,你没瞧见,这工地上可没闲人,我自己的事我知道。肚里怀的可是我自己的孩子,祖国的未来,我会对他负责的!”在平时,每天收工回来,都有父亲的警卫员小秦为她打上一盆热水。但那天,小秦端来水后,她却对小秦说:“小秦,你把水端去自己洗吧。”父亲也刚好从工地上回来,听了孟苇婷这话奇怪地问:“为啥?”孟苇婷有些为难地说:“今天,我想洗下澡。”说着看看已下垂的大肚子。小秦说:“团长,伙房可能已经没热水了,要不我去河边挑担水来,重新烧点。”父亲一挥手说:“不用了,你回吧。”孟苇婷抱怨地看看我父亲。父亲有些生气地对孟苇婷说:“小秦每天跟大家一样,要开十几小时的荒,他还要来服侍我们,已经够辛苦的了,你还忍心让他再到几公里远的河边去挑水?那我这个团长不成地主老财了。”孟苇婷委屈地说:“这道理我也懂。只是我觉得这两天我可能要生了,只想洗个澡,因为月子里就不能洗澡了。”父亲叹口气说:“就凑合着用这盆水擦擦身吧,咱们得适应目前的这种条件!”

孟苇婷不甘心,就提个桶出现在我母亲的跟前。当时母亲正用最后一点水,捏着把用芨芨草捆成的锅刷在刷锅。孟苇婷看着我母亲说:“月季姐,没水啦?”我母亲说:“小秦不是给你打水回去了吗?”孟苇婷说:“月季大姐,我想洗个澡。”母亲看了看孟苇婷那下垂的肚子,心里就明白了,说:“我知道了,你回去吧。”

那时天已黑透了。母亲不忍心地把已睡死的我摇醒说:“钟杨,起来,帮娘再到河边去拉趟水。”我说:“娘,明天再拉吧。”母亲说:“不行,就得现在!”天上挂着弯钩似的月亮,晚上那寂静的荒原显得更荒凉。母亲陪着我去河边拉水,拉完水母亲说:“赶快去睡,后面的事娘来做。”

母亲提着两大桶热水,敲开了父亲住的地窝子的门。父亲还在团部开会,孟苇婷看着那两桶热水,鼻子一酸,眼泪就扑簌簌地流了下来。母亲说:“苇婷妹子,你要是不嫌弃的话,我来帮你洗吧。你这身子也不方便了。”

母亲用毛巾蘸着水轻轻地为孟苇婷擦身时,孟苇婷的眼睛就一直含着泪。她说:“月季大姐,我觉得我好对不住你啊!”我母亲说:“苇婷妹子你千万别这么想,我和匡民是包办婚姻,是很失败的。我比他大 6 岁,小时候又缠过小脚,长得又不好看。从一开始,匡民就嫌弃我。要是我俩都是泥巴,和些水就可以撮捏到一起。但他是块玉,我呢,是块烂泥巴,咋捏也捏不到一块的,迟早是要散的。可你不一样,你是个托玉的托盘,有你来托着匡民这块玉,很相配的。再说你们又是自由恋爱结合的。我吗? 已有了两个懂事的儿子,那是匡民赐给我的,现在老天又给了我一个漂亮听话的女儿,我真的是知足了。你千万别把我的事搁在心上,好好跟着匡民过吧……”孟苇婷再也控制不住自己一把抱住我母亲说:“月季大姐,当初我有私心,怕你们会妨碍我和匡民的生活,想动员你们回老家。现在看来,我错了。”我母亲说:“这是什么话! 牙齿和舌头也有磕磕碰碰的时候,但总是相互帮衬的时候多么!”

母亲给孟苇婷洗完澡,孟苇婷的肚子就剧烈地疼痛起来。早晨四点多钟,东方已吐出一溜橘红色的霞光。而在那广阔无垠的沉寂的荒原上,突然响起一声婴儿的嘹亮而亢奋的哭声。孟苇婷生下一个女孩,她一定要让我母亲为孩子起名字。母亲想了想说:“那就叫钟桃吧。”

那天一早,我牵着大腹便便的毛驴去河边打水,装在车上的是一个汽油桶,桶的上面开了个小口,好往里面倒水。桶的尾部有个小孔,用木塞子塞上。放水时拔出木塞,小孔里便急急地尿出一股水来。我把水拉了回来,在孟苇婷那儿一夜没合眼的母亲刚往锅里放水,已经卸下车的毛驴突然卧在了地上,朝天啊呕了几声,尾巴就高高地翘了起来。我着急地喊:“娘,毛驴咋啦?”母亲一看,笑了,说:“双喜临门了,毛驴要生娃了。”我冲回家去,我哥正要上工。我一把拉住他说:“哥,毛驴生娃了。”当我们赶到伙房,小毛驴已经生下来了,是头母的。我兴奋而得意地说:“哥,我没说错吧,买一头,现在变两头了。”我哥高兴地在我后脑勺上拍了一下,算是对我的赞赏,然后扛着砍土镘去工地了。

孟苇婷生下孩子后,一直没奶水。母亲说,那是因为部队到荒原后,整天吃的是盐水煮囫囵麦粒或者是盐水熬黑豆。大人的营养都不够,哪来的奶水!钟桃已经两天没吃奶了,饿的嗽哑了嗓子,孟苇婷捏着自己不出奶的乳房直流泪。我那身经百战的父亲这时也束手无策了,说:“苇婷,要不你回部队原来的驻地去?”孟苇婷气狠狠地说:“那得走上几天时间,没走到半路上,孩子就饿死了,亏你想得出!”正在父亲与孟苇婷感到走投无路时,母亲端着一瓷缸奶进来了。母亲往奶瓶里灌上奶,从孟苇婷怀中接过已经嗽不出声的钟桃,把奶嘴塞进孩子嘴里,钟桃贪婪地吮着奶便安静了下来。父亲惊奇地问:“月季,你哪儿来的奶?”母亲说:“驴奶,就凑合着喝吧!钟桃生下来那天没多长时间,钟槐、钟杨为我买的那头驴也生了娃。”母亲伤感而欣慰地微笑了一下说:“这是天不绝你们的钟桃啊!”

三

小河的水卷着浪花在哗哗地流着,河底那花花绿绿的鹅卵石在水流下就像一只只蠕动着的贝类。自从有了小毛驴后,钟柳一直追逐着小毛驴玩。钟柳总算有了个伴,母亲见了很高兴。母亲疼爱钟柳真的比疼自己的亲儿还要疼,只要钟柳一有个头痛脑热,母亲就一脸的愁云,整夜搂着钟柳不肯松手。嘴里还念念叨叨地不知在祈祷着什么。那些天,母亲让我去套野兔,去河边的小水塘摸鱼。野兔有个脾性,从哪条路上出来就从哪条路回,有时晚上下套子,第二天可以逮上两三个。而水塘里的鱼多的你站在水里,鱼就在你的小腿肚边扑腾,而且大多都是鲫鱼。没几天,孟苇婷就下奶了,父亲也长长地松了口气。

有一天,我去河边拉水,钟柳追逐着小毛驴也跟着来到了河边。她看到河滩上那些花花绿绿的鹅卵石兴奋极了,而河底那在水流中像蠕动着的鹅卵石更加撩人。钟柳在河滩上捡了几块鹅卵石后,再也抵挡不住河底那些鹅卵石的诱惑了，就走到河里去拾。河水虽浅，但水流很急，一下河就把她冲倒了，被河水的漩涡卷到河中心了，她在水流中翻滚着，喊叫着。我扔下水桶，一边追一边喊："救人哪——救人哪——"还好，河边刚好有三个勘察人员在勘察地形，其中一个瞄测绘仪的中年男子看到河中的钟柳，速度飞快地奔到河里，还好河水不深，只没到她的膝盖上，他拦腰把钟柳抱住了。钟柳被抱上岸后，呕了几口水，便哇地哭了起来。我朝那位中年男子鞠了个躬说："谢谢叔叔。"

这位中年男子叫程世昌，是上面调到团里来勘察土地的。他眼睛很大，鼻梁又高又挺，头发还有点卷，皮肤很白，有点像外国人。据说，他过去是新疆旧政府农业厅农垦处的一位副科长，技术上很懂行。我父亲蛮器重他。在团里成立勘察组时，我父亲提出要让他担任组长，但郭文云政委不同意，说他是旧政府的留用人员，跟咱们不会一条心。坚持要由他过去的警卫员，刚从土地勘察培训班回来的王朝刚当组长。两人争执不下，后来提交到党委会上讨论，结果是程世昌当上了组长，王朝刚担任副组长。郭文云政委仍不服气，说我父亲在用人的问题上思想太右。在怎么使用程世昌的问题上，我父亲与郭文云一直争斗了十几年。

我赶着毛驴车拉水到伙房，母亲看到浑身湿透的钟柳吃惊地问："咋回事？"我把刚才发生的事说给母亲听，母亲听完拉着钟柳回家换了衣服后，就要我领着去找救钟柳的那个人。程世昌他们仍在荒原上，母亲对程世昌说："你救了我女儿，让我咋谢你呢？我给你跪下磕三个头吧。"说着就要下跪，程世昌一把拉着我母亲说："大姐，千万别这样，河水不深，对大人来说没什么危险的，不值得你这么谢我。"母亲说："这女儿是我心尖尖上的肉，你救了她，我怎么谢你都不会过分。"程世昌说："大姐，你太客气了，不过你女儿长得真的太可爱了，好心疼人啊！"母亲说："那就让我女儿认你当干爹吧。"程世昌说："那我怎么敢当呢。"母亲让钟柳叫程世昌"干爹"，程世昌竟激动的满眼都是泪。

父亲很快听说这件事，他很气恼，立马来找母亲。父亲为母亲捧了几捧柴火到灶前，就对母亲说："月季，你以后能不能不把农村中那套封建的东西搬到部队来？"母亲说："怎么啦？"父亲说："什么干爹干女儿的！革命同志之间不兴这一套东西！"母亲说："认个干爹算什么封建，人家是救了钟柳命的！你难道不知道?”父亲说:“程世昌是个旧政府的留用人员!”母亲说:“你不是让他当了勘察组的组长了吗?”父亲说:“我这是按政策办事! 但你这样做会给我添麻烦,给人落下话把的! 这对程世昌也不利! 在使用程世昌的事情上,我已经感到很有压力了,将来他要有个什么,我们之间有了这层关系,我怎么帮他说话?”父亲一挥手用命令的口气说:“这个干亲不能认!”

母亲没吭声,只往炉灶里不断地加柴火。

第二天我带着钟柳去河边拉水,遇见程世昌,钟柳还是叫他干爹,但程世昌却一个劲地摇着手说:“不要再叫我干爹了,你爹昨天同我谈过话了,还是叫我程叔叔吧!”说着含着泪在钟柳的脸上亲了一下,“叫叔叔也一样亲啊!”

我们拉水回来,钟柳就问母亲。母亲叹了口气说:“这样吧,在没旁人的时候,你还得叫他干爹,就说这是我娘说的。人家救过你的命,这点啥时候都不能忘!”

九月初,荒原上露出了一片片黄色,大团大团的红柳花开的像一团团火球。父亲要把我和钟柳送到附近的县城去上学了。这是孟苇婷提醒我父亲的,说:“钟杨聪明能干,将来会有出息,还有钟柳,越长越漂亮了,要是把他们的学业耽搁了,那就太可惜了。”

那天早上,小秦赶着辆单匹马拉的马车来到我们住的地窝子前,要把我和钟柳送往县城的学校。父亲催着我们赶快上车,说去县城有几十里地呢。但母亲却拉着穿着一身新衣的我和钟柳朝程世昌住的宿舍跟前走。程世昌正扛着标杆准备出工。母亲把钟柳拉到程世昌跟前说:“钟柳,来,跟你干爹告个别。”钟柳朝程世昌鞠了个躬说:“干爹,我要上县城上学去了。”我父亲站在一边感到很不自在,但又不好发作。程世昌却觉得既惶恐又激动,想了想,就从上衣口袋拔出一支金笔说:“这笔给你,好好上学。”母亲说:“拿上吧,要好好学习,将来一定要报答你干爹的救命之恩!”母亲又把我们拉到父亲住的地窝子跟前,让我同孟苇婷告别。孟苇婷抱着两个月大的钟桃说:“钟杨,谢谢你套的野兔和逮的鱼。”说着她也从口袋里掏出一支钢笔送给我。母亲这才把我们送上车。小秦一甩鞭,母亲就朝我喊:“钟杨,一定要照顾好妹妹,要是你妹妹有个啥闪失,我饶不了你!”母亲在朝我们挥手时流泪了。我知道她更舍不得的是钟柳,因为她目送我们时，眼光一直没离开过钟柳。

离团部十几公里远的地方有一片很平坦的戈壁滩。当地居民把那地方叫甘海子。师里规划要在那儿建一座新城，师部也要搬迁过来。城还没建，名字已经有了，叫瀚海市。那年秋天，父亲被提升为副师长，同时还兼着那个团的团长。师里让他先组建一个先遣队为新城建设打前站。先遣队的人员由郭文云在团里挑选。郭文云把母亲也编进去了。父亲知道后就用开玩笑的口气对郭文云笑着说："老郭，你这家伙心术不正啊！不行，刘月季跟着我们去绝对不合适！"郭文云理直气壮地说："有什么不合适的？先遣队几十个人总得有个做饭烧水的吧？钟副师长，不是我说你，你停妻再娶，我就很有看法，人家刘月季是个多么好的女同志啊！"父亲说："刘月季是个好女人，但我对她没感情，孟苇婷有很多地方比不上刘月季，但我们之间有了感情。没感情的婚姻是很痛苦的，你知道吗？"郭文云说："我还是单身呢，咋能知道！可人家刘月季待你可是忠心耿耿啊！有一次我问她，你干吗非留在老钟身边工作？她说，一是我想能让两个孩子留在他爹身边，二呢，说句让你见笑的话，我和匡民婚虽离了，但我这心就没法离开他，当我能帮衬他时，我还想帮衬帮衬他。你听听这话！"

荒原上秋色已是一片萧索了。队伍要出发了，我哥为母亲套好了毛驴车说："娘，你干吗非要跟爹去呀。"母亲说："先遣队几十个人的吃饭喝水都搁在娘身上了。娘能不去吗？"毛驴车上装满了炊事用具，母亲迈着她的那双小脚，跟着部队出发了。哥就喊："娘，你要当心自己啊！"

夕阳西下。先遣队在一座高坡上扎了营。从那时起，母亲就为那几十个人的吃饭喝水忙碌着，有时还要帮父亲他们洗洗衣服，除了睡觉那点时间，母亲就没有闲过一刻。第一场雪纷纷扬扬下的时候正是黎明。母亲牵着背着两只水桶的毛驴到苇湖边去打水。已经长得很大的小毛驴跟在母毛驴的身边。母亲解下桶正准备到湖边打水，母毛驴突然扯着脖子叫了起来，那头小毛驴惶恐地躲到了母毛驴的身边。母亲看到一头狼从芦苇丛中钻了出来。母亲吓出了一身冷汗，但她很快就镇静下来，捏着空桶准备对付狼的袭击。狼一步一步逼近，眼看离他们只有几米远了，母毛驴突然冲上去，转过身，扬起蹄子对狼就是一击，狼躲闪不及，下腭被踢得垂了下来，嘴里喷满了血。狼惊慌地闪身钻进芦苇从中逃跑了,母亲感激地摸着母毛驴的脖子说:“毛驴啊,你的奶让我们钟桃活了下来,今天你又救了我,你是咱们钟家的恩人哪。”母亲心里清楚,母毛驴是为了保护小毛驴,才变得如此勇敢的。

这事在队里传开后,父亲知道了也感到很后怕。第二天早上,他就去找我母亲,一脸的严峻,说:“月季,以后去苇湖边打水,让小秦带着枪跟着去。这里到处有狼和野猪,你要有个什么闪失,我咋向孩子们交代?首先钟槐就会把我吃了。”母亲笑了说:“没那么严重。”这是父亲第一次对母亲说了这么些体贴的话,母亲很感动,说:“匡民,你不是反对我跟着来,怎么后来又同意了?”父亲说:“因为我怕会伤你的心。”母亲说:“匡民,从同你结婚那天起,我就知道我们的夫妻做不长,但我想帮衬你的心从来就没有变过,你就圆了我的这份心吧,啊?”父亲点了点头。

第二年的三月中旬,一天晚上,一股暖融融的气流滋润着大地。第二天清晨,小秦钻出帐篷解小手。他突然冲进帐篷对父亲喊:“钟副师长,洪水!”所有的人都冲出帐篷,营地的四周已是一片汪洋,只有稀稀落落的几根苇梢在水面上飘抖。屋漏偏遭连天雨,我母亲告诉我父亲说,粮食也只够吃一两天了。但当时我父亲最担心的还是王朝刚他们勘察小组的三个人,昨天晚上就没有回来,这样的事以前也有过,但这一天不一样,父亲对先遣队的队长高占斌说:“老高,你派三个人到最高点上去瞭望,有什么动静立即给我汇报。”高占斌原来是团机关的协理员,长的高大结实,满脸青青的络腮胡子,为人热情、耿直,却又是个很内秀的人,父亲很欣赏他,提名让他当先遣队的队长。父亲同时又对小秦说:“小秦,你骑上我的战马,去师部汇报,尽快给我们送些粮食来。我这战马大河大湖都蹚过,你不用怕!”小秦一翻身上了马,游出30米后,岸上的人只看到马头和小秦的人头露在水面上了。大家的心都吊到了嗓子眼里,后来看到小秦终于上了个高坡,大家才松了口气。

夕阳的余晖在水面上闪着一轮轮红红的波光,站在高坡上的一位战士突然冲下来喊:“钟副师长,你看那边!”

两公里外的一块高地上,竖起了一根标杆。父亲对高占斌说:“老高,挑上六个识水性的战士跟我一起过去!”

父亲坚持要跟六个身壮识水性的战士一起过去救王朝刚他们三个。高占斌急了,说:“钟副师长,你不能去! 刚化的雪水太凉!”父亲:“那你领着下!”高占斌嗯了老半天说:“我……我是个旱鸭子。”父亲知道他是旱鸭子,存心激他,好让他不要阻止。这时高占斌一把拉住我母亲说:“月季大姐,你劝劝钟副师长吧,现在也只有你能劝住他了。”可我母亲却说:“这事我不用劝,我只知道古时候打仗,都是先锋将军冲在最前面,士兵跟在后面。匡民,你稍等一刻,我来这儿时,就带了不少干姜,现在还有两块,大家喝了姜汤再下水吧。”

像一盘嫩鸡蛋似的月亮在水中忽悠,听到一片划水声后,大家看到父亲同那六个战士把王朝刚他们三个背上了岸,王朝刚他们三个都已病倒并发着高烧。

洪水还没退,接连两天断了粮,走了的小秦也没有音讯,我母亲只好煮芦根给大家充饥。王朝刚他们三个高烧不退,嘴唇上爬满了燎泡。卫生员对父亲说:“钟副师长,他们再不吃东西,恐怕会顶不住。”我父亲心情沉重地走出帐篷。当他看到不远处,那两头毛驴正在啃着枯草时。父亲的心头一惊,他咬了咬牙,决定去找母亲。母亲正在水边清洗芦根,他问母亲:“月季,粮食都没了?”母亲抖抖手中的芦根说:“除了这个,再没有可吃的东西了。”父亲叹了口气说:“唉,如果我的战马在的话,我就只好宰战马了,救人要紧哪。”母亲很敏感地说:“怎么? 你想打我那两头毛驴的主意?”父亲说:“我说了,救人要紧哪!”母亲说:“不行!”父亲说:“月季,我不强求你,但你想想,三条人命呢! 再说,其他人也饿的快顶不住了。我是个副师长,你总不能让我看着我的战士这么一个个地倒下吧?”母亲流泪不说话了。父亲说:“先一头吧!”母亲犹豫了很长时间,但最后痛心难忍地说:“大的。小的钟柳喜欢。”

母亲捧了几捧干草放在母毛驴跟前,然后抱着母毛驴的脖子泪如雨下。小毛驴伸过头来吃母毛驴跟前的草,母毛驴似乎预感到了什么,流着泪舔了舔小毛驴。

母毛驴被牵走了。不久,山坡背面响起了一声枪声,母亲一下就晕倒在地上。小毛驴在母亲身边伤心地乱蹦乱跳了好一阵,又冲着天空啊欧啊欧哀痛地叫了几声,眼泪汪汪地在我母亲身边卧下,紧紧地依偎在我母亲身旁……

四

师部搬迁到瀚海市后，父亲想在师部给母亲安排个工作，但母亲拒绝了，她又回到原先的那个团。已同时兼任团长的郭文云政委问母亲为什么不跟父亲一起去瀚海市，母亲说："匡民现在忙是忙，但条件要好多了，再说孟苇婷又在师机关工作。人在困难时需要人帮衬的时候，你在他跟前，他觉得你有用，可当人的日子过得顺溜了，你再戳在他跟前，他就会嫌你，你就是个多余的人。再说咱团部离师部只有十几公里地，真要有啥急事来去也方便。况且钟槐又在团里，我得跟儿子一起过。"郭文云感慨地说："月季大姐，这人世上的事，你比我这个团政委都看得透啊！"

郭文云安排母亲担任机关食堂的司务长。而我哥那时已在团部值班室工作，他已给郭文云当了好几年的警卫员。说起这事，还有点传奇色彩。那还是开荒造田的时候，当时我哥虽只有十七岁，但已长的高大结实，相貌像我父亲，但比我父亲还要英俊，而且力大无穷。有一天，我哥光着膀子，用钢钎把一棵两个人才能合抱住的枯树吱吱嘎嘎连根一起撬倒了，在一边干活的郭文云看着，惊讶地拍拍我哥的肩膀说："小子，你好有劲啊，来，咱俩比试比试，看看你到底有多大的劲。"我哥憨憨地笑着说："我不敢，我怕把你的胳膊掰折了，我赔不起。"郭文云说："吹牛，你爹可是我的手下败将啊。"我哥一撇嘴说："我爹，他算个啥！"在周围观战者的一片喊叫声中，我哥连赢了三把。不过在第三把时我哥有意让郭文云把自己掰下来一点，然后再反转来慢慢把郭文云的手臂掰倒。郭文云心里明白，心想这小子看上去厚道，但也挺有心机。第二天，郭文云就对父亲说，自从王朝刚去了勘察组，他身边就没警卫员了。我父亲说："你再找一个么，相中谁就是谁。"郭文云说："我相中你儿子钟槐了。"父亲不但吃惊，而且敏感。因为我哥因母亲的事一直对父亲有怨恨，父亲说："老郭，你不会另有阴谋吧？"郭文云说："哪里的话。你们家的事我不管，但我喜欢你儿子，就这么定了。"

那天下午开荒时，郭文云就把他的想法告诉了我哥。我哥说："政委，警卫员这活儿我干不了。”郭文云问：“为啥？”我哥说：“我不会伺候人。”郭文云说：“这事你爹也同意了。”我哥说：“他同意跟我有啥关系，自他撇下我娘后，我心里就没这个爹！”郭文云一笑说：“我就喜欢你这脾性，但这是组织命令，你得服从！”

有几棵枯树捆在一起，我哥、郭文云和几个战士围在一起挖，郭文云用力过猛，一棵枯树突然倒下，郭文云躲闪不及，右大腿被压在枯树下抽不出来。我哥用力把那棵树搬开，郭文云爬起来还没站稳又喔哟一声跌倒了。我哥二话不说背起郭文云就往卫生所跑。郭文云说：“钟槐你这是干啥？”我哥说：“去卫生所呀！”郭文云说：“我没事，快放我下来！”我哥说：“站都站不住了还说没事！”郭文云说：“那我自己去。”我哥说：“不行！”郭文云说：“为啥？”我哥说：“你不是代表组织下命令了吗？让我当你的警卫员，我现在干的就是警卫员的活！”

几年来，我哥当郭文云的警卫员可以说是忠心耿耿，郭文云也十分喜欢我哥，凡是他认为重要的事，都要派我哥去做。在我哥二十二岁的那一年，有一天，郭文云把我哥叫去说：“钟槐，我要交给你一个任务，交给别人我还不放心呢。”然后兴奋地拍拍我哥的肩膀说：“去乌鲁木齐帮我接一个人。”说着从上衣口袋里掏出张照片给我哥：“瞧，就是这个人。”我哥一看是个长得很漂亮的姑娘，脸就唰地红了说：“政委，你还是找别人去接吧。见了姑娘，我说不出话来。”郭文云哈哈地大笑了几声说：“没事的，她是我老婆，年龄虽小，将来你还得叫她伯母呢。”

四十几岁的郭文云，还打着光棍。母亲曾问他为啥不赶紧找一个，郭文云说：“找过几个，有山东的、湖南的，但都不称心。月季大姐，不瞒你说，我不能找个太次的，要找也要找个年轻漂亮的。虽不一定能比得上孟苇婷，但也要个差不离。”母亲笑着说：“你怎么跟着钟匡民也学坏了。”郭文云说：“那性质可不一样，他是停妻再娶，我呢？是想找个好的，白头偕老。”

我哥去了乌鲁木齐把那个姑娘接上了。那姑娘叫刘玉兰，比我哥还小一岁。在从乌鲁木齐回团的路上，刘玉兰一个劲地叫我哥钟槐哥，急得我哥脸红脖子粗地说：“你别叫我钟槐哥行不行，我是得叫你伯母的人！”刘玉兰说：“在我没同郭政委正式结婚前，我就得叫你钟槐哥，谁让你比我还大一岁呢！”据刘玉兰讲,他们老家是个穷山沟,日子过得要多苦有多苦。她母亲就对她说,出去嫁给一个有钱有地位的男人,总比守在老家苦熬日子强。去年,邻村有个五十几岁死了老婆的村长看上了她,要娶她,她嫌那村长年岁太大。可她母亲说年龄大怕啥?过一天好日子就算一天。可她怎么也不愿意,死拖硬赖了两个月,可她母亲说,你再不嫁出去,就把你赶出家门。恰好他们村有个人从新疆农场回来探亲,就把郭政委介绍给她了。那人说团政委是个与县太爷同级的干部,才四十出点头,每月有一百五六十元的工资,她母亲一听,高兴坏了,让她答应。她权衡下来,自然郭政委无论在哪个方面都要比那个村长强多了。介绍人让她到镇上的照相馆去照了张像,给郭政委寄去。不久,郭政委寄来了盘缠、照片,还多寄了1000元钱,说是给她家的。她父亲和母亲去镇上邮局取出那1000元钱时,手抖的连话都说不了来。1000元钱在他们老家可以买两三头牛呢!

从乌鲁木齐到瀚海市的路上,天空一直很晴朗。但当他们从瀚海市往团部走的时候,天气突然变了,瓢泼大雨足足下了有一个多小时。他们只好在瓜棚里避雨。雨过天晴,蓝天上架起了彩虹,天已近黄昏了。当他们要过一条原先的干沟时,干沟里已滚满了水。刘玉兰说:"钟槐哥,我怕水。"我哥只好无奈地背上她。在过沟时,刘玉兰搂着我哥的脖子,把脸紧贴在我哥的背上。我哥喊:"你脖子上没长骨头啊,把脑袋挪开!"刘玉兰说:"我偏不!"

当我哥把刘玉兰领进郭文云办公室时,我哥便长长地松了口气。郭文云高兴地说:"钟槐,任务完成的不错。你先领她到你娘那儿去,让你娘给她弄点吃的。她想吃啥就给她做点啥。"

我母亲一见刘玉兰就喜欢上她了,说本人长的比照片上还要甜。刚好那天晚上伙房吃红烧肉,母亲给她盛了满满一大碗,母亲又给她下了碗面条,盘子里还搁上两块玉米发糕。刘玉兰吃惊地看着那顿奢侈的饭,感动地说:"大妈,在我们老家过年也没吃过这么一顿纯粮食做的饭。"母亲说:"那你就放开量吃!"刘玉兰不知想到什么,突然鼻子一抽哭了。后来她告诉我哥说,那天她突然感到一种醒悟,感到人们还能有这么一种活法,过去她只感到她的命运是在受别人的摆布,而当时她却猛地想到自己也可以选择自己的生活,因为外面的世界跟老家完全不一样。这种觉醒在一瞬间发生了。那天晚上,郭文云过来,安排刘玉兰到招待所去住，或者到新房去住也行，他可以到办公室去睡。但刘玉兰坚持说，她想跟我母亲住几天。因我哥住的是警卫员的宿舍，母亲是一个人住的。郭文云笑着说："那你就跟月季大姐住几天吧。"

第二天一早，郭文云就兴冲冲地过来要同刘玉兰一起去扯结婚证。刘玉兰迟疑了半天说："政委，过上几天再去扯吧。我一到就这么急急地去扯结婚证，我的脸觉得有点搁不住。怕人笑话。"郭文云说："也对，那过上三天再去吧。"刘玉兰说："一个礼拜以后吧。"郭文云很宽容地一笑说："行啊，几十年都等下来了，还在乎这几天！"

谁都没想到，刘玉兰已有了另外的想法。那几天，她连续去找我哥找了几次。第一次，她到值班室去找我哥，我哥板着脸对她说："我们值班室有纪律，上班时间不许同别人交谈。你回去吧，以后没事别再来找我！"第二次是第二天的上午，我哥值了夜班后，正在宿舍里睡觉，刘玉兰敲门把我哥叫醒，对我哥说："我有事找你。"我哥说："有事也不行，我要休息，休息不好会影响工作！不管有没有事，你都不要来找我！"第三次，是第二天的傍晚，我哥去上班时刘玉兰在路上拦住了我哥。刘玉兰说："不管有没有事我都得找你，因为我有话非要跟你说，你就是不想听我也要跟你说。"这时刘玉兰的眼里涌满了泪。我哥的心软了，站着不动，意思是，你说吧。刘玉兰说："钟槐哥，我要告诉你，我不跟郭政委结婚了，因为我爱上了一个人。我要是不爱上他，我就跟郭政委结婚，可我爱上这个人后，跟郭政委的婚就不能结了。我爱上的这个人，就是你！"我哥已有了这种感觉，就怕会出现这种事，所以就努力设法躲着她，可当刘玉兰把这话说出口时，我哥还是懵了，傻憨憨地看着刘玉兰。刘玉兰流着泪说："钟槐哥，我既然爱上你了，我就不会再爱别人，除了你，我这辈子不再嫁人了。不信，你就等着瞧！我想要对你说的，就是这些话。"说完，她转身就走了。当时，我哥的两条腿都有些发软。后来我哥对我说，当她转身消失在林带的拐弯处时，他的心就被她身上那种无形的东西，以及她那优美的身段给牵着走了。

可是，我哥还是马上去找我母亲，把这事全告诉了我母亲，他认为这样的事瞒着母亲就是对母亲不孝顺，他对母亲说："娘，你别让她再住咱们家了。"母亲也感到这事有些严重，说："这种事咱们可千万做不得，太缺德！"

六月底麦子已经开始成熟了，麦田是一片灿烂的金黄，麦收的日子很快就要到了。郭文云是团长兼政委，忙到天黑透了才回来，还要到办公室去批阅文件。刘玉兰是个想把要做的事立刻做完后才肯甘心的人，所以她一直在办公室门口等。郭文云看到她吃惊地问："这么晚了，你咋还不休息。"刘玉兰说："我找你有事。"郭文云关切地问："啥事？"刘玉兰说："郭政委，你给我找份工作吧。"郭文云说："那当然可以，等结婚后，我立马给你安排个工作，你想干啥？能干啥？"刘玉兰说："不，我找份工作做是想把工资攒起来，能还你的盘缠钱和你给我家的那1000元钱。"郭文云惊愕地张大嘴说："你说这话是啥意思？"心一沉，脸也唰地变成铁青色了。他恼怒极了，严厉地吼着："不行！这事说变就变了？世上哪有这样的事？盘缠钱和给你家的钱我不要！但这婚非结不可，你要着我玩哪？回去好好准备结婚的事吧！"

刘玉兰心事重重地回到我母亲那儿，把这事跟我母亲讲了。母亲说："玉兰姑娘，你听我一句劝，就这两天去跟郭政委把结婚证给扯了吧。"刘玉兰看着我娘，沉默了很长时间，接着眼泪哗地滚了下来说："大妈，你是个好人，比我妈还好，按理说，我该听你的劝。是我在老家答应了郭政委我才到这儿来的，当然我该跟他结婚，但一想到以后的日子，我就害怕，要跟一个年纪跟我父亲一样大的人没感情地过一辈子，我就咋也不甘心！我咋啦？我也是个人呀，我干吗不能有自己的幸福，我干吗不能追求我想要的幸福。梁山伯和祝英台不是这样的吗？哪怕变成一对蝴蝶，那也是幸福！我也下决心了，跟郭政委的婚我不结！我看他也不见得为这事会把我杀了！"我母亲听她这么一说，沉重地叹了口气说："玉兰姑娘，这样吧，这两天你到别处找个地方去住吧！因为我儿子有点不愿意。"

第二天清晨，郭文云把王朝刚叫到他办公室说："王朝刚，你给我办件事。"他把信封里装的一叠钱搁在桌子上，"这是盘缠。你护送刘玉兰回老家去，一定要安全可靠地送到！"王朝刚吃惊地问："咋啦？"郭文云说："人家姑娘见了我后，不愿意了。咱不能强迫人家，再说，强扭的瓜也不甜，对吧？我昨晚想了一晚，可能我郭文云这辈子就没有娶老婆的命！就这样，速去速回！"

炎炎的太阳下，麦田闪出一片刺眼的金灿灿的光亮。开镰以后，刘玉兰知道虎口夺粮,自己也不能在家闲着,于是从我母亲那儿要了把镰刀,下地割麦去了。自是农村干惯活的人,进麦田后一弯腰挥着镰刀就唰唰地一路埋头割了起来,这一幕被也在田里割麦的我哥看在眼里。而王朝刚决心要完成好郭政委交给他的任务。他在麦田找到了刘玉兰,用很强硬的口气对刘玉兰说:"刘玉兰,你不知道我是谁吧?我可以告诉你,在郭政委当营教导员的时候,我就是他的警卫员。我现在是团里基建科的副科长,是郭政委一手提拔的我。我同郭政委是啥关系你心里清楚了吧。你不肯跟郭政委结婚了,可以,谁也不会强迫你。但你从哪里来就得回哪里去。郭政委让我把你送回老家去,盘缠都给我了。你现在回去收拾收拾,今天就走!"刘玉兰吓坏了,说:"不!我不能回老家!"王朝刚说:"你回也得回,不回也得回!"说着王朝刚就上去拉她。她扔下镰刀就跑,她突然看到了我哥,就像看到救命稻草一样地冲向我哥,朝我哥喊:"钟槐哥,救救我!"我哥吃惊地问:"咋啦?"刘玉兰说:"郭政委要派人送我回老家,那不是要把我往火坑里推吗?钟槐哥,救救我!"我哥看着她那双泪汪汪的可怜而美丽的眼睛,想了想就说:"是呀,你不能回去。"王朝刚这时也追到他们跟前,刘玉兰躲到了我哥的背后。王朝刚要去抓刘玉兰,我哥伸开双臂把他挡住了。王朝刚问:"钟槐,这是咋回事?"我哥说:"你们不能把她送回去!你们把她送回去,就是把她往火坑里推!"王朝刚说:"钟槐,你这是什么意思?"我哥用坚定的口气说:"我说了,你们不能把她送回去!"我哥当机立断地回过头对刘玉兰说:"刘玉兰,你找我娘去,你对我娘说,我说了,从此你就住在我娘那儿,我娘会帮你的。"刘玉兰含着泪,突然拥抱了一下我哥喊:"钟槐哥,谢谢你!"

这一抱,让王朝刚和麦田里的人全都惊呆了。

康拜因在麦田里收割着麦子,发出咔嚓咔嚓的声响。收割机里的粮箱装满麦粒后又从喷口喷出,倾泻到大卡车里,在阳光下就像是一条金色的瀑布。郭文云正在康拜因旁检查工作,王朝刚像发现新大陆似的急匆匆地来到郭文云身边,把刚才的情况同郭文云一说,郭文云的脸顿时就气黄了,说:"钟槐这小子怎么能干出这事来?"王朝刚说:"政委,一个是漂亮姑娘,一个是年轻小伙子,那不是一对干柴烈火吗?只要一碰,肯定就烧到一起了。"郭文云跺脚说:"我失策了!这事说不定刘月季也掺和在里面了。要不,刘玉兰为啥一来就非要同刘月季住在一起呢?”王朝刚:“白拾一个这么漂亮的儿媳妇,谁不干!”

怒火中烧的郭文云没去找我母亲和我哥,而是回到办公室一个电话打给了我父亲。那时候,因为边境上出了点事,上级决定要在边境上建农场,师里决定由我父亲负责这件事。这是件特大的急事。但父亲一接到郭文云的电话,立即放下手中的工作,要了辆小车,直奔团场而来,父亲当时气的脸色苍白。

刘玉兰躲到我母亲的办公室,把这事同我母亲一说,眼泪就哗哗地流个不停,而且一再强调说:“是钟槐哥让我来找你的。”母亲抱怨说:“你看你这么一闹,我儿子和我都担责任了。”可母亲看着刘玉兰那可怜又伤心的样子,不忍地就挺了一下腰,脸上露出了一丝凄苦的微笑说:“既然事情已经这样了,你也用不着太犯愁,反正我们不能看着你再回家去跳火坑。”刘玉兰一下跪下说:“月季大妈,我就是成不了你儿媳妇,我也得叫你娘!”母亲说:“既然钟槐说了,那你还住我这儿吧。现在我要给割麦子的人送饭去,你跟着一起去吧。”

那头小母毛驴已经长大了,现在也当上了母亲,生了一头小公驴。生下小公驴时,我哥高兴得不得了,每天上班前都要带着小毛驴到荒野上奔跑戏耍一番。小毛驴同我哥也有了很深的感情,它只要看到我哥,就朝我哥亲切地啊欧啊欧地叫。母亲赶着毛驴车同刘玉兰一起把饭送到麦田的地头。父亲为了找母亲和我哥也驱车来到了麦田。母亲看到父亲那张着火的脸,知道他来是为了啥事。母亲平静地说:“开饭的时间,吃了饭再说。”

开完饭,父亲就把母亲和我哥叫到林带里。母亲让刘玉兰赶着毛驴车回去。林带里静悄悄的,四下里也没人。父亲怒冲冲地说:“刚才那赶车回去的姑娘是不是就是郭文云接来的?”母亲说:“是。”父亲说:“立即让王朝刚把她送回老家去!你们也不想想,老郭已是四十出头的人了,好不容易接来了一个他喜欢的女人,你们不但不帮忙促成这事,反而在这中间插一杠子,弄得老郭人财两空,你们别忘了,老郭可是我的老战友啊!你们让我钟匡民的脸往哪儿搁?”母亲说:“钟匡民,你把这事先拨拉清楚好不好!是那姑娘看上了钟槐,不是钟槐看上那姑娘,是姑娘不愿嫁给老郭,不是我们教唆姑娘不跟老郭。这件事我和钟槐都没责任!”父亲说:“那你们就让王朝刚把她送回老家去!”母亲说:“她不能回去。把她送回老家就等于把她推进火坑,我不忍心。”我哥更是一脸的正义感，说：“你们把她送回去，我就去把她接回来。做人连这点良心都没有，那还做什么人！”父亲冷笑一声说：“看来你和那姑娘确有其事了？你也不想想，郭政委那么器重你，你却做下这么缺德的事！你还有没有最起码的道德观念？”我哥也冷笑着说：“爹，你别在我跟前讲什么道德，在你撇下我娘，跟那个孟苇婷结婚时，你想过道德吗？你要说我不道德，那我也是跟你这个当领导的爹学的！”父亲怒不可遏，一个耳光甩了上去。我哥连脸都不捂，说：“你要打你可以接着打，反正你是个爹，爹打儿子这是你的权利，但在我心里，早就没你这个爹了！”

母亲心疼地哭了，喊：“钟匡民，你有什么资格打我的儿子！”

父亲也感到自己过分了。在上车时回过头，语气也平和多了，说：“你们再好好想想吧！”

五天以后，已经被任命为边境农场某团团长的高占斌来找我的母亲，用商量的口气对她说：“月季大姐，目前边境上的形势有些紧张，为了巩固国防的需要，师里决定派一批身体好，觉悟高，守纪律的人去边境农场。钟副师长想让钟槐也去，想让他在那儿能得到更好的锻炼。”母亲半天没说话，眼里渗出了泪，她猜到了父亲的意图，但很快就把泪抹去说：“他这个爹当的可真够有水平的。”接着母亲又微笑了一下说：“高团长，你们啥时候出发？”高占斌：“第一批人是后天出发，钟槐就在第一批人的名单里。”母亲说：“那你回去吧，明天我一定把钟槐给你送来，耽误不了事的。”

送走高占斌后，母亲就去找我哥。我哥听后说：“娘，我去！”母亲说：“这是公事，当然得去。但明天我要和你一起去找你爹。”我哥说：“还见他干吗？”母亲说：“人要去，但话也要说清楚，不能就这么不明不白地走。”

瀚海市已绿树成荫，道路与房屋规划的错落有致，马路两旁鲜花盛开，已很像座花园新城了。第二天一早，母亲就领着我哥在师部办公室见到了我父亲。母亲说：“我知道你为啥要把钟槐发配到边境农场去，你还在认为郭文云与刘玉兰的事没成是钟槐的原因，你是想把钟槐和那姑娘尽快地分开。”父亲说：“对，有这层意思。”母亲说：“所以我要领儿子来，同你把这件事掰掰清楚。是的，那姑娘在老家时是一口答应与郭文云的这门亲事的。那是因为他父母要强迫她嫁给一个五十多岁的村长。她是为了逃婚才寻找到了这么个机会跑出来的。

她那时也是一心想来同郭文云成亲的。可到了这儿后,她才想到了她要跟一个和她父亲一样大的男人过那种没感情的生活,她就感到害怕。她看到钟槐后就变卦了。我觉得姑娘没错!没有感情的生活,双方都很痛苦,你和我都是从这上头过来的,这样苦滋味你我不是不想再尝了吗?为啥却要逼着那姑娘去尝?当然,郭文云也没错,我也很同情他,可钟槐就更没错了,别人爱他,怎么会是他的错!让钟槐去边境农场工作,我不反对,我还要鼓励他去,守关防边本来就是男人该做的事。但让他戴罪去充军,我不愿意!打孩子出生的那天起,你就没尽过一回当爹的责任。现在你倒要摆出一个当爹的架势来了。你要知道,为了让孩子们见一下你这个爹,我费了多大的劲!你真要当爹,那你就得像个爹!像我这个娘待他们一样!"父亲有些愧疚地垂下了脑袋。

母亲领着我哥要离开时,一直闷在一旁没吭一声的哥突然朝我爹喊:"爹,我去边境农场,不会给你丢脸的!但你不能冤枉我!"

在来师部时,母亲就让刘玉兰收拾好我哥的行李,送到了师部招待所。吃过晚饭后,母亲就让刘玉兰去同我哥告个别。月儿弯弯,夏夜那凉爽的风轻轻地拂来。在刘玉兰为难的时候,我哥毫不犹豫的挺身而出,可这时他见到刘玉兰又感到很腼腆很不自在。刘玉兰含着泪问:"钟槐哥,咱俩的事咋办?"我哥搓着手闷了半天才说:"等几年再说吧。在这些年里,你要是相中比我更好的人,那你就跟他过……"刘玉兰心酸地打断了我哥的话说:"钟槐哥,你不该说这样的话。你把我看成一个水性杨花的女人了。我说了,就因为我真心爱你,才没答应郭政委的婚事,我变卦,也是下了好大的决心的,因为我这样做,也太对不起郭政委了。要不对你真心,我下不了这决心,我会等你,一直等下去。"

清晨,招待所门前红旗飘扬,装满人和行李的大卡车一辆接一辆地开出招待所。我哥坐在最后一辆卡车上。卡车上了公路后,刘玉兰突然从林带里蹿上公路,尾随着最后一辆卡车狂奔着,她挥着手喊:"钟槐哥——"车尾扬起了一团团灰蒙蒙的尘雾。卡车拐了弯,刘玉兰又飞奔着斜穿过林带,追着汽车喊:"钟槐哥——"我哥感动了,眼里涌满了热泪。他也朝她挥手,心里也在喊:"刘玉兰,我一定娶你!"

车队远去了,尘雾也在渐渐消散。刘玉兰跪在地上捂着脸哭着说:"钟槐哥,我一定要嫁给你……”母亲慢慢地走到她身边,同情而怜爱地在她背上拍了一下说:“闺女,咱们回家去!”

五

我哥与刘玉兰的事就这样告一段落。

天气变冷了,大雁从那高远而湛蓝的天空上飞过,留下一串奋进而凄凉的叫声。一夜之间,枯叶落的满地都是。清晨,母亲去上厕所时,发现在基建科当技术员的程世昌竟在打扫厕所。母亲奇怪地问:“程技术员,你咋在这儿干活?”程世昌苦笑一下说:“下放劳动了,原先是让我下大田干活的,郭政委发了一句话,说下大田活儿太重太累,去积肥班打扫打扫厕所吧,那活轻点。”母亲问:“啥原因?”程世昌说:“戴了一顶帽。”母亲问:“啥帽?”程世昌答:“漏网右派。”

积雪铺满了大地,夕阳的余晖抹在树枝上,那挂满树枝的千姿百态的霜花被映照的晶莹绚烂。那天母亲去厕所时,程世昌又在那儿清扫厕所了。母亲后来告诉我,自程世昌打扫厕所后,厕所比以前干净多了。粪便用干土盖上,四周又撒上了一些石灰,在夏天的时候,厕所里的苍蝇也少了许多。母亲赞扬他时,他说:“我这个人就是这样,不把手上的活儿干好,心里就不踏实。恐怕我吃亏就吃亏在这脾性上。因为我太较真,有时候跟领导的意见相左,也不肯迁就。郭政委、王朝刚他们就不喜欢。”母亲说:“我倒喜欢你这样脾性的人。啥事情要么不干,要干就得让自己看得过去,也要让别人满意。”我母亲突然想起什么似的问:“程技术员你家属呢?我咋从来没看到你家属?”程世昌伤感地摇摇头说:“这事我再也不想提起了。一提起,我就几天几夜睡不成觉。”母亲问:“咋啦?”程世昌告诉我母亲,解放前,他大学毕业后,一时没找到工作。他的一位校友当时在新疆农场农垦处当处长,就写信动员他来新疆帮着支撑他的工作,他就离开了他的妻子与一岁还不到的女儿。可他怎么也没想到,到了新疆后,他就没再回去过。解放后几年,他才写信给妻子,让她带着女儿来新疆团聚,可在进新疆后的路上,竟会遇到一些残忍的土匪,妻子被打死了,女儿也没了下落,不知道是死是活。我母亲问他:“你女儿叫啥?”

“程莺莺。”

我母亲的心头一惊，忙又问：“你女儿身上有啥念物没有？”程世昌说：“在我离开她们时，我给女儿买了一条金项链，上面还挂了个金长生果。我还让金匠在长生果里刻了‘程莺莺’三个小字。”母亲心里虽惊，但脸上却很平静，宽慰他说：“说不定有一天会找到的。”程世昌绝望地摇着头说：“哪还有这样的希望啊！”

母亲回到家后关紧门，从箱里拿出布包，取出金项链，打开那金长生果，里面果然刻着“程莺莺”三个字。

母亲想了一夜。第二天天没亮，她就赶往师部到我父亲家，拦住正要去上班的父亲说：“匡民，你先不忙上班，有件大事我要找你商量。”孟苇婷已上班去了，父亲到书房把门关上问：“啥大事？这么火急火燎的？”母亲把事情一讲，父亲也有点吃惊说：“真有这么巧的事？”母亲拿出金项链给父亲看，说：“上面‘程莺莺’三个字刻得清清楚楚的。匡民，你看这事咋办？我可没主意了。”父亲思考了一下果断地说：“这事就你我两个人知道，对谁都不要讲。你想想，程世昌目前戴着帽呢，要是把这事公开了，钟柳一生的前途说不定就给毁了。这么好一个女孩子，你忍心吗？对程世昌来说，他会更痛苦。”母亲说：“那程世昌也太可怜了。”父亲说：“现在只能这样！这对程世昌和钟柳都好。”谈到程世昌，父亲就叹惜地说：“他的一技之长，我们会用的！过些日子再说吧。”

春节过后，积雪在白天的阳光下融开了，但到晚上又冻成了一层薄薄的冰层，天气开始慢慢地在转暖。有一天，母亲在厕所边见到程世昌，程世昌带着点喜色对母亲说：“月季大姐，过两天我就要去水库工作了。听说，这事是钟副师长给我安排的。”母亲说：“他一直很器重你，啥时候动身？”程世昌说：“大后天吧。”母亲想了想，像突然下了决心似地说：“晚上，你上我办公室来，我有事要告诉你！”

那晚下着小雨，天很黑。程世昌到我母亲那儿，母亲把门锁上。程世昌满是疑惑地看着我母亲，母亲拉开抽屉拿出一个小布口袋，又从里面取出一个小红包，程世昌的眼睛一直盯着我母亲，母亲打开小红布包，亮出一条挂着颗金长生果的金项链，程世昌眼睛一亮，全身战栗起来。母亲把金项链递给程世昌说：

"认识这东西吗?"程世昌紧张得喘不过气来。他打开长生果看了一眼,眼泪便哗地涌了出来,说:"月季大姐,我女儿在哪儿?"母亲说:"钟柳就是你女儿。你还救过她的命。"程世昌已经说不出话来,他想不到冥冥之中有一只无形的手在安排着这样的一种命运。母亲显得很平静,说:"程技术员。当我知道钟柳就是你女儿后,我去找过钟匡民,但他对我说,这事不能告诉你,也不能让你们相认。因为相认后,你现在这种状况,会影响钟柳将来的前程,影响她的一辈子。所以让钟柳继续留在我们家会比较好,这样对她今后的发展有利。但这些天我思想斗争了好些天后,觉得还是告诉你好,让你知道你的女儿还活着！要不你的心真的太苦了!"母亲看着程世昌的眼睛说,"你不会马上想认你女儿吧?"程世昌思考了一阵,很感激地抹去泪,点着头说:"月季大姐,钟副师长和你想的很周到。我想我不会那么自私,为了一时的冲动断了女儿一生的前程。月季大姐,你能这么告诉我,让我知道我女儿的下落,我就已经很满足了,心里也感到特别安慰。"母亲说:"钟柳已经放寒假回来了,我会安排让你见她的。"

积雪在灿烂的阳光下渐渐地融化了。裸露出来的土地湿漉漉地闪着水光,嫩绿的小草在依然严寒的风中探出了脑袋。那天傍晚,母亲炖了一只鸡,让钟柳给程世昌送去,说:"见了要叫干爹,明天一早他就要去水库了。"程世昌单独住在一间地窝子里。钟柳提了只小柳条筐走进地窝子,亲切地叫了程世昌一声"干爹"。钟柳那年已经14岁,正在发育的她,显得健康、美丽,全身荡漾着少女青春的活力。程世昌看着女儿说:"钟柳,你还有个名字,叫程莺莺是吗?"钟柳犹豫了一下说:"是,干爹,你咋知道?"程世昌强压着心中的狂喜与激动说:"你娘告诉我的。"钟柳说:"我娘从不把我这名字告诉别人。"程世昌说:"因为我是你干爹,救过你的命。" 程世昌情不自禁地抹去涌出眼角的泪说:"钟柳,你回吧,替我谢谢你娘!"钟柳说了一句:"干爹,你要多保重。"就走出了地窝子。程世昌从地窝子那挨着地的小窗,看着钟柳那远去的双脚,泪水便一串串地滚了下来……

程世昌走后不到一个月,那时已是三月中旬了。在江南一带,早已是桃红柳绿了,但在新疆却依然是春寒料峭。一天上午,母亲赶着小毛驴车,从加工厂拉回面粉和清油回机关食堂。林带已有些微微泛绿。这时她看到路边有一位白净净的三十多岁的女人萎缩在林带里,她那眼神布满了绝望与哀伤。那妇女看到我母亲忙从林带里走出来,用哀求的口气说:“大姐,给我一口吃的吧。我有两天没吃东西了。”

那女人叫向彩菊,据她说是家乡闹饥荒,饿死了人,逃荒逃到新疆来的。因为听说这里还能吃上东西。母亲见她穿的很单薄,问她,她说内地现在已经很暖和了,想不到这儿还这么冷。母亲看到她那副又冷又饿的样子,不忍地叹了口气说:“跟我走吧。”

母亲给她安排了饭,还把自己的厚夹袄给她穿上。向彩菊说:“大姐你做好人就做到底吧。帮我在这儿找个活干干,只要给口饭吃就行。”母亲就暂时安排她到机关食堂的菜地去干活。

鲜嫩的绿色让人感到春天的明媚与生机。机关食堂的菜地离机关食堂只有半里地。青菜已经绿油油地排成了行。韭菜也都已齐刷刷地顶出了嫩芽芽。一清早,向彩菊就到菜地除草。不一会儿,她看到有一个干部模样的人,骑着自行车来到菜地,拿着锄头也走进菜地来锄草。

太阳刚刚升起,碧绿的菜叶上滚着晶亮的水珠。郭文云看看向彩菊说:“你是哪个单位的啊?我咋没见过你?”向彩菊说:“我是刘月季大姐派我来这儿干活的。”这时我母亲也刚好拿着锄头进了地。自我父亲把我哥发送到边境农场去后,郭文云反而感到很过意不去。他对王朝刚说:“这事就到此为止,不能再闹了,要不我这个当政委的品位也太低了。刘玉兰不肯回老家想留在这儿就留在这儿吧。这盘缠钱你去给月季大姐,说是我给钟槐和刘玉兰办喜事用的。”王朝刚来送钱,我母亲说:“这钱我们不能收。他俩的事八字还没一撇呢。郭政委真要有宽容的心,就给刘玉兰安排个工作吧。”没几天郭文云果然给刘玉兰在副业队安排了个工作。副业队离团部很近,每隔10天刘玉兰都会来母亲这儿住一夜。当时母亲接上话茬说:“政委,她是我远房表妹,家乡闹饥荒,特地来投奔我的。”郭文云说:“那你表妹是想长期在咱农场待,还是只住一阵子?”我母亲说:“她是想能长期在我这儿待。”郭文云说:“咱们农场的活儿重得很呢。”向彩菊说:“在老家我也是干农活的。”郭文云说:“可你长得不大像个农村妇女。”我母亲笑着说:“政委,瞧你说的,农村妇女就没长得细皮嫩肉的啦?”郭文云一笑说:“月季大姐,那就让她留下吧。”我母亲说:“向彩菊快谢谢政委!”

干完活回食堂去时,母亲告诉向彩菊,政委叫郭文云,是这儿最大的官。吓得向彩菊吐了吐舌头说:“没看出来。”

谁也没有想到,郭文云与向彩菊的这一次见面,给双方都留下了很好很深的印象,而我母亲倒反而有些迟钝。那些天,郭文云早晨一有空就要到菜地来干活,用他对向彩菊的话来说,就是从小干惯农活的人,只要能抽出空,就想到菜地里来干一会儿,放松放松筋骨。他问向彩菊:“老家还有人吗?”向彩菊摇摇头,有些伤感地说:“有过一个妹妹,但七八年前死了。”郭文云同情地叹口气说:“你三十好几了吧?”向彩菊说:“三十六了。”

“那丈夫呢?”郭文云关切地问。

“我是童养媳。可还没成亲,丈夫就被拉壮丁拉走了,从此再也没回来,说是被打死了。我们老家规矩大,不管成亲没成亲,反正我是有过丈夫的人。所以没人再肯要我……”

“这算什么规矩,太封建了!”

十几天后,郭文云又来到菜地,一看到只有母亲一个人在干活,就忙问:“月季大姐,向彩菊呢?”母亲说:“昨天劳资科就通知她去学校菜地干活了。不是你给安排的吗?”郭文云的脸上顿时笼上了浓浓的失落与惆怅。母亲这才感觉到了什么,很后悔自己的迟钝。

因为刘玉兰的事,母亲感到郭文云受到的伤害也是蛮重的。不管咋说自己也是要有责任的。因此当她察觉到郭文云的心事后,当天下午母亲就赶到学校菜地去找向彩菊,她把向彩菊拉进林带里很严肃地说:“彩菊妹子,你要信得过你月季大姐,你把你的身世一五一十地都告诉我好吗?以前你不说我也不问,但现在我得问,因为有一件事我想办。你到这儿来是找人的吧?”向彩菊看着我母亲那双真诚和善的眼睛点了点头说:“我是来找程世昌的。程世昌的女人是我妹妹。”母亲说:“那你为啥不早说?”向彩菊一脸沮丧地说:“我听别人说,他犯了政治错误,戴着帽呢,我就害怕了。我父亲是个大烟鬼,把家产抽光了,就把我卖给别人当童养媳。我妹妹福气好,被我姑姑领走了,后来嫁给程世昌,可没想到……”向彩菊说着便泪流满面了。我母亲同情地说:“彩菊妹子,你别伤心。生活在这世上，谁没个坎坎坷坷？过去的就让它过去，既然活着，咱们就得想着今后咋个活。彩菊妹子，我不瞒你，我想给你做个媒，所以我得了解你。”

母亲第二天一早就到菜地去干活。因为她感觉到郭文云为向彩菊已有些心神不定了，果然不一会儿郭文云就骑着自行车来了。我母亲意味深长地看着郭文云开门见山地笑着说：“政委我问你，你是不是看上向彩菊了？”郭文云抓了抓头皮一笑说：“有一点。”我母亲说：“这事要搁在两年前就好了。”郭文云问：“月季大姐，你这话是什么意思？我问过她，她当过童养媳，但没正式成亲。”我母亲说：“政委，既然你提出了这件事，我也得老实告诉你，她适合不适合你，你得考虑好。”郭文云问：“她政治上有问题？”我母亲说：“她本人政治上没问题。但她是程世昌死去太太的姐姐。”郭文云说：“啊？她是程世昌的大姨子！”母亲说：“是呀，政委，世上有没有报应的事，你大概不信，但我信。这些天我同向彩菊接触下来，她可是个世上少有的好女人哪。漂亮、贤惠、能干，哪个男人摊上她，那真是享福了。”郭文云放下锄头点上支烟说：“月季大姐，我也跟你说句心里话吧，在我心里向彩菊和刘玉兰不一样。我是想跟刘玉兰结婚，因为我该有个女人成个家了，但我对她说不上感情，所以她变卦后，我很生气，但只是生气，却不咋感到痛苦，而且年龄实在也相差的太大了，生气是因为她弄得我很丢脸，所以这事过了也就过了。可向彩菊不一样，我觉得我对她有感情了，而且年龄也相差不大，她就是我想要的女人。可没想到她是程世昌的大姨子。”母亲说：“那你准备咋办？”郭文云说：“你先帮我同她拉扯上再说。”母亲笑了，说：“明白了。”

晚上，母亲就迈着她那双小脚匆匆去学校找向彩菊。向彩菊说：“月季大姐，这事成吗？他那么大的官。”母亲说：“只要他愿意，你管他官有多大呢？只说你的意思。”向彩菊说：“只要他不嫌弃我，我还能有啥好挑剔的。我听说，他从口里接了个姑娘，后来姑娘变卦了，他不但没有强求人家，还给人家姑娘安排了个好工作，肯定是个好人。”

清晨，天上有几片嵌着彩边的云。郭文云在菜地的埂子上坐着等我母亲的消息。母亲也早早地赶到菜地，笑着说：“女方同意了。”郭文云笑了笑却闷着头抽了半天的烟，然后说：“月季大姐，你再帮我个忙，劝她等我两年到三年。”母亲说:“干吗呀? 你俩都不小了。”郭文云有些沮丧地说:“把程世昌划成漏网右派是王朝刚整的材料,我批准上报的。为啥我要让她等上两三年,月季大姐,你是个明白人,能琢磨出来……”

六

我的母亲,永远会有牵挂不完的事。春色正浓,满眼是苍翠欲滴的树木与青草。有一天,高占斌来看我母亲,告诉我母亲说,我哥分到离农场有几十公里远的边防站当站长,说是站长,其实也只是他一个人。我们边境农场有好几个边防站,我哥那个站是离农场最远的。我母亲说:“肯定又是钟匡民的主意! 他就这么整我儿子!”高占斌说:“月季大姐,话可不能这么说,钟副师长,还兼着我们边境农场管理局的局长,那儿有九个边境农场,有几十个边防站呢,他让自己儿子带这个头,我们的工作不就主动了!”母亲含着泪说:“话是这么说,但儿子这样,我能不心疼?”母亲想了想说:“高团长,你能不能捎个东西给钟槐?”高占斌说:“捎啥都行。”母亲说:“把那头小毛驴给他捎去,让它给他做个伴。我要是不管机关百十口人吃饭的事,我就去陪我儿子!”高占斌笑着说:“行! 这事我一定办到!”那头小公驴已经长得很大了。那天晚上,母亲连着起了两次床,给小公驴喂夜草。第二天天还没亮,母亲就牵着小毛驴去了师部。

小毛驴送到我哥那儿时,我哥不知有多高兴,他追逐着小毛驴在草坡上喊啊奔啊打滚啊,接着他搂着小毛驴的脖子喊:“娘,娘——我好想你啊——”说着,泪水滚滚。我哥从出生起就没离开过我母亲,母亲在我哥心中的地位一直是最重的,他会为母亲豁出一切。

夏日炎炎,父亲驱车去了边境农场。高占斌一见我父亲就迫不及待兴致勃勃地讲有关我哥的一件事。他说,他们团的业余演出队有一个女演员叫赵丽江,是女演员中最漂亮的一个,能歌善舞,是演出队里的尖子。有一天她同另外几个演员组成了一个演出小组准备到各边防站去演出,他们最早去的就是钟槐那个边防站。没过几天,赵丽江突然来找他说:“高团长,我有一个请求。我听说,我们团的三个边防站,原先都是单身男同志,现在一位把自己的妻子从口里接来了,另一位也经组织介绍结婚了,只有钟槐同志还是单身一人。我想去他那儿工作,同他一起完成守边巡逻的任务。”高占斌笑着问:“为什么?”赵丽江激动地说:“高团长,你不知道钟槐同志有多崇高多伟大,他长年累月地一个人坚守在边防站上。每天早晨起来他就自觉地庄严地升起国旗,无论是刮风下雨,还是天寒地冻,始终忠于职守。每天还要赶着羊群巡逻边防线,走上几十公里的路。他的精神太让我感动了,所以我坚决要求去他那儿工作,当他的忠实助手!”高占斌说:“你是要让我为你们先牵牵线?”赵丽江说:“不,只要你批准我去就行了。我自己一个人去,用不着人送。到那儿后,我会努力同他相处好的,请你批准吧,我恳求你。”高占斌自然不知道有关刘玉兰的事,于是就批准了。

那位赵丽江背上背包,翻山越岭,沿着边境线去了我哥那儿。她对我哥说:“钟槐同志,团领导批准我,让我同你在这儿一起来完成坚守边防站的光荣而艰苦的工作。”我哥看着她愣了老半天,然后用不容商量的口气说:“明天你就回去!”赵丽江说:“不可能,既然我来了,我决不走!”我哥说:“你是不是还有那个意思?”赵丽江说:“那当然!”我哥说:“那就更不行了!”

晚上挂在墙上的马灯闪着黄幽幽的光亮。两人面对面坐着,神情很严肃,赵丽江说:“钟槐同志,你认为我配不上你是吗?”我哥说:“不是,是因为没感情。”赵丽江说:“钟槐同志,我不是由于感情才来找你的。我是为理想来找你的。因为理想的结合才是一种崇高的结合!你不这样认为吗?”我哥说:“可我不能对不起人!”赵丽江说:“你有爱人了?”我哥说:“还说不上爱人,但我答应她了,只要她不结婚,我就永远等她。”赵丽江说:“那我就更不会走了。今晚我在哪儿睡?”我哥说:“你睡屋里,我睡屋外。”那时是五月,边境线上的夜晚还很冷,我哥披着件棉大衣在屋外站了一夜。半夜里又突然刮起大风,赵丽江怎么叫他,他都不肯进屋。

第二天晚上,我哥依然披着棉大衣站在屋外,那晚乌云密布,接着大雨倾盆。赵丽江在门口喊:“钟槐同志,请你进屋吧!”我哥说:“不!只有你答应回去,我才进屋。”赵丽江说:“我说了,我不会走。”我哥说:“那我天天晚上就站在屋外过。”

一连几个晚上,我哥就是不踏进屋里一步。而每天清晨赵丽江出来时,我哥已经不在了，只见到院子里的五星红旗在哗啦啦的飘扬。而在远处青翠的山坡上，可以看到我哥赶着羊群牵着小毛驴的身影。第五天，赵丽江顶不住了。因为她看到我哥眼睛布满了血丝，一脸的疲惫，脸也瘦了一大圈。晚上，我哥披上棉大衣站到屋外，赵丽江好心疼啊，她含着泪说："你进屋吧，我答应你，明天一早我就走。"

那晚下了一场细雨，青草上挂满了闪光的雨珠。赵丽江背上行李同我哥告别，她含着泪说："钟槐，以前我是崇敬你，可现在我真的是爱上你了。我才感觉到，感情的分量也是很重很重的。"我哥也感到很内疚说："赵丽江，对不起，我知道你不是那种会让我去做对不起人的人。你回吧，顺着那山坡走，会近些。"赵丽江挥手同我哥告别，回过头来喊："钟槐，你千万别忘了我……"

"就这样。"高占斌说，"他把那姑娘挤对回来了。"

我父亲听了，心情突然感到很沉重。当天，父亲就和高占斌去了我哥的边防站。我父亲让高占斌先回去，他要在边防站同儿子一起住两天。父亲站在边防站的院子门口，看到广阔而浓绿的山坡一直延伸到地平线上。一只鹰在蓝天上孤零零的盘旋着，这时，他突然感到一种被世界所遗弃的孤单与寂寞。太阳西下，成群的蚊子突然像一团团黑球似地向他袭来。他招架不住了，立刻奔进屋里关上了门，屋子里有些乱，显然我哥没有精力来收拾。父亲这时感到心里很不好受。屋子用火墙一隔两间，外间是厨房，里间是卧室。父亲看看窗外那灰暗下来的天空，他想了想，觉得不能干等着，该给儿子做顿饭吃。他打开面粉袋看看，又提起清油瓶瞄了瞄，墙上还挂着条用纸包着的腊肉，父亲就开始蹲在炉前生火。可父亲从来就没有生过火做过饭，弄得满屋子里浓烟滚滚。当我哥赶着羊群快走到边防站时，看见烟囱在冒着浓烟，而院子里也在往外飘着烟雾。我哥以为院子着火了，飞奔着冲进院子。房门大开着，浓烟直往门外涌，父亲也已打熬不住，泪涟涟地从屋里逃了出来，刚好在院子里看着戴着蚊罩的我哥。我哥马上脱下蚊罩给父亲戴上，自己冲进屋里……

墙上挂着的马灯又忽悠着黄幽幽的光亮，一个大树根墩上搁着一碟咸菜和几块蒸腊肉。父亲喝着玉米糊糊啃着硬的像石头似的饼子。我哥看父亲啃不动，说："爹，放在糊糊汤里泡软了再吃吧。你吃腊肉，这腊肉还是高叔叔捎给我的，平时我也舍不得吃。”父亲说：“平时你就吃这些？”我哥说：“我烤一次饼子得吃一个星期。早上吃它中午带它晚上还吃它。我从早上起床，赶着羊群到最后一个巡逻点，几十公里路一天一个来回，现在天气还好，天长，到冬天试试，两头都得赶黑。”父亲说：“你泄气了？”我哥说：“就为给你争面子，我也不敢泄气啊，何况这是国家的事。”

半夜里，父亲突然感到肚子很不舒服。这些年来，父亲那已经变得娇贵的肚子，吃了我哥这些东西自然有些受不了，他提上马灯要往外走。我哥问：“爹，你上哪儿去？”父亲说：“去方便一下。”我哥说：“你等一下，你这样出去，屁股和脸回来就不是你自己的了。”我哥戴上防蚊罩，用铁锹在草地上铲一小块空地，然后放上堆干草，烧了一会儿后，就很快用水扑灭，干草堆顿时浓烟滚滚，我哥把面罩给我父亲戴上说：“你就蹲在烟里去解，蚊子就咬不上了。”父亲蹲在浓烟里，感到既心酸又愧疚，眼泪汪汪的，不知是烟熏的，还是真在流泪。

到晨光射进窗口，我哥就把睡着的父亲摇醒。父亲问：“咋啦？”我哥说：“升国旗。”

院子里，我哥唱着国歌，庄严地升起了国旗。

吃过早饭后，父亲就跟我哥赶着羊群一起去巡逻边境线。父亲当领导后发福了，一路上上坡下坡，没多久就累得气喘吁吁的了。我哥说：“爹，你骑毛驴吧。”父亲摇摇头说：“爹顶得住。”

中午，他们坐在草丛中，拨开青草，清澈的小溪在涓涓地流着。我哥用茶缸舀了缸溪水，然后把干饼子掰开泡在缸子里说：“爹，你吃吧。”父亲接过缸子说：“钟槐，你是不是觉得我这个爹特不像个爹？”我哥说：“没错！因为你做的事就不像个爹么。娘有哪点不好？你要抛弃我娘？”父亲说：“你娘是天下少有的好女人。可婚姻是需要感情的。现在你应该懂。”我哥说：“是的，我知道，生我，是娘为了爷爷跪下来求你的。可生钟杨，是你主动的吧？”父亲说：“那是因为我要离开你娘。”我哥说：“反正是你主动的。你主动了，就等于承认我娘是你的女人，那你就得忠于我娘。可你却看上别的女人，那就是在玩我娘，想到这点我就不愿意！”父亲黯然。

几十公里的山路，父亲坚持着跟我哥走下来了。第二天，高占斌坐着小车来接我父亲。告别时，父亲一把抱住我哥说："钟槐，你是我的好儿子，爹对不起你！还有你娘！"我哥说："爹……其实我知道，不管咋着，你总还是我爹！……"拥抱在一起的父亲和哥这时都流泪了。院子里，初升的五星红旗在猎猎作响，在边上站着的高占斌与司机都感动得眼里含满了泪。

那天，父亲从边境农场回来，就直奔我母亲那儿。父亲对母亲说："玉兰姑娘对钟槐的态度还没变吧？"母亲说："天天闹着想去见钟槐呢。"父亲说："那你就陪着玉兰姑娘去一趟边境农场，一是你去看看儿子，二是给他们完婚吧。月季，你养了个好儿子！"

七

母亲从来没有想到过她在我们家的地位有多么重要，母亲说她所做的只是她认为该做的事。母亲说外祖父告诉她，雁过留声，人过留名。活在这世上得留下个好名声，要不就白在这世上走这么一趟了，男人女人都一样。所以那些年，我们家遇到过不少的变故，但最后几乎都是靠母亲支撑下来的。在这世上，母亲尤其同情那些遭遇了不幸的弱者。

记得有一年，农场又开始麦收了，我和钟柳都从学校赶回农场参加麦收。有一天黄昏，孟苇婷骑着自行车带着她的侄儿孟少凡来到我们家。孟少凡比钟柳大一岁，长得细皮嫩肉的，挺英俊。但我不喜欢他，总感到他身上有一股痞子气。他父母早死，奶奶年岁大了又管不住他，只好把他送姑姑孟苇婷这儿来。当时他已辍了一年学，所以转学到这儿来后，就同钟柳一个班，还同钟柳同桌。开学的第二天他就拿了一个盒子说是送给钟柳的礼物。钟柳打开盒子，里面竟爬出一条四脚蛇，吓得钟柳哭天喊地的。我知道后就警告他，再这样我就让你趴在地上起不来。但我母亲却非常同情他，对我说："别欺侮他，这么小就失去了父亲，多可怜！"可我父亲也不喜欢孟少凡，对他也特别的严，为此孟苇婷与我父亲之间总有一些不愉快。这次下来割麦子就是我父亲命令的，说："所有师领导的孩子都下去割麦子了，你为什么不去？"孟少凡说："师部没麦子割。"我父亲说："那就上郭文云那个团去！钟杨、钟柳不都去了。你们这种家庭啊，只知道娇惯孩子。”孟苇婷说:“我把他送到月季大姐那儿去不就行了,你干吗要把我的家庭扯上!”

麦田似乎一望无边,我和钟柳刷刷地割着麦子往前赶,孟少凡很快就落在了后面。开始的时候他还弯着腰割,到下午,我们看到他在站着只割麦穗头,留下了半腰高的麦茬子。我气得走过去对他吼:“你哪是来割麦子的啊! 你是来糟蹋麦子的。”孟少凡哭了,说:“我手痛割不动。”钟柳掰开他的手,手上布满了紫血泡。钟柳掏出手绢为他包好后说:“慢慢割,千万别糟蹋麦子。”我说:“你还不及一个女孩子,钟柳比你还小一岁呢!”可到下午,就不见他的身影了,收工时,只见他用的那把镰刀留在了地里。

到了晚上,还不见他的人影,母亲急了。我说:“他吃不起那苦,肯定回家去了。”母亲想了想说:“你俩割了一天的麦子,累了就歇着吧。我去值班室让他们给孟苇婷打个电话,看看是不是回家了。”母亲出门后并没有去值班室,而是赶着毛驴车上了去师部的路上,她怕孟少凡没有回去,打电话给孟苇婷,孟苇婷会着急的。而且母亲还考虑到父亲的严厉,孟少凡也不一定敢回去。果然,在去师部的路上,母亲看见孟少凡正坐在林带的埂子上哭,那时他又累又饿又处在进退两难的境地。他见到我母亲就像见到亲人一样扑向我母亲喊:“月季大妈!”母亲搂着他坐到驴车上说:“干不动就慢慢干,钟柳比你还小一岁呢,都能坚持,你为啥不能? 不管咋说你还是个小伙子呢,当逃兵多丢人哪!”从那以后,少凡对我母亲特别的亲,凡是有什么难事,他都来找我母亲。孟苇婷为此也越发地感激和敬佩我母亲。孟少凡初中毕业后没考上高中,他不肯再上学,想要工作,他说他想自己养活自己。孟苇婷劝不动,只好让我父亲出面同劳资上打了声招呼,孟苇婷为此也奔波了几天,总算在商业处给他找了份工作。三年后,他当上了采购员,活的倒也满滋润,当然,这已是以后的事了。

现在回想起来,孟苇婷与我父亲结合,她并没有感受到多大的幸福,更多的反而是一种压力,她时时处处都得考虑到自己的身份,考虑到不给我父亲丢脸。而我父亲呢? 整天忙于工作,很少能顾及到她。有一天,孟少凡来找我母亲说他姑姑病了,有点不行了,姑父又出差了,要一个星期后才能回来。母亲立马与少凡赶到瀚海市。孟苇婷对我母亲说:“几天没吃下东西了,但到医院又查不出原因来。”母亲说：“那就上乌鲁木齐大医院去查！病咋能拖呀！”母亲当天就找了一辆车，带着孟苇婷去了乌鲁木齐，找了家大医院住下。医生检查后说，这病再迟几天送来，恐怕就没救了。母亲就生气地打电话责怪我父亲说：“钟匡民，你当爹不像个爹，当丈夫也不像个丈夫！你不是喜欢这个女人吗？可你就是这样喜欢的？”对于母亲的责怪，父亲也感到很愧疚。所以当孟苇婷出院时，父亲亲自到乌鲁木齐去接她，这使孟苇婷感到既意外又心酸，说：“你特意赶来接我，真是太阳从西边出了。”父亲说：“那就让太阳从西边出一回。”

应该说，孟苇婷也是个很不错的女人。为了报答母亲对她的宽容和关心，她也时时地关照着我和钟柳。我初中毕业后差几分没考上高中。自父亲升任副师长在师机关工作后，她就在师机关的教育科当股长。她对我父亲说：“钟杨进中学时，在他们班他是年龄最大的一个，文化底子又太薄，我真担心他会跟不上。但这孩子聪明，又肯努力，硬是把初中的学业全完成了，考高中也只差两分。但他这年龄再复读一年也不现实。师里正在筹办农校，让他考农校吧。”当时我已经19岁了，我不想再上学了，想参加工作。可她却骑着自行车跑到团场来做我的工作，一连跑了几次，她对我母亲说：“月季大姐，钟杨的名我已经给他报上了，凭他现在的成绩考上农校是没问题的，录取成绩要比考高中低，年龄上也放得比较宽，比他大几岁的都有来考的。他很聪明，会有出息的！”她又让钟柳给我送来了准考证，那时我仍有些犹豫，母亲就严厉地对我说：“你要不去考，娘就给你下跪，娘给你爹下过跪，为了你的前程，娘也可以给你这个儿子下跪。怎么能这样！孟阿姨为你这事费了这么大劲，你不去考对得起谁？你平时都很懂事，怎么这次连好歹都不知了？”

考试那天，孟苇婷把我送进考场。中午时，她就拿着面包和水在外面等我。我考进农校后，是她帮我背着行李为我铺的床，临走时还说：“星期天，你和钟柳都到家来吃饭吧。”秋天时，她就给我送来她打的毛衣。那时我对她还是有点成见，不愿意接受，可她含着泪说：“钟杨，我知道，你和你哥对我有看法。但你们知道吗？其实在这世上，最最恨我的应该是你娘。而且我也知道，你娘非常爱你的爹，可是你娘不但宽恕了我和你爹的婚姻，而且还主动来照顾我，有些恐怕连我的亲戚都做不到的事，你娘都为我做了，你娘为我做出了榜样。我关照你们，是为了报答你娘对我的宽容。这毛衣不算个啥，但希望你穿上，给我一个能报答你娘的机会。要不，我这心怎么也活不踏实啊。”

三年后，我从农校毕业，可是在分配的问题上，我同父亲发生了争执。那时孟苇婷刚出院不久。那天刚好是星期六，我和钟柳在父亲家吃晚饭。父亲问我：“农校毕业了你想干什么？”我说：“我想到农科所去工作。”我父亲一本正经地说：“去农科所工作的人都是一些技术上有特长的人，我看你先去农场，在生产连队去当个农业技术员吧。”孟苇婷在一边说：“钟杨肯动脑子，农科所不就是个动脑子的地方吗？”父亲说：“在连队当农业技术员就不用动脑子了？”钟柳在一边说：“二哥想当个农业科学家。”父亲冷笑一声说：“野心倒不小。但这事你我说了都不算，分配工作得有组织部门定！”

在农校具体分配毕业生的工作时，孟苇婷到组织部门去打了声招呼。那天师机关开完大会，正式宣布我父亲升任师长，我父亲踌躇满志地走出会议室时，组织科的顾大姐讨好地对我父亲说：“钟师长，你儿子钟杨分到农科所工作了。”我父亲一听就恼了说：“这中间你们是不是把我的因素也掺和进去了？”顾大姐说：“这倒没有，我们从档案中了解到，钟杨在农校的学习成绩相当优秀，而且政治表现也很不错。”我父亲说：“有没有人给你们打招呼？”顾大姐说：“孟苇婷同志倒是来说过一声，但她和钟杨并没有直接的亲属关系。”父亲恼怒地说：“怎么没有，孟苇婷是我老婆，钟杨是我儿子。”

我父亲升官，孟苇婷自然高兴，做了满满一桌子的菜。她对我父亲说：“你当了师长，外面不让庆贺，家里庆贺一下总可以吧？”父亲气的一句话也不说，猛一下就把桌子掀翻了，喊：“孟苇婷，你干吗老是给我找麻烦？”

那天下午我已接到了分配通知，我高兴地回家告诉了我母亲。母亲也为我高兴，但我很诚实地告诉母亲，孟苇婷给组织部门打过招呼。母亲一听说，忙说：“这不好，你爹要知道了，孟苇婷的日子可不好过了。不行，你现在就跟娘去你爹家，你苇婷阿姨是出于好心，不能让她为你担责任。”我们敲父亲家的门时，父亲正好把桌子掀翻，只听到满地碗盘敲碎的声音。父亲气狠狠地来开门，一看是我们，说：“月季，你们咋来啦？”母亲一指地上一片狼藉的碗盘说：“就为这来的！”

母亲说："在钟杨的毕业分配上，是我刘月季找的孟苇婷。孩子想在农科所工作，在农业上搞点研究，想上进也不是什么坏事。"孟苇婷在一边哭着说："农校毕业分配中，就有四个去农科所的名额，钟杨在农校表现得很不错，他为什么不能去？用得着发那么大的火吗？"我说："爹，你既然为这事发这么大的火，农科所我不去了。你是师长，你就让组织部门重新分配我工作吧。"大家沉默了好大一阵，母亲长嘘了口气，突然朝父亲微笑了一下，说："匡民，你就让儿子如愿一次吧！"母亲那语气中带着点哀求的味道，这让我感到很心酸，父亲也感觉到了，他叹口气说："好吧，既然是组织部门定的，我也不便干涉。但你去农科所后，要用你的实际行动证明，分配你去农科所是正确的，就像你哥一样！"我说："爹，我也用我哥的一句话，我不会给你丢脸的！"

那年的冬天来得似乎特别的早。秋天的脚步还没有走完，一股强大的寒流就突袭而来，气温一下就降到零下二十几度。那天下午，父亲急急地赶到团机关食堂，找到母亲后，还没说两句话，就把母亲拖进了小车。小车一路疾驰朝边境农场赶去。

我哥出事了。

自我母亲把刘玉兰送到边防站跟我哥成亲后，他俩过得很幸福。看来爱情只有经过磨难，婚后的生活才会更甜蜜更融洽。当刘玉兰被送进洞房时，她一把抱住我哥就哭起来，她感到又心酸又激动，说："钟槐哥，咱们这是真的吗？"我哥说："从今以后，这边防站只有我和你两个人。咱们就好好地过日子吧。"刘玉兰说："你放心，我会把日子拾掇得很舒畅的。"不久，高占斌派人给他们送来了小鸡小鸭，刘玉兰高兴的直拍手。刘玉兰盘算着怎样把日子过得更舒心。她在院外的工地上打了一个月的土坯，又盖起了一间新房，她把伙房和卧室分开了。然后又垒鸡舍，搭鸭房。到傍晚把饭做好，就到院门口去迎我哥。在他们结婚两年多的日子里，只吵过一次架，那时他俩结婚还不到半年，有一天，刘玉兰想跟我哥一起去巡逻边境线，我哥不同意说："你跟我一起去，这个家咋办？我娘对我说过，咱们中国人的习惯是男主外，女主内。你娘没教你？"刘玉兰说："教了。但我想跟你在一起，一分一秒也不想离开你。"我哥说："越说越离谱了。看好家，守好院，这是你的事。巡逻好边防是我的事。"刘玉兰说："你这是大男子主义。”我哥说：“该男人干的事就得由男人干。”

第二天我哥赶着羊群走后，刘玉兰把鸡鸭赶到草原上后，也悄悄地沿着边境线去追赶我哥了。

我哥这个边防站实际上有双重的作用，它既是边防站又是牧民们转场时的转场站。每年开春，牧民们就要赶着羊群由冬牧场转向夏牧场，每次转场路途遥远，都要花上半个月甚至更长的时间。因此我哥这个地方就成了牧民们转场时歇脚的地方。当时已值深秋，枯黄的草原上一个人影也没有，刘玉兰就有点害怕了。她再也不敢往前走了。正想转回身时，突然看到一只狗一样的动物朝她跑来，这时她才想起可能是狼，吓得她只顾逃命。在草丛中乱窜，脚下一打空，滚进了一个长满枯草的大深坑里。或许虽是深秋但狼还并不缺食物，或许是其他原因，狼在坑边转了几个圈后就走了，但刘玉兰却怎么也爬不上来了。她又是叫又是喊，刚好哈萨克牧民木萨汉和他妻子哈依卡姆骑着马赶着羊群转场去边防站时路过那儿。听到喊声后，把她救了上来。当我哥回来时，听了这事，气的瞪大了眼睛朝她喊：“你这样的女人我不要，你回去吧！”刘玉兰委屈地捂着脸哭，说：“回去就回去，有啥了不起啦。”在木萨汉和哈依卡姆的劝说下，他俩也就没有再吵，而是忙着给木萨汉夫妻俩做饭，安排住宿。晚上睡觉时，我哥含着泪突然大声地对刘玉兰喊：“玉兰，你要真有个啥，叫我咋活在这世上！我不能没有你，你知道不知道！”刘玉兰扑进我哥的怀里，搂着我哥的脖子说：“钟槐哥，是我错了，我以后再也不这样了！”

结婚那两年，我哥和刘玉兰还有件遗憾的事，就是没有孩子。有一天吃晚饭时，我哥憨憨地笑着问：“玉兰，你肚子有动静没有？”刘玉兰失望地摇着头说：“休假准的很，到时就来。”我哥说：“你去医院检查检查。”刘玉兰说：“我才不去呢，丢死人了。”我哥就说到我母亲是怎么生的他和我。刘玉兰就笑了笑说：“嗨，你爹咋那么有本事，一次就一个。”她想了想又说：“钟槐，咱们是不是太勤了？要不你隔上几天再试试？”我哥笑着说：“那可熬不住。”刘玉兰用手指点了一下我哥的额头说：“真没出息！”我哥说：“那咱们分房睡几天。”刘玉兰说：“那可不行，不跟你睡在一起，我可睡不着。”

接连下了几场苦霜，把草原烧的一片焦黄，牧民们转场的日子又到了。我哥和刘玉兰忙着收拾羊圈,打扫住房,准备迎接转场到来的牧民。最早到来的牧民总是木萨汉和哈依卡姆。我哥和刘玉兰已经同他们结下了很深的情谊。木萨汉教我哥如何宰羊,哈依卡姆教刘玉兰怎么熬奶茶和打馕。而我哥和刘玉兰对他们的热情与周到也使他们感动,说:“到了你们这儿,就像到家一样。”我哥和刘玉兰说:“这儿就是你们的家么!”可就在那天下午,寒流突然杀进了草原。狂风卷着大团的雪花在原野上旋转,翻滚,把草原搅的昏天黑地的。我哥担心地说:“木萨汉和哈依卡姆应该是今天就到的。说不定正在往咱们这儿走呢。”我哥看看窗外,鹅毛般的雪花遮天蔽日,天色也昏暗了下来。我哥说:“他们要是被风雪拦在半道上就糟了,这寒流会冻死人的! 玉兰,我得去迎迎他们。”我哥披上皮大衣提上马灯就往外走,刚到院门口,就听到木萨汉骑着马冲着灯光在不远处喊:“钟槐兄弟,是你们吗?”

哈依卡姆在一个避风的山坡下守着羊群。深夜的暴风雪变得越来越猛烈。木萨汉领着我哥和刘玉兰赶到后,就一起吆喝着赶着羊群往山坡下走,但风雪一次一次地把他们推了回去。山坡上的积雪越压越厚。他们等风雪歇一口气时,终于把羊群赶下了山坡。但风雪又猛烈地刮起来,几只羊又被吹回山坡下,刘玉兰喊:“钟槐,你领着木萨汉他们先走,我去赶那几只羊。”我哥他们赶着羊群顺着风势冲出了山谷。刘玉兰回到山坡下,把五只羊吆喝到一起。她正准备往外赶时,大块的积雪从山坡上滚落下来,把她埋住了,她喊着挣扎着钻出来,又有几堆积雪滚落下来,她就再也没有挣扎出来……

由于天气猛然变冷,我哥只穿了件皮大衣,裤子却穿得很单薄。当他们把羊群赶进边防站的羊圈,我哥准备转身去接刘玉兰时,两条已被冻的不听使唤的腿再也支撑不住了,一头倒在了积雪中,昏死了过去……

高占斌是从医院里给父亲打电话的。他说我哥的双腿冻坏了,右腿还有可能治好,但左腿保不住了,如不立即截肢,就要危及生命。父亲把这一情况在小车里告诉了母亲,母亲喊:“咋也得保住他的腿啊。”父亲说:“我也这么说的,但要保腿就保不住命。命比腿更重要,不是吗?”母亲欲哭无泪,极度痛苦地冷笑着说:“匡民,你是个很了不起的爹! 真的,你真的很了不起……”我父亲去拉母亲的手,母亲一下甩掉他的手说:“我知道我这个娘该怎么当! 我儿子是好样的。”

我母亲到医院后一直守着我哥。

我哥出院了，我哥拄着双拐由我母亲陪着去了刘玉兰的坟地。坟上已堆满了厚厚的积雪，我哥把头埋在雪里恸哭起来。等我哥哭够了，哭尽兴了，母亲走上去说：“儿子，回吧。把玉兰永远留在心里，你得好好地活下去。这就是活人为死人该做的事！”

为保护羊群的事，我哥记了一等功，刘玉兰被评为烈士。高占斌对我哥说团党委决定把我哥从边防站调回到团部工作。可我哥怎么也不肯，说：“我说了，只要我活着，我就要守在边防站上，我身残志不残。你们不是说了么，玉兰已经永远地守在边防线上了，我决不离开她！”父亲在一边说：“钟槐，既然团党委决定了，你就要服从。”我哥说：“我不会离开边防站的！”母亲眼泪汪汪地说：“高团长，孩子的脾性我知道，让他再守上几年吧。”

那天清晨，小车把我哥和我母亲送到边防站的院门前。我哥和母亲下车后，看到院子的旗杆上已升起的五星红旗在寒风中哗哗作响。他们看到赵丽江站在了院门口。我哥吃惊地问她：“你怎么来了？”赵丽江说：“这些日子来，我一直在这儿。我是写了血书坚决要求到这儿来工作的。你钟槐同志能为理想献身，我赵丽江同样能做到，事实证明我也做到了。”我哥说：“我回来了，你就回去吧。”赵丽江说：“为啥？这个岗位难道只许你站，不许我站，你是不是有点太那个了！”我母亲微笑着说：“他是怕你在这儿不方便。”赵江丽说：“有什么不方便的？我把这两间房子都收拾好了，东边的那间屋是男宿舍，你住，西边的那间是女宿舍，我住！钟槐同志，这次你休想再把我赶走！”

拴在院子里的小毛驴冲着钟槐叫了起来。小毛驴体态壮壮的，毛色油亮油亮的。我哥走上去，搂着毛驴的脖子，眼泪汪汪的，他想起了刘玉兰。母亲走到我哥跟前说：“钟槐，姑娘既然这么说，又想这么做，不要扫姑娘的兴。做人，千万不能伤人心。尤其不能丧人的志气！”

几天后，母亲离开边防站。赵丽江将我母亲送了一程又一程。我母亲说：“别再送了，后面的路我知道怎么走了。”赵丽江挥着手对我母亲喊：“大妈，你放心，我会照顾好钟槐的！”

母亲突然转过身来，朝赵丽江鞠了一躬。赵丽江的心猛地一震，她知道这是我母亲把我哥托付给她了，她激动的不知道是哭好还是喊好。她只是一个劲地朝走远了的我母亲挥着手，一直挥到见不到我母亲为止。

八

要说最让母亲操心的人还是我，因为我上学也好，工作也好，都离母亲不太远，只要有啥犯难的事我就会去找母亲。而每次也总能从母亲那儿得到一些启示和支持。我到农科所工作后也是这样。

农科所所长叫朱常青，人长得精瘦，戴着副深度的近视镜。这是个表面上看上去很冷峻，但内心却是充满了激情，脾气暴躁，又非常固执的人。他在欢迎我们的大会上充满激情，挥动着双手说："法国的拿破仑曾说过不想当将军的士兵就不是好士兵。我在这儿要借用他的这句话，改动一下，就是在农科所，每一个农业科技人员都要争取当上农业科学家，在农业上的某一项领域做出自己的贡献！"当时我用热烈的掌声来表明自己的态度，那时我的心中也充满了憧憬。我对坐在我身边同时分到农科所来的同学周亚军说："朱所长引用了法国拿破仑的话，我想引用我国古人项羽的一句话，就是彼可取而代也。当然，我不是想将来取代所长，我只是也想像朱所长那样，成为棉花育种方面的专家。"周亚军说："钟杨，你的野心不小啊。"我说："有野心有什么不好，志向其实就是一种野心！"

开始时，朱常青特别的优待我，把我留在他的身边，跟他一起搞棉花育种。我知道这是因为我是师长的儿子。为了不给父亲"丢脸"，我在工作上可以说做到了废寝忘食的地步。在我的书桌上，书永远堆的像小山一样高。工作上我也是认真负责，而且特别的能吃苦，朱常青安排我做的事，都完成得很出色。他也对我特别的满意。但没想到，两年后，当我有了搞新的育种方法的想法，并把这一想法告诉朱常青时，他竟突然像变了一个人，近视镜后面的眼睛瞪得很大，脸唰地板了下来说："钟杨，你说什么？你想搞新的育种方法？你到农科所才两年多的时间，该学的还没全学上，就想另搞一套，是不是太狂妄了？"我说："朱所长,你不是说搞科研要有理想,有追求,有抱负吗?"朱常青说:"对!不错,但没有要求你狂妄!"当时我真有些懵了。

但我也是个想好要干的事不干决不罢休的人,于是我就同周亚军一起悄悄地开始了我们的试验。周亚军还是有些担心地说:"钟杨,我觉得你应该去找你爹。他是师长,应该得到他的支持。"我犹豫了一下,因为我觉得我父亲可能也不会支持我们,但我还是决定找父亲谈谈试试。果然父亲是一屁股就坐在朱所长一边说:"朱所长已把这事告诉我了。不行,我不会支持你的。好好跟着朱所长学上几年再说。你刚进农科所才两年就想另搞一套,就像婴儿路还没学会走就想跑一样,你不觉得可笑吗?"我说:"这有什么可笑的?这样的婴儿无非是多摔几跤,但他会比别的孩子成熟的更快!"父亲说:"钟杨,我是这个师二十几万人的师长,不是你钟杨的师长。你真要想做,首先要得到朱常青所长的同意和支持,朱常青同志是我很尊重的一位专家!这点你要搞清楚!"我说:"我的想法也不是为我钟杨着想,也是为师里将来棉花种植的发展着想,正因为你是师长,我才来找你,要不我才不来找你呢!"

四月中旬,我和周亚军悄悄种下一块试验田,当青青的棉苗长出来时,朱常青却领着两个工人,下令把田里的棉苗铲得一干二净。朱常青对我说:"这是你父亲钟师长的指示!"看着被铲得一片狼藉的棉田,周亚军痛心疾首地喊:"朱所长,你也太过分了!"

我也气愤至极,骑上自行车直奔师部,在办公室找到我父亲。父亲很镇静很严肃地说:"对,这是我的命令。在你和朱所长之间,我只能支持朱常青同志,他是所长,而农科所工作关系到整个师的农业生产。"我说:"我知道你是师长,你要维护下面领导的权威,而我呢,是你儿子。如果我不是你儿子,你恐怕会是另一个态度。"父亲说:"有这种可能。"我说:"那我就不当你儿子!十年前,当我说你是陈世美那天起,我就不想当你儿子了!"

那天下午,朱常青也来找我父亲,要求把我调离农科所。他说:"钟杨是你钟师长的儿子,我们不可能不考虑到这一点。正因为是这样,所以他才会这样任性,我劝告过他,但他根本不听我的招呼,依然我行我素,这让我太为难了。"父亲抽着烟思考了好一会说:"我看这样吧,还是让他留在农科所吧。你们农科所下面不是有个小农场吗,让他到你们下面农场的生产队去当个农业技术员。他毕竟是我儿子,我不想把我们父子关系搞得太僵了。你也关照我一下行吗?"

从瀚海市去我母亲那儿的路两旁的白杨已经长得很高很粗了,在西下的阳光下,树叶闪着粼粼的光亮。我回到母亲那儿,天已黄昏。母亲赶忙揉面为我擀面条。我把和父亲以及跟朱所长的冲撞跟母亲讲了讲。母亲笑了说:"这陈世美的帽子你还要给他戴啊。你那孟苇婷阿姨待你不是很好吗?你不认他这个爹,他就不是你爹啦?你也该为你爹想想,他是领导,朱所长也是领导,领导不支持领导还能支持你啊?"我说:"可我也不是为了我自己,我也是为师里的棉花生产发展着想!"母亲熟练地用刀切着面,她切出的面条宽细就像机器轧出来的一样。母亲说:"不说这些,娘是个妇道人家,这棉花上的事娘也不懂。娘现在只想同你说说你和钟柳的事。"

钟柳高中毕业后,考上乌鲁木齐的财经专科学校。每年暑假寒假都要回来跟母亲一起过,帮母亲做许多家务活。有时还要帮母亲赶着毛驴车去加工厂拉面粉拉清油。她对母亲说:"娘,我回来也给你放放假。娘一年到头就没有个闲着的时候。"母亲笑着说:"我这几个孩子里,就你最知道心疼娘。"但有一天,钟柳突然对母亲说:"娘,我跟钟杨哥不是亲兄妹吧?"母亲说:"这你我都清楚,咋啦?"钟柳羞涩地笑了一下说:"娘,自我懂事后,我一直偷偷地爱着钟杨哥。这没什么不可以吧?"母亲说:"钟杨知道这事吗?"钟柳笑着摇摇头说:"我是想先听听娘的意思。"母亲说:"这事我倒没有去想过。不过,你俩从小一起长大,知根知底的,如果真能这样,娘也挺愿意。娘是个农村妇女,喜欢这种踏踏实实的事。"钟柳说:"娘,有你这话就行。"

有一天中午,知了在田野里一声长一声短地叫着。天气炎热,我正在观察棉花的生长情况。钟柳来找我说:"哥,大热天的,也不怕在太阳底下中暑!"说着就掏出手绢来为我擦汗。这时的钟柳已长得非常漂亮了,尤其是嘴角上两滴米粒似的酒窝。我拿开她的手说:"我可没那么娇气。"她说:"哥,今天我来找你想跟你说件事,这事我已经同娘说过了,娘同意。"我问:"啥事?"她说:"哥,你喜欢不喜欢我?"我说:"你是我妹妹,怎么会不喜欢?"她说:"我不想只是你妹妹,行不行?"我说:"钟柳,你就是我妹妹,别再说这些蠢话了!"她跺了一下脚喊:“哥!”我说:“钟柳,不说这些,我正忙着呢,以后再说吧。”其实我心里怎么会不爱我这个“妹妹”呢?但我对钟柳,总有一层很重的心理障碍。她是我妹妹,虽说不是亲的,但总还是我妹妹呀,而且她就叫钟柳。让别人看来,这像什么话!

我说:“娘,我们是兄妹。”母亲说:“你不喜欢她?”我沉思了一下说:“是我喜欢她才想让她留下来当妹妹的,这你知道。但要说到那件事上,就觉得不妥当,那她不就成了咱们家的童养媳了?”母亲说:“童养媳?亏你想得出!童养媳是啥情况,娘见多了,哪有像钟柳这样的童养媳的!”我说:“娘,你啥都好,就是身上的农村观念太重了点。”母亲说:“啥叫农村观念?反正娘就是这么过来的,我看你不如钟槐对我那样孝顺!”

晚上睡觉时,娘就只跟我说有关钟柳的事,农科所的事我一提起她就把话岔开。但第二天清早,我要回农科所时,娘在我的挎包里塞了十几个煮鸡蛋,这才说:“钟杨,听娘一句话。不要跟你爹和朱所长闹,闹下去对你没好处。娘会担心的。但话又说回来,世上的事是东方不亮西方亮,不要死死地在一棵树上吊死。自己想做的事一定要去做,但上西天取经的路也不会只有一条。”

我看着母亲的眼睛,母亲为我的事一定想了一夜,这才有了刚才那几句话,母亲对我的这番疼爱,这份担忧,以及对我的期望竟是那样的深沉!我鼻子一酸,骑上车说:“娘,我知道了。”

由于有了母亲的那几句话,所以当农科所的一位副所长找我谈话,让我去农科所所属的那个小农场去当农业技术员时,我很痛快地答应了,而且兴冲冲地当天下午就背上行李去了。朱所长听说后,感到很意外,他以为我会跟他们大吵大闹呢。

我所在的那个生产队离农科所有七八公里的路,这队的队长殷志诚也是个年轻人,对我的到来显得既殷勤又热忱,我想大约是因为我是师长的儿子。他对我说:“钟技术员,你早该到我们队上来。你想搞的那项试验我大力支持。朱所长管不到我们这一块来。”原来,这个小农场虽属农科所,但只是为农科所提供一个面积较大的试验基地,财务和生产上是相对独立的。农科所并不直接插手,环境自然要比在农科所里宽松得多。只要农场的领导与生产队的领导不干涉,朱所长也就奈何不了了。

那两年,在殷队长的热情支持下,又给我提供了很好的条件,我的试验开展得很顺利。第三年的秋天,我就取得了一些成果。我看到了希望,这使我很兴奋。

后来我知道,朱常青也知道我在队上继续着我的试验,大概是因为一是有了父亲的那几句话,他也不想得罪我父亲,二是“天高皇帝远”,本来就不怎么属于他直接管的单位,他再硬来插手,显然也太那个了,因此他也就闭起双眼只当不知道。

那年九月,钟柳从财经专科学校毕业后,母亲特地赶到师部去找我父亲说:“钟柳工作分配的事你得操一下心。啥原因,我不说你也明白。”

钟柳被分到师物资处财务科当出纳。深秋的苦霜一下,树叶在一夜之间就全掉了,天气霎时冷了下来。孟苇婷骑着自行车给我送来了厚棉被和厚棉垫。她说:“钟杨,你爹让我来看看你,在这件事上你千万不要埋怨你爹。正因为他是师长又是你爹,在有些事情上他只能这么做,他得从全师的大局出发。其实在这件事上他也很苦恼,当朱所长提出要把你调离农科所时,你爹就提出让你到农科所所属的农场去当农业技术员。他说,老朱你得关照一下我父子之间的关系。他还对朱所长说,我是支持你工作的,这你也看到了。但年轻人的热情也不见得全错,要疏导,堵不是办法。”我说:“孟阿姨,你不要解释了,我心里清楚。”孟苇婷说:“钟杨,最近我可没有机会来看你了。你要照顾好自己。”我说:“为啥?”孟苇婷叹了口气不安地说:“跟我的出身有关,还可能跟你父亲结婚的事有关。我可能会到很远的地方去修大渠。我的事,恐怕会牵连到你爹。”她眼泪汪汪地说,“当初,我真不该跟你爹结婚。”我很同情地说:“孟阿姨,你和我爹的婚姻,我娘谅解了,我们也谅解了。你再别把这事悬在心上。”孟苇婷:“所以我很感谢月季大姐和你们。但是有一些同这事根本不搭界的人都不肯谅解我……好了,我走了,你把你的事业坚持下去,我和你爹在心里都是支持你的。”

我看着孟苇婷骑着自行车远去,心里突然感到一阵酸楚……

孟苇婷走后不到两个月,父亲作为师里的走资派被打倒了。在那个冰天雪地的严冬,有一天上午,我正在地里砍棉花秆,周亚军来到我跟前一把夺下我的镰刀说:“钟杨,我看你也是个孬种！昨天下午开朱常青的批判会你为啥拒绝参加?”我说:“因为我听说你们把我老爹也押上去了。”周亚军说:“对,因为他是朱常青的保护伞。他们勾结在一起压制我们,压制新生力量。”我说:“我不会去批判我爹,因为我爹没有伙同朱常青压制我。”周亚军叹口气摇着头说:“钟杨,你对运动持这种态度那可是太危险了。你得同你爹划清界限才对!”

几天以后,周亚军又骑着自行车来找我说:“钟杨,我告诉你,农科所革委会已经做出决定,如果你不宣布同你父亲划清界限,那么就要彻底地把你从农科所清除出去,把你下放到一个最边远的农场去劳动。”然后他压低声音,用恳切的语气说:“钟杨,我知道你的试验已有了眉目,我觉得你应该继续留在农科所,在队上把试验继续偷偷地进行下去,不然的话,损失太大了。这方面,我会继续暗暗地支持你的。但你不肯,哪怕是表面上同你父亲划清界限。这样我就帮不上忙了,你得慎重考虑啊!”

深秋那寒冷的夜空中,月亮却是滚圆滚圆的,在大地上洒下一片银光。我回到母亲那儿,已快深夜了。母亲忙起床,要给我做点吃的。母亲告诉我说,几天前,父亲也被押到这个团里来了,因为父亲曾在这个团当团长。父亲、郭文云、程世昌被关在同一个牛棚里。半年前,当郭文云知道水库工程快结束时,就向父亲提出要把程世昌调回团里来,说程世昌的户口和行政关系一直就在团里,而且团里工程技术人员也太缺。父亲说:“调回去还打扫厕所?”郭文云说:“钟师长,你别老拿我开涮。我不会再亏待他的。”后来郭文云暗地里告诉我母亲,他从文件中知道,一些表现好的右派可以根据政策摘帽。他也想为程世昌办这件事。程世昌回团后,郭文云仍把他放到基建科工作,但却遭到了王朝刚顽强的抵制。他说:“政委,我知道没有你就没有我王朝刚的今天,你对我的恩情我一辈子也不会忘。正因为这样,所以我要提醒你,你正在犯一个严重的政治错误!”郭文云气恼地问:“啥政治错误?”王朝刚说:“立场问题,感情问题,你不该把程世昌调回团里来,你是让一个女人蒙住了眼睛!”郭文云一拍桌子说:“有错就改,对人负责,这就是我的立场。我的感情,正是这个女人,让我睁开了眼睛!”那期间,郭文云与王朝刚之间闹得很僵,郭文云甚至想撤王朝刚的职。可不久“文革”就开始了,王朝刚第一个起来揭发郭文云,郭文云自然成了团里最大的走资派。

父亲他们住的那间半地窝子已经很破烂,露出地面的那点儿用土坯垒的墙四面全透风。天已经很寒冷了,母亲知道后,趁着警卫押着我父亲他们到地里去干活时,就和向彩菊一起和了一坑草泥,把透风的墙都糊了糊。母亲说,父亲被押送到团里来时,神色很泰然。但父亲很担心钟桃,他对我母亲说:“月季,现在只有钟桃一个人在家了。”母亲说:“我让钟柳到家住去!”但他们刚讲了两句话,警卫就把我母亲挡开了。

那时团里最牛的是王朝刚了,因为他是第一个站出来造郭文云反的,所以革委会成立时,他成了革委会的负责人。原先郭文云的办公室成了他的办公室。这对郭文云的震撼最大,他对我父亲说:“他奶奶的,这个王朝刚,我待他最好,把他当成知己,什么心里话都对他说,结果在我最关键的时候却来个反戈一击。这个狗娘养的!”父亲笑了说:“所以咋样认识人,才是人世间最大的学问。”

天上又飘下了雪花,寒风在呜呜着。夜很深了,母亲端了一大碗面,面上搁着两个黄灿灿的煎荷包蛋递给我说:“有啥事,说吧!”我把农科所那边的情况一说,母亲也犯难了说:“你和你哥同你爹关系一直很僵。你哥倒是跟你爹和解了,可你却跟你爹闹了好几回。现在你爹又是这种情况!”我说:“娘,正因为这样,现在这个时候,我倒偏要认这个爹,同他划清界限的事,我真的很难做到。”

那晚,母亲和我怎么也睡不着。后来我听到娘长叹了一口气,翻身下床,走到外间坐在我床边上问:“钟杨,你还没有睡吧?”我说:“娘,我睡不着。”母亲说:“钟杨,这样吧,照娘看来,政治上划清界限,他还是你爹!可一离开农科所,搞试验的条件没了,那你想做的事业就全落空了。所以娘想,事业跟认爹这两头,事业这一头更重。忠孝不能两全时,那就挑个忠字吧!”我说:“我怕爹会误解我。”母亲说:“不还有娘吗?娘可以为你做个证人!”我一点头说:“那我就听娘的!”可母亲想了想却说:“其实你这头娘倒不是最担心的,你哥那一头,娘也操心不上了。那儿有赵丽江姑娘,娘是很信得过的。钟桃有钟柳照顾着呢,你爹呢,就在我身边,要有啥事,我也能照顾得上。我最最担心的是孟苇婷,她身体一直不好,又动过那么大的手术。现在在戈壁滩上修大渠,那都该是壮汉子干的活。唉,这个苦命的女人哪!”母亲心酸而凄凉地一笑,眼里顿时涌上了泪。

九

母亲的担忧不是没有道理的。连续下了几天大雪，地上的积雪又厚又松软，自行车没法骑，钟柳急匆匆地走路从师部赶到母亲那儿，气喘吁吁地说："娘，孟阿姨回来了，病得很重，她让人从工地上送回来了，你快去看看吧。"

母亲拉着钟柳的手，踩着厚厚的积雪，一脚深一脚浅地赶到师部。看到孟苇婷脸色焦黄，眼睛无神，人也瘦了一大圈。孟苇婷看到母亲，凄苦地笑了一下说："月季大姐，我是老毛病犯了，休息几天就会好的。"但母亲让钟柳找了辆架子车，硬是把她送进了医院。"文革"弄的医院也很乱，好不容易找到一位医生，给孟苇婷做了检查。医生一脸沉重地把我母亲叫到医务室，摇着头对我母亲说："全扩散了。没几天时间了，还是回去歇着吧，医院现在闹腾成这样，已没人好好上班了，所以住院还不如在家养着好。我会派护士按时去打针的。"

母亲哭了，想了想，走出医务室。她对孟苇婷说："回家吧，你说的没错，医生也说休养几天就会没事的。护士会按时到家来打针送药的。"但孟苇婷的脸刷地全白了，然后心酸地一笑说："我说了么，过几天就会好的……"但她眼里已渗满了泪。

母亲把孟苇婷安顿好，就要给孟苇婷做饭吃。孟苇婷说："别做了，我吃不下，再说我吃多少吐多少，还不够受罪的。还是我们说说话吧。"母亲说："吃不下也得强迫自己吃！"孟苇婷歇了口气，很忧心地告诉我母亲，昨天她从工地上回来时，有两个戴红袖章的上门来，其中有一个说："钟匡民的房子我们要征用当司令部了。你们搬到种子公司的库房去住，三天之内搬走，不然我们就要采取革命行动了！"母亲沉重地叹了口气说："这事你不用操心，从今天起我就住在这儿，等你病好后我再走！"

第三天中午，那一男一女两个戴红袖章的年轻人果然来了，母亲去开的门。男的说："你是谁?"母亲说："我是这房子的主人！"女的说："你是钟匡民的什么人?"母亲说："钟匡民孩子们的娘！"女的想起什么，在男的耳边咕哝了几句，男的用蛮横的语气说："你们的房子我们征用了，赶快搬家！"母亲说："拿文件来，政府的文件。”男的说：“你们不搬我们就要采取革命行动了。”母亲激愤地说：“这儿是民宅，自古以来私闯民宅就是犯法！你们来闯试试？我刘月季的老命就搁在这儿了，不会让你们占着便宜的！这儿有个重病人，命在旦夕，牛棚都不敢再押她，让她回来了。出了人命你们负得起责吗！”那一男一女看到母亲凛然的样子，相互为难地看一看。母亲说：“你们如果还有点良心的话，别再来闹了，我谢你们了！”男的还想说什么，女的拉了拉男的说：“回去再商量吧！”那一男一女转身准备走，母亲突然说：“你们是好人哪！谢谢你们啦！”喊得那两个年轻人反而倒都有些尴尬了。孟苇婷躺在床上听到了，微笑了一下说：“月季大姐，你真行。”母亲说：“在这世上总还是听得懂人话的多。要是连人话都听不懂，我只好拼上这条老命了。俗话说，人就怕不要脸的，而不要脸的就怕不要命的。”孟苇婷笑了。母亲说：“唉，人世间成这样，让人寒心哪。”

那些日子，我也抽空常去看孟苇婷。但有一天晚上，孟苇婷突然对我母亲说：“月季大姐，今晚我觉得好多了，我想洗个澡。”一听这话，母亲的心一下收紧了，说：“好，我给你洗。”

孟苇婷坐在浴池里，我母亲轻轻地为她擦着背。孟苇婷说：“月季大姐，我这个人一直很好强。年轻的时候，我要求进步，大学刚毕业我就参加了解放军，虽说成分高了点，但领导上还是很器重我。那时，匡民在师里当作战科科长，三十刚出点头就是个团级干部了。他长得英俊又有能力，领导上也大器重他。明知他是个有妻室的人，我还是一个劲地追他。月季大姐，这全是我身上的那份虚荣心在作怪啊！”母亲宽慰地说：“这怪不得你，自古女人爱英雄么。”孟苇婷摇摇头说：“不是这样的，是我私心太重了。月季大姐，我要早知道你是这么一位好大姐，我不会走出那一步。所以我说，在这世上，我最对不起的就是你。”母亲说：“话不能这么说，年轻时，谁都会想有个奔头。我是没摊上你那条件，我有你那条件，说不定要强的那份劲比你还重呢。再说婚姻上的事，那得看缘分，没缘分再凑也凑不到一起。你没啥对不起我的！”孟苇婷一把抱住我母亲：“月季大姐，我知道我熬不了两天了，可我放心不下钟桃啊。”母亲说：“钟桃叫你叫妈妈，叫我叫娘，你还有啥不放心的呢？钟柳的事你也看到了。”孟苇婷说：“月季大姐，这个家全指望你了……”

第二天早上，母亲和钟柳、钟桃把已奄奄一息的孟苇婷送进医院。当天的傍晚，夕阳的余晖抹在漫无边际的积雪上，仿佛鲜血在上面流淌着。孟苇婷走完了她那短暂的人生。

钟柳打电话告诉我时，我的心像被针猛扎了几下似的疼痛。我骑上自行车直奔医院。孟苇婷已被送进了太平间，我冲进太平间，看到母亲和两个妹妹脸上都挂满了泪。孟少凡也来了，那时他已在商业处供销科当采购员了。他哭着对我母亲说："月季大妈，在这世上我什么亲人也没了，现在你是我唯一的亲人了。"母亲把他搂进了怀里说："孟苇婷的亲人，也就是我的亲人。"

我恭恭敬敬地朝孟苇婷鞠了个躬，我想起在她和父亲结婚那天我第一次见到她时，我恨她，但却被她的容貌所吸引。她是那样的美丽、娴雅而富有气质。可现在……我伤感地对母亲说："娘，我过去恨过孟阿姨，但现在我不恨她了，细想起来，其实她也有追求她自己幸福的权利，她并没有欠我们什么。可她老觉得欠了我们一笔无法还清的债似的。"母亲说："正因为这样，我才对她好。人得有颗善心，你孟阿姨就有！"

孟苇婷的死对我父亲的打击是很沉重的。那天我刚从太平间出来，看到父亲也匆匆地骑着自行车赶来，他看到我就冲着我喊："你不是跟我划清界限了吗？还跑来做什么！"这时我不想跟父亲争辩什么，或者说明什么。大家的心都很沉痛。我推上自行车对母亲说："娘，我走了，有事让钟柳给我打电话。"

父亲让其他人统统离开太平间，只留下我母亲。他贴着床边看着孟苇婷那张安祥且依然那么妩媚漂亮的脸，心如刀割的一样。他吻了吻孟苇婷的额头，说："苇婷，我是爱你的，而且爱得很深很深，但长期以来，我身上担的担子让我腾不出时间来，在工作上我哪敢怠慢啊。委屈你了，苇婷，是我让你遭罪了，让你这么年轻轻地就走了……"说着眼泪便滚滚而下。

父亲抹干眼泪对我母亲说："月季，我还得赶回去，我是请了几个小时假出来的。我被打倒肯定是被冤枉的，但纪律我还得遵守。苇婷的后事全拜托你了。苇婷对我说过，她在这世上最对不起的是你，那我钟匡民就更是了。"父亲说着朝我母亲鞠了个躬。母亲把父亲送出太平间，心疼地看着父亲骑着自行车走了。母亲后来对我说："你爹这辈子过的也不顺心哪。第一个妻子就是你娘，没感情,第二个妻子是自己选的吧,却又这么年轻轻地走了。两个儿子因为想到娘受了委屈就仇恨他,从来也没想过怎么去孝顺他,反而时不时给他气受,他却担着他是你们爹的名。他一辈子只想到辛辛苦苦地工作,顾不上家里人,却又成了走资派押进了牛棚。你爹也可怜哪……”听了这些话,我感到很内疚,很心酸。

母亲办完孟苇婷的丧事后也回到了团里,母亲的心情也是很沉重的。那时,母亲已经让王朝刚免去了机关司务长的职务,只让母亲管管机关的菜地。这事也全是因为我父亲、郭文云、程世昌他们引起的。有一天下午,天上正在飘着雪花,我母亲和向彩菊一起包了些羊肉饺子。向彩菊要求由她来送,说:“郭政委被打倒了,但我要让他知道我对他的心一点儿也没变。”母亲笑了说:“那就由你送,但当心点,别太显眼了。”雪纷纷扬扬的下得很大。向彩菊给他们送了饺子就往回走,刚好王朝刚领着两个人来查岗,碰到了向彩菊,向彩菊很紧张,王朝刚看看向彩菊,似乎猜到了什么,直奔地窝子。他看到我父亲、郭文云和程世昌正在热热闹闹地吃着饺子。郭文云一面嚼着饺子一面说:“路遥知马力,日久见人心,患难之中见真情哪。好人就是好人,坏人他妈装的再像也还是个坏屁!”这话被探头进来的王朝刚听到了,王朝刚知道这话是冲他说的。气的王朝刚立马做了两件事,第一,把向彩菊从学校菜地赶到生产连队下大田劳动。第二,他同我母亲谈了一次话说:“月季大姐,你是我很敬重的人,但有件事我不得不提醒你,你在对待钟匡民、郭文云、程世昌这些人的立场上是有问题的。在钟匡民身上,你受的害还浅吗?你和孩子千里迢迢来找他,结果他却把你们无情地抛弃了。”我母亲说:“同钟匡民分手是我提出来的。他是我孩子的爹,他现在落难了,我自然得照顾他,这跟立场有啥关系。这事我不能听你的。”于是王朝刚就以革委会的名义免掉了我母亲机关司务长的职务。

这事被郭文云知道了。

那天早上上工时,郭文云就对看守他们的警卫员说:“你去把王朝刚叫来,我有重要的事同他说。”王朝刚也不知郭文云要跟他讲什么重要的事,急急地赶来了。郭文云正在羊圈用铲子起粪,他看到王朝刚二话不说,闪电般地挥起铲子朝王朝刚的大腿砸去,说:“你立即恢复刘月季司务长的职务,要不,我要了你的狗命！这么好的大姐你也敢整,你个狗崽子!”

王朝刚的大腿被砍了个大口子,还好穿着棉裤,那口子虽大但不太深。王朝刚捂着伤口咬牙切齿地喊:“郭文云,你等着,我有好果子让你吃的。”郭文云说:“你只要送来,我就吃！我怕你个球!”

郭文云被押到机关食堂的猪圈去喂猪去了。那时牛棚里只关着我父亲和程世昌了。我父亲告别孟苇婷回来后,程世昌说他的眼神变的又痛苦又绝望,问他什么他也不说,到羊圈里只是一个劲地闷头拼命地干活。虽然是寒冷的冬天,但汗水却顺着他的脖颈一串串地往下流。但干着干着,一个趔趄就晕倒在粪堆上了。程世昌让警卫员快去叫我母亲,母亲赶到羊圈,看到父亲脸上沾满了羊粪,口吐白沫,母亲二话没说背起我父亲就往家走。程世昌说:“月季大姐,还是我来背吧。”母亲说:“你把人背走,王朝刚会找你麻烦的。还是我背,责任我来担,你就别再给自己添麻烦了。”当时,母亲迈着她那双小脚,背着我那已发福的父亲,走的还很有劲,连警卫员看了也感动了。警卫员忙去找了辆架子车,帮着把父亲送到母亲那儿。

母亲给父亲灌了几口水,父亲才慢慢醒过来,他醒来后的第一句话就是:“月季,你把钟杨给我叫来,他为啥不认我这个爹!”父亲含着泪说,“苇婷走了,孩子们又都不肯认我了,我活在这个世上还有个啥滋味啊!”孟苇婷走后,父亲才突然感到自己是极其的孤独,当师长时有多少人围着他转,但现在没有了。他感到了亲情的可贵,因为这种关系是任何人都无法代替的。母亲说:“匡民,你误会钟杨了,还是我把钟杨叫来,由他当面给你说吧。”

我接到母亲的电话后,就连夜骑着自行车赶回来。父亲脸色铁青地看着我,我说:“爹,娘要我当着你的面说,以前我是不想认你这个爹,因为你真的不大像个爹。但当你被打倒,有人要我同你划清界限时,我反而觉得在这种时候,我得认你这个爹！所以我一接娘的电话,就连夜赶来了！可是,不跟你划清界限,我就要被赶出农科所,赶到偏远的农场去。那样的话,我开始显现成果的试验就要泡汤。那时我心里真的是好矛盾好痛苦啊！我就来问我娘。娘说,你的试验不能停,因为时间流走后你再也抓不回来了,而爹只要活着,总有说得清楚的一天。在忠孝不能两全时,忠为先孝搁后。古代的贤人们都是这样做的。”父亲看看母亲，母亲说：“对！这话是我说的，上辈子的人不都这样教我们的吗？”

父亲翻身下床，他突然变的浑身轻松了不少。他说：“我得回牛棚去了。”我说：“娘，我也得回去了。”母亲一挥手说：“事情说清了，那就都回吧。”我们走到门口，父亲一下子紧紧地抱住我。然后看着母亲激动地说：“月季，你养的两个儿子都是好样的！”母亲说：“他们就不是你的儿子？”

我和父亲分手后，朝各自的路走去时，我与父亲都不约而同地回头看我母亲，月光洒在皑皑的积雪上，反射出银子般的光亮。母亲站在门口，用眼光一左一右地目送着我们父子俩，在黑暗中，母亲的目光是那样的亲切与明亮。我感到正是母亲才把我们全家人的心这么牵在了一起。

十

在这最后一章里，我要先说说郭文云与向彩菊的事。因为他俩是我母亲牵的线。向彩菊因送饺子的事被王朝刚发现后，王朝刚就把她弄到生产队下大田去干活了。事后没几天，她就又提着一锅熬好的羊肉汤，踩着映在积雪上的夕阳，去了猪圈。郭文云正热情高涨地在喂猪，他是存心叫别人看的。因为当王朝刚派人把他押到猪圈去喂猪时，他就挖苦地笑着说：“啊，他王朝刚要让我吃的就是这果子啊。行！我郭文云七岁就开始给地主当猪倌了。喂猪就是我本行。怕啥！”但他对向彩菊被弄到生产队去干大田活后，心里却是老大的不忍。因此当他看到向彩菊又给他送吃的来时，就说：“向彩菊，你还是拿回去自己吃吧，你以后别再给我送吃的来了。我不能看到你们为了我受迫害。你也不愿看到我再犯错误，再在王朝刚身上砸上一铲是吧？快回去吧！”向彩菊把柳条筐往地上一放说：“这里有我对你的心！我不拿回去。我把它搁在这儿，送不送是我的事，吃不吃你自己看着办。”郭文云心里很滋润，但又很恼火，说：“好吧，这次我吃，下次你再送，我就不给面子了。”向彩菊：“咋个不给法？”郭文云说：“扔了！”

向彩菊以为郭文云只是这么说说而已。一个星期后，向彩菊又提着个柳条筐，里面搁着一大碗鸡汤，给郭文云提去了。郭文云一看就真的火了，由于以前当惯了领导，他最恼火的事就是下面的人把他的话当成耳边风。习惯成自然，他说："你怎么不听招呼啊！"向彩菊说："我说了，送不送是我的事，吃不吃是你的事。政委都不当了，还拿什么架子！"向彩菊又把柳条筐往地上一搁，还毫不在乎地笑了笑。这下可把郭文云惹恼了，他上去飞起一脚，把柳条筐连同鸡汤踢得翻的满地都是，说："政委我是不当了，但我说话还得算数！我看你下次还敢不听招呼不！"

向彩菊伤心地喊一声："你真踢啊！"说着转身哭着就走了。郭文云也突然感到自己做得有些过火了。

当天晚上，向彩菊就去找我母亲，把这事一说，我母亲笑了，说："他是出于好心，怕连累你。"向彩菊说："不给他送吃的就连累不上啦？我同他的关系这儿的人谁不知道！见他落难了，我就冷落他，不关照他了，这是做人的规矩吗？"我母亲说："那你们就赶快结婚吧，还耗什么！"向彩菊说："那得他点头才行啊。"母亲说："那你回吧，这事我去说。"晚上母亲提着个马灯，去猪圈找郭文云，劈脸就给了他一句："向彩菊你不要啦？"郭文云说："哪里的话，我现在正落难呢，我是怕她有想法。"母亲说："那你们明天就去领结婚证，还拖什么。我知道你原先想把程世昌的事办好了，心里没歉疚了，再顺顺心心地同她结婚。但现在这情景你能办成？你们都这把年纪了，还耗什么？"郭文云说："我现在这么个情况，这婚咋结？"我母亲说："只要她不嫌弃你，那就能结。你还是个男人吗？这么婆婆妈妈的！你今天踢鸡汤时，咋把你那个男人劲头要得那么足啊！"郭文云说："这是我的不是，我会跟她认错的。但结婚的事能行吗？"我母亲说："为啥不行？没说走资派不能结婚，不能讨老婆！过去刑场上都可以举行婚礼，你们为啥不行？"郭文云说："她不会有别的想法吧？"我母亲说："她说你点头就行。"

他俩是在我母亲的操办下结的婚。当然，婚礼办的很简单。

"林彪事件"后，郭文云重新出来工作，改任团长，一天到晚忙的不知昼夜。向彩菊已是大腹便便了。一天，郭文云又是深更半夜才回来。向彩菊就抱怨说："这两天你能不能早点回家？"郭文云说："咋啦？"向彩菊指指肚子说："你看看，就这两天了，医院的妇产科大夫说，我是属于高龄产妇，生孩子有很大的危险性。我怕万一……你又不在家。"郭文云拍着脑门自责地说："你瞧我这个人，把这么大一茬事给忘了。那时候老想找个女人成个家,却忘了结了婚女人还要生孩子。这全是熬了几十年的光棍,熬的这方面都没感觉了。”

但那天晚上,向彩菊肚子开始疼了,找郭文云,郭文云却去牧场了,说当天晚上可能回不来。气的向彩菊只好打电话给值班室,让通讯员赶快去叫我母亲。我母亲拉着辆架子车把她往医院送。向彩菊痛的在架子车上喊:“月季大姐,全是你给我介绍了这么个好对象,连人家生孩子都不知道回家。”我母亲笑了说:“你可冤枉大姐了,你俩是自由恋爱的,我不过是加了一把柴。不过我这把柴是加的太旺了一点,结果老郭把你踢都踢不走。”向彩菊说:“月季大姐,我正在受苦呢,你还这么打趣我。”生产时,向彩菊满头冷汗痛苦地叫着,妇产科医生同我母亲商量说:“像向大姐这样的高龄产妇,最好是剖腹产。”我母亲说:“郭团长不在,我可做不了主。她胎位正不正?”医生说:“正。”我母亲说:“胎位正,干吗要在她肚子上划一刀。我听我父母说,人身上划一刀,身上的气就跑了一半。”医生笑了说:“这可缺乏科学根据。”母亲说:“我进去看看行不?”医生说:“进去也行,不过你进去也帮不上忙。消消毒,穿上白大褂吧。”母亲进去就站在向彩菊的床边说:“彩菊妹子,你别紧张,孩子往外生时,不疼。你先吸足气,再猛用力,对,对,劲要一下用足,不要慢慢用,对!”

说也奇怪,在我母亲的现场指导下,十几分钟后,向彩菊生下了个小男孩。母亲走出产房正好看到匆匆赶来的郭文云。母亲告诉他:“生了,生了个男孩。”郭文云挠头抓腮的高兴坏了,母亲说:“你和钟匡民一个样,当什么爹呀!快进去安慰安慰吧!”郭文云感激地向我母亲敬了个军礼,说:“月季大姐,你在我这儿呢!”他拍了一下胸口。意思是这辈子他会把我母亲的恩情永远刻在心里的!

接着我要讲讲我哥与赵丽江的事。

母亲走后的第二天早上,朝霞笼满了天空,湛蓝的天上彩云在悠悠地飘动着。我哥和赵丽江虽没有约定,但却同时从各自的屋里走了出来。我哥拄着双拐,手臂上搭着国旗。赵丽江上去从我哥手臂上拿下国旗,绑在旗绳上,两人庄严地站在旗杆下唱着国歌升起国旗。但我哥却不同赵丽江说一句话。升完国旗后,我哥便旁若无人地自管自转身回到自己的屋里。赵丽江说,当时她心里很难过也很伤心。但她说,她能理解我哥,她还说,她由衷地喜欢我哥这样有血性的男人。她不会气馁的，她有的是耐心，因为我母亲也在支持着她。

升完国旗，赵丽江就牵上毛驴，赶着羊群，她知道我哥不会理她，但还是冲着院门喊了声："我走了，午饭已经做好了，你吃的时候，自己热一热好吗？"不久，山坡上传来了她的歌声，是那样的悦耳动听，她的身材又是那样的匀称那样的婀娜。

每天都是这样。

有一天，草原上的鲜花盛开了，蓝的一片，红的一片，紫的一片，黄的一片，在和风的吹拂下，就像一片片彩云在绿波中飘荡。赵丽江走后，我哥便急急地拄着双拐站到院门口，望着远去的赵丽江，而赵丽江的歌声顺着风儿传了过来，我哥的心被她搅动了。那天，我哥单腿支撑着身子，用铁锹在羊圈起完粪，然后用干土铺上。到傍晚，他听到远处的羊叫声，就打开羊圈。然后回到厨房和好面，洗好菜，把劈好的柴火搁在炉灶前。赵丽江回来看到这一切，心中涌上了一股甜蜜的希望。赵丽江就冲着我哥的房子喊："钟槐，谢谢你！"

赵丽江兴致勃勃地做好饭，把饭分成两份，一份多一点，一份少一点，然后对着我哥的房子喊："钟槐，饭好了，你自己来端还是我给你端？"我哥说："我自己端。"赵丽江笑笑，端了份少的回到自己屋里。我哥去厨房端回饭来，吃了两口，突然走到门口朝赵丽江的屋子喊了一句："你做的饭菜好吃。"赵丽江听了捂着嘴笑笑，可吃了几口饭，泪就掉了下来。为了追这个男人，她感到自己好艰辛哪。但她还是朝我哥的屋子喊："好吃你就多吃点！不够我再给你做！"

那夜，我哥和赵丽江两间房子的灯光相互映照着，亮到深夜……

深秋后的第一场大雪飘落下来。赵丽江回来后，吃了饭就冒着风雪去了大羊圈，我哥也跟了过去。赵丽江在木桩上挂上马灯开始清扫羊圈。我哥也赶紧拄着拐杖跟了上去。赵丽江说："你去干啥？木萨汉和哈依卡姆他们说不定明后天就到了。"我哥说："这是我的事，我来干！"赵丽江说："一起干吧，你别老摆你那大男子主义架子。我干什么活儿用不着你指挥！"在马灯的光圈里，雪花在乱纷纷地飘着。我哥看着干得满头大汗的赵丽江，他的心在颤抖着。

第二天傍晚，赵丽江在我哥屋里挖洞埋杆子。我哥惊奇地问："你这是干吗？"赵丽江说："在你屋里隔出间小房间来，我住！今晚木萨汉和哈依卡姆就来了，睡我那屋。他们走后，我再搬回去。你看着我干吗？不会有事的，我有这种自信，你难道没有？”我哥是一脸的傻相！

木萨汉他们果然晚上赶到了。忙完一切后，赵丽江走进那间用床单隔出来的小屋。熄了灯睡下了。不久就传出了她那柔和的鼾声。我哥睁大着眼睛看着天花板，眼里流出了一汪深情。

嫩绿嫩绿的鲜草又爬满了山坡，还点缀着稀落落的鲜花。有一天，天还没大亮，赵丽江就挎了个柳条筐对我哥说：“今天是清明，我去给刘玉兰上个坟，你不去吗？”我哥说：“上坟是我的事，你去干什么？”赵丽江说：“刘玉兰是在这边防站上为公牺牲的。我是这个站的工作人员，我应该给她去上坟！”我哥说：“你先去吧。我自己会去。”

赵丽江在坟前面放上一碗馍头、两碟菜、一束鲜艳的野花，然后恭恭敬敬地鞠了三个躬。我哥拄着双杖，在远处看着，眼里顿时涌满了泪。

从那以后，我哥每天傍晚都要在院子门口等着赵丽江回来。有一天，我哥熬不住了，赵丽江一走，他就拄着双拐，跟在赵丽江的后面，沿着边境线往前走。我哥说，那时他也多想在边境线上巡逻啊，那儿有他熟悉的山，熟悉的树，熟悉的路……但他走到一半，太阳就西下了，他只好往回走。昏黄的太阳在紫色的云雾中坠落，这时他已经筋疲力尽了，而且胳肢窝也疼痛得非常厉害。但他听到了远处那羊的叫声，他急忙把羊圈门打开，走进院子，但眼前一黑，他摔倒在地上。

赵丽江把我哥扶进屋里，接着打来一盆热水。她说：“钟槐，你要觉得不好意思，你自己洗吧，你胳肢窝里全是紫血泡。”

那晚，我哥看到赵丽江的屋里一直亮着灯。第二天清晨，赵丽江牵出毛驴，把昨天熬了一夜才缝好的棉垫子绑在毛驴上。她对我哥说：“钟槐，走吧。”我哥说：“上哪儿？”赵丽江说：“你拄着拐杖，一天走不完这条巡逻线。这一路上，都是你拐杖点出来的坑。”

连绵的群山，一片苍翠。

我哥看着四周熟悉的景色，显得又兴奋又激动。赵丽江唱起歌来，悦耳甜美的歌声在群山间回荡。我哥情不自禁地喊了声：“赵丽江。”赵丽江这时也显得格外地兴奋说:“啊? 怎么啦?”我哥想了想说:“你干吗一定要上这儿来?”赵丽江说:“我可以不来,依我的条件,我可能会找到一个比你更好的。但人只要有了追求,那他就应该自始至终地追求它,锲而不舍地去努力。爱情也是这样,既然我爱上你,那我就会把全身心的爱扑到你身上去,这才能真正感受出爱的价值和滋味来。爱也需要全心全意,你不这样认为吗?”赵丽江那火辣辣的眼睛盯着我哥。我哥说:“那我死了呢?”赵丽江说:“我还会一直爱着你,爱在心里。但我会另外嫁人。活人不能只为死人活着,不管这个人有多么伟大、可爱,你只要能把他记在心里就行了。”

翻过一个坡后是一片平坦的高原,一方清澈的湖静静地躺在草地中,我哥坐在湖边,心情再也无法平静下来。

晚上吃饭时,我哥突然说:“赵丽江,你回去吧。”

“为啥?”赵丽江吃惊地问。

“你还是回去吧,我真的顶不住了。”我哥哀求地说。

“什么顶不住?”

我哥猛地放下了碗,冲出了屋外。

我哥拄着双拐,来到了刘玉兰的坟前,他凝视着坟墓,痛苦地说:“玉兰,我该怎么办? 我又爱上赵丽江了,我没法不爱她。但我心中怎么也忘记不了你,我能不能爱她,请你告诉我。要是你同意的话,你就让坟上的草往东边倒;你要不愿意的话,就让坟上的草往西边倒,行不行你说个话呀……”

静静的坟地上突然起了风,那坟地上的草一次又一次地往东边倒去,似乎在不住地点着头。我哥又一次地扑向坟地。

月色朦胧,云在夜空中飘悠着。

那时,赵丽江在院门口等着。不久,她看到我哥拄着双拐朝她走来。当我哥在月光中看到了赵丽江,他扔掉拐杖,单腿飞快地朝她跳来。赵丽江明白了,立即充满激情地迎了上去,两人毫不犹豫地紧紧抱在了一起。赵丽江说不出的心酸与幸福。赵丽江说:“钟槐,娘在离开这儿时就把你托付给我了。”我哥说:“我娘那时就同意了?”赵丽江说:“没说话,但她走时转过身来,朝我鞠了个躬……”

我哥和赵丽江结婚后生了一男一女。二十世纪八十年代初两人调回瀚海市工作。

接着就讲讲我和钟柳的事。

我父亲是最早一批重新安排工作的领导干部。有一天,王朝刚来到我父亲跟前,毕恭毕敬地说:"钟师长,请你去办公室,上级党委派人来找你谈话。还有,钟师长,月季大姐的司务长工作我们明天就给她恢复。"我父亲一看王朝刚变成了这态度,心里就明白了什么。原来上级党委安排我父亲到南疆一个大型的水利工地去当总指挥,而且立即就去就任。虽然我父亲一肚子的委屈,但纪律性极强的父亲没有讲任何条件,也没有发任何牢骚,一口就答应了。那天,我父亲回想起了与我母亲之间的一切,心情很是复杂。那天晚上,父亲对母亲说:"月季,我想求你一件事,就是我去南疆后,我想让师组织部门在瀚海市给你安排个工作,你住到我那儿去。这样,三个孩子你都可以照顾上。"母亲说:"你说什么?让我住到你那儿?"父亲很肯定地说:"是!"这时,我母亲感到以前的一切酸甜苦辣一下都涌上了心头,一股无名火猛地蹿上了母亲的脑门,母亲感到了一种说不出的心酸、伤感与惆怅。母亲说:"我不去!你让我住到你那儿去算什么?钟匡民,我告诉你,你有需要我做的事我会去做,但我刘月季绝不会住进你的家!我不会再去丢那个脸的!"我母亲说完捂着脸大哭起来,世上往往会有那么多无法弥补的遗憾啊!哭了一会儿,母亲抹去泪说:"钟桃我会去照顾好,你放心去上你的任吧。"父亲长叹了口气说:"那好吧……"

父亲去南疆不到一个月,程世昌也来找我母亲说:"月季大姐,我要去南疆水利工地了。我知道,又是钟师长在关照我。月季大姐,我真的非常非常感激你和钟师长,要不是你们,我这日子就惨了。有些右派的命运是个啥样,我也看到了。另外有件事我想告诉你月季大姐,钟柳这孩子我不认了,她有你们这么好的父母,还要我这么个父亲干吗?"母亲说:"要认的!等到有一天,我一定要她认你这个爹。因为不管咋说,你是她的亲爹啊!"

母亲是个说到就做到的人。在钟桃考上高中的那一年,母亲写了份退休报告。其实母亲早就过了退休的年龄,是郭文云坚持让她继续干机关司务长的工作的。那时的退休制度也不那么严格。郭文云很舍不得母亲走。母亲在瀚海市通过过去我父亲的警卫员、那时已当上师行政科的房务股股长的小秦，弄了两间平房住下了。从那以后钟桃就住在母亲那儿。钟桃问我母亲说：“娘，你为啥不住我们家。”母亲说：“你妈妈在的时候，娘去住两天没关系，但现在你妈不在了，娘去住人家会有闲话的。娘作为一个女人，也不能这么贱！以后你会明白的。”

那几年，我在农科所的试验也进行得很顺利。所里的那些人分了几派，只知道打派仗，我搞试验的事谁也不再来干涉，因为顾不上。朱常青被打倒后，就下放到我所在的那个生产队里劳动。有一天晚上我看见他在玉米地里浇水，戴着副高度近视眼镜一脚深一脚浅的在地里跑。我就去找殷队长说：“你怎么让朱常青上夜班浇水？一个五十出头的老人又是高度近视眼！”殷队长叹口气说：“顶不住也得顶啊，队上劳力紧，一个萝卜一个坑，浇水是轮班倒的，轮到他上夜班，他不上咋办？”那天晚上，我踏着月光扛着铁锹到了玉米地。朱常青看到我有点吃惊。我说：“我来帮你浇水。”他有点感动，但说：“钟杨，这用不着。”我说：“朱所长，浇水这活儿本来就是有壮劳力干的，强迫你浇水已经难为你了，而且又是晚上，你眼神又不好。你就在地里歇着吧，我来干。”我说着就熟练地开坝、引水、堵口。朱常青看着，带着发颤的声音说：“钟杨，你不恨我吗？”我说：“我干吗要恨你呢？你当时也是为工作着想。”朱常青摇摇头说：“不是的。当时我极力阻止你全是私心，全是为了想保住我在棉花选种上的权威地位，并且还动用了你父亲的力量，弄得你们父子关系也这么僵，这全是我的责任。”我说：“朱所长，这一切全过去了。”朱常青说：“我知道你还在坚持着你的试验。看来，科学与进步是什么力量也阻挡不住的，我愚昧了。钟杨我也想加入你的试验，行吗？因为我想改正我以前的错误。”

朱常青毕竟是在这方面干了几十年的老专家，有他的加入，试验的成功就更有了把握。我把这事告诉了母亲。母亲点着头说：“古时候有一个将军叫韩信，他在失意时遭到一个地痞的胯下之辱。后来他帮刘邦打下了天下，刘邦封他当了楚王。他找到了那个地痞，不但没有报复那个地痞，还封了他一个官。在这世上，宽以待人没有错。”这时母亲又跟我提起钟柳的事，她说：“你们俩也都老大不小的了，如果你们两个都愿意，那就把这事定下来。”我说：“娘，我不是不愿意,是我心理上有障碍,不管亲不亲,她总是我妹妹,人家要笑话的。”母亲似乎觉得我的顾虑也有点道理,叹了口气说:“过几天把钟柳也叫上,咱们一起商量商量,看咋个整法。”

没想到,我走后不久,天已很晚了。钟柳突然闯到我母亲这儿来,把门关上就扑地跪在了母亲的面前哭着说:“娘,我犯法了。”母亲大吃一惊说:“咋回事?”

钟柳说前天下午,孟少凡突然来到她的办公室里,哀求说:“钟柳,你救救我,你借给我6000元钱吧。”钟柳说:“天哪,我才工作几年,哪来这么多钱!”孟少凡说:“我知道,你们物资供应处每天都有上万元钱的现金收入。”钟柳说:“那是公款,一分钱也不能动的。”孟少凡说:“我采购了一批货,款拿不回来,退货又不行,人家说明天再不交钱,就要把我废了。钟柳,你救救我吧,只借一天,后天一早就还你。我只要把货送进库房,就可以拿到钱了。”钟柳说:“这忙我帮不了,犯法的事我不做。”孟少凡说:“钟柳,只有你能帮我这个忙了,谁还能帮我这个忙呀,你不肯帮,那我只好死在你跟前了。与其让别人把我废了,不如我就在你跟前死。”钟柳说:“那你就死给我看!”孟少凡一下跪在地上,抽出把锋利的英吉沙小刀,把刀尖顶在手腕上,然后看着钟柳,刀尖越压越深,鲜血流了出来……

钟柳说:“娘,我怕他真会死在我办公室,我咋也说不清了,何况是一条人命呢?”母亲听后说:“少凡这孩子咋能这样!”钟柳说:“娘,这事咋办好呢?我后悔死了,我也想去死呢!”母亲说:“少凡人呢?”钟柳说:“不见人影了。”母亲说:“这样吧,在这世上做人,要清白,清白做不到,起码要清楚。你和你钟杨哥的存折都在我这儿,娘也有一些,不够,但娘可以想办法凑齐这6000元钱。明天一早,把钱带上,跟娘一起去组织上坦白,坏事不能瞒,越瞒越糟糕。就像身上的衣服,小洞不补,大洞吃苦,大洞再补不上人就废了。”

事后,钟柳行政上受了个警告处分。那些天,钟柳的情绪一直很低落。有一天,我上她那儿给她送瓜去,她说:“哥,以后你别再来看我了,因为我不配做你妹妹,我也不配做我爹我娘的女儿!”说完,她把我推出办公室,关上门伤心地哭了好长时间。我去母亲那儿,把这情况告诉了母亲。母亲说:“你去把她给我叫来,下了班就来,在我这儿吃饭,你也别走!”

晚上吃饭时母亲说:“钟柳,你不想认我这个娘,不想认你爹,不想认这个家了?”钟柳说:“娘,不是的,是我不配做这个家的成员。我这事做的不但丢了自己的脸,也丢尽了全家的脸!”母亲说:“配不配那由我来说,由你爹说!娘要不要你这个女儿,那天晚上你来告诉我这事时,娘就可以说,你做下的事你自己承担去,你本来就不是我女儿,我不管!我是这样做的吗?娘是把你看成自己的女儿,才把这事朝最好的结果去处理的。娘不怨你,反而觉得你是个有同情心肯帮助人的人,就是方法上欠考虑。吃一堑长一智,这事已经过去了,别放在心上了。今天钟杨也在,你和钟杨过些日子就去办结婚登记去。钟柳,你以前的名字还记得吗?”钟柳点点头。母亲说:“结婚前,你就把名字改过来,仍旧叫程莺莺吧。要不,你钟杨哥心里会有障碍。”钟柳一下扑进母亲的怀里,泪如雨下说:“娘!……你是世上最好的娘。”我坐在一边,看着母亲,心里在说:“娘,你好聪明啊!”

一个星期后,母亲把那条挂着金长生果坠子的金项链套到钟柳的脖子上,以此为证据,钟柳的名字又改了过来。我们去领了结婚证。晚上,母亲说:“钟杨、莺莺,你们去南疆水库工地去见见莺莺的亲生父亲吧。顺便也见见你们的爹。”

“莺莺的亲生父亲?”我惊讶地问。

“对,就是救过莺莺命的程世昌叔叔!”

在我们去南疆的那几天,母亲突然收到孟少凡的一封电报说:“月季大妈,救救我,我在兰州收容所。”我母亲接到电报的当天就搭车去了乌鲁木齐,然后买上火车票去了兰州。在收容所,一身褴褛的孟少凡搂住我母亲的腰痛哭起来,他承认说,是他骗了人家一批货,人家要废了他,他这才到钟柳那儿寻死觅活地骗了那笔钱,但他把钱还了人家,人家还要告发他,他只好逃出来,想另找一条生路。母亲恼怒地说:“你差点把钟柳送进监狱!自己犯了错,不能把错转嫁到别人身上呀!得自己承担责任,这才是做人的道理!求人帮忙也得一五一十地老老实实把事情讲清楚。不能骗人。”孟少凡说:“月季大妈,我知错了。”我母亲给他买了新衣服,把他领回来。母亲通过父亲的熟人关系,让他重新回到商业处，在库房干些杂活。从此以后，孟少凡倒安分了不少。

在南疆水利工地，我们见到了我爹和程世昌。我把我们的事一讲，父亲和程世昌都很高兴。程世昌搂着钟柳流着泪说："没有你娘，没有钟师长，哪有我们的今天啊！"

"四人帮"粉碎以后，父亲调回师里担任师长，程世昌也平了反，父亲让他在水利工程处当总工程师。不久，我哥和赵丽江带着两个孩子也调回到瀚海市。我们全家团圆了。过了没几年，操劳了一生的母亲突然感到身上有一个部位很不舒服，人也消瘦了。到医院里一检查，癌症。医生说："动手术，可能还可以活三到五年，要不动手术，三个月到六个月。"我们知道这件事后，全家心情沉重地聚在一起商量怎么办？父亲果断地说："告诉你娘，由她自己做决定。"母亲听后笑了，说："我还想多活几年呢。就用那三个月去赌三年吧，值！"

动手术那天，正是春暖花开的时候，我们家所有的人，还有郭文云、向彩菊、程世昌、孟少凡、高占斌、朱常青、小秦，甚至王朝刚都来了。当母亲被推进手术室时，我们所有的人，都唰地不约而同地跪下了，走廊上是黑压压的一片。我看到母亲的小脚撑着白床单，形成一个"M"字形。我想，正是母亲的这双小脚支撑着她那颗伟大的心灵。我们都在祈祷，母亲会平安的。因为菩萨肯定会保佑我母亲的。阿弥陀佛！

老　解

季栋梁

前两天在南京的朋友打电话告诉我，老解死了。我坐在窗前握着电话，许久没有说话。老解虽然跟我无亲无故，但是他毕竟在我们家院子的那个拐窑子里生活了六年，和我的家人一样出出进进，就是我家的狗也把他当家里人一样，舔他的脚手。尤其是过了四十岁，我忽然觉得能在一个院子里生活六年时间，那确实需要一种缘分。有道是“百年修得同船渡，千年修得共枕眠”，且不说这共枕眠，单就说这同船一渡，尚需百年，那么六年相处，大约也需数百年的修炼吧。

老解是个右派，下放到我们队上。从进村的那一刻到最后的离开，我想我有必要把这篇文章写出来。

改　口

老解刚刚到了村子里，就和人们有一番激烈的争论，因为人们把他叫老解(jiě)，他说他姓解(xiè)，村里人就嗤笑他。虽然他们从小没进过学堂的门，可是现在已经在夜校里识得几个字。朱全最爱卖弄，于是他就在地上歪歪扭扭地写了“解放”两个字，说你来读这两个字。老解就读了“解放”。朱全说难道它们不是一个字？这明明是解放的解，解放军的解，这个字谁不认识，连刚上学的娃娃都识得的，你哄谁哩？他们正这么争论着，我们放学回来了，朱全就喊他的儿子:“宝子,过来。”我们就都跑了过去,朱全写了“解”字让我们认,我们就说是解放军的解字。老解说这个字做姓的时候就读(xiè)。朱全又写了个“谢”字说:“那你说这个字读啥?”老解说:“姓里面有这个谢,也有这个解。”朱全就说:“不和你弄这事了,费劲死了。”有几个人就说你们城里人真日赖,我们从来都没见过一个字还读几个音的,我们就知道它是解放的解。老解却皱着眉头说:“这不是日赖不日赖的问题,人的姓是不能随便改的。”

老解是个认真的人,可是对此也没办法。然而,这却成了老解的一个心病,当有人喊他老解(jiě)的时候,他总是要给人家讲半天。别人当面说知道了,可到了喊他的时候,还是喊老解(jiě)。就是到了开会的时候,大队支书在台上喊他,也喊老解(jiě)。老解希望大队支书能在全大队的社员大会上纠正一下,那是最好的。可是大队支书说你这人咋这样,叫你老解(jiě)把你叫得少下了?又说你姓啥不好,偏偏姓这个字,百家姓里怕都没有。

后来,老解终于发现了一个纠正的办法,他要从象棋入手。村里人有一半会下象棋,每逢天阴下雨,出不了工,村里人就聚集在一起下棋。这在那个时候是村里唯一消闲的方式。象棋里的“车”就不读(chē),而读(jū)。这让老解有些激动。有一天下雨,人们在大队部扎了一堆下棋。老解挤在人堆里,看了几盘棋后,队长和朱全就因为悔棋而争得面红耳赤,最后把棋盘也抖了。老解觉得时机已经成熟了,于是他写了个“车”字问:“谁认识这个字?”几个人把嘴一撇说:“听说你学问大得吓人哩,拿这个字考人,看来你水平也不咋样。”老解却盯着赶大车的刘大炮说:“你说这是个啥字?”刘大炮依然一脸的不屑一顾,说:“这是大车的车,我天天赶马车,你拿别个的字,或许能考得住我。夜校里咱还识下几个字的。”有人就跟着说:“就是啊,你拿这个字考人,说明你根本就看不起我们,你这人思想有问题哩。”老解就从棋堆里拿出一个“车”来,说:“那这是个啥呢?”刘大炮说:“这是车(jū)。”老解就说:“这明明是个车(chē)吗?”人们这才明白老解的用意。朱全已经把棋盘铺好,摆上了棋准备下哩,却被老解纠缠住,就说:“这车(chē)和车(jū)我们经常用惯了,就像双胞胎,天天见就能分清了,可是你那解(jiě)和解(xiè),我们又不熟悉,慢慢地就会熟了。熟了之后,就能改过口来。”老解无奈地说:“那我就等着你们改口。”可是人们一见他,还是叫解(jiě)。老解再认真的时候,他们就对老解说改不过口,一见那个字我们就想到解放,想到解放军,我们就识得那么几个字,你不要为难我们好不好,我们没有坏心思。老解听了这话,就再也不认真了,人们一喊他老解(jiě),他就回答得很爽快。

老解在我们那里待了六年,直到他要离开的时候,他已经非常习惯人们给他的这个姓了。有一次上面派下来个工作组,一个干部叫他老解(xiè),他竟然没有答应,呆愣了一阵方才想起是叫他哩。老解后来回去了,回到了北京,大概是退休了以后回了老家南京。他在北京的时候,还和我们村子上保持着一些联系,他资助过几个学生。他说过只要我们这个村子里考上一个大学生,他就资助一个大学生。可是这些年,村子上考了就那么三四个人。我在北京见过他一次,他对我说:"一个人改变一群人是很难的,一群人改变一个人很容易。"

捉虱子

我们家的院子很大,是因为和生产队的麦场连着。在我们家的斜对面,有一个拐窑,以前是喂牲口的。后来牲口集体喂养的时候,盘着一个小炕,那里就成了守场的场窑。粮食上场以后,怕人偷盗,就会让男人们轮流守夜。老解被领回来后,队长想来想去就把他安排住到这个小窑里。

老解来的时候,正是深秋初冬季节。老解在城里是搞学问的,像个夜猫子,白天萎靡不振,夜晚却来精神,一到晚上总是睡不着,想看书,可是书烧的烧了,偷偷藏了些,却也不敢带到乡下来,因此一入夜就闲得无聊,想睡却又睡不着。老解就觉得山里的夜比城里长得多。但一入冬,粮食上场了,老解也就不孤独了。那岁月冬日三样活:打场守夜开大会。因为粮食一上场,就得有人守场。说是怕阶级敌人来破坏,其实就是怕村子里的人偷。因此天天晚上,这个拐窑子就有两个守场的来陪他。场窑是最热火的,因为生产队的柴火都堆放在场上,拉一两个柴火捆子往炕洞里一塞,那炕就像烙馍馍的锅一样,巡逻的民兵也耐不住寒冷往这里钻,男人跟女人淘了气,也往这里钻,这里就很热闹了。老解长得面善,人也没有啥怪脾气,谁来了都一脸的喜气,就像这里是他的家一样。

我们这些娃娃也爱往这里钻。冬夜是寒冷而漫长的。

来守场的人老的也有，少的也有。但老解发现他们都有一个共同的特点，就是坐到炕上，手插进被子里或毡下焐热之后，开始不停地在身上摸来摸去，而更多的时候是在裤裆里摸来摸去。这个现象让老解想到白天的情景，不论是开会还是干活歇缓的时候，只要一闲，他就看到男人都把手伸到裤裆里摸，女人则把手伸进胳肢窝里去摸。摸一阵抽出手来，俩大拇指指甲盖一对，老解就听到“叭叽”一声。老解不明白这是干什么，想问，却又有点不好意思。有一天，他问我和灵娃，我们都笑他。灵娃和我一人从裤裆里摸出一只虱子来放在掌心里展在他面前。老解就明白了。晚上，人都回去后，老解看那些守场的人不时摸出一个虱子来，两个大拇指一对，“叭叽”一声，便再去摸，之后又是“叭叽”一声。有些虱子太胖，那血就大有喷溅之势。有一次，一点子血竟然溅到老解的脸上。老解有点生气，可人家照样专心致志地捉虱子。老解就有些羡慕，摸虱子掐虱子一定能解闷，可他摸不出来。

等到睡的时候，他们便脱个精光，把里面的衣服翻出来捉虱子，一捉好长时间，掐完虱子再掐虮子。老解看那衣服缝上雪白的卵状的小东西排了一绺。这一捉又是好长时间。虮子比虱子多，一掐也能掐出响声来，响声要脆许多。虽然掐出的响声没有虱子大，但在这宁静的山村之夜，老解照样听得十分响亮。捉完之后，这些汉子就呼噜噜地酣睡去了。老解怀疑这捉虱子能催眠。看到他们睡得那样的香甜，老解就很无奈很寂寞。

轮到老解守场，老解发现老张竟然捉到虱子就扔到嘴里去吃了，就问你怎么吃它？老张说它吃我的血，我就吃它的血，公平着哩。老解看得恶心，老张又说那是你的血，你还嫌自己的血脏吗？平时手指让刺扎了，你不也把指头伸进嘴里吮咂吗？那血不照样到了嘴里？老解虽然觉得他说得有道理，但还是觉得恶心。因此，轮到老张守场，老解就在场上走来走去，直到老张捉完虱子呼呼大睡之后才上炕。老解看到人家在那捉虱子，捉得津津有味，就也渴望能捉虱子，弄出“叭叽叭叽”的响声来。但他身上没有虱子，想要替人家捉虱子，却又不好意思，于是便看着人家捉虱子。有时候，两个人会把各自的虱子抓出来，各挑一两个大的，将衫子扯平放在上面，让它们互相厮咬。果然那两个虱子就撕咬起来,很是凶残。老解不明白虱子为什么会咬仗呢?他们说一个还不到一岁的娃,为啥别人抱他的时候他就哭,可他娘抱他的时候他就不哭了?因为它闻气气子。虱子也一样,一闻气气子不对,就觉得是敌人了。他们玩得津津有味,老解看得也很开心。有一次,轮到老刘守场。干活时他跟老刘搭活儿。老刘总是多干点,老解不好意思,可老刘却说你们城里人再干啥行,就是干活不行。又说这算啥?力气是个尿脬,越撑越大,人有饿死的,没有撑死的,能跟你搭活也算是几世修来的缘分。晚上老刘和别的汉子一样也是捉虱子。老解就在旁边看,看着看着就说,来,我也帮你捉。老刘说你不能捉,虱子这东西你一捉就给你惹上了,惹上了你就赶不走了。老解说惹上就惹上了。老刘说惹上了很麻烦的,你后悔都来不及。老解还是替老刘捉了,他心里说迷信。老刘又说人一换水土就生虱子,过不了多久你就会生虱子的,等你自己给自己捉虱子的时候,你就会觉得这真是一件麻烦的事。

捉虱子的时候,老刘边捉边告诉他掐虱子不掐头,活来才报仇,这狗日的命大哩,你听着,要把它掐爆了,把身子掐得像一张纸了,只要你没把它的头掐死,它一挨到你的肉上就又活了。老解捉虱子,觉得挺好玩的,也确实觉得捉虱子能催眠,他给老刘捉完虱子就觉得瞌睡了。

确实应了老刘的话,不久他身上就有了虱子,而且逐渐多了起来,以至到了和大家一模一样的地步,干活的时候,总要不时地这里抓抓那里挠挠的,而当劳动休息的时候,他就迫不及待地把手伸到裤裆里去摸,也能摸出虱子来了,也能弄出"叭叽"的一声来。他搞不清楚,这虱子咋就那么爱吃那东西。老黄给老解说有一天晚上,男人的虱子和女人的虱子走到一块儿,互相扯磨,说起人身上哪点的肉好吃,男人身上的虱子说男人那东西尖尖上的肉最细最嫩最好吃,女人身上的虱子却说是女人那东西心心子上的肉最细最嫩最好吃。老解就笑了,说可女人咋不在裤裆里摸,总摸胳肢窝。老黄就笑了说你读书把你读成啥样子了,女人摸那地方能当着你的面摸?

老解身上的虱子越来越多了,他才觉得这真是麻烦,可是他不后悔,天天趴在灯下捉虱子也算是个活儿啊。有时候虱子还没捉完他就呼呼地睡着了。后来老解想是因为缺水,人们不经常洗澡,就是衣服也一个月两个月才洗一次的缘故吧。

老解在这个守场房里住了六年，捉虱子竟然治好了他在城里吃药都治不好的失眠症。

有一天开会，老解坐到大队长身边来，大队长也摸，老解也摸，两个人都“叭叭”，大队长就乐了，说老解，你改造得很彻底，连这事你也学会了。

烧 烤

老解来的第二年雨水广，天老是阴沉沉，这是山里人企求的天气。那年秋天，满山坡的粮食就长得疯狂，铺天盖地的。收秋时，学校都放了假，能收的收，不会收的捡拾掉在地里的庄稼。因为雨多，收粮食就不容易，刚刚收上一阵，天就下雨，人们就往附近的老庄子里奔。老庄子是被废弃的庄子，可能是家里遭遇了什么样的变故或出了什么怪事，就搬走了。古窑很孤，孤了就有传说，比如前庄背后的那个老庄子，大家都说每天中午，如果进到那个古窑里都会看见一个穿红衫绿裤，梳着长辫子的女人在那里推碾子碾小米。人人都这样说，谁也不敢在正中午到那老庄子的古窑里去证实。正中午人的魂魄最弱，而鬼气最强。一个窑洞住一百年二百年的没啥问题，村子里哪个窑洞都过百年了，可要是不住人，过不了几年就塌成塌窑了，所以说人是窑洞的楦子，就像鞋没楦子撑着，放久了鞋帮子就会倒在鞋底上一样。事实证明还真是这样。窑洞虽然塌落了，但避雨还是没问题的。由于长久没人来，塌窑里就住满了麻雀、乌鸦、呱呱鸡、野鸡、马燕，最多的是鸽子，还有鹰、隼，还有野兔、黄鼠、老鼠、蛇之类。世间有许多事很怪，本来许多东西天性里就是敌对的，可是它们只要住在了一起就能和平相处。

一进窑洞，男人们就开始把窗子和门全堵上，然后在地上点上一堆火，这时间鸽子、麻雀、野鸡等就往火跟前扑。人们就一个个捉。捉住后把头一扭，就死了，喊自家的婆姨拿了。雨停了，人人手里都拿几只鸽子、野鸡什么的回家去了。那是真正的野味啊。

有一次，刘进财他们在窑洞墙壁上的小洞里摸，摸着了一只大鸟，扯出来带到火光下一看，就吓呆了。那是一只猫头鹰，我们叫瓷怪子，是不祥之物。一听到这家伙在谁家门前叫，谁家肯定要遭灾，不是死人就是要破财。因此捉到后，大家都吓得往后撤。这东西只要捉住，就放不要，这东西是神虫，你已经惊动了它，捉了再放必然带来灾祸。就只能弄死了。于是就掐死了。

老解就问这东西能不能吃？有人说这东西谁敢吃？老解说掐都掐死了，吃怕啥。于是拔了毛，扒了肠肚。可怎么吃呢？老解却想了一个办法，他和了一堆泥，把猫头鹰用泥包了，架在火堆上烧烤。不一会儿，那泥就黄了，忽然，“訇”的一下，那泥包都着了火。人们吓了一大跳，往后就退，都以为是这神虫显灵作怪。老解没跑，说没事的，是这家伙太肥了，油把泥渗透了，当然着火了。可人们还是远远地看着，不敢近前来。当那泥包自身的火熄了之后，老解将泥包摔烂，一股香味就飘出来，真是香气扑鼻。刘进财抹了头上的汗水说我还当它飞走了呢。老解说都烧成这样子了，它还飞走了呢。那香味让我们的口水都流下来了。老解扯下一条腿子来说谁吃？他把那腿子递到谁跟前谁就往后退几步。老解说你们都不吃，我可就吃了。说着就撕下一块来放进嘴里，说好香，好香。老黄咽下一口唾沫说天上飞的都自带调料哩，是不是老解。老解说就是，他把一个大腿递到老黄面前，老黄忙说不，我吃得饱饱的。

老解吃得香极了，窑洞里就听到人们吞咽口水的声音，极夸张。老解撕下几块来再让，还是没人接，都往后退去，老解就饱吃了一顿。

我们看着老解就一个人把这只猫头鹰吃上了。

晚上，娘对爹说老解怕是要招祸哩。

我说我看他好好的。

娘说有些报应不是一天两天的事，你可别在外面胡弄，猫头鹰是神虫，你见着老解远着点。于是我们就远远地避开他，仿佛他带着什么邪气。

第二天，人们看老解眼光就不同了，有人问他你没事吧？老解说你看我这不是好好的。收庄稼的时候，队长也问你没事吧？他笑了说我要是有事，今天还能参加改造。队长就说你以后别再吃那东西。

又过了几天，人们见他还好好的，老黄就问你真没事？老解摇摇头说你看我有没有事?！之后老解又对老黄说能不能再弄一只那家伙来吃一下？老黄说要弄你自己弄去,我可不敢弄那神物。老解说你看我这不是好好的么,要报复应该早报复我了。老黄说你不是这里人,家不在这里,祖坟也不在这里,当然没事了。老解说这事和祖坟有啥关系?老黄说这东西要让你出事,一般都是从祖坟里出事哩。老解说祖坟里怎么出事?老黄说祖坟出事,先人不宁,后人就有灾祸了,好端端地得个怪病。老刘家知道吗?去年这东西在他们家院墙上天天叫,老刘的小儿子不是民兵吗?背着枪,一枪打过去,平时打啥都打不准,可那天晚上一枪过去竟然就把这家伙打了下来。结果呢,他一个能摔倒牯牛的小伙子走得好好的,却一头倒在地上,再也没起来。老解说我不信,它不就是个猫头鹰吗?老黄说老年人都这么说,它是神虫,老年人的话都是他们经过的。

第三天,老黄送给他一只煮熟的鸽子,说以后别再吃那东西了。

挖黄鼠

每年秋末,白露前后,社员的日子里油花子要多一些。因为这个时间黄鼠胖了,能吃了。黄鼠常常在田边打洞筑巢。山里有俗语云“黄鼠吃过地隔塄”,比喻把自家的事做到别人家里去了。一到白露跟前,五谷粮食穗满籽饱的,黄鼠就吃得肉嘟嘟的。胖了的黄鼠在天气好的时间常常在坡上站起来,两个前爪高举着,“吱吱吱”地叫。因此一到收糜谷挖山芋的时候,汉子们就开始利用一切休息时间挖黄鼠。挖黄鼠是个力气活。黄鼠很狡猾,打的洞有两个出口,一个叫钻,一个叫土包。钻一般都在草墩子下边,十分隐蔽,不细心是发现不了的。土包则有一堆土,是打洞打出来的土。挖黄鼠是要讲技巧的,看到一个黄鼠后就追,追进一个洞里去,然后就开始挖,那真是一场较量。有经验的人挖着挖着,常常会站起来往前走四五步,然后掏个坑下去截,这叫截趟。黄鼠也很狡猾的,你挖着挖着会忽然间没了洞,这时候你就得细心观察,才能找到洞。原来黄鼠在洞里跑着跑着就开始刨些土下来壅到身后,回过头来又用嘴巴把土墩瓷实,几乎和原土质一模一样。挖黄鼠如果把黄鼠从土包里追进去要比从钻里追进去省力得多。因为土包离窝很近。还有一种省力的方式就是灌黄鼠。那得有水,只有下了暴雨之后,山里才会有许多水坑,你只要把黄鼠追进洞里去,只管往水洞里灌，黄鼠给淹得待不住，就会从洞里爬出来，然后你只要把手卡在洞口，等着捉就行了。灌黄鼠当然是把黄鼠从钻里追进去最好，如果从土包里追进去，灌水就直达黄鼠窝，那连土带柴草的就把水路堵住了，黄鼠就会从钻里跑掉。

捉住黄鼠不用宰杀，只需要将上嘴唇与下嘴唇分开使劲一掰，黄鼠就立刻毙命。

把黄鼠用开水烫后，拔去毛，然后开膛破肚，扒去肠肚，就可以做了。吃黄鼠有多种吃法，最常见的有两种，一种是在黄鼠的胸腔里放上葱花、盐、花椒、大香之类的调料，然后和一块面，揉精之后，把黄鼠包进去，仿佛装了死人的棺材一样，放进笼里去蒸。这种吃法叫黄鼠棺材。一种是用碗装上少半碗淘洗好的米，添上刚刚淹住米的水，把整理好的黄鼠放在上面，用一块面盖住蒸。一个黄鼠蒸出来后，面和米全被黄鼠油渗透了。不管是大人还是娃娃，一个黄鼠到手，连个骨头渣子都剩不下。

老解到了这方土地之后的第二年秋天就加入到挖黄鼠吃黄鼠的行列中。开始他对大家说这家伙会传染鼠疫，大家都问鼠疫是啥？老解说就是一种瘟疫。队里人还是听不明白，就说我们祖祖辈辈都吃这东西，除了倒霉的挖出太岁死人外，还没见过吃黄鼠吃死人的事。老解就问你们见过太岁？老黄就说那东西人一见就死了，当然没人见过了。之后又说不过听人说那东西刚挖出来就只有指头蛋子大小，没眉没眼的，如果当时有酒盅，当下装进酒盅里去，上面再扣个酒盅，放到笼里去蒸，蒸熟了一口吃下就没事了，如果没有酒盅扣住，那东西就长得疯快，一下子就能长得和人一样大，要是不小心弄烂了，掉一点血就生出一个来。

老解是在看着别人吃过一只黄鼠后才吃的，吃得有些龇牙咧嘴的。可当一个黄鼠吃完，老解抹抹嘴巴说这是世上最好吃的肉。人们就说天上的龙肉，地上的黄鼠肉。吃完以后他就加入挖黄鼠的行列。只不过老解不得窍门，又身单力薄，一天能挖一个黄鼠就不错了。有些汉子一天要挖十几二十个。老解挖出来黄鼠，就会拿到我们家代做。我们家从父亲到两个哥哥都是挖黄鼠的好手，不在乎老解有没有黄鼠。毕竟只要我们为老解做了事，老解总会想方设法补给我们。

老解在村里待了六年,年年都挖黄鼠,没有挖出过太岁,也没听人说过挖黄鼠挖出太岁的。不过有一次灌黄鼠把老解吓了个半死。他追了一个黄鼠进洞,老解提水灌,灌了一会儿,他把耳朵贴在洞口听,听到“咕咚咕咚”的声音越来越近了,就觉得该出来了,于是把手卡在洞口,果然出来了,他一下就死死捏在手里,可感觉冰凉,而且光溜溜,一看是一条蛇,他妈呀大叫一声,扔了就跑。后来他就提水灌,别人捉。虽然辛苦,却不危险,等待灌够了水,他就远远地看别人把手卡在洞口上。

蒸乌鸡

批斗会忽然就多起来,每次批斗会老解都得在台上站。可老解身体不行,站着站着就发晕,有一次他晕倒在会场上。朱长生又被李家人整了下去,我们队上的陈福林当了大队长。陈福林是个外姓人,是给地主李维邦拉长工落在村子里的。他以前是贫协主席。朱、李两家今天你弄我明天我弄你的,结果上面就让陈福林当了大队长。陈福林对民兵说把老解押起来。民兵把他提起来,刚一放手他又倒下去。民兵就说他晕过去了。陈福林说没见站还能把人给站晕,就走下台来,到跟前一看他真是晕过去了,脸白得像蜡一样,就掰开他的眼睛看了看说他真是晕过去了,就让民兵把他带下去休息了。

第二天陈福林问老解说你是不是有啥病?老解说没检查过。大队长说你这身体太虚了,得好好补一补。老解苦笑了一下。陈福林想想说你明天跟我到山里去抓条蛇。老解一听蛇就浑身发抖说,大队长你知道我最怕那东西。陈福林说不让你抓,只让你跟上就行了。陈福林就把我们这些娃娃也叫上了。老解说叫他们干啥?小心把他们伤着。陈福林说娃娃们眼尖,蛇很诡秘的。

老解和我们就跟着陈福林去抓蛇。虽然我们那里蛇不多,但我们很快就发现了一条,陈福林很麻利,一下子就抓住了蛇的尾巴提了起来,那蛇的头一下子端直直升起来,像铁丝钢条一样,老解吓得往后就退,我们也没见过蛇那么柔软的东西会有这么大的力量,骨头都酥了。但陈福林像抡一根绳子一样抡了几个圈,那蛇就像根面条垂下去。他看看说不行,这家伙是今年的蛇,也太小,让它再长长。说完顺手一扔,蛇就落进远处的草丛里了。

老解说你怎么知道这条蛇是今年的蛇?陈福林说它没蜕过皮,一捏尾巴就知道,小蛇的尾巴比女娃的手还绵软。我们就继续找蛇。老解边走边问大队长你怎么这么熟悉蛇?陈福林就说我曾经身体也很虚,连干那事都不行了,后来,连命都快保不住了,我睡在炕上几天都起不来,人都说我没救了,家里把老衣都给做了,一张烂席都准备好了。那几天里,我看到村子里和我好的不好的都来看我,我就流泪了。后来,一个一直和我争强斗胜的人送来一罐汤,那是他按一个偏方做的,用一年以上的蛇煨乌鸡,又加了人参、黄芪炖。结果喝了这罐汤我就有了些精神,后来我吃了三只用蛇煨过的乌鸡身体就渐渐好起来了。其实应该说我都是死过一次的人了。后来我们又找到了一条,陈福林抓起来一看,还是当年小蛇,又扔了。来到一个沟洼里,陈福林忽然说别动,悄声。我们就站下了。陈福林说你们看,我们就跟着大队长的手指去看,见一只麻雀在离地一丈多高的上空盘旋,却是飞不走。陈福林说麻雀让蛇给吸住了。这里肯定有一条大蛇。他让我们在原地不要动,自己蹑手蹑脚地过去,不一会儿就抓住一条青蛇来。我们看时,这条蛇有锹把那么粗,有一锹把长,样子也凶狠得多,信子吐出来那么长,头带着整个身子乱摆,我们就觉得浑身凉飕飕的,像是那蛇顺着裤腿往上爬,都往后退。陈福林说这世间万物啥都有用哩,蛇这么毒,用好了照样会是好东西哩。

回到陈福林家里,陈福林就把一只乌公鸡提出来放在院子里,然后拿了把刀和木墩出来,把蛇一截一截剁给鸡吃,一条蛇就这样给鸡吃光了。不一会儿那只公鸡就肿了,第二天,那只鸡死了。陈福林就开剥了鸡把黄芪装进鸡的胸膛里,让女人放进一个砂锅里炖。炖出来后陈福林说啥调料都不能放,连盐都不能蘸。老解三顿吃了一只鸡,但他开会时还是晕,陈福林就又给他吃了一只,他就不晕了。

陈福林说不能再给你鸡吃了,你要再吃会出事的。老解说会出啥事?陈福林笑着说你婆姨不在跟前,你会钻错被窝的。老解就说那你吃了三只鸡一定钻错过被窝吧?陈福林笑笑说我钻错不要紧,你钻错可就麻烦了。

老解说谢谢你了大队长，前些日子我觉得怕是活不了多长时间了。陈福林说你们城里人真脆弱，一有点病就想到死，咋就不想活呢。好死不如赖活着，死了有啥球意思。我都是死过一次的人了，才会对你这样的！他又说运动是运动，像你们这些人迟早是要回到自己的地方去的。

写对子

年到了，村子里就热闹起来。有钱没钱，剃个光头过年。大人们忙着剃头，娃娃们则忙着买炮。那时间乡下人过年没啥难事，肉自家产，蛋自家产，赶集办年货也只是个形式。

“臭老九”齐翰林走了的秋上，老秀才李全把头一扬也走了。李全没死的时候，村子里的人一见面就说你还没死呀？李全在村子里辈分大，人人都开得玩笑，再说说一个过了七十岁的人还不死，是祝福加寿的意思在里面。李全刚死，人们还没觉出啥来，死了也就死了，他都活了八十九岁，活到了年纪，只是觉得应该再活一岁，因为再活一岁就能凑个整数。人们总是喜欢凑个整数。可是到了年跟前，人们才发现平日里觉得有他无他都无所谓，可死了后才发现这日子里他还是有用处的。

我去买炮，和往年一样带回一张红纸，爹把红纸都裁好了，方才想起谁写对子呀？就对我说拿到张村请顾二秀才写。我不愿去，张村有十几里路。爹脱了鞋提在手里要打，娘说大过年的打啥娃娃，不写对子就不过年了，那顾二秀才是随便请的？没一包糖人家不写哩。爹就说不写对子过个啥年？有钱没钱贴个对联过年。正这么说着，队长就敲钟了。那口大钟一响，人们就从各家走出来，互相问着这大过年的，又有啥事？莫不是要备战了？还是要开批斗会？人们来到了大场上，这时间大队长站在碌碡上说对子都没写吧。大家都说没写。大队长说都年三十了，难道等着初一再贴？那不迟了半年？有人就说老秀才死了。大队长说老秀才死了就不过年了？有人就说不写对子难道老天爷还会把咱隔到年那边不让过来不成？大队长说那过个球，过大年，过小年，剃光头，贴对联。有人说红纸都买回来了，大队长你写？大队长就说那是丈八的椽子踩高跷，你高抬我了,咱们有大秀才哩。人们就说谁呀?这么说着人们就想起老解来,都摸摸光头说,把他娘的,咋就把这么大的秀才给忘了,有眼不识泰山哩。有人说没见过他写字啊,这毛笔字可不是谁都能写的。大队长说没见过他写字他就不会写字了,不会写字他还当啥右派?人们这才恍然大悟,是啊,哪个右派不会写字呢?村子里前前后后来了几个右派,个个字写得比村子里的老秀才李全好,李全都叫老师哩。

老解就在大队长家里摆开纸开始写对子。人们就围了一圈圈看老解写对子,赞叹到底是城里秀才,比老秀才写的好多了,你看这字写的跟印出来的一样。写了第一副,大队长一看说你怎么写的我念不下来,总不是反革命言论吧。老解就念给他听:新年纳余庆,佳节号长春。并解释说这是中国第一副春联,没有反革命的意思,这字是老体字。大队长说不反革命也是四旧,你写些革命些的对联,上庄有个老革命在省里工作,他年年过年都衣锦还乡,路过看见了会说咱革命意志不坚定哩。老解说可我一时想不出来革命的对子。大队长就说你随便编几个。老解说这对联讲究得很,不是随便编的。大队长就说讲究个啥,顺口就行了,再说你弄得文绉绉的,咱这里谁懂,不懂贴那东西有啥意思?老解就说这对联还真不好编,一抬头看到陈福林家的墙上贴着《人民日报》,正好有一张上面刊登着几副对联,就照着往下写,第一副刚刚写出来,围在他身边的人就立刻读了出来:"革命形势东风吹,阶级斗争战鼓擂"。老解惊讶地看看大家,这时大队长说这对子好,能到公社、县上参加比赛哩。老解把报纸上刊登的对联写完了,就又顺着这样的对联编了些对联。可一个村的对联一二百副,他实在编不出来了,大队长就说我有本毛主席语录,后面有毛主席诗词,你照着那写吧。老解说那不是对联。大队长说老秀才就是一直照着那写的。老解就照着毛主席诗词写"四海翻腾云水怒,五洲震荡风雷激"之类的。

村里人对有知识的人总是非常敬重的,虽然老解成分很不好,但这个年老解过得很富裕,油饼、糖果、肉都好久吃不完,还有酒。大年初一,大队长来一看说老解,你这年比我还过得富裕哩。两个人就喝去了一瓶酒。之后大队长说你教我儿子写字吧,我们家人老几辈子没有个识文断字的人。

抱鸡娃

每年的春天,母鸡们闹窝的时候,娘都要抱一窝两窝的鸡娃子出来。

这窝鸡娃子经过一春一夏,到了秋上的时候,就成大鸡了。母鸡开始下蛋,公鸡留下一只,其余的就和那些老两年的鸡做还人情的礼了。日子过了一年,怎么也是欠下了些人情账,需要还的。再说那么多的亲戚都要来回走动,就抱一只鸡。我每年都要抱着鸡到外爷家去,到舅舅家去,到叔伯家去,到姑姨家去。每年总有七八只鸡要送出去。有时候,公鸡少,就只好抱母鸡去了。每逢抱着母鸡走亲戚的时候,娘就一脸的痛苦。因为这时候的母鸡正是下蛋的时候。每天一个蛋,要是雨水好的时候,草芽嫩爽,秋虫壮硕,母鸡一天可以下两只蛋的。娘抓住母鸡时,总是说:“这鸡正下蛋哩,明年一定要多抱(孵)几只公鸡出来。”语气中仿佛吃了多大亏似的。我对娘的痛苦颇不以为然,多抱公鸡,你又会嫌母鸡少了,没有下蛋的,不更痛苦?就拿这只母鸡来说,它终究是下过一个月蛋的,要是公鸡,养那么大,到头来一送人什么都没了,不是白养了?

娘抱鸡娃子在村子里是很有名气的,都说她手气好。就像捉狗,脾气歪的人捉来的狗歪。她抱鸡娃子不管放多少鸡蛋,到头来只有两个瞎蛋。可有些人一抱就出一半的瞎蛋,最少的也有六七个,那鸡蛋也就糟蹋了。朱长文的女人抱了一窝鸡娃子,结果一个都没出。后来,朱长文的女人只要听见娘要抱鸡娃子,就用衣襟兜着几个鸡蛋来让娘代抱。当然,她要抱十个鸡蛋来,娘最多给她七个鸡娃子。后来我明白,娘会挑鸡蛋,这可不是人人都会的。

老解来的第一个春天,娘开始挑拣鸡蛋的时候,说你看看老解在不?我说在,我刚刚从场窑回来。娘对老解说,老解,你去到别人家买两个鸡蛋来吧。老解抬头看看娘说买两个鸡蛋?娘说买三个也行。老解看着我说干啥?我说我娘要抱鸡娃子,给你代着抱几只,秋上你就有鸡蛋吃了。老解就高兴地笑着说那我买五个行不?我看看娘说行。老解又说你家不是有鸡蛋吗?卖给我五个就行了,多少钱?说着就掏钱。娘说你不能买我家的。老解说你家的鸡蛋没有卖的吗?娘说有卖的,可是今天你不能买我家的。老解说为什么?娘说要是能卖给你,我就送你几个。老解说为什么？娘说我把鸡蛋卖给你,再给你代着抱鸡娃子,这么做不对。老解说为什么？娘说你是个读书人,能想到的,这让人听了咋都会觉得我是为了把鸡蛋卖给你才代你抱鸡娃子的,可是我要把鸡蛋送给你再代你抱鸡娃子,鸡娃子抱了出来,一天天长大也没啥,可是它到了下蛋的时候,一天给你下一个蛋,我心里就天天有事。老解想了想说你说得对哩,可我到谁家买鸡蛋呢？娘对我说你带老解到大刘家去买鸡蛋。老解就对我说你替我去买吧。我要去大刘家时,却又被娘叫住,说还是我去吧,抱鸡娃子的蛋不是吃的蛋,要选好哩。

娘很快就从大刘家买来了五个鸡蛋,然后把找回来的钱递给老解说你看,这是你的鸡蛋。老解感激地笑着。娘拿着鸡蛋到了拐窑里,爬上草摞,把正闹窝的母鸡挪开,一个鸡蛋一个鸡蛋往里放,边放边骂我说一个娃娃人家嘴长得很,不说话没人把你当哑巴。我不知道,就说我又咋了,我又咋了？你总是要骂我,好像你是我后娘。娘说你还嘴硬得不行,我说两个三个都行,你倒好,一下子就说五个。我说五个咋了,比两个三个多三个两个,再说是鸡抱蛋又不是你抱蛋。我觉得自己这次绝对抓住了理。我早就想抓住理好好跟娘较量一番的。娘说五个比两个三个多三个两个,你倒是嘴巧会说啊？我就说本来就是嘛。可娘说你算过吗？五个鸡娃子出来,都在一个院子里,它不和咱们的鸡争食啊,场上撒落的饭、粮食,园子里跑出来的虫虫子,梁顶上长出来的草芽芽子,就多了五张嘴吃哩。我没有想到娘想到了这里,就心里佩服娘,可是我又想到了一条反驳的理由,便说还不是你提出来的,你不提出来给他代抱鸡娃子,不是没有鸡和咱家的鸡抢食了吗？我觉得又咬住了娘。可娘却说你说得好,咱家炒鸡蛋的时候,你说他能闻到闻不到,人有大小,嘴没有大小,人有好坏,嘴没有好坏。咱吃着让他看着？你吃得下？让别人看着了,还说咱们做人不厚道。他在这里又没有个亲戚,既然住到咱这院子里来了,咱们不替他想到这些,谁还会替他想到这些？怎么说他也是个出门人,出门人都是可怜人,都有难处哩。他迟早是要走的人,离开这里,会对人家说咱们做得不够人。我就彻底佩服娘了。娘又说以后敬着他点,咋也是个老人了,别总是跟在后面学人家走路,学人家说话,那要遭罪的。

鸡娃子抱出来之后,老解进来看,那毛茸茸的鸡娃子黄的白的红的在地上乱跑。老解别提多开心了。娘对老解说先让在我家长着吧,你不会喂。一直到鸡娃子翅膀的羽毛长出来之后,鸡已经有小碗那么大了,娘才把五只鸡娃子给了他。老解感动得要命,拿了十块钱硬要给娘,可娘死活不要说是鸡抱的,鸡蛋又是你的鸡蛋,我收钱算啥?老解没办法,后来给了我一支英雄钢笔,第二年又从城里给我带回来一双新球鞋。娘对老解说这重了,重了。老解说重啥?鸡蛋我都吃不完。

打 窖

田家四季苦,农人酣睡香。这是老解后来做的一首诗中的两句。开春送肥犁地,夏秋收割,到了冬天还不能闲,得打窖。这里干旱,地下无水,窖就很重要了,夏收雨水,冬贮积雪。年年有塌窖,年年就得打窖,上面提倡抗旱,打窖就成了革命的一部分。

一入冬,队长就选择土质好的低洼地方,男劳力就开始集合起来打窖。窖是坛状的,先挖一个仅容一个人上下的圆口,下去后就开始往大里旋,一般直径可达丈三,也有丈五的,但那就很少了。深度一般三丈。分旱窖和水窖两部分组成,水窖上每隔五寸掏一斜孔,叫麻眼,便于糊胶泥。胶泥要用水泡醉,搋面一样搋,搋得和面一样精,然后搓成泥橛,塞进孔里去,再用平平的木榔头锤,一遍一遍地锤,直到和原土混为一体。倘若能再寻些废铁花花的钉进去,铁就生锈,一生锈泥土就抱成一团了,这样装上水就不漏了。

老解打窖时,身体不行,提不动土,也拉不动土筐,大队长就说你帮老周拉边套吧。于是老解就和老周两人往上拉土。

这一组打窖的窖把式是刘四。刘四说他打的窖可以埋几个生产队的人。这次打窖的地方土质好,刘四就说他要打一个过心(直径)丈六的窖,要打个窖王出来。老黄就说这里土质好,有斜茬哩。但刘四就是要打丈六的直径。打到第四天下午的时候,窖忽然就塌了,把刘四和掏土的张建国捂在了下面。

窖沿上的人给一阵地震般的抖动震呆了,之后就都趴在窖沿上喊,窖下却无声无息。快去喊大队长,老周说。老解就急忙去喊大队长。大队长来后围着窨沿走了两圈,然后脸色阴沉地说谁下去掏?大队长这么一问大家都往后退了一下。这时窨沿上就围了一群人。大队长的目光就在人群中扫来扫去,之后停在老朱身上,说,老朱你下去掏。老朱往后退了下,说,大队长窨还塌哩。大队长说,塌就不掏了?你下去掏了我给你一个人一年的口粮。老朱家里困难,婆姨瘫在炕上几年了,娃娃小,没劳力,因为卖鸡蛋又戴了个四类分子的帽子,日子很不好过。吃了上顿没下顿,年年借着粮吃。老朱还是往后退,说,这窨还塌着哩,这里土是压茬土,只要一塌开就没完,直到全部塌下去。大队长又转了几圈说,两口人一年的口粮。他又走到老朱跟前说,你要是下去掏了,以前借的粮都不要还了。老朱脸上的肌肉就抽动起来,大队长又说,你下去掏人,这算是立功哩,我报上去,要是批了,你的帽子就可以抹了,这对你的娃娃将来有好处。老朱眼里就放出光芒来,说大队长你不哄我吧?大队长说我啥时候哄过人。老朱说那我下去掏。老朱就顺着梯绳往下爬,刚踩到梯绳上,十二岁的大女儿就奔过来哭着叫道,爹,你别下去,你别下去,咱要着吃也不要这粮。老朱伸出手来摸摸女儿的脸说,没事,爹掏完就上来。

不一会儿,老朱就掏出来一个,拉上来已经没气了,窨沿上就一阵大哭。老朱又掏出来一个,刚刚拴好绳,窨再一次塌下来,正砸在老朱身上。窨沿上人大喊,就是听不到回声。大队长把拉上来的刘四放在一边,解下绳子,拴到自己的腰里,然后就爬下窨口去,有人说大队长,你不能下。他没言语下去了。老朱掏上来了,头给砸碎了。三个尸体被抬着往回走,黄昏就水样洇过来,洇漫黄昏的是哭声。

大队长没有跟着回去,坐在那个窨边抽烟,老解便走过去说大队长回吧。大队长说你说这狗日的怪不,它咋就再不塌了,咋就不连我也打死在下边。老解看到大队长说这话时眼里盈满了泪水。

第二天大队长在会上说老朱一家全队人养着。

老解找到了大队长说老朱咋没棺材?大队长说他家哪有棺材,你看连个席子都没有,还是我从家里拿来的。老解说有卖棺材的吗?大队长说有,可队上给他一买,再死了人来要咋办?再说他的成分也不好。老解说我掏钱给他买。

大队长说算了吧,人死就死了,有没有棺材对他都没意义了。老解说可人活得就是这么个,规矩就是规矩。大队长想了想说那就把胡子老顾的棺材先买来,他再做去。买的时候,胡子老顾少收了十块钱,老解一定要给,老顾说你一个外乡人都这样,我们都一块儿生活一辈子了。

老朱就背了一副棺材,人们说老朱还是有福气啊,这些年村里死了多少人,有几个背了棺材走的。人们算算还真就没几个,都是一张席子卷走了。

埋老朱的时候,全队社员都到了,大队长对老解说你给写个悼词吧。

老解那悼词写得把人都念哭了。

埋了老朱,大队长就去了公社,想给老朱家抹帽子,可是公社里的人说从戴帽子开始到现在有几个抹了帽子的?你这觉悟有问题。

鼓 劲

老解的身体总是不行,而且越来越不行。劳动歇息的时候,大队长和他坐在一块儿说你这身体咋就缓不起来呢?你的活不重呀。后来又说一定是你这熊人做饭胡日鬼哩。老解说我从来就没做过饭。

散工的时候,大队长说老解你今儿个到我那里去吃饭吧。老解就说我还是回去吃吧,在你家吃的次数多了,让上面人知道了把你的大队长拿掉了。大队长说这是个球事,我都是死过一次的人了,走吧,再看看我儿子那字。到了大队长家,老解就急着看队长儿子的字,一看这娃的字还行,就又给写了个方格。吃饭时大队长说这狗日的能哩,我给他写了“反映”两个字,他硬说我把“映”字写错了,说“映”字不是口字边,是日字边。我说他错了,反映就是要用嘴反映,肯定是口字边。他硬说是我错了,后来我找出报纸一看,还真是我错了,你说再啥字我写不来,这字我可写了不知多少遍,还硬是没看出错来。老解就笑了。

吃过饭,大队长说你这身体得调整调整哩,你干脆到张寡妇家吃饭算了。老解说这咋行?大队长说咋不行,她也得做饭哩,一个人也是做,两个人还是做。老解说这怕不好。大队长说有啥不好的,她也希望有个人陪她说话吃饭哩,女人比男人还慌哩。老解红了一下脸说不行,那不行,人家是个正经女人。

大队长说,也没说让你做啥。老解就笑笑。大队长说少是夫妻老了是伴儿,这话有道理哩,男人女人在一起吃饭说话,对身体也有好处的。老解脸还是红着,大队长又说我看这政策啊,你一年半载也是走不了的,像你这身体,再这样下去,怕就一辈子也走不了了,你还想那么多做啥。人活一辈子就得活好一点。

老解就开始在张寡妇家吃饭,但吃了几天就不去吃了。大队长问咋了,是张寡妇嫌弃你?老解说这话不敢说,人家待我可好了,顿顿都认真做的。大队长说这就对了,我看你也是福折的不行了。老解说总是不好。大队长问啥不好?老解说影响人家的名声。大队长说现在活下来就不容易了,还管啥名声,书把你读愚了。老解就说她儿子对我说别把我娘当没人主的人,要是识好歹就早点滚,免得见了面鼻子不是鼻子脸不是脸的。大队长说这狗日的看把他厉害的,明天我叫人捆他几绳子,他狗日就老实了。老解说算了,我还是自己吃。大队长说你甭怕他狗日的,有我哩。老解就说你要真是为我好,就算了。大队长叹一口气说哎,你当我是真叫你去吃饭呀,我是想你这身体吃得不好是一方面,再一方面就是那事不干也不行哩,身体得调解着来养哩,婆姨汉子只要折掉一个,剩下那一个不再配对,就老得快,死得快,人活在这个世上,男人女人互相鼓着劲哩。

后来大队长问老解,你说个实话,你想不想那事?

老解说,我又不是神仙。

大队长又说,干脆给你们撮合撮合,结个婚算了。

老解摇摇头,说那会连累她一辈子的。

大队长说她也一个老婆子了,还怕啥?

老解说可她的儿子孙子呢?

大队长就默不作声了。

在　东

村子里的婚事大都在正月里操办。一是人闲,闲冬闲冬,地里没活,人自然就闲了。二是正月里人都有肉吃,肚子里有油水,不刮,席就省。因此大年刚过，婚宴就格外多。这年的冬天，张三娃要翻人身（村里把男人娶媳妇叫翻人身），日子订在正月初八。到了初六那天，张三娃来请老解给写副喜联，他给老解提了一斤红糖。老解不要，说我给你写就行了。张三娃把东西硬硬放下，还说明天请你早早过来帮帮忙，在我家吃饭吧。

老解写好喜联，第二天一早就过去了，张家人就端上来油饼、馓子，还有大蒸馍。大队长是大懂（就是安排料理整个婚事过程的人），也叫喊事。吃过后，老解就坐在炕头上，看人家忙来忙去。村子上家家都来人帮忙。

第三天正事，大队长就把一个用红纸订好的本子拿过来说，老解，你把礼给记上。老解就接过本子。张三娃就搬过来一张小方桌子，放在炕上，给了老解一支毛笔，一瓶墨汁。老解打开墨水瓶，觉得很臭，拿毛笔一蘸，墨汁淡淡的，就说这墨汁不能用。张三娃就过来把墨汁瓶摇摇，又拿毛笔在瓶里搅搅，说这墨汁是自做的，把用光了电的电池打开用里面的黑面面泡的，你边写边搅着点，还能用。老解就把自己的墨汁拿了过来。

来出礼的人，都是先吃过馍，喝过汤，这才来出礼，然后再坐席。席是十大碗，四个肉菜，六个素的。老解就开始记礼，来的人大都出五毛，还有三毛的，也有一块的，但很少。老解就问坐在身边的大队长，这三五毛钱能干个啥？大队长说出礼又不是下馆子，图个热闹，也是个人情。

收完礼，老解给安排坐席，坐完席，老解就自己上了两块钱的礼，交礼钱的时候老解一数差两块就整整一百元。大队长看完礼簿，又给张三娃看了，然后，张三娃又说了几个人名字，老解一一写上，张三娃又说这些人的边上你都写个“在东”。老解就问这“在东”是啥意思？大队长就说我们这里帮忙的人都不上礼钱，写个“在东”，就是说礼出了，在东家。人们一看就知道这些是来帮忙的，帮了忙就等于礼到了，再不用上礼钱了。张三娃就拿出两块钱来说老解，你这礼不能上。老解不解地问咋不能上，嫌我是外地人？张三娃说你帮了这么大的忙，还能让你出钱？老解说这算帮啥忙，再说也是应该的，我两天都在你家吃的。张三娃说哪个帮忙的不在我这儿吃，是应该的，这是规矩，规矩不能破的。老解坚持要上，张三娃说你这礼还是不能上，再说你迟早是要走的人，你上了礼我到哪里给你还礼去？老解说还啥礼呀。大队长就说对着哩，有礼啥时候都得还的,说不定哪天上面一个文件,你尻子土土一拍走了,我们哪里找着给你还礼去？以后怕是想见你也见不着了。老解说我就是走到天南海北,也不会忘了这里,这不上礼不合规矩。张三娃说你不上礼才算合规矩哩。大队长最后想想说,那你在你名字旁边写个“在东”吧。老解说这钱？张三娃说,这钱咋都不能收的,写个“在东”,你礼也就上了。

“狗日的”

每年队上都要种一块地的西瓜,一般由四个人种:我的外婆、朱宝的奶奶、五十子的爷爷、瓜子朱喜旺。我的外婆、朱宝的奶奶都老了,五十子的爷爷得着痨病,而朱喜旺瓜得扎实,想想都是老弱病残。这些年想,陈福林大队长那时候就关注弱势群体了,他是给这些人找个挣工分的活路。种瓜苦不大,就是熬人一些。朱喜旺虽然瓜得扎实,可力气有的是。上粪就是他的活,他一抱子就能抱起一个装满粪的大背斗,然后一个瓜秧跟前倒一锹头的样子,他能抱着这一背斗粪一个瓜秧接一个瓜秧地倒完,连气都不喘。俩老奶奶都是善良人,说瓜子缓缓。他就嘿嘿一笑抱着背斗蹴下去,一会儿又起来继续干活了。

老历的七月初,西瓜就开园了。陈福林就通知每家去一个家长到瓜地里,五十子的爷爷已经挑好了瓜,摆在地头,一人一个,吃完后,瓜就算开园了。

老解到村里参加西瓜开园的第一年,他实在吃不下那一个大西瓜,吃了一半就撑得不行了,就对靠着自己的老万说这半个你吃了吧,我实在是吃不下了。

老万嘿嘿一笑说,你狗日的连一个西瓜都吃不了,改造可有你好受的。说完就来接西瓜,老解却将西瓜又收回去了,说我好心给你西瓜吃,你却骂人。老万说我骂你了？老解说你还没骂我？算了,我不跟你这种人交往了。老万就来气了说不给就算,反革命的西瓜吃了就是糖衣炮弹。老解就气得哆嗦,老万却是个得理不饶人的,高喉咙大嗓门地说还不让人说了,不让人说就不要反革命。吃西瓜的人都抬起头来看着他们俩。老解嘴唇都气得乌青,哆嗦着说不出话来。陈福林就走了过来说咋了,西瓜把精神吃大了。看老解眼里竟然汪着眼泪,就骂老万,你狗日的把老解咋了,也一把年纪的人了,你把他都快气哭了。

老万看了一眼老解,说他西瓜吃不了,要送给我吃,我去接的时候,他却不给了,这不是要人么？还说我骂他。陈福林就看看憋屈的老解说老万,你狗日的到底骂他了吗？老解是知识分子,绝对不会枉说人的。老万说你问他狗日的看我骂他了吗？我啥话可都没说。这时老解说你听大队长,他还在骂。陈福林就懵懂了,说他又骂了,我咋没听到？老解翻着眼睛说他明明骂我狗日的,你还说没听到。围着的人都哗的一声笑了,陈福林捂着肚子笑了半天说你不懂,狗日的不是骂人话。老解还翻着眼睛,陈福林说你没听到我刚才说老万狗日的了么？老解点点头。陈福林又说在我们这里狗日的不是骂人话,关系跟你近了好了才用哩,要是关系不咋样,你想让他用他都不用。你没听男男女女叫娃的时候,打情骂俏的时候,哪个不说狗日的？老解就明白了,陈福林说狗日的不是骂人话,驴日的才是骂人话哩。有谁对你说驴日的,你给我说,看我咋收拾他个驴日的。老解就把半个瓜递到老万的怀里说我不知道,你就不要生气了,不知者不罪。老万也笑了半天了,接过瓜来说你狗……他吐了一下舌头。老解就说你狗日的吃吧。他自己也就笑了。回去老解还是觉得过意不去,就买了两包纸烟给了老万,老万说你看你这人,这是干啥,你不懂,又不是你故意的。老解硬硬把烟塞进了他的口袋里。不久,老解就能很熟练地运用“狗日的”这个词了,而且知道对年长于自己的人、辈分高于自己的人,这个词是禁用的。而对于和自己年龄相仿、同辈的人,用这个词是越用越亲,而对比自己年龄小、辈分小的人用,简直就是娇惯了。直到最后离开村子,老解已经把这个词用得很是自如,张口就来。

后 记

谁都不会想到,陈福林竟然死在了老解的前面。陈福林在村子里德高望重,不当大队长了,人们还是叫他老队长。有福气的人总是会死在冬天。冬天死的人能等齐所有想见的人,不会发臭,不会生蛆。大队长快死的时候,老解来了,是他的女儿搀他来的。那是个腊月初九。我也回村来了,因为我的外婆病重了。

人们都奇怪,老解咋知道老队长不行了呢？都还当是我通知的。我说我也不知道老队长不行了，回来才知道的。老解说我梦见大队长给我说他要死了，我就来了。老队长挣扎着笑了一下说你狗日的把我梦死了。老解却笑了，说你狗日的不是说梦见谁死了是给谁加阳寿的吗？老队长说谁球知道，我七十过了，人活七十古来稀，过了七十就是喜丧。老解眼里就潮乎乎的，摸着大队长已经掉光了头发的头说你狗日的说我是个以后用得着的人，可你一次都没用过我。大队长说儿女不争气，走不出这块土地，咋用你？这一辈子便宜你狗日的了。忽然又说不对，咋没用过你，我儿子虽然没上学，可当兵了，现在是连长了，就是他的毛笔字写得好，人家领导看上了，这才一步一步干了起来。老解说唉，让你的后人用我的后人去吧，我都安顿好了，总得用一次吧，这不女儿我也带来了，你就像对你的儿女，当面给她交代吧。老队长说不说这些了，我都快死了，还管球那么多，儿孙自有儿孙福，谁与儿孙做马牛。老解说你狗日的还是不想死吧。老队长说人死过一次再死第二次，还是不想死，日他妈明明知道来到这个世上是受罪来了，偏偏就是不想死。

老队长捏着老解的手说我总觉得你狗日的要死在我前面，你看看你那时候的身体，风大一点都能吹倒，可偏偏比我活得时间长，看来还是城里的五谷好啊。

老解说我八十有三了，人一活过七十岁，再活就没意思，跟死了差不多。

三天后，老队长死了，老解给老队长买了一副柏木棺材。庄子上人都说老队长有福啊，不是老解，他能背得起一副柏木棺材？他们家人老几辈都是席子裹着送走的。

像老子一样生活

海　飞

一

国芬临出门的时候，一场雨就要逼近孩儿巷。国芬在逼仄的房间里化妆，她的手里握着一支口红，对着一面残破的圆镜画着嘴唇。她始终不满意自己涂口红的手法，认为那些红色总是超过了唇线，落在嘴唇以外的皮肤上。有很多年了，国芬没有画眉和涂唇，也没有去服装店买过衣服。她说老子反正嫁了人，伢儿都那么大了，还打扮个啥。

伟强一动不动地躺在那张宽大的棕绷床上，居然不合时宜地放了一个很响的屁，这更加影响了国芬涂嘴唇的兴致。她抬起脚，狠狠地在伟强的屁股上踢了一脚。然后国芬开亮了灯，灯光像小兔一样四处逃窜，一下子就挤满了小得可怜的房间，这让国芬多了一丝温暖的感觉。在杭州，孩儿巷已经属于贴近西湖的黄金地段了，但是国芬住的是老房子。一楼的光线不好，而且阴暗潮湿。在伟强家生活的二十年里，国芬每天都感觉到自己随时会在潮湿的空气里发芽。结果二十年过去了，国芬并没有发芽，倒是儿子陈侃已经十八岁了，把身体长得高高大大，老是在国芬面前像一块门板一样晃来晃去，并且瓮声瓮气地说话。国芬望着儿子的身影，心里就涌起了蜜。在她的眼里，老公伟强就更像一个可有可无的影子了。

国芬轻轻拍了拍自己的脸,她的手掌能明显地感觉到脸上皮肤的松弛与下垂。国芬已经四十二岁,青春早已不再。国芬对着那面破镜子笑了一下,破镜子缺了一角,国芬的笑容也就缺了一角。然后国芬在床边坐了下来,她其实能感觉到乌云从西湖边的上空慢慢移动着,移到了孩儿巷的上空。然后,噼里啪啦的雨就甩了下来,落在窗外的小院落里。小院里有伟强种的几株绿色植物,国芬叫不出名,只知道这些植物很贱,随便丢在地上,它就能活。国芬对春天的感觉,完全来自小院那些植物颜色的变化。现在,已经初夏,国芬在阴暗的房间里呆呆地坐在床沿。伟强曲着身子,侧睡着,像一只安静的被烤熟了的番薯。他打起了轻微的但却幸福的呼噜。有许多时候,国芬都会忘却伟强的存在,因为他从新丰造纸厂下岗后的大部分光阴,都被他随随便便地睡掉了。用伟强的话说是,老子什么都没有,有的是时间。

国芬也叫自己老子。在杭州,很多人愿意用"老子"来称呼自己。国芬在公交公司上班,她开的 K155 路车像庞大的装甲车一般巡行在杭州的几条街道上。开了二十年车,她对那条线路已经了如指掌。如果把街上的人清退,她甚至可以闭上眼睛把全程开完。国芬穿着公交公司发的制服,在公司里和同事一起骂娘、抽烟、喝酒、打牌、讲黄色的笑话。有很多时候,她边骂娘边在心里会隐隐地痛一下。她突然觉得,离开她的姑娘时代,怎么就越来越遥远了。

国芬在脸上画来画去,画得并不漂亮。她其实从来没有好好地画过脸,她总是称那些经常化妆的女人为业余画家。但是今天她要去雷迪森参加同学聚会,同学大高是发起人,把四十五个同学中的四十三个约齐了。还有两个没有来,是因为他们已经死了,一个车祸,一个因为强奸幼女在"严打"的时候给毙了。国芬就想,是不是人到中年以后,自己的同学,会一个个更快地在人间消失呢。这样想着,国芬就感到了一种从心底涌上来的悲凉,想这人活着,真的没什么大的意思。同学大高也在杭州工作,在一个油水很肥的部门当着公务员。他通知国芬参加同学会的时候,用公务员的语气在电话里说,国芬,你必须得来。国芬那时候还没有发车,在班组里和一个小男人调笑着。国芬在电话里说,老子会不来的? 老子不来就不是国芬了。

现在,老子国芬在密集的雨声里幻想着雷迪森的场面。那是一个坐落在市中心的五星级酒店，同学们现在大概正在往雷迪森赶的路上。国芬本来想打退堂鼓的，她和同样开 K155 的魏子良说，我们要同学会了，大高说每个人交五百块钱聚餐费，据说还有一点纪念品可以发。你看，要不要去？魏子良想也没想就说，当然要去的，怎么好不去的，你不去你还算是国芬吗？国芬想了想，咬了牙说，去吧，不在乎这五百了，老子怎么着也得活出一个面子来。现在，国芬站起身来，慢慢走到了门口。婆婆不知道从哪儿突然蹿出来，她的背已经很驼了，所以她仰起头来和国芬说话的样子就显得有些滑稽。婆婆不怀好意地盯着国芬看着。国芬转过脸来说，我的脸上有花吗？婆婆说，没花，但是画着花。

国芬不再理婆婆。婆婆得了老年痴呆，有时候很清醒，有时候又很糊涂。经常把弄堂里隔壁人家晒着的衣服收进来，整整齐齐地叠好放进自己的箱子。为了这事，邻居没少和国芬说过，她们不好意思发作，只好说，当真麻烦，当真麻烦。

婆婆轻声说，国芬，你是不是要去勾男人了？

国芬望着门口的雨，她本来想牵起自行车骑车去的，雷迪森距她家并不远。她又突然觉得骑车去太寒酸了，不如走去吧。国芬找了一把雨伞，重又走到门口。这时候国芬才对脸上挂着坏笑的婆婆说，老子就是要去勾男人的，你有什么办法吗？婆婆一下子就愣住了，她很响地叹了一声气。国芬笑了，她撑起伞走进雨中。走到巷口拐弯处的地方时，国芬回头看了一下，仍然可以看到在家门口发着呆的婆婆。婆婆的身影，被雨水阻隔着，显得像水墨画一般缥缈和不真实。

国芬走到雷迪森门口的时候，门童为她打开了门。大厅里明亮而干净，国芬突然有些不知所措，她从来没有进过雷迪森。国芬装出很见过世面的样子，收拢伞昂起头就往里走，却被门童叫住了。门童为她的雨伞套上了一只塑料袋，彬彬有礼地问国芬还需要帮助吗？国芬的脸稍稍热了一热，这时候她看到大高坐在不远处大厅的沙发上朝她笑。国芬想，但愿大高没有看到刚才的那一幕。大高说，国芬，你好像变胖了。国芬说，四十多岁的女人，很少有不胖的。胖有啥关系的？胖是丰满呀。

这是一场相隔二十年的聚会。人生那么短，二十年不是大海，也至少是一条大河了。大家在河岸边相互打着招呼,略略有了生分的感觉,但是大家依然可以谈笑风生。国芬发现自己被忽略了,每一个女同学都珠光宝气,她们的皮肤保养得像豆腐一样好。每一个男同学,都有了明显的富态,他们的生活,看上去过得无比美好。当然也有人和国芬打招呼,但也只是为了显示自己的平和,问国芬一些通常的问题,比如小孩多大之类。国芬感到了无助与寂寞,她不停地给魏子良发短信,魏子良却一个也没有回。国芬就想,这个天杀的,不知道在干些什么。国芬没有了发短信的兴致,就不自觉地一次次端着酒杯往嘴里送,渐渐地喝得有些多了。国芬感到了强烈的无助与凄惶。国芬的收入不高,婆婆的退休金也不高,两个女人要养活两个男人,国芬觉得委屈,也感到特别的累。这时候有人提议,给国芬和几位家庭经济不怎么宽裕的同学免去每人五百元的费用。国芬突然站了起来,大声地说,老子有的是钱。

大家都笑了起来。国芬也笑了,她掏出了五百块钱,一张一张地数着,放到了台面上。国芬数完了,就端起酒杯把一杯酒喝掉,说,小二,上酒。又对同学们说,大家难得聚的,喝吧,喝开心点。

酒上来了,国芬的拘谨也完全消失,她把自己的内心像一扇门一样给打开了。国芬点起了一支烟,徐徐吐出一口烟圈。一些同学过来和国芬寒暄,国芬变得很开心,她来者不拒地和一个又一个同学干着杯。她的酒嗝中充满了幸福的味道。她想,可能是喝多了,不然的话,头上那么多盏明亮的顶灯怎么老是在晃呢。大高走了过来,盯着国芬看。国芬说,我脸上有花吗?大高笑了,举起杯和国芬的酒杯碰了碰说,你酒量真不错。

这是一个摇晃的雨夜。大高开车送国芬回家,醉眼迷蒙的国芬望着雨刮器入神。车子泊在了西湖边的时候,大高一把抱住了国芬。国芬没有推,只是嘻嘻地笑了。大高说,国芬,其实我们读高中的时候,我就喜欢上你了。国芬又嘻嘻地笑了。大高的手就开始很辛勤地动作起来。国芬说,大高,你真不是个东西。大高说,在这件事上,没有一个男人是东西。国芬就笑着说,大高你停手,你不停手你肯定会悔。大高的手一把捧住了国芬的屁股,这时候,大高听到了清脆的声音。他愣了一下,寻找着声音的来源,后来他发现声音来自于自己的脸。他一下子就觉得脸热了起来,这时候国芬已经把车门打开了,她就淋在雨中，歪歪扭扭地往雷迪森走。

国芬在雷迪森的餐厅里寻找一把半新半旧的折叠伞，她找了好久都没有找到。几个服务员正要离去，她们听到国芬吼了一声，国芬说，把老子的雨伞给交出来。

国芬后来找到了雨伞，是一名伶俐的服务员帮她找到的。国芬撑起伞走出了雷迪森的大门，那个曾经帮她的伞套过塑料袋的门童点头向她示意。然后国芬看到了对面小巷口的凡人酒吧，几名凡人正在往酒吧里走。国芬又打了一个酒嗝笑了，她想了好久以后，才算清楚她喝了六瓶啤酒。无论是喝酒还是吃菜，她一点也没有拉下。她觉得自己非常对得起那五百块钱。

国芬拐了一个弯，走到了体育场路上。雨一直都没有停，国芬又拐了一个弯顺着武林路往孩儿巷走。灯光把雨的样子，照得更加像雨。在一根电线杆下面，一对很年轻的恋人，正淋着雨忘情接吻。国芬有了很多的感触，她想起了桥桥，那个杀鱼很利索、卖鱼也很利索的小个子年轻人。

国芬走到家门口的时候，看到门口站着高大的儿子陈侃。陈侃直愣愣地望着国芬，他看到一个喷着酒气的女人，脸色在路灯照耀下灿若桃花。他轻轻地叫了一声，妈。国芬在儿子的叫声中，幸福地醉倒。她把自己的身子靠在了孩儿巷的一堵老墙上，不停地喘着粗气。她把头歪了一歪，看到的是漫无边际的南方雨阵，在狭长的灯光映照下，将大街与房屋罩住。

二

国芬凌晨3点多醒来的时候，觉得头昏昏沉沉的。她在床上坐了一会儿，看看打着呼噜的伟强，轻手轻脚地起床。在4点半以前，她必须赶到公交车站，这是一趟开往汽车北站的公交。一共22个站，第9个站台刚好就是她家的门口，站名就叫孩儿巷。她喜欢这条线的站名，比如武林门、沈塘桥、打索桥、石灰桥、余杭塘上等等。其实在杭州，任何线路的站台都是充满诗意的。20年了，国芬的车子，就一直行驶在充满诗意的天气和路面上。

国芬打开门，轻轻地走出了屋子。雨停了，但是弄堂的青石板路面上留着阵雨过后的湿滑，早晨的空气无比新鲜，国芬深吸了一口气，看到了向着弄堂的窗口，那个锈迹斑斑的保笼应该拆掉了。政府为形象工程，也要统一的做重新安装。国芬怕那个长得像老人一样的保笼会掉下来，砸在行人的脚上。

国芬骑上自行车走了。大街上有一些早起的跑步者正在锻炼，出租车有气无力地像娃娃鱼一样在大街上游过。在国芬眼里，她看到的景象有些像是海市蜃楼般，显得无比虚幻。在路边的小摊边，国芬买了两个包子，用塑料袋装了，就挂在自行车龙头上，一路晃荡着到了北大桥停车场。停车场有一些同事已经在上班，国芬泡了一杯茶，开始吃包子，吃完包子又点了一支烟。时间差不多了，天色早已亮堂。国芬从屋子里走出来，走向她的车子。她觉得有些累，昨夜的酒让她提不起精神来。国芬坐到了驾驶座上，车门打开后一些乘客陆续上车。汽车发动了，在发动机的声音里，国芬开始了一天的奔走。这样的奔走许多年来一成不变。

国芬在通往汽车北站的道路上奔走着，汽车北站在莫干山路的最北端，所以国芬的行车路线，基本上等于是一个“7”字形。国芬想起了儿子，她怕儿子不吃早饭。儿子高高大大，偷偷地谈起了恋爱，他喜欢上了班里的一位女同学。据说那位女同学排球打得很不错，而且在训练过程中把身材也越练越好。儿子不承认，隔壁的吴阿姨说，国芬，我看到你家伢儿和人家小姑娘在六公园那儿手拖着手呢。那时候伟强正在稀里哗啦地喝一碗粥，喝完粥他马上就又爬回床上去呼呼大睡了。婆婆在抽烟，婆婆像是没有听见吴阿姨在说些什么。国芬笑了，说吴阿姨，我问过儿子，他不承认。我教训他，有什么好不承认的，要谈就谈。儿子哎，你如果要约会人家，手头没钱的话，可以跟我要。

儿子在偷偷恋爱，成绩反而越来越好了。这事儿国芬就不怎么再去操心。倒是吴阿姨很操心，她会经常过来问国芬，探讨一下如果孩子脑子一热怀上了怎么办之类的问题。国芬就笑笑，说天不会塌下来的。吴阿姨又问起桥桥的事，说听说桥桥好像蛮有钱嘞，看不出这个小伢儿现在出息介大的。国芬的脸色就阴沉下来，说吴阿姨你口渴吗？口渴的话我给你倒点儿水。没想到吴阿姨举着一只大号的搪瓷茶缸说，好的好的，给我杯里加点水。

吴阿姨曾经偷偷地告诉过国芬，说国芬你婆婆年轻的时候长得蛮好的，有很多人喜欢她,所以也闹出过一些故事。国芬说,这事又不用你管的,一代一代人,其实都是这么活过来的,你要管就管好你们家老张吧,听说老张新带了一个女徒弟。吴阿姨说,带女徒弟很正常呀。国芬说,听说老张在宾馆里教女徒弟学技术,不巧被公安逮了,闹了一个误会。虽然是个误会,但是如果不误会的话,吴阿姨你肯定到现在还不知道。

吴阿姨的脸色在刹那间就变了,站起身往外走。国芬就从容地给自己点上一支烟,美美地吐出一口说,老子又不是省油的灯。

国芬在下午3点多的时候,下班骑着自行车回到了孩儿巷。她快到家门口的时候,突然看到了朱燕正笑着向这边走来。朱燕在南方闯荡了一些年,据说她在南方做模特。国芬没有看出来朱燕能走模特步,却看出了一丝风尘气。朱燕走到国芬家门口的时候,那个窗口的保笼突然掉了下来。

国芬看到保笼压住了朱燕的脚,朱燕跌倒在地上。那些金属的锈迹,纷纷在碰撞之后从保笼弱不禁风的身上跳了下来。许多人跌跌撞撞地奔向了国芬家门口,朱燕的呻吟声很夸张,把分贝数提得很高。国芬叹了一口气,把自行车停好,向朱燕走去。

医院的救护车是十五分钟后到达孩儿巷的。在救护车到来以前,国芬的婆婆呆呆地出现在人群面前,她漠然地望着突如其来的像是从地下冒出来的人群。伟强也醒了过来,他揉着眼睛像睡不醒似的,边打哈欠边问,是保笼掉下来了?有人说,是。伟强说,那弄个膏药贴贴吧?说完他回转身继续爬上床睡觉了。吴阿姨的声音响了起来,吴阿姨说这家子人怎么都好像有精神病似的,砸倒了人家也不管的。吴阿姨说完了这些后,朱燕就想要发作了。她还来不及发作的时候,国芬挤进了人群,扔给朱燕一个笑容。

国芬说:“燕,救护车来了,咱们看病要紧。”

国芬又转头对吴阿姨笑着说:“吴阿姨,你放心,老子不会不管燕儿的,老子也不许别人来多管燕儿的,要是有人敢管,老子把她的嘴在三十秒内撕烂。”

三

一个保笼从一楼的窗口掉下来,怎么着也不会是多严重的事,但是朱燕的小腿还是骨裂了。听到大夫举着 X 光片告诉她这个消息的时候，朱燕开始大哭。国芬拍了一下朱燕的腿，说，燕，别哭了，听你的哭声，隔壁病床的人一定以为你得了绝症。朱燕不哭了，在她抽抽搭搭的尾声里，大夫笑了，说没事的，绑个石膏回家静养就行了。

朱燕一共用去了五千块钱的医药费。因为给儿子缴学费和杂费，以及上个月连续喝了三场公司里小妹妹们的喜酒，把国芬一下子逼入了窘困的境地。伟强的口袋里已经一个子儿也没有了，他除了吃，就是睡，而且奇怪的是他吃吃睡睡还不会胖。国芬在晚上的时候去了娘家，不买东西不太好，于是就在路边水果摊上买了一串香蕉。国芬骑着自行车往沈塘桥赶，父母就住在那儿老旧的房子里。在路上的时候，国芬想起了 1986 年的阳光，那时候她高中毕业没有考上大学。在棉花糖一样的阳光底下，她不知怎么的认识了在菜市场卖鱼的桥桥。现在想来，桥桥没有一点儿过人之处，而且因为贩鱼杀鱼，身上弥漫着鱼腥味，他仿佛就是一条直立行走的大鱼。

桥桥的嘴很甜。他是萧山人，他不停地给国芬送鱼，买冰淇淋给国芬吃。国芬并不是为了讨小便宜，而是觉得和桥桥在一起很轻松，不知怎么的就好上了。国芬爹妈知道了这件事后，坚决反对。国芬妈是个能干人，扯着嗓子说，你要是不断了，我就把你的腿打断，让你永远出不了门。他一个乡下人，卖鱼的，他怎么能配得上你？你是要工作的，你是杭州户口你知不知道？

于是国芬选择了一个黑漆漆的夜晚，把桥桥约到了古新河的一座桥上。

于是在古新河的一座桥上，国芬告诉桥桥要和他分手。那时候桥桥站在桥上不知所措，他突然一下子跪了下来，抱住了国芬的腿。国芬说，我要走了。我妈让我快去快回。桥桥没让国芬走，一把抱住了国芬，并且托起国芬的屁股，放在桥墩上。桥桥的手开始摸索，在国芬的身体上像两条蛇一样游走。国芬又闻到了桥桥身上的鱼腥味，她突然格格格地笑了起来，说桥桥你真像一条大鱼，你怎么会有那么重的鱼腥味。桥桥的热情一下子就减了下来，他慢慢松开了手。国芬从桥墩上跳下来，从口袋里掏出了一只塑料做成的蝴蝶发夹递给桥桥，那是桥桥花了三块钱买来送给国芬的。

桥桥接过了国芬递给她的发夹，然后看着国芬转过身离去。桥桥想，国芬会不会回头？国芬没有回头，很快国芬就消失了，消失在 1986 年的某个夜晚。从此，国芬再也没有见过桥桥。她甚至在不久以后就忘记了桥桥的脸孔，后来国芬就想，爱情原来可以那么快地消失和淡忘。

国芬敲开了父母家的门。爸来开门，他其实还不是很老，但是看上去已经暮气沉沉。在他的一生中，大部分时间都被自己精明能干的妻子压制着。他什么话也没有说，把国芬迎进了家门。国芬的妈在看电视，她喜欢上了韩剧，她一年之中至少有 360 个夜晚在看韩剧，并且把自己看得眼泪汪汪的。她头也不回地说，你来了？

国芬把香蕉在桌子上放下。那是小得可怜的几只香蕉，在桌子上显得毫无生机。国芬自己都感到有些难为情。国芬向父母说明了来意，想要借五千块钱。说是保笼掉了下来，把人家的骨头给砸伤了。父母什么话也没有说，他们对伟强一直不满，他们认为养家是男人的事，现在男人一天到晚睡在床上，算个什么事儿？国芬知道父母看不起伟强，但是也没有办法。她起身要离开的时候，国芬妈叫住了她。她进了房间里，一会儿又出来了，拿着五千块钱，塞到国芬的手里，仍然一句话也不说。国芬一下子感到了尴尬和一种小小的温暖。她知道，无论到什么时候，父母都不会真正不管她的。

国芬离开娘家的时候，国芬妈仍然捧着电视机，专注而认真地看着。其实她是回了一下头的，不过国芬没有看到，国芬已经站在门外。国芬爹把国芬送出来，他想说很多话，但是当他张开嘴的时候，却又说不出来。最后，他说，伟强不好去工作的？

会的。国芬说。一定会的。伟强肯定会去工作的。不然，陈侃考上了大学，那些书费学费怎么办？

国芬走了，穿行在杭州初夏的夜色中。风有些凉爽，她想，杭州是天堂，但是她都好几年没有去西湖了。她从来没有感受过天堂的滋味，只会一成不变地在某一条道路上，开着像装甲车一样的公交，来来回回。

回到家的时候。国芬推开了门，看到婆婆在看电视，她的头发像秋菊一样全白了。她抽着烟，烟雾就在她的头顶升腾。伟强已经睡了。陈侃从他房间里出来，问，妈，怎么样？国芬点了点头，说儿子不关你的事，这是大人的事，大人会解决好的。你只要安心读书就好。国芬说完掏出钱来，在手心里拍了拍，说，老子没有办不成的事。陈侃笑了，轻声说，妈你别太累。

这时候，伟强的呼噜声从屋里传了出来。婆婆轻轻地哼了一声，像是在做着某些表达。国芬的鼻子差一点酸了，她搂了一下儿子说，妈什么都没有了，就只有你了。

四

凌晨4点半的时候，国芬又准时到了北大桥停车场，她给自己买了一碗馄饨，就装在那只搪瓷大茶缸里。停车场里已经来了几名司机，在那儿胡天海地地聊着什么。国芬没和他们打招呼，只是望着屋子外的路灯。路灯在天快亮时，显得愈加清亮。国芬稀里哗啦地吃完馄饨，叼起一根烟，美美地抽完了，然后提了电车，开出停车场。

车子开到城站中心站，这儿是K155的起点。一些从火车站出来的人，像蚂蚁一样拥向了K155，一下子就把车子填满了。国芬开着车前行，开到孩子巷站时，想起了伟强。伟强从新丰造纸厂下岗以后，其实也去找过工作。他去当交通协警，结果只干了一天，就被太阳给晒蔫了，死活不肯再去。后来又去了超市当仓库管理员，有时候搬搬货物什么的，还有机会和女营业员们调笑。但是因为出了一次差错，被经理狠狠训了一顿，骂得他从此不敢再抬头。以前在国营大厂，没人敢骂他。就算车间主任骂他，他也不认账，因为主任没办法开除他。

伟强换了几个工作以后，像一个被社会遗弃的孤儿一样，躲在了家里不愿再出来。他喜欢上了睡觉，一天到晚昏昏沉沉，把家里的事和儿子的事全部丢给了国芬。国芬和伟强吵架，但是你骂他，他不回嘴。你打他，他不还手。就那么在床上像一条死狗一样躺着，让国芬哭笑不得。有时候国芬就想伟强不赌博、不喝酒、不抽烟，也没有花花肠子，该算是一个不错的男人了。但是国芬对这个男人爱不起来，有时候，只会在心里可怜他一下。骂得最凶的一次，国芬摔了饭碗，大骂伟强不如跳进造纸厂化纸浆的池子里化成纸浆算了。国芬气势汹汹地点了一支烟，儿子陈侃去捡地上的破碗，不小心划破了手指流出血来。国芬心痛得不得了,忙着替儿子包扎,四处找创可贴。伟强因为被国芬骂,放下饭碗就到床上去睡觉了。婆婆对面前发生的争吵不闻不问,好像什么都和她无关一样,只是偶尔地抬起头,用她的昏花老眼,看一下墙上自己死去多年的老伴。后来陈侃告诉国芬,伟强在床上偷偷抹眼泪。国芬的心一下子就软了下来。

国芬知道,婆婆有一个旧情人,那是年轻时候的事了。婆婆把那张照片藏得好好的,有一次被国芬看到了,那是一个英俊的小伙子,在发黄的照片里露出淡淡的笑容。国芬说,婆婆,这是你的旧相好吧。婆婆不满地看了她一眼,把照片包在手帕里,小心地在箱子里放好。国芬把这件事说给伟强听,伟强说,你别瞎说。

国芬的车子,在这条陈旧的线路上一次次往返。她对这条路太熟悉了,就像熟悉了的恋人会失去感觉一样。在国芬的眼里,她已经不会再去看看两旁的街景,只会机械地停车,开车,踩刹车,开门,关门。

下班的时候,国芬直奔医院,去把朱燕接出来。国芬为朱燕办理了出院手续,又从三楼骨科病房背着朱燕乘电梯下楼。背着朱燕的时候,国芬感到无比的委屈。这本来是男人干的事,现在却让她一个女人在做。朱燕趴在国芬厚实的背上,说这天气真不错呢。国芬背着她有些喘不过气来,气急地说,燕,你想说什么,就直说吧。朱燕终于说了出来,国芬姐,这医药费,全付了吧?国芬说,放心吧燕,全付了,五千块。我们家什么都缺,就是不缺钱,你放心。你就是再把脚骨摔断一次,我们也付得起。朱燕不舒服了,最后还是忍住了,说,那我一个月不能上班,你看这误工费?……其实,我们公司员工的工资并不高,也就三千来块一个月,和白领没得比……

国芬的头一下子大了起来,她不知道该如何回答朱燕。在医院门口,她拦下了一辆出租车,把朱燕放了进去。朱燕仍然在说着误工费的事,朱燕说,国芬姐,我们都住在孩儿巷的,也不好意思问你要营养费什么的,就把误工费结了,再说,低头不见抬头见的。

国芬心里窝着火,一个保笼掉下来,住院加上误工费,花掉她八千多。她没接朱燕的话,而是对出租车司机猛吼了一声,开车。司机吓了一跳,说你地名都没报,我知道往哪儿开?国芬说,老子住在孩儿巷。

五

国芬把朱燕送回了家，说好了误工费慢慢算。国芬说钱我是有的，只是有十多万块借给了朋友，等掉转了头寸就可以给朱燕送来。朱燕才没再提误工费的事，只是说，国芬姐也难为你了。国芬不再说什么，离开了朱燕的家，急急地奔去了菜市场，买了一些小菜。国芬知道，自己就是一个机器人，要为伟强家做一辈子的牛马。

国芬回到家，先把脏衣服放到洗衣机里洗着，然后又淘米做饭，插上电饭煲的插头。接着又洗菜。洗菜的时候，洗衣机的滚筒转了起来，老旧的洗衣机发出老旧的声音，国芬正掐着芹菜叶，听着这声音，忽然觉得无尽的委屈。她本来想进房间，去拎正在睡觉的伟强的耳朵，把他给拎出来，让他掐菜，让他做饭，让他干家务，让他说好听的，让他像别的男人那样顾家。但是后来，她还是忍住了，但心里不解气，就把脏手在裤子上擦了擦，掏出手机给魏子良发短信。

国芬问魏子良在哪儿？魏子良说在医院呢。国芬说在医院干吗？魏子良说在陪老婆，老婆在做化疗。国芬说那我不打扰了，我没事儿了，刚才很郁闷。魏子良说，想开点，这个世界上开心的人没几个。国芬不再发短信，收起了手机，又掐芹菜。儿子回来了，帮国芬一起掐芹菜。儿子说晚上要夜自修的，要早点吃饭。他在杭州十四中上学，成绩一直名列年级的前茅。国芬突然想问那个小姑娘的事，就说儿子，那个小姑娘的爸妈是干吗的？儿子翻着白眼装聋作哑地说，哪个小姑娘，我不懂。国芬说，就是和你走得蛮近的那个女伢儿。儿子说，我也不知道，我和她只是同学，再说这和他爸妈是干什么的有关系吗？

国芬本来想说，关系太大了，但是她想想忍住了，只说了一句，老子问你几句也不好问的？国芬起身炒菜，等到菜上齐了的时候，伟强也就自动起床，也不洗漱一下，坐到了桌边。这时候洗衣机传来了鸣叫声，是衣服洗好了。国芬就去晾衣服，而婆婆、老公和儿子已经围坐一起吃了起来。国芬苦笑了一下，在一楼小院子里晾好了衣服。尽管一楼有些潮，但是后门开出去的这个小院，让国芬一家得益不小。种花、晾衣服什么的，全在这个小环境里展开。国芬晾衣服的时候,看到了那些花草的鲜艳颜色,心头却涌起了一阵悲凉。

国芬晾好衣服,进来一起吃饭。吃完饭又把碗给刷了,想今晚得早些睡,连续几个早班,加上那么多事碰在一起了,令她的睡眠严重的不足。她坐在小方桌边上发了一会儿呆,抽了一支烟,又翻了几张旧报纸。她的目光突然在都市早报的版面上停住了,那报纸上印着一个房产大亨的照片,在报纸上对杭州楼市做了一番评估。那是一个熟悉的人,就算过去了二十年,国芬仍然能认出这个曾经浑身散发出鱼腥味的人。他的名字,原来叫周心桥。而当年国芬一直都叫他桥桥。桥桥,桥桥,桥桥桥桥。

国芬一把抓起了报纸,冲出门去。婆婆诧异地望着这个突然在自己眼皮底下消失了的女人。国芬骑上了自行车,她和自行车一起,一头撞进了无尽的夜色之中。孩儿巷到沈塘桥并不远,很快就到了。国芬敲开了父母家的门,仍然是国芬爸来开门,国芬妈仍然捧着电视机看韩剧。她头也不回地说,五千块还不够吗?

国芬愤愤地走到桌边,把报纸往桌子上一拍。国芬爸说,你想把桌子拍烂吗?这桌子值六十块钱。国芬说,你自己看。国芬爸就四处找老花镜,好不容易找到了,戴上,把报纸翻来覆去看了个够。最后说,怎么啦?国芬的手指头就落在了周心桥那张照片上说,看这儿。国芬爸说,这儿怎么了?国芬说,这个人就是周心桥。国芬爸说,周心桥怎么了?国芬说周心桥就是桥桥。国芬爸说,桥桥又怎么啦?

国芬大吼起来,桥桥就是二十年前那个卖鱼的。就是那个二十年前你们让我和他分开的,他现在身家十五个亿。

国芬被自己的大吼吓了一跳。国芬爸一下子愣住了,专心看韩剧的国芬妈也愣住了。他们终于明白,一个卖鱼的小伙子,用二十年的时间成就了自己。国芬妈望着国芬,说你怎么了?你眼红了?人家有钱你就眼红了。国芬的眼泪哗地下来了,呜咽起来,说我不是眼红,但是我现在活得太累了。

国芬的爸和妈都没再说什么,因为他们没有什么可以再说,他们心里也后悔当初的决定。那时候,国芬一个杭州户口的大姑娘,怎么可以嫁给一个萧山农民?国芬后来慢慢退出了父亲家,她的心情终于平静了下来。

国芬走出父母家以后，给魏子良发了一个短信，说魏子良，你在哪里，我要见你。

六

魏子良是近段时间开始接近国芬的。他们做同事做了好几年。以前魏子良开的不是K155，开的是另外一趟车。后来从大关调过来了，就经常和国芬在K155的北大桥停车场碰面。他们慢慢熟了，熟得像兄弟一般，互相都知道各自的家庭状况。经常一大帮子司机一起闲聊，讲黄色笑话，偶尔还一起吃吃饭。国芬知道魏子良的老婆得了病，已经好几年了，把魏子良给拖得焦头烂额，好像已经花下去几十万的医药费了。魏子良还算乐观，虽然有时候看上去显得很憔悴，但是仍然嘻嘻哈哈的，看不出什么心事来。

魏子良最近经常和国芬套近乎，就有同事对国芬说，魏子良好像是看上你了。国芬说，老子是铜墙铁壁，谁也不能攻进来。同事说，魏子良这人做事认真，说不定就让他给攻进来了。国芬说，老子自己有数的，他怎么折腾都没用。

魏子良果然不时地献着殷勤，经常给国芬发短信。有时候国芬心里不舒服，就找魏子良说说话，让魏子良给她讲一个黄色笑话，心情很快就好转了。国芬渐渐地有了一些依恋，她的心开始活动了，觉得和伟强在一起生活，就像是一条半死不活的肚子已翻白的鱼一样。

国芬一次次地暗示着伟强，说你怎么还这样死气沉沉的，你再不看住老子，老子就要红杏出墙了。伟强像是没听到一样，依然天天睡觉，这让国芬异常的失望。有一次伟强正在睡觉，国芬刚刚拒绝了魏子良的邀请，魏子良本来想请国芬一起去西湖边的青藤茶楼坐坐的。国芬心里想去，但是最后没有去。国芬回到家就走到房间里，揪住正睡觉的伟强的耳朵。国芬说伟强，你伟在哪儿强在哪儿了？你要再这样下去，我就让你戴绿帽子。伟强用奇怪的目光望了国芬好久，最后咧开嘴笑了笑，轻声说你想让我去哪儿工作，不要说我没文化，就是力气，我也一点没有。国芬一下子愣了，伟强已经破罐子破摔，国营新丰造纸厂一次次裁员，裁下来的人像是突然离开妈的孩子一样，找不到方向了。耳背的婆婆却站在了国芬身后,婆婆有时候听不见,有时候却听觉灵敏,婆婆说你想给伟强戴绿帽?

国芬骑着自行车,等待着魏子良的短信。魏子良没来短信,却来了电话。魏子良说你在哪儿呀。国芬说我在莫干山路上,刚从家出来。魏子良说,有事吗?国芬就生气地说,没事就不能打你电话吗?魏子良忙说,不是不是,我没有那意思。国芬说,那你过来,我们在哪儿见?魏子良想了想说,那要不在宝石山脚下见吧,我们一起爬山好了。

国芬就骑车去了宝石山,魏子良比国芬先到,两个人停好车子上山。宝石山就在西湖边上,靠着北山路。晚上山上有灯火,爬山的人很多。两个人一起爬山,其实没有什么话。后来魏子良的手就抓住了国芬的手,手牵着手上了山。

初夏的山上,有一阵一阵的山风,空气非常清新。国芬一下子就觉得心情好了许多,而且身边还有一个男人。国芬把伟强不算在男人之列,因为伟强只会赖在床上,负不起责任。两个人找了一个黑暗之地,选了一棵树下的石条凳坐了下来,有些心照不宣的味道。后来魏子良的手就开始放肆起来,把手落在了国芬的胸上。国芬把他的手推开了。魏子良的手又落在国芬的屁股上。国芬再把他的手推开了。魏子良的手又绕了过来,国芬这时候只是轻轻推了一下,没有很坚决的意思。魏子良终于解开了国芬的衣扣,国芬的衣服被除了下来,落在了地上。这时候国芬觉得自己潮湿了,她开始回忆上次做爱的日期,她想,一年,还是两年,没有和男人在一起了。

进展很顺利。魏子良没费多大的劲,就进入了国芬。国芬在树下低低地呻吟起来。魏子良很卖力,让国芬感到了幸福,差一点让国芬哭出声来。这样的幸福,其实离国芬很远了。在宝石山的这棵普通的树下,国芬想,让我死去吧,就让我死去。

国芬没有死去,平静下来以后,魏子良一直轻轻地抚摸着她,并且替她穿好了衣服。这样的小温情,让国芬感到了温暖。她有些喜欢上魏子良了,她抱着魏子良的脖子,久久地吻着他。山上突然降临的爱情,让国芬觉得自己变年轻了。国芬想,原来自己是一直在盼望着的,盼望着魏子良的进一步走近。

魏子良和国芬一起下山,一起推着自行车向前走。国芬说要骑车走了,魏子良说再走走吧。走着走着,魏子良带国芬走到了一条河边,走到桥上的时候,国芬突然发现,这是二十年前她和桥桥分手时的那座桥,叫古新河桥。那时候桥桥托起国芬的屁股,让国芬坐在了桥栏上。国芬闻到了鱼腥味,推开了桥桥。国芬的心里就有些不太舒服了,国芬说子良你带我来这儿干什么?魏子良说,这儿怎么啦?国芬想了想,觉得魏子良也不是有意的,就说,没什么,你送我回家吧。

杭州寂静的大街上,两辆自行车慢悠悠地骑着。从湖墅南路骑到武林路,再拐进孩儿巷。在孩儿巷的巷口,国芬突然看到了一个熟悉的身影,那是儿子陈侃。陈侃就站在马路的中间,望着国芬和魏子良。

国芬停下了车,说儿子你在这儿干什么。陈侃盯了魏子良一眼,对国芬说我在等你,你为什么出去那么晚才回来。国芬说老子有事呀,老子和同事去开一个会。话一出口,国芬就知道说错了,那有半夜里去开一个什么会的。陈侃又盯了魏子良一眼,目光中有着明显的敌意。他没再说什么,顾自往巷子里走了。国芬看看魏子良,魏子良笑了。

七

陈侃的目光在这个初夏的季节里显得飘忽不定。他看到了一个和国芬走得很近的男人,他躲在弄堂的深处,看到国芬和魏子良在弄堂口的路灯下,匆匆地分开。然后,国芬和她的自行车歪歪扭扭地出现在他的面前。

陈侃望着国芬。国芬有些心虚,但仍装出理直气壮的样子说,明天要读书的,你还不给老子死回去?

陈侃说,他是谁?

国芬说,你看看,以后要考大学的人,半夜还在外面乱闯,快回去吧你,以后要少管闲事多看书。

陈侃说,他是谁?

陈侃说他是谁他是谁他是谁?国芬说,他是我同事呀,怎么啦?顺道送我回来。陈侃没有再说什么,他看到国芬推着自行车,从他的身边经过。国芬回到家的时候,陈侃跟了进来,二话不说进了自己的房间,砰地关上了门。婆婆还没有睡,她傻呆呆地坐在一张八仙桌的旁边。那台二十一英寸的旧彩电,还在泛着陈旧的七色的光。婆婆盯着国芬看,国芬没有理会她。但是国芬仍然听到了婆婆的一声叹息。婆婆轻声说,唉,真是会作哪。

国芬进房间的时候,伟强破天荒的没有睡在床上,而是坐在床边晃荡着一双光脚。他手里竟然提着一瓶啤酒,床头柜上还放着一小碟的鸭舌。那是温州鸭舌头,国芬最喜欢吃的。国芬走过去,找了一根鸭舌放在嘴里,又拿过了伟强手中的半瓶啤酒,咕咚咚地灌了下去。伟强看到她把啤酒灌完,抹了一下嘴,去卫生间里洗漱了。

国芬上床的时候,伟强已经睡下了,但是他没有睡着,呆呆地望着天花板。国芬很累,国芬很久没有累过,是魏子良让她累了。国芬给伟强戴了绿帽子,好像一家人都有了什么感应似的。但是国芬确信谁也没有发觉什么,最多,也就是让儿子陈侃发现了一点点的蛛丝马迹。国芬最后睡着了,睡着的时候,打起了轻微而幸福的呼噜。

陈侃的目光在这个夜晚以后开始变得飘忽不定,他的目光像一只低飞的纸鸟一样,在四处巡行。每天放学他不再参加夜自修,而是骑着一辆半新的自行车,跟在国芬的身后。这个城市的马路,被他少年的目光,以及自行车轮胎一次次地切割了。他的目光阴沉,害怕另一个男人对这个过得并不好但是还算平静的家庭的入侵。终于在国芬上早班的一个清晨,陈侃跟着国芬悄悄出门了。四点还没有到,夜色微凉,国芬走到弄堂口,轻捷地跳上了早已等候在那儿的魏子良的电瓶车。电瓶车在这个宽敞得无边无际的清晨,速度飞快。陈侃远远地跟着,他的自行车比不上电瓶车的速度,所以他奋力蹬车,这让他感到很累。跟近了会被国芬发现,跟远了怕被电瓶车拉下。陈侃像一个自行车运动员一样,屁股离开座椅,飞快地蹬着。然后,在他的气喘吁吁中,看到国芬揽着魏子良的腰,两只脚无比幸福地晃荡着。这让陈侃想到了一部叫作《甜蜜蜜》的电影,电影里张曼玉也是这样,坐在黎明的自行车后边晃荡着小脚。

国芬觉得自己就像回到了少女时代。她仍然认为,当年和桥桥之间,算是一场恋爱。他们也有过类似的经历,比如爬宝石山,或者去西湖边骑自行车。

而和伟强之间，简直就没有恋爱经历，很快地在父母同意以后就结婚了。毕竟伟强有稳定的收入，而且有一小套不大但可以栖身的房子，最重要的他是杭州户口。国芬在快到北大桥停车场的时候，跳下了车。魏子良骑着电瓶车继续前行，这样的时间差，可以让同事们感觉不到两人之间的暧昧。而国芬对同事们的说法是，骑车太累了，打的赶过来的。

国芬的左眼皮跳了一下，又跳了一下。跳完眼皮她回过头去的时候，看到儿子骑在自行车上，双脚踮地，一言不发地望着她。儿子已经很高大了，长得很帅，是一个会令女孩子喜欢的人。国芬很牵强地笑了一下，她一点也没有解释的欲望，因为她知道儿子再笨，也不会笨到听信国芬的地步。

陈侃在这个清晨里等待着一辆车的驶近。他在城站中心站不远处的地方候着，其实这辆 K155 公交车还没有驶离中心站两分钟，陈侃就听到了一声巨响。陈侃笑了，他看到乘客们惊惶地下了车。魏子良也下了车，他的额头上有血迹，那是被飞溅的碎玻璃给划出来的。魏子良看到了对面不远的地方，一个少年和一辆半旧自行车站在一起。刚才的那块砖头，就是从少年手中飞出的。魏子良说，是你干的吗？陈侃点了点头。魏子良说，你为什么要这样做？陈侃说，那你为什么要那样做？这样的回答让魏子良糊涂，魏子良掏出了手机，按了几个号码说，小子，你走不了，你肯定走不了了。老子不跟你理会，老子让警察跟你来理会。

一道人影奔向了陈侃，这道人影是属于国芬的。她的车子也刚好赶到这儿了。国芬走到陈侃面前，甩手就是一个耳光。陈侃冷冷地笑了一下，他突然举起了自行车，向不远处的魏子良砸去。魏子良避得快，没有被砸着。国芬又抡起了手掌，一声清脆的声音再一次响了起来。陈侃突然吼了起来，你为什么要打我，你为什么要跟这个人在一起。

乘客们围拢了过来，他们从火车站下来，来自于五湖四海。他们把陈侃、国芬和魏子良围在了中间，要看一场免费的热闹。魏子良明白了这个少年是谁，魏子良不知道自己该如何办的时候，警车闪着顶灯开了过来。

一个小个子警察从车上下来，说，怎么回事儿？魏子良没有说话。警察说，谁报案的？大家都把手指向了魏子良。警察说，怎么回事儿，你说。魏子良望了望国芬,仍然不说。国芬知道魏子良为难了,只好说,我儿子砸了公交车玻璃。警察的目光投在了陈侃的身上,警察说,你为什么要砸车玻璃?陈侃没有说话,只是把头抬了起来,望着清晨的杭州天空。警察说,那你说说,这车是不是你砸的就行了?

陈侃点了一下头。陈侃刚把头点完,一副带着初夏清晨寒意的手铐就铐住了陈侃的手腕。国芬一把抱住了儿子,国芬说,警察你听我说。警察没有听国芬的话,而是把陈侃给拖走了。陈侃被塞进警车后,把头探了出来,对国芬喊,喂,你要是不愿回家的话,我就在派出所里不出来了。

国芬知道,儿子不叫自己妈了,儿子叫她喂了。公交公司 K155 中心站的工作人员奔了过来,他们让乘客都上车,让魏子良把车开走,然后,他们叫走了怅然若失的国芬。国芬知道,从此以后,不管她坐不坐魏子良的电瓶车来上班,在同事们的心目中,一定是把她和魏子良连在一起了。

国芬下班以后,陪着魏子良一起去了医院。医院说,没关系,是小伤。医院把国芬和魏子良送出了院门,然后医院就越来越远了。日光有些惨淡,在一棵枝叶繁茂的法国梧桐树下,国芬说,怎么办?魏子良说,他的脾气真爆,怎么一点也不像他爸。国芬说,怎么办?魏子良说,如果按照法律,他是犯罪的,这是公共财物,他怎么可以随便砸。国芬说,怎么办?魏子良说,你别再怎么办了,我打个电话。

魏子良拿着手机,走到不远的地方打电话。国芬站在树下看着他的神态,他在那儿点头哈腰的。一会儿,魏子良收起了电话,向国芬走来。魏子良说,我朋友,他认识很多人,他很牛的,我让他想想办法。

一会儿,魏子良的手机响了,电话那头一个声音说,放人了,罚款我会去交掉的,去接人吧。

国芬一下子就愣了,魏子良怎么会认得那么大的大官,可以一个电话就让派出所放人。国芬呆呆地望着魏子良,魏子良腼腆地笑了,说,没什么的,去接人吧。

陈侃被接了出来,陈侃没有理会国芬。陈侃进了房间后蒙头就睡。国芬打起精神,买菜,做饭,洗衣,然后叫大家一起吃饭。这是一次无声的晚餐,大家都没有兴趣说话，只有国芬想要说什么，她本来想说一个笑话的，但是说出来以后，并不好笑，所以只有她自己干笑了几声。洗了碗，国芬就进了房间。房间里伟强已经躺下了，他显然没有睡着。

国芬清了清嗓子，说，伟强，你没有睡着吧，没有睡着你就听我说几句话。我和一个男人好上了，这件事我看也瞒不住，所以我还是告诉你吧。如果你觉得我脏了，我们可以分开。儿子呢，归我，跟了你的话，只能喝西北风。

伟强像是没有听到一般，一会儿，他打起了呼噜。国芬叹了一口气，衣服也没有脱就上了床。她在床上坐了好久，然后头一歪，就睡了过去。她没有看到伟强偷偷起了床，伟强走到水龙头边拿起牙刷刷牙，他刷了好久的牙，一边刷牙一边流眼泪。刷着刷着，他把头趴在水池子里，低声地呜咽起来，像一头小兽遥远的呼叫。

八

国芬在第二天凌晨起床的时候，伟强仍然在床上呼呼大睡。离开家门以前，国芬俯下身去，仔细地望着伟强的脸。伟强的脸变得白而胖了，在微弱灯光的照耀下，他的皮肤显得无比细腻。伟强的胡子已经很久没有刮了，胡乱的生长着，像一丛不太整齐的乱草。国芬觉得，在自己身边睡了二十多年的这个男人，变得无比陌生。

国芬这次骑了自行车去北大桥停车场提车，到停车场的时候，看到几间屋子里亮出的灯火。几名同事在闲聊，他们看到国芬进来，就说，国芬，魏子良今天不来上班了。

国芬说，他不来上班关老子啥事体？大家就都不说话了，唏嘘着喝茶。时间快到了，有人催，国芬，时间到了。国芬叼着一根烟，又泡了一杯茶，慢腾腾地向外走去，走到门外的时候，她转过身来，笑着问，他到底怎么了？

那个把脚搁在桌子上的老张说，魏子良的老婆死了，这几天他肯定有得忙。国芬脸上的笑容就一下子僵住了。不知道为什么，她突然想哭，她想为这个她从未见过面的女人哭几声。她的眼泪果然就流了下来，她抬起手背擦了一下眼泪,狠狠地把还未抽完的烟扔在地上,用脚碾了碾。然后,她脚步轻快地向她的车子走去。

国芬开着K155车在清晨的大街上奔跑。她的眼泪一直都在不争气地流着。她想,老子怎么了,老子是不是得了沙眼了,这眼泪怎么就流不完了?她知道魏子良的老婆一直在病中,一病就是好几年。为了治老婆的病,魏子良用完了所有的钱,并且欠下了几十万块钱的债务。

国芬的车子经过孩儿巷的时候,看到了儿子。儿子就站在路中央,望着国芬的车子驶过来。国芬没有把车停下,她不知道儿子怎么了,他看到儿子在呆呆地望着她的车,她的心就一下子难过起来。她突然觉得,没有任何东西,能比儿子更加重要。

魏子良果然几天没有来上班。国芬想给他打电话,但是一想到他会很忙,很烦,很难过,就没有再打电话。是魏子良打电话来的,那时候国芬正在家里心不在焉的洗衣。小灵通响了,国芬就接。魏子良在电话那头说,知道了吧。国芬说,知道了。魏子良说,你几时有空,你到我家来一趟好吗?国芬说,明天早上吧,明天上午我不上班。魏子良说,你想说什么吗?国芬想了想,觉得除了节哀以外,还真说不出什么。于是就说,节哀。话说出口,国芬觉得特别的假。魏子良在那边没有再说什么,把电话挂了。

这是一个心不在焉的夜晚。国芬不知道晚上该干些什么。伟强已经起床了,他没有在吃完晚饭后马上睡去,而是坐在桌边和儿子谈起了2008年的奥运会。他们谈得很缓慢,像是在商量着一件什么事一样。婆婆笑眯眯地看着儿子和孙子,一会儿她就打起了瞌睡。她把瞌睡打得无比幸福。国芬一边洗衣,一边不时地看看伟强,她突然觉得,一些这样的小温暖其实是她非常渴望的。但是问题就出在,伟强下岗了,伟强没有了工作,让她一下子觉得累,觉得心里发慌。

第二天早上国芬去了魏子良家。魏子良住在运河边的稻香园,以前国芬和同事们一起去他家吃过饭。那时候魏子良的老婆身体虚,却没有查出什么病来,所以还很开朗。那时候魏子良一家也和国芬伟强的从前一样,把日子过得四平八稳。国芬敲了敲魏子良家的门,门打开了,魏子良苍老了不少。他的手里，拿着一把断了好几个齿的木梳。魏子良笑了一下，说，你来得那么早。国芬望着魏子良的脸，一阵难过。然后她挤进了门缝，看到在窗户下面的一片光影下，站着一个六七岁的小女孩。女孩子一言不发地望着她。她只有六七岁，但是她的头发已经不止六七岁的样子了，很长，泛着淡淡的黄。在国芬进入魏子良家前，魏子良一定在替女孩梳着头发。

国芬抬起了头，看到了挂在墙上的一幅照片。魏子良年轻的亡妻，在镜框里对着国芬微笑着。国芬也微笑了一下，她想，魏子良老婆其实长得很漂亮。国芬后来轻轻拿过了魏子良手里握着的木梳，她走到了小女孩身边，认真地替小女孩梳着头发。国芬的手势充满着温情，像是对着自己的女儿。后来，魏子良送小女孩去了幼儿园。魏子良说，国芬，你等我一会儿，我马上就回来。

一下子就安静下来。国芬努力地不往墙上看，但是她没有办法阻止自己的目光。她仿佛听到照片里的女人说，你为什么要缠上魏子良。

国芬说，我也不知道。大概，是因为他是好人吧。

女人说，那你帮我看着他点儿，他心善，有好些时候，处不来事。

国芬说，我会的。我们是好朋友，是同事。女人在墙上无声地笑了，没再说话。然后，门又打开了，魏子良回来了。他站在了国芬的面前，轻轻地抱住了国芬。然后，他开始流泪，这是一次漫长的流泪。流着流着，就把国芬肩膀上的衣服给打湿了。国芬轻拍着魏子良的背，像是哄一个孩子。国芬说，好了好了，别哭别哭，一切都会好起来的。

魏子良低泣了一会儿，忍住了哭。魏子良说，我叫你来，主要是想告诉你一件事。国芬说，什么事？

魏子良给国芬泡了一杯绿花，是一种叫马剑的茶，碧绿之中含着清香。国芬时不时地低头喝上一口，然后微笑着听魏子良给他说话。最后，国芬站起了身说，魏子良，我要走了。魏子良说，那我送送你。国芬说不用了。魏子良说还是送送吧。国芬说，送倒不用送了，不如让我打你一个耳光吧，让我们把恩怨都可以了了。国芬说完，就甩过去一个耳光。魏子良一下子捂住了脸，他感到脸上发热。很快，他的脸就红肿了起来。

国芬走出了魏子良的家，从稻香园小区出来，骑着自行车去了古新河的那座桥上。魏子良告诉国芬的是,有一个男人,找到了他,甩出好多钱,让他去勾引国芬。那个人的意思是,要让国芬的家变得不再安宁。魏子良收了钱,因为魏子良其实是喜欢国芬的,而且魏子良正需要钱,他要钱给老婆治病。那个男人有着强大的法术,他一个电话,就让人去派出所交了罚款并且领出了国芬的儿子陈侃。那个男人让魏子良和国芬做爱,让魏子良故意在从山上下来的时候,装作无意地带着国芬经过了古新河的那座桥。

站在古新河的桥上,国芬把目光抬了起来。目光在河面上像燕子一样地掠过了。国芬看到桥桥,站在二十多年前的阳光底下,冲着国芬笑着。这个曾经卖鱼的年轻人,现在成了房产大亨。他让魏子良为他复仇,是为了让国芬记住,一个卖鱼的人可以比杭州人活得更好。国芬知道,现在桥桥想要杭州户口的话,简直和眨一下眼一样容易。而当年,国芬的爹妈嫌的,就是他没有杭州户口,是一个萧山农民。

国芬想,魏子良再见了,自己其实是爱过魏子良的。国芬想,桥桥再见了,其实她有时候也会想起桥桥,但是从此她正式在记忆的磁盘上把桥桥抹去了。

九

K155 路电车就要在明天告别杭城了。这趟车从 1989 年开始运营,现在它的使命结束了。接到通知的时候,国芬难过得想要哭一场。国芬果然就哭了一场。伟强破天荒地从床上起来了,他走出门去,一会儿又折回来了。回来的时候,手里拿着两瓶啤酒和一小袋的鸭舌。他把这些东西放在了桌子上,并且把瓶盖给打开了。然后,他又回到床上去睡他的大觉。

国芬开始喝啤酒,一边喝啤酒一边吃温州鸭舌一边流眼泪。婆婆也吃鸭舌,国芬不知道婆婆是什么时候坐在她身边的,国芬只看到她在不停地吃着鸭舌。后来国芬的心就宁静了下来。国芬对婆婆说,妈,K155 路电车要停掉了。婆婆的嘴里塞着鸭舌,看上去她的嘴唇油光光的。婆婆耳背,她说你说什么?国芬没有再重复。

国芬提前两个小时起床了,两点多的时候,屋外还是一片黑。国芬开始坐在镜子前化妆。其实她很不会化妆,但是她把妆化得很认真。她记起1989年9月28日,将秋未秋的日子里领导把她叫到了办公室,说,国芬同志,我们考虑让你开一班新开通的电车,你是年轻人,我们把这样的任务交给你,是对你的信任……

国芬开门走出屋去的时候,才发现外面下着雨。国芬披上了雨衣,又骑上自行车。自行车在雨夜里显得异常的孤独,轮胎发出的沙沙声,像是老式留声机里唱针走动的声音。一会儿国芬就到了北大桥停车场,她将电车提出的时候,发现报社和电视台的人都来了,他们是来跟踪报道K155的最后一班电车,是怎样离开杭州的马路的。

国芬上车。当车头K155红色的字亮起来的时候,一对年轻人流着眼泪站在了车头前留影。他们抱在一起接吻,所有照相机都咔嚓嚓响了起来。后来国芬才知道,这对年轻人在车上认识,已经相爱六年了,现在,他们来和这趟车告别。国芬终于哭了,她为那对爱了六年的年轻人流了好些眼泪,但是看上去她在微笑着,等到这对年轻人和记者们上了车以后,她按了一下喇叭,电车徐徐地驶出了停车场。

国芬把车开到城站火车站,然后,真正的运营开始了。这是一次奇妙的运营。国芬的车子,带着许多客人,从始发站台城站火车站徐徐地开出。车子一路向前,经过了孩儿巷,经过了平海路。

雨下了一天一夜。国芬傍晚下班后,给伟强、婆婆和儿子张罗了晚饭,吃过晚饭,总是觉得心不在焉,于是去了K155的站台。车子驶过来的时候,她上了车,对司机说想要替她上了这一班。司机同意了,司机是个小姑娘,正处在凶猛恋爱的阶段,她对国芬的要求表示支持,并且愿意永远地这样支持下去。

夜里十一点。车上的客人很稀少,一对年轻的情侣,相互偎依着坐在最后一排,看上去已经睡着了。国芬不知道自己为什么会有那么精神,在路灯的映照下,国芬的车子驶进一场望不到头的夜雨中。快到终点站汽车北站的时候,国芬差一点误闯了一个红灯。她踩了一个急刹,然后走下车去,去看看车头亮着的标有K155字样的电子屏。大家都把这趟车读成了KISS,据说,是吻的意思。

国芬就站在雨中。夜雨很凉,落在国芬裸露的手臂上。一辆宝马车,悄无声息地开了过来,经过国芬身边的时候,车窗缓缓地摇了下来,又很快摇上了。车子差一点就撞到了刚想上车的国芬身上。国芬猛然间看到了车里坐着的一个男人,一脸得意的笑容。尽管二十年没有见了,但是国芬认定,这个人就是桥桥。

国芬张嘴大骂,你个混账,在老子面前有啥个威风好逞的啦……国芬脱下一只鞋子狠命地砸向了宝马车。宝马车已经开远了,国芬没有砸着。这时候国芬突然看到了一只落在地上的蝴蝶发夹。这个桥桥,居然把这只发夹藏了二十年,把这场恩怨记了二十年。绿灯早就亮了,后边排着队的车子鸣起了喇叭。喇叭说你为什么还不开车,你快开车。国芬冷笑了一下,用其中一只光着的脚丫,踢了蝴蝶发夹一脚。蝴蝶发夹落在了车轮下面。

小灵通的《吉祥的家》的音乐声响了。K155 背后排着队的车子在拼命鸣着笛。一个男人匆匆下来,说你为啥还不开车。他看到一个女人的头发披散着,发怒地吼了一声,老子现在不想动,你还想怎么的。男人惊恐地把身子缩回到车里,他上了车,车子拐了一个弯,所有的车子就像一串带鱼一样,从另一条车道向前开去。国芬站在雨地里接起了小灵通,是儿子陈侃打来的。儿子说,喂,我帮爸找到了工作,是在派出所里做协警。国芬的脸上马上浮起了笑容,她说老子马上回来了,让你爸等着我。你告诉他,我会买温州鸭舌头回来的。

国芬收起了小灵通,跳上汽车。这时候她才发现,自己的鞋子给扔出去老远。国芬索性就不要鞋子了,发动了车子。她回过头去的时候,看到那对年轻的情侣正对着她笑着。女孩说,阿姨,十二点以前能赶到汽车北站吗?

国芬看了一下表,说,能。国芬开动了车子,车轮碾过了那个二十年前的蝴蝶发夹,向前驶去。雨刮器在不停地工作着,在不远的前方,就是汽车北站了。汽车北站,有一批媒体人,在等待着国芬。他们将忠实地记录一趟在杭州运行了将近二十年的电车最后下岗的消息。

2006 年 8 月 6 日晚十一点多,《都市晨报》记者海飞和很多媒体人一起,守候在汽车北站。所有的摄像机和照相机都严阵以待。一位女司机开着车子徐徐进站的时候,海飞按动了快门。镜头里,女司机下车的时候,只穿着一只鞋子。当有记者问这位女司机有何感受的时候,女司机说,老子真累。海飞记录下了当时时间,23 时 57 分。当时的乘客,只有一对情侣,据说从苏州来。

葛仙米

弋 铧

我去美国的前一年,有一次在广州郊外一家有名的餐馆吃饭,最后上来一道汤,墨绿墨绿小木耳一般的珠状物,浮浮沉沉地旋舞在雪白的汤碗里。招待方挺热情地执意让我们品尝,末了,用半通不通的普通话神秘地告诉我们,这是葛仙米,纯野生的,营养价值极高,因它对自然条件要求颇高,产地相当少,真正的肥绝佳品。我们每个人用小汤匙虔诚而慎重地舀了一勺,尊崇其珍贵,更因它的纯天然和无污染。

葛仙米?我依稀记得这个东西……蒙蒙搂着姆妈的脖子,蒙蒙说:“姆妈,长大后我会给你买的,一定会买给你的!”……我放下汤匙,细细地咀嚼着姆妈曾给我说过的这款人间美味,竟有一丝淡淡的苦和一点涩涩的酸,从我的心头缓缓漫出,涌上喉头。

蒙蒙来我们家的时候,已经快满五岁了。

那时候,爸、姆妈和我还在湖南山里的三线分厂。我们家比原来在汉口的家大了好些,独门独院的,青石砖铺就的院落,靠东头栽了一棵凤凰树,夏天开出红艳的花来,在一片葱茏的绿叶中真像浴火后的凤凰一般壮丽。西边是厨房,对着厨房的窗檐下,姆妈仍旧按原来的习惯,支了一架小铁皮炉,里面垫着不温不火的煤球,从没见它蹿过艳丽的火苗,可是炉上坐的一壶水,总在爸和姆妈回来的时候就沸腾了。有时候也会是一铫汤,也是常在姆妈回来的时候炖熟了,翻滚了,香气漫开来,一座山里都是那种浓酽的味道。只是稍有些冷清。姆妈是不爱串门子的，三线厂里招了许多当地人，言语上便有些不通。姆妈本是上海人，嫁了爸，辗转来到汉口，已经有相当多的不甘，现在又被派到湖南山里，心里许是有更多的落寞了。那时候，爸似乎是很忙碌的，姆妈回了家，在晚饭后的夜里，在人家消食或乘凉的热热闹闹的夜里，会在案头翻着一本什么书，或者在给我织就的小背心上，仔细地绣出一串串的葡萄来。

蒙蒙是姆妈领回来的。我还记得她刚来家时的样子，头发蓬蓬的，额头上遮了一圈厚厚的刘海，有很好闻的香皂味扑鼻而来，身上也是那种香味，套的是我小时候的一件娃娃衫，脚上的鞋却是簇新的——合作社里摆了两个多月的货品，姆妈买下来了。姆妈在院子里倒木盆里的水，她才给蒙蒙上上下下地洗了澡，姆妈的脸有点红彤彤的，汗珠子也顺着发丝流了下来。水从地缝里钻进去，水汽又哧地从地里冒出来，腾起一股白雾。院子里围了好多的邻居，多是姆妈厂子里的同事，叽叽喳喳地说着什么。我记得我是欣喜的，那种雀跃，是一种骨子里的得意，我们家从没有这样闹腾过。

旁边有大人唤我："蕴蕴，你们家来妹妹了。"大家笑起来，拿眼看我和蒙蒙，有人还附和着说："其实仔细看，她们还真像亲姊妹的。"我有点羞，傻傻地笑，蒙蒙瞪着黑亮的眼睛一眨不眨地看着眼前的一切。大人们带了好多东西来，院子里已经堆了一袋花生米，还有一堆蒜头，几条穿好的干红辣椒串，还有散放在篮子里几捧火红的橘子，像过节一般热闹。姆妈过来牵蒙蒙的手，指着那些军企里的同事要她称呼，"这是李阿姨"，"这是徐梭梭"，姆妈的上海口音还有点改不过来，把"叔叔"发成了"梭梭"的音，蒙蒙就跟着姆妈叫，"李阿姨"，"徐梭梭"，大家又笑起来。李阿姨说："你也要叫她，妈妈！"李阿姨指着姆妈说。蒙蒙这时候有点愣住了，用脚在青石砖的地上画圈圈，咬住小嘴唇，半天都不再吭气。姆妈说："哪有这么快的？还得住一段熟悉了再说哩。别逼孩子了。"姆妈蹲下身，把蒙蒙画圈圈画掉了的鞋带褡扣重新系上。坐在小铁皮炉上的水壶冒出热气来，我叫："姆妈，水开了！"姆妈转了头，迈着小碎步走开，蒙蒙的眼睛一直紧盯着姆妈，也移了小步随着姆妈过去，姆妈到堂屋，她也跟到堂屋，姆妈回到院里，她也回到院里。大人们又都笑起来，那个"徐梭梭"说："嗳，可真是一步不离的了……有缘啊。"

蒙蒙从此好像就是这样跟着姆妈,也不太吭气,对我和爸更是少言寡语的,刚入了个新家,她的怯气仍旧抹不掉。姆妈不在家,她就钻到我们小房的书桌底下,蹲在那里,把自己蜷缩在那个阴暗的角落里。她的眼睛总是那样瞪着,充满了胆怯和惊奇。只有姆妈回来了,被姆妈牵出那个小小的角落,她才在阳光下站立。姆妈到哪里,她也随着姆妈到哪里,姆妈去掂小炉上已经冒气的水壶,蒙蒙也跟着,姆妈叫道:“蒙蒙,会烫着的,站一边去。”蒙蒙就乖乖地站到一边,等姆妈放了水壶,开始淘米择菜,她又在姆妈的身边黏住了。姆妈说:“蒙蒙,你去给我拿只小凳来。”蒙蒙跑进屋,马上拿出只小方木凳,塞在姆妈的身下,她就又那样蹲在一旁,也不帮着择菜,也不吭气,就那样牢牢地守着姆妈,姆妈笑起来:“和姐姐,和小朋友玩去啊,等姆妈做好了饭,你回来吃,好吗?”姆妈的声音很好听,带着吴侬软调糯糯的糍,蒙蒙盯着姆妈的脸,半天,摇摇头。姆妈叹口气,笑起来。我每天在家里能看到的情景,就是姆妈把小时候给我讲滥的故事,重又在蒙蒙这里过了一道。爸回来得稍晚些,推着叮当作响的自行车。爸问我:“妈妈呢?”我跳到院子里,看着在茅房边站着的蒙蒙,对着蒙蒙叫起来:“小尾巴,小尾巴!”这个时候,姆妈笑笑地从里面出来了。姆妈呵责我:“蕴蕴呀,得像个姐姐样!”蒙蒙的脸就稍稍地有些红了。

过了不久,蒙蒙病了,是肝炎,急性的。姆妈有些急了,带着蒙蒙去厂里的卫生所打了针、服了药,然后又求了去县里的厂司机,顺带着把她们捎到县上的医院。那天姆妈回来得很晚,邻居和同事也都有些担心,好多人守在我们家院子里。爸那天是在食堂打的饭,吃不了两口,也把铝饭盒子搁下了。

姆妈是背着蒙蒙回来的,蒙蒙可能困了,也可能是被病磨的,整个身子软软地趴在姆妈的背上,脸仍旧有些微红。不知道是谁的汗水,蒙蒙趴在姆妈肩背上的那块地方,已经是濡湿濡湿的一大块了。

爸把蒙蒙接过去,放进小房里。姆妈在院子里直喘气。有人小声说:“这可是要传染的,别把你家蕴蕴也给染上。”姆妈在院子里捶着自己的腿:“不会的,医生说,炎症消下去了。这病,养一养就好了。”卫生所的李阿姨下了班也来我们家,李阿姨说,县上的医院和厂里卫生所的条件差不多,要真比起来,卫生所除了不能住院,紧俏的药品倒比县医院还全些。姆妈点头,感激地说:“是啊是啊，县医院开的药针和你开的都一样的，这种药，县医院还说他们没有哩。”姆妈给李阿姨把方子递过去。李阿姨拍拍手：“就是！你看你急的，明天还是在卫生所打针吧，累成什么样了？”然后她就告诉我姆妈一个法子：“小孩子家，急性肝炎倒容易医的，每天就塞给她糖吃，水果糖，奶糖，都行，把肝糖原弄上去就好了。”我姆妈来了精神，赶紧问：“真的？吃糖也能行？真有用？”有人小声地说：“都在幼儿园里，会不会传染别的孩子？”另外的人嘘了一下，问话的人便噤了声去。爸点着头：“别担心，治好了病我们再送孩子过去的，我们知道这病的传染性。”姆妈也点着头：“让你们费心了，孩子不好彻底了，我们不会送幼儿园的。”

那晚上，姆妈把脚在木盆里泡了很久，她很少走过那样长的路，后来又一路背着蒙蒙回来，她的脚上磨了好些的泡。姆妈对爸说：“让蕴蕴和你睡吧，我和蒙蒙在一屋。”爸过了一会儿，才应了一声：“好！”那晚的月亮很大，院子里的父母没有怎么交谈，月光射到他们的脸上，让他们多年的默契无碍地交流。很多年以后，当我做了母亲，更理解了姆妈那晚的心境。

好像只请了两天的假，姆妈就又回厂子里忙她的工作。姆妈越发忙了，中午也得抽空回来陪蒙蒙，在那山石硌着脚的小路上来回狂奔，给蒙蒙做饭，带蒙蒙打针，回来喂蒙蒙吃药，再陪蒙蒙一会儿，然后在小铁皮炉上炖一锅汤，都是治肝病的土方：泥鳅豆腐汤，和一些散发着浓郁药草味的汤。姆妈的晚上也不像从前了，从县上买回一堆的小人书，穿了麻绳挂在蒙蒙床头钉的一排铁钉上。等蒙蒙睡熟的夜里，在开着水的锅里煮家里的餐具和毛巾，白嫩的手被滚烫的水灼得通红，或者在茅房里戴双橡皮手套，洒一种气味浓烈的药水消毒，然后回到我们的房间，小心地抹每一块地方。爸说：“你歇着吧，这么晚了。”姆妈摇头，姆妈说：“孩子醒了，是不好做这个的。”爸说：“她才五岁，哪懂这些？”姆妈仍摇头：“嗯，就是知道。蕴蕴倒罢了，蒙蒙，可不能伤了她。”

我们家买了好多铁罐装的饼干，还有各色各样的糖，连汉口的爷爷奶奶也千里迢迢地寄了糖果来，一盒一盒的，蒙蒙就那样抱着吃，羡慕得一帮小朋友都流了口水馋她怀里的糖果。她嘻嘻地笑，有一份从没有过的得意，那种本该让人嫌恶的传染病，成就了她的一种骄傲，甚至被巴结的幸福，到最后，她咧开嘴开怀大笑的时候，牙齿都被糖果侵蚀得一片黢黑了。

又到卫生所抽了血。李阿姨拿着检验单给姆妈:“看,可好全了。”姆妈笑着接了检验单,蒙蒙拽着姆妈的手,问:“我是不是能上幼儿园了?”李阿姨说:“当然可以了。你看你,还是想着和小朋友一道疯的。”李阿姨看看姆妈,又说:“蒙蒙,你将来可得有点良心,你看你妈妈,都瘦了一圈。”蒙蒙就躲到姆妈的身后面。

蒙蒙好全了,姆妈绷着的神经便完全松懈了,她的腿走在山道上就有点打憷。许是这么多天太累了,那条熟悉的山道上的石子就欺了她,姆妈的脚扭了一下,歪在了山道上,裤腿那儿有点殷红的血丝渗了出来。蒙蒙突然怯怯地唤了句:“姆妈……”她的声音很细很长,像山里流淌的溪水一样绵软而悠长。姆妈转过头来,看着蒙蒙,那天的晚霞像盛开的凤凰花一样映在姆妈的身上,姆妈脸上从没有那样美丽过。

最初的陌生感慢慢消失,蒙蒙已经融入我们这个家了。她和我这个姐姐也亲热起来,啰里啰唆告诉我一些小朋友们的事情。有时候对待爸,她也会撒点娇了。爸待她也相当亲,下班后从口袋里摸出一把零食,递蒙蒙一半,也分我一半。当然,蒙蒙还是和姆妈最亲,病了一场后,她跟姆妈的感情越发深了,姆妈也越发惯着她。姆妈常在背后对我叮嘱又叮嘱:“要像待亲妹妹一样地待她!知道吧?”

后来的会酒也是她代替我们去吃了——原来一直是我的,我领过她去吃了一次,回来后跟姆妈说:“人家说,哦,你们家来了两个。”姆妈想了想,以后吃会酒,就只让蒙蒙去了。蒙蒙比原来熟络多了,而且人家总是可怜着她,往她的菜钵子里装满大鱼大肉。她像个成熟的年长者,一筷一口地把堆到她眼前的菜肴扫个干净,替我们全家打足了牙祭。

姆妈问她:“吃什么了?”

她回姆妈:“红椒酿肉,笋干腊肉,锅里叫,卤猪尾。”会酒是那个时代除年节外最热闹的餐饮宴会,起会的人集钱后聊表谢意的一种感恩方式。集会的每家出一口人去吃席,父母总疼惜小孩子些,大多让自家的小孩轮着出面吃会酒。

姆妈点点头:“都是大鱼大肉的。我们在上海的会精致些,爆虾腰、爆鳝丝、桂花肉、火腿冬瓜汤,有一次还吃到了葛仙米,那个味道真好,鲜得让人再也忘不掉!”

“葛仙米?”我们异口同声地问。姆妈的口音总带着上海话的底音,吴侬软腔的,有时候很难辨得出是什么字来。姆妈应了声:“是啊,葛仙米。这辈子怕是再不能尝到了。”

蒙蒙搂过姆妈:“我长大了,挣了钱,会买给你尝。”

姆妈很开心地笑:“傻囡囡,我也就吃过那一次,再没见过了。”

蒙蒙声音清脆地叫:“我会的,姆妈。我会的!”

姆妈搂着蒙蒙,好高兴地点着头。

那个村长有一次来过。带了苁蓉和十几条小鱼——那鱼我叫不出名字来,姆妈用它来烧汤,那种鲜美在我离开湖南以后的日子里再不曾尝过。村长死活不往堂屋里坐,就在院子里拉了条凳坐着。

蒙蒙一直在房里不肯出来。姆妈唤她,她应了一声,还是不出来。姆妈有点不好意思地朝着村长笑,村长隔着门帘往我家房里张望。村长说:“这总是好的。跟了你们家,哪有不放心的?”

姆妈拿着锅铲,又跑到厨房里翻炒几下菜。姆妈那天一脑门的汗,又得忙着给客人下厨,又得忙着陪客人说话。村长的眼睛总不时地朝房间张望一下,姆妈的汗流得越发厉害。

村长说:“娃儿大了,有空还是让她回山里看看,她爹的坟还在我们左山头里起着哩。这以后,也是个孤魂了。”

姆妈紧点着头。

蒙蒙的父母不是那座山里的。几年前,她爹牵着才能走道儿的蒙蒙,怀里托着蒙蒙的弟弟,背快饿穿了才挨到村长他们的村子里。据说是老家闹饥荒,蒙蒙的娘撂下孩子就跑了,她爹带着他们姐弟一磨一磨地到了村长他们的村上,村里人给了几块红薯饼,她爹就带着孩子再也不肯离开了。安顿下来以后,也算过了几年安定日子,蒙蒙的爹据说还能开拖拉机,突突突地,从山上一路啸到山下,把村里的收成运到乡里,再把乡里的货品运到村上。沿途都有光着脚丫的孩子跟着撵着,在阳光明媚的山道上,还是很得意的。后来就出了事,蒙蒙的爹开着拖拉机去乡里的棉花收购站,过了山道就翻到狮子塘里了。堆得山高的棉花全砸进了狮子塘,沉得比一堆一堆的铁砣子还重,蒙蒙的爹打捞上来的时候已经咽了气。公家的东西全毁了,村民们辛劳一年的收成全泡在狮子塘里淤成了一堆一堆的烂泥。蒙蒙爹的死没法往上报材料,如果是因公,也许遗下的两个娃娃将来就有点好的照应,可村里的财产是全毁了的——一年的收成啊,村里一年的收成!这一年算是白忙活了,日头下滚落的豆大的汗珠,起早摸黑沾在背脊上冰凉的露水,全被裹进那狮子塘腐臭的塘水里。追究起来,蒙蒙的爹还亏欠公家呢,还亏欠村民的呢!——有些话真不好说,打捞蒙蒙爹的几条壮汉,都闻到了蒙蒙爹身上浓烈的劣酒的气息。

村长在乡里大院内坐着不走,那两个娃娃也在乡政府的院子里撂着,男娃娃拖着鼻涕,蹲在院子的泥土墙边,很专注很入神地在玩一捧稀泥。女娃娃知事点,背靠着土墙,眼神一直怯怯地盯着来来往往的人群。两个娃娃的臂上都缠着黑布,中间缀着一点耀眼的红布头——按这边的风俗应该是死了父母辈的孝礼,黑布很大,把娃娃的半截右手臂都缀满了,呼啦呼啦的。

村长蹲在地上,哭丧着脸:“我们也没办法啊,我们村要是日子好过,哪有养不起两个娃娃儿的?也是劫数啊,当初不收留他们父子三个,也没有今天这种腌臜事……”

有管事的人从他身旁走过:“把孩子撂给我们,谁来管呢?……不然你们先带着,各家住住,我们报上去,能安顿了,你再把他们给我们?”

村长摇头:“这个不能行的。你蒙我呢!这娃娃们爹爹的事情到现在还没办下地呢!领回去,你们哪里会办他遗下的娃娃的事情?”

管事的人停不下脚步,叹了口气,仍旧忙他的去了。

看热闹的人围得好多,都觉着天可怜见儿的,偌大的一个国家,哪有两个娃儿存不下身子的道理呢?有人跑回家送了水来,还有人送了两个苹果橘子来,还有几把干果和瓜子。姆妈这时候正巧到乡里来了。姆妈从不是看热闹的人,姆妈是有事才到乡里来的。

旁边的人叽叽喳喳的,围着的人没有散的意思,都挺可怜那两个娃娃,多小的孩子啊,没爹也没娘了。有人说,娘倒是有的,好像逃荒的时候撂下孩子丈夫自个儿就跑了。有人就骂起娃娃的娘来,这种娘,早几年,怎么也该揪出来斗斗！有人就同情起村长的处境来，知道乡下人的难处，自个儿的口粮还成问题呢，哪有闲钱再养这两个正在长着的娃娃？

后面就挤进一个长沙来的采购员，他总到我爸厂里采购电源电池的。胖胖的身体，笑眯眯的，还老戴顶工人帽，灰颜色，帆布的料子。他从头上把帽子揭下来，像孙悟空的紧箍咒那样围了个鲜明的圈，却是一个弥勒佛的模样。他拉过那个男娃娃，对村长说："要不，把这孩子给我吧？我家，正好没孩子……八年了，也不能再有孩子了，你能做主的话，就把这孩子给我吧。"

村长的眼睛先有点吃惊，然后是茫茫的一片混沌。周围的人静了一下，有人就叫起来："这样就最好了……这样真是最好了！"

弥勒佛一样的采购员就把男孩子抱在怀里了。

旁边突然有人就怂恿我姆妈："您也做点好事吧？把女孩子领家去。您家孩子也单薄，就一个，带回去和蕴蕴也是个伴。"

姆妈有点愣，没反应过来，两眼看着蒙蒙——那时候她还不叫蒙蒙。旁边的人全附和起来："是啊，你们家条件最好的。老人也不用养，都吃公粮的，孩子才一个，上没负担下没忧的。领回去吧，多可怜的孩子啊！"

姆妈突然就晾在那么多人的前面，成了众目睽睽的目标，姆妈好窘地搓着手，一句话也说不出来。姆妈被人群牢牢地围住了："也算做好事积德了，把这女孩子领回去吧。真可怜见的！"姆妈看着蒙蒙，蒙蒙也怯怯地看着她，蒙蒙的上嘴唇使劲地嘬着下嘴唇，姆妈看见这个动作突然就有些无语凝噎。姆妈走过去："小囡，你愿意和我回去吗？"蒙蒙也许没听懂姆妈的上海话，但蒙蒙肯定觉得那种轻柔的调子里有一种可依赖的温情，蒙蒙牵了姆妈的手，牢牢地牵住了。

村长那天没有吃饭就走了。姆妈怎么也留不住他，再拉扯，倒有点打架的嫌疑，惹来到我家串门的邻居，就难堪得慌。村长朝着蒙蒙的方向唤："丫头啊，你以后可得知恩图报啊！你可得晓事啊！没有你现在的爸妈，哪有你现在哩！"姆妈的脸有点红，姆妈看着村长迈着碎步离去，姆妈还在叫："蒙蒙，蒙蒙，你伯伯走了，走了！"村长回头探了两探，始终没见到蒙蒙的身影，村长就再没回过头来。

后来发生的是姆妈这辈子最自责的事情。那道伤疤不是印在蒙蒙的手臂上,而是烫在姆妈的心里了,多少年后,姆妈在每次回忆起时都有隐隐作痛的感觉,为解释蒙蒙后来的一切乖戾找到了出处。

那时候的大人们是很忙的,特别是我们这样的军工企业。爸总在加班,老在研制新的电池类型。据说边境也不太平,自卫反击战已经开始了,我们厂生产的电源、电池大批地往边境军队送去。姆妈那时已经是分厂的会计师,负责整个厂的财务,回到家很晚了,还得给我们一家子弄饭菜吃。

饭是我先煮好的,菜也择好放在一边,只等姆妈来炒。姆妈其实是很惯小孩子的,我那会儿十岁了,上四年级,姆妈仍旧不许我动锅碗瓢盆的厨事。我在房里做作业,蒙蒙在院子里踢毽子,她的水平已经很高了,身形特别轻巧,会各式的花样。院子里小煤炉上的水已经烧开,我听见开水蒸气喷薄的腾响,姆妈的脚跑前跑后地蹿着,姆妈进房拿了暖水瓶出来,咣当咣当的声音,姆妈叫:“蒙蒙,你别乱跑,等吃完饭再去踢毽子。”

我听见“啊”的声音,然后是“天啊”的声嘶力竭的叫唤,我再听见是“娘啊——”那声凄厉的惨叫,毛骨悚然地扯起我一身的鸡皮疙瘩。我奔出房去。

蒙蒙的手臂整个烫红了,一层皮已经像羊毛那样翻卷起来,她抱着手臂,使劲地跺脚,跳着用湖南话叫:“娘! 娘啊! 痛死了!”

姆妈把她搂着,用尽力气不让蒙蒙用另一只手去触摸那烫伤的皮。姆妈说:“我们赶紧去医院,蒙蒙,姆妈带你去医院。好孩子,不要碰那层皮,会毁了皮肤的。”姆妈的头发很散很乱,姆妈的眼睛血红血红的。姆妈看着我,叫:“蕴蕴,我们赶紧把妹妹送医院!”姆妈的嗓子发哑了。

李阿姨在卫生所值班,李阿姨给蒙蒙涂了好几层膏药,蒙蒙一直扯着嗓子哭,哭累了,嗓子也哑掉了,就趴在姆妈的身上抽泣。姆妈的身子随着蒙蒙也在抽,一搐一搐的,姆妈的脸在卫生所惨白的日光灯照射下变成李阿姨桌上处方纸一般的颜色,姆妈不停地问李阿姨:“不会有事吧? 她疼成这个样子啊!”李阿姨表情也有些严肃:“滚开的水哦,你想想!”姆妈咬着嘴唇,又问:“不会留疤吧? 会吗?”平日大大咧咧的李阿姨也不敢随便说了,她给蒙蒙缠了纱布,只说:“这个,难说哦。”姆妈的脸又和那纱布一般的颜色了。

我爸赶到卫生所里,用自行车把蒙蒙驮回来。蒙蒙坐在后座上,过一会儿就哑着嗓子嚎一下，那种凄惨的声音回荡在冷寂的山间小道上，和着一种不知名的鸟儿的叫声，越显凄厉。姆妈一直在后边扶着蒙蒙，姆妈只会重复地说一句："好蒙蒙，不哭啊，不哭。"我偷眼看着姆妈，姆妈的眼神好空好空，好像谁把她的眼珠拿掉了，只留下个眼眶，茫然地盯住蒙蒙那条胳膊上雪白的绷带。我们是自小看过几个同伴被开水不小心烫伤的身体的，有的在脖颈处留了疤，有的在后背上留了疤，那些被烫伤留下的疤痕相当恶心，像蛇的鳞片一样冷冷地丑陋地放着寒光。

家门口，好多邻居守在那儿，像当时蒙蒙来我们家一样热闹。有个邻居说："这个不能缠绷带的，这会留下疤的。老刘头去山里找乡亲讨獾油去了，用獾油抹几天就没事的。"

姆妈的眼珠这时重又回到她的眼眶了，姆妈的眼睛冲着那邻居亮得发光："真的，管用吗？"邻居直点头："管用的，管用的。你们知识分子，有时候不知道，有些土法子，比你们看的书都管用的！"

蒙蒙一直在痛苦地叫唤："疼，疼。姆妈，疼！"姆妈倚在她的床边，半边身子放在小床上，半边身子斜在小床外，姆妈轻轻地说："知道，知道。好孩子，好蒙蒙。姆妈知道。"

很久她才睡着。我被吵得头昏脑涨，眼皮子打着架地合上，头上的那顶昏黄的白炽灯终于灭了，我听见姆妈叹着气，悄没声地离开。

过了好久，我又被窸窸窣窣的声响惊醒。姆妈和爸贼一样地进来，不开房里的灯，拧了手电筒慢慢地朝向蒙蒙的床头。我听见姆妈小声地说："你轻一点，我慢慢地把纱布掀开。老刘头说这獾油特凉，别惊着她。"爸说："你先试一试，再抹上去。多疼啊，好不容易才睡着的。"姆妈说："我知道，我晓得轻重的。"他们在蒙蒙的床上趴了好久，有一股浓烈的像蛤蜊一般涩涩的味道飘来。他们的身子一直保持着一种相当不舒服的状态，手电筒的亮光侧打在墙壁上，把他们的影子勾成了一幅鳞次栉比泼墨山水的图案来。

姆妈终于起了身，爸也起了身，两个人闭了手电，静静地站在蒙蒙的床边。我听见姆妈小声地说："这可怎么好？人家怎么想？收养的孩子弄出这档事来。"姆妈说："我听见装配车间的那个胖女人跟别人说，不是自己的孩子，所以不算成心的，至少也没放在心上——哪家小孩子疯闹的时候还能灌开水瓶的?!”爸扶着姆妈的肩头:“湖南话，你也许听不明白……没事的。人家总知道我们的心。蒙蒙也知道我们的心。”爸又问:“怎么就会烫着的?”

姆妈很无力地靠在爸的肩上，姆妈说:“不知道，不知道，我也弄不清了……你没听见，孩子烫着了，撕心裂肺地喊的是‘娘’，‘娘’！她没叫唤我，她叫的是她的亲娘!”姆妈小声地啜泣起来，我从没见过姆妈哭，我也有点吓住了，姆妈的身子软软地靠在爸的肩上。

蒙蒙这时在床头喃喃地唤了起来:“姆妈，疼，姆妈。”她有点醒过来了，可能是灼痛让她睡不安生，可能是獾油的凉性刺激了她，也可能是姆妈和爸的动静吵醒了她。姆妈偏过头去，把自己的脑袋挨上蒙蒙的脑袋，姆妈也低声地说:“知道，蒙蒙，姆妈知道。”蒙蒙的嗓子仍旧喑哑着，低低地唤:“姆妈。”好久，我的身子被一双强有力的臂膀抱起，我听见爸小声地说:“蕴蕴，和爸一起睡吧，姆妈要陪着蒙蒙啊。”

这一陪就是好些日子。

我觉得我的童年开始孤独了，至少是有姆妈的日子开始孤独了。爸是很忙的，经常在厂子里加班加点，爸回来的时候我已经睡着了。我对那段日子最深的记忆，是爸总蹑手蹑脚地进来，我翻一个身，在嘴里嘟哝地唤一声“爸”。爸老是歉意地笑着抚一下我的额头，小声地说:“不想吵醒蕴蕴，仍旧吵醒了。好孩子，睡吧。”我就翻转身子接着睡去。然而姆妈呢?

姆妈似乎总是在家的。院子里，我听到姆妈给蒙蒙讲故事的声音，很老很旧的故事，蒙蒙缠绵的声音:“姆妈，不好，再多讲一个嘛!”听到蒙蒙在玩丢瓦片的游戏，姆妈总会发出惊呼的声音:“蒙蒙，小心咧，别磕着了。”或者，蒙蒙真摔了一下，手掌落在泥土和碎石混就的地里，渗出一点血渍来，姆妈就叫:“这可怎么好来？这可怎么好来?”姆妈的脚步在房里房外乱了的声音，然后是抽屉的关阖声，姆妈拿了红药水出来，细细地抹在蒙蒙的手掌上。很多时候，我比姆妈先回到家，已经伏在桌上做功课了，姆妈回来了，院门吱呀地开了，姆妈的声音传了过来:“蒙蒙，蒙蒙啊!”我跳到院子里，接过姆妈手上的菜篮，告诉姆妈蒙蒙去前院的小朋友家玩跳房子的游戏去了，姆妈就“哦”一声，跑出院门，在人家的院子里看到蒙蒙活生生地活蹦乱跳着，姆妈抚一下蒙蒙的头发说："早些回来啊。"才能静下心来做自己的家务事。

我已经能帮家里搬煤球了。板车拖到院子外，我从板车上往院子里一趟趟地搬煤球，用搓衣板当工具，有时候搬六个，有时候是八个。我还会帮姆妈晾衣服，洗净了衣服，用劲地拧干，站在木凳上把衣服晾起来。有一次学校开运动会，接力赛冲刺的时候我摔倒了，整个左小腿全是伤，淤青的紫，还有淋漓的血，老师和同学把我搀着弄到卫生所，上了药，还打了破伤风的针。我一滴泪也没掉。回来的时候我像个英雄一样地沉默着自己的事迹，仍旧帮姆妈择了菜，淘了米，在房子里安心地做作业。院门开了，姆妈仍旧唤："蒙蒙，蒙蒙。"我在房子里嘟囔："她在前院和人家玩沙包哩。"我听到姆妈把东西放在院里的声音，听到姆妈在走道上唤蒙蒙、蒙蒙出来应答的声音，姆妈开始做饭炒菜，水声、油爆声、锅铲声、碗勺声，姆妈又叫："蒙蒙，蒙蒙，回来吃饭了！"蒙蒙回来的声音、姆妈在院子里帮她洗手的声音、她们俩笑嘻嘻的声音，我已经踱到桌前，摆好了碗筷。蒙蒙、我、姆妈在桌上吃饭，她们一直在谈什么，好像是小朋友之间的事情，或者还有幼儿园的事情。然后，到了晚上，姆妈仍旧在我们的小房里陪蒙蒙，哄着她上了床，我听见她小心地揭开蒙蒙纱布的声音。每回这个时候蒙蒙都会小哼一声，姆妈轻轻地说："看，快好全了，真快好全了。"那浓烈的獾油味隔了门扑到我的鼻翼间。爸到晚上的时候终于回来了，吃了饭，收拾了，看着我仍趴在桌上，爸抚着我的脑袋："还不睡啊？哪有这样用功的？"我转过来，伸开腿，爸看见我缠了纱布的小腿，惊叫起来："这是怎么了？"姆妈这时候过来了，也惊呼了一下，扑到我的小腿处，前前后后地问。我的眼泪扑簌簌地落下来了。我哭起来："姆妈，我也要你陪，我也要你陪。"

姆妈那个晚上真陪我睡了，和衣躺在我的身边，姆妈拍着我的手，我记得她说："蕴蕴是个大孩子了，好坚强的大孩子了……蒙蒙是妹妹，好可怜的，没有爸爸没有姆妈了……到了我们家，要像一家子那样待她。她那样小，像块玻璃一样呢！"我红着眼睛问姆妈："那我呢？我像什么呢？"姆妈捏着我的鼻头，点一下："蕴蕴，是块钢呢！"我那晚上像块钢一样地躺在床上，腿上的疼一直坚忍着，到了半夜疼醒的时候，身边的姆妈早已换成熟睡的爸爸了。

那晚没有月亮,我一直流着泪,流着泪。我想,姆妈已经不疼我了。

桌上的菜早变成寡淡的了。我最爱吃的红烧肉和酱油鸡,姆妈在那些日子不曾做过,好容易荤菜上来了,肉是白煮的,用蒜泥铺上,鸡是清蒸的,一点食欲也没有了。姆妈一直很仔细地看蒙蒙手臂的愈合程度,姆妈总点着头:"嗯,再过一个夏天就会好了的。不吃酱油,过一个夏天就像新的一样了。"蒙蒙的牙齿已经掉了,她咧着嘴笑,露出豁口来。

獾油真是个好东西,蒙蒙的左臂没留下那令人恐怖的烫伤,只有一点浅浅的比皮肤颜色稍深些的印迹,像蜗牛在干净的水泥地面滑过的一道痕,如果不仔细看,真没什么大碍的。

蒙蒙在第二年上了小学,每天和我在一起的时间多了起来。我们现在一起上学放学,回来后我会给她辅导功课。她似乎挺崇拜我的,我的地位在学校里凸显出来,我是大队委,是护旗手,还是学校广播站的播音员。她很骄傲地对她那一帮刚上学的小伙伴们介绍我:"张蕴是我姐姐!"其实她不说,人家也都知道,蒙蒙的事情,厂子里几乎家喻户晓的。

蒙蒙喜欢画画,不过不是在纸上,而是在地上。拣一块尖利的石片,或者爸给她的一条石膏笔,她就蹲在地上画出一片景象来。她喜欢画美人头,总是大大的眼睛,站着的睫毛,肩膀有些溜下来,她说:"这是姆妈!"还喜欢画房子,中间有个门,两边各有四扇窗户,上面还有烟囱,冒着袅袅的烟。我问她:"怎么有四扇窗户啊?"我们家只有两扇,中间的堂屋窗户是朝后开的。她说:"爸和姆妈一间,姐姐你一间,我一间,还有,还有弟弟一间。"我蹲下去揪她的小脸蛋:"你还记着弟弟呢!"她笑:"我将来工作了,挣了钱,要把弟弟接回来的。"

姆妈这时过来了,姆妈的声音有些颤,姆妈说:"好蒙蒙,真是个有情有义的孩子呢!"蒙蒙扑到姆妈的身边,说:"姆妈,将来我工作了,我要给你买好多好吃的糖,好多好吃的饼干!"姆妈笑起来:"是吗？真好,真是个好孩子啊!"蒙蒙说:"还要给你买漂亮的衣服、漂亮的鞋子。"蒙蒙说:"还要带你去北京,去天安门!"蒙蒙又想了好多好多,最后说:"还让你吃,那个那个葛仙米!"她发的音是学着姆妈的,很糯很糍的调子,姆妈笑起来,隔壁的胖阿姨正巧从我家门口过,听到了,也随着笑起来:"这蒙蒙,真是养熟了啊！可别长大了,就忘了哦!"

过了两年,我们全家又调回了汉口。姆妈回去的时候好兴奋,一直在跟蒙蒙絮絮叨叨讲汉口的情形。爷爷奶奶来火车站接我们。爷爷的头谢顶了,身子稍有点佝偻,奶奶的头发已经花白,但仍旧笑眯眯的,还是那个慈祥和蔼的模样。奶奶牵了我的手,说:"张蕴已经这样大了!"我不知道为什么,扑在奶奶身上突然痛哭了起来,委屈得不得了的样子。六年过去了,好像只有奶奶一刻也没有离开过我。

姆妈拉着我:"羞死了。人家都看你呢,这么大的姑娘还哭!"姆妈把蒙蒙拉过来——这一路上,姆妈就一直没离开过蒙蒙。姆妈对爷爷奶奶说:"这是蒙蒙。"

爷爷笑笑地看着蒙蒙说:"早都念叨好多遍了,真是个好孩子样。"奶奶搂着我,腾出手来抚摸蒙蒙,说:"和照片上一样的,比照片上还漂亮。"蒙蒙就叫:"爷爷,奶奶。"我爷爷奶奶高兴地答应着,我忽然有些紧张,拽紧了奶奶的手,生怕从小疼惯我的奶奶,也会从此忽视我了。

爸和姆妈原来的老同事老朋友都到我们家来聚会了,拉了手,说了好多分别后的情形,窄小而杂乱的家显得特别热闹,蒙蒙就这样被介绍到原来的老朋友面前来。

姆妈原来的好朋友,也是从上海过来的林阿姨,拉着蒙蒙看了好久。林阿姨只是对着蒙蒙点头:"蛮好的,蛮好的。"有点说不出话来的模样。旁边的几个叔叔,脸上也是有点惊奇的表情,然而他们只是一个劲地点着头:"很好啊,很好的。"我看出蒙蒙有点窘了,她其实也是个有眼色的孩子,只是大人觉得我们看不出来他们的内心罢了,以为表面的做派能敷衍过我们小孩子。

晚上,大多数人都走掉了,蒙蒙也睡去了,只有林阿姨还在和姆妈拉家常,说了点厂里的事情,还有点人事上的事情。林阿姨把话放低了,轻轻扯到蒙蒙身上:"你自己不能要了?"

姆妈说:"不是。就是一见她……小可怜见的,蹲在地上看着我,嘴唇那样吮着,像足了蕴蕴小时候的模样……你知道,蕴蕴那会儿奶水没吃足的时候,嘴巴总那样吮着,我难受死了,那会儿急得呀……她蹲在那边厢,就那样看着我,我一下子就想把她领回来了……"

林阿姨叹口气:“唉,她要是小点的话还好,可都快五岁了,记事了啊……怕是养不熟的。”

姆妈淡淡地说:“总是一场缘分。我也蛮喜欢她,真的疼她……养不养得熟,是以后的事情,我也不计较这些……我只想用我的……心,来待她。”

没听到林阿姨的声音,只听到姆妈又慢慢地说:“待她,可能比蕴蕴要更上心些……可怜她无父无母的,也是知事了的。有些事体,我们做养父母的,比亲生父母更要担待多些……”

我的眼泪一滴一滴地流下来了,因为不敢惊动旁边的蒙蒙,也怕惊动说着话的大人,我没挪动身子。那晚的泪水很苦很涩,很黏人地趴在我的面庞上,像虫子一样缓缓地爬过我的脸颊,麻,痒,痛。我对那晚的泪水有着绝望的记忆,我觉得我的幸福,平常小孩所拥有的那种最普通的幸福,一点一点从我的身上抽离了。蒙蒙这时候挪了下身子,她的头冲着墙壁,我看不清她的样子,但我总怀疑,她如我一样,是醒着的。

爸的两个新科技产品得到了四机部的表彰,在汉口的总厂里,爸成了那家军工企业史上最年轻的总工;姆妈的文凭和业务在多年后也终于得到了重视,成了总厂里财务室最有实权的科长,取代将退休的总会计师的日子指日可待。我上了家属院附近的一所中学,开始的成绩并不是很好,湖南的教育和武汉多少有点不同,但我发誓要考上省重点高中,那个离我们家一条河、一条江,坐落在武昌的学校,我可以在那里住读三年,然后像我父母一样考入大学,将来做个人人尊敬的知识分子,去北京,去上海,去广州,去遥远的任何地方。我不知为什么一心想离开这个家,那种野兽般的冲动一直撞击着我内心的深处,在不为人知的地方使劲咆哮。

蒙蒙很能适应环境,语言能力特别强,来到汉口,没用三个月,就能操一口流利的武汉话,比我说得还地道,和一帮三年级的小伙伴们玩得相当和睦。她还是喜欢和我姆妈讲点带上海音调的普通话,叫起“姆妈”来,那音和姆妈一样的吴侬软语,酥到骨子里去了。

姆妈流了一次产。

来家探望的人很多,到底是老同事,有些还是她的下江帮,送了红糖鸡蛋老母鸡,摁了姆妈倒在那软软的床垫上。林阿姨知心地问:“流一个也是这样,生一个也是这样,莫如把他生下来呢!你不是说害口的光景像小子的,和怀蕴蕴那会儿完全相反着?”

姆妈在床上半靠着浅笑说:“哪里能要呢?”

林阿姨说:“因为蒙蒙啊?”

姆妈想了想,半天也没吭出气来。

林阿姨叹口气:“何必呢?何苦呢?”

蒙蒙在姆妈的床边低了脑袋。林阿姨说:“蒙蒙啊,你将来可得记住了,你姆妈因为你,连小弟弟也没要了哩!”蒙蒙的脑袋垂下去,谁也看不清她的表情。

奶奶很生气。奶奶不说,甚至都没来我们家看望姆妈,只托人捎了好多的桂圆红枣,还有两只少见的乌鸡和一袋黄芪,把怎么炖熬的方子都详细地写给了我爸,但他们在整个姆妈的小月子里,连面也不照一下。奶奶让捎话的人说她和爷爷都忙得不可开交——这话大家也都信,那段时间好像所有的大人都挺忙的,爸和姆妈中午只有一个小时的休息时间。可是爷爷虽忙,奶奶才刚退了休啊。姆妈想,奶奶是真生气了。

我奶奶因为身体的原因,只养了我爸一个孩子,所以很希望姆妈能为我们家的子嗣多出些力量。奶奶不是个普通的老妇人,她年轻的时候一直上到高中毕业,在那种年代,简直在同龄女性中具有高知的地位。所以奶奶也不是重男轻女的老辈妇女,听说生我的时候,爷爷奶奶在医院外的寒风里守了两天两夜,把我抱出来给他们看的时候,奶奶凑在我有点发紫的脸颊上久久不肯离开眼去。姆妈后来一直不再生养,奶奶也没多催多逼姆妈,等到姆妈和爸去湖南三线分厂的时候,奶奶才和姆妈商量想把我留在他们身边,好让姆妈和爸能再有精力去生育一个下一代来。姆妈没有同意。后来收养了蒙蒙,奶奶也很高兴——至少在表面,我从没见过奶奶对蒙蒙的不满,爷爷奶奶毕竟是受过教育的人,他们那样的人更多的是活在古训和书本对“好人”的定义里,既然成为了我们家庭里的一员,就要视同己出。但姆妈知道,她这一次的强行流产,伤了奶奶的心。

爸安慰姆妈:“没事。我妈是通情达理的人,没那样小性的。”

姆妈说:“我知道你爸和你妈的心,可是,我也不想再分心了。”

爸点点头:“两个,够了。我们足够了。”

那一年夏天,我如愿考上了那所重点高中。爸和姆妈都相当高兴,甚至有点落俗地在家里摆了酒席,请了亲密的同事和朋友。爸亲自下厨,姆妈只在旁边打打下手,我第一次尝到爸做出的那么好吃的菜肴,而且精工细作,每一件都像艺术品一样。姆妈给我整理行李,小小的旅行包,一样一样地塞满女孩子的细软。姆妈在一旁叮嘱我:“要过集体生活了,自己的铺得弄干净些,太厚重的衣服不要洗,反正一个礼拜会回来一次的,姆妈给你洗。”我点着头在一旁答应。姆妈说:“一间房里八个女孩子,也像姐妹一般的,凡事让着点,一起得待上三年呢。这种缘分,也不易的。”我笑。姆妈突然停住了,姆妈看到两条深红的橡皮胶带,小心地裹在一个用白口罩缝就的小布袋里。姆妈惊异地看着我:“你……什么时候的事了?”

我的脸有点羞红,把月经带匆忙塞回那个小白包里。我说:“去年吧,你带蒙蒙去看《大篷车》的那晚。我奶奶知道的。”只有两张票,听说是个很不错的印度电影,前两晚在化工厂俱乐部放映的时候,万人空巷,这回才轮到我们厂来放,票早就抢光了,听说连走廊票都没得卖了,自带小凳的观众凭这种票可以坐在电影院周边的过道上。姆妈想让我和蒙蒙去看,我不知为什么,拒绝了。这几年,我常拒绝这样的事,蒙蒙最好能永远跟着姆妈一起,一起去澡堂洗澡啦,一起去吃席啦,一起在游泳池里学游泳啦,陪姆妈去菜市场买菜啊——去年姆妈到九宫山疗养,不也带着蒙蒙的吗?谁都说蒙蒙和姆妈越长越像了,林阿姨有一次还说走了嘴:“孩子啊,不是谁生的像谁,而是谁带的像谁啊!”蒙蒙的眼,蒙蒙的鼻,蒙蒙的嘴,甚至有点斜低了脑袋走路的模样,都像极了姆妈。没有人注意到我,我就像个影子一样,被正常地忽视了……姆妈没有强劝我,便和蒙蒙一起去电影院了。爸还在厂里加班,院子里几乎没有人,我甚至听到电影院里传出印度音乐美妙而热闹的曲调,甚至嗅到电影院里人山人海屏住的呼吸。我的下身就是那一刻有一股热烈的涓流慢慢地出来,殷红,恐怖,寂寞。我跑出门去,一气坐了六站路,跑到奶奶家。我见到奶奶惊诧的脸,我说:“我流血了。”我的泪喷薄而下。

姆妈看着我，把头低下，她仍旧在收拾我的细软："蕴蕴都是个大姑娘了。真是的！"我看着和蒙蒙一起住的那所小房，书桌上的东西我全带走了，两人合用的衣橱也慢慢地被我一点点地腾空，蒙蒙的衣服总有一天会占据这所有的空间，我想，这个家，是蒙蒙一个人的了。

我很少回来了，在新的环境里，在那种再也不愿回忆却从不曾后悔过的苦读里，我好似在另一座城市度过了我高中三年最寂寞的时光。

姆妈提出到学校来看看我，我笑着摇头阻拦了她："我已是大人了。"我浅浅地敷衍着她，而她根本不知道，在那些要开家长会的日子，在那些要一起商権文理科选向的日子，在那些要申报大学的日子里，我从来是请求奶奶过来的。老师对我的家长总会有点疑惑，而我向来的答案是："我的父母很忙。"幸亏，我是那样一个乖巧而努力的孩子，我是那样一个用功而上进的孩子，我人生最紧要关头的三年，没有让父母参与到我成长的进程中来。

我有一些小小的怨恨，在姆妈身上。在蒙蒙经过女孩子最敏感的日子里，姆妈给她熬炖木耳桂圆汤；在惊奇地发现身体的变化时，蒙蒙从姆妈那里得到安心的答案；在情窦初开的日子里，蒙蒙从姆妈那里得到羞涩的释怀。她们可以一起羞羞地购买小胸衣，一起亲昵地探讨女孩子成长的秘密，一起知心地讲女人在一起才能讲的话。而我，没有。我在另外一个地方，寂寞地成长。

寒假的时候，我回来，蒙蒙已经出挑了。在冰冷的水池里，她小心地帮姆妈洗私密的内衣。蒙蒙笑笑地说："姆妈一到冬天，手就长冻疮。"我静静地看着她做活儿，有一种再也不能亲近的隔膜从我的心里缓缓涌出，遍及全身。林阿姨来我们家玩，笑着说姆妈："嗳，你是有福的，两件小棉袄！"姆妈微微地笑，她的笑是从心里出来的。而我，在那个落寞的寒假，悲从中来，我觉得，我被姆妈生生地抛弃了。我记得姆妈说过我是钢，她把我像钢一样地扔在外面，以为我很强壮，不会断裂，也不生锈，不怕任何风霜。

奇怪的是，我从没有怨过蒙蒙，从没有觉得是她把本该属于我的母爱给夺走了。她在我的心里，也是一块玻璃，我没法忘掉她刚来我们家时那手足无措的模样，她对我讲过将来想把弟弟也接过来团聚的梦想。

考上大学去西安的前一个晚上，蒙蒙问我："姐，三个志愿你都填的外地啊?”

我在床上答应她:“嗯。”

她想了好久,说:“姐,我要考大学的话,得考武汉的。我舍不得离开姆妈和爸的。”

我答她:“好。”

她又说:“嗯,我没有离开过姆妈一天呢,我会想死她的。”

我没有吭气。

她说:“考上大学,像你那样出息了,人家会觉得姆妈没有白疼我的。”

我愣一下:“考上大学是你自己的光荣,对你自己的人生是有好处的。”

蒙蒙半天才说一句:“不是这样的……我要真过好了,才对得起姆妈……我和你,不一样……”

我说不出话来。

蒙蒙没有考上大学。

那一年,是我工作后第一次回家探亲。

蒙蒙长得很高了,出挑得相当漂亮,她在火车站接的我,我差一点没有认出这个洋气的妹妹来。只有左手臂上的那道痕——从没有如姆妈所愿的在那些夏天过后烟消云散,还能若隐若现地辨出烫过的印迹来。

她比小时候健谈些,一路上话不停,问我广州的情况,央我讲几句粤语,对流行的粤语歌相当熟稔,对那些影视明星如数家珍。我一直浅浅地笑,有点隔膜地客气地笑。我在出租车上就开始打开我的行李包,把带回来的东西给她们——姆妈坐我右手。姆妈一直听着我们的谈话,看着我给她买的老婆饼、榴莲酥,还有南方女人最时髦的衣衫和一双羊皮凉鞋,姆妈说:“给我们买什么东西?给蒙蒙带回东西就可以了,给蒙蒙带就最好了。”车外是武汉最热的七月,毒辣的骄阳,蒸腾的大地,汗流浃背头顶冒火的人群,而我的心又冷下去,像那些再也回不来的温暖的日子。

家早搬了,很漂亮的单元楼,三房一厅。厅中央挂着几张相片,抬眼一看就知道我们家的幸福,蒙蒙左手环着爸,右手搂着姆妈,前面正襟危坐的是我的爷爷奶奶。照片放大了,那种很显眼的幸福漾在每个人的眼睛上。而我呢,我去了哪里？是在武昌的高中苦读呢，还是在西安的那所大学意气风发，抑或是在广州的单位里小心地端茶递水，做着每个新分来的大学生头年必做的功课？爸抱歉地看着我说："这回回来，和蕴蕴一起再照个全家福吧？我们家怎么蕴蕴倒是最忙的了？照张相也腾不出空来的？"我笑一笑，跑到新家里看全家的陈设。我不想让老爸难堪，爷爷已经作古了，再照什么全家福，也不是那个全的含义了。

我也有自己的一间房，稍显得空，但也很精致。床单是流行的四件套，带点蓝的素花款式，床头仍旧摆着一张书桌，搁着小时候的几本字典和最早版本的四册《新概念英语》，书架比较空，都是些老旧的书，是我中学时订的一些杂志，还有得过市里一等奖奖励的那一套《辞源》。我翻着那些杂志，陪我度过青春最寂寞岁月的杂志，只有它们知道我那时的孤苦。

吃过晚饭，蒙蒙跑出去了，听说是她一个同学要去北京师大了，大家给他饯行。我看着楼下骑着单车快乐远去的蒙蒙，嘴里吐着老大圈圈的泡泡糖，手里还拎着我带回的那些糕点，预备给她的同学分享吧？

我问姆妈："蒙蒙这样快乐的？是人家上大学去了，她凑什么热闹啊？"

姆妈笑笑："她一直这样没心没肺的。这性格，不像你。也不像你爸和我啊。"

我点头："其实她这个性挺好的，人，说到底，只要快乐就好。"

姆妈说："你自然可以这样说，她，不一样啊。她的将来，还是模糊一片呢！"

我劝姆妈："算了，不然让她念点别的，总得有个文凭才好的。你问过她想干什么吗？"

姆妈摇头："其实蒙蒙聪明倒是聪明，就不是个读书的料，做其他事都挺行的！"

我笑起来："没考上大学还说什么聪明？哪对哪呀？！"

姆妈站起来："蕴蕴，话不要讲得那样得意！都是姊妹，说那样猖狂的话干什么？！"

我看着姆妈，说："我想上我奶奶那里去一下。"

姆妈掉转头来，进自己的房了。

我在奶奶家里待了一段时间。自从爷爷走后,奶奶就雇了个阿姨陪着她。其实奶奶和我姆妈的关系一向挺好,但奶奶并不愿和我父母住在一起,奶奶说,太近了,摩擦就会有了,反而处不好。奶奶说:“你姆妈也难。”

奶奶的头发全白了,闲的时候仍旧喜欢看报纸喜欢做手工活,给小阿姨讲清朝的历史,从努尔哈赤一直讲到宣统退位,还给阿姨讲整本的《红楼梦》。奶奶看着我,那种眼神里的惊喜和依恋是我在姆妈那儿没有见到的。奶奶兴奋地对小阿姨说:“这是我最出息的孙姑娘!每天跟你唠叨的就是她。”阿姨看着我:“比照片上还要好看哩。照片上人有点呆,真人灵气着哩。”我望着奶奶笑,我一直想问:“奶奶,您从来认为我是您唯一的孙姑娘吧?”我问不出口。我的父母是多好的父母,我又是多懂事的女儿,如果蒙蒙来我们家的时候她还在襁褓里,或者我的父母给我编个谎,说蒙蒙是他们的亲生女儿,也许很多事情就远不像现在这样复杂吧?有些东西其实是根深蒂固的,我们家表面的平和与宁静,哪里有人想象得到暗流潜涌,怒海翻江。

总还是得回家,探亲的理由便是探望父母,我不能不在父母家里待上几天。姆妈一点也不觉得那天的谈话对我的刺激和引起的小小摩擦,姆妈趁蒙蒙又跑出去玩的时候到我房里来,说:“我一直想跟你商量个事。”

我问:“什么?”我带点警觉,总觉得姆妈的商量和蒙蒙有关,这半辈子她不就是这样的吗?“蕴蕴,你把那件衣服给妹妹,你是姐姐嘛。”“蕴蕴,让妹妹去吧,人家会觉得你懂事的,妹妹很可怜的。”“蕴蕴,你要对蒙蒙好些,不然她心里多难受啊,本来就觉得不是亲的。”这是蒙蒙刚来的时候姆妈常对我说的话,久了,姆妈再不提“亲”“养”之分,久了,不用姆妈说,我也知道怎么做一个姐姐了,怎么做一个不是亲骨肉的好姐姐了。还用得着说吗?我是那样一个懂事的孩子,我的父母是人家眼里那样的一对好人!可是现在,我出去了,我不会回来了,我不想再囿于这种氛围里去了,我没有非得要尽的所谓责任和义务。蒙蒙是喜欢广东的,那帮小孩子都喜欢刚刚开放的广东,如果姆妈要我把她带到广州,我又怎么拒绝呢?

姆妈说:“我想提前退休了。”

我有些惊讶:“啊?”姆妈已经是总厂的总会计师了,年届五十,正是会计最得心应手的年龄,经验、流程、规章,什么都是水到渠成了。我笑一笑:“您不会想提前闲下来,每天去打两场麻将吧?”

姆妈瞪我一眼,说:“厂里有个内部文件,双职工的子女,可以顶替自己岗位的。”

我看一眼姆妈,她是那样上进的一个人,她是那样不肯流于世俗的一个人,她得到这个职位容易吗?她得到那个职称容易吗?她一向骄傲于我爸和她在七千多职工的企业里的双总地位,正当最年富力强的时候,她却要这样急流勇退吗?五十岁,她怎么退得掉?

姆妈说:“如果坚持,也是能退的。地球离了谁会不转呀?”姆妈不是最得意她做的账吗?从来没有出过纰漏,从来没有出过岔子,姆妈不是说,便是再来个三清四清,也经得起最挑剔的审查?

我问:“你们问过蒙蒙的想法吗?”

姆妈说:“问她?她还是个孩子呢,哪有自己的主意。她曾说扫大街也是可以的,现在环卫局也在招人,好多大学生都去考了。你要再说,她恨不能去广州和别人批发衣服做买卖去。一个姑娘家,你能不把好她的这些关吗?她长得也标致,现在世道又不太平,我就怕出什么事呀。”

我半天无语。很久,才问:“如果你真退休了,她能进财务室吗?她一个高中毕业生,怎么能做账呢?连出纳都不一定能当得上吧?”

姆妈叹了口气:“怎么也得让你爸和我的老脸豁出去一次。不能你出息了,这一个就不管不问了。人家会怎么说?”

我咕哝了一下,很想说,我的一切,都是自己争取出来的,爸和姆妈,凭良心话,没有管过我丝毫半点的。但是,我也只能咕哝一下,像吞咽一块难嚼的牛肉,囫囵地把那些话强咽了下去。四年才有一次的探亲假,我何苦和父母闹得不愉快呢?

回广州之前,奶奶给了我两枚戒指,一枚红宝石的,一枚四粒钻的。很小的时候,我就在奶奶的针线盒里见过这两枚戒指,曾经运动闹得很凶的时候,奶奶把它们塞在砖缝里,用灰泥再掩上。奶奶说,这是祖上传下来的东西,不能在她这辈给糟蹋掉。后来运动没有了,奶奶反把它们看轻了,随手放在抽屉的针线盒里。红宝石的那枚，托底的金子已经有些发黑了，用棉布使劲蹭，倒见出足金的光彩来。四粒钻的那枚，有一颗钻已经松了，奶奶要我小心些，而且很骄傲地告诉我，认识这些东西的人，这大汉口的城里也没几个了。奶奶说："你以后四年才回一趟，也不知能不能再见到我，就是有一口气，怕也说不全话了。这东西，原该承给你姆妈的，但她也没赶上好时候，你就替你妈承了它们吧。将来也好传给你的儿女们。"

我有些难受，不知说什么才好，我竟然冒出的一句话是："只留给我了么？"

奶奶的眼睛眯起来，那这辈子再也不曾见过的慈爱的目光啊。她笑笑，轻轻地说："我，有分寸的。"

过了两年，我成家了，很简单的婚礼，因为都是在外的人，没有父母跟前儿女那种婚事的铺张。然后，先生得到了美国硅谷一家公司做光端机设计工程师的职位，将要远赴大洋彼岸；而我在那一年，也得到了去美国华盛顿州立大学深造的机会，我们都有些兴奋，毕竟能去那么先进的国家。这样，才在离国之前把先生带回了家。爸和姆妈很高兴，我的小房已经张罗得很好了，把小床挪了出去，换上了一张双人床。小时候的书和杂志还放在那里，甚至还有些同学送我的工艺品。先生看着我的台灯笑话我，那台灯的底座边有我初三时贴的一段警言：生命的价值正是在奋斗中实现。姆妈说："和蕴蕴走的时候一模一样呢。"我笑，不知姆妈说我的走，到底指的是什么时候？

蒙蒙很时髦了，在会计室里做着出纳，算是以工代干的身份，总比厂子里在生产线上忙活着的工人强多了。她拉着我在家属院里走着，很多父母的老同事都停了脚步，见了我搭讪。

林阿姨也见老了，还没退休，但嘴已经琐碎，拉着我不放。林阿姨说："蕴蕴真成了大人了，听说已经成家了，有孩子没有？……养儿方知父母恩啊，蒙蒙，你可得孝敬你父母，你姐不在跟前了，你可得对你爸你妈好。我们都说，你父母两口子，真是少见的好人啊，自己提早退休了，想着留给你一份体面的工作。蒙蒙，可别亏待了他们！"蒙蒙哎哎地应着，有一丝不耐烦，从小这话听得太多了，连我也觉得尴尬。厂子里的人怎么能放过我们呢？看着远走他乡的我，都叮咛蒙蒙将来的孝道。我和蒙蒙逃一样地回来了。

蒙蒙倒喜欢先生，见了先生相当熟络，姐夫长姐夫短的。先生是知道她的身世的，看她的眼神里也带着一丝关爱。先生说："你姐姐，一天到晚提你的。"蒙蒙看着我笑，拉了我的手，跑进姆妈的房里，偎在姆妈的大床上不肯离去，非让爸和先生一起睡，说一定要娘仨睡一次。

姆妈也笑，看看我，又看看蒙蒙。"两件小棉袄。"姆妈满足地说。

姆妈问："有一年了，怎么还没见动静啊？什么时候才想要孩子啊？"

我看着蒙蒙，有点扭捏，蒙蒙倒不在乎："这有什么，我能听的！"

我只好说："还没想要，觉得还早着哩。"

姆妈有点急："怎么会早，生了孩子一样可以干事的，趁早不趁晚。"

我不想说了，结婚的第二个月我就怀上了，可是孩子死在肚子里。我不想跟姆妈说这些事，不想说。

蒙蒙嚷着："姐姐你快点要一个嘛，姆妈也退休在家，正好接过来帮你带。我就有小外甥了！"

我答应着，快乐地答应她。

很晚的时候，她们才睡着，姆妈在当中，仰身躺着，嘴微微张开。我有些心酸，看着姆妈老去的痕迹。蒙蒙搂着姆妈睡在左侧，她的头挨着姆妈的身子，左手竟然抚着姆妈的胸，那道烫伤留下的印迹隐隐约约的。她吐出小小的鼾音，均匀而有节奏。

我没有办法睡着，尽管床足够大，我已经不习惯她们的体味，那种陌生而遥远的气息。我轻轻地爬下床来，带上门，悄悄地去了客厅——爸在属于我的那间房里鼾声大作，不知先生能不能睡得安稳？我只能顾了我自己，倒在沙发上，任冰箱时时作响的电流声成为我梦境的催眠曲。

走的前一天，家人之间的话越来越少了，那种离别的伤感在屋子里浅浅地流淌。毕竟是去大洋彼岸，不是去西安或是广州，爸使劲地给我做各种好吃的菜，姆妈给我织了一件漂亮的绿色毛衣。姆妈说："你是会照顾自己的，是不是？你能照顾自己的。"我不说话，把那件毛衣在手里翻转，叠了又叠。有一刻，我的眼泪差点要下来了，奶奶走的时候我没有送终，不吉利的事情不要想了，但世事难料，我的父母，也终是老了。

晚上，我把蒙蒙叫到自己的房间。我说："蒙蒙，姐姐这回可真走了。"

蒙蒙倒没什么太大的离愁，她明亮的眼眸放着光，说："又不是不回来了。"她反而没心没肺地笑。

我看看她："是啊，但不像在国内了，有个事儿，还能马上赶回来。"

蒙蒙说："不会有事的。"

我点点头："蒙蒙，这个家，靠你了。"

蒙蒙看着我，半天才说："姐姐，你放心吧。我会非常努力的。"她突然小声地啜泣起来："要是我能有你一半，就好了。不用你这样操心的……姆妈，爸，我会好好管的……将来结了婚，我是不住婆家的，招个女婿，一起给姆妈和爸养老送终……"

我骇住了，那种哽咽里，我听出的怎么是全然的自暴自弃？我说："蒙蒙，不是这样的，不是这样的……"

她仍旧小声地哭："我也想努力的，我也想像你一样出人头地，人家会觉得姆妈没有白养我一场……大家都说，我从小也知道，我一定要好好地报答姆妈的……可我也不知道我报不报答得了姆妈……"

我使劲地劝她："蒙蒙，没有人要你非得报答什么的。姆妈当初带你回来，不是为着要你将来对她怎么样好的。你明白吗？明白吗？"

她摇头，使劲地摇头，眼泪慢慢地干了，再也不说一句话。然后，她站起来，那丝笑是从她表情里逼出来的，她说："姐，没事的，你放心好了！"

我没有想过那天的谈话是对蒙蒙的重托。也许这世上本该属于我的责任，我用多年的理由却轻巧地甩给了她。其实我从不了解蒙蒙，我回忆她来我们家所有的点点滴滴，我记不起来和她曾经有像别的姐妹那般的如胶似漆，甚至记不起来和她如别的姐妹般闹别扭和龃龉——那是想都不用想的，我从没有和她纷争过。我比她长了五岁，在所谓已经懂事的十岁的年龄，被姆妈教育着，让，让，让，已经没有了我自己的位置。但其实她，也没有恃宠逞娇过，从没有得意忘形过。那她是怎么想的呢？发生后来的事情后，我有时候会想，蒙蒙真的如我们想象的那般快乐吗？真的如我们想象的那样幸福吗？真的如姆妈所希望的把自己当成了姆妈和爸的孩子了吗？

后来发生的事成为军工厂里的一大奇闻,多少年后还被家属院里许多人争相传说——冥冥之中是有天应的,人生是有传奇的。

蒙蒙在小食馆里和朋友们一起吃饭。那时候家属院外已经开了好多小食馆,年轻的男女都喜欢在那里吃烧烤,吃炸臭豆腐干,喝点啤酒。蒙蒙是其中快乐的一份子,她喜欢和朋友们闹腾。也许那时候有几个恋上她的男孩子,她也有二十二岁了,早该情窦初开的年纪。

有个女人一直盯着蒙蒙看。和蒙蒙在一道的那些朋友后来全是这样说的,那么多朋友都在一边哩。后面的事情虽然在复述上有稍许不一样,但总体来说还算如出一辙。

女人就那样盯着,眼一眨不眨,像剜着蒙蒙似的。蒙蒙还在闹,她其实是出众的,拔群的,有些招摇和惹眼的,她大声地笑,大声地说。女人走过来,问:"你原籍是哪里的?"

蒙蒙有点愣住,不说话,半天才抬起头来,有点不逊地反问:"你管我是哪里的?"

女人仍旧站着问:"你去过湖南吗?"

蒙蒙这时有点静了,有点认真地打量那个女人,说:"嗯,去过。"

女人突然改了口音,用有些难懂的湖南话问蒙蒙:"那你,在哪里待过呢?"

蒙蒙也顺着她改了音,说:"你问这个干什么?"蒙蒙的眼睛是有点惊慌的,还带着很奇怪的紧张。后来人们说,那便是心灵感应啊。

女人突然摸过来,蒙蒙的脑袋使劲往后撤去。女人说:"我只是想看看,你右耳后边,是不是有两个米粒大的红痣?"

蒙蒙的眼睛瞪圆了,蒙蒙的一个女朋友就顺手撩开了蒙蒙的头发。"真的哎!"女朋友叫起来,"张蒙,你耳朵后边真有两粒红痣啊!"

蒙蒙的嘴张得老大,也站起来:"你……不会吧?"

大家还是聪明的,这个家属院里,不知道蒙蒙身世的人几乎没有。有人就小声地说起来:"张蒙,她和你,长得真像啊!"

姆妈见了那女人,姆妈没说她们长得像不像。既然是母女,总有相似的模样。那姆妈呢?不是当时谁都说蒙蒙和姆妈也似一个模子里刻出来的吗?

蒙蒙走了,走得那样快,走得那样匆忙,像早都准备好了一样。简单的行李,要去的地方,回去后的安置,每件姆妈觉得相当麻烦的事体,在蒙蒙嘴里简直就是小菜一碟,像早就准备着只等她的亲娘来把她接走一样。

姆妈问:“还要不要去见弟弟呢?那个长沙的采购员,多年也没来往了,不过你们想要找的话,还能找得到。去那个厂子,打听一下,很方便的。”

蒙蒙说:“那也行,您把地址给我吧。”

姆妈找爸要了地址,爸的动作有些慢,姆妈第一次数落起爸来,很不耐烦的模样。姆妈把地址给了蒙蒙的亲娘,说:“其实看看也就可以了,真要回来,也不好。男孩子应该很大了,人家也是一把屎一把尿带大的,不像割了心头肉一般吗?”

蒙蒙的亲娘有些愧了。蒙蒙的亲娘说:“大姐,我知道,我知道你的心,蒙蒙还会回来的,你放心好了。是不是,蒙蒙?”

蒙蒙低了脑袋收拾她的东西,没有搭腔。

姆妈苦笑起来:“再回来也该是个抱着孩子的姆妈了。我还说呢,大的那个出嫁没肯让我们看上一眼,这小的,出嫁我们也看不着了。”

蒙蒙的亲娘一个劲地绞着衣襟:“是啊,是啊。”姆妈说蒙蒙的亲娘其实长得很漂亮,收拾得也体面,不像在湖南西边山里生长的人,蒙蒙也大了,跟着她,倒不知谁照应谁了。

林阿姨他们不是很服气。林阿姨说:“这么多年养的孩子,她说带走就带走了?她当时可是没吭一声气地撂了孩子丈夫跑了的。”

姆妈说:“总是碰上亲生的母亲了,这也是造化。蒙蒙也是大人了,抬个脚两边走走,也能随时回来。”

可蒙蒙再也没有回来。

在飞机上经过十几个小时的飞行,擦过太平洋灰蓝的海面,抵达西雅图机场的时候,我的心其实充满了喜悦,那种奔腾的渴望,好像重生的感觉,挣脱母体来世再走一遭的憧憬,漾满了我全身的血管。我知道我会真正幸福的,为人妻,为人母,成功的事业,谈吐优雅的朋友,我会脱胎换骨成为一个全新的人。

姆妈老了,蒙蒙的离去把姆妈心里的很多东西都带走了,而我的离去,似乎没有抽走姆妈的任何牵挂。事实上,从我升入高中离家住读的时候起,我就已经离开姆妈独立起来,不过也许更早,从蒙蒙进到我们家的那一天开始,我就已经脱离姆妈的庇护而寂寞地开放。

姆妈会拿着蒙蒙的相片掉泪吧?姆妈会在每一个雨夜惦念蒙蒙的境况吧?姆妈会在邻家女儿出嫁的喧闹声中猜想蒙蒙的婚姻吧?而我,那个从不用她操心的亲生(我们家那么多年是多么忌讳这个词儿啊)女儿,在加州温暖如春的阳光下,在华盛顿州有点灰蒙蒙的深秋里,在地球的另一端恣意而快乐地生活着。我觉得我是幸福的,抱着我的儿子,守着我的先生,我已经忘却了我曾经的灼痛。那种痛是见不到的,是午夜惊醒时那片黑暗中的一抹月光,是汪洋大海中似隐若现的一方岛屿,是浓密森林中一弯曲径通幽蛰伏的小道,啊,我怎么说,我怎么形容?我的苦是痴人说梦般的呓语,我的苦是酒入愁肠后的强词夺理,我的苦是绚烂的彩虹边一点烟花的消散。没有人能懂得的,没有人真正懂得。

隔很久会和那边的亲人通一次话,爸的声音已经有点沙哑,姆妈倒是平和,一如她从不失态的碎步。“天气还好?身体要紧啊,别以为年轻!一日三餐得按时吃,那边的饭菜不知你们惯不惯?林阿姨的女儿在迈阿密,我给你找一找她的联系方式,远吗?总归都在美国,有空就聊聊,到底也是一个院里长大的……小家伙还好吧?寄的照片还是满月时的呢,现在又大了吧?能吃肉糜了?唉,国外小孩子这么早就吃肉能消化吗……好,不多说了,别浪费电话费,老贵老贵的!”

我没有问过蒙蒙的事情,知道她不会有消息的,如果有,姆妈早该第一时间就告诉我了。有时候我也会想,蒙蒙是怎么想的呢?这么多年,她的内心是怎么样的呢?她没有恨过自己的母亲吗?生了她,在最困难的时候把他们撂下就跑的母亲,到头来,她还是最依恋的。姆妈会觉得她对蒙蒙的一片心都白费了吗?姆妈反反复复唠叨的只有一件事:“怎么蒙蒙的右耳后边长了两粒红痣的?这么多年,我怎么就从来没注意到呢?”那两粒红痣像蒙蒙幼年烫伤胳膊留下的浅浅印迹,在姆妈后来的日子里成了心口隐隐作痛的疮疤。

如果没有后面的事情,也许姆妈就那样生活下去了,至少她觉得这辈子,在情理上是对得起蒙蒙的。

我们家住在汉口。武汉有点不同于别的城市,被一江一河隔成了三方市镇,这使武汉在地理环境上有点分裂开来。因为交通的不便,汉口武昌汉阳就像三座城市一样,各有各的中心区工业区商业区,像一方诸侯,各霸一端。小时候,我觉得去武昌就像去另外一座城市一样,所以三年的高中住校读书,让我有离家千里的感觉。轻易地,汉口的人不会往武昌去的,武昌的人也鲜有来汉口的。

姆妈和爸去了一次武昌。是爸分到省电子局的一个同学最小的儿子结婚。现在日子好了,就把前两个小孩的简朴婚礼像储蓄一样,全部用到这个最小的上面来花费。还派了辆小车来接爸和姆妈——毕竟道有些远了,这样接显得诚心、亲昵而且有点小小的排场。

酒店不大,但布置得很热闹,整座厅被包下来了,三十多桌酒席。开场,新郎新娘入席,司仪稍有点狎昵但并不过火的玩笑,公婆入座,行拜见礼,然后开席。姆妈是有点感叹的,她没有看到我的出嫁,而我悄没声息地把自己解决了,她心里大约是有些心酸的。然后或许就想到了蒙蒙。是的,小棉袄,她的两件小棉袄。

然后,酒店的老板娘出来了,很见过世面的一个女人,非常有分寸地只在主要的席位上敬了一番酒,浅尝辄止地抿了两口,拱拱手,一连声地说:"恭喜!恭喜!谢谢!谢谢!"她下去了。

姆妈站起来,心跳得相当厉害。爸拦不住姆妈,爸也有点认出来了。爸随了姆妈走到后房去。

姆妈看到了老板娘。姆妈说:"你不是蒙蒙的姆妈吗?"

老板娘看一眼姆妈,眼睛也圆了,走上前来,笑一下。老板娘把姆妈扶在一张靠椅上坐下:"怎么这样巧呢?在这里会碰上您啊?!"

姆妈也笑一下:"是啊。"姆妈环顾了一下老板娘的后房,那是待客用的房间,也是老板娘的办公地方,可能还是每天算账后数钞票的地方,不大,但干净,整洁。姆妈搓了搓手:"哦,您还在武汉啊?那……蒙蒙去哪里了呢?她不是回湖南了吗?"

老板娘倒了两杯茶过来,是好茶,翠绿的叶子在杯底舒卷开来,像握着秘密的拳头轻轻地张开。老板娘让爸也坐了，自己也坐下。老板娘的表情实际上是尴尬的："怎么说呢？您也是很早就带着她了吧？我也是做母亲的人，不管生母养母，待孩子的心其实是一样的。有时候，我想，养亲比生亲还重呢！"

姆妈盯着她，爸也没敢说什么话。

老板娘说："那女孩说是我的老乡，和我近乎了一年多，求我办了这么件事。"

姆妈说："什么？"姆妈的手有点抖。

老板娘低了头，想了想，吁出一口气来："有时候你也想不明白小孩子到底要什么……我知道你们待她好，我打听过的，你们那一片里，都知道那小妮子的事，都说您把自己的女儿倒不在乎，扒心扒肝地对待这个收养的。我后来一直后悔心软听了这小妮子的，做出这种不道义的事来，可是她求我求得厉害，您不知道，她差点都给我跪下了……既然这样，也帮她个忙吧，编排了那个故事来哄你们。我知道您还有一个女儿，混得相当不错。如果只那小妮子一个，打死我也不会做那伤天害理的事儿。去了这个收养的，总还有个亲生的，这辈子也算是个指望，是不是？"

我姆妈问："蒙蒙说什么了？"

老板娘有点扭捏，半天才说："小妮子也没说什么。好像是不想在您身边待下去了，她觉得……累，累得快喘不过气来的那种心累。但她不敢这样明目张胆地走掉，也算是有良心的，怕您受不了……想了这么个主意，馊主意。"

姆妈说："哦。"姆妈站起来。

老板娘过来扶着我姆妈："您别往心里去。这种年龄的孩子，多半不懂事，到懂事的年龄，她会回来看您的……您待她可是一片心啊！"

姆妈走了出去，老板娘又送几步，说："她说了，混几年，等混强了，会来看您的。您别放心上了！您不还有个出息的亲生闺女吗？指着那一个就觉得活得心满意足了！"

姆妈回头对老板娘笑了笑。

一年一年地过去了。家里没有人再提蒙蒙。其实家里也没什么人了，除了爸和姆妈。爸也早退休了，本来有些民营企业想请爸做顾问来着，但爸推拒了，爸说:“我这么大年纪,干什么和年轻人争饭碗?”爸变得幽默起来,和姆妈两个人赋闲在家,早起一道去旁边的市民公园练太极剑;下午和一帮棋友下下棋、打打桥牌;傍晚的时候他们一起去跳街边的交谊舞,两个人配合得还蛮搭,一招一式,非常漂亮和谐;回了家,再看点反腐倡廉的电视剧,过得挺安适美满的。姆妈下午会睡上一小觉,然后做做女红。她还是喜欢自己手工做的东西,钩的、织的、绣的,桌布啊、电视机电话机罩啊、小披肩啊,甚至窗帘,还有给我和孩子织的各式衣衫。学别人做了珠花的手提袋,用很多颜色的珠子很有章法地串起来,一粒粒配成复杂的图案,编成美丽的珠袋,越洋过海地给我寄过来。有一次还织了件特别漂亮的马海毛毛衣,所有绒绒的细毛都像兽的皮毛那样软软地伏在外层。我国外的朋友很惊诧,拿着那件毛衫叹了几个礼拜,那得要多大的耐心,每一针都要把有绒的那一面翻转过来,每一针都要小心地安抚那些不安分的绒毛,让它们平心静气地蛰伏在外层,不要调皮地跑进里层来——我知道我姆妈是寂寞的,每一针里都有她的孤独和感伤。

有段时间,我想把他们接到美国来。爸和姆妈都坚拒了。“坐飞机太辛苦了,还要倒多少天的时差。你林阿姨去过一年,回来后叫苦连天的,连水都没有这边的好喝,不去受那个罪了。”

我也不再坚持。如果他们快乐,如果他们健康,我也能快乐健康了。

姆妈回过湖南一次。说那边的变化不太大,原来漆在厂区院墙上的标语都还在,路边的凤凰树也还是那些模样,开出的花,香味也仍旧和记忆里的一样,耳边还是湖南那些生涩难懂的话。姆妈说,一样的鸟语花香。

我就嘻嘻地笑。很遥远的事情吗?我觉得还像昨天一样。

“橘子也是那边的好吃,原来没觉着,现在一比较,还是那边的好。我买了很多,也还便宜,想送点给朋友同事的,结果烂了一大半,把我给心疼的。”

我看着在沙发边玩耍的儿子,他已经五岁了,上幼儿园,在家里,我们和他说中国话,但他一着急起来,嘟嘟嘟地吐出的全是英文。我先生说,这一代,真只能是白芯黄皮的香蕉人了。

姆妈去看了村长,姆妈肯定央村长带她去看了蒙蒙爸的坟,那座坟孤零零地躺在那里三十年了,坟草芊芊,没有谁去拜祭过它。姆妈也许还去了长沙,辗转了很久找到那个采购员。她不会上门贸然去打听人家的状况，她只要悄悄地拉住一个上点年纪的采购员的老邻居，就会知道那家人的近况。没有什么姐弟相会的场面吧？应该没有——蒙蒙在这个世上一点线索都没有了，她把自己生生地蒸发了。

姆妈还在说湖南的一些见闻。她不曾告诉我她那些行程真正的目的，但是我知道。我透过我们对话的光纤，穿过半个地球，直达我姆妈的内心。

我说过我从不了解蒙蒙，就像谁也不了解我的内心一样。

我说我不幸福，谁会信？我说蒙蒙曾经很幸福，我，现在也不会信。

爸和姆妈工作了一辈子的军企已经倒闭了，先是厂房一点点地租给别人，然后是大片大片地卖掉，真的很难让人相信，那么个红红火火的国家重点军工企业，也沦落到拆房揭瓦的末路。然后是家属院，曾经让周边几个厂家眼红的，规划得绿荫环绕整齐有序的家属大院，也逃脱不了被拆的命运。

地产商来调停了很久，院子里的家属都不愿意搬。姆妈态度上尤为激烈，坚决不同意，而且还伙同那些她平常并不愿意打交道的工人们一起捍卫自己的房产。姆妈说，都住了一辈子，哪里能舍得下？

可是我知道，姆妈是怕蒙蒙有一天回来，找不着进家的门。

收到葛仙米的那个秋天，姆妈住进了医院——早就觉得吞咽东西有点不正常，再软和的食物，通过食管的时候都有万箭穿心的感觉，一如姆妈想到蒙蒙时言说不出的痛心。结果很快出来了，食道癌。接了爸的电话，我千山万水地赶回来。

爸把那包小小的像黑木耳一样的玩意拿到我手边，说："这就是葛仙米。"我知道，我当然知道，多年前我也品尝过的，可是我从没有想过，要把它们小心地装到袋子里，再用棉布小心地缝成一个包裹，万水千山地寄了来。

我反反复复地看着那用棉布小心缝裹起来的邮递包，那上面用粗壮的圆珠笔写着我们家的地址和姆妈的大名。我知道谁会寄来这包葛仙米，三十年前的那个傍晚，只有那个小小的女孩子和我一起听过姆妈悄声细语地怀念过这种物品。

爸说："她在恩施。"

我看一眼邮戳,点点头。

爸说:“怎么会跑到那个地方去呢？我总以为她会去湖南,毕竟是她从小的故乡。”

我勉强笑一下:“她这种年龄的人,有几个会懂得故乡的意义呢?”我对故乡都没有牵肠挂肚的思念,何况比我小了五岁的蒙蒙？年轻的时候,对故乡只有一种逃避的强烈愿望,只有老了,也许才会有一点若隐若现的乡愁吧？

爸抬头小声地问我:“你,要不要去找找她?”

很久,我点了点头。

姆妈已经不太能说话,看见我,兴奋地笑。医生说得很直接:“想去哪儿带她去哪儿,想吃什么带她吃什么,尽她的兴吧!”放疗、化疗只会让姆妈更受罪,而且姆妈的身体也经不起了。她能想去哪儿呢？她又能咽得下什么呢？爸说:“如果蒙蒙能来,也许会给你姆妈个安慰。我们这把年纪,也不用硬气什么,孩子总是自己的孩子,有什么过节儿,终还是自己养大的孩子。”

我说:“我尽力去找她。”

我想她可能不会真在恩施,也许只是游玩的时候路过那里,正好被农家劝说着买了一包她小时候听姆妈说过的一种食品——现在的旅游区不都是这样推销特产的吗？也许在哪家高级餐厅吃饭,换了口味吃点野鲜和山味,碰巧点到了这种小时候姆妈提过的东西,恍然大悟般良心洞开,打听到这东西的出处,让人家千里迢迢地寄了来。我曾经也是在一家餐馆吃过葛仙米的,而我从来没有想过要给姆妈捎带这个过来,我以为那是多么普通的东西,再怎么说得珍贵,似乎在我心里也不值一提。我给姆妈捎带的东西太多了,开始是我在全国出差的地方所能买到的当地稀有特产,然后是域外的那些国内稀罕而少见的东西,最后嫌麻烦,一趟一趟的佳节里,寄给父母的是花花绿绿的钞票。我知道他们从不缺钱花,但我唯一能表达我对父母的孝敬之情的,也只有这个俗气的方式了。而且,我也一向是有这个能力的。

可是我错了！我怎么从来没想过,葛仙米,是蒙蒙唯一有能力给姆妈养育之恩的报答呢？唯一与我不同的,能显示出她孝心的报答呢？

家里有点空,没有人气的一种寂寥。两间小房,我和蒙蒙的,一式一样的落寞和萧条。我静静地走到蒙蒙的房里,床和我的倒是一模一样,不同的是它主人曾经的热闹和喧哗。床上的被套是橘色的卡通图案,床前我摆书桌的地方,放置的是一张粉色的妆台,堆满了她没带走的护肤品,各式的瓶子,装了没用完的乳液,那些凹凸不平的漂亮瓶子,一尘不染。旁边的衣柜里,整齐地挂着她穿过的衣衫,袜子、丝巾、胸罩,小心归类地放置在抽屉里。我一件件地寻觅她的物件,看有没有她留下的日记或者有文字的东西。没有,一点也没有。她不是个学习很好的女孩子,也不像个太有心思的女孩子——至少在曾经的表面上。她只是带走了所有的影集,也许会在雨后的黄昏,徜徉她过去的时光?我在梳妆台边坐下来,看那面擦拭得纤尘不染的镜子。姆妈在帮她打理房间的日子里,流过泪吧?

梳妆台面的木板下有密密的痕迹,如果不是我低头看过去,不会发现那些奇怪的东西。我蹲下去,把自己蜷进妆台下窄小的空间,仰头艰难地盯在那里。

"离开""走""一定要走",那整洁的板壁上,挖出了这样的字迹,密密麻麻的刻痕,深深浅浅的笔迹,刀一样地刺着我的心。

那个女孩子,是发着疯地想离开这块地方,发着疯地想离开我的姆妈。她是怎样的寂寞和难受,把自己蜷进这样小的地盘,仰脸艰难地刻出自己的心思。

蒙蒙被领进我们家里,曾经下过多大的决心,曾经被旁人和社会怎样潜移默化地教导着要报答我父母的养育之恩。她是努过力的,她也许想着将来成长下去的唯一目的是能反哺我的姆妈和父亲。然而,她没有如愿成功,甚至连自己的工作,也得靠姆妈的牺牲才能争取。她是怎样的自责和伤心,在每一个没心没肺显现出快乐的白日后,在那些寂寥的夜里,她是多么的痛苦和绝望啊。而我,在缺失姆妈部分母爱的童年和少年之后,那么自私地选择了逃离,那么义无反顾地把责任丢给了她,让她背受了更重的压力和义务,让她在感觉越来越无力报效养父母的再生之恩时,痛苦地背负起更大骂名而逃离。

我蹲在那个窄小而有点窒息的空间里,想着那个费尽心力找到葛仙米的女孩子,想着那个当初来我们家,每天也只敢蜷在书桌下、蹲在灰暗角落里的那个小女孩,这么多年来,她从没有走出过她的阴暗。

循着包裹上的地址,在那个小小的县城里,我见到了已经结婚带着个小女孩的蒙蒙。她看了我一眼,轻轻地叫了一声:“姐姐。”眼帘垂了下去。

我对蒙蒙说:“姆妈病了,很重啊!”

她看着我,眼里突然泪光涟涟。她捂着嘴,剧烈地摇着脑袋:“是我不好啊,是我不孝顺啊!”

我的心如刀割一般疼痛。如果谈到不孝,我不是比她更有过之?我抚着她女儿的头发,那女孩子如当初刚来我家时的蒙蒙一般,瞪着一双惊恐而好奇的大眼睛。当我们都做了母亲的时候,我们也许才懂得了母亲的心。“没有什么孝与不孝的。姆妈养你,带你回家,不是为了投资。”我淡淡地说,用了现今最时髦的术语。这么多年,家里从来没有说过这些话,生亲,养亲,那么避讳蒙蒙是抱养的说法,可是这个问题何曾从我们家逃掉过?何曾从旁人的眼里逃掉过?我可以选择自己的生活,蒙蒙呢?蒙蒙就该为自己被姆妈的收养,来用她的一辈子报答么?我想着我的孩子,我想着病在床榻上的姆妈,对蒙蒙说:“蒙蒙,别有那么大的负担,姆妈,从来只希望你过得好,只要你过得好,就是她这辈子最高兴的事了!”我慢慢地走了。

我给姆妈炖那道汤,不知道她能吃得下么?我看着她一天一天痛苦地吞咽,每一口都带着垂死的挣扎。她的身子一点一点地瘪下去,她的脸越来越消瘦,她的眼眶深陷下去,两边的颧骨高高地耸起来,像两座突兀的山包。我尽力地劝她,像待孩子般地哄她,悄声地在她耳边低吟,我说:“再喝一口,再喝一小口,乖!”一如很小的时候她待我一样。她总是微笑,浅浅地妩媚地笑,难受极了却还在笑。我给她小心地擦洗身子,从她的乳房抹到她的私处,那曾经是多么用心地哺育和生产我的地方,让她的生命流注到我的生命的沟沟壑壑。我带着敬畏、感伤和疲惫,却没有因此而流下眼泪。

我在等着蒙蒙的来到,一如我姆妈苟延残喘地不愿离世。

她来的时候姆妈已经再次入院。她拖着她的女儿,那个偎在她身边好奇而惊恐地看着病房里一切的小女孩子,和当初来我们家的小蒙蒙一模一样。

蒙蒙小声地叫了“爸”,叫了我“姐”,她抬脚走到姆妈的床边。姆妈虚弱地看着她,已经再也无法发出声音来。姆妈的手慢慢地褪下蒙蒙左臂的衣袖,那道烫伤的痕迹已经淡去,但仍旧有隐隐的蛛丝马迹。姆妈干枯的手树枝一样地扫着蒙蒙的胳膊,姆妈笑了笑,姆妈的嘴动了一下,蒙蒙伏下身把耳朵凑在姆妈的嘴唇边,没有人听清姆妈对蒙蒙说了什么。良久,姆妈的手松开了蒙蒙的胳膊,吁了口气,眼睛闭上了。

蒙蒙突然叫起来:“姆妈姆妈!”蒙蒙摇着姆妈软软的身体,大哭起来,蒙蒙叫:“娘,娘啊!”我的心狠命地紧了一下,我看见姆妈的眼睛睁开,发着莹莹的亮光。多年前那条开满凤凰花的小道上,蒙蒙头一次手足无措地叫着“姆妈”,姆妈的眼里也曾充满了那样动人而美丽的光芒。

我的眼泪终于嘀嘀嗒嗒地倾泻而下。